笑面人

L'Homme qui rit

〔法〕雨果／著

郑永慧／译

名著名译

丛书

人民文学出版社
PEOPLE'S LITERATURE PUBLISHING HOUSE

Victor Hugo
L'HOMME QUI RIT
根据 Editions Albin Michel, Paris 版本译出

图书在版编目(CIP)数据

笑面人/(法)雨果著;郑永慧译.—北京:人民文学出版社,2017(2025.1重印)
(名著名译丛书)
ISBN 978-7-02-012467-1

Ⅰ.①笑… Ⅱ.①雨…②郑… Ⅲ.①长篇小说—法国—近代 Ⅳ.①I565.44

中国版本图书馆 CIP 数据核字(2017)第 038875 号

责任编辑 黄凌霞
装帧设计 刘 静 陶 雷
责任印制 苏文强

出版发行 人民文学出版社
社 址 北京市朝内大街 166 号
邮政编码 100705

印 刷 三河市中晟雅豪印务有限公司
经 销 全国新华书店等

字 数 586 千字
开 本 890 毫米×1290 毫米 1/32
印 张 21.75 插页 3
印 数 30001—33000
版 次 1979 年 9 月北京第 1 版
印 次 2025 年 1 月第 8 次印刷

书 号 978-7-02-012467-1
定 价 54.00 元

雨果

雨果（1802—1885）

法国作家，十九世纪浪漫主义文学运动领袖。雨果几乎经历了十九世纪法国的一切重大事变，1841 年被选为法兰西学院院士。一生写过多部诗歌、小说、剧本、各种散文和文艺评论及政论文章。代表作有《巴黎圣母院》《悲惨世界》《笑面人》《克伦威尔》等。

《笑面人》是一出发生在英国贵族统治下的悲剧。一个贵族上议员的儿子在复辟时期被国王出卖给了儿童贩子，遭到毁容手术之后，成为畸形的笑面人，靠卖艺为生。成人之后，被证实了作为贵族特权的继承人的身份，宫廷的矛盾又恢复了他的爵位，但他仍然保持着纯真善良，在上议院为老百姓慷慨陈辞，使自己从权力的高处跌入低谷，最后追随心爱的人死去。

译　者

郑永慧（1918—2012），原名郑永泰。祖籍广东香山，生于越南海防。1942 年毕业于上海震旦大学法律系。曾任教于震旦大学、震旦女子文理学院、北京国际关系学院。译作有《笑面人》《舒昂党人》《驴皮记》《古物陈列室》《九三年》《娜娜》《蒙梭罗夫人》《我们的爱情》《梵蒂冈的地窖》等四十余部。

出 版 说 明

人民文学出版社从上世纪五十年代建社之初即致力于外国文学名著出版，延请国内一流学者研究论证选题，翻译更是优选专长译者担纲，先后出版了“外国文学名著丛书”“世界文学名著文库”“二十世纪外国文学丛书”“名著名译插图本”等大型丛书和外国著名作家的文集、选集等，这些作品得到了几代读者的喜爱。

为满足读者的阅读与收藏需求，我们优中选精，推出精装本“名著名译丛书”，收入脍炙人口的外国文学杰作。丰子恺、朱生豪、冰心、杨绛等翻译家优美传神的译文，更为这些不朽之作增添了色彩。多数作品配有精美原版插图。希望这套书能成为中国家庭的必备藏书。

为方便广大读者，出版社还为本丛书精心录制了朗读版。本丛书将分辑陆续出版。

人民文学出版社

2015年1月

前　言

雨果的《笑面人》是很吸引人的一部小说。

它是一本相当典型的浪漫主义小说，具有浓厚的传奇色彩和引人入胜的故事情节。一开始，读者就被带到英国荒凉的海岸，为一个被拐骗犯扔下、受到死亡威胁的儿童担忧，从这里开始展开了主人公传奇的一生。这是英国资产阶级革命时期一个赞成共和制的贵族上议员的儿子，在复辟时期，被国王出卖给儿童贩子，遭到毁容手术之后，成为畸形的笑面人。他终于逃离了死亡的阴影，流落民间，靠卖艺为生。他成人后不久，由于极偶然的原因，被证实了作为贵族特权合法继承人的身份，宫廷的矛盾和阴谋又使他恢复了爵位，但他在上议院一席激昂慷慨的演说，马上又使他从权力的高峰重新跌进底层，最后以悲剧告终。

这里，的确显示了作者丰富的想象和善于把不平凡的事件编纂得奇异巧妙和令人眼花缭乱的才能。但如果这个长篇仅仅以曲折有致的情节和奇特的人物形象来引起读者的兴趣，那只不过是一本通俗小说而已。《笑面人》却大大高于这个水平，而具有相当丰富的社会历史内容。雨果十分有意识地在主人公的身上制造了矛盾的两重性，从血统上说，他是贵族的后代，从经历上说，却是苦难的人民的儿子；国王把他推进火坑，他却从民间吸取了新鲜的血液；宫廷把他当做工具推上权力的高峰，与人民的血肉关系却使他必然担负起人民赋予的使命，在巍峨殿堂中痛斥统治阶级，充当了老百姓的代言人。主人公这种传奇色彩十足的经历，实际上是作者设置的一条方便线索，借以揭示尖锐的社会阶级矛盾和表现他民主主义的思想主题。

小说以十七世纪资产阶级革命后的英国为历史背景。这次革命并不彻底，于一六八八年建立了资产阶级和新贵族联合统治的君主立宪政体,广大人民群众并没有从此得到真正的解放,而是在没有被彻底消灭的封建压迫剥削之上,又加上了资本主义的枷锁。雨果在这部小说里,力图表现出这一社会现实。他以深切的同情描绘了一幅人民群众悲惨生活的画面。在雨果的笔下,人民的不幸甚至达到这样严重的程度:到处都是失业,煤矿工人拿煤块填肚子,哄骗饥饿,渔人只能靠树皮草根充饥,贫穷的妇女冻死在雪地里,怀里还抱着婴儿……可贵的是,雨果通过形象的描写表现了王室、贵族的穷奢极欲的生活是如何"建筑在穷人的痛苦之上",他让笑面人向统治阶级发出了这样愤怒的指责:"你们投票通过的税收,你们知道是谁负担吗?是那些濒死的人在负担。唉!你们弄错了。你们走错了路。你们加重穷人的贫困来增加富人的财富。你们应该做的事恰恰相反。怎么!你们从劳动者手中拿走了一切去送给游手好闲的人,你们从衣不蔽体的人手中拿走了一切去送给吃饱穿暖的人,你们从穷人的手中拿走了一切去送给亲王!"这一切使得这部奇特的故事具有了一种激愤的揭露和批判力量。

雨果揭露批判的锋芒集中在封建贵族身上。在他看来,产生笑面人的悲剧的那个社会之所以那样黑暗,就是因为资产阶级革命之后仍然保留了国王和贵族阶级。他在小说里,特别从政治权利和财产关系两方面表现了英国贵族阶级在革命后仍拥有的特权地位,并对他们进行了无情的揭露:查理二世是"无赖",詹姆士二世是"坏蛋",贩卖儿童、摧残儿童的形体这种伤天害理的活动就是他们所默许和支持的;宫廷里充满了阴谋和诡诈,贵族人物有的是骄奢淫逸、腐化邪恶的典型,有的是脑满肠肥的废物,有的像"比狼更像狼"的野兽。与此同时,雨果又以自己惯用的对照法,描写下层人民善良的品质、纯洁的心地,来衬托贵族人物的丑恶。雨果在序言里说明小说所写的是"贵族政治",实际上他是把批判贵族阶级及其统治作为自己小说的主要任务,他在小说里明确表示,贵族阶级已经完全过时,应该把它埋葬起来,而他的形象描绘正是为了说明这样一个结论。

雨果写作《笑面人》时,已经是一个在政治上和文学上都有了丰富经验的老人。他目睹了二十年代反复辟王朝的自由主义思潮的高涨,参加了作为这一思潮一部分的反对伪古典主义的文学运动,当上了这一运动的领袖，以著名的剧本《爱尔那尼》和小说《巴黎圣母院》显示了浪漫主义文学的实绩；在一八四八年革命中，他对巴黎无产阶级的六月起义抱同情的态度，很快又成了拿破仑第三的反对派，在国民议会中充当了社会民主左派的主要人物；一八五一年拿破仑第三政变后，他被迫流亡国外，向拿破仑第三的独裁政权进行了坚决的斗争，并表示了"如果只剩下一个，我就是那最后的一人"的决不妥协、斗争到底的精神，正是在这种战斗的精神状态中，他写出了享有世界声誉的诗集《惩罚集》和长篇小说《悲惨世界》。《笑面人》于一八六六年开始写作，完成于一八六八年，是雨果十九年流亡生活中的最后一部长篇小说，可以理解，它作为雨果战斗生涯晚期的成果，仍然充沛着旺盛的民主主义激情。

正像很多优秀作家常常难以避免的那样，雨果在《笑面人》里只是重复了他自己过去的作品，他未能在过去的基础上不断超越并继续提出现实生活中新的重大问题，并且，他过去在《爱尔那尼》《吕意·布拉斯》《巴黎圣母院》中所表现的那种反封建的激情，他在《悲惨世界》中对下层人民的同情，到了《笑面人》里，开始具有一种抽象的性质，他借用笑面人之口作的关于社会正义和人类未来的演说，也带有空泛的色彩。在艺术上，他的描述总不免有浪漫主义式的浮夸，往往以对自己某些知识、见解的炫耀和夸夸其谈的议论，来代替对人物的行动和心理作令人信服的描写分析，使小说缺乏《悲惨世界》中那种雄浑的笔力。尽管如此，这部小说动人的故事情节和贯注其中的高昂的民主主义激情、强烈的社会正义感，仍能给读者很大的艺术感染，这就是它很吸引人的原因。

柳鸣九

目　录

第二部　国王的圣旨

序

英国的一切都是伟大的,连不好的东西,连寡头政治也包括在内。英国的贵族社会是在绝对意义上的贵族社会。再也没有比英国更著名,更可怕,更长命的封建制度了。我们得说清楚:这个封建制度在它的时代是有用的。在英国,要研究的是“领主权”这种现象,正如在法国应该研究“王权”这种现象一样。

这本书的真正题名应该是:《贵族政治》。另一本书,作为本书的续集,可以题名为:《君主政治》。如果作者能够完成他的写作计划的话,这两本书只是开端,它们将引导另一本书出现,这第三本书将题名为:《九三年》①。

一八六九年四月于奥特维别馆②

① 《九三年》于一八七四年出版,这以前,雨果并没有写《君主政治》。

② 雨果于一八五六年流亡到盖纳西岛,在岛上购买了一所住宅,名为“奥特维别馆”。

第一部

海洋和黑夜

序幕　两章

第一章　“熊”

第一节

“熊”和“人”有亲密的友谊。“熊”是一个人。“人”是一只狼。他们俩很合得来。狼的名字是那人给取的，人的名字大概是人自己取的；他既然认为“熊”这个名字对他合适，他就认为“人”这个名字对那个畜生合适。这个人和这只狼的合伙做生意，使定期市集、教区的节日集会、行人聚集的街道，都增添了热闹，而且能满足各处人们爱听卖艺人吹嘘和爱向卖艺人购买草药的需要。这只狼既驯服，又彬彬有礼地听话，很能得到观众的欢心。观看驯服的动物是一件令人愉快的事。我们最大的满足是观看各种驯服的动物列队走过。这就是为什么有那么多的人围观王家仪仗队开过的原因。

“熊”和“人”从十字路口到十字路口，从阿伯里斯特威斯①的公共广场到叶德堡②的公共广场，从一个国家到另一个国家，从一个郡到另一个郡，从一个城市到另一个城市。一处地方的生意做完了，他们就到另一处。“熊”住在一间有车轮的小屋子里，那只已经相当开化了的“人”，白天拉着小屋子走，晚上看守着它。在难走的道路上，在上坡的时候，路上车辙太多，泥泞太多，人就把绳子套在脖子上，同狼兄弟般地一齐拉车。他们就这样一起度过许多岁月。他们随意在各处歇宿；荒地上，林中空地上，十字路旁，村庄口，城门外，菜场里，广场上，花园边，教堂门口，都是他们歇宿的地方。每当他们的车子停在市集的空地上，老大娘们张着嘴奔过来，好奇的人们围成一圈的时候，“熊”就开始大

---

① 阿伯里斯特威斯（Aberystwith），英国威尔士的一个海港。

② 叶德堡（Yeddburg），苏格兰洛克斯堡郡的首府。

发议论,“人”在旁边赞成他说的一切。“人”的嘴里衔着一只木碗,很有礼貌地向观众讨钱。他们就这样赚钱维持生活。那只狼是有知识的,那个人也一样。那只狼有讨人欢喜的一套,使观众看见了就肯赏钱,这一套是那个人教它的,或者是它自己学会的。它的朋友时常对它说:“你可千万别堕落成人啊!”

那只狼从来不咬人,那个人有时却要咬一口。至少,他是自居为会“咬”人的。“熊”是一个愤世嫉俗的人,为着显示他的孤僻,他才做了卖艺人。同时也是为了要活下去,因为人不能抗拒胃的要求。此外,这个愤世嫉俗的卖艺人还会行医,也许他行医是为了给自己找麻烦,也许是为了使自己更增加一些本领。行医是小事,“熊”还是一个会口技的人。人们听见他说话,却看不见他的嘴巴动。他能惟妙惟肖地模仿一个陌生人的口音和声调;他学别人的嗓音简直能够达到以假乱真的程度。他单独一个人能够作出一大群人的嘈杂声;凭这一点他就有权利被称为口技家。他也确实以口技家自称。他能学各种鸟叫,画眉,鹌鹑,云雀(又名为百灵鸟),白胸的乌鹡,这些鸟都像他一样到处旅行,它们的鸣声他都学得来;因此,随他高兴,他能够叫你忽而听到公共场所嘈杂的人声,忽而听到草原上鸟兽的叫声;一忽儿像人潮那么汹涌而骚动,一忽儿像黎明那么清新而平静。——顺便说一句,这种本领虽然少见,但确实是有的。前一世纪有一个叫做屠赛尔的人,能作出人和牲畜混杂在一起的吵闹声,能模仿各种禽兽的叫声,他是一个活的动物园,他就本着这种资格留在布封①身边。——“熊”是聪明伶俐的,稀奇古怪的,做出事来常常叫人难以置信,他喜欢那些怪诞的理论;我们往往把这些理论称为无稽之谈,而他倒装出相信这些理论的样子。这种厚颜无耻是他的狡猾的一种手法。他给陌生人看手相,随意翻阅一本书就作出判断,他预言别人的命运,教导别人说在路上遇见黑母马是不祥之兆,如果出门旅行的时候,听见一个不知你到什么地方去的人叫你一声,那就更是凶多吉少。他自称为“迷信贩子”。他说:“我同坎特伯

① 布封(Georges Louis Buffon,1707—1788),法国著名博物学家和作家。

雷①主教之间只有一点分别:我承认自己是迷信贩子。"坎特伯雷主教当然免不了要动气,有一天就传他来见;可是富有机智的"熊"对主教讲了一篇他自己创作的关于圣诞节的教理,使主教大人平息了怒气。主教爱上了他的这篇讲道,竟记熟在心,在教堂里讲述一番,还以自己的名义发表。这样,他就宽恕了"熊"。

"熊"因为是医生,或者,尽管是医生,倒也能替人把病治好。他最擅长使用有香味的草本植物,他熟悉药草。他会利用许多被人忽视的植物的潜在能力,像榛,苿萸花,白杨,白蔓草,紫花草,野铁线莲,泻草等等。他用茅膏菜来医治肺结核;他使用大戟的叶子使用得很适当,这些叶子从上面采下来的就用作呕吐剂,向下面摘下来的就用作清泻剂;他用一种称为"犹太人耳"的寄生植物来治好喉痛病;他知道哪一种灯芯草能治牛病,哪一种薄荷能治马病;他熟识曼陀罗草的优点和医疗的功能,这种草人人都知道是具有雌雄两性的。他有一些秘方,他用蝾螈的软毛来医治灼伤,据普林尼②说,尼禄③曾经有过一条用蝾螈软毛制成的毛巾。"熊"有两个蒸馏瓶,一个是曲颈的,一个是长颈的;他一面炼丹,一面配制一些万应灵药出售。据传说他过去曾经在贝德兰姆④疯人院关过一个时期;人们给他一个光荣的称号,说他是个疯子,后来发觉他只不过是个诗人,又把他放了。这个传说大概不是事实;我们大家都有一些关于自己的传说,往往无法纠正,只得忍受。

实际上"熊"是一个自称为博学多才的人,他是一个有鉴赏能力的风雅人物,又是一个拉丁古典诗人。他精通医术和古典诗,他既研究医术又作诗。他所写的既雅致又难懂的诗简直可以和拉潘⑤以及伟达⑥的著作媲美。假使他写作耶稣会式的悲剧,一定也能像布乌尔神甫⑦的剧本一样成功。他因为经常和古典诗的可敬的韵律和格调打交道,

---

① 坎特伯雷(Cantorbéry),英国东南部大城市,英国国教大教堂所在地。

② 普林尼(C. P. S. Pline,23—79),罗马博物学家。

③ 尼禄(Néron,37—68),罗马暴君。

④ 贝德兰姆(Bedlam),伦敦第一所疯人院。

⑤ 拉潘(R. Rapin,1621—1687),法国耶稣会神甫,著名的拉丁文诗人。

⑥ 伟达(M. —J. Vida,1480—1566),意大利主教,著名的拉丁文诗人。

⑦ 布乌尔(D. Bouhours,1628—1702),法国耶稣会神甫,作家。

竟有了他自己一套独特的比喻方法：看见两个女孩子走在母亲前面，他说："这是两短一长的诗格；"看见两个男孩子跟在父亲后面，他说："这是一长两短的诗格；"看见一个小孩在祖父母之间走着，他说："这个诗格是前后两个长音节夹一个短音节。"这么有学问的人是免不了要挨饿的。按照萨莱诺学派①的说法，饮食应该"次数多，分量少。""熊"吃得很少，而且不是经常有得吃，因此他对这句格言只遵守后半句，没有遵守前半句；可是这只能怪观众：来看的人不多，买药的人更少。"熊"时常说："能够吐出一句箴言是一种安慰。吼叫是狼的安慰，羊毛是羊的安慰，白颊鸟是森林的安慰，爱情是女人的安慰，箴言是哲学家的安慰。""熊"在必要时也创作一些喜剧，他自己一个人勉强演出；这样能够帮助他多出售一些药。除了别的著作，他还写了一首田园诗来歌颂英勇的休·米德尔顿骑士，这位骑士在一六〇八年曾经给伦敦带来一条河。这条河在离伦敦六十英里的哈特佛德郡静静地流着；米德尔顿骑士来了，擒住了它；他带来一队六百人的勇士，拿着铲子和鹤嘴锄，开始动土，在这里挖下去，在那里堆起来，有时堆起二十尺高，有时挖下三十尺深，在空中制作了木的水道，这里那里用石头，砖头，厚木板筑成八百座桥，终于在一天早上，使这条河流入了缺水的伦敦城。"熊"把这些平凡的事实改编为一首美丽的牧歌，描写泰晤士河和小蛇河之间的爱情；泰晤士河邀请小蛇河到自己家里，把自己的床让给它，对它说："我太老了，女人们不爱我了，可是我有足够的财富，还能够买到女人。"就这样"熊"用巧妙而优雅的说法表明这次河道工程的全部费用是由休·米德尔顿爵士拿出来的。

"熊"在独白方面很出色。他性情孤僻却爱说话，不愿意看见任何人却需要同人谈话，因此他就用自言自语来解决这个矛盾。有谁如果独居过，就知道自言自语是多么符合天性的需要。在心里说话使人不舒服。向空间发表演说才是一种发泄。单独一个人高声说话，能使人感到好像同心中的神对话。大家都知道苏格拉底是有这种习惯的。他对自己发表冗长的演说。路德也有这种习惯。"熊"的习惯跟这些伟

---

① 萨莱诺学派(école de Salerne)，中世纪时流行的医学卫生学派。

他和狼合伙走江湖，在大自然里过着极不安定的生活。

人一样。他有自己演说自己当听众的双重耐性。他自己提问题，自己回答；他一时赞扬自己，一时又痛骂自己。人们在街上听见他在小屋子里自言自语。过路人对聪明人是有他们自己的看法的，他们说："这人是个呆子。"我们刚才说过"熊"有时痛骂自己，可是有时他也对自己作出公正的评价。有一天，人们听到他在自言自语时大声说："我研究过植物的一切玄妙：茎、蓓蕾、萼片、花瓣、雄蕊、雌蕊、花籽、子囊、芽孢囊、子器等，我都研究过。我深入研究过植物的色、香、味的形成。"毫无疑问，在"熊"发给"熊"自己的这张证明书上，确有夸大的地方，不过有谁深入研究过植物的色、香、味的，请去批评他吧。

幸喜"熊"从来没有到过荷兰。假使他到了那里，人们一定会称称他的体重，看他的体重是否正常，超过或者不到正常体重的男人就是巫师。在荷兰，法律很明智地规定这个体重。这是最简单最聪明的办法。这是一种检验方法。人们把你放在秤盘上，你打破了原有的平衡就明显地证明你是巫师，你过重了就要被绞死，过轻了就要被烧死。直到今天，我们在奥德瓦特①城还可以看到这种称巫师的大秤，可是现在只用来称乳酪；宗教已经衰落到这种地步了！"熊"很可能逃避不了被称一称。幸喜在他的旅行中，他避开荷兰，他这样做得对。不过，我们相信他从来没有离开过大不列颠的国境。

不管怎样，"熊"既然又穷又粗鲁，他在树林里结识了"人"之后，就爱上了流浪生涯。他和狼合伙走江湖，在大自然里过着极不安定的生活。他聪敏能干，医道很高明，无论内科或外科，他都能治疗，他还会来一套惊人的杂技；人们认为他是个头等的卖艺人又是个良医；不难理解，人们也把他看做是巫师；不过人们只能说他稍微懂一点巫术，不能说他懂得太多，因为在那个时代把一个人看做是魔鬼的朋友对他是非常不利的。老实说，"熊"热爱医药和植物，经常到生长着魔鬼吃的生菜的密林里采药草，是有遇见魔鬼的危险的。据参议员德·朗克罗证明，在这种密林里，到了傍晚时分，烟雾弥漫之际，很可能遇见一个从地底下钻出来的汉子，这个汉子"瞎了右眼，不穿外套，腰里拴着宝剑，赤

① 奥德瓦特(Oudewater)，荷兰的一个城市。

着双脚”。不过,“熊”的脾气和行为虽然都够古怪,但是他是一个十分上流的人,不成体统的事他是绝对不会做的,例如使天上落下冰雹,或者制止冰雹落下来;使没有身体的人面出现;使人不停地跳舞,跳到累死;使人做古怪或悲哀而可怕的梦;使雄鸡长出四只翅膀等等,他是不做这类坏事的。他也不肯做某些极其恶劣的事,如没有学过德文、希伯来文或希腊文就说德国话、希伯来话或希腊话等。这样做的人,或者是极其卑鄙可恶的家伙,或者是因性情忧郁而精神失常的人。假使“熊”说拉丁文,那是因为他懂得拉丁文的缘故。他没有学过叙利亚文,他就不敢说叙利亚话;再说,叙利亚话被认为是巫师同魔鬼聚会时使用的语言。在医学上,他正确地认为伽利安比卡尔当高明,因为卡尔当虽然是个有学问的人,但是同伽利安相比就显得一文不值了。①

总的说来,“熊”并不是一个经常害怕警察干涉的人。他的小屋子相当长也相当宽阔,足够让他睡在一只木箱上,木箱里放着他的不十分漂亮的破衣裳。他有一盏灯,几套假发和挂在钉子上的几件道具,其中有些是乐器。此外,他还有一块熊皮,在演出大型戏的时候他就把熊皮披上;他说这是化装演出。他常常说:“我有两种皮,这个才是我的真皮。”他指着熊皮这样说。这间有车轮的木屋子是他的也是狼的。除了木屋,曲颈瓶和狼,他还有一支笛和一只维哦琴②,他演奏这两种乐器的本领很不错。他自己制药配方。这许多本领使他有时还吃得上一顿饭。他的木屋子顶上有一个洞,一只铁火炉的烟囱从洞口伸出去,火炉靠近木箱,靠得太近了,一边木板已被烤焦。这只炉子分成两部分;“熊”用一部分来炼丹熬药,用另一部分来煮马铃薯。晚上,狼也睡在木屋子里,但是被铁链很友善地拴起来。“人”的毛是黑色的,“熊”的头发是灰白的。“熊”的年纪如果不能说他已经有六十岁,至少已有五十岁。他对命运的忍受到了这样的地步,竟像我们刚才所说的,把马铃薯当饭吃,而在那时候马铃薯是用来喂猪和给囚犯食用的不洁之物。

---

① 伽利安(C. Galien,131—201),希腊名医,精于解剖,他的医理重视推理论断,忽视观察实验。卡尔当(J. Cardan,1501—1576),意大利数学家、哲学家及医生,他的医理建立在占星学上。

② 维哦琴(Viole de Gambe),古代一种乐器名,为大提琴的前身。

他吃马铃薯的时候虽然愤慨，却也忍受了。他的身材并不魁梧，却很高大。他有点驼背，看上去很忧郁。年纪大的人弯着腰，那是因为背上有生命的重压。他的忧郁是天生的。他难得微笑一下，流泪对他又是从来不易办到的事。他缺少哭的安慰和快乐的鼓励。一个老年人是一座能够思想的废墟。“熊”就是这种废墟。有江湖医生的口才，像个先知者那么消瘦，脾气像地雷那么容易爆发，这就是“熊”。他年轻时，曾经在一位爵士的家里研究过哲学。

这一切是在一百八十年前发生的事，那时候的人们比现在的人们稍微野蛮一些。

不过也野蛮不了多少。

第 二 节

“人”并不是一条没有来历的狼。从它喜欢吃枇杷和苹果来看，人们会把它当做是一只草原上的狼；从它的黑色的毛来看，人们会把它当做是一只非洲狼；听到它的和狗吠相似的嗥声，人们会把它当做是一只北美狼；可是人们还没有很好地研究过北美狼的瞳孔，来断定它们的确不是狐狸，但“人”却确实是一只狼。“人”的身长五尺，即使在立陶宛，也称得上是一只大狼；它力大无比，眼睛斜视，这不是它的错，是天生如此的；它的舌头很柔软，有时它就用舌头来舐“熊”；它的背脊骨上有很狭窄的一丛刚毛，它的身材像森林里的狼一样瘦。在认识“熊”而且给“熊”拉车子以前，它一夜就能轻易地跑一百六十公里。“熊”在丛林里一条小溪边遇见它的时候，看见它正在机智而又谨慎地捉虾，不由得肃然起敬，认出它是一种称为“捉蟹狗”的老实的纯种库帕拉狼，对它表示了敬意。

“熊”愿意“人”给他拉车，而不愿意要一头驴子。他很尊重驴子，不忍心让驴子给他拉小屋子。而且他曾经注意到驴子是一个人们不了解的四只脚的思想家，他注意它有时听到哲学家发表谬论的时候，会不安地竖起耳朵。在生活中有了一头驴子，就好像有一个第三者介在我们的思想和我们之间，这是很不方便的事。“熊”愿意同“人”做朋友，而不愿意要一条狗,因为他认为狼的友谊是更难得的。

因此"人"就满足了"熊"的需要。"人"不仅是"熊"的伙伴,还是他的第二个我。"熊"往往拍着"人"的凹进去的腰窝说:"我找到像我一样的家伙了。"

他还说:"我去世以后,谁要认识我这个人只要研究'人'就得了。我留下它就是留下了我的毫无错漏的抄本。"

英国法律对森林野兽不十分仁慈,"人"这么大胆地随便在各个城市之间来来往往,本来会惹起麻烦和免不了一场官司的,可是爱德华四世曾经颁布过一条关于仆役的法令,规定"凡仆役均得跟随主人自由地到处旅行"。"熊"利用这条法令避免了官府的干涉。此外,另一个原因使法律对狼放松了不少:在斯图亚特王朝的末期,宫廷命妇间流行饲养像猫那样大小的"袖珍狼"来代替小狗,她们花了高价把"袖珍狼"从亚洲运来,当做爱畜带来带去。

"熊"把自己的一部分本领传授给了"人":"人"能用后腿站立,能把发怒改变为发脾气,能用叽咕来代替嗥叫,等等;另一方面"人"也把自己的能耐教给了"熊",那就是不要房屋,不要面包,不要柴火,宁可在树林里挨饿,不愿在宫廷里当奴隶。

那间小屋子既是一辆车子,又是一所木房,虽然没有离开过英格兰和苏格兰的边界,却走过许多不同的路径。小屋子有四个车轮,有给狼拉车的辕,给人拉车的横档。在道路难走的时候,就要使用横档了。这辆车子虽然像鸽房一样用薄木板造成,倒很结实。车头是一扇玻璃门,门外有一个小阳台,既像议会的发言台,又像教堂的讲道坛,"熊"就在这个阳台上对观众发言。车后面是一扇木门,门上有个小窗,木门下面装着一架活动梯子;把门打开,放下梯子,就是三级楼梯,可以踏着走进屋子。晚上这扇门是上了闩而且下了锁的。这扇门已经经过无数风霜雪雨,原来这扇门是漆过的,现在已经看不出漆的是什么颜色;季节的变化对车子的影响,正如朝代的更换对朝臣的影响一样。车前门外挂着一块薄木板,上面白底写着黑字,可是已经逐渐模糊不能辨认了,原来是这样写着的:

"金子由于摩擦而每年失去其体积之一千四百分之一,这就是所谓‘损耗’;因此目前在世界上流通的十四亿金子每年要损失一百万。这一百万金子化成灰尘,分离成原子,在空中飘忽、飞扬。人在呼吸中把它吸了进去,它就变成了良心上的一种负担,使良心沉重,闭塞;它同有钱人的灵魂结合,使有钱人傲慢;它同穷人的心灵结合,使穷人粗暴。”

由于雨水的洗涤和老天爷的保佑,这段题铭幸而看不清楚了,否则这种十分含蓄而又太明显的“金子吸入论”,大概是不合郡长、宪兵司令和其他戴假发的执法者们的胃口的。那时候英国的法律并非儿戏。一个人很容易就戴上叛逆的帽子。官吏们冷酷成性,残暴行为已经司空见惯。巡回审判官遍地皆是。杰弗里斯①的后代不能以数计。

第 三 节

木屋子里面还有两段题铭。木箱上面,用石灰粉刷过的木板壁上,有一段是用墨水手写的:

惟一必须知道的事情:

“英国贵族男爵可以戴六粒珍珠的金冠。

“从子爵开始就可以戴冠冕。

“子爵戴的金冠能镶不定数的珍珠,伯爵的金冠较低部分有草莓叶的冠饰,较高部分有金针,针端各嵌一粒珍珠;侯爵冠上的草莓叶冠饰同珍珠高低一致;公爵的冠上只有草莓叶冠饰,没有珍珠,皇族公爵的冠上是一圈十字和百合花相间;威尔士亲王的冠同国王的相似,只是缺少冠的上部。

“公爵是‘极高贵和极有权力的亲王’;侯爵和伯爵是‘十分高贵和有权力的卿’;子爵是‘高贵和有权力的卿’;男爵是‘真正的卿’。

“公爵称为‘殿下’;其余贵族称为‘阁下’。

“贵族是不可侵犯的。

---

① 杰弗里斯(George Jeffrys,1648—1689),英国查理二世时代著名酷吏。

“贵族组成议院和法庭①,他们是立法者也是执法者。

“‘极尊贵的爵爷’②比‘真正尊贵的爵爷’③地位高。

“有贵族封号的爵士是‘当然爵士’;没有贵族封号的爵士是‘礼貌上的爵士’;只有有贵族封号的爵士才是真正的爵士。

“爵士是从来不起誓的,无论对国王或者在法庭上,他说话就算数。他只说:‘我以我的荣誉担保。’

“下议院的议员是平民,他们被传唤到上议院时,必须脱下帽子,毕恭毕敬地站在戴着帽子的贵族前面。

“下议院向上议院送议案,要派四十个议员送去,还要鞠上三个躬。

“上议院给下议院送议案,只要派一个普通职员送去。

“两院意见不一致的时候,双方聚集在画厅讨论,贵族们坐着而且戴着帽子,下议院议员们站着,脱下帽子。

“根据爱德华六世颁布的一条法律,爵士们有杀人的特权。一个爵士没有预谋地杀死了一个人,法律是不追诉的。

“男爵的地位与主教的地位相等。

“要做有贵族封号的男爵,必须由国王封给规定的全部领地④。

“男爵的全部领地包括十三又四分之一个贵族采邑,每个贵族采邑值二十英镑,也就等于四百马克。

“男爵领地的首邑⑤是一座世袭的城堡,如同英国的王位一样,没有男孩子继承时才传给长女,对其余女儿应尽可能分别另给遗产(coeteris filiabus aliunde satisfactis)⑥。

“男爵具有爵士(lord)的身份,lord 这个字是从撒克逊语 laford 来的,古拉丁语的原文是 dominus(主人),拉丁俗语原文是 lordus(主人)。

---

① 原文中附有拉丁文。

② 原文是英文,指对侯爵的尊称。

③ 原文是英文,指对伯爵以下贵族的尊称。

④⑤ 原文中附有拉丁文。

⑥ “换句话说:能给什么就给什么,没有什么可给就不给。”(这是“熊”在墙边上加上的注解)——原注。(正文中这句话是拉丁文)

“子爵和男爵的长次各子是英国王室的侍从。

“贵族的长子排列在嘉德勋章骑士之前;次子则不能。

“子爵的长子走路时应在男爵之后,准男爵之前。

“爵士的所有女儿都称为‘贵妇’①。其他非贵族的英国姑娘只能称为‘小姐’②。

“所有法官的地位都低于贵族。执达吏戴羊皮风帽,法官的风帽是小白皮③制的,各种各样的小白皮都可以,只除了貂皮。貂皮是贵族和国王专用的。

“不能签发对爵士的拘捕状④。

“不能拘留爵士,除非是监禁在伦敦塔里。

“爵士被国王召见的时候,有权在御花园里猎取一两只鹿。

“爵士在自己的城堡里可以设立男爵法庭。

“爵士出门时如果只穿外套和带着两名仆人,那是有失身份的;他外出时必须带着一大群家臣。

“贵族赴议会时坐着马车,排成长行;下议院的议员们不能如此。有几个贵族到威斯敏斯特去时坐着四轮敞车。这些四轮敞车都绘有家徽和王冠,其式样只有贵族能用,这是属于他们身份的特权。

“只能由爵士对爵士处以罚款,数额不能超过五先令,只有公爵可以被判处十先令的罚款。

“一个爵士可以在家里接待六个外国人。普通英国人只能收留四个外国人。

“一个爵士可以有八大桶免税的酒。

“爵士是惟一可以不必前去谒见巡回司法长官的人。

“不能向爵士征收民兵税。

“爵士高兴起来,可以招募一个军团然后献给国王;阿索尔公爵、汉弥登公爵和诺逊白兰德公爵就曾经这样做而获得国王的恩宠。

“只有爵士可以审判爵士。

---

①② 原文是英文。

③ 原文中附有拉丁文。

④ 原文是拉丁文。

“在民事案件中，法官里面至少要有一个骑士，否则爵士可以请求延期审判。

“爵士任命自己领地内的牧师。

“男爵可以任命三个牧师；子爵可以任命四个；伯爵和侯爵五个；公爵六个。

“爵士即使犯了叛国罪也不能加以刑讯。

“爵士的手背上不能刺上罪名。

“爵士是学者，即使他不识字，依照法律他也算是识字的。

“除非国王在场，否则公爵无论走到哪里，背后总跟着撑华盖的随从；子爵只能在自己家里使用华盖；男爵有一个试味盖，饮酒时叫人给他放在酒杯下面；男爵夫人在子爵夫人前面可以有一个男仆为她捧着衣裙。

“每天有八十六桌酒席在宫廷里献给国王陛下，由八十六个爵士或其长子主持，每桌有五百个位子，费用由王宫附近地区负担。

“一个平民动手打了一个爵士，就要被砍去一只手。

“爵士差不多等于国王。

“国王差不多等于上帝。

“整个大地就是爵士的封土。

“英国人称上帝为‘我主’，对爵士也称为‘我主’。”

在这篇题铭对面，有另一篇题铭，同样是用墨水手写的，上面写着：

一无所有的人应当满足于

知道别人产业的状况：

“格兰渗姆伯爵亨利·奥伟盖克每年有十万英镑的收入，他在上议院里坐在杰西伯爵和格林尼治伯爵之间。完全用大理石建造的格兰渗姆大厦就是他的产业，这座宫殿式的建筑物以具有迷魂阵似的走廊而著名。这些走廊是一种奇景：有一条走廊是用沙朗柯林的紫红色大理石建造的，称为紫红色走廊；褐色走廊是用阿斯脱拉冈的褐色大理石建造的；白色走廊是用拉尼的大理石造成的；黑色走廊是用阿拉邦大的大理石造成的；灰色走廊是用斯塔拉玛的大理石造成的；黄色走廊是用赫斯的大理石造成的；绿色走廊是用提洛尔的大理石造成的；红色走廊却是一半用波希米亚的红底褐斑大理石，一半用柯尔都的红色大理石造成的；黄色走廊是用热那亚的蓝色白纹大理石造成的；紫色走廊用的是加泰隆纳的紫色大理石；‘哀丧’黑白走廊用的是慕尔维德罗的黑底白纹岩石；玫瑰色走廊用的是阿尔卑斯山的粉红色石灰岩石；珍珠走廊用的是诺奈特的贝壳大理石；最后，用五颜六色的花山石造成一条五色走廊，名为‘廷臣’走廊。

“伦斯大勒子爵李察·劳特有一座劳特城堡，在威斯特摩尔兰德，这座城堡的周围非常华丽，台阶仿佛在那里邀请国王进内一样。

“斯卡尔布勒伯爵李察，也是林里子爵和林里男爵，又是爱尔兰的华特福特子爵，兼任诺逊白兰德郡、都林郡及都林市的副将及海军中将，他在斯坦司脱德有一座一半祖传一半新建的城堡，城堡的花园里有精美的铁栏杆，半圆形地围绕着一个优美无匹的喷水池。此外，他还有他的林里城堡。

“罗拔特·达西，荷尔达奈斯伯爵，他拥有荷尔达奈斯领地，里面有男爵高塔，有无限广阔的法国式花园，他坐着一辆由六匹马拉的马车在花园里驰骋，并且按照英国贵族应有的气派，马车前面由两个骑马的随从带路。

“查尔斯·波克来克，圣阿尔邦斯公爵，又是伯福特伯爵，赫丁顿男爵，英国的饲鹰官，他在温莎有一座官邸，华丽得像王宫一样，坐落在国王的宫殿旁边。

“查尔斯·鲍德维尔，罗伯特爵士，他是土鲁罗男爵，波德民子爵，他在剑桥有一座温布尔城堡，这座城堡有三个正门。一个是拱形的，两个是三角形的，分成三座宫殿，进门的林荫道有四排树木。

“极尊贵和极有势力的菲力浦·哈勃特爵士，他是卡爱地夫伯爵，蒙甘茂利伯爵，潘布洛克伯爵，坎大尔，马美翁，圣昆丁和邱兰德的贵族领主和严厉的主人，康华尔郡及代温郡的锡矿监守官，耶稣学院的世袭视察，他拥有那所美妙无比的威尔顿花园，园里的两个喷水池比十分虔诚的基督徒国王路易十四在凡尔赛宫的喷水池更华美。

“查尔斯·西摩，渗摩山脱公爵，在泰晤士河边有一所渗摩山脱官邸，可以和罗马的潘菲莉别墅比美。屋内大壁炉上摆着两只中国元朝时代的瓷花瓶，在法国价值五十万。

“阿述，英格兰姆爵士，爱尔温子爵，在约克郡有一座纽山姆庙堡楼，进口是一个凯旋门，房子的宽阔平屋顶又像摩尔式的阳台。

“罗拔特、查脱来、布基爱及罗文那的菲来斯爵士，他在来硕士特郡有一座名为斯旦顿—哈洛德的城堡，堡里花园的树木花草构成一座平面的古典式尖顶庙宇；水池对面有一座大教堂，堂里有一个方形钟楼，都是爵士的产业。

“查尔斯·斯宾塞，森德兰的伯爵，国王陛下的私人顾问之一，他在诺坦普吞郡有一座名叫阿尔脱洛普的大厦，大门是由嵌在四根大圆柱里的铁栏造成，每根大圆柱上面又安置着许多大理石雕像。

“罗伦斯·海德，洛吉斯特的伯爵，在苏梨地方有一座名叫‘新花园’的城堡，建筑物的边沿有雕像，使城堡显得非常壮观，花园的草地作圆形，周围植着树木，森林的尽头有一座艺术化的圆形小山，山顶上矗立着一棵大橡树，从远处就能望见。

“菲力浦·斯坦霍普，吉士特斐尔德的伯爵，在德比郡有一座名叫勃力弟的城堡，城堡里有一座宏伟的自鸣钟楼，有养鹰场，养兔的草坪，还有极美丽的长形、方形、椭圆形的水池，其中一个水池的形状像镜子，两道泉水喷得很高。

“康华里斯爵士，艾耶的男爵，有一座城堡名叫白罗姆殿，那是一座十四世纪的宫殿。

“非常尊贵的阿尔及农·卡浦尔，马尔登子爵，艾赛克斯的伯爵，在黑斯福特州有一座名叫卡肖布利的城堡，外形像一个大H，里面有许多可供狩猎的野兽。

“查尔斯，奥苏斯通爵士，在米杜赛克斯有一座名叫多利的城堡，要经过许多意大利式花园才能走进去。

“詹姆士·西苏尔，沙里斯布利的伯爵，在离伦敦七法里处有一座名叫赫特斐尔德的城堡，里面有四座巍峨的大楼，正中是钟楼，前院的地面是用大块方砖黑白相间砌成的，同圣日耳曼宫堡①的前院一样。这座城堡是在詹姆士一世在位时，由当时英国的财政大臣即现伯爵的

① 这个宫堡在巴黎郊外。

曾祖父所造，房屋前部共长二百七十二尺。里面陈列着一位沙里斯布利伯爵夫人的床，这张床完全用巴西出产的一种名为‘一千个男人’（milhombres）的木料制成，能治毒蛇的咬伤。床上用金字写着：‘从坏处着想是可耻的’。

“爱德华·利治，华尔威克及荷兰的伯爵，拥有华尔威克城堡，里面的大壁炉可以燃烧整棵橡树。

“查尔斯·萨克威勒，布克斯特男爵，克兰菲德子爵，道塞特及米杜赛克斯的伯爵，在七橡树教区有一座名为瑙勒的城堡，面积同一座城市一样大，包括三座宫殿，像步兵行列似的前后平行排成三行，正面屋顶上有十个尖顶像楼梯似的排列着，大门开在一座有四个高塔的望楼下面。

“汤玛士·泰纳，韦茅斯子爵，华明斯特男爵，有一座城堡叫做龙一利特，里面所有的烟囱、气楼、小阁楼、瞭望塔、亭子塔和小碉堡的数目，和法国尚博尔宫差不多，而尚博尔宫是法国国王所有的。

“亨利·霍华德，苏福尔克的伯爵，在离伦敦十二法里的米杜赛克斯郡里有一座名叫奥德赖纳的宫殿，在庄严宏伟方面仅次于西班牙国王的爱斯居里亚宫。

“在贝德福郡有一座来斯特花园大厦，面积之大等于整整一个乡村，四周有城墙和护城河围着，里面有树林、河流和小丘，它是坎特侯爵亨利的产业。

“在喜勒福特郡有一座汉普顿院，里面有一个筑着城垛的坚固堡垒，花园里有一个大水池，水池把花园和森林隔开，那是柯宁斯比爵士汤玛士的产业。

“在林肯州有一座格林士索普城堡，堡的正面很长，筑有几座很高的瞭望塔，仿佛把房子分割成几段；里面有花园，池塘，养雉场，羊栏，草地，植树场，林荫道，大树林；有栽植成方形及菱形的花坛，像大地毯一样；还有赛马草场和一条宏伟宽阔的弓形大道，马车在驶进城堡以前都要在这条大道上兜过来。这一切是林赛伯爵罗拔的产业，他是华林姆森林的世袭主人。

“在苏塞克斯郡有一个称为‘上园’的方形城堡，里面前院的两边对立着两座带有钟楼的大楼，这是极尊贵的福特的产业，福特就是格雷爵士，格伦戴勒子爵兼坦卡威勒伯爵。

“在华尔威克郡的纽汉姆·巴多克斯城堡里有两个方形的养鱼池，有一个三角形拱门，下面有四扇颜色玻璃大窗，这是丹比伯爵的产业，丹比伯爵在德国是来因费尔顿伯爵。

“在伯克郡有一座维塔姆城堡，里面有法国式花园，园中有四座用树藤搭起来的小亭子和一座筑有城垛的高大碉堡，碉堡旁边还有两个军舰模样的东西，这是蒙太格爵士的产业，蒙太格爵士就是阿宾顿伯爵，也是赖各特男爵，他也是赖各特城堡的主人，城堡的大门上记载着这句拉丁文格言：‘道德更强于撞城槌。’①

“威廉·加文地斯，代文郡的公爵，拥有六座城堡，其中名为查兹华斯的一座有三层楼，是最华丽的希腊式建筑；此外，这位殿下在伦敦有一座官邸，门前有一只狮子雕像，狮背对着国王的宫殿。

“纪南米琪子爵，也是爱尔兰的柯克伯爵，他在毕加弟里有一座波灵顿大厦，那里的花园阔大得延伸到伦敦城外的郊区；他还有一座纪丝威克城堡，里面有九座壮丽的大楼；他还有伦德斯堡官邸，这是一座新建的大厦，坐落在旧的宫殿旁边。

“波福特公爵是却尔斯城堡的主人，这座城堡包括两座哥特式建筑物和一座佛罗伦萨式建筑物；他在告罗吉士特还有一座白德明顿城堡，这座城堡像一颗光芒四射的星一样，有无数林荫道从城堡伸展出去。十分高贵和有权力的亨利亲王兼波福特公爵就是窝吉士特的侯爵及伯爵，赖格朗男爵，鲍卫尔男爵，捷伯斯谕的黑拔特男爵。

“约翰·毫勒斯，纽卡苏公爵及克拉尔侯爵，有一座名叫保尔梭佛的城堡，里面有一个华贵庄严的方形碉堡；他在诺丁汉姆还有一座霍顿城堡，里面的水池中央有一根模仿巴别塔②筑成的圆石柱。

“威廉，克拉文爵士，汉普斯达德的克拉文男爵，在华尔威克郡有一座称为孔伯寺的住宅，里面有英国最美丽的喷水池；在伯克郡他还有

---

① 原文是拉丁文。

② 巴别塔(la tour de Babel)，据《圣经·创世记》第十一章，诺亚的子孙要造一个高塔，上达天庭，上帝使造塔的人说着各种不同语言，互不了解，终于使塔造不成功。

两处男爵领地，一处称为汉普斯达德·马歇尔，这座城堡的正面凸出五个哥特式的瞭望台；另一处称为阿士到纳花园，这座城堡正处在一个森林里的十字路口中间。

“林耐士·克朗查理爵士，克朗查理男爵兼亨克威勒男爵，在西西里岛又是柯利奥纳侯爵，他的领地在克朗查理城堡内，这座城堡是公元九一四年时老爱德华建造来同丹麦人作战的；他在伦敦还有一座宫殿，名叫亨克威尔大厦；他在温莎还有另一座宫殿，名叫柯利奥纳阁；他还有八座城堡：一座在布勒斯通，坐落在特朗特河边，当地的雪花石膏矿也属他所有；其余几座是甘姆德黎特，霍姆布露，摩里冈布，特朗华德黎特，嚣尔一开特士（里面有一口极奇妙的井），菲灵摩尔（包括附近的泥炭沼泽），还有坐落在几尼亚塞古城边的雷沟尔维，坐落在摩亚尔一恩利山上的韦尼各通；此外，他还管辖十九个设有镇、乡长的村镇，以及整个平斯耐斯狩猎区，因此爵士每年能有四万英镑的收入。

“詹姆士二世在位时有一百七十二个实任贵族，他们总的收入每年共达一百二十七万二千英镑，即英国国家收入的十一分之一。”

在最后一个名字“林耐士·克朗查理爵士”旁边，“熊”亲手写上一条附注：

“叛徒；已流亡；财产、城堡及领地均被没收。活该。”

第四节

“熊”很佩服“人”。我们总是佩服我们身边的一切，这是规律。

经常愤愤不平，这是“熊”的心理状态，流露在外的状态是经常嘀咕。“熊”对世界很不满意。他生下来就是一个反对派。他总从坏的一面来看待宇宙万事万物。无论谁，无论什么都不能使他满意。他不原谅蜜蜂，因为蜜蜂虽然会酿蜜，可是也会刺人；他也不原谅太阳，因为阳光虽然能使玫瑰花盛开，可是也造成了黄热病和黑热病。在私底下“熊”大概对上帝提出过很多批评。他常常说：“很明显，魔鬼是有弹簧牵制的，上帝的过失就是放松了开关。”他只对王公大臣表示赞许，他有他自己的特殊方法来赞扬他们。有一天，詹姆士二世赠送一座庞大的金灯给爱尔兰一所天主教堂的圣母,“熊”带着“人”恰巧从那里经过,“人”对这件事是漠不关心的,“熊”却当着众人表示赞美,他大声说:“毫无疑问,圣母迫切需要一座金灯,而我们眼前这些赤着脚的小孩子们却并不那么迫切地需要鞋子。”

他对执政者们的诸如此类的“忠诚”和“尊敬”,大概起了不少作用,使得官吏们容忍他的流浪生涯和他同一只狼的不相称的结伴。有时,由于友情而产生的软弱,使他在晚间把“人”解开,让“人”伸展一下四肢,在木屋子周围随意散步;“人”是不会滥用“熊”对它的信任的,它很安分守己,换句话说,它同人们相处稳重得像一只狮子狗一样;不过,假使遇见了一个坏脾气的官吏,还是会惹出麻烦来的;因此“熊”总是尽可能把老实的狼拴起来。在政治见解方面,“熊”写在那块长木板上的那篇“金子论”并没有引起人们注意,因为那篇文章字迹已经模糊,原意又难懂,别人以为只是大门上的装饰,没有什么意义。即使在詹姆士二世以后威廉和玛莉的“可敬的”朝代,他的小车子也能够毫无阻碍地在英国的各个小城镇和各郡之间往来。他从大不列颠的一端自由地旅行到另一端,沿途出售他自制的各种古怪药品,还同他的狼一起演出一些江湖医生的节目,顺利地通过当时警察局在英国全境布下的捕捉游民的天罗地网。警察人员对流浪集团搜寻得很厉害,尤其要沿路捕捉儿童贩子①。

其实,“熊”没有陷入警察人员的天罗地网是很公道的。他不属于任何流浪集团。“熊”只跟自己在一起生活;中间只有狼文雅地插进来。“熊”的野心是想成为小安的列斯群岛的加勒比野人;因为办不到,便只好成为一个孤独者。一个孤独者是被文明社会所容忍的变相野人。一个流浪的孤独者就更加孤独。因此他才终年不断地到处换地方。他认为固定在一个地方就好像是被人驯服了似的。他的日子都在道路往返中度过。他一见到城市就加倍想念野草,树丛,荆棘,以及山岩洞穴。森林原是他的家。他在人声嘈杂的广场上倒觉得比较习惯,因为嘈杂的人声和树木的沙沙声颇为类似。在一定程度上,热闹的人

① “儿童贩子”原文为西班牙文。

群可以使爱好旷野的人得到满足。这辆车子最使他不喜欢的地方，是它有窗和门，很像一所房子。他恨不得把山洞装上四个车轮，住在洞穴里旅行；这才符合他的理想。

我们说过，他从来不微笑，可是他会笑；有时还经常笑，不过都是苦笑。微笑表示同意，笑却经常表示拒绝。

他的最伟大的事业是憎恨人类。他的憎恨是不可解消的。由于看透了人生是最可怕的，又注意到人生灾难重重：国王压迫人民，战争推翻国王，瘟疫追随战争，饥馑接着瘟疫，而在这一切之上的却是愚蠢；又由于证实了仅仅生存在世界上就是一种惩罚，而死亡却是解放，因此，当人们给他送来病人的时候，他就故意把病人治好。他有一些可以使老年人延长寿命的药剂和饮料。当他治好一个双腿瘫痪的患者，使他能重新站起来时，他就嘲讽地对他说："你这下子能行走了。愿你在这个涕泣之谷①里多走几年！"当他遇见一个快要饿死的人时，他就把身上所有的钱都给了他，还嘀咕着说："活下去吧，可怜的家伙！吃点东西吧！多活几年吧！我才不肯缩短你的苦役期呢。"然后，他搓着两只手很得意地说："我尽我的能力去害人。"

过路人可以从车后的小玻璃窗上看见木屋的天花板上写着几个招牌似的大字，这些字是在里面用炭笔写的，可是在外面看得很清楚：**熊，哲学家。**

---

① 天主教把尘世称为"涕泣之谷"、"苦役期"等，意在说明只有在天堂才能享"永生"之乐。

第二章　儿童贩子

第 一 节

如今有谁还认识 comprachicos(儿童贩子)这个字,而且懂得它的意义呢?

comprachicos,或称为 comprapequeños,是一种可恶而又古怪的游民组织,盛行于十七世纪,到十八世纪已被人遗忘,今天已不为人知。他们像“继承粉末”①一样,是旧社会的特殊产物,也是自古以来人类丑恶史的一部分。如果用历史眼光全面来看,他们和广泛流行的奴隶制度是有关系的。约瑟被他的兄弟们出卖②,就是他们的故事中的一章。在西班牙和英国的刑法中,儿童贩子们也留下了他们的痕迹。我们在混乱而又复杂的英国法律中,往往可以发现这种丑恶组织的遗迹,正如我们在森林中找到野人留下的足迹一样。

comprachicos 或者 comprapequeños 是一个西班牙复合字,意思是:“买小孩的”。

他们拿小孩来做买卖。

他们买小孩也卖小孩。

他们并不拐带小孩。偷盗小孩是另一种行业。

他们拿小孩来干什么?

拿来制成怪物。

为什么要制成怪物?

为了引人笑。

---

① 法王路易十四时代有一个名叫瓦辛(Voisin)的算命女人,曾经贩卖毒药给宫廷贵妇来暗害仇人,成为轰动一时的案件。她把她的毒药称为“继承粉末”。

② 见《圣经·创世记》三十七章二十五——二十八节。

人民需要笑;国王们也需要笑。十字路口上要有卖艺人;宫廷里要有小丑。十字路口上的卖艺人如土鲁平①之流就是。

人类为着寻找快乐所作的努力有时是值得哲学家的注意的。

我们在这开头几页里预备写些什么呢?写一本最可怕的书中的一章,这本书可以名为:《幸福的人们怎样把自己的快乐建筑在不幸者的痛苦上》。

第 二 节

把孩子改变为成人的玩偶,这种事情曾经有过(直到如今也还存在)。在幼稚和野蛮的时代,这种工作构成了一种特殊的行业。被称为伟大世纪的十七世纪,也是属于这种时代的。十七世纪是十分具有拜占庭风格②的时代;它的特点是具有堕落腐化的天真和风雅高尚的残暴;这是文明的一种奇特的变化。简直像一只大发慈悲不吃人的老虎。又像赛维尼夫人③在火刑刑具及车裂刑具上咬文嚼字大做文章。这个世纪曾经严重地剥削过儿童;赞美这个世纪的历史学家们遮掩住这个脓疮,可是他们却让我们看见医治这个脓疮的人:樊尚·德·保罗④。

要把这个活人玩偶造得出色,必须在早期就动手。侏儒要从小培养才能成功。人们拿孩子当做玩偶,可是一个身躯笔直的孩子并不好玩,一个驼背就有趣得多了。

由此就产生了一种艺术——改变人形的艺术。出现了一批培养怪物的专家。他们把一个正常的人改变为畸形的人;把一个正常的人脸改变为兽脸。他们压制孩子的生长,改变人的容貌。这种人工畸形学有它自己的一套方法,简直成了一门科学。我们可以把它视作反面的人体矫正术。上帝赐给人们的好眼睛,被这种艺术改变为斜视。上帝

---

① 土鲁平(Turlupin),是法国十七世纪时一个笑剧演员的艺名。

② 拜占庭(byzantin)风格,指东罗马帝国时代的风格。

③ 赛维尼夫人(Mme de Sévigné,1626—1696),法国著名书信作家。

④ 樊尚·德·保罗(Vincent de Paul,1576—1660),法国天主教士,育婴堂的创办人。

赐给人们的美妙身材，被他们改变成畸形。他们把上帝的杰作还原为一个粗糙的毛坯。在“内行”的眼里，这种毛坯才是上乘的作品。他们也在畜生身上加工，这样就创造了有斑点的马；杜来纳①所乘的就是这样一匹有斑点的马。直到今天，不是还有人把狗毛染成蓝色或绿色吗？大自然是我们的画布。人类总想在上帝的创作里加上修饰。他们修整上帝的作品，有时改得比原来好，有时比原来糟。宫廷的小丑不过是一种把人退化为猿猴的尝试。这是一种向后的进步，倒退的杰作。同时，他们又尝试把猴子改变为人。巴尔伯是克丽夫兰公爵夫人兼苏桑普敦伯爵夫人，她有一个侍臣是一只卷尾猿。在男爵级贵族中位居第八的佛朗索瓦丝·苏顿，即杜德来男爵夫人，家中有一只穿金锦缎的狒猿，客人来的时候由它出来端茶，杜德来男爵夫人称它为“我的黑奴”。道却斯特的伯爵夫人卡婕琳娜·雪德莉在乘坐她的漆着家徽的马车到议会旁听的时候，马车后面有三个穿着仆役制服的非洲大猿猴昂首直立。美地那—却利的一个公爵夫人在起床以后叫一只猩猩给她穿袜子，红衣主教包吕斯曾经看见过这件事。这些地位上升了的猴子抵偿了那些被残酷地虐待和降低到畜生地位的人们。大人先生们存心要人和兽杂居在一起，从他们饲养侏儒和狗的事例中尤其可以看出来。他们饲养的侏儒和狗常常在一起，狗总高过侏儒。狗和侏儒成了一对，好像是接连着的两个环节。这种人和兽同起同坐的情形有许多家庭画像可以证明，最著名的是侏儒乔弗来·赫德逊②的画像，这个侏儒属英国皇后“法国的亨利爱特”所有，她是亨利四世的女儿，查理一世的妻子。

降低人的地位很自然就引导到改变人的外形。为了使地位和外貌相符，必须改变被降低地位的人的容貌。那时候有许多活体解剖家居然能够很成功地把作为上帝肖像的人脸完全改样。巩开斯特医生用拉丁文写了一本介绍这种破坏性手术的著作；他是阿门街学院的教授，经常和伦敦的化学药品商店有来往。如果我们相信于斯特斯·德·卡利

---

① 杜来纳（H. Turenne，1611—1675），法国元帅。

② 乔弗来·赫德逊（Geffery Hudson，1619—1692），英国十七世纪时期的一个矮人，佛兰德斯画家凡第克曾为他画过一张像。

克—菲尔格斯的话,发明这种手术的人是一个僧侣,名字叫阿文—摩尔,这个名字是爱尔兰语,意思是:“大河”。

这种手术的应用范围很广,其中一个杰出的标本就是伯克奥选侯的侏儒,模仿他制的玩偶——也可以说是他的鬼魂——现在还在海德堡的地下室里从弹簧盒子里跳出来。

这些畸形人物的生存条件简单得非常可怕:允许他们受苦,却命令他们给人解闷。

第 三 节

这种怪人制造业当时很发达,种类也很多。

苏丹需要畸形人,教皇也需要畸形人。前者用畸形人来看守他的妃嫔,后者用畸形人来帮助他祈祷。这是一种特殊的畸形人,他们是不能传宗接代的。这种阉人对肉欲和宗教都有用处。在土耳其后宫和教皇的圣堂里都利用同一种类的怪人,这种怪人在后宫里是凶暴的,在圣堂里却很温和。

那时候人们会制造许多我们现在不会制造的东西,他们具有我们缺乏的天才,怪不得有许多正人君子说我们一代不如一代了。我们再也不会在活人的肉体上雕刻;这是因为酷刑的艺术已经不再盛行;本来人们是精于此道的,现在已经没有这种专家了;人们把这种艺术简化到只剩下死刑,也许有一天这种艺术要完全消失。本来肢解活人,剖开他们的肚子,挖出内脏,我们可以当场观察到种种生理现象,而且能够有许多发现,现在不能够了;刽子手对外科手术所有的贡献,现在也没有了。

过去的这种活体解剖不限于制造广场上的怪形卖艺人和皇宫里的小丑——他们是特等侍臣,也不限于为苏丹及教皇制造阉人。产品的种类还有很多,其中最成功的一种就是为英国国王制造的“鸡人”。

英国的皇宫里有这样一个习惯:夜间必须有一个能学公鸡叫的人担任守夜。皇宫里人人入睡以后,这个守夜人还醒着在皇宫里到处巡逻,而且每隔一小时学一次鸡叫,以代替报时的钟声。这个提升到公鸡地位的人,从小就要在喉部动手术,这种手术也是巩开斯特医生所描写的那种艺术的一部分。手术的后果会使唾液不断地向外流。查理斯二世在位时,朴茨茅斯公爵夫人看见这种形状感到恶心,英王就改用没有动过手术的人来担任“鸡人”,因此这种职位并没有取消,以免有损皇家的荣誉。这个光荣的职位通常是选择退伍军官来担任的。詹姆士二世统治时担任“鸡人”的退伍军官名叫威廉·森普逊·公鸡,每年因学鸡叫而收入九英镑二先令六便士①。

据凯瑟琳娜二世回忆录记载,约一百年前,在圣彼得堡,沙皇或者皇后如果对一个俄国王子不满意,就命令这个王子在皇宫的宽大的前厅里蹲上几天。在这个期间,他得按照传来的命令或者学猫叫,或者学孵蛋的母鸡叫,而且用嘴从地上啄食物。

这类风尚已经不再流行了;不过也并没有绝迹。直到今天,宫廷里的侍臣们还捏紧喉咙学母鸡叫来献媚。他们当中不少人所吃的饭是从地上捡起来的,甚至是从肮脏的泥泞里捡起来的。

最可喜的事情是国王们是从来不会错的。这样一来,国王们之间有了互相矛盾的事也从来不会使他们感觉为难。我们只要不断地赞成国王的所作所为,我们就有把握永远不会错,这是多么令人愉快的事。路易十四是绝对不会让一个军官在凡尔赛宫里扮演公鸡,或者让一个王子在宫里扮演火鸡的。在英国和俄国认为是增加王室和皇家的荣誉的事,这位“伟大的路易”却认为是和圣路易的王冠不相容的。我们都知道亨利爱特夫人曾经失礼到梦见一只母鸡,路易十四为着这件事非常不高兴,的确,一个宫廷命妇应该这样不成体统。既然是路易十四的大朝廷里的人物,就不应该梦见下等畜生。我们也记得,波苏埃②为着这件事也和路易十四一样愤怒。

---

① 参阅张伯连的《英国之现状》,1688 年版,第一部,第十三章,第一百七十九页。——原注。〔按:张伯连(Edward Chamberlayne,1616—1703),英国作家,曾经在英国宫廷里当过太傅。〕

② 波苏埃(J. B. Bossuet,1627—1704),法国天主教主教,以善于讲道著名。

第 四 节

十七世纪的儿童生意不仅是商业,同时也是工业,我们前面的解释已经说明这一点。儿童贩子们是一面经商一面办工业的。他们买进小孩,在这种原料上进行一点加工,然后把他们卖出去。

出卖儿童的有各种各样的人,从出卖子女以减轻负担的贫穷的父亲,一直到出卖奴隶们的子女的奴隶主都有。当时贩卖人口是件很普通的事。直到今天还有人为了维持这种权利不惜引起战争。我们记得,距今不到一百年,赫斯的选帝侯把自己的子民卖给英国国王,因为英国国王当时要派兵到美洲去送死。我们到赫斯的选帝侯那里去买肉,正如到肉店老板那里去买肉一样。赫斯的选帝侯出卖的是当炮灰的人肉。这位选帝侯把他的老百姓挂在铺子里。“请说出一个价钱吧,这些货物是出卖的。”在英国,乔弗来斯担任首相时期,孟毛特公爵叛变的悲剧失败以后,乔弗来斯处死了许多英国爵士与贵族,不是杀头就是分尸;詹姆士二世把他们遗留下来的寡妇和孤女们送给他自己的老婆英国皇后。皇后把这批贵扫卖给威廉·潘①。大概国王也从中取得了一笔手续费和百分之几的佣金。詹姆士二世出卖这批贵妇不足为奇,令人惊奇的却是威廉·潘肯买她们。

威廉·潘做这笔生意不是没有原因的,他正在派遣一批男人去开垦荒地,他要他们在荒地上安家落户,因此需要一些女人。女人们是他需要的工具中的一种。这个原因虽然不一定能得到人们的谅解,至少也可以向人们作个解释。

和善的皇后做了一笔好生意。年轻的贵妇们售价高昂。但是一想到威廉·潘大概用非常低贱的代价得到了一批年老的公爵夫人,我们心中禁不住泛起一种复杂的愤慨之感。

儿童贩子又叫做“车拉斯”,这是印度语,意思是:“儿童寻觅者”。

在相当长的一个时期里,儿童贩子行业是半公开的。有时社会制

---

① 威廉·潘(William Penn,1644—1718),英国殖民主义者。

度会容忍丑恶的组织在暗中存在,这些组织就在这个阴暗的角落里继续保持下去。我们在今天还可以在西班牙看见这一类的组织;这个组织是由歹徒拉蒙·塞勒斯所领导的,从一八三四年到一八六六年存在了三十多年,使得瓦棱萨,亚利干的和木尔西亚三个省份都处在恐怖状态中。

斯图亚特王室执政时期,儿童贩子们同王室有来往。在必要时,他们能替政治服务。他们简直是詹姆士二世的“统治工具”①(instrumentum regni)。那时候是这样的时代:凡是有碍国王或者不服从国王的家族就要被剪除,有时需要割断血统关系,有时需要突然消灭一些继承人,有时需要夺取一支宗族的财产去给另一支宗族。儿童贩子们有一种本领:改变人的容貌,这样就使他们同政治发生了联系。改变人的容貌总比杀死人好些。当然,还有使用铁面具的办法,可是这个办法只能在不得已时使用。我们不能使欧洲到处出现戴着铁面具的人,可是畸形的卖艺人在马路上到处乱跑却是不足为奇的事;而且铁面具是能够除下来的,肉的面具却不能够。这种以自己的面具来隐藏自己的容貌的办法是最巧妙不过的。儿童贩子们在人身上进行艺术加工正如中国人培植艺术化的花木一样。我们说过他们是有秘术的,他们有巧妙的办法,这种艺术已经失传。他们用双手造出来一种古怪的矮人,这是既滑稽又深奥的。他们非常灵巧地整治一下一个小孩,就能使小孩的父亲也认不出自己的孩子。用拉辛②的那句有错误的法文来说,就是:“他父亲连亲眼都认不出他。”有时他们让小孩的脊骨保持挺直,只是改变小孩的容貌。他们把小孩的真面目拆掉,正如我们拆掉一条手帕上绣着的名字一样。

准备售给卖艺人的产品是经过巧妙的脱骨手术的,他们的身体软得像没有骨头似的。这样的孩子可以用来做柔软体操表演者。

儿童贩子们不仅改变孩子的容貌,而且还使孩子失去记忆力。至少他们尽可能使孩子失去记忆力。孩子根本不知道自己动过手术。这

---

① 原文是拉丁文。

② 拉辛(J. B. Racine,1639—1699),法国著名古典悲剧作家。

种可怕的手术只在脸上留下痕迹,在心灵上却一点不留。孩子最多只会记得有一天有几个人抓住他,后来他就睡着了,醒过来后他的病已经治好了。治好什么病呢?他自己也不知道。硫磺怎样灼伤了他,刀片怎样割破了他,他一点也不记得。儿童贩子们在动手术的时候是用一种麻醉药粉使孩子昏睡不醒的,这种麻醉药粉据说有奇效而且可以止痛。中国很早就会使用这种麻醉药粉,目前还在使用。中国在发明方面总是跑在我们前面:印刷术,大炮,气球,麻醉药,都是他们先有的。只不过这些发明在欧洲立刻蓬勃发展,而且变成了不起的奇迹,在中国这些发明却始终停留在胚胎状态,而且死在母腹中。中国是一个装死胎儿的玻璃瓶。

既然我们提到中国,我们就再谈一些有关中国的事。中国自古以来就有这么一种艺术和这么一种行业:塑造活人。他们把一个两三岁的小孩装在一只形状古怪的瓷瓮里,这只瓷瓮上头没有盖,下边没有底,使得孩子的头和脚可以伸出来。白天瓷瓮直立着,晚上倒放着,使小孩可以睡觉。这样孩子只能长胖却不能长高,他的被压缩的肉和被扭曲的骨头逐渐填满了瓷瓮。这种畸形的生长延续了好几年。到了一定时候,畸形造成了,无法挽回。等到人们认为他们所要塑造的怪物已经完成以后,就把瓷瓮打破,孩子走了出来,他的身形就和那只瓷瓮一样。

这是十分方便的办法;人们可以预先定货,定制自己所选择形状的矮子。

第 五 节

詹姆士二世允许儿童贩子存在,为的是他要利用他们。至少他曾经利用过他们好几次,我们有时也会利用我们所鄙视的人。这个下等行业,有时倒是我们称为"政治"的那个上等行业的最好的工具,因此统治者有意识地让这个下等行业继续惨淡经营,而并不加以迫害。法律并不正式监视这种行业,但对它却相当注意。这样也许是有用的。法律闭上一只眼睛,国王睁开另一只眼睛,两者合起来是开一眼闭一眼。

有时国王竟然公开承认他同儿童贩子们合作。这就是专制政体恐怖统治的大胆暴露。被改变容貌的人的脸上被刺上百合花，他们在他的脸上除去上帝的印记，换上国王的徽号。雅各·阿士特来，骑士兼男爵，曼尔东的领主，诺佛尔克郡的郡长，曾经有过一个被出卖的孩子，出卖的人在孩子的前额上用烧红的铁烙了一朵百合花。在某些场合下，如果为着一定的理由必须让人知道孩子是由国王的命令而变成畸形的，他们就使用烙上百合花的方法。英国一向为着自己的方便而使用百合花这个徽记，这对我们法国人说来真是不胜荣幸①！

儿童贩子们和印度的勒死人教派相似，惟一不同之点是前者是行业集团，而后者是迷信集团。他们生活在一起，组成一个集团，挂着卖艺的招牌，这样可以使他们的来往自由一些。他们到处为家，可是他们举止严肃，笃信宗教，和别的流浪人群丝毫没有相同的地方，他们从不偷窃。人们在长时期中曾经把他们和西班牙的摩尔人及中国的摩尔人混为一谈，这是错误的。西班牙的摩尔人是伪币制造者，中国的摩尔人是小偷。儿童贩子们和这些人完全不同。他们是正派人。信不信由你，他们有时是实实在在非常谨严的。他们推开卖主的门，走进去，磋商孩子的售价，付款之后把孩子带走。他们做生意是很规矩的。

他们中各种国籍的人都有。在“儿童贩子”这个名称下面团结着英国人，法国人，西班牙人，德国人，意大利人。同样的思想，同样的迷信，同一种行业，使他们融化在一起。在这一个匪徒的帮会集团里，近东国家的人代表东方，西欧国家的人代表西方。许多西班牙的巴斯克人和许多爱尔兰人互相交谈；他们说的都是古老的迦太基方言，所以互相懂得；此外，爱尔兰的天主教徒和西班牙的天主教徒也相处得很好。他们的这种密切的关系使几乎成为爱尔兰王的威尔士的勃朗尼爵士在伦敦被绞死，结果英国就征服而且建立了列特立姆郡。

儿童贩子们与其说是一个民族，不如说是一个会社；与其说是一个会社，不如说是一堆渣滓。他们是世界上从事一种罪恶行业的一群无赖。他们这一班乱七八糟的人犹如一件百结衣，每次有人加入他们的团体，就等于在这件破烂衣服上再缝上一块破布。

---

① 百合花是法国波旁王朝的徽记。

流浪是儿童贩子们的生活规律。他们忽来忽去。他们既然是被容忍才能存在的,当然不敢在一处地方生根。即使在某些王国里,他们的主雇是宫廷,或者他们的行业在必要时还是国王政权的助手,他们也会突然受到迫害。国王利用了他们的艺术,却把艺术家们送去服苦役。这种自相矛盾的事是国王喜怒无常的一种表现。正如国王们惯常说的:“此乃朕之意旨。”

滚动的石头不生藓苔,流浪的行业也攒不了钱,所以儿童贩子们是穷光蛋。他们也可以像骨瘦如柴而且衣服褴褛的巫婆在临刑前那样说:“这真是一件亏本生意。”也许,或者很可能,他们的不出面的领袖,那些大规模买卖儿童的人,是很有钱的。可是这一点在过了两百年后的今天,我们已无从查考是否属实了。

我们说过,儿童贩子们是一种会社组织。加入这个组织要宣誓,它有它的帮规,它的切口。它也几乎有它的党派。今天有谁如果想详细知道关于儿童贩子的组织,只要到西班牙的比斯开和加利西亚去就得了。由于儿童贩子中有很多巴斯克人,因此关于他们的传说流传在这两个山区中。目前在奥亚松,乌比斯同多,列苏和阿斯蒂加拉加等地还有人谈论儿童贩子。在这些地方,母亲们总是用这样的话来吓唬她们的孩子:“当心点,我要去叫儿童贩子来了。”①

儿童贩子们同茨冈人以及吉卜赛人一样,有聚会的地点;他们的领袖们不时在一起开会。在十七世纪,他们有四处主要的聚会地点。第一处是西班牙的潘考伯地峡;第二处是德国帝埃克却城附近的一个名为“坏女人”的林中空地,在帝埃克却城里有两个意义不明的浮雕,一个刻着一个有头的女人,另一个刻着一个没有头的男子;第三处是法国波旁那一来一奔城附近古老森林里的一个小丘,这座森林名为波伏一多摩纳,据说是仙林,小丘顶上有一座题名为“棍棒一诺言”的雕像;最后一处在英国,是约克郡的威廉·夏伦那家里的花园,聚会地点在花园的墙后面,在一座方塔和一间有拱形门的高大尖顶屋之间;威廉·夏伦那是约克郡克丽夫兰山区吉斯勃露城的乡绅。

---

① 这句话的原文是西班牙文,原书上有法文注解。

儿童贩子同茨冈人以及吉卜赛人一样，有聚会的地点；他们的领袖们不时地在一起开会。

第 六 节

在英国，法律对待流浪者一向是很严厉的。英国的落后的立法似乎是受到“流浪人比流浪的野兽更坏”[①]这个原则的影响。有一条特别法令形容无家可归的人“比蝮蛇，龙，山猫以及毒蛇更危险”[②]。英国曾经在长时期内像对待狼一样对待吉卜赛人，狼已经被彻底清除，英国法律还继续在取缔吉卜赛人。

在这一件事上英国人和爱尔兰人不同，爱尔兰人称狼为“我的教父”，并且祈求天神们保佑狼的健康。

但是，正如我们前面说过的，英国法律容忍已经驯服和受人饲养的几乎变成了狗的狼，它也容忍有了职业已经成为臣民的流浪者。法律并不干涉卖艺人，流动理发匠，江湖郎中，货郎以及江湖学者；只要他们有职业能够维持生活，就允许他们存在。除了这些例外，法律对其余的流浪者感到不安，因为流浪者是具有自由性格的。一个在路上闲荡的人很可能是人民公敌。近代所谓溜达，当时人是不懂得的，他们只知道古代传下来的所谓流浪。一个人只要“神色不正”，就有可能被逮捕，而所谓“神色不正”是人人都懂得却没有人能够作出正确的定义的。“你住在哪里？”“你干什么职业？”假使他回答不出，严峻的刑罚就在等着他。法律规定用烧红的铁在流浪者身上烙印。

因此，在英国全境对流浪者——我们不得不承认他们是很容易干坏事的——执行着一种和法国大革命时代的《嫌疑法》相仿的法律，尤其是对付吉卜赛人，他们都被驱逐出境。有人错误地把英国驱逐吉卜赛人和西班牙驱逐犹太人及摩尔人，法国驱逐新教徒混为一谈。但是我们却不会把搜捕和迫害混淆起来。

我们再度声明，儿童贩子和吉卜赛人完全不同。吉卜赛人是一个民族，而儿童贩子却包括各种国籍的人；正如我们所说，他们是一堆渣滓，是一盆可怕的脏水。儿童贩子们不像吉卜赛人那样有自己的语言；

---

①② 这句话的原文是拉丁文。

他们所说的是一种由多种语言凑合起来的方言;一切语言混合起来就是他们的语言;他们所说的话是杂乱无章的。最后他们也像吉卜赛人一样,成为一种流浪在各民族之间的流民;可是把他们联结在一起的并不是民族因素,而是组织因素。人类就像一条宽阔的大河,在历史的每个时代里总能发现有一部分有毒的人群从人类里分出来,如同小溪从大河里流出来一样,沿途散布着毒气。吉卜赛人是一个家庭;儿童贩子们却是一个秘密会社,这个会社没有崇高的目的,只从事于一种丑恶的行业。他们同吉卜赛人最后的一点分别是在宗教信仰方面。吉卜赛人是异教徒,儿童贩子们却是基督教徒,而且是虔诚的基督教徒。这是因为他们的组织虽然是由各种不同的民族所组成,但却起源于笃信宗教的西班牙的缘故。

他们不仅是基督教徒,而且是天主教徒;他们不仅是天主教徒,而且是罗马教徒。他们十分珍惜他们的信仰,而且他们十分纯洁,因此他们拒绝同匈牙利布达佩斯的流民集团合并。这个匈牙利流民集团由一个老人率领和指挥,他的权力的象征是一根拐杖,杖顶上有一个银球,银球上面有一只奥地利的双头鹰。这一群匈牙利人的确是天主教的分裂派,他们竟然在八月二十七日庆祝圣母升天节,这是很可恶的。

在英国,只要斯图亚特王室还在执政,儿童贩子们多少得到一点保护,其中理由我们在上面已经大概说了一些。詹姆士二世是个虔诚的信徒,他迫害犹太人,搜捕吉卜赛人,对待儿童贩子们却很宽大。为什么这样,我们前面已经说过。对于"人"这种商品,儿童贩子们是买进的商人,国王却是卖出的商人。儿童贩子们非常擅长使人失踪。为了国家的利益,不时需要某些人失踪。一个碍手碍脚的继承人,在年幼时让儿童贩子们带走,经过加工后就失去原来的外形。这样没收他的财产就比较容易了。把封土移转给国王的宠臣也比较简单了。加以儿童贩子们善于保守秘密,不爱多嘴,他们答应保守秘密之后就遵守诺言,这样做对国家大事是必要的。他们当中几乎从来没有过泄漏国王秘密的事。当然,这也关系到他们自己的利益。假使国王对他们失去信心,他们的处境是极端危险的。因此,从政治的角度来看,他们是有用的人。此外,这群艺术家还把歌手供应给教皇。对于提供歌手来歌唱阿列格里①作曲的大卫《诗篇》第五十篇，儿童贩子们是有用的。他们尤其信奉圣母，这一切使忠于教皇的斯图亚特王室对他们极有好感，詹姆士二世对于这些虔诚到为圣母制造阉人的教徒当然是不会敌视的。一六八八年，英国换了朝代。奥兰治王室代替了斯图亚特王室，威廉三世代替了詹姆士二世。

詹姆士二世在流亡中死去，在他的坟墓上发生了一些奇迹，他的遗物治愈了奥顿主教的瘘疾。这是这位富有宗教道德的国王应得的报酬。

威廉的思想和信仰都和詹姆士不同，因此他对儿童贩子非常严厉。他竭力镇压这批害虫。

威廉和玛丽皇后即位初期就颁布了一项法令，严厉地打击收购儿童的组织。这对于儿童贩子们算是打了一锤，这一锤把他们的组织打得粉碎。这条法令规定：凡是属于这个组织的男子被捕而且证实以后，应用烧红的铁在其肩膀上烙一个 R 字，意思是“无赖”；在左手上烙一个 T 字，意思是“贼”；在右手上烙一个 M 字，意思是“杀人犯”。他们的领袖，“虽然外表像乞丐，其实大都很有钱”，被捕后将在他们的额上烙一个 P 字，把他们缚在刑台上示众，没收他们的全部家产，并拔去他们的树林里的全部树木。那些知情而不检举儿童贩子的人“将被没收财产并处无期徒刑”，如同对隐匿罪犯的处罚一样。至于追随儿童贩子的女人，她们要受“妓女椅子”的刑罚，这种刑罚的原文名字是 cucking stool，是由法文的 coquine（坏女人）和德文的 stuhl（椅子）组成，意思是“妓女的椅子”，其实是一种跷跷板样子的椅子。英国法律是长寿得出奇的，到如今对“爱吵架”的妇女还保持着这种刑罚。这种椅子装置在小河或池塘旁边，女犯坐在椅子里面，人们在另一端把椅子浸入水中，然后又把椅子跷起来，这样一连把女犯浸三次，照注释家张伯连的说法，“为的是冲淡她的怒火”。

---

① 阿列格里（G. Allegri，1587—1652），意大利作曲家，他为大卫《诗篇》第五十篇所谱的一曲极为有名。

第 一 卷

黑夜比不上人心黑

第一章　波特兰的南岬

一六八九年十二月和一六九〇年正月的整整两个月中，顽强的北风连续不断地侵袭欧洲大陆，英国所受的袭击更为严重。因此造成了寒冷的灾害，在伦敦不宣誓派①的长老会教堂里有一本古老的《圣经》，在书页边上记载着："这是一个穷人难忘的寒冬。"由于从前用来记载公文的皇家羊皮纸非常坚固耐用，因此直到今天我们还能在许多地方政府的案卷中查出那年冻死者和饿死者的长长的名单，尤其是在扫斯华克城的克林克自由法庭的档案里，在"灰脚"法庭以及白寺法庭的档案里都可以查到。白寺法庭在斯塔普奈村子，档案是由爵士的管家管理的。泰晤士河冻结了，这是百年罕见的事，由于海水的冲击，泰晤士河是很难冻结的。马车在冰冻的河上行驶，市集在河上举行，还扎了帐篷，演出斗熊和斗牛的节目，并且在冰上烤了一整只牛。厚厚的冰块一直冻结了两个月。一六九〇年这个痛苦的年头在寒冷方面超过十七世纪初期著名的寒冷冬天。热台翁·代老纳医生对十七世纪初期的严寒曾经作过详细的观察，由于他是詹姆士一世的御医，伦敦市建立了一座有台座的半身像来纪念他。

一六九〇年正月最寒冷那几天的一个傍晚，在波特兰海湾无数不欢迎客人的小港口中的一个港口内，发生了一件不平凡的事，害得海鸥和海燕在港口外徘徊飞翔，不断鸣叫，不敢进入港内。

这个港口在有风的时候，是波特兰无数小港口中最险峻的一个，因此也最荒僻，而且由于港口险峻，对隐匿的船只最为相宜。那天有一只小船，系在岩石的尖端上，由于水深，几乎紧靠着滨海悬崖。我们常说：

---

① 英国教会中一部分僧侣在一六八九年拒绝宣誓效忠于新王威廉·奥兰治及王后玛丽，被称为"不宣誓派"（nonjurors）。

“夜幕降临了”,这是不正确的,应该说:“夜升起来了”;因为黑暗是从地面上升的。那时在悬崖脚下已经是黑沉沉一片,可是悬崖顶上仍然有亮光。有谁走近这只停泊的船,就会认出这是一只西班牙比斯开式单桅船。

在阴云背后躲藏了一天的太阳下山了。人们开始感到一种深沉而阴郁的不安,这种不安可以名为太阳消失的不安。

风没有从海上吹来,港口里的水很平静。

这是罕有的幸事,在冬天尤其少见。波特兰的无数小海湾差不多都有沙堰。风浪猛烈的时候,小海湾内浪头也很大,必须有高度的技巧和丰富的经验才能安全地在这些港口进出。这些小港口表面是港口,而实际上不是,对船只是有害无益的。船只进入时非常危险,驶出时也极度可怕。但是在这一天晚上却是例外,港口丝毫没有一点危险。

比斯开式单桅船是一种古老式样的船,如今已经不再流行了。这种船过去曾经起过作用,就是海军也曾用过它,它的船身很坚固,大小虽然像一只小艇,坚固却像一只大船。这种船曾经参加过西班牙的无敌舰队。不过,这种船用作战舰时吨位是较大的;例如洛珀·德·梅迪纳①所乘的那艘名叫“狮子狗”的主力舰,就有六百五十吨,船上载着四十门大炮;这种船用作商船和走私船时吨位就很小了。航海的人尊重而且重视这种小船。船上用的绳索是麻制的,有时还夹着铁丝心子,这大概是想利用它们来测量海区的磁场感应,当然这是极不科学的。虽然这种船的船具很轻巧,但是其中仍有西班牙大帆船和古罗马三层桨大船所使用的那种牢固耐用的大粗绳。舵柄很长,可以当做长杠杆使用,缺点是缩小了转弯的角度。为了纠正这个缺点,增加舵的转动力,在舵柄的末端装了两个滑轮。罗盘针安装在一个平稳的四方架子中间,这架子是由两个横套着的铜框子组成的,它们像卡尔当②发明的灯一样,是全靠铆钉来接合的。比斯开船的构造显示了不少科学和机智,但那是无知者的科学和野蛮人的机智。这种船和扁平船以及独木船一

---

① 洛珀·德·梅迪纳(Lope de Médina,1550—1615),西班牙无敌舰队司令官。

② 卡尔当(Jérome Cardan,1501—1576),意大利数学家兼哲学家。

样原始，它具有扁平船的稳定和独木船的速度。它像其他由海盗和渔人按照本能制造出来的船一样，是很适合于航海的。无论在海洋上或者湖泊上，它都能航行。依靠它那特殊的、有支柱的复杂的帆，它能在西班牙阿斯杜里省不通海的港湾里慢慢地航行，也可以在大海上横冲直撞地行驶，阿斯杜里省的港湾简直是天然的碇泊所，如巴沙日港湾就是一个例子；比斯开船能够环绕着一个湖行驶，也能够游遍全世界；这种古怪的船有两种用途：可以在池塘里行驶，也经得起狂风巨浪。比斯开船在船只中所占的地位，正如鹡鸰在鸟中所占的地位一样，是最小的也是最勇敢的。鹡鸰轻得即使停在芦苇上，也不过使芦苇稍为弯曲一下，但是飞起来却能越过海洋。

即使最穷的比斯开船也涂上金粉和绘上图画作装饰。这个有点野蛮却很可爱的民族是有绘画装饰的天才的。他们的高山披着雪和草原，构成极美丽的图案，终于使他们认识到装饰能带来粗野的威力。他们是贫穷的，同时也是威风十足的；他们在自己的茅屋上绘上家徽；他们用五彩的小铃来装饰高大的驴子，他们给大黄牛戴上羽毛；他们的车子虽然老远就可以听到车轮吱咕吱咕地响，却都雕刻着彩色花纹，还用缎带作装饰。一个鞋匠住宅的门上也有浮雕，虽然刻着的是圣克雷潘①和一只鞋，却是刻在石头上的。他们的上衣是用皮绲边的；他们不补衣服上的破洞，却在洞上绣花。他们既愉快又高傲。巴斯克人和希腊人一样，是太阳的儿子。至于瓦棱萨地区的人们则愁眉苦脸地在赤裸的身上披着棕褐色的羊毛毯子当衣服，只在毯子当中开个洞把头套进去；加利西亚地区和比斯开地区的人们却愉快地穿着被露水珠漂白了的漂亮衬衫。他们的门槛和窗口经常出现金发脑袋和清新的脸颊，在悬挂着的一簇簇的玉蜀黍下面欢笑。他们的天真的艺术，他们从事的行业，他们的习俗，他们的歌曲以及姑娘们的打扮，都流露出欢乐、高傲和安宁的气息。比利牛斯山就像一所庞大的破房子，在比斯开境内是充满阳光的；山上每一处空隙都有阳光进出。粗野的捷斯纪韦山是充满诗意的。比斯开是比利牛斯山最优美的地区，如萨瓦是阿尔卑斯

① 圣克雷潘（Saint Crépin），是鞋匠的保护圣。

山最优美的地区一样。在圣瑟罢士梯安、列苏、封塔拉比附近一带可怕的海湾中，我们可以看见暴风，乌云，高过海岬的浪涛，怒吼着的狂风和巨浪，恐怖的景象和嘈杂的海面，也可以看见戴着玫瑰花冠的船娘。到过巴斯克的人都想再到一次。这是一块有福的土地。一年两次收获，乡村都是热闹和愉快的，人们虽然贫穷却很高傲，整个星期日只听见吉他声，跳舞声，响板声；情人在谈情说爱，房子整洁明亮，教堂的钟楼上栖着鹳鸟。

现在让我们回过来谈谈波特兰，海边上那座险峻的山。

波特兰半岛的地形像一只鸟头，嘴朝着海洋，头的后部向着韦茅斯，地峡就是鸟的脖子。

今天的波特兰成了工业地区，因此它就失掉原有的粗野，这是十分可惜的。十八世纪中叶石灰商人和石料商发现了这个地区。从那时起他们就利用波特兰的岩石来制造称为罗马式的水泥，这种有利的开采给当地人们带来了富裕，但是丑化了海湾。两百年前这一带海岸是作为断崖而逐渐毁坏，今天却作为石料矿山而被毁坏；鹤嘴锄一小块一小块地啃它，海水却大口大口地把它吞食；因此它丧失了不少自然美。海洋首先大规模地破坏它，继之以人类有规则的切削。这种有规则的切削已经消灭掉我们所说的停泊着一只比斯开船的那个小海湾。如果要寻找这个已经毁灭掉的小小碇泊所的遗迹，应该到半岛东岸的尖端，越过福利码头和德特尔码头，甚至越过威克汉，到邱吉—霍普和扫斯韦尔两地之间去找。

环绕着小海湾的峭壁，高度都超过小海湾的宽度。黑夜逐渐笼罩着小海湾；傍晚时分特有的混浊的雾愈来愈厚；看上去整个小海湾像一口井，井底涌出层层黑暗。小海湾的出海口是一条狭窄的小水廊，海湾里面快要被黑暗完全吞没，波涛在这黑暗中动荡，狭窄的出海口在黑暗中形成一个淡白色的缺口。必须走得很近才能看清楚那条系在岩石上的比斯开船，黑夜像件大衣似的把这条船遮没了。一条跳板从船上伸出搭到悬崖的一块突出的又低又平的岩石上，这是惟一的能站脚的地方，也是船上和陆地的交通道路。黑色的人形在这条不稳的跳板上走着，有来的也有往的，互相交臂而过；在黑暗中，有人正在上船。

由于矗立在海湾北部的一块岩石起了屏风作用,小海湾里面没有海洋外面寒冷。虽然如此,人们还是冻得发抖。他们加紧了动作。

傍晚的余晖勾画出明显的轮廓;许多撕破了的布条露在这群人的衣衫边缘,从这点就能知道他们是属于英国所谓“穿破衣的”(the ragged)这一阶级的人。

在峭壁上起伏着的岩石间可以模糊地看得出一条羊肠小道。一个姑娘如果把她的紧身褡的带子挂在沙发的靠背上,她自己虽然不知道,实际上那条带子的形状差不多就是一切高山和悬崖间的羊肠小道的形状。这个小海湾的羊肠小道非常曲折难走,而且陡得几乎垂直,羊还可以走,人就很感困难,它一直通到跳板搭着的那块平台地。悬崖的小径通常是倾斜得叫人不敢走的;它们不像道路,简直像滑梯;它们是崩坍下来的,而不是降落下来的。这一条小径大概是平原上一条道路的分支,陡得几乎垂直,非常不顺眼。从下面望上去,它曲曲折折地爬上悬崖的顶端,穿过一些崩溃的岩石,经过岩石的一个缺口,直达上面的平台地。那条船在海湾里等待着的乘客大概是要从这条小径走下来的。

海湾里除了上船的动作以外,周围十分荒凉;上船的动作是明显地非常惊惶不安。周围连一个脚步声,一下呼吸声或者任何其他声音都听不见。海湾外,隐约地看得见在令斯铁德海湾的入口处有一队渔船,它们显然是迷失了方向的捕鲨鱼的渔船。这些北极地带的渔船被任性的海水从丹麦的海面驱赶到英国的海面来了。从北极吹来的北风是时常这样戏弄渔人的。这些渔人到波特兰的碇泊区来避难;他们的来临十有八九象征着天气将恶化,海洋上将有危险。他们正在忙着抛锚。领队船按照挪威古老的航行习惯,停在其他船只的前面,它的全部船具在平坦的白色海面上现出黑影,船头的鱼叉架上挂着各种用来捕格陵兰鲨鱼,角鲨鱼和刺鲨鱼的钩子和鱼叉,还有用来捕捉翻车鱼的渔网。除了这几艘被风吹得聚集在一个角落里的船只以外,在波特兰的宽阔的地平线上,再也没有别的东西。没有一所房子,没有一只船。在这种季节,海边是没有人住的;港口是不能停船的。

不管天气如何,想乘这只比斯开船出海的人们仍然忙着要启程。他们在海边上是一群忙乱的人,行动非常迅速。很难分辨出他们。没法子看出他们是老是少。昏暗的傍晚天色使人分不清他们,看不清他们的面貌。黑暗像面具一样套在他们的脸上。他们只是夜里的暗影。他们一共有八个人,大概其中有一两个妇女,但是很难分清楚,因为他们全都穿着破破烂烂的衣服,这种装扮既不能说是男式服装,也不能说是女式服装。破烂的衣服是不分性别的。

一个矮小的人影在高大的人影中穿来穿去,说明他是一个矮子或者一个孩子。

他是一个孩子。

第二章　遗　弃

如果我们在近处察看他们，我们就能够注意到下述情形：

他们全都披着满是补丁的破斗篷，可是斗篷能裹住他们，必要时还能够裹得只剩下眼睛，这样对抵御北风和躲避人们好奇的眼睛都有好处。他们在斗篷下敏捷地行动。他们中大部分人用手帕裹着头来代替帽子，这就是西班牙开始流行的头巾的最初形式。这种头饰在英国并不稀奇。那时候北方盛行南方的风俗，也许这是因为北方打败了南方的缘故。北方战胜了南方，因此就钦佩南方。西班牙的无敌舰队被打败以后，伊丽莎白女王的宫廷里就盛行着说一种“洋泾浜”的加斯蒂勒语言，在英国女王的宫廷里说英国话几乎成了不成体统的事。稍为接受一点被统治者的风俗，这是野蛮的征服者对文明的被征服者的一种习惯，蒙古人就欣赏而模仿汉人。因此，加斯蒂勒的风俗侵入了英国；另一方面，英国的利益却渗入了西班牙。

上船的人群中，有一个人看起来像是领袖。他的脚上穿着海岸靴，身上穿的是镶着边和绣着金线的褴褛衣服，内背心上钉着的亮片饰物，在斗篷下面像鱼肚子似的闪耀着。另一个人戴着一顶像墨西哥阔边帽似的呢帽，他把宽阔的帽边翻下来遮住面部。这顶呢帽上没有插烟斗的洞，表明这个人是一个知识分子。

那个孩子，按照“成人的上衣就是儿童的大衣”这个原则，在破烂得变成布条的衣服上再罩着一件水手的上衣，长达膝盖。

从他的身材看来，他大约是十到十一岁的孩子，他赤着脚。

这只船的全体工作人员包括一个船主和两个水手。

看来这只船是从西班牙来的，也要回到西班牙去。毫无疑问，它是负有秘密任务行驶在两个海岸之间的。

即将上船的乘客们在互相轻声地低语。

他们轻声所说的语言是一种混合语言。不时听见一句加斯蒂勒话,一句德国话,一句法国话;有时是威尔士话,有时是巴斯克话。他们所说的如果不是俚语,就是土语。

他们似乎是属于各种不同国籍的人,可是却属于同一个团体。

这只船的船员大概也是他们的自己人。从上船的情形来看,这是一件有计划的勾当。

这一班各种各样的人似乎是一帮志同道合的人,也许是一伙罪犯。

如果天色再亮些,或者我们更仔细地注意一下,就能看出这些人的破衣服下面半露出念珠和圣衣。混在人群中有一个像妇人模样的人,她的一串念珠的珠粒大得如同回教苦行僧的念珠一样,很容易认出这是爱尔兰的兰尼脱勿利(又称为兰南德勿利)地方的念珠。

天色如果不是这么昏暗,还可以看见在船头上有一个涂金色的抱着圣婴耶稣的圣马利亚雕像。这大概是巴斯克的圣母像,是从前西班牙的康太勃利人所喜爱的圣母像。这个圣像代替了船头的装饰人首。圣像下面有一盏灯,在这时候灯还没有点亮,这种过分小心说明他们非常谨慎地避免被人发觉。很明显,这盏灯有两种用处:点着以后一方面可以作圣母供灯,另一方面可以照耀海面,既是船灯,又是烛台。

船头斜桅下面的破浪板又长,又弯,又尖,像月牙似的向前突出。在破浪板的顶端,圣母像的脚下,有一个天使像,那天使背靠着船首材跪着,展开双翅,手里拿着望远镜眺望远方。这个天使也和圣母一样,是金色的。

船头破浪板是雕空的,可以让波浪从空隙中穿过,破浪板上镀金和雕刻一些复杂的花饰。

圣母像下面,用金色大写字写着“晓星”两个字,这是船的名字,这时候因为天色已黑,看不清楚。

悬崖脚下乱七八糟地放着许多行李,旅客们迅速地走过跳板把行李搬上船去。这些行李是:几袋饼干,一大桶鳘鱼干,一盒用来做汤的食料,三个中等木桶,一桶饮水,一桶麦芽,一桶柏油,四五瓶麦酒,一个用皮带扎紧了的旧行李包,几只装衣服的箱子,另外还有几只木箱,一捆点火炬和放信号用的麻屑。这群衣衫褴褛的人带着行李包,这似乎是他们过着流浪生活的证明;贫困的流浪者不得不有一些私产;有时他们很希望能够像小鸟一样空手飞去,但这是办不到的,除非他们抛掉他们谋生的工具。无论他们在流浪生活中干哪一行,他们总得有几箱用品和工具。他们拖着这些行李,有时这些行李成为一种累赘。

把这些行李搬到悬崖脚下大概是件不十分容易的事。由此也可以看出他们这次旅行是打算一去而不复返的了。

他们一点也不浪费时间,穿梭似的从岸上到船上,又从船上到岸上,不断地来往着。每个人都参加工作;这个搬运布袋,那个搬运箱子。其中两个可能而且大概是女性的人也和别的人一样劳动。他们叫孩子搬的行李超过孩子的体力。

孩子的父母是否在这一群人中是很值得怀疑的。没有人理睬这孩子。他们只叫他干活,再也没有别的。他看上去不像是和家人在一起,而像是一个奴隶在一个部落里。他服侍所有的人,可是没有人和他说话。

孩子也像他跟随的那群阴暗的人一样,加紧地搬运行李;他似乎只有一种想法:赶快上船。他知道为什么要赶快上船吗?大概不知道。他不假思索地忙碌着,因为他看见别人这样着忙,他也就这样做了。

这只船是有甲板的。搬上去的行李很快就安置在船舱里面,启碇的时候到了。最后一只木箱已经搬到甲板上,只等人上船了。人群中两个妇人模样的人已经上了船,只剩下六个男的站在悬崖的那块低矮的平台地上,孩子也在其中。船上已经有了开船的动作,船主人扶住舵柄,一个水手拿着斧子准备砍断大缆。用斧子砍大缆表示非常匆忙,如果有充分时间,就会用解缆的办法了。那个穿着亮片背心,像领袖般的人,用西班牙语低声说了一句:“Andamos(开船吧)!”孩子向跳板冲去,想第一个上船。他的脚刚踏上跳板,有两个人从后面追过来,抢在他的前面上船,几乎把他挤下海去。第三个人用肘推开他走了过去,第四个人用拳头把孩子一推,跟着第三个人上了船。第五个就是那个领袖,他连蹦带跳上了船,而且一跳到船上立刻用脚后跟把跳板一推,跳板落入海中,斧子砍断了大缆,舵一转,船就离了岸,只剩下孩子留在岸上。

第三章　孤　寂

孩子动也不动地留在悬崖上,眼睛呆呆地望着。他没有叫喊,也没有恳求。事情也来得突然,他一句话也没有说。船上也保持同样的沉默。孩子没有叫喊船上的人,船上的人也没有向孩子道别。两方面都默默地容许他们之间的距离愈来愈大。这种情景好像是鬼魂离开冥河的岸边。孩子像钉在悬崖上似的,望着那船逐渐远去,上涨的潮水已经开始浸上岩石。孩子好像懂得似的。懂得什么?他懂得什么?他懂得的只是黑暗。

过了片刻,船已经到达小海湾的出海口,而且驶进了海峡。船桅的尖端高过峭壁露出在明亮的天空上。海峡就在悬崖峭壁之间弯弯曲曲地进入大海,仿佛在两面墙中间流过似的。船桅的尖端在岩石顶上徘徊着,好像要撞进岩石里去。现在船桅看不见了,完了,船已经进入大海。

孩子望着船只消失。

他很惊讶,可是他在沉思。

当他隐隐然窥测到人生的意义的时候,他的惊讶更是复杂化了。这个初入世途的孩子似乎已经有了人生的经验。也许他已经能够判断人了。过早地获得人生经验有时会在孩子的不很清楚的理智里形成一具可怕的天平,这些可怜的小灵魂就拿这具天平来衡量上帝。

因为他觉得自己是清白无辜的,他就忍受了,他没有发出任何怨言。无可谴责的人是不谴责他人的。

这样突然把他遗弃,他连一下反应也没有。他的心似乎坚强起来了。他并没有在命运的这个突然打击下屈服,尽管这个打击似乎要结束他的还没有开始生活的生命。孩子挺直身子接受这个闪电袭击。

很明显,从他的毫不悲痛的惊异神情看来,那班遗弃他的人中没有谁爱他,他也不爱其中任何人。

在沉思中,他忘记了寒冷。突然间,海水浸湿了他的脚;潮水涨上来了;一阵冷风穿过他的头发,北风刮起来了。他打了一个冷战。他从头到脚哆嗦起来,这个哆嗦就是觉醒。

他向周围望了一眼。

他只是单独一个人。

到今天为止,除了目前正在船上的那些人以外,他在世界上没有别的人。可是这些人刚才偷偷地逃走了。

还有一点说起来似乎是十分奇怪的,就是他所认识的这些人,对他其实是陌生人。

他说不出这些人是谁。

他的童年是在他们中间度过的,可是他并不觉得他是他们的亲人。他只不过和他们相处在一起,如此而已。

如今他被他们遗弃了。

他的身上没有钱,脚上没有鞋子,身上穿的也很难说得上是一套衣服,口袋里连一片面包也没有。

这时是冬天,傍晚时分。要跑好几里路才能走到有人居住的地方。

他不知道自己在哪里。

他什么也不知道,只知道那些和他一起到这边海岸来的人们已经抛下他走了。

他感到生命已经离开了他。

他觉得没有一个人可以依靠。

他今年十岁。

孩子是在荒漠中,两边都是深渊,一边升起黑夜,另一边浪涛在怒吼。

他伸长他的消瘦的小臂膀,打了一个呵欠。

突然间,他像一个下定决心的人那样,勇敢起来,活跃起来,以松鼠或者以马戏班小丑那样的敏捷转了一下身,背对着海湾,向悬崖爬上去。他攀登那条小径,一忽儿离开小径,一忽儿又跑回来,行动迅速而且大胆。现在他很快地向大陆走去。他好像有固定的路线似的。其实他并不准备到任何地方去。

他的匆忙赶路是没有目的地的,就像逃亡者逃避命运一样。

人会攀登,兽能爬行;他现在是既爬行又攀登。波特兰的峭壁面朝南,小径上几乎没有雪迹。过冷的天气使雪变成粉末,给走路的人增加困难。孩子克服了这个困难。他的成人上衣太宽大了,有些碍手碍脚,妨碍他前进。他不时在斜坡或者断岩上遇见一点冰而滑跌一跤。这样他就吊在悬崖上几分钟,然后攀住一根干树枝或者一块突出的岩石再往上爬。有一次,他踏在一块砾岩的纹理上,砾岩突然在他脚下坍倒,把他一起带下去。这种砾岩的崩溃是最容易叫人上当的。孩子像一片瓦在屋顶上滑下来似的滑了几秒钟,一直滑到深渊的边沿,在紧要关头抓住一丛野草才救了他。他在深渊的边沿上没有叫喊,如同他没有对那些遗弃他的人叫喊一样;他振作了一下,默默无言地再往上爬。绝壁很高,因此沿途他又遇到了几次危险。黑暗更增加了深渊的危险性。这块笔直的岩石好像没有尽头。

岩石在孩子的面前往深沉的天空后退,愈退愈高。孩子愈往上爬,岩石的峰顶也愈向上升。孩子一边爬,一边察看这座黑色的牌坊,它像水闸一样阻隔在天空和他之间。最后,他到达了。

他跳到平台地上。我们差不多可以说:他登上陆地了,因为他是从深渊里走上来的。

他一到达绝壁的顶巅就战栗起来。他觉得北风在鞭打他的脸,北风是黑夜用来咬人的工具。当时吹着的是刺骨的西北风。他把那件粗布水手上衣紧紧裹住前胸。

这件上衣很好。船上的术语称它为“防水衣”,因为这种上衣吹西南风下雨时雨水是不能够透进去的。

孩子到了平台地上,停下来,两只赤裸的脚坚定地踏在冰冻的土地上,然后向四面张望。

他的背后是海,前面是大陆,头上是天空。

可是天空上没有星星。一层薄雾笼罩着天顶。

到达了岩石的顶端,他就面对着大陆,他仔细察看大地。在他前面的大地一望无际,平坦,冰冻,覆盖着白雪。有几簇灌木在风中发抖。看不见有道路,什么也没有,连牧人的小屋也没有。只看见这里那里有

他伸长他的消瘦的小臂膀，打了一个呵欠。

一根根白色的螺旋形柱子在盘旋，那是风从地上吹起的雪粉卷涡，它们在天空飞舞。一连串起伏不平的地形一直向地平线伸去，突然变得朦胧起来，在远处折叠着。幽暗的大平原消失在白色的雾中。四周是深沉的静寂。大地无边无际地伸展开去，四周像坟墓似的静寂。

孩子转过身来望着海。

大海像大地一样白蒙蒙的，大地是因为覆盖着雪，大海是因为浪涛喷着泡沫。这两种白色所反映出来的亮光是最悲怆不过的。亮光使人感到很柔和，大海就像钢铁一样，悬崖就像黑檀木一样。从孩子所在的高地上看下来，波特兰海岬仿佛一幅地图，整个海湾颜色苍白，作半圆形，被小山包围着；在这幅夜景里有梦一般的朦胧；苍白的圆圈被黑色的半月形包围着，月亮有时也有这种景象。沿着海岸，从一个海岬到另一个海岬，看不见那里有足以表明有生了火的火炉、有灯光的窗户，或者是有人居住的房屋的那种闪耀的亮光。地上没有亮光，天上也没有亮光；下面没有灯火，上面没有星星。海湾内宽阔平坦的海面上这里那里不时突然掀起波涛。风在扰乱和吹皱平坦的水面。那条船还看得见在海湾内逃走着。

那条船像一个黑色的三角形在苍白色的海面上滑走。

远处，模糊地，海水在凶险的半明半暗的天空底下骚动。

“晓星”号在飞似的向前驶。每一分钟都显得缩小了一点。船在远远的海面上消失是最迅速不过的了。

忽然间，船头点着了灯；大概是包围着船身的黑暗使船上的人们感觉不安，所以舵手认为有必要点起灯来照亮海里的波浪。这一点亮光，远远地看来只是闪耀不定的火光，阴惨地粘着在这个又高又长的黑色形体上，仿佛一块垂直的尸布正在海中间行走，尸布下面有人手里拿着一颗星星在那里徘徊。

天空中有暴风雨即将到来的景象。孩子一无所知，可是一个水手就会因此而哆嗦起来。现在正是暴风雨来前的不安时刻，在这个时刻中，风、水、火、土四大元素①似乎都要把它们的意志表现出来，人们马

---

① 此处指一切自然力。希腊哲学家认为宇宙乃风水火土四大元素所构成。

上就可以看到风变成朔风的神秘变化。海要变成大洋,我们认为没有灵魂的东西其实是有灵魂的。我们马上就得到证明。这就是最可怕的事。人的灵魂害怕同大自然的灵魂见面。

混乱马上就要到来。风把雾揉成一团,把云堆砌在后面,正在为波浪和冬天合演的可怕悲剧搭起布景,这出悲剧就是所谓海上暴风雪。

船只进港避难的征象已经出现了。几分钟以来,海湾上已经不是一片荒凉景象了,每一分钟都从海岬后面出现一些不安的船只,匆匆忙忙地向停泊处驶去。有些绕过波特兰嘴状岬,有些绕过圣阿尔邦斯头岬。最远的天边也有帆出现了。每一条船都争先恐后地找地方避难。南方的天空愈来愈黑,乌云压到海面上。即将到来的暴风雨,把波浪压得阴惨惨地平静下来。现在不是出航的时候。可是那条比斯开船仍然向海外驶去。

那条船向着南方前进。它已经出了海湾,进入大海。突然间,北风变得猛烈起来;还看得很清楚的“晓星号”张满了帆,似乎决心要利用一下暴风雨。当时吹的是西北风,从前称为朔风,这种风险恶而激烈,立刻使那条船感觉到它的威力。船的一边受了风,倾斜起来,可是它仍然毫不犹豫地继续向海外驶去。这样就足以说明这条船是在逃走而不是在旅行,它对海的害怕不如它对陆地的害怕,它更怕人的追逐,而不怕风的袭击。

那条船逐渐变小,开始没入海平线下;它带着走进黑暗中的那盏小灯,光线逐渐暗淡了;那条船慢慢地和黑暗混合起来,终于消失了。

这一次,是永远消失了。

孩子似乎懂得了这一点。他不再张望海面。他的眼睛又回过来望着那些平原,旷野,丘陵。在这些地方遇见一个活人也许不是不可能的。他迈开步子向着这个陌生地方走去。

第四章　疑　问

这一群扔下孩子匆匆忙忙逃走的人,是些什么人呢?

他们是儿童贩子吗?

我们在上面曾经详细地叙述议会通过威廉三世的法案,用种种严厉的办法来惩治那些称为儿童贩子或“车拉斯”的坏人,他们中有男也有女,法律对男女各有不同的惩罚。

有些立法很自然的就能够使犯罪的人烟消云散的。惩治儿童贩子的法律不仅使儿童贩子们全部逃走,也使各种各样的游民全部逃走。他们全都争先恐后地躲藏起来,乘船高飞远走。大部分儿童贩子回到西班牙去。我们说过,他们中有许多是巴斯克人。

这项保护儿童的法律一开始就产生了一个奇怪的后果:突然间出现了许多被遗弃的儿童。

这道刑事法令立即造成一批无家可归的儿童,换句话说,就是被遗弃的儿童。这是很容易理解的。一切游民集团如果带着孩子就是可疑的;孩子的存在就是告发他们的罪证。“他们大概就是儿童贩子。”这就是郡长、法官、警察的第一个想法。这样一来就要逮捕他们和开始侦查。有些只是由于穷困而到处游荡求乞的人,虽然不是儿童贩子,却很怕人家拿他们当做是儿童贩子;穷人对执法者可能造成的错误是非常警惕的。再则,游民的家庭通常又很容易表现出一种惊慌失措的样子。人家谴责儿童贩子,是因为儿童贩子虐待和剥削别人的孩子。可是贫穷和不幸紧密地联结,以致有时做父亲的或者做母亲的竟无法证明孩子是他们自己的子女。你怎么得到这个孩子的?怎样证明是上帝给你的?孩子变成了一种危险物;人们要摆脱这个危险。不带孩子逃走比较方便。父亲和母亲就决定把孩子抛弃,有时抛弃在树林里,有时在海边,有时在井里。

在贮水槽里也发现了淹死的孩子。

还有一层就是整个欧洲都学着英国的样子,开始搜捕儿童贩子。追逐他们的运动开始了,最难的就是开一个头。有人开头以后全欧洲的警察局就展开了逮捕儿童贩子的竞赛,西班牙的警官也和英国的警官一样,在密切地注意着儿童贩子。二十三年前,我们还可以在奥特罗城门口的一块石碑上读到一段不能翻译的文字,这段文字不能翻译的原因是用了法典上的用语,是正直的人所说不出口的文句。从这段文字中可以看出来对贩卖儿童犯和盗窃儿童犯的处罚有明显的区别。这段文字是用比较粗鄙的加斯蒂勒文写的,内容如下:“这里陈列着儿童贩子的耳朵,和盗窃儿童犯的阴囊,现在他们已经在苦役船服劳役。”①由这段记载可以看到:把耳朵等等充公以后,犯人仍然免不了要上苦役船。因此,所有的游民都赶快四散逃命。他们在惊惶中离开一个地方,在战栗中到达另一个地方。在欧洲的所有海岸,都有人在监视逃亡者的到来。对一个集团来说,带着孩子上船是不可能的,因为上岸的时候带着孩子就有很大危险。

把孩子丢掉就比较方便。

孤零零地留在波特兰黑夜里的孩子,是被谁遗弃的呢?

照所有这些情形看来,是被儿童贩子遗弃的。

---

① 这句话原文是西班牙文。

第五章　人类发明的树

当时大概是晚上七点钟。风势已经减弱,这是更大的风暴即将到来的预兆。孩子是在波特兰南岬高地的平台上。

波特兰是一个半岛。可是孩子不知道什么是半岛,连波特兰这个地名也不知道。他只知道一件事,就是一个人可以一直走到筋疲力尽倒下来为止。有观念就有向导,可是他没有观念。人家把他带到那里而且把他留在那里。“人家”和“那里”这两个谜就是他的整个命运。“人家”就是人类;“那里”就是宇宙。他在这世界上,除了他的赤裸的脚踏着的那一小块坚硬而冰冷的土地以外,绝对没有任何其他依靠。在这个被黄昏笼罩着的广阔而没遮拦的世界上,有什么是这个孩子的呢? 什么也没有。

他就向着这个“没有”走去。

他的周围是茫茫一片人迹不到的地方。

他沿着对角线越过第一座平台地,然后又越过另一座,再越过第三座。在每一座平台地的边沿,他总发现一块裂口的土地,有时斜坡很陡,可是总是很短的。波特兰海岬的光秃的平台地有点像许多台阶状的大方砖,一块接在一块下面;每一块的南边好像插进前一块下面,北边却高出于下一块。这样就像许多梯级似的,被孩子很敏捷地越过去。他不时停下来片刻,仿佛和自己商量似的。黑夜愈来愈黑,他的视线愈来愈缩小,只能够看见几步远了。

突然间,他停下来,听了片刻,微微地动了一下脑袋表示满意,很快地转过身来,向着一个不很高的山丘走去。他模糊地看见这个山丘在他的右边,坐落在最接近悬崖边沿的地方。在这个小丘上,有一个在雾里看来很像一棵树的形体。孩子刚才听见这边有一个响声,既不是风声,也不是浪声,也不是动物的喊声。他认为那里一定有人。

跨过几个大步,他就到了小丘脚下。

的确有人在那里。

在小丘顶上原来看不清楚的东西,现在可以看清楚了。

那是模样儿很像一只从地里笔直地伸出来的大臂膀的东西。在大臂膀的最高末端,有一只类似食指的东西平伸着,下面被一只类似拇指的东西支撑住。这只臂膀,这只拇指和这只食指在天空中构成直角。在食指和拇指的接合处有一条链子,吊着一个形状丑恶的黑色东西。这根链子被风吹动,发出铁链的声音。

孩子听见的就是这个声音。

从近处看,那根链子的确是一条铁链,正如它发出的声音所指示那样。它是一条船上用的锚链,这条锚链的每一个环有一半是实心的。

由于神秘的混合法则的作用,在整个自然界里,外表可以扩大现实,当时的地点,时间,雾,悲惨的海,远处地平线上模糊的骚乱景象,和眼前的那个黑影结合起来,使这个黑影显得异常庞大。

吊在铁链上的东西外表很像裹紧了的长形包裹。它像一个成人那么长,却像一个婴孩似的被包裹着。它的顶上有一个圆形的东西,铁链的末端就绕在这个圆形物的周围。包裹的下端已经裂成细长的破片,干枯的肉从裂开的缝隙中露出来。

一阵微风吹动铁链,吊在铁链上的东西微微摆动。这个不能自主的物体完全服从空间的各种动荡;它的样子可以使人产生难以形容的恐怖。丑恶是能够使万物改变体积的,这个物体的体积差不多完全缩小了,只留下它的轮廓;它成了一团有形体的黑暗;它的头上有黑夜,身内也有黑夜;它像是坟墓的扩展;黄昏景色,月亮初升,星座落入悬崖后面,空间飘浮着的大气,云层,各种方向的风,都参加了这个有形的"无"的构成;这个悬吊在风中的长形物,分享了远远地散播在海上和天空中的虚无性;黑暗完成了这个物体的构成,这个物体曾经是一个人。

这就是曾经存在过,而现在已经不再存在了的那个东西。

这个东西就是生命的剩余物!人类的语言是没有法子把它表达出来的。不再有生命,可是还继续存在,在坟墓里又不在坟墓里,在死亡以后又出现在人前,仿佛不能沉没似的,这个客观现实有相当多的不可能混杂在其间,因此,就找不到言语来形容了。这个人——是个人吗?——这个黑色的见证者,是剩余物,是可怕的剩余物。是什么东西的剩余物呢?首先是自然的,然后是社会的,是这两者的剩余物。因此它既是零,又是和。

不良的天气任意摆弄它。深沉的遗忘和孤寂包围着它。它受制于不可知的偶然的机会。它无法抵抗黑暗,黑暗爱怎样摆布它就怎样摆布它。它永远是忍耐的,永远要忍受一切。暴风雨袭击它。这是风的最不祥的职能。

这个鬼留在那里受劫掠。它必须忍受在风中腐烂这种可怕的掠夺。它不能够享受一口棺材的权利。它在灭亡以后还得不到太平。夏天,它化为灰烬落下来;冬天,它变成泥尘。死亡应该有纱幕盖住,坟墓应该有遮羞布。可是这儿既没有纱幕,也没有隐藏,腐蚀公开地、无耻地承认它自己的存在。死亡把它的工作公开,这是一种胆大无耻的表现;坟墓是它的实验室,它在它的实验室以外进行工作,这对阴影所具有的宁静是一种侮辱。

这个已死的物体被剥掉一切。剥掉一个遗体的一切,是最刻薄的行动。它的骨髓已经不在它的骨头里,它的五脏六腑已经不在它的肚子里,它的声音已经不在它的喉咙里。一具死尸就是一个口袋,死亡拿走了口袋里的一切东西,而且把口袋的里子翻了出来。假使它曾经有过一个"我",如今这个"我"在哪里呢?也许还在这里,想起来真是可怕。一个无处容身的幽灵在一个被锁着的尸首周围徘徊。我们能想象得出在黑暗中还有比这更阴惨的形象吗?

人世间有些现实的东西仿佛是通向未知的门,思想似乎可以通过这些门走出去,揣测也赶快从这些门里冲出去。设想是有"强迫进入权"的。假使一个人经过某些地方和某些事物前面,他就不能不停下来思索,而且让他的心灵深入到里面去。在看不见的境界中,是有些半开着的幽暗的门的。没有人能够看见这具死尸而不沉思一下。

它在无数的分化中默默地消磨掉。它曾经有过血,已被喝干了;曾经有过皮,已被吃掉了;曾经有过肉,已被偷走了。任何事物经过时都要从它身上取去一些东西。十二月从它身上借到寒冷，午夜借到恐怖，铁借到铁锈，瘟疫借到瘴气，花朵借到香味。它的缓慢的风化是它对大自然缴纳的一种通行税，是死尸付给暴风，付给雨，付给露，付给爬虫，付给鸟类的通行税。黑夜中所有幽暗的手都搜索过这具死尸。

它是一个特殊的居民，黑夜的居民。它在一块平地的一个小丘上，可是它又不在那里。它是捉摸得到的，又是消逝掉的。它是给黑夜增加黑暗的影子。在白日消失以后，它在静寂无边的黑暗中，凄凉地配合着周围景色。只要它在那里，它就能增加暴风雨的忧郁和星星的平静。在荒漠中的难以形容的感觉，完全凝结在它身上。它是无人知其命运的人的残骸，它和黑夜的一切野蛮的秘密混成一体。在它的神秘的身上，模糊地反映着一切哑谜。

人们在它周围，感到生命似乎一直沉没到最深的底层。在附近一带，人们对事物的肯定和信心也减退了。灌木和草丛的战栗，一种悲惨的忧郁感和大自然的似乎有意识的不安，可悲地使周围的景物和吊在这条铁链上的黑影配合起来。一个鬼在地平线上，使荒野更增加了孤寂。

它是有名无实的。由于它身上刮着不能停息的风，它是顽强的。不停的动荡使它看起来很可怕。它似乎是空间的一个中心，尤其可怕的是它仿佛支持着一件无限伟大的东西。可是谁知道呢？也许这件东西就是公道，是超出于我们的司法以外、为我们所窥见而又敢于冒犯的公道。它在坟墓以外继续存在的时期，它的身上带着人类的报复和它自己的报复。它在黄昏和荒野中构成一个证件。它是实物使人不安的证明，因为使我们战栗的物质，就是灵魂的遗骸。已死的物质要能使我们感觉不安，必须是曾经有过智慧的物质。它向天上的法律控告人间的法律。人们把它放在那里，它就在那里等待上帝。在它的头上漂浮着黑暗的无限梦幻，这些梦幻以云和波浪的种种模糊的蜷曲形状在它的上空飘浮。

在这个幻象后面，有一种无法形容的墙壁。这具死尸的周围是无限，没有边界，没有一棵树、一间屋、一个行人限制着它。当永恒笼罩着我们的时候,天空,深渊,生命,坟墓都有形地出现在我们眼前,这时候,我们才觉得一切都是抓不住的,禁止进去的,有墙阻挡的。无限向我们打开大门的时候,再也没有比这更可怕的封锁了。

第六章 死亡和黑夜的战斗

孩子站在这件东西前面,惊异得说不出话来,眼睛呆呆地望着。

在成人眼中,这件东西是一个绞刑架;在孩子眼中,这是幽灵出现。

成人认为是死尸的东西,孩子认为是鬼。

而且他一点也不明白。

深渊对人有各种各样的引诱方法,在这个小丘顶上的东西也是其中一种。孩子向前走一步,然后又走一步。他走上小丘,心里却想走下来,向前愈走愈近,心里却想向后退。

他大着胆子,战栗着走到近边去察看那个幽灵。

到了绞刑架下,他抬起头来仔细端详。

死尸身上涂满柏油,这里那里发着亮光。孩子看清了死尸的脸。脸上也涂了柏油,这个有黏性的面孔在黑夜的反光中还能看出容貌。孩子看见它的嘴张开着像一个洞,鼻子也是一个洞,眼睛是两个洞。尸身被包裹着,仿佛用浸透挥发油的粗布紧紧捆起来似的。粗布已经发霉和破烂了,一只膝盖露了出来,从裂缝中也可以望得见肋骨。一部分还是尸首,另一部分已经变成骷髅。脸是泥土色;蚰蜒在脸上爬过,留下不很清晰的银白色的纹路。粗布在骨头上胶着,显出起伏不平,像披在雕像上的袍子一样。脑盖已经龟裂了,像一只烂果子似的有了裂孔。牙齿还是和活人的牙齿一样,还保留着笑容。张开的嘴巴仿佛还发出叫喊的余音,脸颊上有些胡子,低垂着的头好像在凝神注意。

最近还有人修理过这具尸首。脸上的柏油是新涂上去的,露在粗布外的膝盖和肋骨也是一样。脚吊在下面。

正好在脚下面的草地上,有一双鞋子,由于风吹雨打,鞋子已经变了形。这双鞋子是从死尸的脚上掉下来的。

赤着脚的孩子望着这双鞋子。

愈来愈令人不安的风不时停息一阵，这是暴风雨要来的征兆；几分钟来风完全停止了。死尸不再摆动。铁链像铅垂线那样动也不动。

这个孩子像人生所有的新来者一样，再加上他自己受到命运的特殊压力，他的内心无疑地有了年轻人所特有的意识的觉醒，这种觉醒尝试着要打开脑子，就像鸟儿在蛋壳内要啄开蛋壳一样；可是眼前这时刻，他的小小心灵里所有的一切，都变成呆钝而无感觉。过多的感觉就和过分油腻一样，能够窒息思想。一个成人会对自己提出疑问，孩子不会这样做；他只是望着。

柏油使这张脸看起来像湿淋淋似的，凝结在眼洞上的几滴柏油好像眼泪一样。亏得涂上柏油，死尸的腐烂过程即使没有完全停止，也明显地缓慢了，伤残也尽可能地减少了。在孩子的面前，是一件有人照料的东西。这个人一定是十分重要的人。人们不愿意使他活着，可是一定要在死后保存他。

绞刑架很旧，已经被虫蛀掉，但是还很结实，是使用过多年的老工具了。

把走私犯涂上柏油，是英国不知从何时开始的老习俗。人们把走私犯吊死在海边，涂上柏油，让他们悬挂在那里。示众一定要在露天，涂上柏油的榜样可以保存得更长久。这样涂上柏油是合乎人道的举动，因为人们可以不必经常再吊死犯人了。人们在海边每隔一段路程就装上一个绞刑架，好像我们今天安装路灯柱子一样。绞死的人就是路灯，他以他特有的方法照亮了他的走私伙伴。走私犯在海上远远地就望见了那些绞刑架。这儿有一个绞刑架，这是第一次警告；又来一个绞刑架，这是第二次警告。这样做并不能消灭走私；可是这些东西构成了社会秩序。这种风习在英国一直流行到本世纪的初期。在一八二二年，人们还可以在杜佛尔①城堡前面看见三个涂上柏油的绞刑犯。此外，这种保存尸首的方法并不限于走私犯。英国也用同样方法对付盗窃犯，纵火犯和杀人犯。曾经放火烧毁朴茨茅斯海军仓库的约翰·片特，就在一七七六年被吊死和涂上柏油。

---

① 杜佛尔（Douvres），英国城市名。

可耶院长神父把约翰·片特叫做“画家让”①,在一七七七年可耶神父还看见过约翰的尸首。约翰·片特被悬挂在他亲手造成的废墟上,用铁链系着,不时被涂上一层柏油。这个死尸保存了——差不多可以说是“生存”了——将近十四年。在一七八八年还能够很好地发生作用。到了一七九〇年,人们才不得不把他换掉。埃及人很重视国王的木乃伊;照英国的情形看来,人民的木乃伊也是有用的。

小丘上风力很猛,把小丘上的雪都吹掉了。草又露了出来,这里那里还有一些蓟。丘陵上长满了这种又短又密的在海边生长的草,因此悬崖的顶峰看来很像一块绿绒布。在绞刑架下面,正对着死尸脚下,有一丛又高又密的蓟,在这片贫瘠的土地上这种现象是令人惊异的。几世纪以来总有死尸在这里腐烂,就是这些草长得又肥又美的原因。大地是靠人来养活的。

孩子被一种不祥的魅力吸引住了。他张着嘴待在那里。只有被荨麻刺了一下大腿,使他以为被小虫咬了一口,他才低下头来。接着他又重新抬起头,他望着上面那张脸,那张脸也望着他。死尸愈因为没有眼睛,愈像是望着他。死尸的视线是分散的,有一种无法形容的不眨眼的样子,其中有亮光也有黑暗,是从脑壳、牙齿和眼洞里发射出来的。死尸的整个脑袋都在望着,这是可怕的。没有眼珠,可是仍然觉得死尸在注视着。这就是腐蚀带来的恐怖。

孩子本身慢慢地也变成可怕的东西了,他一动也不动,他陷入了麻痹状态。他不知道自己正在逐渐失掉知觉。他麻木了,四肢僵硬了。冬天默默地把他交给黑夜;冬天是会出卖人的。孩子差不多成了一尊石像。像石头一样的寒冷侵入了他的骨髓;蛇似的暗影在他身上爬行。从雪上产生的昏昏欲睡的感觉像黑暗的潮水向着人们身上涨上来;孩子慢慢地被一种像死尸那样的静止不动侵占了,他要入睡了。

在睡眠的手上有一只死神的手指。孩子觉得这只手抓住了他,他马上就要倒在绞刑架下。他已经不知道自己是不是还在站着。

死亡经常近在眼前,活着和不活着之间并没有过渡,人随时都会重

① 片特(Painter)是英文,它的意义是“画家”,“约翰”在法文里是“让”,故云。

回烘炉，随时都可能跌入被称为“造物”的深渊；这就是自然的规律。

再过片刻，孩子和死亡，正在成长的生命和已成过去的生命，就会混合在一起而全部湮没了。

死尸仿佛懂得了这一点而且不愿意这样的事情发生。它猛然间活动起来。它好像在警告孩子。其实是风又起了。

活动着的死尸是最惊奇不过的景象。

吊在铁链上的死尸，被无形的风吹动，倾斜起来，先向左边升上去，跌下来，又向右边升上去，再跌下来，又升上去，像钟摆似的，又慢又准确地动着。这是叫人毛骨悚然的一来一往。好像在黑暗中看见了永生的时钟在摆动一样。

这种情形延续了片刻。孩子面对着死尸的活动，觉得清醒过来，他在僵冻中有了相当清晰的害怕感觉。铁链每摆动一下，总按照令人害怕的准确性发出轧轧的声音，每停一下似乎是在喘一口气，然后又开始摆动起来。这种轧轧声好像蝉鸣一样。

暴风的临近产生突然的阵风。霎时间，微风变成了北风。死尸的晃动悲惨地加强了。现在不是摆动，而是扔上去，抛过来。轧轧发响的铁链，现在发出了尖叫声。

这个叫声好像被人听见了。如果把这个叫声解释作一种召唤的话，那么，受召唤者似乎应召而来了：从远远的天边，传过了一阵巨响。

这是飞翔的声音。

发生了一个意外事件，这是墓地和荒野上暴风雨般的意外事件：飞来了一大群乌鸦。

许多飞着的黑点刺进云层，穿过薄雾，愈来愈大，愈飞愈近，混合在一起，厚厚密密的一大群，鼓噪着，迅速地向小丘飞来。好像来了一支军队。这群黑暗王国的长着翅膀的坏蛋，全都栖在绞刑架上。

孩子惊骇起来，向后退缩。

成群的鸟兽总是服从指挥的。鸦群聚集在绞刑架上，没有一只飞到死尸身上。它们互相谈话。哇哇的啼声非常可怕。野兽的嗥号，鸣叫，咆哮，都是生命的象征；乌鸦的啼声却是对腐烂感到满意的表示。这种啼声使人以为是在静寂中听见了坟墓破裂的声音。哇哇的啼声是一种黑夜的声音。孩子浑身僵硬了。

这不是由于寒冷,而是由于恐怖。

乌鸦群静下来了。其中一只跳到骷髅身上。这就是信号。所有的乌鸦都飞扑过去,突然出现了一片翅膀的乌云,然后所有的翅膀都收拢起来,死尸完全消失在一大堆黑泡点下面,这些黑泡点在黑暗中蠕动着。这时候,死尸活动起来。

是死尸自己在动吗?还是风在吹动?死尸可怕地跳了一跳。刚起的暴风过来帮助它,死尸开始搐动。已经十分猛烈的暴风攫住它,把它向各方面摇动。死尸变得十分可怕,它开始挣扎。它像一个可怕的傀儡,绞刑架上的铁链就是它的牵线,黑夜派来的一个木偶戏艺人抓住这根牵线,正在玩弄这个木乃伊。木乃伊又翻腾,又跳动,仿佛马上就要四分五裂似的。乌鸦们惊吓起来,飞了开去,这一大群不洁的鸟就像是突然喷射出来似的。接着它们又飞了回来。于是一场斗争就展开了。

死尸仿佛有了一种可怕的生命力。台风把它吹起来,像是要把它带走似的;死尸好像在挣扎,在设法脱逃;可是它的铁链拉住它。乌鸦们跟着它的动作飞动,一忽儿退后,一忽儿又扑过来,忽而胆怯,忽而勇猛地不肯放松。一方面,死尸古怪地设法逃走,另一方面,鸦群追逐着这个系着的死尸。暴风一阵又一阵地把死尸吹得惊跳,撞击,发怒,冲过来,退回去,升上去,落下来,驱逐着那群飞散的乌鸦。死尸像是一根大木棒,鸦群像是尘土。这一群凶猛的袭击者不肯罢休,固执地继续它们的进攻。死尸似乎被乌鸦啄得疯狂起来,愈发加紧在空中乱撞乱打,仿佛弹弓不停地把系着带子的石头弹出来,又收回去,又弹出来似的。一忽儿死尸身上布满了鸟爪和鸟翼,一忽儿又什么都没有了;这是乌合之众的突然散去,马上又猛烈地回来进攻。死尸是在死后还继续受着可怕的刑罚。乌鸦群似乎十分疯狂。从地狱的天窗里飞出来的鸟群就是这样的。鸟爪在抓,鸟嘴在啄,哇哇的啼声,撕下一条条变了质的肉,绞刑架在轧轧地响,骨骼在摩擦,铁链在铮铮地响,暴风在怒吼,还有其他喧闹声,再也没有比这更可怕的斗争了。这是一个恶鬼在和群魔斗争。这是幽灵的战争。

有时,暴风愈吹愈猛烈,死尸被吹得绕着自己打转,同时向各方应付鸦群的进攻,似乎想追逐那些乌鸦,它的牙齿好像想咬它们。风在帮助它,铁链却是它的对头,好像两个黑色的神已经干预了这件事。暴风也是参加战斗的。死尸绕着自己打转,那一队乌鸦绕着它回旋。这是旋涡在旋风中旋转。

山下传来巨大的怒吼声,那是大海。

孩子看见了这场噩梦。骤然间,他从头到脚哆嗦起来,一个寒噤透过他的全身,他摇晃了一下,惊跳起来,差点儿摔了一跤,他转过身子,两只手紧压着前额,仿佛前额能够支持他似的;然后,他慌慌张张地,让风吹着头发,大踏步走下小丘,两只眼睛紧紧闭着,自己差不多也变成一个幽灵了;他向前逃走,把这个痛苦的噩梦留在身后的黑暗中。

第七章　波特兰的北岬

他一直奔走到气喘吁吁;他发狂地乱走,走过雪地,走过平原,走过旷野。这一场逃走使他的身子暖和起来。这正是他所迫切需要的。如果不是这样一吓和这样逃走,他早就死了。

等到他气也透不过来,他才停止。可是他不敢回头看。他认为乌鸦们一定是追赶着他,死尸一定是挣脱了铁链,在他后面跟着跑,而且绞刑架毫无疑问也会走下小丘,跟在死尸后面追来。他不敢回头看,他怕看见这些东西。

他休息到呼吸稍为平顺以后,又开始逃走。

儿童是不会理解事实的。他只有一些已经被恐怖扩大了的印象,可是他不会把所有印象在心里联结起来,由此而作出结论。他走着,不问要到什么地方,也不管怎样去法;他带着做梦的苦闷和艰难在奔跑。他被遗弃以后已经过了三个钟头,他的前进目标虽然一直不明确,可是已经改变过了:起初他的目标是寻找,现在他的目标是逃避。他再也不感到饥寒,他只感到恐惧。后一种本能代替了前一种。现在他的全部思想就是逃避。逃避什么呢?逃避一切。生命对于他好像是一堵从四面包围着他的可怕的墙。假使他能够逃避生命的话,他一定会这样做。

可是儿童是不懂得我们称为自杀的那种"越狱"行动的。

他继续跑着。

他这样奔跑了一段时间。等到他跑到气衰力竭,恐怖也就消失了。

突然间,他好像骤然增长了精力和智慧,猛然停了下来,似乎对自己的逃走行为感到羞耻;他站直身体,顿了顿脚,坚决地扬起头来,向后面转过去。

后面既没有小丘,也没有绞刑架,也没有乌鸦飞来。

迷雾又遮没了整个地平线。

孩子继续赶路。

现在他不再奔跑了,他慢步走着。如果说这次遇见死尸使他变成了一个成人,那就是简化了他的复杂而零乱的感觉。在他的感觉里有超过成人的一面,也有不如成人的一面。他的思想只是幼稚的理解,在他的思想里对绞刑架的感觉十分混乱,他仍然认为绞刑架是幽灵出现。不过,制服了恐惧就是获得了精力,他觉得比刚才坚强了。假使他已经到了能够探测自己内心的年龄,他就会发觉自己的内心有了许多思考的萌芽,可是孩子们的思想能力尚未长成,他们充其量只是对一种他们认为模糊的感情有辛酸的回味,而后来成人是把这种感情称为愤慨的。

此外,孩子还有很快就让一种感觉消失的能力。他并不知道悲痛有遥远广阔的边界,可以扩大悲痛的范围。孩子被他本身不能接受过分复杂的感情这种弱点保护着。他看见了事实,可是看不见与事实有关的周围一切东西。对孩子来说,接受一个不完整的思想是很自然的事,不像成人那样对接受不完整思想有困难。只有后来,当经验带着卷宗到来以后,人生的诉讼案件才可以开始审判。那时候,他才把他所遇见过的一堆堆事实拿来对照,他的经过训练而且增长了的理解力才会进行比较,幼年时代的经历会在成年的激情状态下重现,正如擦去的旧字会在羊皮纸上新写上去的字下面重现一样。这些回忆就是逻辑推理的依据,在孩子的脑子里的幻象,在成人的脑子里就变成了推理根据。而且经验有多种,按其性质不同而在人身上产生好的或坏的效果,它使好人成熟起来;使坏人腐烂下去。

孩子奔跑了一公里,又行走了一公里。突然间,他觉得胃里饿得难受。一个思想猛烈地袭击他,而且马上把小丘上幽灵出现的丑恶形象排挤掉:要吃。幸喜人身上有一部分动物的本能把人带回到现实里来。

可是吃什么?到哪里吃?怎样弄到吃的东西呢?

他摸了摸口袋。这是一种不假思索的动作,因为他明明知道口袋里是空的。

接着他加紧了脚步。他不知道到哪里去,但他是加紧脚步向可能遇到住所的地方走去。

人对上天保佑的起码信心,使人在旅行中深信必定能找到一所客栈。

相信能获得一个避风雨的处所,就是相信上帝。

不过,在这铺满了雪的平原上,没有什么像是一所房子。

孩子走着,荒野继续伸展开去,极目所望,毫无房屋草木。

在这片高台地上,从来没有人居住过。只在悬崖的脚下,过去的原始居民曾经住在岩石洞里,因为他们没有本领来盖房子。他们的武器是弹石带,他们的燃料是干牛粪,他们的宗教是崇拜希尔神,这个神的偶像现在还树立在多吉士特一个林中空地上,他们的工业是捞海里的灰色假珊瑚,这种假珊瑚被威尔士人称为 plin,被希腊人称为 isidis plocamos。

孩子尽自己的努力分辨方向前进。整个人生的命运就是十字路口,选择方向是一件可怕的事,这个幼小的生命很早就要选择不可知的命运。他继续前进;可是,即使他有两条钢腿,他也开始乏了。平原上没有小径,假使有的话,也被雪盖没了。他本能地偏向东方走。锋利的石子刮破了他的脚跟。假使是白天的话,就能看见他留在雪地上的血迹。

他不认识这个地方。他从南到北越过了波特兰高台地。很可能带他到这儿来的那帮人,为了避免被人撞见,曾经从西到东越过波特兰高台地。他们大概是从乌格斯孔伯沿岸的圣凯瑟琳海峡口或者斯温克拉等地,趁渔船或者走私船,到波特兰来会合,在那里等待着他们的比斯开船的;他们一定是在西面小海湾上岸,走到东面小海湾再上船。他们所走过的这条路线,和孩子现在所走的路线恰好成十字形,因此孩子是不可能认识他所走过的路径的。

波特兰高台地上到处可以找到一条条高起的狭长丘陵,这些丘陵近海一面受海水冲袭突然被海岸切断,成为峭壁面临海面。胡乱跑着的孩子到达了其中一块丘陵上,停了下来,希望站在高处可以发现更多的东西。他尽力张望。在他面前,整个地平线只是苍白色的茫茫一片。他仔细察看这个不透明体,在凝神注意中,比较看得清楚了。这苍白色的茫茫一片好像是一座黑夜里的悬崖,在这悬崖脚下,远远地东边一块高起来的土地后面,有一些黑色的碎布条似的东西,爬上这块土地,飘浮在空中。这苍白色的茫茫一片是雾;这些黑色的碎布条是烟。有炊烟的地方就有人。孩子向着这个方向走去。

他看见几步以外有一个斜坡,斜坡的脚下,夹杂在被雾遮盖得看不清形状的岩石中间,有一条像沙洲或者地峡那样的土地,这条土地一定是把他刚才走过的高台地和地平线那边的平原连结起来。很明显,一定要走过这条地峡才能到达平原那边。

事实上他的确到了波特兰地峡,这是一个洪积层沙洲,名字叫做象棋山。

他走下高台地的斜坡。

斜坡十分艰险。这是他刚才从海湾上爬上来的那个斜坡的背面,虽然这个斜坡不像正面斜坡那样艰险难爬。一切上升都要有下降来补偿。他爬上来以后,现在又落下去。

他从一块岩石跳到另一块,冒着跌伤和滚到下面那个看不清的深渊里去的危险。为着防止从岩石上和冰上滑跌,他用手抓住地上的杂草和长满尖刺的金雀花,刺尖都插进他的手指里去。有时他也走到比较平坦的坡面上,他就一边平复呼吸,一边走下去;接着马上又是极陡的坡面,他每走一步都要费尽心机来想办法。从悬崖上落下来,每一个举动都成了要解决的问题。在这种时候必须十分机警,否则就有死亡的危险。孩子按照本能来解决这些问题,猴子看见了也会钦佩,江湖卖艺人也会敬仰。斜坡又陡又长。可是他快要到达终点了。

慢慢地,他已经快到了刚才看见的海峡地带。

在跳过岩石或者从一块岩石滑到另一块岩石的时候,他往往像鹿子一样扬起头、竖起耳朵注意倾听。他听的是左面远远地一种传播很远而微弱的声音,像很低的喇叭声一样。天空中的确有空气骚动的声音,这是从北极吹来的可怕的北风的前驱,现在已经听得出它是奔腾而来了,真像由远而近的喇叭声一样。同时,孩子不时觉得有些东西落到他的前额、眼睛和脸颊上,像冰冷的手心按在他的脸上一样。这些东西就是大片冰冷的雪花,起初慢慢地从空中飘下来,接着就旋转着越下越快了,这是暴风雪到来的前奏。孩子被吹得一头一脸都是雪花。在海面上已经刮了一个钟头的雪,现在开始登陆了。暴风雪慢慢地侵入平原,它倾斜地从西北方进入了波特兰高台地。

第 二 卷

在海上的比斯开船

第一章　超人力的自然规律

暴风雪是海上的神秘现象之一。这是气象中最暗昧的一种；这里所谓暗昧，包含了这个词的各种意义。暴风雪是雾和风暴的混合现象，我们直到今天还不能理解这种现象。因此许多惨事也由此而生。

我们总是用风和浪来解释一切。可是在空气里有一种力量不是风，在水中有一种力量不是浪。这种力量，无论在空气中或者水里，都是磁流。空气和水是大体上相似的液体，可以由凝结或蒸发而互相转化，就像呼吸和喝水的原理一样；只有磁流是流动体。风和浪只是被推动的东西，磁流才是流动的东西。从云可以看见风，从浪花可以看出浪，而磁流是看不见的。只是磁流不时会说："我在这里。"它的"我在这里"就是一声霹雳。

暴风雨和雾所产生的问题是相似的。假使西班牙人能够解释"callina"（风暴），埃塞俄比亚人能够解释"quobar"（暴雨），那么可以肯定这种解释是从细心观察磁流而获得的。

没有磁流的发现，有许多现象就不能解释。严格地说，风速的变化，在暴风中每秒三英尺到二百二十英尺，是能够解释浪的变化，从平静的海面只高三英寸，到骚动的海面高达三十六英尺的；严格地说，风的平吹，即使是台风，也能使高达三十英尺的浪有一千五百英尺宽，这一点我们还能够理解；可是为什么太平洋的波浪在美洲那边比亚洲那边高四倍，换句话说，就是在西边比东边高？而在大西洋上海浪的现象则恰恰相反？为什么在赤道地带则是中部海面的浪最高？海的"瘤肿"难道会换地方吗？这种变动又从何而来呢？只有用磁流才能解释，磁流和地球的自转，加上星球的吸力，就联合产生了这种作用。

一八六七年三月十七日曾经有过一场暴风雪，这场暴风雪发作以前，出现了一种现象：风从西方吹起，又从东南转向西北，然后又猛然从西北转向东南，兜了同样的一个大圈子，在三十六小时中兜了一个五百六十度的巨圈，这种现象，不是应该用前面那种神秘的联合作用来解释吗？

澳洲的浪在风暴时期可以高达八十英尺，这是因为接近南极的缘故。在这个经纬度里的暴风雨，往往不是由于风的变化，而是由于海底不停放射电力所造成的。一八六六年，大西洋海底电线被一种间歇热病所骚扰，骚扰很有规则，每二十四小时骚扰两个钟头，从正午到下午二时。某些能力的汇合和分解产生了这种现象，迫使海员必须加以计算以免遭受海难。假使把按照习惯航海改变为根据科学计算航海，假使我们开始研究为什么在我们这个地区热风有时从北方吹来而冷风从南方吹来，假使我们能够理解到气温的降低是和海洋的深度成正比例的，假使我们时刻记着我们的地球是无限空间中的一块庞大的、有极的天然磁石，这块磁石有两个轴心，一个是地球自转轴心，另一个是磁流轴心，这两个轴心在地心内互相交叉，而磁极是环绕着地极旋转的，假使冒着生命危险的人想按照科学化的方法去冒险，假使人们研究了各种无常变化然后航海，假使船长变成了气象学家，舵手变成了化学家，那时候，许许多多祸事就可以避免了。海之具有磁性正如它是由水组成的一样；有一种人所不知的能力在一个波浪的海洋上漂浮着，简直可以说是在水面上漂浮着。那些只看见海洋里有海水的人，其实是没有真正看见海；海有电磁来往正如有液体海水的涨潮退潮一样；电磁引力对海水所产生的作用也许比暴风所产生的作用更厉害；分子结合引起的现象，其中有一种是毛细管引力，这对我们说来虽然是十分渺小的现象，可是在无限广大的海洋上它就随着海洋的广阔而扩大；磁力电波有时帮助、有时扰乱气流和水流。漠视电力法则的人，便不能理解水力法则；因为这两者是互相有关系的。这门科学的确是最困难、最暗昧的；它和只凭经验的学问很接近，正如天文学和占星学接近一样。可是不研究这门科学，就不可能有航海学。

说完了这些以后，我们回到正文来吧。

海上最可怕的复杂现象之一，是暴风雪。暴风雪首先是磁性的。北极产生暴风雪正如它产生北极光一样；北极处在暴风雪的雾中，如同它处在北极光的光域里一样;无论在前者的雪片中或者后者的光纹中,磁流都是明显可见的。

暴风是海洋害上了神经痛和热狂症。海也有头痛症的。暴风就是疾病;其中有些是不治之症,有些是治得好的,遇见前者就无法脱逃,遇见后者还可以得救。暴风雪通常被认为是不治之症。麦哲伦的一个舵手约拉比约,把暴风雪比喻为"从魔鬼身上有病的地方喷射出来的乌云"①。

薛可夫②常常说:"这种暴风雪与霍乱相似。"

西班牙的古老航海家对暴风雪有两种叫法:在下雪花的时候叫做"暴风雪"(la nevada),在下冰雹的时候叫做"暴风雹"(la helada)。据他们说,蝙蝠也跟着雪从天上落下来。

暴风雪是北极纬度内的地带专有的。可是有时它也流到我们的天气里来,或者说滚到我们的天气里来,因为暴风带来了一大堆破烂的东西。

我们在前面说过,"晓星"号离开波特兰海湾的时候,坚决地投入这片黑暗的危险地带中,暴风雨的临近,更增加了危险的程度。可是"晓星"号带着悲惨的勇气去冒这个险。我们必须着重指出:它在事前并不是没有接到警告的。

---

① 原文是"Una nube salida del malo lado del diabolo"。——原注。

② 薛可夫(Robert Surcouf,1773—1827),法国海盗,常在印度洋上劫持英国商船。

第二章　把船上的人物描写清楚

单桅船还在波特兰海湾内的时候，海很平静，浪也不高。虽然海的颜色呈现褐色，天空还很明亮。风对船没有什么影响。单桅船尽可能地沿着悬崖行驶，悬崖是它的很好的屏风。

在这只小小的比斯开船上，一共有十个人，三个是水手，七个是乘客，其中两个乘客是女的。黄昏时分海水仍有反光，在海水的亮光中可以看清楚船上几个人的面貌。这时候大家也不再躲躲藏藏了，举动也自然了，每一个人都恢复了行动的自由，大声叫喊，露出真面目，因为船开了就是他们得到解放了。

这一帮人中每个人的明显区别呈现出来了。两个女的说不出有多大年纪；流浪生涯使人提早衰老，贫穷更在脸上增加皱纹。一个女的是巴斯克的旱港地方人。另一个女的身上挂着一串大念珠，是个爱尔兰人。她们都带着穷苦人那种麻木的表情。她们上船以后就互相挨近着，一起蹲在桅杆脚下的箱子上。她们俩在交谈；我们说过：爱尔兰话和巴斯克话是同出一源的。那个巴斯克女人的头发上有洋葱和罗勒香味。单桅船的主人是个巴斯克的几本兹可盎人；一个水手是比利牛斯山北麓的巴斯克人，另一个水手是比利牛斯山南麓的巴斯克人，他们同属一个民族，虽然前者是法国人而后者是西班牙人。巴斯克人并不承认法律上的祖国，赶骡子的柴拉累斯经常说："我的祖国就是比利牛斯山。"①和两个女人一伙的五个男人中，一个是法国朗格多克省人，一个是法国普罗旺斯省人，一个是热那亚人，一个戴着阔边帽、帽上没有插烟斗洞的老年人，像是德国人；第五个，这帮人的领袖，是巴斯克平原地区的比斯卡洛斯地方的人。在孩子将要上船的时候，用脚后跟一下把

① 原文是西班牙文。

跳板踢到海里去的人就是他。这个汉子体格健强，身手敏捷，行动迅速；我们说过，他穿着镶了边和绣着金线的衣服，背心上的亮片饰物使他的褴褛衣服闪耀发光。他不能停留在一个地方，一时俯下身子，一时又挺直腰眼，不停地走来走去，从船的一端走到另一端，仿佛为着他刚才做过的事和将要发生的事抱着不安似的。

这帮人的领袖，船主和两个水手，四个人都是巴斯克人，他们有时用巴斯克话来谈话，有时用西班牙话，有时用法国话，这三种语言在比利牛斯山两面都很流行。不过，除了两个女的以外，每一个人都能够说一点法国话，法国话是这帮人的俚语的基础。从这时期起，法国话开始被各个民族选中为中间语言，因为法国话既不像北方语系那样有过多的子音而太硬，又不像南方语系那样有过多的母音而太软。整个欧洲的商业用语是法文；窃盗犯使用的也是法语。我们记得伦敦的窃盗犯吉比能够和加杜斯①交谈。

单桅船是优等帆船，很轻快地向前驶着；可是十个人再加上许多行李，对于这样一艘小船是过分沉重的负担。

这条船救了这帮人，可是并不能因此而得出结论说船上人员和这帮人一定是同党。只要船主是一个巴斯克人，这帮人的领袖也是，这样他们就能够在一起了。在这个种族里，同族互助是一种责任，不能有丝毫例外。一个巴斯克人既不是西班牙人，也不是法国人，他是巴斯克人，无论在什么地方，在什么时候，他都应该搭救一个巴斯克人。这就是比利牛斯山的团结友爱精神。

这只船在海湾内的时期，天色虽然不很好，可是还不至于坏到使这班逃亡的人担心事。他们逃走了，走脱了，他们高兴得发狂。有笑的，有唱歌的。笑声虽然干燥无味，但这是自由的笑声；歌声虽然低沉，但这是无忧无虑的歌声。

那个朗格多克省人大声叫喊："庆祝！"（caougagno！）这样的叫喊是那波纳人高兴到极点的喊声。这个朗格多克省人是一个不出海的水手，他的家乡是克拉普山南麓的近水乡村格里桑，他其实是一个船夫，

① 加杜斯（Cartouche，1693—1721），法国著名大盗。

而不是一个海员，可是他习惯于在巴兹水塘里驾驶小舟，在圣露西含盐沙滩上拖拉装满了鱼的渔网。他是属于这样一类的人：戴红帽子，用西班牙人的复杂方式画十字，用羊皮盛酒喝，直接吮吸羊皮里的酒，吃火腿直啃到骨头，跪下来咒骂神，用威吓的口吻来求神："伟大的圣人，答应我对你的请求，要不我就向你的脑袋扔石头！"

在必要时，他能够帮助水手们工作。那个普罗旺斯省人在厨房里吹炉子生火，火上面放着一只铁锅烧着汤。

这种汤是杂烩汤，用鱼肉来代替牛肉，普罗旺斯省人在汤里放进瘦小的豌豆，切成方形小块的肥肉，红辣椒，这是喜欢吃法国式饭的人，对喜欢吃西班牙式饭的人所作的让步。他的旁边放着一袋打开了的干粮袋。他点着了他头上的一盏灯，这盏灯是铁铸的，用滑石代替了玻璃，挂在厨房天花板的一个小钩上，在摇摇晃晃。旁边另一只小钩上挂着一只用来作风信针的翠鸟。这是当时流行的信仰，认为把一只死掉的翠鸟钩着鸟嘴吊起来，那么鸟胸就会经常向着风吹来的方向。

普罗旺斯人一边烧汤，一边不时把一只水壶塞进嘴里，喝一大口酒。这种水壶外面包着一个藤壳子，又阔又扁平，有把手，通常用皮带系在腰间，当时称为"腰葫芦"。每喝一口，他停下来哼几句乡村小调，这种小调的主题是毫无意义的：一条低洼的小路，路旁一道矮树篱笆；从灌木丛的空隙中望见草原上马车和马在落日的照耀下，把长长的影子投射到草原上，篱笆顶上不时出现叉着麦秆的叉尖，一起一落。对于一首歌，有这些内容也就够了。

动身启程，可能是如释重负的，或者是心情沉重的，要看一个人的思想或心境状况而定。船上的人，个个都像精神轻松愉快，只有一个人例外，就是那个老人，帽子上没有插烟斗洞的那个老人。

这个老人看来很像德国人，虽然他的容貌是深不可测、很难看出国籍的那一种；他是一个秃子，样子又那么严肃，使得他的秃顶好像经过剃度的和尚头。每次他从船首的圣母像前经过，他总脱下呢帽，露出光头，脑盖上青筋毕露。他身上穿着一件磨损、破烂的宽大长袍，是多吉士特的褐色斜纹哔叽制的，只能够把他里面的紧身衣遮掉一半，那件紧身衣又狭又窄，钮子一直扣到脖子上，好像天主教教士的法衣一样。他

他在甲板上慢慢地走着，不望任何人，带着断然的和不祥的神情。

的两只手经常有交叉起来的倾向，往往很容易合起手掌来，像习惯于祈祷的人的一种条件反应。他的脸是苍白色的；脸色是内心状态的反映，认为人的思想意识没有颜色是错误的。他的容貌显然是一种特殊的内心状态的流露，这种状态是矛盾结合起来的结果，这是一种善与恶的矛盾的合力，既走向好的一面，也走向恶的一面，从一个观察家看来，这就表明他是一个可以堕落到老虎之下，或者上升到一般人之上的一个人。这种混乱的灵魂是存在的。在他的脸上有一种深不可测的神情，脸上的神秘达到抽象难解的程度。我们可以理解这个人在事先尝到了作恶的滋味，这就是计谋；在事后也有一种作恶的回味，那就是一无所得。在他的也许只是表面的冷酷中，刻画着两种僵硬的痕迹，一种是心肠的僵硬，那是刽子手专有的，另一种是精神的僵硬，那是官吏特有的。我们可以肯定，他是一切都干得出来的人，甚至也可能受感动，因为怪物也有它自己的两面性。一切学者都有点像死尸；这个老人就是一个学者。只要看见他，就能看出他的手势和袍子的折痕都有学问的烙印。他的脸是化石般的脸，严肃的表情被皱纹的多变破坏掉；这种皱纹变化简直到了扮鬼脸的程度，那是通晓几国语言的学者的表情。此外，他是一个严厉的人，一点也不虚伪，一点也没有玩世不恭的意思。他是一个悲惨的梦想家。他是被犯罪造成的喜欢沉思的人。他的眉毛是强盗的眉毛，他的眼睛却是主教的眼睛。他的稀少的灰白头发在两鬓旁边已经全白了。他的身上明显地有基督徒的特征，可是也掺杂着土耳其的定命论。他的瘦削的手指被生长在手指关节处的风湿性疙瘩弄得变了样子；他身体又高又僵硬，显得十分可笑；他有一双惯于航海不怕船身颠簸的脚。他在甲板上慢慢地走着，不望任何人，带着断然的和不祥的神情。他的眼珠模糊地充满一种常有的亮光，这种亮光表明他的灵魂经常想到死亡，而且良心不时发现。

这帮人的领袖是一个举止粗暴而行动敏捷的汉子，他不时很迅速地在船上七弯八转地绕道走到老人身边和他耳语。老人点头作答。我们可以说，那是闪电在征询黑夜的意见。

第三章　不安的人们在不安的海面上

船上有两个人正在专心一意地思索着，一个就是这个老人，另一个就是船主。我们必须注意不要把船主和这帮人的领袖混为一人。船主关心的是海，老人关心的是天空。一个的眼光不离海水，另一个密切注意天上的云。海水的动态是船主的心事；老人却似乎在怀疑天空。他从云层的一切空隙窥探星斗。

那时候天还未黑，几颗星星开始微弱地透过黄昏的微明显现出来。

地平线上的情况很特别，雾的变化很大。

陆地上雾多，海面上云多。

在驶出波特兰海湾以前，注意着海浪的船主，马上集中全副精力操作，他不等驶出海湾就开始行动。他检查了索具，弄清楚了低桅的护桅索处在良好状态，扎紧通到桅楼下端的两根绳索，这是一个人准备冒险用高速度航行所采取的预防措施。

比斯开船的缺点是船身不平衡，船头比船尾下沉两英尺。

船主每一分钟都在指南针和方向盘两者间走来走去，把两个照准孔对着海岸的景物，以便从它们的反应认出风的方向。开始时吹的是顺风，是从侧面吹来的，船主并没有显出不高兴，虽然航向相差五度。他尽可能自己掌着舵，似乎认为只有自己掌舵才能够使舵充分发挥效率，因为舵的效率是受航迹速度影响的。

船只行驶速度愈高，罗盘针的风向方位和船只表面方位的距离愈大，单桅船看起来更驶近风的起源地，事实上却不那么近。单桅船遇见的不是横风，也不迎风行驶，可是只有风从后面吹来的时候，才能直接得出真正的方向。如果看得见天空中有许多长条的云从地平线上的一个共同点伸展开来，这一点就是风的起源地；可是这天傍晚有好几种风，罗盘针的指向很混乱；因此船主很不相信船行的方向合乎人们的理想。

他既小心又大胆地掌着舵,使船帆受风行驶,注意突然的偏向,防止驶出航线以外,也避免顶着风行驶,注意风压差,注意舵柄的一切微小的突然跳动;观察着船只的一切摇摆动荡,航迹速度的不平衡,风的忽大忽小。为着防止意外,他经常注意从海岸吹来的阵风,尤其注意保持风向针和龙骨所形成的角度比船帆的角度更大,指南针所指出的风向总是可疑的,因为指南针太小。船主的眼珠很沉着地低下来观察水的各种形态变化。

有一次,他也抬起头来望着天空,想找寻猎户座的三颗星;这三颗星名为"三贤人",从前西班牙舵手们有过一句老话:"谁看见三贤人,就离开救世主不远了。"

船主向天空望这一眼,正好和老人的自言自语巧合;老人在船的另一端喃喃地说:

"连北极星也瞧不见,那颗南极星,虽然那么红亮,也看不见。没有一颗星是清楚的。"

船上其余的逃亡者丝毫没有什么忧虑。

可是,等到逃走成功的笑声停下来以后,他们不得不发觉当时是在正月里,北风冷得刺骨。他们不可能睡在房舱里,因为房舱太狭小,又堆满了行李和货物。行李是旅客们的,货物是水手们的,因为单桅船不是一只游艇,它是一只走私船。旅客们不得不睡在甲板上;对于流浪的人,这一点牺牲是不算什么的。他们习惯于在露天生活,因此他们很容易就准备好了夜间睡觉的一切。美丽的星星是他们夜里的好伴侣;寒冷可以帮助他们入睡,有时也可以帮助他们冻死。

不过,那天晚上没有什么美丽的星星。

等着吃晚饭的那个朗格多克人和那个热那亚人,裹着水手们扔给他们的防水布,和桅杆下面两个妇女紧挨在一起。

秃头的老人仍然站在船首,一动也不动,仿佛一点也不觉得冷。

在舵旁边的船主,从喉咙里发出一种喊声,很像一种在美洲称为"欢呼鸟"的叫声。集团的领袖听见这下喊声就走了过来,船主叫他一声"Etcheco jaüna!"这两个巴斯克字的意义是:"山区农夫!"在古代康太勃利人中间，这样一叫就表明要开始一场严肃的谈话，提醒谈话者注意。

接着船主用手指指着船头的老人，用西班牙语和领袖谈起话来，他们说的是西班牙山区的土语，是不十分正确的西班牙文。下面就是他们的一问一答①：

“山区农夫，那个人是谁？”

“是一个人。”

“他说什么话？”

“样样话都会说。”

“他懂得什么？”

“样样都懂。”

“他的家乡在哪儿？”

“他没有家乡，到处都是他的家乡。”

“他信仰什么神？”

“上帝。”

“你怎么称呼他？”

“疯子。”

“你说你怎么称呼他？”

“聪明人。”

“在你们一班人中，他是谁？”

“他就是他。”

“领袖吗？”

“不是。”

“那么，他是什么？”

“是灵魂。”

问答完毕，领袖和船主分开，各自回到自己的沉思里去。过了不久，“晓星”号就出了海湾。

海洋的大颠簸开始了。

---

① 以下一问一答都是西班牙文，原书上加注法文译文，现照法文译出。

从浪头泡沫的间隔看来,海的外表好像是黏糊糊的;从黄昏的微明中来看波浪,波浪好像胆汁似的黄绿色一大片。这里那里有一块平伏的巨浪,显出龟裂和星状,好像一块玻璃被石头掷裂的样子。在星星的中心有一个漩涡,里面闪耀着一点磷光,好像猫头鹰眼珠里闪耀着的熄灭光线的反光一样。

"晓星"号像个勇敢的游泳家,高傲地越过可怕的桑布尔沙洲的颤动的水面。桑布尔沙洲是波特兰海湾出口处的一个潜伏障碍物,它的形状不像一条长堤,而像一个圆形剧场。它是海底下由沙泥筑成的圆形剧场,一排排的长座椅是波浪雕成的,舞台是圆形而匀称的,像阿尔卑斯山的永弗罗峰那么高,不过是浸在水里罢了;它是海洋里的一座圆形剧场,潜水员在半透明的海水里可以看得见它,这座圆形剧场就是桑布尔沙洲。水蛇在沙洲里搏斗,大海兽在那里相遇;据神话里说,在庞大的漏斗式的沙洲底层,埋葬着无数船只的尸骨,那是被巨大的蜘蛛克拉炊——这蜘蛛又名鱼山——抓住而且弄沉的船只。这就是海洋的可怕的阴影。

这些不为人知的幽灵似的客观存在,在水面上只通过微小的皱纹表现出来。

到了十九世纪,桑布尔沙洲已经毁败了。新造的防波堤以波浪遇阻回击的力量,冲毁和损坏了这座高大的海底建筑物,正如一七六〇年在克洛瓦雪克建造的防波堤使潮汐的时间变动了一刻钟一样。潮汐这种东西是永恒的;可是永恒的东西也服从人类的意志,服从得比人们所想象的更甚。

第四章　一片与众不同的云出场了

被那个领袖起先称为“疯子”，接着又称为“聪明人”的老人，再也不离开船首。自从过了桑布尔沙洲以后，他的注意力分散在天空和海洋两处。他的眼睛一忽儿向上望，一忽儿又向下望；他的注意力尤其集中在东北方。

船主把舵交给一个水手，自己跨过后舱口，走过舷门，一直走到船头甲板上。

他走近那个老人，可是并没有走到老人前面去。他站在老人后面不远的地方，肘紧贴腰部，双手摊开，头侧向一边，睁大眼睛，扬起眉毛，一边嘴角带着微笑，这是还没有决定应该嘲讽或者尊敬的一种好奇的态度。

老人或者有自言自语的习惯，或者发觉有人在身后而引起他想说话，总之，他望着天空自己对自己说起话来：

“计算赤经度的子午线在本世纪是由四颗星指示出来的：北极星，仙后座，仙女座的头部，飞马座内的二等星阿尔野聂普，可是现在一颗也看不见。”

这些话是自动地一句接着一句说出来的，语音不清，含含糊糊，似乎想说又不想说似的，从老人嘴里飘荡出来以后，就在空中消失了。独白其实是心内的火所冒出来的烟。

船主插进来说：

“老爷……”

老人也许因为有点聋，同时又在紧张地思索，所以没有回答，只是继续说：

“星星太少了，风太多了。风总是改变方向朝岸上吹。风笔直地吹上岸去。这是因为陆地上比海面更热，空气更轻，海面又冷又沉重的风迅速地吹到岸上去填补空位。因此在广阔的天空中,风从各个方向朝陆地吹去。最好是在真正的纬度和假定的纬度之间航行。如果在测出的纬度和假定的纬度之间,每十海里只有三分钟差距,每二十海里只有四分钟差距,我们就在最好的航路上了。"

船主鞠了一躬,可是老人没有看见他。老人所穿的服装几乎可以说是牛津大学的制服或者哥廷根大学的制服,他继续保持高傲和僵硬的姿势,动也没有动。他以波浪和人的鉴定专家的身份观察着海洋。他研究波浪,可是他的态度仿佛要求波浪在喧闹声中让他发言,让他给它们上一课。他的样子既是迂夫子,也是占卜的巫师。他的神气像是深渊里的老学究。

他继续自言自语,不过,也许是故意要人听见的。

"假使我们有的是舵轮而不是舵柄,我们就能够斗争一番了。以每小时四海里的速度,在舵轮上用三十磅的力量,就可以对航向产生三十万磅的效果。有时还不止,因为在某些情况下,还可以把舵轮多转两转。"

船主再一次鞠躬,再叫一声:

"老爷……"

老人的眼睛盯着他。老人只转过头来,身体并没有动。

"叫我博士。"

"博士老爷,我就是船主。"

"唔。""博士"回答。

我们以后也就称他博士了。博士似乎已经同意和船主谈话:

"船主,你有一只英国的八分仪吗?"

"没有。"

"没有英国的八分仪,你就不能够在船头或船尾测量高度。"

"巴斯克人,"船主顶回一句,"在没有英国人以前已经能够测量高度了。"

"当心不要让风把船帆吹成逆帆。"

"在必要时我会对风退让的。"

"你计算过船的速度吗?"

“计算过的。”

“什么时候计算的?”

“刚才。”

“用什么方法?”

“用速力测定器。”

“你检查过速力测定器上的三角板了吗?”

“检查过的。”

“沙时计一滴是准三十秒钟么?”

“是的。”

“你确实知道沙没有磨损两只小管中间的洞吗?”

“我知道没有。”

“你曾经吊着一粒枪弹,用它的震动来测验过沙时计……”

“用一根从浸湿的麻拉出来的线吊着吗? 当然做过。”

“你曾经用蜡擦线,以防止线拉长吗?”

“是的。”

“你测验过速力测定器吗?”

“我用火枪弹来测验过沙时计,用大炮弹来测验过速力测定器。”

“你的大炮弹直径多少?”

“一英尺。”

“相当重。”

“那是我们的老战船‘拉·加斯·德·伯一格朗号’的旧炮弹。”

“是属于无敌舰队的吗?”

“是的。”

“船上有六百兵士,五十个水手和二十五门大炮吗?”

“现在只有海龙王知道了。”

“你怎么衡量水对炮弹的阻力?”

“用一把德国秤来量。”

“你连波浪对那根吊着炮弹的绳子的压力也算进去了吗?”

“是的。”

“结果怎样?”

“水的阻力是一百七十磅。”

“换句话说，就是这条船每小时行驶四法里。”

“就是三荷兰里。”

“可是这只不过是航迹速度，海水速度还没有计算在内。”

“一点不错。”

“你驶到哪里去？”

“到我认得的一个小港湾里去，这个小港湾在洛约拉和圣瑟罢士梯安之间。”

“快点驶到小港湾所在的纬度里去。”

“是的。尽可能不要驶歪了。”

“当心风和水流。风会激动水流的。”

“两个都是出卖人的奸贼①！”

“不要骂。海听得见的。不要侮辱风和水，要观察它们。”

“我已经观察过了，我现在还在观察。这时候的潮水是逆风的；可是再等一会儿，潮水跟着风走的时候我们就顺风顺水了。”

“你有航路图吗？”

“我没有。没有这个海的航路图。”

“那么你是在摸索中航行了。”

“不。我有指南针。”

“指南针只是一只眼睛，航路图是另一只眼睛。”

“独眼的人也看得见的。”

“你怎样测量航路和龙骨所构成的角度？”

“我有照准仪，而且我可以猜测出来。”

“能猜测固然不错；确实知道那就更好。”

“哥伦布也是靠猜测的。”

“有雾的时候，指南针又邪恶地乱转，你就再也不知道风从哪一边袭击你，结果你就连测出来的角度和更正的角度都得不到了。一头驴子带着航路图，比一个算命先生带着龟甲更好。”

---

① “奸贼”两字原文是西班牙文。

“北风里还没有雾,我看不出有什么理由要惊吓。”

“船在海上,就跟苍蝇在蜘蛛网里一样。”

“到目前为止,波浪和风都相当令人满意。”

“人在海洋里,就是一些黑点在浪头上颤动。”

“我看今天晚上不会出什么乱子。”

“也可能你会陷入无法脱身的困难。”

“到目前为止,一切都很顺利。”

博士的眼睛凝视着东北方。

船主继续说:

“只要我们能够到达嘉斯可恩纳海湾,我就敢担保一切都顺利。啊!我敢说我到了那边就等于回到家里一样。我真熟悉我的嘉斯可恩纳海湾。它是一个经常兴风作浪的小水盆,可是我熟悉它的水有多深,浪有多高;它在圣西泼里亚诺前面是沙泥,在西索克前面有贝壳,在潘那斯岬有沙滩,在布各·德·米美桑有小鹅卵石,我熟悉每一颗石子的颜色。”

船主没有继续说下去,因为博士已经不在听他说话了。

博士凝视着东北方。他的冰冷的脸上露出异常的表情。

一个石像的脸上能够有多少恐怖的表情,现在全部都在老人的脸上刻画出来了。他的嘴漏出两个字来:“好呀!”

他的眼睛睁得圆圆的,完全像猫头鹰的眼睛,他愈是仔细观察天上的一点,眼睛愈是呆呆地睁大。

他接着说:

“这是公道的。我个人表示同意。”

船主望着他。

博士又说了一句,好像自言自语,又像是回答在黑暗中的某个人:

“我同意。”

他不做声了。他的眼睛愈睁愈大,加倍地注意他所看见的东西,他又说话了:

“它是从远地方来的,可是它十分厉害。”

博士全神贯注地凝视着的那片半圆形天空,正处在落日方向的对面,因此被落日余晖的大片反光照耀得如同白昼。这片半圆形天空的范围很狭窄,周围被一片片灰色的云雾包围着,天空本身是蓝色的,可是蓝得近乎铅色,而不是蔚蓝色。

博士完全转过去对着海,以后就不望着船主了。他用食指指着那片天空,嘴里说:

“船主,你看见吗?”

“看见什么?”

“这个。”

“什么?”

“在那边。”

“蓝颜色吗? 看见的。”

“那是什么?”

“一角天空。”

“对于那些要上天的人,的确是一角天空,”博士说,“对于那些到别的地方去的人,这不是天空。”

他还用一下可怕的眼光来加强这两句谜似的话语的力量,可是在黑暗中没有人看见。

沉默了一阵。

船主想起了那个领袖用两种不同的品质来称呼老人,他对自己提出了疑问:这个老头是个疯子呢,还是个聪明人?

博士的又瘦又硬的食指动也不动,像个路牌似的,继续停在空中指着地平线上那一角混浊的蓝色。

船主细看这块蓝色。

“的确,”他喃喃地说,“这不是一角天空,这是一片云。”

“蓝色的云比黑色的云更糟。”博士说,接着他又加上一句,“这是雪云。”

“雪云。”船主用西班牙文跟着说一句,仿佛这样才能够帮助他更容易了解这两个字的意义。

“你知道什么是雪云吗?”博士问。

“不知道。”

“待会儿你就知道了。”

船主仔细研究天空。

船主一边观察那片云,一边在齿缝里说:

“对我们阿斯图里亚斯人来说,整个冬天只有一个月是刮风的,一个月是下雨的,那就是正月和二月,正月咳嗽,二月哭泣。我们的雨是热的。我们只在山里才有雪。啊,要当心雪崩!雪崩是不认人的;雪崩是一只野兽。”

“龙卷风是一个妖怪。”博士说。

顿了一顿,博士又加上一句:

“现在龙卷风来了。”

他又说:

“好几个方向的风同时刮起来了。吹得很猛烈的是西风,吹得十分缓慢的是东风。”

“这种东西是最会骗人的。”船主说。

蓝色的云愈来愈大了。

“如果,”博士继续说,“雪从山上落下来已经那么可怕,试想一想它从北极滚下来又怎么样。”

他的眼睛顿时消失了光彩。那片云似乎同时在他的脸上和在地平线上扩大起来。

他用梦幻的声调接着说:

“每过一分钟,最后的时刻就挨近一步。上帝的意志已经可以窥见了。”

船主又在心内对自己提出了这个疑问:他是一个疯子吗?

“船主,”博士说,眼睛始终盯着那片云,“你在英吉利海峡航行过很多次吗?”

船主回答:

“今天是第一次。”

博士的注意力完全集中在那片云上,就像海绵吸满了水就不能再吸一样,他的忧虑也到了饱和点,不能再增加了,因此听见船主的回答,他的反应只是微微地耸一耸肩膀而已。

“怎么搞的?”

“博士老爷,我通常只在爱尔兰航行。我从封塔拉比到黑港或者到阿基尔岛,这个岛包括两个岛。有时我也到白拉起泼特,那是威尔士的一个海岬。可是我经常在斯里群岛以外的海面上掌舵,我不熟悉眼前这个海。”

“这很严重。在海洋上缺乏经验的人是不幸的!英吉利海峡是一个人应该非常熟悉的海面。英吉利海峡就是一个谜。要当心浅滩。”

“我们现时航行的地方,深度是二十五寻。”

“应该驶到西面五十五寻的那边去,避开东面的二十寻一边。”

“我们一路会探测的。”

“英吉利海峡和别的海不同。大潮要涨五十英尺,小潮要涨二十五英尺。在这儿,退潮不是干潮,干潮不是落潮。啊!我觉得你吃惊了。”

“今天晚上我们就要测量。”

“要测量,就必须停船,这一点你办不到。”

“为什么?”

“因为风的关系。”

“我们要试试看。”

“暴风是指在腰间的匕首。”

“我们要测量,博士老爷。”

“你连把船停下来也办不到。”

“托赖上帝吧。”

“说话要当心,不要随随便便提起这个容易刺激人的名字。”

“我要测量,我跟你说。”

“虚心一点,再过一会儿你就要挨风的耳光了。”

“我想说我要尽我的能力去设法测量。”

“水的阻力使测深锤不能沉下去,绳子也会断掉。啊!你还是第一次到这里航行!”

“是第一次。”

“既然这样,那么,听我的,船主。”

“听我的”这三个字的音调那么有威力，使得船主鞠了一躬。

“博士老爷，我听着。”

“把舵转向左舷，使右舷向着风。”

“请问你说什么？”

“把船头转向西面。”

“啊！”

“把船头转向西面。”

“不行。”

“随你便。我叫你这样做，是为了其他的人。我呢，我倒可以忍受一切。”

“可是，博士老爷，把船头转向西面……”

“是的，船主。”

“这就是顶头风了。”

“是的，船主。”

“船会像魔鬼那样跳动了！”

“你还可以选择别的话来打比方。是的，船主。”

“船等于上了刑架！”

“是的，船主。”

“也许桅杆也要断掉！”

“也许。”

“你要我向西面掌舵！”

“是的。”

“我不能够。”

“既然这样，随你的意思去和海水争论吧。”

“除非风转了方向。”

“整个晚上风向不会改变。”

“为什么？”

“因为这是长达四千八百公里的风。”

“逆着这种风行驶！不行！”

“我告诉你，把船头转向西面！”

“我试试看。可是不管怎样我们还是会逸出航路的。”

“这就是危险的所在。”

“风把我们吹到东面。”

“不要向东走。”

“为什么?”

“船主,你知道今天我们的死神叫什么名字吗?”

“不知道。”

“死神就叫做‘东面’。”

“我一定要向西掌舵。”

这一次,博士注视着船主,他的眼光紧迫着船主的脸,仿佛要把一种思想插进船主的脑子里去。他的整个身子都已经转过来对着船主,然后慢慢地,一个字一个字地说出下面一番话来:

“今天晚上,我们到了大海中心的时候,假使我们听见钟声的话,我们就完了。”

船主愕然,仔细打量着他。

“你这句话是什么意思?”

博士没有回答。他的眼光刚才还放射着,现在已经完全收敛起来。他的眼睛又变成毫无表情的了。他似乎没有听见船主的惊异的问话。他现在只注意倾听他自己内心的声音。他的嘴唇机械地低声说出这样一句话来:

“黑良心的人洗去自己罪恶的时候到了。”

船主把嘴一噘。

“说他是聪明人,不如说他是疯子更合适。”他喃喃地说。

他走了开去。

可是他把船头转向西面。

风和浪愈来愈大了。

第五章　赫德瓜侬那

地平线上到处隆起一团团的风，使雾的形状都改变了，仿佛有许多看不见的嘴在吹胀许多风袋一样。云的变化十分令人不安。

那片蓝云占据了天边的全部天空。现在西边和东边都有了。蓝云逆着风扩展过来。这种矛盾现象是风的异象之一。

片刻以前，海只有鳞，现在长出一层皮了。这就是龙的特点。现在海不再是鳄鱼，而是蟒蛇。这层皮是铅色的，又脏，又厚，仿佛在缓慢地打皱纹。海面上这里那里出现一些孤立的波浪堆，像瘤肿一样，隆起来，又陷下去。泡沫像癞疮。

就是在这时候，比斯开船点着了船头灯，被遗弃的孩子远远地还望得见它。

过了一刻钟。

船主用眼找寻博士；博士已经不在甲板上。

船主一离开他以后，博士就在盖篷下弯下高大的身躯，走进房舱。他在炉灶旁边的一个船台墩木上坐下来，从口袋里掏出一只鸡皮墨水瓶和一只哥德华皮的皮夹来；他从皮夹里拿出一张折了四折的羊皮纸，这张羊皮纸又旧，又黄，而且起了斑点。他展开羊皮纸，从墨水瓶袋子里拿出一支羽毛笔，把皮夹平放在他的膝盖上，把羊皮纸放在皮夹上，借着厨夫头上那盏灯的亮光，在羊皮纸的里页上写起字来。波浪的颠簸妨碍他。博士写了很长一段时间。

在写的时候，博士注意到厨夫手里的那只水壶，那个普罗旺斯人每加一次胡椒到汤里，就拿起水壶喝一口酒，仿佛在询问水壶他的调味对不对似的。

博士所以注意这只水壶，并不是因为这只水壶盛着烧酒，而是因为水壶上有一个名字。这个名字用红色藤条编在白色藤条中间。房间里的灯光可以使人清楚地看出这个名字。

博士停下来,低声读这个名字。

"赫德瓜侬那。"

然后他问厨夫:

"我刚才没注意到这只水壶。这是赫德瓜侬那的东西吗?"

"我们的不幸的伙伴赫德瓜侬那吗?"厨夫说。"是他的东西。"

博士继续问:

"是那个佛兰德斯人赫德瓜侬那吗?"

"是的。"

"他被关在监狱里吗?"

"是的。"

"在夏坦城堡监狱里吗?"

"是他的水壶,"厨夫回答,"他是我的朋友。我留着这只水壶纪念他。我们什么时候再能看见他呢?是的,这是他的腰葫芦。"

博士拿起笔来,继续在羊皮纸上艰难地写下一行行歪歪斜斜的字。他显然希望写得清楚易读。虽然船在颠簸,他的高龄使他的手颤动,他终于写完了他要写的东西。

他结束得很及时,因为突然间海上兴起了巨浪。

一下强有力的巨浪袭击单桅船,船只用来迎接暴风的可怕的舞蹈开始了。

博士站起来,走到炉子旁边,一边很聪明地屈着膝来顺应波浪的突然袭击以免跌倒,一边对着火烘干他刚才写在羊皮纸上的字,然后把羊皮纸折起来,重新放进皮夹里,把皮夹和墨水瓶重新放进衣袋里。

火炉的建筑很聪明,能够为单桅船尽量节省地方,它建筑在一个很合适的和他处隔绝的地方。可是锅子也在摇晃。普罗旺斯人在看守着锅子。

"烧的是鱼汤。"他说。

"给鱼喝的。"博士回答。

然后他回到甲板上。

第六章　他们以为得到了帮助

博士的心事愈来愈沉重，他把周围环境检阅了一下，有谁如果在他身边就能听到他的嘴唇里说着这样的话：

“横里颠簸太多了，前后颠簸太少了。”

博士想起了他要继续内心的幽暗工作，他又沉溺到默想里去，如同矿工回到矿井里去一样。

这个默想并不排斥对海的观察。被观察的海就是一个梦境。

永远受着折磨的海水，就要开始忍受悲惨的苦刑了。海面发出痛苦的呻吟声。无限广漠的天地间，阴惨惨的行刑准备工作正在进行。博士仔细察看眼前的一切，连细微的地方都不放过。不过他的眼光里也没有凝视默想的神情，人是不向地狱凝视默想的。

一个极大的骚动，虽然还半潜伏着，已经在昏暗的海面上显现出来了；这个骚动愈来愈增强风、雾和波浪的力量。海洋是最讲逻辑但也是最变幻无常的。把自己分散开，可以说是它自己的主权行动，也可以说是它之所以如此宽广的一个要素。波浪不停地又分又合。它的合只是为了再度分离。它的一个坡面向前冲击，另一个坡面又向后撤退。再也没有比波浪更奇妙的幻象了。怎样描画这些不停地更换的，几乎不像真实的低陷和隆起，这些山谷，这些吊床，这些被淹没的前胸，这些粗线条的轮廓呢？怎样形容这些浪花的丛林，这些混杂着高山和梦幻的丛林呢？这里到处都是不可形容的东西，像波浪的分裂，折合，不平静，忽分忽合，半明半暗，云层的低垂，经常坍毁的拱形浪头，没有裂缝的退浪，还有这一切狂乱现象所发出的悲惨的喧闹声。

风向转了正北。风力猛烈对单桅船十分有利，能够帮助它远离英国，因此“晓星”号的船主决定扯起帆来。单桅船在浪涛中滑过去，像跑快马一样，帆篷满张，风在船后，单桅船跳过一个浪头又一个浪头，疯狂地、欢乐地前进。逃亡的人们受到这个景象的迷惑,都笑起来。他们大拍其手,为巨浪,波涛,暴风,张满的帆,飞快的速度,脱离了虎口和不可知的前途而鼓掌。博士似乎没有看见他们,他在沉思。

白日的一切剩余迹象都消失了。

这时候,正是在远处悬崖上眺望的孩子看不见单桅船的时候。直到这时候为止,孩子的视线仿佛凝固和胶着在单桅船身上。这个视线在单桅船的命运中起些什么作用呢?在这一刹那间,单桅船由于距离过远而消失,孩子再也看不见什么,孩子转身向北走去,而单桅船向南驶去。

一切都沉没在黑暗中。

第七章　超凡的恐怖

被单桅船带走的人们,是以心花怒放和欢欣鼓舞的情怀看着后面那片有敌意的土地逐渐向后退和缩小的。慢慢地海洋的黑色圆形逐渐升起,使暮色中的波特兰,颇白克,蒂那汉姆,金谟列兹,大小马特拉凡两岛,在雾笼罩下的长长一带悬崖以及布满点点灯塔的海岸都逐渐变小了。

英国消失了。逃亡的人们只被大海环绕着。

突然间,黑夜变得异常可怕。

再也分不出海和天;天空一片漆黑,向着单桅船围拢来。雪开始缓慢地落着。几片雪花出现了,飘飘忽忽简直像是幽灵。在风控制着的海面上,什么都看不见。人们产生被出卖的感觉。这是陷阱,一切都可能发生。

就是在这种洞穴似的黑暗中,北极龙卷风出现了。

一大片混浊的云,像水蛇的肚子一样,压在海面上,有几处地方这个灰白色的肚子更和波浪连接起来。好几处接连的地方像破袋子一样,插进海里吸水,倒出来的是雾气,深深地吸满的是海水。这种吸水不时在这里那里鼓起圆锥形的浪头。

北极的暴风向着单桅船冲过来,单桅船也投入到暴风里去。暴风和船像斗殴似的互相面对面冲过来。

在风暴第一次的激烈入侵中,船上的人们没有把帆卷起来,没有把三角帆落下来,没有把任何帆篷收起来,因为逃亡本身就是热狂的。桅樯叽叽嘎嘎地响,向后倾斜,仿佛吓坏了。

在我们的北半球,飓风是从左到右旋转的,同时钟方向一样,速度有时达到每小时六十里。单桅船虽然处在这个猛烈的旋涡中,却仍然像在良好天气中行驶一样,并没有采取任何预防措施,只是把船头向着大浪冲去,迎着风行驶,使风吹向右舷,以避免大浪打击船尾和从舷旁袭击。这种并不完善的预防措施,在风转变方向从后面吹来时,是丝毫没有什么用处的。

在没法进入的区域中,正吹来一种深沉的喧闹之声。

这是深渊的吼声,没有别的声音可以和它比拟。这是世界发出的兽性怒吼。我们称为物质的东西,这个不可窥测的有机体,这个无限能力的混合体(这种混合体能够使我们战栗),这个盲目和黑暗的宇宙,这个无法理解的自然界的精灵,它有一种喊声,这种喊声是特殊的,漫长的,顽固的,连续的,不及语言,却甚于雷鸣。这种喊声就是暴风雨的声音。别的声音,像歌声,旋律,喧哗,语言,是从窠里,巢里,匹配中,婚姻中,家庭里,发出来的;这一个声音,龙卷风,却是从"虚无"中产生出来的,这个"虚无"就是"一切"。别的声音表达宇宙的灵魂,这一个声音表达怪物。这是怪物在吼叫。这是"无限"所说的含糊不清的话语。这是病态的可怕的东西。这种喧闹声在人类以上和超越人类而进行对话,有时高起来,有时低下去,有时高低起伏;它决定浪涛声,它给人的心灵制造种种剧烈的恐怖:有时在人的耳朵边爆发出讨厌的喇叭声,有时却在远处发出沙哑的轰隆声;它是令人晕眩的喧闹声,很像一种语言,事实上也的确是一种语言;它是宇宙想说话所发出的声音,是奇迹的牙牙学语声。这种哭泣声,模糊地表达了冥冥中一颗悸动的心所忍受的,所遭遇的,所吃的苦头,所接受的和拒绝的一切。最经常的,是它说出一些毫无意义的话,好像慢性病又发作;应该说它是在发癫痫病,而不是在使用力量;我们相信我们是在目睹最大的灾祸下降到"无限"里来。有时,我们仿佛看见元素要复原,混沌想从创造中回复它本来面目。有时,它又像是诉苦声,天空在悲叹,在诉说自己有理由,这好像是为世界的利益而辩护。我们猜想宇宙在打官司,我们尽力倾听两造的理由,尽力听出两造的可怕的攻击和防御方法;暗影的一种呻吟声就具有三段论法的坚定性。这是对思想的巨大扰乱。神话和多神教能够存在的理由就在这里。随同这些可怖的、巨大的骚闹声同时出现的,是一些一瞥即逝的超人形象:颇为清晰的复仇女神的容貌,出现在云里的女神的胸膛,几乎清楚明确的冥府妖魔幻象。没有什么恐怖比得上这些呜咽,这些笑声,这种闹声,这些不可解的问和答,这些对不认识的助手的呼吁了。人在这种可怕的咒语面前,不知道要变成什么。他在这些谜似的严酷声调下面,只能够弯下腰来。这种声调隐藏着什么意义呢?它们表达些什么呢?它们恐吓谁呢?它们恳求谁呢?这里似乎有一种放纵的东西。深渊大声呼喊深渊,空气大声呼喊水,风对浪,雨对岩石,天顶对天脚,星星对浪花,都在大声呼喊,地底的嘴套除掉了,所以发出了这些呼喊,这种声音还和坏良心神秘地纠缠在一起。

嘈杂的黑夜,其阴惨的程度,并不比静寂的黑夜更差。人们在这种夜里感觉到被忽视者的愤怒。

夜是一种表现。是什么东西的表现呢?

在黑夜和黑暗之间,必须加以区别。黑夜是绝对的,黑暗却是复杂的。语法就是逻辑,在法文里,语法不容许黑暗一词属单数。黑夜是单一的,黑暗却是众多的。

这种黑夜的神秘的雾是分散的,易逝的,崩坏的,致命的。人再也感觉不到有人间,却仿佛到达了另一世界。

在无限而且不确定的黑暗中,存在着有生命的东西或者个人;可是那里的有生命的东西或个人只是我们的死亡的一部分。等到我们在人世间的日子过完以后,等到坟墓的黑暗变成我们的光明以后,人世以外另一世界的生命就会逮住我们。在眼前这时刻,那个生命只是抚摸我们一下。黑暗就是压力。黑夜有点像是压在我们灵魂上的手。在某些可恶而庄严的时刻里,我们觉得在坟墓的围墙内的东西正侵入到我们身上。

我们和不可知世界的接近,再也没有比在海洋上遇着风暴的时候更为明显的了。在这种时刻,恐怖和疯狂同时增长。常有可能妨碍人类行动的古代的云神,正在掌握着不固定,不连贯和经常变化这几种力量来随心所欲地改变事件的面貌。暴风雨这种神秘现象仿佛每分钟都在接受和执行不断改变的意志,这种改变也许是真正的改变,也许是表面的改变。

诗人经常把这种改变称为波浪的狂想。

可是狂想是不存在的。

对于出人意外的事物,我们称之为自然界的狂想,或者命运的偶然现象,可是,它们其实是被我们窥见的法则的片段。

第八章　“白雪和黑夜”[①]

暴风雪的特征是:它是黑色的。通常自然界在风暴中的景象是:大地或大海昏暗,天空微明;在暴风雪中这种现象颠倒过来:天空是黑暗的,海洋是白色的。下面是浪花,上面是乌云。地平线上筑起了一道烟墙,天空披上了一块黑纱。风暴和挂满黑布的大教堂内部想象,可是这所大教堂内部没有任何灯火。浪头上没有电光;周围没有火花,没有磷光,只有无边的黑暗。南北极的飓风和赤道线的飓风的不同,在于后者把一切火光都燃点起来,而前者却把一切火光都熄灭。整个天空突然变成了地下室的拱形屋顶。从这个黑暗的天空中落下来一阵阵白点,这些白点在天空和大海之间缓缓移动。这些白点就是雪片,它们滑着,荡着,飘着,好像从一件尸衣流出的眼泪,这件尸衣正在开始有生命,而且动作起来了。猛烈的暴风和雪片混在一起。暴风雪就是一片黑暗被粉碎成为一点点白点,就是在黑暗中的愤怒,就是坟墓所能有的一切闹声,就是在葬龛下的一场暴风。

下面,海洋在颤动,海洋覆盖着巨大的、人所不知的深渊。

南北极的风是含电的,雪片在这种风中立刻变成了冰雹,天空中充满了子弹。海水被子弹扫射得噼噼啪啪地响。

暴风雪中没有雷鸣。北极旋风的闪电是没有声音的。人们可以说,它有点像猫,“猫在咒诅”,它把嘴半张开表示出一种威吓人的样子,态度好像是不可理喻。暴风雪是哑巴和瞎子。暴风雪过后,船只往往也变成瞎子,水手则变成哑巴。

要逃出这样一个深渊是不容易的。

如果认为沉船绝对不可避免,也是一种错误。丹麦的狄斯可和巴

---

① 原文是拉丁文。

勒辛两地的渔民,搜寻黑鲸的人们,到白令海峡发现铜矿河入海口的海纳①,赫德逊,麦坎西,温哥华,洛斯,杜蒙·丢维勒等人②,都在北极遇到过最无情的暴风雪,可是他们都逃脱了。

单桅船扯着满帆,胜利地冲进去的,就是这样一种暴风雪。这真是疯狂对疯狂。蒙甘茂利从鲁恩逃走的时候,拼命摇着桨,使他所乘的苦役船飞似的向着在布耶地区封锁塞纳河口的铁链冲去,大概也是这样大胆。

"晓星"号飞似的向前驶。有时它的帆倾斜下来,和海面构成可怕的十五度角,可是它的质地良好而且粗大的龙骨紧贴着水面,像和波浪胶着在一起一样。龙骨能够抵抗暴风的破坏。船头灯始终照亮着前方。充满着风的那片云带着它的瘤肿来到海面上,逐渐侵吞单桅船四周的海面,使海面愈缩愈小。没有海鸥,没有海燕,只有雪。海面上有波浪的地区变得狭小而极可怕;只有三四块非常广阔的波浪是看得清楚的。

不时有一道广大的红铜色闪电在地平线和天顶的双层黑暗后面出现。这下红色的亮光照出了云层的恐怖面貌。这是深渊发生了火灾,这个火灾在一刹那间照亮了在前面的云层和后面天空混沌地区的遥远边界,使整个深渊显出了远近配合的全景。在这个红光的背景上面,一片片雪花变成了黑色,简直可以说是黑色的小蝴蝶在火炉里飞舞。然后一切复归黑暗。

开始的狂暴时期过去以后,暴风雪转入连续不断的低音咆哮,可是始终追逐着单桅船。这是暴风雪的叹息时期,爆炸声已大大地减弱了,可是这更可怕;再也没有比暴风雪的这种独白更令人忧虑的了。这种阴郁的念经声好像两个神秘的战士暂时停战,而且在暗中互相窥伺着。

单桅船疯狂地继续向前驶。它的两张主帆尤其起了惊人的作用。天空和海都是墨黑色,浪花喷射得比桅杆还高。每一分钟都有洪水一

① 海纳(Samuel Hearne,1745—1792),英国探险家。

② 这几个都是探险家或航海家,赫德逊(Hudson),温哥华(Vancouver),洛斯(Ross)是英国人;麦坎西(Mackensie)是苏格兰人,杜蒙·丢维勒(Dumont d' Urville)是法国人。

样的浪头浸过甲板，船只每向左右摇晃，船上的锚链孔，有时是左舷的锚链孔，有时是右舷的锚链孔，都变成了许多张着的嘴，把浪沫呕吐到海里去。两个女的躲进房舱，可是男人们继续留在甲板上。盲目的雪花团团旋转，巨浪的泡沫和它们混在一起。一切都在愤怒中。

这时候，这个集团的领袖站在船后的船尾材上，一只手抓住护桅索，另一只手扯下头上的头巾，在船头灯的亮光下，挥舞着头巾，神气傲慢而高兴，满脸骄横，头发散乱，被周围的黑暗所陶醉，大声叫喊：

"我们自由了！"

"自由了！ 自由了！ 自由了！"逃亡的人们跟着叫喊。

整个集团的人都抓住绳索，在甲板上站起来。

"乌拉！"领袖叫喊。

整个集团的人在风暴中吼叫：

"乌拉！"

这下欢呼声刚在风暴声中停息下来，船的另一端立刻响起了一个庄严的高喊声："不要做声！"

每个人都回过头来。

他们认出了那是博士的声音。黑暗很浓，博士的身子靠在船桅上，消瘦的身子有点和船桅混成一体，人们看不见他。

他的声音又响起来：

"你们听！"

全体都注意倾听。

于是大家清楚地听到了黑暗中响着钟声。

第九章　委托给怒海来照管

掌着舵的船主哈哈大笑起来。

“钟声！很好。我们正在左舷方向。这些钟声证明什么？证明我们的右舷方向是陆地。”

博士用坚定而缓慢的声音回答：

“我们的右舷不是陆地。”

“是陆地！”船主大声说。

“不是。”

“可是这些钟声就是从陆地上传过来的。”

“这些钟声，”博士说，“是从海上来的。”

这一群浑身是胆的人听到这句话都打了一个寒噤。两个女人的憔悴的脸儿在房舱的方盖里出现，好像幽灵显现一样。博士向前走上一步，他的瘦长的身子和船桅分开了。钟声在深沉的黑夜里响着。

博士说：

“在海中央，从波特兰到海峡群岛的半路上，有一个浮标，这个浮标是用来发警告的。这个浮标底下有链条系在海底，浮标本身浮在海面上。浮标上面有一个铁架子，铁架子的横梁上吊着一只钟。在坏天气时，海水摇动，摇动了浮标，钟就响起来了。这就是你们听见的钟声。”

博士等待一阵猛烈的风吹过去，钟声又听清楚以后，才继续说下去：

“在风暴中刮着北风的时候听见钟声，就没有希望了。为什么？理由在这儿：你听见了钟声，那是因为风把钟声向你吹送过来。风从西方吹来，奥里尼暗礁在东方。你只有行驶到浮标和暗礁之间的时候才听得见钟声。那时候风正在把你向着暗礁吹送过去。你是处在浮标的坏的一面。假如你是处在浮标的好的一面，你就能够驶出大海，在广阔的海面上，在安全的航路上，你就听不见钟声，风也不会把钟声吹送过来，你就会从浮标旁边驶过而不知道浮标在那儿。我们走上了错路。这个钟声是沉船的警钟。现在，大家当心吧！”

博士说着这番话的时候，风缓和下来，钟声变慢了，一下响了再响一下，间断地敲着，仿佛在证明博士说话的正确。简直可以说，那是深渊的丧钟。

船上的人屏着息听着，一忽儿听那老人说话，一忽儿听那钟声。

第十章　风暴是个野蛮的巨人

这时候，船主拿起了他的传声筒。

“伙计们，把帆全部落下[1]！解开帆脚索，拿掉帆的垫木，落下绳索和低帆的卷帆索！向西边驶去！向大海驶去！船头对着浮标！对着钟声驶去！那边就是大海。我们还没有完全绝望。”

“试试看吧。”博士说。

顺便在这里说一句，这个装着钟的浮标，在一八〇二年已经拆除。十分老的海员还能够回忆曾经听见过它的钟声。它提出警告，可是太晚了点。

船主的命令立即由水手执行。那个朗格多克人当上了第三名水手。其余的人全都动手帮忙。他们不止把帆卷起来，还裹起来；他们绑好所有的耳索，扎好帆耳的绞帆索、帆缘的绞帆索和孕索；他们把补助横桅索放在索环上，这样就能作为支索使用；他们用副木把桅夹牢；他们钉好舷窗的窗门，这是在船上筑起一道围墙的办法。他们虽然是外行，动作起来粗手笨脚，可是全部工作却也尚无大错。整个船被简化到遭遇海难的状态。这一边，船把一切东西都收起来，愈来愈处于微弱状态，另一边，风和海对它的蹂躏却愈来愈厉害。巨浪比山还高。

风暴像个性急的刽子手，开始肢解船只。只不过一霎时间，就出现了可怕的破坏局面：角帆从帆索上被吹走，船舷板被吹破，甲板上的东西被扫得干干净净，护桅索被抢走，船桅也断了，所有被毁坏的东西的碎片同时四散纷飞。粗大的锚索也吃不消了，虽然这些锚索有四寻长的环扣。

暴风雪所特有的磁力加速了索具的损坏。索具被毁于磁力正和被

---

① 原文是西班牙文。

毁于风一样多。好几种锚链脱离了滑车，再也不能使用。前面船头两侧，后面船尾两边，都在这两种可怕的压力下震动起来。一个浪头带走了罗盘针和罗盘针架。另一个浪头带走了系在斜桅架子上的舢板，把舢板系在斜桅上正是阿斯图里亚斯人的怪习惯。又一个浪头带走了斜杠帆的帆架。再一个浪头带走了船头的圣母像和船头灯。

现在全船只剩下了船舵。

没有船头灯，他们拿了一只很大的手榴弹壳子挂在艏柱上来代替，里面塞满了已经点着了的废絮和柏油。

船桅折成两半，倒在甲板上，桅杆上还附着颤动的破布，绳子，滑车和帆架，阻塞住甲板。在倒下来的时候，船桅压破了一大片右舷板。

始终掌着舵的船主大声说：

"只要我们能够驾驶着船，就不是绝望。船的吃水部还非常好。拿斧头来！拿斧头来！把桅杆推到海里去！扫清甲板！"

水手们和乘客们带着垂死挣扎的狂热进行工作。斧头只砍了几下就成功了。他们把桅杆从船边上推到海里去。甲板上去掉了障碍物。

"现在，"船主继续说，"拿一根帆索把我绑在船舵上。"

他们把他绑在舵柄上。

在绑他的时候，他哈哈大笑起来。他对着大海叫喊：

"你叫吧，老太婆，你叫吧！我在马西卡果海岬见过比这更糟的呢。"

他被绑紧以后，就用两只手紧紧抓住舵柄，充满着由危险处境所引起的特殊快乐。

"一切都很好，同志们！布格罗斯的圣母万岁！我们向西行驶！"

一下从横里来的巨浪扑到船尾上。在风暴中，经常有一种像老虎似的巨浪，既凶猛，又有决定性，这种巨浪到达一定高度以后，似乎平伏在海面上爬了一会儿，然后跳起来，怒吼起来，张牙舞爪，扑到遇难的船只上，把它撕成碎片。一大片浪花淹没了"晓星"号的整个船尾，只听见在这一片水和黑夜的混乱中，响起了一下分裂的声音。等到泡沫退尽，船尾重新出现以后，船主不见了，船舵也不见了。

巨浪夺走了这一切。

船舵和刚才绑在舵柄上的船主，在风暴的嘶鸣声中跟着巨浪走了。

这个集团的领袖瞪着眼望着黑暗叫喊：

“你跟我们开玩笑吗？”①

在这个反抗的喊声后面，响起了另一下喊声：

“赶快抛锚！救船主。”

他们奔到绞盘那边，把锚链下放到海里去。整个船上只有一只锚。抛锚的结果是连锚也丢掉。海底是十分坚硬的岩石，巨浪非常猛烈，锚链像根头发那样断了。

锚一直留在海底。

船头破浪板只剩下拿望远镜眺望的天使了。

从这时候起，这只船已经成为漂流物了。“晓星”号已经无可挽救地失掉了动作的能力。刚才它还像长着翅膀般以惊人的速度前进，现在它完全瘫痪了。它的操作工具没有一件不是残缺不全和动作失灵的。它半身不遂的样子顺着波浪的疯狂意志漂流。在几分钟之内，一只鹰变成了一个跛子，这种情形只有在海里才会发生。

风暴愈来愈可怕。暴风雨有一个惊人的肺。它不停地增加黑暗的阴惨程度，黑暗的颜色却是毫无变化的。海中央的钟绝望地响着，仿佛有一只野蛮的手在敲着它。

“晓星”号随波逐流地漂浮着，像只浮在水上的软木塞似的；它再也不是在航海，而是在漂流；它好像随时都可能翻过身来，肚子朝天，像条死鱼似的浮在水面上。这种情形之所以没有发生，是因为船壳很好，完全不进水；没有一块内舷板在波浪的打击下受到损伤。既没有裂缝，也没有破洞，没有一滴水进入船舱。这是很幸运的事，因为抽水机在一次海损中弄坏，不能够使用。

单桅船在沸腾的波浪中丑恶地跳着舞。甲板的翻腾，仿佛要呕吐的横膈膜一般。简直可以说甲板在尽力要把遇难的人们扔到海里去。船上的人半死不活地抓住各种失灵的操作工具，抓住索具，横材，系锚索，束帆索，破损的船板壁；他们的手被船板壁上露出的钉子划破；他们

① 这句话的原文是西班牙文。

还抓住弯曲起来的肋骨支材,以及各种破损的突起来的东西。他们不时注意倾听。钟声逐渐弱小,好像那钟也处在濒死状态中。钟声现在只是间断的残喘;接着这个残喘也断了气。他们到了什么地方?浮标离他们有多远?钟声曾经使他们胆战心惊,钟声静寂下来使他们失魂落魄。也许北风把他们吹送到绝路上去。他们觉得又开始猛烈起来的疯狂的风正在把他们带走。破船在黑暗中迅速地漂流。速度不由人支配,再也没有更可怕的情势了。他们觉得前面、下面、上面,都是深渊。他们不是在前进,而是在堕落。

突然间,透过广阔的暴风雪雾幕,露出一线红光来。

“灯塔!”遇难的人们叫喊。

第十一章　头盔灯塔

的确,那是头盔灯塔。

在十九世纪,灯塔是圆柱状的砖石建筑物,顶上有一套完全科学化的照明设备。头盔灯塔尤其在今天是有三个灯房的三层白塔。这三个灯房在钟表的机轮上旋转,快慢十分准确,使得船上的守望人在海面上瞭望灯塔时,在甲板上走十步就是灯塔发出亮光的时间,走二十五步就是灯塔熄灭的时间,丝毫不差。一切都按照焦点图和八面鼓的旋转计算好,这个八面鼓是由八块宽大的简单透镜一级级地排列着所构成的,上面和下面装有两串屈光轮;这个科学的设备有一毫米厚的玻璃窗为它挡住风和浪的袭击,有时玻璃窗也被海鹰撞破,海鹰就像巨大的飞蛾,经常扑向这盏巨大的灯。装着,支持着,嵌着这个机器的建筑物,本身也是极科学的。这个建筑物是简朴的,正确的,毫无装饰的,精密的,符合规格的。一个灯塔就是一个数字。

在十七世纪,灯塔像是陆地用来插在海边的羽饰。灯塔的建筑富丽堂皇而不合理。人们在灯塔上筑了许多阳台,栏杆,小塔,小室,亭子,风向计等等。上面有的只是人面装饰,雕像,叶饰,涡形装饰,隆起的浮雕,大的和小的人像,带有铭记的卷轴装饰等等。用埃迪士通灯塔上的题字来说,这是"在战争中的和平"①。可是我们顺便说一说,这种对海洋发出的和平号召并不是经常有效的。温斯丹里曾经在普里茅斯前面一处险峻的海面上,自费建筑了一个灯塔,也向海洋发出了和平的号召。灯塔完成以后,他自己走进灯塔里,让暴风雨来考验灯塔。暴风雨来了,把灯塔和温斯丹里一起带走。这种装饰过分的灯塔到处都给风暴以可乘之机,就像装饰过甚的将军们在战争中吸引枪弹一样。除

① 原文是拉丁文。

了石头上的奇形怪状装饰，还有铁、铜和木头上的奇形怪状装饰；建筑中的金属部分是突出来的，木头部分也是突出来的。在灯塔的侧面，到处突出各种各样的机件，能使用的也有，不能使用的也有，嵌在墙上，夹杂在古怪的装饰中间，像绞盘，复滑车，滑车，平衡锤，梯子，起重机，救护锚等等。在塔顶上，灯房的周围，有精心制作的金属制品，托着粗大的铁烛台，里面插着在松脂里浸过的半截绳子，这种绳子灯芯在点着以后能够固执地烧下去，任何风都吹它不熄。此外，灯塔从上到下布满了航海旗帜，细长的小旗，国旗，彩旗，三角旗，信号旗等等，一层又一层的旗杆上都挂满了旗，其中各种颜色，各种形状，各种图饰，各种符号，各种乱七八糟的旗帜都有，一直挂到灯房上，在暴风雨中这些旗帜构成无数破布在火光周围愉快地骚动。这种在深渊边沿上的大胆的灯光，好像向海洋的挑战，使遭难的人们能够立时壮起胆来。可是头盔灯塔完全不是这种样子的建筑物。

头盔灯塔在那时代是一个简陋的、古老的、野蛮的灯塔，自从亨利一世在“白船”沉没以后把它建筑起来，直到那时候样子没有改变过。它是岩石顶上一堆燃烧着的柴火，有铁栅栏围着，也是铁笼里面的一堆炭火，或者是在风中飘拂着的像乱头发似的火焰。

从十二世纪以来对这个灯塔的惟一的改良，只是增加了一个鼓风机，用吊着石块的锯齿状的挂钩来鼓动，是一六一〇年装在火房里面的。

海鸟遇到这些老式灯塔，比遇见现代的灯塔命运更悲惨。海鸟被老式灯塔的火光吸引，飞过去，一直冲进塔里，跌落在火焰中，又跳起来，仿佛黑色的精灵在地狱里作垂死挣扎；有时，它们也跌到火红的铁笼外面，落在岩石上，浑身冒着烟，跛了脚，瞎了眼，像被灯火烧得半死的飞蛾飞出火焰以外一样。

对于一只在正常行驶中的船，有一切船具，服从舵手的指挥，头盔灯塔是有用的。灯塔叫喊：当心！它警告船只有暗礁存在。对于一只丧失驾驶能力的船，灯塔只是可怕的东西。这只失掉一切操作工具的船，半身瘫痪，有气无力，没法子抵抗波浪的无理的一起一伏，也没法子抵抗暴风的压力，它像一条没有鳍的鱼、一只没有翅膀的鸟一样，只能够任凭暴风把它吹到哪里就到哪里。灯塔对它指出致命的地点,标明沉船的所在,使它知道这里是怎样埋葬过船只。它是墓穴里的蜡烛。

照亮一个冷酷无情的进口,警告这里存在着不能避免的危险,再也没有比这嘲弄更悲惨的了。

第十二章　和暗礁肉搏

在海难之外再加上这个神秘的嘲弄,“晓星”号上在苦难中的可怜的人们,马上就懂得其中意义了。起初灯塔的出现鼓舞了他们,接着就使他们沮丧。毫无办法可想。波浪正像专制的国王一样,我们是它的臣民,是它的牺牲品,我们必须顺从它的疯狂的意志。西北风把单桅船向着头盔灯塔直送过去。他们不得不去;毫无拒绝的可能。他们迅速地向着暗礁漂去。他们觉得海底逐渐高起来;假使他们能够探测水深的话,水深不会超过三寻或四寻。他们倾听波浪冲进水底岩石的裂孔时所发出的低沉声音。他们看得出灯塔下面两片岩石中间有一个黑色的切口,那就是野蛮、丑恶的小港的狭隘通路,这条通路里面堆满了骷髅和船只的残骸。把这条通路称为港口的入口,不如说它是洞穴的入口。船上的人听见灯塔铁笼里高高火堆的燃烧声,淡红色的火光照亮了暴风雪,火焰和冰雹的相遇破坏了那层雾,黑色的云和红色的烟打起架来,像两条蛇在搏斗,一阵飞散出来的火花在风中飞舞,雪片仿佛在火花的这个突然袭击前面逃走。暗礁的轮廓起先还很模糊,现在清楚地显现出来;一堆杂乱的岩石,有尖峰,鸡冠顶和椎骨。岩石的角度由鲜明的红线描画出来,岩石的斜坡则是一大片血红色的光流。愈走近去,暗礁的高低起伏愈明显,愈高大;显出凶恶的样子。

两个女客中的一个,那个爱尔兰女人,拼命数着念珠念经。

船主本来是舵手,现在船主没有了,只剩下这帮人的领袖,这个领袖就是船长。巴斯克人都熟悉高山和大海。他们在深渊前面是大胆的,在灾祸前面是能够想办法的。

他们到了暗礁前面,马上就要触礁了。突然间,他们和头盔灯塔北面那块大岩石靠得那么近,竟然被岩石霎时间遮没了灯塔。他们只看见这块岩石,和岩石背后的亮光。这块岩石矗立在雾中,好像一个身材高大的黑衣妇人，披着一块火红色的头巾。

这块恶名昭著的岩石名为毕布勒。它在北面支持住暗礁，另一块岩石，埃塔克—奥—纪若梅，在南面支持住暗礁。

领袖望着毕布勒，嘴里大声说：

“谁自愿把一根铁缆带到暗礁上去！这儿有熟悉水性的人吗？”

没有人回答。

船上没有一个人会游泳，连水手们也不会，在海员中不会游泳的情况是很普遍的。

一根差不多完全脱落的横梁在船板上摇晃。领袖用双手紧紧抓住那根横梁，说了一声：

“帮助我。”

他们一起把横梁拆下来。他们可以随意使用这根横梁；他们可以把横梁从防守的工具变成进攻的武器。

这是一根相当长的木材，是橡树心木，又完整，又结实，可以用来做进攻的器械和起重的支柱；在攻城的时候是撞城槌，在起重的时候是杠杆。

“注意！”领袖叫喊。

他们六个人，以船桅的桩脚为立足点，抬着那根横梁，平放在船舷上，像投枪那样笔直地对着暗礁的腰部。

这种办法是危险的。向一座山推一把，这是大胆的行为。反坐的力量可以把六个人全部投到海里。

这就是和风暴斗争时的变化。飓风刮过以后，暗礁出场；风吹过了，又来了岩石。一忽儿要和捉摸不着的东西搏斗，一忽儿敌手却变成了不可动摇的东西。

人生中有些时刻是能够使人头发变白的，现在就是其中之一。

暗礁和船马上就要撞碰了。

岩石是有耐性的。暗礁等待着。

一下毫无秩序的巨浪奔过来，结束了这场等待。巨浪从下面抓住船只，把它抬起来，在空中摇晃了一下，好像投石器把弹子摇晃一下一样。

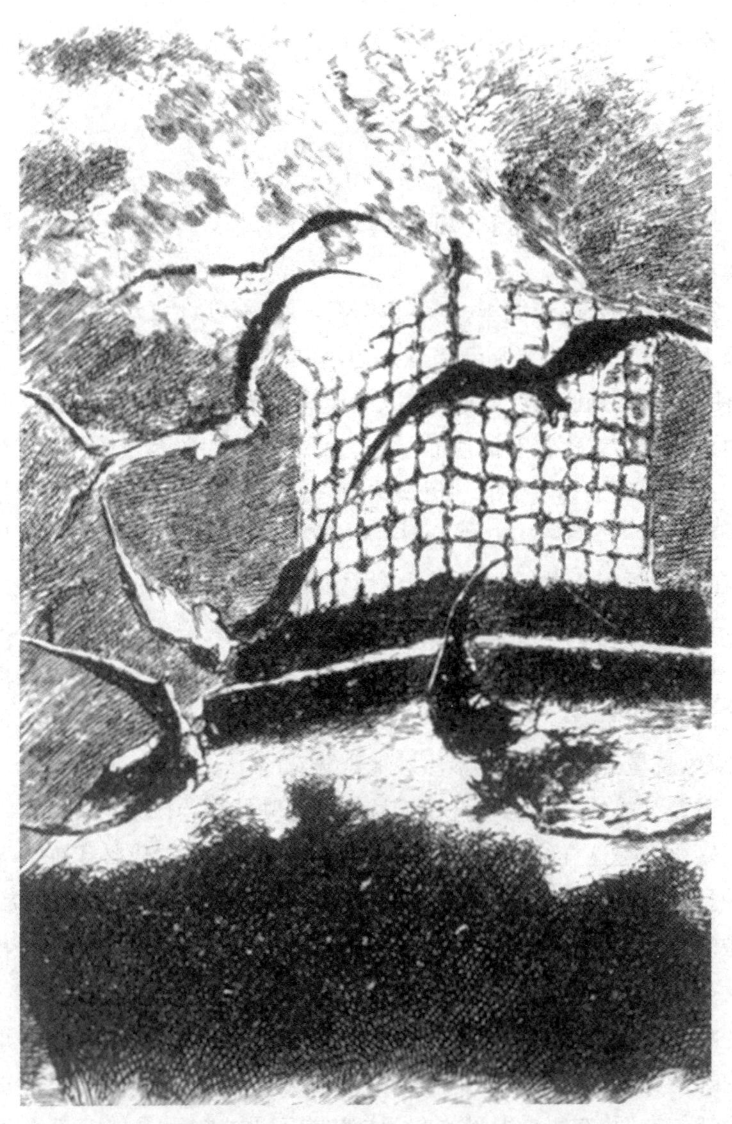

有时，它们也跌落到火红的铁笼外面，落在岩石上，浑身冒着烟，跛了腿，瞎了眼……

“坚持住!”领袖叫喊,“对方只是一块岩石,我们却是人。”

横梁在等待着。六个人和它合成了一体。它的尖锐的铆钉划破他们的腋窝,可是他们毫无知觉。

巨浪把船扔向岩石。

撞碰发生了。

撞碰在一片形状丑恶的浪花云遮盖下发生,巨大事变发生的时候往往是这样的。

等到这片云落到海里,巨浪和岩石再度分开以后,六个人都滚倒在甲板上;可是“晓星”号沿着暗礁的边沿漂流过去。那根横梁撑住了岩石,使船转了方向。波浪在暗礁以外没有阻力,流得很急,以致在几秒钟内头盔灯塔就落在船的后面了。“晓星”号暂时脱离了险境。

这种情形是会发生的。伍德·德·拉果在泰河河口脱险,就是用斜桅在悬崖上撞了一下。“皇家一玛丽”号军舰在汉弥登舰长的指挥下,在温特顿附近的险峻地带上,用相同的办法向可怕的岩石布朗诺杜一乌姆撑了一撑,也避免了沉船,虽然这只军舰是苏格兰式的。波浪是一种能够突然分解的力量,因此船只转换方向是容易的,最低限度也是可能的,即使撞碰十分猛烈。在暴风雨中,往往会出现蛮不讲理的东西,飓风就是公牛,人是能够巧妙地避开它的。

避免沉船的全部秘密就在于从割线行驶转变为切线行驶。

横梁就是这样给船帮了忙。它起了桨的作用;它代替了舵。可是这种救命办法一次做过就完了,不可能再试一次。横梁已经落在海里。撞碰的力量使它脱离了人们的掌握,从船舷上落到海里。再拆一根木梁就等于肢解四肢。

飓风带走“晓星”号。头盔暗礁似乎马上变成了地平线上一堆无用的障碍物。在这种时候,暗礁的样子最狼狈不过了。在自然界的人所不知的方面,有些看得见的东西会和看不见的东西混合起来,那时我们就会发现自然界里有些事物动也不动,样子像在发脾气,似乎对放走了一个猎获物表示不满。

“晓星”号飞快地离开的时候,头盔暗礁就表现出这种样子。

灯塔向后退,灯光减弱,逐渐暗淡,然后看不见了。

灯光的消失过程是悲惨的,浓雾积压在已经变得散乱的火光上,灯光在广阔的水面上溶解。火光荡漾,挣扎,沉下去,已经不成为光线,仿佛被淹死了。火光变成了余烬,战颤着,暗淡而模糊。周围渗出一大圈微弱的光线。这种情景就像在深沉的夜里熄灭了一团火光一样。

钟声是一种威胁,钟声停下来了;灯塔是一种威胁,灯塔消失了。可是这两种威胁消失以后,情况却变得更可怕。钟声是响声,灯塔是火光,这两样东西都带有人性,这两样东西消失以后,剩下的只是深渊了。

第十三章　面对着黑夜

单桅船随着黑暗闯进无边的黑暗中。

“晓星”号从头盔暗礁脱逃以后，翻过一个巨浪，又一个巨浪，暂时得到了休息，可是处在一片混乱中。它被风吹得横过来，转过去，被波浪的各种牵引力拉过来，推开去；波浪的一切疯狂的变化，都在它身上得到反应。接着它没有再发生前后颠簸，这是船快沉的可怕征象。遇难的船只有左右颠簸，前后颠簸是挣扎中的搐动，只在有船舵的时候，才能够使船迎着风行驶，才会发生前后颠簸现象。

在暴风雨中，尤其是在落着雪片的时候，大海和黑夜最后互相溶化，互相混合，成为一片烟雾。浓雾，旋风，暴风，四面乱转，没有据点，没有避难地，没有停止的时候，永远要重新开始，过了一个穴道又来一个穴道，望不见地平线，四面是一片黑暗——单桅船就在这种情境下行驶。

逃出头盔灯塔，避开暗礁，对船上遇难的人们来说，这是一种胜利。可是他们的表现只是呆钝和无感觉。他们没有喊乌拉；在海上，这种不谨慎的行为是不应当重演的。向不能投下测深锤的地方来一个挑衅，这是严重的。

使暗礁后退，这是完成了一件不可能办到的事。他们被这件事惊呆了。可是慢慢地，他们孕育起希望来了。希望就是人们心里永远不会消失的幻象。任何危难，即使在最危急的关头，总能够看见希望从深渊中难以形容地升起。船上那班可怜人都愿意承认他们得救了，他们的嘴唇上已经想这样说了。

可是，黑夜里突然出现了一块奇大无比的黑色屏障。左舷上涌出一个又高又大的不透明物体，直立着，在浓雾中显现出来，分别出来，四边成直角形，简直可以说是深渊里的一座方形的塔。

他们望着这个黑色的庞然大物,张着嘴,惊呆了。

暴风把他们向着这块黑色巨物吹去。

他们不知道那是什么。那是奥塔赫礁岩。

第十四章　奥塔赫礁岩

暗礁又来了。头盔礁岩过了,轮到了奥塔赫。暴风雨不是艺术家,它是一个残暴汉子,十分有权力,从来不改变它使用的方法。

黑暗是永不枯竭的。它的阴谋和背义行为永远无穷尽。人很快就用尽了一切方法。人的能力会消耗掉,深渊的能力是不会消耗的。

船上的人都望着他们的领袖——他们惟一的希望。领袖只能耸了耸肩膀;这是对毫无办法表示一种无言的轻蔑。

奥塔赫礁岩是海洋中间的一块石板。这块礁岩是整块的,笔直地矗立在巨浪的冲击中,高达八十英尺。波浪和船只都撞在它身上。它是一个不可动摇的立体,它垂直地插进了无数波状曲线的海洋里。

在黑夜里,它看起来像一块庞大的木头放在一大块黑色绒布的折纹上。在暴风雨中,它在等待斧子劈下来,这斧子就是一下雷击。

可是在暴风雪中从来没有雷击。船只好像被缚住了眼睛;一切黑暗都包围着它。它好像一个被缚住眼睛去上绞刑台的人。至于闪电,那是一瞬即逝的,不应当对它抱什么希望。

"晓星"号现在只是海洋上的一个漂流物,它向着这块岩石撞去,正如它刚才向着另一块岩石撞去一样。船上不幸的人们,在一分钟以前认为他们获救了,现在又陷入忧虑中。他们留在背后的海难,又出现在他们面前。礁岩又从海底涌现出来。他们没有前进一步。

头盔礁岩是一只有无数格子的烧煎饼器,奥塔赫礁岩是一面墙。在头盔礁岩遇难,就是被切成碎片;在奥塔赫礁岩遇难,就是被碾成粉末。

可是还有一线希望。

奥塔赫礁岩四面垂直,正面也是垂直的,波浪和炮弹一样,不可能发生跳弹作用。波浪的冲击很简单:先是冲过来,接着是退回去;来的时候是浪,退的时候是涛。

在这样的情况下,生和死的问题是这样决定的:假使波浪冲过来的时候把船只一直送到岩石上,船就在岩石上撞得粉碎,这就完了;假使浪涛退下去的时候船只还没有撞到礁岩上,浪涛就把船带走,它就得救了。

这是惊心动魄的等待。遇难的人们在黑暗中看见那个有决定性的巨浪向着他们来了,巨浪要把他们带到哪儿呢?假使巨浪撞在船身上,他们就会一直被冲到岩石上撞成粉碎。假使巨浪从船底下过去……

巨浪从船底下过去了。

他们松了一口气。

可是浪头反撞回来的时候又怎样呢?浪头回来的时候会把他们怎样呢?

浪头反撞回来的时候把他们带走。

过了几分钟,“晓星”号已经离开了暗礁的水面。奥塔赫礁岩就和头盔礁岩一样,也消失了。

这是第二次胜利。单桅船第二次到达沉船的边缘,又及时地退回去了。

第十五章　可怕的海洋[①]

这时候，一阵浓雾包围着这些在海上漂流的可怜人。他们不知道他们在哪里。他们对船只周围一锚链以外的地方就看不清楚了。冰雹像石头似的打下来，迫使他们每个人都缩着脑袋，即使如此，两个女的仍然执意不肯回到船舱里去。任何一个绝望的人都愿意在露天遇难。在十分接近死亡的时候，头顶上有了天花板，就好像开始有了棺材盖了。

波浪愈来愈汹涌，也愈来愈短。波浪的高起表示它们是在狭隘的海面上；在雾中，只要看见水面有隆起的样子，就表明船只走进了海峡。事实上，虽然他们不知道，他们已经到了奥里尼岛的附近。在西面的奥塔赫和头盔礁岩与东面的奥里尼礁岩之间，海面是狭窄的，受到阻碍的；海面的这种不舒服状态局部地决定了暴风雨的情况。海也和别的东西一样，会难过的；它难过的时候就发脾气。在这种时候通过这个海面就可怕了。

"晓星"号正在这个海面上。

我们试想一下，在海水下面有一块像海德公园或者香榭丽舍那么大的龟壳，龟壳的每一条纹就是一个浅滩，每一块甲就是一块暗礁。这就是奥里尼西边入口的形状。海水盖没了而且隐藏着这个沉船设备。在这个甲壳状的海底暗礁的水面上，被切碎的波浪在跳动和喷着白沫。风平浪静的时候，水面波涛汹涌；在暴风雨中，就变成一片混乱。

遇难的人们看出了这种新的复杂情况，他们并不想去探索一下究竟是怎么一回事。突然间，他们明白了。天顶上裂开了一小片淡白色的空 隙，一道苍白的光线散布在海面上，在这微明的光线中，他们看出

① 原文是拉丁文。

在这个甲壳状的海底暗礁的水面上，被切碎的波浪在跳动和喷着白沫。

左舷那边有一条长长的堰堤向东伸延过去，猛烈的暴风正把船只吹向这条堰堤。这条堰堤就是奥里尼。

这条堰堤是什么？船上的人一边问一边战栗起来。假使有一个声音回答他们说：就是奥里尼，他们会哆嗦得更厉害。

没有别的岛屿像奥里尼那样不许人接近的了。奥里尼在水上面和水下面有一个凶猛的守卫队，奥塔赫就是这个守卫队的前哨。西边，有伯胡，索特里奥，安弗洛克，尼昂格勒，“钩之底”，“双筒望远镜”，拉·格罗希，拉·克朗克，勒·埃居庸，“散装货物”，拉·福斯—马里埃尔，等等；东边，有索纪，汉摩·弗洛劳，拉·布里纳拔代，拉·奎斯陵格，克洛克里胡，“叉子”，“飞跃”，诺瓦尔·毕特，苦比，奥布，等等。这一大串名字到底是些什么鬼怪呀？是水蛇吗？是的，是暗礁类的水蛇。

其中一个暗礁的名字叫做“目的地”，似乎表明一切航行到了这里都要终止。

这一大堆暗礁，在海水和黑夜的掩盖下，看起来只不过是很简单的一条黑色带子，好像地平线上被墨笔涂了长长的一笔。

海难就是无能的典型。靠近陆地而没法子登陆，漂流而不能航行，脚踏在似乎坚固而实在脆弱的东西上，既充满着生命同时又充满着死亡，做广阔空间的囚徒，被天空和海洋包围，被宇宙像牢狱一样笼罩着，周围充满容易消失的风和浪，被抓住，缚住，动弹不得，这种不幸的重担使人既惊骇，又愤慨。我们在这种时候似乎听得见那个不可捉摸的敌手的冷笑声。它好像不算什么而事实上却是一切。我们的命运掌握在我们用嘴就能吹动的空气手上，在我们用手掌就能舀起一掬的水的手上。我们从暴风雨中汲取满满的一杯水，只不过是尝尝一点咸苦味；喝一大口就会呕吐；等到这些水变成巨浪，就能使我们灭顶。一粒沙在沙漠里，一点泡沫在海洋里，都是可怕的东西；它们是沙漠巨人和海洋巨人的原子，有能力的人是不屑隐藏他的原子的，他使微弱的东西变成一种力量，他把自己的全部能力寄托在渺小的东西中；无限伟大的东西就是拿无限渺小的东西来碾碎你。我们觉得变成了玩物。

玩物，多么可怕的字眼！

“晓星”号差不多在奥里尼的上面，这是很好的位置；可是它向着奥里尼的北端驶去，这是致命的。西北风像张弓射箭一样把船向着北岬掷去。在这个岬上，离开郭贝勒港不远的地方，有一处被诺曼底群岛的水手们称为“猴子”的急流。

“猴子”急流是一种波涛汹涌的水流。水底下浅滩的一连串漏斗状礁岩，使水面上出现了一连串的旋涡。你逃出了一个旋涡，另一个又把你抓住。被急流攫住的船只就要螺旋形地不住旋转，一直到一块尖锐的岩石把船壳撞碰为止。这时候，破船停下来，船尾露出水面，船头沉下去，被深渊吞没，船尾也沉下去，水面又合起来。一潭泡沫扩大开来，在水面漂浮，这里那里有些水泡浮到水面上，这是水底下呼吸被窒息的最后痕迹。

整个英吉利海峡有三处急流最为危险：一处在著名的戒德勒沙洲附近，一处在杰西岛，位于毕农奈和诺瓦蒙岬之间，还有一处就在奥里尼礁岩。

假如“晓星”号船上有一个当地的领港，他就会告诉他们这个新的危险。既没有这样的领港，他们有的只是本能。在危难的时候，人是有第二种视觉的。在暴风的疯狂袭击中，弯曲的泡沫水柱沿着岩边飞舞。这就是急流吐出来的东西。无数船只曾经在这个陷阱里沉没。船上遇难的人们不知道这一切，他们满怀恐惧地眼看着船只走近海岬。

怎样才能绕过去呢？毫无办法。

就像他们看见头盔礁岩出现，接着又看见奥塔赫礁岩出现一样，他们现在看见了奥里尼海岬矗立在他们面前，全都是高大的岩石，就像一个巨人出现之后又来了另一个巨人一样。这是一连串可怕的决斗。

夏里伯德和希拉只是两个巨人①；头盔，奥塔赫和奥里尼却是三个。

礁岩又遮没了地平线，过程像前两次一样单调而宏伟。海洋上的战斗如同荷马所描写的战斗一样，过程是重复而崇高的。

他们愈走近海岬，每一个浪头就使海岬增高二十腕尺②，海岬已经

---

① 夏里伯德和希拉是意大利墨西拿海峡上的两处危险的礁岩。

② 腕尺是过去长度名，由肘至中指尖的长度，约十八至二十二英寸。

被雾可怖地扩大了。他们和海岬之间距离的缩小，似乎已经愈来愈成为无可救药的事。他们已经到了急流的边沿。第一下波浪攫住他们，就会把他们一直卷进旋涡。再越过一个浪头，一切就完了。

突然间，单桅船好像被一个巨人打了一拳，猛然向后退。巨浪在下面把船抬起来，再向后一倒，把这只破船扔到泡沫堆里去。"晓星"号被这样一推，离开了奥里尼礁岩。

它又回到宽阔的海面上。

这个救星从哪儿来的呢？从风那里来。

暴风刚改变了方向。

巨浪玩弄过他们，现在轮到风来玩弄他们了。他们自己设法避开了头盔礁岩，巨浪在奥塔赫礁岩前面救了他们，现在是风在奥里尼礁岩救了他们。风向突然从北方转到南方。

西南风代替了西北风。

水流，就是在水里的风；风，就是在空气里的水流；这两种力量开始了矛盾冲突，风凭着自己高兴，把水流嘴里的牺牲品抢了出来。

海洋的突然变化是难测的。也许这种变化就体现了永恒。人在海洋的掌握中，既不能抱着希望，也不能绝望。海洋有时变好，有时变坏，它在开玩笑。一切野蛮兽性的变化，这个广阔而阴险的海都有，因此让·伯尔①把海称为"大野兽"。它用利爪抓了你，每隔若干时间再用柔软的脚掌把你抚慰一番。有时风暴很快把船弄沉，有时却慢慢地进行工作，简直可以说风暴在抚摸海难，大海有的是时间。绝望的人们是看得出这一点的。

有时，这种延迟执行死刑就是将要脱离危险的预告。这种情形是很少发生的。可是处在绝境的人们总是很快就相信得救，只要风暴的威胁稍为减弱一点就够了，他们就对自己说他们已经脱离危险了。他们原来认为自己已经被埋葬掉，现在他们认为自己复活了；他们狂热地接受他们还没有到手的东西，他们认为坏运气已经过去了，他们表示满意，认为自己已经得救，认为他们已经不欠上帝什么了。人是不应该这

---

① 让·伯尔(Jean Bart，1650—1702)，法国著名海盗，后来被任命为海军军官。

么匆忙地把这种收据交给“不可知”的。

西南风一开始就是猛烈的旋风。遇难的人们从来只能得到粗暴的帮助。“晓星”号被风抓住它所剩下的船具迅速地把它拉到大海上去，好像死去的女人被抓住头发拖走一样。这样的得救就像蒂拔尔[①]的和平条件，要让他强奸妇女才能讲和。风正在虐待它救出来的人们，它用粗暴的方法帮助他们，它的援助是残酷无情的。

破船被这个粗暴的救主这样救出来，早已损坏不堪了。

冰雹又粗大又坚硬，简直可以当做子弹装进阔口枪内。冰雹打击着船面，浪头一翻，冰雹就像玻璃弹子一样在甲板上滚动。船上几乎两边进水，卷过来的巨浪和浪花的冲击，已经把船破坏得不成样子。船上每个人都在想着自己。

他们能够抓住什么东西就抓什么东西。每一次船被浪头淹没，浪退以后他们总是惊异地发觉大家还在一起。有几个人的脸已经被木板的碎片划破。

幸喜绝望的人手上有很大气力。一个小孩在恐怖中，他的手掌能够像巨人那么有力；忧虑能够使一个女人的手指变成老虎钳；一个年轻姑娘害怕起来，能够把她的粉红色的指甲插进铁里。船上的人们用手抓住一切，站稳了，跌倒了，又站稳了。每一个浪头来袭，他们总害怕自己被浪卷了去。

突然间，他们松了一口气。

---

① 蒂拔尔(Tibère)，罗马暴君之一。

第十六章　哑谜突然变得温和起来

暴风忽然停了下来。

天空中既没有西南风，也没有西北风。周围狂暴的喇叭声完全静止。龙卷风事先没有任何减弱的征象，突然离开了天空，仿佛笔直地溜进深渊里去了。没有人知道它到哪儿去。雪花又代替了冰雹。雪再度开始缓慢地落下来。

汹涌的波涛也没有了，海面一平如镜。

这种突然的静止是暴风雪所特有的现象。电磁流消耗完毕，一切就归于平静，连浪涛也停息了，在平常的暴风雨里，浪涛往往过了很久还十分激昂。在暴风雪中却完全不同，浪涛不会继续维持激动状态。它像一个工作疲劳的劳动者，马上堕入睡乡。这种情形差不多否定了静力学的法则，可是却不能使老舵手感到惊异，因为他们知道海洋上的一切都是不可测的。

这种现象有时也会在通常的风暴里发生，不过很难遇到。我们这时代也发生过一次:一八六七年七月二十七日杰西岛有了一场值得纪念的暴风雨，飓风在猛烈地刮了十四小时以后，突然完全停止。

过了几分钟，船的周围都是平静的海水了。

最后阶段是和最初阶段相似的，这时候，一切又看不清楚了。在刚才的气象动乱中看得清楚的东西，又朦胧起来。苍白色的侧影溶化在混浊的雾里，四周的黑暗又向着船只包围拢来。这堵黑夜的围墙，这个圆形的包围圈，这个直径逐渐缩小的圆筒的内部，把“晓星”号笼罩起来，而且用冰山合拢那种可怕的缓慢程度，逐渐愈围愈紧，愈可怕。天顶上没有丝毫亮光，像一层雾幕，像一只锅盖。船只仿佛在深渊的井底。

在这口井里，有一潭液体的铅，那就是海。海水动也不动。那是阴惨惨的静止。海洋像池塘那样静止的时候，是最凶暴不过的了。

周围是一片静寂，毫无声息，什么也看不见。

无生命事物的静寂，也许是天性沉默使然。

最后的浪花沿着船舷板逝去。甲板平衡，微微地有点倾侧。有些破折的船材在微弱地晃动。用来代替船首灯的手榴弹壳，里面燃烧着填絮和柏油，在斜桅上再也不摇来摇去，也没有火花飞到海面上。天空中剩下来的一点风，再也没有声音。软绵绵的厚雪片几乎毫不倾斜地落下来。再也听不到波浪冲击礁岩的声音。黑暗的和平笼罩一切。

经过刚才的惊涛骇浪和猛烈的风暴，船上一班可怜的人已经受够了颠簸，现在的平静对他们是一种无可形容的舒适。他们觉得苦刑已经终止了。在他们的上头和四周，他们好像看出来有些同意他们获救的象征。他们恢复了信心。刚才疯狂的一切现在都平静下来。他们觉得这是签订了和约。他们的可怜的胸脯放松了。他们可以不再抓住绳索或者木板，可以站起来，挺直身子，站稳脚步，行走，作一切活动了。他们觉得心境无可形容地平静。在黑暗的深渊中，往往有这样一段愉快的时刻，这是发生新事情的准备阶段。很明显，他们肯定地脱离了风暴，脱离了巨浪，脱离了飓风，脱离了一切疯狂的东西，总之，他们脱险了。

从今以后，他们的面前摆着一切希望。再过三四个钟头，天就亮了，过往的船只就能发现他们，把他们救起来。最困难的关头已经过去了。他们心里曾想过：这一次完了。而现在他们重新得到了生命。最重要的，是在水面上坚持到风暴停止。

突然间，他们发觉他们真的完了。

一个水手，就是那个名叫嘉尔代松的巴斯克北麓的人，走下船舱找寻锚索，又从船舱里走上来，说：

“船舱里装满了。”

“装满了什么？”领袖问。

“海水。”水手回答。

领袖嚷起来：

“这是什么意思？”

“这意思就是说，”嘉尔代松回答，“再过半个钟头我们就要沉没了。”

第十七章　最后的办法

龙骨上有了一个破洞。海水就从破洞流进来。从什么时候开始的？没有人能够说出来。是靠近头盔灯塔的时候吗？还是在奥塔赫前面的时候？或者是他们在奥里尼西边浅滩的水面上的时候？最可能是在他们碰到急流的一刹那间，他们给隐藏着的礁石撞了一撞，当时他们在劲风的摇晃下没有觉着。人害上破伤风的时候，被刺一针是觉不着什么的。

另一个水手，那个名叫敬礼—玛莉亚的巴斯克南麓的人，也走下船舱，又走上来，说：

"龙骨的水有两瓦拉[①]高了。"

大约相当于六英尺高。

敬礼—玛莉亚又说：

"不到四十分钟我们就要沉没了。"

漏洞在哪里呢？谁也看不见。它被水淹没了。船舱里的水遮盖了这个漏洞。船腹上什么地方有了一个洞，在吃水线以下，龙骨下的最前方。没法子看到它，没法子把它堵塞起来。身上有了伤口，却不能包扎它。幸喜海水进来的速度还不是十分迅速。

领袖叫喊：

"要把水抽出去。"

嘉尔代松回答：

"我们已经没有抽水机了。"

"那么，"领袖说，"我们必须登上陆地。"

"陆地在哪儿呢？"

---

① 瓦拉(vara)，西班牙长度名，每瓦拉等于三英尺。

“我不知道。”

“我也不知道。”

“可是陆地总在什么地方呀。”

“一点不错。”

“找一个人把我们带到那边去。”领袖又说。

“我们已经没有舵手了。”嘉尔代松说。

“你来掌舵，你。”

“我们已经没有舵了。”

“随便找一条横梁马上制造一个。拿钉子，拿铁锤，赶快拿工具来！”

“木工箱子在海里。我们再也没有工具了。”

“我们总得要驾驶着船，不管驶到哪里去！”

“我们已经没有舵了。”

“舢板呢？我们坐上舢板，划着舢板走！”

“我们已经没有舢板了。”

“我们就在这条破船上划桨。”

“我们的桨也没有了。”

“那么就扯帆！”

“我们再也没有帆，也没有桅了。”

“拿一条舷干造一根桅杆，拿一块防水布做一只帆篷。让我们摆脱窘境。把我们的希望寄托在风身上！”

“风已经没有了。”

风的确离开了他们。暴风雨已经走了，他们以为暴风雨的离开救了他们，其实是害了他们。西南风如果继续吹下去，可能疯狂地把他们吹到什么海岸上去，可能超过进水的速度，在船沉以前把他们带到一块好的沙滩上，使他们在那里搁浅。风暴迅速地吹送他们，可能使他们到达陆地。没有风，就没有希望。他们丧命的原因是没有风暴。

最后的时刻已经近了。

风，冰雹，台风，旋风，是一些可以战胜的混乱的敌手。我们可能抓住暴风雨的弱点来战胜它。暴力不停地暴露自己，动作起来手忙脚乱，往往打击不准,我们有许多方法来对付它。可是对付平静却毫无办法。平静没有什么突出的地方可以让我们抓住。

风好像是哥萨克骑兵的进攻;坚守住阵地,就能迫使哥萨克们四散。平静却是刽子手的铁钳。

海水不慌不忙地、不间断地流进船舱,既沉重,又阻挡不住;海水愈高,船就愈沉下去,不过进行得十分慢。

"晓星"号上遇难的人们渐渐感觉他们底下出现了最最绝望的祸事,这是一件静止不动的祸事。平静而又阴惨的命运,确实使他们僵呆了。空气没有颤动,海水没有波纹。不动,就是冷酷无情。吸力在静静地吞没他们。地心的致命吸力,透过深厚、静寂的海水,毫不发怒,毫不激动,毫不在乎,不自愿而且不自觉地吸引着他们。在平静地休息中的恐怖要他们和它结合成一体。这些可怜人的下面,不再是巨浪张开可怕的大嘴,不再是风和海水的双重可怕的威胁,不再是龙卷风在狞笑,不再是巨浪流着口涎的食欲,而是宇宙在张开黑色的大嘴。他们觉得自己正在进入平静的深渊中,这个深渊就是死亡。露出水面的船身渐渐地下沉,如此而已。人们可以算出来到什么时候船身可以完全沉没。这种情形和涨潮恰恰相反。海水不是向他们涨上来,而是他们落到海水里面去。他们自己在挖掘自己的坟墓。他们的重量就是掘墓人。

他们被处死,可是并不是按照人类的法律,而是按照无生命事物的法则。

雪落下来,由于破船在水面上不动,这种白色纱团在甲板上铺成一块白布,像尸衣一样盖住船只。

船舱愈来愈重。没有法子堵塞漏洞。他们连一只泼水铲也没有,不过即使有了也是无济于事,因为船上还有甲板。他们点着了三四支火炬来照明,而且尽量想法子把火炬插在洞孔里。嘉尔代松拿来了几只旧皮水桶,他们排成长龙,想把船舱里的水舀出去;可是这些皮水桶早已不能使用,有些缝口已经裂开,有些桶底有洞,传送到半路桶里的水已经漏光了。入水和出水之间的不平衡简直到了可笑的程度。流进的是一大桶水,出去的只是一杯水。因此他们的情况并没有任何改善。这好像是一个守财奴一分钱一分钱地想用光他的百万家财,没法子达到目的。

领袖说：

“减轻船的重量！”

在风暴中，他们曾经用锚索把几只箱子系在甲板上。这些箱子和剩下的小半截船桅绑在一起。他们解开锚索，把箱子从船舷的破缺口上推落海里。其中一只箱子是那个巴斯克女人的，她禁不住叹息着说：

“唉！我的镶着红边的新斗篷呀！唉！我的可怜的有桦树皮花边的袜子呀！唉！我在圣母月戴着去望弥撒的银耳环呀！”

甲板出清以后，只剩下房舱了。房舱里堆满了东西。我们记得，房舱里有乘客们的行李和水手们的货物。

他们拿起行李，从船舷的破缺口上把这些行李全部扔下去。

他们搬出货物，把货物推到海里去。

房舱也出清了。那盏灯，桅尖，水桶，布袋，面盆，装雨水桶，盛着汤的锅子，都到水里去了。

他们旋开久已熄灭的铁火炉的螺丝帽，把火炉拆下来，抬上甲板，一直拉到船舷的破缺口上，推到海里去。

凡是他们能够从内舷板上拆下来的东西，肋骨支材，桅索，破碎的船具，等等，他们都送到海里去。

领袖不时拿起一根火炬在船头漆着的吃水数字上照来照去，看看船已经沉没到什么程度。

第十八章　临危的一招

减轻了重量的破船下沉得已经比较慢一点了,可是始终在下沉。

情势完全绝望,再也没有脱险或者暂时和缓一下的办法。他们已经用尽了最后的手段。

“还有什么东西可以扔到海里去的吗?”领袖大声问。

没有人注意的博士从房舱布篷的一个角落里走出来。说:

“有的。”

“什么?”领袖问。

博士回答:

“我们的罪行。”

所有的人都打了一个寒战,大家一齐应道:

“阿门。”

博士站直身子,脸色苍白,伸出一只指头指着天空。说:

“跪下来。”

他们的身体摇晃起来,这就是要跪下来的第一步。

博士继续说:

“把我们的罪行扔到海里去。这些罪行重重地压着我们。造成沉船的就是这些罪行。我们不要再想脱险了,想着我们灵魂的得救吧。尤其是我们最后一件罪行,我们不久以前所犯的,或者更恰当地说,我们刚才完成的那一件罪行,听我说话的可怜的人们,这件罪行压倒我们。一个人的背后有了预谋杀人的罪行,而敢试探这个深渊,这是大胆的对神的不敬。对一个孩子犯罪,就等于对天主犯罪。我们必须乘船逃走,我知道,可是死亡也是肯定的。我们的行为的暗影通知了暴风雨,暴风雨来了。很好。我们不必后悔。我们的前面,离开我们不远,在黑暗中,就是伏维勒沙洲和拉·乌格海岬。那是法国的土地。我们只有一个可能的避难所，那就是西班牙。对我们，法国正和英国一样危险。我们从海上脱险的结果，可能到绞刑架上去。或者被绞死，或者淹死，我们没有第三条路。天主已经为我们作了选择，让我们感谢天主吧，天主给我们的是能够洗涤罪行的坟墓。兄弟们，不可避免的事情就在我们前面。请想一想，刚才是我们尽力设法把一个孩子送到天上去，现在眼前这时刻，我说话的这一刹那间，也许在我们的头上，就有一个灵魂在向注视着我们的法官控告我们。我们赶快利用最后的这一段时间吧。如果可能的话，尽我们的能力，用尽一切方法，来弥补我们犯下的罪行。假使那孩子在我们死后还活着，我们要设法帮助他。假使他死了，我们要想法使他宽恕我们。把我们的罪行从我们的头上拿走吧，把我们良心上的重压卸下来吧。我们要想法避免我们的灵魂在天主的眼前沉没，因为这是最可怕的海难。我们的身体要喂鱼，灵魂要落到魔鬼手中。可怜可怜你们自己吧。我对你们说，跪下来。忏悔是永远不沉的船。你们没有指南针吗？错了。你们有祈祷。”

这些豺狼变成了羔羊。这种变化在生命危急的时候就会发生。老虎也会舐十字架。等到黑暗的门半开着的时候，相信神是困难的，不信神是不可能的。人类所奉行的各种雏形的宗教，无论多么不完善，即使他们的信仰是模糊的，他们的教义内容和对永恒的看法也不相符合，可是到了临终的时刻，灵魂也会哆嗦起来。生命结束之后，出现了另一世界。这种思想使临终的人受到很大压力。

临终就是期限到了。在这个致命时刻，人会感觉到有一个模糊的责任压在自己身上。过去的事情使未来的事情变得复杂起来。过去复活了，而且走进将来里去。已知的事物变成了深渊，未知的事物也变成了深渊，第一个深渊里有一生的罪恶，第二个深渊里有对将来的等待，这两个深渊的反光互相混杂起来。使临终的人害怕的，就是这两个深渊的混杂。

船上的人们在生命方面已经失掉最后的希望，因此他们都转到另一方面来。他们的最后机会就在这黑暗中。他们了解这一点。这个机会像一道阴森森光线，照耀了一下，马上又陷入恐怖里去。人在临终时所理解的东西，正如人在闪电中所看见的东西一样，起初是一切，接着是空虚。人看见了,又看不见了。等到死亡以后,眼睛才能重新睁开,临终时的闪电在这时候就变成了太阳。

他们一齐向博士叫喊:

“你!你!只有你,我们听你的话。应该怎样办?说呀。”

博士回答:

“现在的问题是怎样越过不可知的深渊而到达生命的彼岸,那里是超出于坟墓以外的。我既是见多识广的人,在你们中间,我就是受危险威胁最深的人。你们叫我来选择一条桥梁,你们做得对,因为我的包袱最重,应该由我来选择桥梁。”

他又加上一句:

“学识是良心上的重压。”

接着他又说:

“我们还剩下多少时间?”

嘉尔代松瞧了瞧吃水数字,回答:

“十五分钟多点。”

“好。”博士说。

房舱布篷的顶盖很低,博士的肘肱靠在上面,好像成了一张桌子。博士从衣袋里拿出墨水瓶和羽毛笔,又拿出他的公文皮包,从皮包里取出一张羊皮纸,就是他在几个钟头以前,曾经在里页上密密地写了二十多行歪歪斜斜的字的那一张。

“给我亮光。”他说。

雪像瀑布的水花一样落下来,把火炬一个个都熄灭了;只剩下了一个。敬礼—玛莉亚把火炬拿下来,走过来站在博士旁边,手里高举着火炬。

博士把公文皮包又放进衣袋里去,把笔和墨水瓶放在篷盖上,摊开羊皮纸,说:

“你们听着。”

于是在大海中央,在这条逐渐下沉的船桥上(这条船桥简直就是颤动着的棺材板),博士开始严肃地读了他所写的文字,周围的暗影仿佛也在听着他。船上的罪人们环绕着他,都低下了头。火炬的亮光使他们的脸色更显得苍白。博士读的一段文字是英文。有时,周围这些可怜的眼光仿佛要求博士解释一下,博士就停下来,或者用法文,或者用西班牙文,或者用巴斯克方言,或者用意大利文,把刚才念过的一段重复一遍。有人在呜咽,有人在沉重地敲自己的胸膛。破船继续沉下去。

博士把全文念完以后,拿起羊皮纸平摊在篷盖上,抓起笔,在全文下面预留的空白地位上签了一个名:

"日尔纳杜斯·吉斯特蒙德博士。"

然后,他转过身来对其余的人说:

"来,签字。"

那个巴斯克女人走近来,拿起笔,签了"圣母升天"。

她把笔递给那个爱尔兰女人,爱尔兰女人不会写字,只画了一个十字。

博士在这个十字旁边写上:

"巴巴拉·费莫,埃勃德的提里夫岛人。"

然后他把笔交给这帮人的领袖。

领袖签字:"盖尔兹陶拉,首领。"

热那亚人在领袖的签字下面签上:"纪昂纪拉特。"

朗格多克人签了:"杰克·格都兹,别名那波纳人。"

普罗旺斯人签了:"洛克—彼埃尔·卡普嘉路普,是马洪监狱的犯人。"

在这些签名下面,博士加上一段说明:

"船上全体船员只有三个人,其中船主被波浪卷走,只剩下两人,都已签名如下。"

两个水手在这段说明下面签了字。巴斯克北麓的那个签的是:"嘉尔代松。"巴斯克南麓的那个签了:"敬礼—玛莉亚,窃贼。"

最后博士叫一声:

"卡普嘉路普。"

"有。"那个普罗旺斯人回答。

"你有赫德瓜侬那的水壶吗?"

“有的。”

“把水壶给我。”

卡普嘉路普把水壶里最后一口烧酒喝完，把水壶递给博士。

船舱里的水愈涨愈满，破船愈来愈沉到海里去。

甲板上倾斜的船舷已经被一层薄薄的波浪侵入，而且逐步扩大侵入范围。

他们全体都聚集在甲板中部。

博士在火炬的火上烘干他们的签名，把羊皮纸折得比水壶颈的直径更小，然后把羊皮纸放进水壶里面。他大声说：

“把塞子给我。”

“我不知道壶塞在哪儿。”卡普嘉路普说。

“这儿有一小段绳子。”杰克·格都兹说。

博士拿这段绳子塞住壶口，又说：

“拿柏油来。”

嘉尔代松走到船首，拿了一只麻屑灭火器把手榴弹壳弄灭，从船首材上把它拿下来，交给博士，弹壳里还有一半沸腾的柏油。

博士把水壶的壶颈浸入柏油里，再拿起来。水壶就被柏油封了口，水壶口上塞着绳子，水壶里面载着有全体签名的羊皮纸。

“好了。”博士说。

于是所有这些人的嘴里都结结巴巴地用各种语言发出了坟墓的阴森森的声音：

“但愿如此！”

“我有罪！我有罪！”①

“Asi sea！”②

“Aro raï！”③

“阿门！”

在黑暗中仿佛听见巴别塔的阴沉的声音在传播着，既然上天可怕

① 原文是拉丁文。

② 意思是：“但愿如此！”——原注。

③ 这是罗马方言，意思是：“这就好了。”——原注。

地拒绝了倾听他们的祈求。

博士转过身来,背对着他的犯罪和受难的同伴们,向着船边走了几步。走到破船的边沿,他注视着无限的海空,用深沉的声调说:

“你是在我身边吗?”①

他大概是对什么鬼魂说话。

破船沉下去了。

博士背后的人们全体都在沉思。祈祷是一种不可抗力,已经控制了他们。他们不是垂着头,他们是弯着腰。他们的忏悔不是完全自愿的。他们弯着腰的样子,仿佛在没有风的时候收敛着的篷帆。这一群粗野的人,由于合着掌,低着头,逐渐采取了各种懊丧的姿势,表示对上帝的无可奈何的信任。他们的犯罪的脸上,开始出现了一种从深渊里来的可敬的反光。

博士又向他们走过来。不管他的过去如何,这个老人在临死时刻的表现是伟大的。周围谜似的环境吸引他的关注,可是没有叫他惊骇。他不是一个能够被意外事件吓倒的人。他的身上有一种平静的恐怖。他的脸上流露出他已经领悟到上帝的尊严。

这个年老而喜欢沉思的强盗不自觉地采取了一个主教的姿态。

他说:

“注意。”

他对着海面凝视了一阵,加上一句:

“现在我们要死了。”

然后他从敬礼—玛莉亚的手里把火炬拿过来,摇晃着。

一下火花飞出去,一直飞进漆黑的夜里。

博士把火炬扔到海里去。

火炬熄灭。一切亮光都消失。现在所有的只是深不可测的无边黑暗,有点像坟墓关闭起来。

在这个黑暗中,只听见博士的声音说:

“我们祈祷吧。”

---

① 原文是西班牙文。

全体的人都跪了下来。

他们再也不是跪在雪里,而是跪在水里。

他们只剩下几分钟了。

只有博士一个人还站着。雪片落下来,堆积在他身上,给他身上布满了白色的眼泪,使他在黑暗中也被人看得清楚。可以说,他是黑暗世界的会说话的石像。

博士画了一个十字,抬高了声音,开始念天主经。这时候,他的脚下已经开始了几乎感觉不着的摇晃,这种摇晃表示破船沉没的时刻已经到了。他念道:

"我们在天上的父亲。"①

那个普罗旺斯人用法文跟着念一句:

"我们在天上的父亲。"

爱尔兰女人用威尔士话也念一句,因为另一个巴斯克女人听得懂威尔士话:

"我们在天上的父亲。"

博士继续念:

"愿你的名字受人崇敬。"

"愿你的名字受人崇敬。"普罗旺斯人说。

"愿你的名字受人崇敬。"爱尔兰女人说。

"愿你的统治来临。"博士继续说。

"愿你的统治来临。"普罗旺斯人说。

"愿你的统治来临。"爱尔兰女人说。

跪着的人们已经被水淹到肩膀上。博士继续念下去:

"愿你的旨意能够实现。"

"愿你的旨意能够实现。"普罗旺斯人结结巴巴地说。

爱尔兰女人和巴斯克女人惊叫起来:

"愿你的旨意能够实现!"

① 这一句以及下面博士念的几句全是拉丁文;后面普罗旺斯人念的全是法文;爱尔兰女人念的全是威尔士文。

“在地上实现,如同在天上实现一样。”博士说。

没有声音回答他了。

他低下头来一望,所有的人都被水淹没了脑袋。没有一个人站起来。他们跪着让水淹没了他们。

博士用右手把他刚才放在窗盖上的水壶拿起来,高高举在头上。

船沉没了。

博士在沉下去的时候,还喃喃地把天主经念完。

他的上半身还露出水面一会儿,然后只剩下脑袋,最后只有他的臂膀举着那只水壶,好像他把水壶拿给宇宙看。

他的臂膀也消失了。深沉的大海在水面上不留下丝毫的波纹,正如一桶油也没有任何波纹一样。雪继续落下来。

水面上有些东西浮着,在黑暗中随着波浪漂去。那是那只用柏油封口的水壶,它的藤壳子使它浮在水面。

第　三　卷

在黑暗中的孩子

第一章　象棋山

风暴在陆地上的猛烈程度,正如在海上一样。

在被遗弃的孩子周围,出现了同样狂暴的自然现象。弱者和无罪的人在盲目的暴力无意识地发泄愤怒的时候,只好听任命运摆布;黑暗是不分皂白的;无生物不像我们想象那样仁慈。

陆地上很少风;寒冷好像固定在地面不动。没有冰雹。落下来的雪片厚得叫人吃惊。

冰雹的本领是打击人,不断骚扰人,伤害人,震聋人的耳朵,压碎人;雪片比冰雹更坏。冷酷而柔软的雪片在沉默中进行工作。如果人抚摸它,它就溶化了。它是纯洁的,正如伪善者装模作样一样。雪片就是慢慢地把白色的小点子堆积起来,才造成了雪崩,正如奸猾的人逐步实现罪行一样。

孩子在雾里继续前进。雾是一种柔软的障碍物;危险就在这里;它既让步,又继续坚持下去。如同雪一样,雾也是背信弃义的。在所有这些危险中,孩子是一个奇异的搏斗者,他终于走到了悬崖脚下,而且开始走进象棋山。他自己虽然不知道,他却是在一个地峡中,两边都是海洋,在这样的浓雾中,这样的雪和这样的黑夜里,假使他走错了路,他就不可能不跌落到右边深深的海湾里,或者左边大海的惊涛骇浪里。他不知道这一切,自顾自地在两个深渊中间走着。

那时候,波特兰地峡异常险峻而且粗野。它当时的形势,到今天已经没有留下丝毫痕迹。自从人们想开采波特兰的岩石拿来制造罗马水泥以后,整个山头就逐渐变了样子,完全消灭了最初的形状。我们还可以在那里看见蓝色石灰岩、片岩和段岩从长块的砾岩里突出来,像牙齿从齿龈里突出来一样;可是鹤嘴锄掘去和削平了这些丛密的和峥嵘的尖峰,过去秃鹰们飞到这儿来,栖在这些尖峰上,样子显得怪难看。水鸟和大鸥再也不能在这些尖峰上相聚了，它们好像非常妒忌，总爱玷污这些山头。我们徒劳地找寻那根早已不存在的高高的独石柱，这根石柱名为哥多尔芬，这个名字，照古威尔士语的意思就是“白鹰”。夏天，人们还可以在这块七穿八孔像海绵一样的土地上，采到迷迭香，薄荷属植物，野牛膝草，茴香；茴香在炮制以后就为一种很好的兴奋剂；还可以采到一种多结的草，这种草从沙砾里生长出来，可以拿来编席子；可是人们再也不能在那里采到龙涎香，黑锡和那些分成三种的石盘，一种是绿颜色，第二种是蓝颜色，第三种是鼠尾草叶的那种颜色。狐狸，穴熊，獭，貂，都离开这儿了；以前在波特兰的悬崖中，也像在康华尔海岬里一样，是有羚羊的，现在都没有了。在一些水湾子里，还可以钓到鲽鱼和鲱鱼，可是受惊的鲑鱼，再也不在圣米迦勒节①和圣诞节之间到韦海湾里来产卵了。在伊丽莎白时代，还有一种不知名的古老鸟儿，身体像鹞鹰那么大小，能够把一只苹果啄成两半，只吃掉苹果核，现在再也看不见了。还有一种黄嘴的小鸟，英国人叫它做康华尔红脚鸦，拉丁文叫pyrrocorax，这种鸟很会恶作剧，能够把燃烧着的蔓藤丢在茅屋顶上，这种鸟也看不见了。有一种称为烟鸟的有魔法的鸟，原来是从苏格兰群岛移植过来的，能够从嘴里吐出一种油来给岛民点灯，这种鸟也看不见了。黄昏时分，再也不能在落潮的水流中，遇见那种传说中的，两脚像猪脚，叫声像小牛的怪兽了。涨潮也不会把长着胡子的海豹冲到沙滩上来，这种海豹双耳卷起，尖颚，用没有指甲的脚爪爬行。在今天已经不能辨认的波特兰海岬上，从来看不到有夜莺，因为森林并不存在；可是鹰、天鹅、野鹅也飞走了。今天波特兰的羊，肉肥毛细；可是在两世纪以前，只有稀少的羊在吃那里的咸味的草，这些羊身体小，肉韧，毛很粗糙，完全和从前牧羊人带领的居尔特②羊群一样，这些牧羊人是吃大蒜的，他们能活一百岁，能够用一码长的箭在半里路以外射穿一副盔甲。未开垦的土地自然出产粗糙的羊毛。今天的象棋山和过去的象棋山完全不同了，因为它不仅被人类破坏，还被斯里群岛的暴风破坏，这种猛

---

① 即九月二十九日的天神节。

② 居尔特(Celte)，古代英国的一个民族。

烈的风连岩石也能腐蚀掉。

今天,这个半岛有一条铁路一直通到排列成方形的一堆漂亮的新房子前面,这些新房子名为切斯顿,半岛上还有一个波特兰火车站。一向爬着海豹的地方,现在有火车车轮在滚动。

两百年前,波特兰地峡好像是沙滩构成的一头驴子的背脊,有一条岩石构成的脊椎骨。

孩子面前的危险改变了形态。在下坡的时候,孩子的危险是滚下坡来;到了地峡上,危险是跌落在洞穴里。孩子对付了悬岩以后,又要对付洼地。在海边,到处都是陷阱。岩石是滑溜的,沙滩是流沙,休息的地方也是陷阱。这种情境好像在玻璃上行走,脚底下随时可以发生突然的爆裂,人就从裂口里跌下去。大海像舞台一样,也有机关布景。

海峡的岩石脊骨很长,地峡的两面斜坡就以这条脊骨为中心向两边分开,要走上这条脊骨是很不容易的。这上面并没有什么舞台术语称为装饰布景一类的东西。人类不能期待海洋会好好地接待他们,对岩石和波涛也不能有这样的期待;只有飞鸟和游鱼是海洋所预定要接待的。地峡尤其是光秃的和崎岖不平的;侵蚀着地峡的浪涛,埋伏在地峡两边,把地峡削减到最简陋的样子。到处都是高低不平的尖峰,鸡冠形的,锯齿状的,像破布一样可怕的,张嘴露齿像鲨鱼颚一样的;还有容易使人跌跤的湿藓苔,一直插到海里的峻险的岩石斜坡。有谁如果要走过地峡,每一步都会遇见一些奇形怪状的石头,像房子那么大,形状像胫骨,肩胛骨,大腿骨;这是岩石剥开外皮以后所显露出来丑恶的解剖形象。怪不得法文里把海岸称为 côte(肋骨)。步行的人尽自己的能力走出这堆混乱的废墟,其困难情况如同越过一个庞大躯体的骨骼。

叫一个孩子去完成这种巨人的工作。

假使是大白天,那就方便得多了,可是那时却是黑夜;一个向导是必需的,他却是单独一个人。把一个成年人的全部精力运用在这件工作上也不为多,而他只有一个孩子的微弱体力。既然没有向导,有一条小径也能够帮他的忙,可是一条小径也没有。

孩子根据本能,避开岩石尖利的背脊,尽可能沿着海滩走。于是他遇见了洼地。无数陷坑分布在他前面,这些陷坑可分成三种类型,一种是水坑,另一种是雪坑,最后一种是沙坑。沙坑是最可怕的,遇见沙坑就意味着沙葬。

知道自己面前有危险是令人心惊的,不知道有危险是可怕的。孩子正在和他所不知的危险战斗。他在摸索着前进,他的面前很可能是坟墓。

孩子毫不犹豫。他绕过岩石,避开裂缝,窥探出陷坑,为了躲过障碍而七弯八转,可是他前进着。他虽然不能沿着直线朝前走,他却以坚定的步伐前进着。

在必要时,他会生龙活虎地向后退让。他知道及时把脚从可怕的流沙中拔出来。他抖掉身上的雪。不止一次,他走进深到膝盖的水里。他一走出水面,他的湿掉的破衣服马上在黑夜深沉的寒冷中冰冻了。他带着僵硬的衣服迅速地向前走,可是他很灵巧,他懂得把这件水手上衣的胸膛部分保持干燥和暖和。他的肚子一直觉得饥饿。

在深渊边沿冒险,情况是变化无穷的;一切都有可能,连得救也有可能。出路虽然看不见,却是可以寻获的。孩子被旋转的风雪包裹,气也透不过来,迷失在狭窄的长堤上,行走在两个深渊之间,什么都看不见,他怎么能够走过地峡,这是连他自己也不能解释的事。他滑过,爬过,滚过,找过,走过,坚持过,如此而已。大约过了一个钟头不到一点,他觉得脚下的土地高了起来,他已经到了另外一边,他走出了象棋山,踏上了坚实的土地。

今天连结着山特福特堡和小嘴沙滩的那条桥在当时是不存在的。很可能在孩子的聪明摸索中,他一直走到威克·里兹那边,当时那里有一条长长的沙滩,是天然的堤岸,一直越过东海湾。

他逃出了地峡,可是再度遇见了风暴、冬天和黑夜。

他的面前再度展开一望无际的黑暗的平原。

他察看地下,找寻路径。

突然间他俯下身子。

他看见了雪地里有某种痕迹。

的确是痕迹,是一只脚印。白色的雪使脚印清楚地显现出来,很容易看得见。他打量着这脚印。那是一只赤裸的脚,比男人的脚小一点,比儿童的脚大一点。

很可能是一个女人的脚印。

离这只脚印不远,有另一只脚印,然后又有另一只;脚印连续不断,脚印和脚印间相距一步远,一直从右边走入平原。印迹还很新鲜,上面覆盖的雪不多。一定是一个女人刚从这里走过。

这个女人走过这里,向着孩子刚才看见有人烟的方向走去。

孩子牢牢地望着这些脚印,一步一步跟着走去。

第二章　雪的功能

他跟着足迹走了一阵。不幸得很,足迹愈来愈模糊了。雪落得又紧又密。这是单桅船在大海上遇见同样的大雪而遭受苦难的时候。

孩子也和船一样在苦难中,孩子的苦难和船不同,他的面前矗立着一块乌烟瘴气的黑色帷幕,除了雪地上的脚印以外,孩子没有别的救星,他跟着这些脚印,好像拉着走出迷宫的导线一样。

突然间,或者是雪填平了脚印,或者由于其他原因,脚印消失了。地面上又变成平坦,整齐,光滑,没有污点,没有任何细小东西。大地上只有一块白毯子,天上只有一块黑毯子。

过路的女人好像飞走了。

孩子十分失望,他俯下身子细心找寻。他白费了心机。

他重新直起身子的时候,他仿佛听见了一种模糊的声音,可是他不十分肯定他是不是真的听见了。这种声音好像嗓音,好像呼吸,好像暗影;是人类的声音,而不是兽类的声音;是坟墓里的声音,而不是活人的声音。这是声音,不过是梦里的声音。

他四面张望,什么也没有看见。

他的面前是广漠、荒凉、铅色的原野。

他倾听。刚才他相信听见了的声音消失了。也许他根本没听见什么,他再倾听,周围是一片静寂。

在这样的雾里,人是会产生幻觉的。他开始继续向前走。

这一次走是漫无目的的,他已经没有脚印做向导了。

他还没有离开,那声音又开始了。这一次,他再也不能怀疑:那是一下呻吟声,差不多是一下呜咽声。

他转过身来。他向黑暗的周围眺望,他没有看见什么。

声音又响起来了。

假使地堂①会叫喊的话，它的喊声一定是这样的。

再也没有更沁人心腑，更尖锐刺耳，更微弱的喊声了。这的确是一个喊声，这个喊声是从灵魂里发出来的，在这微弱的声音里有心房的悸动。可是喊声又似乎是完全不自觉的，好像痛苦在叫喊，但是喊的时候不知道自己就是痛苦，也不知自己在叫喊。这个喊声也许是生下来的第一下喊声，也许是临终时的最后叹息，它是介乎结束生命的残喘，和开始生命的婴孩哭声之间的。它呼吸，窒息，哭泣。它是在深沉黑夜中阴郁的哀告。

孩子聚精会神地到处探索，远处，近处，上下，左右，前后。没有一个人，没有任何东西。

他再倾听，喊声又响起来了，他清晰地听清楚，这喊声有点像羔羊的咩咩声。

这时候他害怕起来，他想逃走。

呻吟声又响了，这是第四次；喊声异常悲苦和哀怨，使人觉得这是最后一次的努力，近乎机械地叫喊，不像有意识的动作，过了这一次，也许喊声就要完全停止了。这是临危的呼吁，本能地向停留在空间的一切助力求援；这是一种濒死的呻吟，向可能存在的神力求助。孩子向着喊声的方向走去。

他仍然看不见什么。

他继续走过去，注意向四周窥探。

哀诉声继续响着。起初声音是不清楚的，模糊的，现在已经变成清晰的，近乎颤动着的了。孩子离这声音很近，可是它是从哪里发出来的呢？

他站在哀诉声的近边，颤动的哀诉声从他身边经过散向四方。他所遇见的，就是人类的呻吟声在看不见的地方荡漾；最低限度这是他的印象。他的印象也正如他迷失在其中的浓雾一样朦胧。

一种本能促使他逃走，另一种本能叫他留下来，他正在这两种本能

---

① 据天主教教理，地堂界于天堂与地狱之间，是基督诞生前的善人死后所去的地方；未经洗礼而死亡的孩子，其灵魂也到地堂里去。

中间游移的时候，忽然瞥见他的脚下前面几步远的雪地里，有一堆像人身一样长的高低起伏的雪，那是一个低矮的小丘，长而狭，像隆起的坟山，可以说是白色的墓地中的一个坟墓。

同时，喊声响起来。

喊声就是从这里发出来的。

孩子弯下腰，在隆起的雪堆前面蹲下来，用两只手开始把雪扒开。

在他扒开的雪下面，他看见了一个形体；突然间，在他的手挖成的空洞里，出现了一张苍白的脸。

喊声不是这张脸发出来的；因为脸上双眼紧闭，张开的嘴巴里充满了雪。

这张脸动也不动。孩子的手触着它，它也不动。孩子的手指已经冻僵，但是在接触到这张寒冷的脸时仍然哆嗦起来。那是一个女人的脑袋，散乱的头发和雪混在一起，这个女人已经死掉了。

孩子继续扒雪。死者的脖子出现了，然后上半身也出现了，身体从破烂的衣服里露出来。

突然间，他觉得在摸索中碰到了什么微弱地动了一动的东西，那是一个埋在雪下面的小东西在蠕动。孩子赶快扒开雪，发现了一个可怜的小身体，瘦小异常，冷得发紫，还活着，浑身赤裸，趴在母亲赤裸的乳房上。

那是一个女婴孩。

她的身上原来包着襁褓，可是布不够多，在挣扎中，她脱离了这些破布。婴孩消瘦的四肢略微融化了她身下的雪，她的呼吸则使得她身上有一小部分雪融化了。一个乳母会说这婴孩只有五六个月，可是她也许已经一岁了，因为在贫困中生长的婴孩，身体发育受到可悲的抑制，有时甚至害上佝偻病。婴孩的脸一接触空气，立即发出了喊声，继续她刚才痛苦的呜咽。旁边的母亲一定是完全死亡了，才听不见这些呜咽声。

孩子抱起了婴孩。

僵硬的母亲样子非常怕人，她的脸上流露出死人的气色。张开而没有呼吸的嘴，似乎正在用含糊不清的阴间语言，回答冥冥中对新死者提出的问题。冰冻的平原上的苍白光芒,也反映在这死人的脸上。可以看得出这个披着栗色头发的脸很年轻,似乎愤怒地皱紧眉头,鼻孔缩紧,眼皮紧闭,睫毛被冰花冻住,嘴角和眼角上,有哭泣的深皱纹。雪照亮了死者。冬天和坟墓是互不侵犯的。死尸就是人类的冰柱。裸露的双乳使人感到凄凉。它们已经尽了它们的责任,它们具有赋予生命的职责,可是这个赋予生命的人本身已经没有生命了,它们身上庄严的母性已经代替了处女的纯洁。在其中一个奶头上有一粒白色的珍珠,那是一滴冻结了的奶。

我们马上解释一下吧:在这片平原上,除了这个迷路的孩子以外,还有一个女要饭的,奶着她的婴孩,也在找寻一个栖身之所,不久以前,也迷了路。她冻得僵了,在风雪中倒下来,再也爬不起来。雪崩埋葬了她。她尽自己的能力把女婴孩紧紧搂在怀里,然后断了气。

女婴孩还在试着吮吸这块大理石的乳房。

这是大自然给予她的盲目信心,因为一个母亲即使断了气,看来好像还能够最后一次奶她的婴孩。

可是婴孩的嘴找不到奶头,死神从母亲身上偷来的一滴奶,已经在奶头上冻结了;婴孩被埋在雪底下,她是习惯于卧在摇篮里,而不习惯于睡在坟墓里的,因此她哭喊了。

被遗弃的孩子听见了濒死女婴的哭声。

他把她挖了出来。

他把她抱在怀里。

小女孩觉得有人抱起了她以后,就停止了哭喊。两个孩子的脸颊接触了,小女孩的紫色嘴唇凑近孩子的脸颊,把脸颊当成了母亲的乳房。

女婴孩的血已经凝结,差不多到了使心脏停止跳动的程度。她的母亲已经把部分的死亡给了她,死尸是会传染死亡的,僵冻能够扩展范围。女婴孩的脚,手,臂膀,膝盖,都好像冻得麻木不仁了。孩子感受到她身上这种可怕的寒冷。

孩子的身上有一件干燥和暖和的衣服,就是他的水手上衣。他把婴孩放在死者的胸脯上,脱下水手上衣,把婴孩裹起来,再抱起她;现在他自己差不多赤裸着身体,在风雪交加中,用臂膀抱着婴孩,继续向前赶路。

婴孩又找到了孩子的脸颊,马上把嘴唇凑上去,得到了暖和,她就睡着了。这是这两个灵魂在黑暗中第一次接吻。

母亲继续僵卧在那里,背压着雪,面向着黑夜。可是孩子刚才脱下衣服包裹女婴孩的时候,也许母亲在冥茫的阴间,也看见这种情景了。

两个孩子的脸颊接触了。

第三章　凡在痛苦的道路上，均有重负，更觉难行[①]

单桅船离开波特兰海湾，把孩子留在海岸上，大约已经过了将近四个钟头。在这段悠长的时间内，他孤零零地向前走，也许会走进人类社会里去，可是到目前为止，他只遇见这个社会里的三个人：一个男人，一个女人，一个婴孩。男人就是在小丘上的那个；女人就是在雪地里的那个；婴孩就是他抱在臂膀里的那个。

他精疲力竭，肚子饿得要命。

他比以前更加坚决地向前走，虽然他的气力减少了，又增加了一个负担。

现在他差不多等于不穿衣服。他身上披着的那点点破布，冻得僵硬如铁，像玻璃一样锋利，割破他的皮肤。他更加冷了，可是他怀里的女婴孩却感到温暖了。他的损失并不是损失，他失去的，女婴孩得到了。他发觉可怜的女婴孩正在享受这种温暖，而且由于这种温暖而恢复生命。他继续向前走。

他不时俯下身来，一手抱紧女婴孩，一手抓了一把雪，用雪来摩擦两只脚，以防止两脚冻僵。

另外一些时候，他的喉咙像火似的燃烧，他抓了一点雪放进嘴里，慢慢吮吸着，这样虽然暂时止住了渴，可是却把渴变成了寒热。这种减轻痛苦的办法反而增加了痛苦。

风暴过分猛烈，竟改变了形状；倾盆大雪是可能的，现在就发生了这种事。狂暴到顶点的风雪一方面扫荡海岸，另一方面使海洋沸腾起

① 天主教称耶稣走赴刑场的道路为苦路，耶稣是背着十字架走完苦路的，所以这里说：“凡在痛苦的道路上，均有重负，更觉难行。”

来。大概就是这时候,昏乱的单桅船在和暗礁搏斗中,撞破了龙骨。

他在北风底下越过大片雪原,始终向着东走。他不知道现在是什么时候,已经有很长时间他望不见炊烟了。这种标帜在黑夜里是很容易消失的,何况现在已经早就过了熄灭烟火的时候;而且,也许是他弄错了,很可能他所走的方向那边根本没有城镇或者乡村。

他虽然心里怀疑,可是仍然坚持向前走。

女婴孩哭喊了两三次。每次他都一边走,一边摇晃着她,她就安静下来,不做声了。最后,她深深地入睡,睡得很好。他一边发抖,一边感觉到她很温暖。

他经常把水手上衣拉紧一点,裹住女婴孩的脖子,使冰花不能从任何开口处溜进去,溶化的雪也不至于从衣服上流到女婴孩身上。

平原的地形高低起伏不一。在斜坡上,地形低下去的折缝里,堆积着很厚的被风吹来的雪,孩子身材矮小,雪很深,以致他差不多整个身子都埋到雪里,不得不半陷在雪堆里行走。他用膝盖顶着雪前进。

走过了洼地,他到了高地上,北风把高地上的雪吹扫得只剩下薄薄一层,可是他遇到了薄冰。

女婴孩的温暖的呼吸吹拂他的脸颊,使他感到片刻温暖,呼气留下来,在他的头发里冻成冰片。

他知道他的处境十分可怕,他再也不能跌倒。他觉得他倒下去就再也爬不起来。他已经精疲力竭,沉重的黑暗会把他压在地上,像那个死掉的女人一样,冰冻会使他埋葬在雪地里。他曾经在深渊的斜坡上滑倒,又爬了起来;他曾经失足跌落在洞穴里,又跑了出来;可是从现在起,只要随便跌一跤,那就是死亡。一失足成千古恨,他再也不能滑倒了。如果跌倒,他连跪起来的气力也没有了。

可是他的周围到处都有滑倒的机会,到处都是冰霜和冻硬的雪。

抱着女婴孩,使他行走起来十分困难;她不仅是一个重担,使他在精疲力竭的情况下不能胜任,她还是一个累赘。她占据了他的两条臂膀,而在薄冰上行走,两臂的摇摆却是自然的和必要的平衡力量。

他只好不要这种平衡力量。

他不用两臂来平衡,继续走着,不知道在这个重担下他的命运怎样。

这个小女孩就是使痛苦之杯的水满溢出来的最后一滴水。

他继续前进,每一步都摇摇晃晃,像在跳板上行走一样,虽然没有人看见,他却实现了许多平衡表演的奇迹。也许,我们再说一遍,他在走着这条痛苦的道路的时候,远处黑暗中有睁开的眼睛追随着他,那是母亲的眼睛和上帝的眼睛。

他摇晃,滑跌,又振作起来,照顾一下小女孩,为她拉好衣服,盖好她的脑袋,又滑一下,继续向前走,再滑一下,又站稳脚步。卑鄙的风还把他向后推。

看来他走了许多不必要的路。他大概是在后来变成冰克里夫农场的平原上,这个农场坐落在目前名为春园和牧师公馆的两地之间。现在是农田和农舍,当时还是未开垦的土地。往往不到一个世纪时间,一片草原就会变成一座城市。

突然间,把他吹得睁不开眼来的暴风雪停了下来,他望见离他前面不远的地方,有一堆人字形的墙壁和烟囱,在雪地里像浮雕似的显现出来,景象和黑色半面像相反,这是一座白色的城市在黑色的背景上,有点像我们今天称为照相底片的影像。

屋顶,住宅,栖身之所!那么他是到了有人居住的地方了!他觉得产生了难以形容的勇气和希望。一艘迷失航路的船只在瞭望中突然发现了陆地,也是这样激动。他加紧了脚步。

他终于和人类接触了。他马上就要进入活人中间,再也没有什么可怕的了。他的身上蓦地产生了一股热气——安全的感觉。他离开的那个环境再也不存在了。从今以后,再也没有黑夜,再也没有冬天,再也没有暴风雪。他觉得一切坏运气现在都落到他的身后。小女孩再也不是一个负担,他几乎放步跑了。

他的眼睛盯着这些屋顶,生命就在这里面,他的视线一点也不离开这些房子,一个死去的人也会这样从揭开的棺材盖上去张望外面的世界的,这些烟囱就是他望见冒烟的地方。

可是烟囱现在已经不冒烟了。

他很快就能到达人们聚居的地方。他走到的是一个小城的郊区,其实就是一条开敞的大街。那时候,夜间把街道用栅栏拦起来的办法已经不再盛行了。

大街由两所房子开头。这两所房子里既没有烛光,也没有灯火;不仅这两所房子,整条大街,整个城市,只要视线到达的地方,都看不见烛光或者灯火。

右边的房子与其说是房屋,不如说是屋盖;再也找不出更简陋的房子了;墙是泥造的,屋顶是麦秸盖的,茅草比墙更多。墙脚下长着一株大荨麻,一直碰到屋顶边沿。这所破房子只有一扇门,这扇门像个狗洞;只有一扇窗,这扇窗是个通气洞。门窗都关闭着。房子旁边有一间猪棚,里面有猪,说明这所茅屋也是有人居住的。

左边的那所房子又大,又高,上上下下都是石头造的,屋顶盖着石板瓦。门窗也都关闭着。这是富人的房子面对着穷人的房子。

孩子并不犹豫,他向那所高大的房子走去。

两扇大门是厚橡树木制的,布满粗大的钉子;这种门使人看见就猜想得出门后面一定是有坚固的门闩和锁的。门上挂着一个铁的敲门槌。

孩子举起敲门槌,举得相当吃力,因为他的冻僵的手好像是截断的残肢,而不像是他的完整的手。他敲了一下。

没有人回答。

他敲第二次,一连敲了两下。

屋子里毫无动静。

他敲了第三次。也没有反应。

他知道这是屋子里的人睡熟了,或者根本不屑起来开门。

于是他转到穷人的房子那边去。他在雪地里捡起了一块小鹅卵石,在低矮的门上敲了一下。

没有人回答。

他踮起脚尖,拿石子在气窗上敲了一下,敲得相当轻,使得玻璃不至于敲破,也敲得相当重,使得里面能够听见。

屋子里没有人声,没有脚步行动声,没有点起蜡烛。

他想:这所房子的人也不想醒过来。

石头造的大厦也好,茅屋也好,里面的人们都不理睬可怜的人。

孩子决定走远一点,一直走进伸展在他前面的构成海峡形状的那排房屋,那里面光线这么昏暗,简直像两个悬崖之间的窄路,而不像一座城市的进口。

第四章　另一种形态的沙漠

孩子刚才进入的城市是韦茅斯。

那时候的韦茅斯并不是今天的这个光荣而壮丽的韦茅斯。古老的韦茅斯不像今天的韦茅斯那样有一个直角形的毫无瑕疵的码头，上面有纪念乔治三世的一个铜像和一间小旅馆。那是因为当时乔治三世还没有出生的缘故。根据同样的理由，人们还没有为着纪念乔治三世，在城东绿色小丘的斜坡上，把草剪平，露出石灰，画成一匹长达一亩的白马，背上坐着一位国王，马的尾巴向着城里，题名为“白马”。这些对乔治三世的敬意，说起来也是应该的，因为乔治三世在晚年丧失掉他在青年时期从来未曾有过的聪明才智，因而对于在他统治时期所发生的坏事，他是不能负责的。他是一个清白无辜的人。那么，为什么不能给他建立铜像呢？

一百八十年前的韦茅斯的房屋安排情况，有点像打乱的九柱戏那样。根据传说，阿斯塔洛特[①]女神有时背着一个背包在世间到处游荡，她的背包里面样样都有，连屋子里的老大娘也有。只要想象一下，从这个魔鬼背包里跌下来乱七八糟的一堆破房子，就能领会到当时韦茅斯城市建筑的混乱情况。不止有破房子跌下来，还有破房子里的老大娘。现在还留存着这种房子的一个模型，那就是“音乐家之家”。当时的韦茅斯是：一堆乱七八糟的木屋，雕刻过的，被虫蛀过的——虫蛀其实是另一形态的雕刻；另一堆变了形状的高大建筑物，摇摇欲坠，向前倾斜，有几间有支柱；这些房子互相倚靠，以免被海风吹倒，中间留下非常狭小的距离，就是弯曲而笨拙的小路，小弄，十字路口，这些道路往往被春

① 阿斯塔洛特（Astaroth），犹太、阿拉伯等族中的女神。这个女神有时要用活人来作祭品，所以下文也称她作魔鬼。

秋分的潮水淹没;一堆祖母模样的古老房子围绕着一所祖父模样的教堂,这就是韦茅斯的形象。韦茅斯好像是一个古旧的诺曼底乡村漂流到英国的海岸上。

旅行的人走进了小酒店(现在小酒店已经被大饭店代替了),如果不是阔绰地付二十五个法郎来叫一客油煎板鱼和一瓶酒,而是丢脸地花两个苏来吃一客鱼汤,虽然鱼汤的味道很不错,那是可怜极了。

被遗弃的孩子抱着拾来的小女孩走完了第一条路,走了第二条,然后又走上第三条。他抬起头来找寻楼上和屋顶上有没有灯光,可是门窗都是关闭的,灯光都熄灭了。每隔一段时间,他去敲人家的门。没有人回答。再也没有别的东西能够像暖烘烘的被窝那样使人变成铁石心肠的了。敲门声和动作终于惊醒了小女孩。他发觉了,因为小女孩在吮吸他的脸颊。她没有哭,她以为还在母亲的怀抱里。

他也许会在斯克兰姆桥的交叉小路里转来转去,兜上半天圈子,当时那里一带耕地比房屋多,有刺的篱笆比住宅多,可是他很及时地走进了圣三一学校附近的一条胡同,这条胡同到今天还存在。他沿着这条胡同走到了海滩,这个海滩是一个雏形的有栏杆的码头,他看见右边有一座桥。

这座桥就是韦桥,连接着韦茅斯和美尔孔—来吉斯,桥下面后河的水一直流进港口里。

韦茅斯村子当时是美尔孔—来吉斯城和港口的郊区;今天,美尔孔—来吉斯只是韦茅斯的一个教区。乡村把城市吸收了。这件工作是由这条桥来完成的。桥是一种特殊的吮吸工具,能够吸引居民,有时能使沿河一个地区的人口大量增加,对岸地区的人口却因此而相应地减少。

孩子向着桥走去。那时候,这条桥是有顶盖的木桥。孩子走过了这条木桥。

由于桥上有顶盖,桥板上并没有雪。他的赤裸的脚踏在干爽的桥板上,得到了片刻的舒适。

走过桥以后,他到了美尔孔—来吉斯。

这里的石头房子比木板房子更多。这地方已经不是小镇,而是城市了。桥口接连着一条相当漂亮的街道,就是圣汤玛士街。他走进这条街。街上有高大的人字形屋顶的房屋,这里那里有些店面。他又开始敲门。他已经没有气力叫喊了。

在美尔孔—来吉斯也和在韦茅斯一样,没有人动一动。门上的锁都锁得好好的,窗门都放下来,如同眼睛垂下了眼皮一样。人们采取了防止醒过来的一切措施,半夜惊醒过来是不愉快的。

沉睡的城市对流浪的孩子施加一种难以形容的压力。这种在瘫痪的蚁窝中的静寂,令人晕眩。沉睡使噩梦完全混合起来了,沉睡的人是无数群众,在这许多躺着的人身上冒出一阵梦幻的烟雾。睡眠和死亡是有阴沉的接界的;睡眠者的无系统的思想在他们上面荡漾,它像水蒸气一样,可以说是活的,也可以说是死的,而且和最美满的世界结合,也许这个最美满的世界也在空中沉思。这样就造成了纠缠不清的局面。梦——一种云雾,把它的幽暗层和透明体盖在这颗星星——心灵——的上面。在紧闭的眼皮上面,幻觉代替了视觉,轮廓和形象凄惨地被分解了,弥漫到不可捉摸的境界。睡眠好像是死亡的边缘,在这边缘上,渺茫的神秘生命和我们的生命混合起来。这种鬼魂和灵魂的混合是在空中发生的。即使那些没有睡觉的人,也感觉得到他们头上有这个充满凶恶生命的境界存在。周围的幻觉使他们困惑不安,他们以为这些幻觉是真正存在的。醒着的人在别人睡梦中遇见的鬼魂中走过的时候,恍恍惚惚地似乎推开了一些来来往往的形体一样,这样他们不免有一种模糊的恐怖感觉,因为他们害怕这些看不见的形体的有敌意的接触,他们每一分钟都觉得在黑暗中被推挤,因为他们和无法形容的立刻消逝的形体相遇。在散乱的夜梦中行走,使人产生在森林中行走的感觉。

这就是所谓说不出理由的恐惧。

成人有这种感觉,一个孩子就更加有这种感觉。

这种夜间独行的恐惧不安心理,被鬼影幢幢的房屋扩大了,更增加了孩子的负担,孩子正在这个悲惨的环境里奋斗。

他走进了康尼卡弄,望见了后河,他以为就是海洋,他弄糊涂了,他再也搞不清楚海洋在哪里。他往回走,从处女街向左转,一直回到圣阿尔邦斯街。

到了那里，他再也不选择，随便在开头几间房子上猛烈地敲起门来。他把全身剩下的气力都用来敲门，敲门声是不规则的和凌乱的，间断一阵，忽然又激动地敲起来。这是他的热病的脉搏在敲门。

一个声音回答了他。

那是时间的声音。

清晨三时的钟声响了，古老的圣尼古拉钟楼在他后面缓慢地敲着钟。

然后，一切又复归静寂。

没有一个居民开门，连天窗也不打开，这似乎是令人惊异的。可是这个沉默在一定程度上可以解释。当时是一六九〇年正月，正是伦敦发生相当猛烈的黑死病的前夕，居民害怕接待生病的流浪汉，因此到处都不像以前那么好客了。居民连窗门也不敢打开，害怕吸到瘴气。

孩子觉得人心的冷酷比黑夜的寒冷更厉害。因为冷酷是出自人们的意志的。他的心失望地抽紧了，这是他在原野中也没有发生过的。现在他回到了人类中间，而他仍然是孤单一个人。这真是苦恼到了极点。他已经尝过了无情的沙漠的味道，再遇到冷酷的城市，简直叫人无法忍受。

他刚才计算过数目的钟声对他也是一种压力。在某些情况下，再也没有比钟声更冷酷的了。钟声在作无情的宣告。那是宇宙在说："这跟我有什么关系！"

他停了下来。我们不知道在这种悲惨的时刻，他是不是曾经想过最好还是躺下来死去。可是小女孩的脑袋搁在他的肩膀上，睡得很香。这种盲目的信心使他又开始向前走。

他既然发觉周围一切都不可靠，就觉得自己就是女孩的支柱。对女孩的责任感使他振作起来。

这些观念和眼前这种情势都和他的年龄不相称。很可能他根本对这一切完全不理解，他只是根据本能行事，他做他要做的事。

他向约翰士通路的方向走去。

可是他不是在走路，他是拖着身子前进。

他离开左边的圣玛莉街，在几条小弄里七弯八转地走了一阵，到达了一条弯曲小弄的出口，走过了弄口的两所破房子，就到了相当大的一片空旷土地上。这是一片荒地，大约就是今天吉士特斐广场的原址。房屋到这里就没有了。他望见右边是海，左边差不多是城市的尽头。

怎么办呢？田野又开始了。东边，一大片铺满了雪的斜坡就是拉弟坡尔的宽阔山坡。他要继续这样走下去吗？他要向前走，一直回到荒野里去吗？他要向后退，一直回到街道里去吗？在哑巴的原野和聋聩的城市这两种静寂之间，应该怎么办呢？在这两种拒绝之间，应该选择哪一种呢？

世界上有“慈悲的锚”，也有宽恕的目光。可怜的绝望的孩子向周围投射的，就是这种目光。

猛然间他听到了一种威胁声。

第五章　愤世嫉俗的人又做蠢事了

在黑暗中，一种古怪的、令人惊慌的磨牙声一直传到他身边。

这是应该令人退缩的，他却反而走上前去。

觉得静寂可怕的人，听见咆哮声是会高兴的。

这种凶猛的磨牙声使他安心。这样的威胁就是一种希望。前面有一个活着而且醒着的生命，即使是一只野兽也好。他朝着声音传来的方向走去。

他转过一个墙角，墙后面雪和海的反光构成一大片阴森森的亮光，他看见有一件像荫蔽物似的东西在那里。如果不是小屋，就是一辆车子。这件东西是有车轮的，应该是一辆车子；它是有屋盖的，也是住宅。屋顶上伸出一根管子，管子上冒着烟。这烟是红色的，说明里面正生着很旺的火。后面装着突出的枢铰，说明这里是一扇门，门的正中有一个方形的洞，可以望见屋子里面的亮光。他走过去。

刚才磨牙齿的生物发觉他走近来。他快要走到小屋附近的时候，威胁声变得十分激烈。他要应付的已经不是咆哮声，而是怒吼声了。他听见一下干脆的响声，似乎是一条铁链猛烈地拉紧；蓦地里门下面两只后车轮中间，露出两排雪白的尖利牙齿。

和车轮中间出现这只狗嘴同时，门上小窗上也伸出一个脑袋。

“别吵！”脑袋喝道。

狗嘴马上不做声。

脑袋又说：

“有人来了吗？”

孩子回答：

“是的。”

“谁？”

和车轮中间出现这只狗嘴同时，门上小窗上也伸出一个脑袋。

“我。”

“你？你是谁？你从哪儿来？”

“我很疲倦。”孩子说。

“现在几点钟了？”

“我冷。”

“你在那里干什么？”

“我肚子饿。”

脑袋回答：

“不是每个人都能够像个爵爷那么快活的。走开。”

脑袋缩了进去，玻璃窗又关上了。

孩子垂头丧气，把怀里熟睡的小女孩再抱紧一点，提起精神，再度开始赶路。他走了几步，正要走开去。

和窗门关上的同时，那扇门打开了。三级车梯从门口放下来，刚才和孩子说话的那个声音在屋子里愤怒地叫喊：

“喂，你为什么不进来？”

孩子回过头来。

“进来呀，”那个声音又说，“谁给你送这么一个小家伙来，他又冷又饿，却不肯进来！”

孩子既遭到拒绝，又受到邀请，待在那里不知怎样才好。

那个声音又说：

“我叫你进来，傻瓜！”

孩子才下了决心，他一只脚踏上第一级车梯。

车子底下的咆哮声又响起来。

他向后退缩。张开的大嘴又出现了。

“别吵！”那个人的声音吆喝。

大嘴缩了回去。咆哮声停止了。

“走上来。”那人说。

孩子很艰难地爬上那三级车梯。怀里的小女孩妨碍他。小女孩动也不动，被水手上衣包得那么紧，裹得那么密，使人看不出她是什么，只看见是小小一包不成样子的东西。

他走上三级车梯，到达门槛上，停了下来。

屋子里并没有点蜡烛，无疑是因为贫困而节约的缘故。屋子里的照明只靠从一只铁火炉的通风孔里透露出来的红色火光，火炉里正在烧着碎煤块，火光闪耀着。火炉上一只盆子和一只锅子在冒着烟，锅子里显然装载着吃的东西，香味四溢。小屋子里的摆设是一只箱子，一张凳子，一盏灯；灯挂在天花板上，没有燃点。此外，有几块托架木板钉在隔板上，还钉着一套钩子，上面挂着各种杂物。在木板上和钉子上，一层层的放着许多玻璃瓶，铜制品，一只蒸馏器，一只容器，这只容器很像把蜡碾成细粒的粒化机；还有乱七八糟的许多古怪东西，孩子连懂也不懂，其实是化学家的一套烧煮用具。小屋子狭长形，火炉装在前头。严格点说，这屋子不是一间小房间，只能勉强说是一只大箱子。屋外有雪的反光，比里面只有火炉的火光更加明亮。小屋子里一切都浸沉在迷糊和朦胧中。可是天花板上一道火光的反光却使人清清楚楚地看出这一行大字：**"熊，哲学家。"**

孩子的确是走进了"人"和"熊"的家。刚才咆哮的就是"人"，说话的就是"熊"。

孩子走到门槛边，看见火炉旁边有一个身材高大，没有胡子，消瘦而年老的汉子，穿着一件灰衣服，立着，光秃的脑袋碰到屋顶，他不可能踮起脚跟，因为车厢的高度恰好和他的高度相同。

"进来。"那汉子说，他正是"熊"。

孩子走了进去。

"把你的包袱放在这儿。"

孩子小心翼翼地把手里的负担放在箱子上，他怕惊醒了小女孩。

汉子又说：

"你多么轻手轻脚地放下这包袱呀！好像你放下的是一只圣遗物箱子似的。难道你怕敲破你的破衣服吗？啊！讨厌的小家伙！在这种时候还在马路上！你是谁？回答我。不，我禁止你回答。先干最急要的事情；你冷，来暖暖身体。"

一边说，他一边推着孩子的肩膀，把孩子推到火炉前面。

"你身上这么湿！浑身冻成这样！这样子可以走进人家屋子里

吗？来，把你身上的破烂东西都脱下来，坏蛋！”

他用一种热狂的迅速手法，一只手把孩子身上的破衣服扯下来，衣服马上变成破片，另一只手从一只钉上取下一件男人衬衣和一件我们今天称为“速吻我”式的绒线背心。

“拿去，这儿是衣服。”

他在破物堆里拣了一块绒布，对着火摩擦孩子的四肢，孩子又疲倦，又困惑，裸着身体却感到温暖，他真以为看见了而且接触到了天堂。四肢摩擦完毕以后，汉子揩拭孩子的脚。

“唔，瘦小子，你倒没有冻着。我真笨，还害怕你身上什么地方冻坏了，怕你的前肢或者后爪冻坏了！这一次，完全没有问题。把衣服再穿起来。”

孩子穿上衬衣，汉子给他套上绒线背心。

“现在……”

汉子用脚把凳子踢过来，始终推着孩子的肩膀，使孩子坐在凳子上，再用食指把火炉上冒着烟的盆子指给孩子看。孩子望见盆子里面是一只马铃薯和一块肥肉，这对孩子说来又是天堂。

“你饿了，吃吧。”

汉子从一块木板上拿下来一块硬面包皮和一只铁叉子，递给孩子。

孩子迟疑着不敢动手。

“难道要我摆齐餐具吗？”汉子说。

他拿起盆子放在孩子的膝盖上。

“吃掉这一切！”

饥饿战胜了难为情。孩子吃了起来。可怜的小家伙是在狼吞虎咽，而不是斯斯文文地吃饭。愉快的嚼面包声充满了小屋子。汉子嘀咕了。

“别吃得这么快，可怕的饿鬼！这个小流氓真贪吃！像他这样肚子饿的无赖汉吃起东西来真不客气。你看看一位爵爷吃饭就不这样了，我从前看见过公爵们吃饭。他们简直不吃什么，这就是贵族高贵的地方。不过他们是喝酒的。好罢，小猪，塞饱肚子吧！”

饥饿的肚子的特点是缺少耳朵，因此孩子对这许多难听的称呼并没有感到什么,何况汉子的仁慈行动也抵消了语言的粗暴,这种矛盾对孩子有利。目前孩子的全副精神完全被吃饱肚子和穿暖身体这两种急要的和极度愉快的事吸引住了。

"熊"低声地继续自言自语:

"我亲眼见过国王詹姆士在大宴会大厅进餐,大宴会大厅是人们欣赏鲁本斯[1]的名画的地方,国王陛下一点东西也没有进口。这个小叫花子却大嚼特嚼!'嚼'这个字其实是指畜生而言。我为什么会想起到这个韦茅斯来呢,这是一个七次献给魔鬼的地方!今天从早到晚我一点东西都没卖出去,我对着白雪说话,我对着暴风吹笛子,我一个子儿也没有到手,晚上却给我送来了穷鬼!丑恶的地方!在愚蠢的过路人和我之间,有战争、搏斗和竞争。他们设法只给我铜板而不给我别的,我尽力只给他们草药而不给别的。今天呢,什么也没有!十字路口没有一个傻瓜,口袋里没有一个子儿!吃吧,地狱的孩子!又撕又嚼吧!我们所处的时代是什么也比不上白食者的厚颜无耻的时代。牺牲我而吃肥你自己吧,寄生虫。这家伙不仅是饿了,而是疯了。他不是胃口好,而是穷凶极恶。他被疯狗病毒驱使得过分疲劳了。谁知道呢?也许他有黑死病。你有黑死病吗,强盗?假使他把病传染给'人'就糟了!不,不!全市的居民,你们死吧,我却不愿意我的狼死掉。啊,我自己也饿了。我声明这是一个十分不愉快的偶然事件。我今天一直工作到深夜。在人生中有时一个人是受到折磨的。我今天晚上就受到饥饿的折磨。我单独一个人,我生了火,我只有一只马铃薯,一块硬面包皮,一块肥肉和一点牛奶,我拿来烧烧热,我对自己说:好呀!我以为我马上就能够吃一顿了。我的天!这条鳄鱼恰巧在这要紧关头从天上跌了下来。他断然盘踞在我和我的食物之间。我的食堂马上被洗劫一空。吃吧,梭子鱼,吃吧,鲨鱼,你的上下颚里到底有多少排牙齿呀?拼命吃吧,小狼。不,我收回这句话,我尊敬狼。吞掉我的饲料吧,蟒蛇!我今天干过活,我的胃里空虚,我的喉咙干渴,我的肝脏难过,我的肠子疼痛,我一直干到深夜,我的报酬是眼看着别人吃东西。这没有关系,我

---

① 鲁本斯(Pierre Paul Rubens,1577—1640),著名的荷兰画家。

们两人分一分,他吃面包,马铃薯和肥肉,我吃牛奶。”

这时候,屋子里响起一声悲痛和悠长的叫喊。汉子注意倾听。

“你现在叫喊了,虚伪的家伙!你为什么要叫喊?”

孩子转过身来。很明显,孩子没有叫喊,因为他的嘴里塞满了食物。

喊声并没有停止。

汉子走到箱子前面。

“那么叫喊的是这只包袱。复活谷呀!包袱也叫出声音来了!你的包袱干吗要叫起来呀?”

他解开水手上衣,一个孩子的脑袋露了出来,张着嘴巴在叫喊。

“什么,谁在这儿?”汉子问,“这是什么?还有一个!难道没有完的时候吗?是谁!拿枪!伍长,叫卫兵出来!又是一个,我的天!你带了什么东西来给我呀,强盗!你知道得很清楚:她要喝东西。一定要给这个小家伙喝点什么。好呀!现在我连牛奶也喝不成了。”

他在一块木板上面的一堆杂乱东西里拿了一卷纱布,一块海绵和一只长颈玻璃瓶,嘴里激怒地低声说:

“可诅咒的地方!”

接着他仔细打量小女孩。

“这是一个小女孩。只要听她的啼声就知道了。她也浑身湿透了。”

像他刚才对待那孩子一样,他一手撕去她裹在身上而不是穿在身上的破布,拿一块清洁而干爽的粗土布包裹着她。这样迅速而粗暴地换衣服更加激怒了小女孩。

“她哭喊得真不留情面。”他说。

他用牙齿咬下一块长形的海绵,从那卷纱布里撕下一方块,拉出一条线来,在火炉上把盛着牛奶的小锅子拿过来,把牛奶装满长颈玻璃瓶,把半截海绵塞进瓶颈,用方形纱布把海绵包起来,用线扎牢,把玻璃瓶贴在脸颊上试一试温度是否太热,然后用左臂抱着继续狂喊的小女孩。

“来,喝吧,小东西!含住这只奶头。”

他把长颈玻璃瓶的瓶口放进小女孩的嘴里。

小女孩贪婪地吮吸牛奶。

他根据需要倾斜地扶着玻璃瓶，一边嘀咕着说：

“这些胆小鬼全都一样！得到他们需要的东西时，他们就不响了。”

小女孩那么用劲地吸，那么用力吸住这个脾气粗暴的天使献给她的奶头，呛得她连连咳起来。

“你要哽死了，”“熊”骂道，“又是一个狼吞虎咽的家伙！”

他把她吮吸着的海绵拉出来，让她停止咳嗽，然后再把长颈玻璃瓶的瓶口放在她的嘴唇上，对她说：

“吃奶吧，小婊子。”

这时候，孩子放下了他的叉子。看见小女孩喝奶，他忘掉了吃。一分钟以前，他在吃东西的时候，他的眼光里流露出心满意足的神情，现在，他的眼光里充满感谢。他眼看着小女孩重新活过来。小女孩的复活是从他的手上开始的，现在复活完成了，这使他的眼珠里充满一种无可形容的光芒。“熊”继续在齿缝里咒骂。孩子不时抬起润湿的眼睛望着“熊”，心里说不出的感动，可怜的小家伙惯受虐待，现在十分激动，可是无法表达出来。

“熊”愤怒地喝他：

“喂，吃呀！”

“你呢？”孩子浑身战抖着说，一颗泪珠在眼眶里打滚，“你什么也吃不到了吗？”

“请你把全部都吃光，小家伙！你不会嫌多的，因为给我也不够吃。”

孩子又拿起叉子，可是没有吃。

“吃呀，”“熊”气愤地说，“这关我什么事？谁跟你谈我的事？你这‘身无分文’教区的赤脚坏蛋小牧师，我叫你把全部都吃下去。你到这儿来是为着吃，喝和睡觉的。吃吧，要不我就把你赶出去，把你和你的小娼妇都赶出去！”

孩子听到这样的威胁，又开始吃起来。盘子里的剩余不多，他不费什么劲儿就吃光了。

“熊”喃喃地说：

“这所房子建筑得不好，冷风从玻璃窗里吹进来。”

的确有一块玻璃从前面打破，也许是因为车子震动的关系，也许是什么顽童扔石子打破的。“熊”在破玻璃上贴了一张星形的小纸，这张小纸脱落了，北风从破洞里吹进来。

他半个屁股坐在箱子上。小女孩既躺在他的臂膀上，又坐在他的膝盖上，津津有味地吮吸着玻璃瓶，神态愉快安详，半睡半醒，完全是天使在上帝面前、婴儿在母乳面前的样子。

“她醉了。”“熊”说。

接着他又说：

“一定要宣传节制饮食！”

风把贴在玻璃窗上的小纸片吹下来，在房间里飞舞。可是得到新生的两个孩子根本不理会这件事。

小女孩喝着奶，小男孩吃着晚餐的时候，“熊”嘀咕着：

“酗酒从襁褓时代就开始。应该学习蒂约松主教那样大发雷霆地反对酗酒。这一阵从夹缝里吹来的风真可恶！何况我的火炉也旧了，一阵阵烟冒出来，使得你的眼睛像睫毛倒刺一样。既受寒冷之害，也受火烟之苦。屋子里看不清楚。我前面的这个客人太不客气了。不过，我还没有看清楚这个傻瓜的脸。这儿不是一个舒适的地方。我赌咒，我是十分欣赏在密不透风的房间里吃一顿美味的酒席的。我没有完成我的天职，我是天生的嗜好肉欲的人。最伟大的聪明人是菲洛克赛尼①，他也希望有一条白鹤的长颈，以便欣赏食物美味的时间能够更长一点。今天的收入是零！整天没有卖出什么！糟透的事。居民，仆役，还有市民们呀，医生来了，药品来了。老朋友，你浪费时间，把你的药品包起来吧，这儿人人都身体健康。这是一个该死的城市，这儿的居民没有一个生病！只有老天爷害了痢疾。多大的雪啊！阿那克萨哥拉②教

① 菲洛克赛尼(Philoxène，纪元前435—前380)，希腊抒情诗人。

② 阿那克萨哥拉(Anaxagoras，纪元前500—前428)，希腊哲学家。

导我们:雪是黑色的。他说得对。寒冷是黑色的。冰冻就是黑夜。多大的风暴！我可以想象得出航海的人们多么安适。暴风雨是魔鬼们经过,是风魔们的呼啸声,他们首尾相接,在我们的脑壳上面奔驰。在云层里,这一个有一条尾巴,那一个有两只角,这一个有一条火舌,那一个的爪子有翅膀,另一个像大法官那样大腹便便,又一个的脑袋像个科学院院士,每一种声音里都可以看出一个形象。新的风就是新的魔鬼。耳朵听,眼睛看,呼啦啦的声音就是一种形象。他妈的,海上有人,这是很明显的。我的朋友们,尽力熬过暴风雨吧,我为着熬过这一生,已经够麻烦了。哎呀,难道我开旅馆吗？为什么有旅客到我这儿来？这个苦难世界的泥浆一直溅射到我这个穷人身上。人类丑恶的大泥浆有几滴跌落到我的小房间里来。我落到了大吃大喝的过路人手中。我是一个牺牲品,我是饿鬼的牺牲品。冬天,夜里,在纸糊的小车里面,一个可怜的朋友在车子底下,外边是狂风暴雪,一只马铃薯,像拳头那么大的一堆火,一些寄生虫,风从所有的裂缝里吹进来,一个钱也没有,包袱里面有小狗叫声！打开包袱,里面是个女的小无赖。这就是命运吗！我还要附带说明这是违反了法律。啊！带着流浪女子的流浪汉,狡猾的扒手,坏心眼的畸形儿,啊！你过了宵禁时间还在马路上走！假使我们善良的国王知道了,他就会把你扔到沟壕的底层,狠狠地教训你一顿！这位先生在晚间和这位小姐一起在马路上闲荡！在十五度的寒冷天气,光着头,赤着脚！要知道这是禁止的。国家有法律和命令,叛徒！流浪汉要被处罚,自己有房子的老实人受法律的捍卫和保护,国王是人民之父。我是有住所的,我！假使别人遇见你,你要在公共场所当众受鞭笞,这是活该。在一个建立治安的国家应该有秩序。我没有向警察告发你,这是我的大错。可是我就是这样一个人,我知道什么是好事,我却做坏事。啊！你这歹徒！你在这种状态下到我家里来！他们进来的时候我没注意到他们身上的雪,雪融化了。我的屋子里到处都是水,我家里发生水灾了,我要烧掉无数的炭才能烘干这个湖。而焦炭要值十二个铜板一小桶！三个人怎么样才能够住在这所小屋子里呢？现在完了,我走进了托儿所,英国未来的女叫花子将要在我的家里断奶了。我的官职和责任将是:为‘贫困’这个大娼妇养育她的小产的胎儿,使坏蛋的丑恶从幼年时起就逐步到达完善的境地,使年轻的小流氓具有哲学家的外表!熊的舌就是上帝雕塑的工具。假使三十年来,我不是被这一类人物吃得精光,我就富有了,'人'也会肥壮起来了,我也会有一间医务室,里面摆满珍品奇物和外科器械,像亨利八世的外科御医李纳克尔医生所有那么多的外科器械,还有各种各样的动物,埃及的木乃伊,以及其他类似的东西!我也会参加医师学会,有权使用著名的哈韦①在一六五二年建造的图书馆,能够走进圆屋顶的亭子里工作,从那里可以望见伦敦全城!我也能够继续研究太阳的黑点,证明昏暗的云雾是来自太阳。这是让·凯普勒②的意见,他在圣巴特莱米大屠杀③事件的前一年出生,是皇帝的数学家。太阳是一个烟囱,有时会冒出烟来。我的火炉也是一样。我的火炉还比不上太阳。是的,我应该早已发了财,我的身份也不会是眼前这样子,我不会是一个无足轻重的人物,我也不会在十字路口降低科学的身价。因为人民和学问是不相配的,人民只是一大群无知的人,是各种年龄,性别,不同性情和地位的大混合,各个时代的聪明人都毫不犹豫地看不起人民,他们中比较平庸的,即使比较公平,也憎恶人民的狂暴和激烈。啊!我厌恶眼前这世界。人是不会长久活下去的,人的生命很快就完结。不,生命是长的。为着使我们不致丧失勇气,使我们愚蠢地同意活下去,使我们不利用所有绳子和钉子提供给我们的好机会来吊死我们自己,大自然不时照顾一下人类。当然今天晚上不在其例。大自然使麦子生长,使葡萄成熟,使夜莺歌唱,这就是阴险的大自然所做的事。不时出现一道黎明的光线,或者给你一杯杜松子酒,这就是所谓幸福。薄薄的幸福边沿镶在广大的不幸尸衣上,这就是人生。我们具有由魔鬼织成布、由上帝镶上边的命运。现在,你把我的晚饭都吃掉了,强盗!"

他始终抱着婴孩,虽然他在发怒,他对待婴孩却十分温柔。现在婴孩微微闭上眼睛,这就是吃饱的表示。"熊"看了看玻璃瓶,叽咕着说:

---

① 哈韦(William Havey,1578—1657),英国著名医学家。

② 让·凯普勒(Jean Kepler,1571—1630),德国著名天文学家。

③ 圣巴特莱米大屠杀指一五七二年八月二十四日夜里法王查理九世下令屠杀巴黎新教徒的事件。

“她把牛奶都喝光了,厚脸皮的小家伙!”

他站起来,左臂抱着小女孩,右手揭开箱盖,从箱子里拉出一块熊皮来,我们记得,他是把这张熊皮称为“我的真正的皮”的。

他在这样做的时候,听见了另一个孩子在吃东西,他瞟了孩子一眼。

“以后要养活这个在发育中的贪吃鬼,倒是一件不简单的事!他将是我这个行业里的一条蛔虫。”

他继续用一只手把熊皮铺在箱子上面,尽力使用肘力,轻手轻脚,以免惊醒刚刚入睡的小女孩。然后他把小女孩放在靠近火炉一边的熊皮上。

做完以后,他把空玻璃瓶放在火炉上,大声说:

“现在口渴的是我了!”

他望了望锅子,里面还有好几口牛奶;他把锅子凑近嘴唇。他正要喝的时候,他的眼光落在小女孩身上。他把锅子重新放在火炉上,拿起玻璃瓶,把瓶塞拉出来,把剩下的牛奶都装进去,恰好装满一瓶,再塞上海绵,把纱布再扎在瓶颈上。

“可是我仍然又饿又渴呀。”他说。

他又加上一句:

“一个人吃不到面包的时候,只好喝水了。”

火炉后面露出一只破了口的水壶。

他拿起水壶,递给孩子:

“你要喝水吗?”

孩子喝了水,又继续吃东西。

“熊”把水壶拿过来,凑到嘴唇边。里面的水由于离火炉远近不同而有不同温度,他喝了几口,做了一个鬼脸。

“水自称为是纯洁的东西,可是你像一个假情假义的朋友一样,你的表面是温暖的,下面却是冰冷的。”

孩子吃完了晚饭。盘子内不仅空无一物,而且揩得干干净净。他把散落在绒线背心和膝盖上的面包屑捡起来,一边沉思,一边吃下去。

“熊”转过来望着他。

“事情并没有完。现在咱们俩来谈谈。嘴巴不光是用来吃东西的,也是用来说话的。你现在又暖、又喂饱了肚子,小畜生,你要注意,你现在要回答我几个问题。你从哪儿来?”

孩子回答:

“我不知道。”

“怎么,你不知道?”

“我是今天晚上被人遗弃在海边上的。”

“啊!无赖!你叫什么名字?他坏到这程度,他的父母遗弃了他。”

“我并没有父母。”

“请你注意一下我的脾气,要知道我不喜欢别人对我吹牛。你是有父母的,你还有一个小妹妹。”

“她不是我的妹妹。”

“她不是你的妹妹吗?”

“不是。”

“那么她是谁?”

“她是我拾到的一个小女孩。”

“拾到的!”

“是的。”

“怎么!你在路上拾到的吗?”

“是的。”

“在哪儿?假使你说谎,我要打死你。”

“是从一个死在雪地里的女人身上拾来的。”

“什么时候?”

“一个钟头以前。”

“在哪儿?”

“离这儿四公里的地方。”

“熊”的拱形前额起了皱纹,眉毛变成尖形,这是哲学家激动时眉毛的样子。

“死了!她是一个幸福的女人!我们一定要让她留在雪地里。她在那里很好。在哪一个方向？”

“在海那边。”

“你走过桥吗？”

“走过了。”

“熊”打开屋后的小窗，望了望外边。天气并没有变得好一点。厚厚的雪片阴森森地继续落着。

他把小窗再关上。

他走到有破洞的玻璃窗旁边，拿了一块破布把破洞堵住，把碎煤放进火炉里，再把箱子上的熊皮尽量摊开，在屋角里拿了一本厚厚的书，放在床头当做枕头，把熟睡的小女孩放在枕头上。

他转过来对着孩子。

“你睡在这儿。”

孩子听从了，伸长身体躺在小女孩身边。

“熊”把熊皮裹着两个小孩，把熊皮边沿塞进他们脚下。

他伸手从一块木板上拿下来一条布腰带，系在身上，这种腰带是带上一个大口袋的，其中装的大概是一套外科手术用具和几瓶强心剂药水。

然后他从天花板上把挂灯拿下来，点着了。这是一盏暗灯，点着了也照不到浸沉在黑暗中的孩子们。

“熊”半开着门，说：

“我出去。你们不要害怕。我马上就回来。你们睡吧。”

他一边放下车梯，一边叫喊：

“‘人’！”

一下亲切的咆哮声回答他。

“熊”拿着灯走下车子，车梯又升上来，门关上了。屋子里只剩下两个孩子。

“刚才吃掉我的晚饭的小孩！——喂，你还没有睡着吗？”

“没有。”孩子回答。

“好！假使她哭了，你把剩下的牛奶给她吃。”

响起了一下解除铁链的声音，接着是渐走渐远了的一个人夹杂着一只畜生的脚步声。

过了几分钟,两个孩子深深地入睡了。

两个孩子的呼吸无可形容地混合起来;这不仅是贞洁,而且是无知;这是没有成人以前的新婚之夜。小男孩和小女孩裸着身体,并排躺着,在这些静寂的时刻,他们实现了黑暗中天使的男女混杂;在他们那种年龄可能产生的幻梦,正在漂浮中结合起来;他们阖着的眼皮下面,也许有星光在闪耀;假使结婚这个词儿在这儿使用不算是适当的话,他们是按照天使的办法结成夫妻了。在这样的黑暗中有这样的纯洁,在这样的拥抱中有这样的清白,这是只有在童年时期才能提早享受的天堂之乐;任何伟大都比不上儿童的这种伟大。在一切深渊中,这一个是最深的。死亡的人永远离开生命,汹涌的海洋袭击遇难的船只,皑皑白雪覆盖着一切,在悲壮动人方面总比不上两个孩子的嘴唇在睡梦中神圣地接触,这种接触连接吻也说不上。也许是订婚;也许是一件祸事。无知笼罩着这个接触。这是很动人的;可是谁又知道这是不是可怕的呢？我们只觉得心里难过。天真无邪比道德更高一等。天真无邪是由神圣的无知造成的。他们睡觉,他们很安宁,他们很温暖。两个赤裸的身体拥抱着,和他们灵魂上的贞洁混合成一体。他们在那里如同在深渊的巢里一样。

第六章　醒　来

白天开始时有一种凄惨的景象。一道惨白的光线射进小屋。这是一个冰冻的黎明。这道惨白的光线使黑夜里像鬼影幢幢的物件,显出真实的、阴惨的轮廓,但是却没有惊醒两个熟睡的孩子。他们此起彼落的呼吸声像两条平静的水波。外边暴风雪已经停止。曙光慢慢地占据了整个地平线。星星一颗颗消灭,像一根根蜡烛先后被吹熄似的,只剩下几颗大星还在抵抗。海洋上升起了从无极传来的深沉的歌声。

火炉还没有完全熄灭。曙光逐渐变成日光。孩子不像小女孩那样睡得熟。他的身上担负着守夜和保卫两种责任。一道比其他光线更强烈的光线从玻璃窗上透进来,他就睁开了眼睛。儿童睡眠的结果是忘掉一切;他处在半睡半醒状态中,不知道他在哪儿,他身边有什么,也不费劲去回忆,只是凝视着天花板,把"熊,哲学家"这一行字构成模糊的幻想,他端详着这行字,可是不知道这行字的意义,因为他不识字。

一阵钥匙在锁孔里搜索的声音使他抬起头来。

门开了,车梯落下去。"熊"回来了。他走上三级车梯,手里拿着熄灭了的灯。

同时响起了一阵四只脚爪敏捷地爬上车梯的声音。那是"人",跟在"熊"后面,也回到它的家里来了。

醒过来的孩子有点吃惊。

狼大概想吃东西,打了一个早起的呵欠,把十分洁白的牙齿都露出来。

它在车梯的正中停下来,两只前爪伸进车里,脚肘搁在门槛上,好像一个讲道的人把手肘搁在讲坛的边沿上。它远远地嗅了嗅平时不像这样子的木箱。它的上身在门框里,在清晨的亮光中显出黑色轮廓。它下了决心,走进了屋子。

孩子看见狼进了屋子，马上揭开熊皮，爬起来，站在小女孩前面，小女孩比任何时候睡得更熟。

“熊”刚把灯挂在天花板的一只钉子上。他在沉默中以机械的缓慢动作解开带有工具袋的腰带，把它重新放在木板架上。他不望什么，似乎也看不见什么。他的眼珠像透明的玻璃。他的内心有些东西正在深深地激动着他。最后他终于像平时一样，很快地说了一番话把思想暴露出来。他叫道：

“真是幸福！死了，确实死了。”

他蹲下来，加了一铲碎煤到火炉里，一边戳着碎煤一边叽咕着说：

“我费了好大的劲才找到她。狡猾的自然把她埋在两尺深的雪底下。假使没有‘人’，我还要在暴风雪里艰难地走着，和死神玩捉迷藏呢；幸喜‘人’能够用鼻子看得很清楚，正如哥伦布用心灵能够看得很清楚一样。第奥根尼①拿着灯找一个男人，我拿着灯找一个女人；他找到的是嘲讽，我找到的是哀丧。她多么冰冷！我摸过她的手，简直是一块石头。眼睛里多么静寂！一个人怎么能够这么笨，竟然留下一个孩子自己死去呢！现在要在这个盒子里装下三个人真是一件不容易的事。真想不到！现在我有了一个家庭！一个女孩和一个男孩。”

“熊”在自言自语的时候，“人”轻轻地走到火炉旁边。熟睡的小女孩把一只手伸出来，吊在火炉和箱子之间。狼开始舐她的手。

它舐得那么温柔，小女孩没有醒过来。

“熊”转过身来。

“很好，‘人’。我来做父亲，你来当叔父吧。”

然后他又恢复他的哲学家工作，继续拨弄火炉，同时也没有停止他的旁白。

“抚养。这是决定的事了。何况‘人’也很愿意。”

他站起来。

“我想知道什么人应该对她的死亡负责。是人类吗？或者

① 第奥根尼（Diogène，纪元前413—前323），希腊哲学家，住在木桶中，生活十分俭朴，连一个舀水的贝壳，后来都被他扔掉。白天点灯走路，自谓系找寻正人君子。

是……”

他的眼睛望着空中，可是视线透过了天花板，他喃喃地说：

“是你吗？”

接着他低垂前额，似乎不胜重负似的，又说：

“黑夜费心杀掉这个女人。”

他抬起眼睛，望见孩子的脸。醒过来的孩子正在听着他说话。“熊”突然粗暴地问他：

“你为什么要笑？”

孩子回答：

“我没有笑。”

“熊”似乎吓了一跳，他目不转睛地在沉默中打量了孩子几分钟，然后说：

“那么你真可怕。”

黑夜里，屋子里面光线很暗，“熊”没有看清楚孩子的脸。大白天才使他看清楚了。

他把两只手掌搁在孩子的两肩上，以愈来愈紧张的注意力端详着孩子的脸，大声吆喝：

“不要再笑了！”

“我没有笑。”孩子说。

“熊”从头到脚哆嗦起来。

“你笑的，我告诉你。”

接着他紧紧抓住孩子用力摇动，这种摇动假使不是出于怜悯的话，就可能被人当做是出于愤怒，他激烈地问孩子：

“谁把你弄成这样子的？”

孩子回答：

“我不懂你的意思。”

“熊”又问：

“你从什么时候起才这样笑法的？”

“我一直就是这样。”孩子回答。

“熊”转过身来对着箱子，低声对自己说：

“我还以为这种做法已经不再流行了呢。”

他从床头上轻轻地抽回那本他给小女孩做枕头的书，小心不把小女孩弄醒。

“让我们来看一看巩开斯特的著作。”他喃喃地说。

那是一本对开的书，用软羊皮纸装订起来。他用拇指翻着书页，停在一页上，把书大大地摊在火炉上，念起来：

“……《鼻手术》——是这儿了。”

他继续念下去：

“把嘴割开一直割到耳朵边，把齿龈露出来，把鼻子改为塌扁，那么就能得到一个永远笑着的人面了。”①

“的确是这种手术。”

他把书放回到木板架上，嘴里喃喃地说：

“这一类事情如果深究下去是非常不堪的。我们只能停留在这里了。笑吧，孩子。”

小女孩醒了过来。她的“早安”是一声哭叫。

“来，奶妈，喂奶给她。”“熊”说。

小女孩坐了起来。“熊”从火炉上拿了玻璃瓶，给小女孩吮吸。

这时候太阳出来了。太阳正在地平线上。红色的阳光从玻璃窗上透进来，射到转过来对着阳光的小女孩的脸上。小女孩的眼珠凝视着太阳，像两面小镜子一样反映出这个红色的太阳。眼珠动也不动，眼皮也是这样。

“瞧，”“熊”说，“她是瞎子。”

---

① 《鼻手术》和这一段说明，原文都是拉丁文。

第 二 部

国王的圣旨

第 一 卷

过去的事物永远继续出现，
这几个人是人类的镜子

第一章　克朗查理爵士

第 一 节

在那时候，有一个古老的纪念品。

这个纪念品就是林耐士·克朗查理爵士。

林耐士·克朗查理男爵和克伦威尔是同时代的人，他是少数接受共和国的英国贵族之一①——必须赶紧加上一句，这一类的英国贵族是为数不多的。他的接受共和国可能有他的理由，也可以从最坏方面去解释，就是因为共和国暂时得到了胜利。只要共和国还占着优势，克朗查理爵士继续拥护共和，这是很自然的事。可是等到革命已经结束，议会政府垮台以后，克朗查理爵士还坚持做共和派。王朝复辟以后，贵族议员很容易就能回到重新建立的上议院里去，悔过的人都受到复辟王朝的欢迎，查理二世对那些重新归顺他的人很仁慈；可是克朗查理爵士却没有懂得应该怎样利用事变。正当国人热烈地欢迎国王回来重新统治英国，全国上下一致表决拥护国王，人民正在向专制政体致敬，新的朝代正在人们光荣和胜利地推翻自己的诺言中建立起来，正当过去变为将来，将来变为过去的时候，这位爵士继续做反抗者。他毫不理睬这种举国欢腾的景象；他自动流亡在外；本来可以当贵族，他却宁愿做流亡犯。他在流亡中度过了好些年头，他在尽忠于业已死亡的共和国的岁月中变得老了。因此他受尽了讥笑。人们讥笑这种幼稚的举动是很自然的。

他隐居在瑞士，居住在日内瓦湖畔的一所高大的破房子里。他自

① 一六四九年一月，克伦威尔逮捕了英王查理一世，由下议院宣布英国为共和国，并将查理一世斩首。一六五八年克伦威尔死亡，军队内讧，斯图亚特王室开始复辟；一六六〇年，革命时期匿居法国宫廷中的查理二世回到伦敦，就位为英王。

己挑选的这所住宅坐落在湖的最荒野的角落,在西荣和韦维之间,西荣就是囚禁彭尼瓦①的著名监狱的所在地,韦维有卢德路②的坟墓。严峻的,充满着夕照、寒风和黑云的阿尔卑斯群山包围着这个地方。他住在这里,隐藏在阿尔卑斯山所投下的暗影中。很少有路人遇见他。这个人已经远离他的祖国,同他的时代也有很远的距离。那时候,凡是识时务和了解情势的人,都知道反抗重新建立的秩序是毫无理由的。英国当时很幸福;王朝复辟就等于夫妻重新和睦;国王和国家不再分床睡觉了;这是最优美和最值得欢笑的事。大不列颠欣欣向荣;有了国王,已经很了不起,有了一个可爱的国王,那就更加难得了。查理二世是可爱的,他是一个喜爱寻欢作乐和懂得怎样统治的人,由于追随路易十四而十分伟大;他是一个上等人和一个贵族,他的百姓都钦佩他。他进行了哈诺威③战争,他自己当然知道为什么,可是其中理由也只有他一个人知道。他把邓扣克④出卖给法国,这是最高国策的行动。那些拥护共和的贵族,——关于他们,张伯伦曾经说过:"可诅咒的共和国喷出无比的臭气,熏染了一部分贵族。"——这些贵族很理智地服从明显的事实,他们能够跟着时代转变而转变,他们恢复了他们在上议院的位置;要达到这个目的,他们只要宣誓效忠国王就得了。我们如果想到这些活生生的事实,想到这个辉煌的朝代,这位杰出的国王和那些由于上帝的慈悲而回到人民怀抱的威严的亲王们;我们再想到有些重要的人物也归附了国王,最初有蒙克⑤,稍后有杰弗里斯⑥,他们的忠心和热忱得到了十分公平的奖赏,他们都得到了高官厚禄;另一方面我们也想到克朗查理爵士不可能不知道这些事实,只要他愿意,他就能够光荣地

① 彭尼瓦(F. Bonivard,1493—1570),瑞士的爱国志士,曾经被囚禁在西伦的城堡监狱里,诗人拜伦为他写了一首著名的诗:《西伦的囚徒》。

② 卢德路(E. Ludlow,1617—1692),英国的一个共和派领袖,曾经参与审判英王查理一世,后逃亡瑞士,死于该地。

③ 哈诺威(Hanovre),德国城市名。

④ 邓扣克(Dunkerque),法国的一个港口名。

⑤ 蒙克(G. Monk,1608—1670),本来是克伦威尔手下的将军,克伦威尔死后,他就拥护查理二世复辟。

⑥ 杰弗里斯,见14页注。

……我们偶然看见了克朗查理这个老头，他在幽暗得像黄昏时分的惨淡光线中，穿着平民的服装，脸色苍白，心不在焉，弯着腰，大概面向着坟墓那边……

和他们坐在一起享受荣誉；我们也想到当时的英国由于它的国王的力量，重新达到繁荣的顶点，伦敦城里处处歌舞，日日欢宴，所有的人都富有而且兴高采烈，宫廷里既风雅，又愉快，又庄严伟大；假使在远离这些欢乐的另一个角落里，我们偶然看见了克朗查理这个老头，他在幽暗得像黄昏时分的惨淡光线中，穿着平民的服装，脸色苍白，心不在焉，弯着腰，大概面向着坟墓那边，站在湖边，对暴风雨和严冬差不多毫不在意，走起路来漫无目的，目光呆滞，满头白发在幽暗中被风吹动，沉默寡言，孤寂，若有所思，我们看见这种不同的情景，是禁不住要微笑起来的。

这是一个疯子的剪影。

想起了克朗查理爵士，想起了他可能得到的地位和他眼前的处境，对他微笑还算是忠厚的。有些人就高声大笑起来。别的人甚至表示无比愤慨。

严肃的人们对这种特立独行的傲慢态度表示愤慨，这是很可以理解的。

只有一点可以得到人们的谅解：克朗查理爵士从来不是一个聪明人。对这一点人人都同意。

第 二 节

看见别人行动顽固是很不愉快的。模仿黎古卢斯[①]不能讨人欢喜，公共舆论会加以讽刺。

这种固执的行为好像对其余的人的谴责，人们是有理由加以嘲笑的。

而且，总的说来，这一类的顽固，这种特立独行，是不是德行呢？在这种对自我牺牲和自己的荣誉作过分夸张的宣传中，是不是含有高度的虚荣心在内呢？这一切无非是自我标榜罢了。为什么要这样过分地过孤独的生活和流亡在外呢？聪明人的格言是：任何事情都不要过分。

---

① 黎古卢斯（Marcus Atilius Regulus，纪元前307—前250），罗马执政官，全心全意热爱祖国的典型人物，被迦泰基人俘虏后，不屈而死。

你要做反对党,没有什么不可以;你要谴责,也随你的便;但是要做得适当得体,要一边反对国王,一边高呼“国王万岁!”真正的道德是合乎情理的。坍台的应该坍台,成功的应该成功。上帝自有道理,他是把王冠赐给应得的人的。你敢说你比上帝懂得更多吗?等到大局已定,一个政体已经代替了另一个政体,成功已经判断了真和假,一边已经惨败,另一边已经胜利,不可能再有任何怀疑的时候,正直的人就要附和胜利的一方,虽然这样做有利于他的财富和家庭,他是不会考虑到这一点的,他只考虑到公共的利益,他衷心地效忠于得胜者。

如果没有人肯为新政府服务,国家会变成怎样呢?忠于职守是一个好公民应尽的义务。每个人应该懂得牺牲个人内心的爱好,公职必须有人担任,有些人一定要作自我牺牲,忠于公职才是真正的忠贞。如果公职人员都退职了,国家就会陷于瘫痪。你自己流亡在外,你真是一个可怜虫。你以为你是一个好榜样吗?你太夸大了!你以为你这样做是表示反抗吗?你太狂妄了!你以为你是个什么人呀?要知道我们和你一样,不过我们不擅离职守。假使我们愿意,我们也可以成为固执、顽强和不能屈服的人,而且比你更厉害一点,可是我们愿意做聪明人。因为我是一个特里马基翁①,你就认为我不能成为伽图②吗?真是岂有此理!

第 三 节

一六六〇年的局势那么明朗和确定,是从来所没有的。对一个乖巧的人,局势那么明明白白地指出了应走的道路,也是从来所没有的。

现在英国已经脱离了克伦威尔的统治。但是在共和国时期,发生过许多不正常的事件。英国的霸权在这个时期中建立起来了;三十年

---

① 特里马基翁(Trimalcion),是罗马讽刺作家彼特劳纳(Pétrone)所写的一个无知的新贵,他为了摆阔,曾经大宴宾客,席上极不适当地穷奢极侈。

② 伽图(Caton,纪元前232—前147),罗马司法官,每次演讲,总加上一句:“我认为必须消灭迦泰基”,因为他认为迦泰基十分繁荣强盛,对罗马是一个威胁。

战争使德国被征服，福隆德[1]内乱降低了法兰西的地位，白拉冈沙公爵削弱了西班牙[2]。克伦威尔驯服了马萨林[3]；在条约中，英国终身护国主[4]的签名放在法国国王的签名之上；荷兰联合省共和国被处罚款八百万[5]；英国侵扰了阿尔及利亚和突尼斯，征服了牙买加，凌辱了里斯本，煽动巴塞罗那敌视法兰西，鼓励那不勒斯的马沙尼埃罗[6]反对西班牙；英国把葡萄牙拖带在尾巴上；从直布罗陀到干地亚[7]，英国扫清了野蛮的海盗们；英国在武力和商业两方面建立了海上霸权；一六五三年八月十日，自称为"水兵的祖父"的老海军上将马丁·哈拔兹·特隆普[8]被英国舰队打死了，这位海军上将是打过三十三次胜仗，而且打败过西班牙舰队的人；英国从西班牙海军手里把大西洋抢过来，从荷兰海军手里把太平洋抢过来，从威尼斯海军手里把地中海抢过来，利用航海法案而掌握了全球的海岸，从海洋上控制全世界；荷兰船在海上遇见英国船，必然恭恭敬敬地向英国船行礼；法兰西通过它的大使孟西尼向奥列佛·克伦威尔下跪；这个克伦威尔把加莱和邓扣克两个法国港口当做羽毛球似的用球拍打来打去；英国使欧洲大陆在它面前发抖，和平的条款是由它口授的，战争是由它宣布的，它把英国国旗插在所有的尖顶上；仅仅终身护国主所率领的铁骑兵联队，就使欧洲像面临大军那么害怕；克伦威尔惯常说："我要人们尊敬英吉利共和国，如同人们过去尊敬罗马共和国一样"；任何神圣的东西都不存在了；言论是自由的，出

---

① 英国革命期间，法王路易十四不满十岁，由红衣主教马萨林执政，一六四八年，爆发了议会和主教之间的内战，有人称这次内战为"福隆德"（弹弓之意），意思是说这次内战有如小孩用弹弓弹物，并不严重。

② 白拉冈沙（Bragance），是统治葡萄牙的王室。一六四〇年间，这个王室的一个公爵领导革命，使葡萄牙脱离了西班牙的统治。

③ 马萨林（Jules Mazarin，1602—1661），法国红衣主教，法王路易十三和路易十四的首相。

④ 克伦威尔在专政时期被称为终身"护国主"（Protector）。

⑤ 一六五一年，克伦威尔和荷兰人为了争夺海上霸权而开始战争，结果打败了荷兰人。

⑥ 马沙尼埃罗（Masaniello，1623—1647），那不勒斯人民领袖，曾领导那不勒斯人反抗西班牙的统治。

⑦ 干地亚是地中海克里特岛上的一个大城市，此处即指克里特岛。

⑧ 特隆普（Martin Happertz Tromp，1597—1653），荷兰海军上将。

版是自由的；人们在马路上公开地爱谈什么就谈什么；人们要出版什么就出版什么，既不受限制，也没有检查；国王们的平衡被打破了；整个欧洲的专制政体被推翻了，斯图亚特王室就是这个政体的一部分。最后，英国终于脱离了这个丑恶的朝代，获得了大赦。

宽大的查理二世颁发了布雷达宣言[①]。他使英国忘掉了这个消逝的时代，在这个时代里亨亭顿一个酿酒商的儿子[②]把脚踏在路易十四的头上。英国忏悔了自己的罪过，能够自由地呼吸了。我们上面已经说过，所有的人都心花怒放，在万众欢乐声中还要加上弑君者[③]的绞刑。王政复辟本来是一种微笑，稍为有一点绞刑也并非不合适，因为我们必须使公众的良心感到满意。自由散漫的习气消失了，忠于王室的精神重新发扬。从今以后每个人惟一的野心就是做一个安分守己的良民。人们从政治热狂中清醒过来，他们嘲笑革命，讥讽共和国和已经逝去的那个古怪的时代，在那个时代里人们的嘴上总是挂着“权利、自由、进步”这一类字眼，现在这些豪言壮语已经成为人们的笑柄。恢复理智是令人十分钦羡的；英国曾经进入梦中，从梦幻中清醒过来是多大的幸福呀！还有比共和国更疯狂的东西么？假使任何一个人都享有权利，那么我们要置身何地呀？怎么能够设想每个人都参加统治呢？怎么能够想象得出城市由市民自己管理呢？市民是拉车的牲畜，拉车的牲畜不是车夫。要市民投票选举等于要大家空谈。你愿意国家像浮云那样动荡不定吗？混乱不能创造秩序。如果建筑师是“混乱”，建筑物就会是巴别塔。而且所谓自由是多么厉害的专制呀！我只想吃喝玩乐，我不想管国家大事。我讨厌投票，我只想跳舞。国王愿意把这一切都担负起来，这个国王真是我们的救星！的确，国王是宽宏大度的，居然肯为我们解除这许多烦恼！而且国王生下来就是为着统治的，他懂得这一套，他知道应该怎样办，那是他的本分。和平，战争，立法，财政，这一切跟老百姓有什么关系呢？当然，人民应该拿出钱来；毫无疑问，人民应该服兵役，这样就够了，人民已经参与政治了，国家的两大力量：

---

① 布雷达，是荷兰的一个城市。一六六〇年四月四日查理二世在这里宣布大赦。

② 指克伦威尔。

③ 弑君者，系指一六四九年判处查理一世死刑的英国国会议员们。

军队和财政已经从人民那里拿出来了。做纳税人，服兵役，这还不够吗？人民还需要别的东西吗？人民是兵力的支柱，是财政的支柱，这真是伟大的任务。国王是为人民而统治的，人民必须担负起这些任务以报答国王。税金和兵役名单就是人民付给国王的报酬，国王为人民统治以获得这种报酬。人民付出鲜血和金钱，才能使得国王领导他们。想要自己领导自己是多古怪的念头！人民需要一个领路人。人民既然无知，就是瞎子。难道瞎子不需要一条狗来领路吗？不过为人民领路的不是一条狗，而是一只狮子，这只狮子就是国王，国王愿意做人民的狗。国王多仁慈呀！可是为什么人民是无知的呢？因为人民不得不无知。无知者才有道德。眼光看得不远的人就不会有野心；无知的人是在黑暗中，这种黑暗是有用的，因为黑暗使人们看不见，同时也就消灭了人们的野心。因此，人民是无罪的。读书的人才会思想，会思想的人就会推理。不要推理，这是人民的义务，也是人民的幸福。这些真理是无可争辩的。社会就建立在这些真理上面。

就这样，正确的社会学说在英国重新建立起来，国家也就这样复兴了。与这同时，人们对于高尚文学的爱好也恢复了。人们卑视莎士比亚，崇拜屈莱顿[①]。翻译阿希托费的阿托倍利惯常说："屈莱顿是英国和本世纪的最伟大的诗人。"那时候，阿佛朗虚的主教胡埃[②]写信给索梅士[③]说："你怎么会关心像弥尔顿这样渺小的东西？"因为索梅士居然使《失乐园》的作者获得被索梅士驳斥和辱骂的光荣。一切都复兴了。一切都恢复原来的地位。屈莱顿高高在上，莎士比亚低低在下，查理二世坐在王位上，克伦威尔吊在绞刑架上[④]。英国从过去的耻辱和狂暴中站起来了。国民在专制君主的领导下能够恢复国家的良好秩序和对高尚文学的鉴别力，这就是最大的幸福。

有人居然否认这许多好处，这是叫人很难相信的。不理睬查理二世，以忘恩负义的态度回答他登位时所表现的宽容大量，这岂不是可憎

---

① 屈莱顿(John Dryden,1631—1700)，英国诗人和评论家。

② 胡埃(P. Daniel Huet,1630—1721)，法国主教。

③ 索梅士(Claude de Saumaise,1588—1653)，法国哲学家。

④ 查理二世复位以后，曾经把克伦威尔的尸体从坟墓中掘出，吊到绞刑架上去。

的行为吗？林耐士·克朗查理爵士就是以这种行为而使正直的人感到伤心。对祖国的幸福表示不乐意，这是多么严重的错误！

我们知道，一六五〇年国会曾经颁发过这个文件："我宣誓效忠于没有国王和没有贵族的共和国。"克朗查理爵士借口曾经发过这个可怕的誓言，就居住在国外，而且在万众欢腾声中，自认为有权利悲哀。他对于已经不存在的东西保持着阴郁的敬意；他可笑地留恋着已经消逝了的东西。

原谅他是不可能的；最善心的人也离开了他。他的朋友们曾经在长时间内为他保持面子，叫人相信他之所以进入共和派的行列，目的是想在更近的距离观察共和国的盔甲上的缺点，使得将来有一天，他能够为国王的神圣的利益而去更有效地打击共和国。这种等待适当的时机从敌人的内部打击敌人，也是一种忠于国王的行为。人们曾经希望克朗查理爵士这样做，因为大家都愿意从有利方面去判断他的行为。可是，古怪的爵士坚持拥护共和国，面对着这种事实，人们不得不放弃了这个善意的解释。很明显，克朗查理爵士是认真地相信他所拥护的东西的，换句话说，他是一个傻瓜。

比较宽大的人们或者说他是孩子气的顽强，或者说他是老年人的固执，他们在这两种意见中摇摆不定。

那些严厉然而公正的人就更进一步了。他们谴责这个变节投敌的人。愚蠢的人是有权利的，可是愚蠢也有限度。一个人可以十分粗野，可是不应该变成叛徒。而且归根结底克朗查理爵士到底是怎样的一个人呢？不过是一个变节投敌的人罢了。他离开了自己所属的贵族阵营，投到对方人民的阵营里去。这个忠贞的人是一个叛徒。的确，他是强者的"叛徒"，弱者的忠臣；的确，他抛弃的那个阵营是战胜者，他附和的那个阵营是战败者；的确，他的"背叛"行为使他丧失一切，失掉他的政治特权，他的家庭，他的领地和他的祖国；他所获得的只是冷嘲热讽，他得到的利益只是流亡。可是这一切证明些什么呢？证明他是一个傻瓜。一点也不错。

他既是一个叛徒，又是一个受骗的人，这是很明显的。

一个人可以爱做怎样的傻瓜就做怎样的傻瓜，只要他不成为一个坏榜样就得了。人们只要求傻瓜们老老实实,如果他们能够这样,他们就有希望做专制政体的基础。克朗查理的思想这么狭窄,是叫人难以想象的。他还被革命的幻影所迷惑。他被共和国拉了进去,也为共和国放逐出外。他侮辱了他的国家。他的态度是百分之百的不忠。离开自己的国家就是对自己国家的侮辱。他避开人人享有的幸福如同避开瘟疫一样。他自愿放逐出外,似乎在外边可以找到避难所以免参与举国的欢腾。他把王朝当做传染病。全国都为国王复位而欢呼,他却把王国当做麻风病院,他就是快乐国家中的一面黑旗。怎么!秩序重新建立了,民族复兴了,宗教复活了,他却装出这种阴郁的面孔!在这么晴朗的天气上投下暗影!从坏的方面去看待兴高采烈的英国!做蔚蓝天空上的一朵黑云!构成一种威胁!反对全民族的明显的愿望!拒绝和大家一起表示同意!如果这样做不是可笑的,就是非常丑恶的。这个克朗查理根本不知道一个人可以因为一时迷惑追随了克伦威尔,也可以跟着蒙克回到正路上来。请看这位蒙克。他曾充当共和国军队的统帅;在流亡中的查理二世获悉他的忠诚,写了信给他;蒙克是懂得把道德和狡猾的手段结合起来的,他起先装得像个没事人儿似的,然后突然间率领军队解散了附逆的国会,拥护国王复位,于是蒙克被封为阿尔拔马勒公爵,获得了援救社会的荣誉,成为富豪,永远给他的时代带来光荣,领受嘉德勋章,而且还有希望被埋葬在威斯敏斯特教堂。这就是一个忠心的英国人所得到的光荣,克朗查理爵士不能把自己提高到能够理解用这种履行义务的方法,他迷恋而且坚持流亡,他满足于一些空洞的词句,这个人的手足都被傲慢缚住了。所谓"良心"、"尊严"等等,不过是些空话而已。应该看到实质。

克朗查理没有看到这个实质。他的良心是近视的,在做一件事以前,他要凑近来把这件事看清楚,凑得那么近,简直连这件事的气味都闻到了。这样就产生了对这件事的可笑的厌恶,一个良心这么脆弱的人是不可能成为政治家的,过分重视良心就会变成懦弱。正直慎重的君子好比独手人,有王杖可拿也拿不到;好比太监,有钱可娶亲也没法娶。不要相信良心的责备,它会带你走得很远。不合理的忠贞像地下室的楼梯一样落下去。走下一级,两级,再走一级,就走进了黑暗中。

聪明人就回头走上去,天真的人留在那里。一个人不应该随便让自己的良心变得过分严谨,严谨的结果会逐步陷入在政治上守贞的可悲境地,那时候就完了,这就是克朗查理爵士的情形。

原则结果变成了深渊。

他背着两只手,在日内瓦湖边散步,这有什么用呢!

有时伦敦的人们也谈起这个流亡在外的人。他在公众舆论面前,地位和一个被告相仿。有人为他辩护,也有人攻击他。等到案情听清楚以后,人们就以"愚蠢"作为他的行为的辩解。

有许多过去热烈拥护共和国的人都归附了斯图亚特王室。这是值得赞美的,他们很自然地有时也诽谤他一下,善于献殷勤的人对那些固执的人是看不顺眼的。那些聪明人,得宠的人和在宫廷里有很高地位的人,很讨厌他的令人不愉快的态度,他们往往这样说:"他之所以不肯归顺国王,是因为付给他的代价还不能满足他的欲望的缘故。"又说:"他想得到大法官的职位,可是国王已经把这个职位赐给海德爵士了,"等等诸如此类的话。他的一个"老朋友"甚至于低声对人说:"这是他亲口对我说的。"林耐士·克朗查理虽然离国独居,有时他也遇见一些流放的人,一些过去参与过判决查理一世的议员们,像居住在洛桑的安德烈·勃拉东等等,从他们的嘴里他也听见上面这些诽谤的话。克朗查理只是轻微地耸了耸肩膀,这是非常愚蠢的标志。

有一次,他耸完肩膀以后还低声加上一句:"我可怜那些相信这些话的人们。"

第 四 节

查理二世是个善良的人,他看不起克朗查理。在查理二世治下,英国的幸福不仅是一般的幸福,而是十分迷人的幸福。王朝复辟好比一幅变黑了的油画重新上了油,过去的一切都重新出现了。古老的良好习俗恢复了,漂亮的女人又占据着统治和支配的地位。伊夫林[1]曾经

① 伊夫林(John Evelyn,1620—1706),英国作家,所写《书信》和《日记》相当有名。

把这一点记下来,我们在他的日记里读到这样一段:“奢侈,渎圣,藐视上帝。一个星期日的晚上我看见国王和他的妓女们在一起,扑次茅斯,克丽夫兰,马萨陵,还有别的两三个;她们在赌厅里几乎全裸着身体。”我们感觉得出这一段描写里含有不满情绪;因为伊夫林是一个满腹牢骚的清教徒,充满共和国的幻想。他对国王们的巴比伦式的狂欢作乐估价不足,他不知道这就是表示豪华的一种好办法。他不懂得不道德的用处。这儿是一条规律:如果你想有漂亮的女人,你就不要把不道德连根拔除,否则你就要变成喜爱蝴蝶却杀害幼蛹的傻瓜了。

我们说过,在查理二世的眼里根本没注意到有这样一个名叫克朗查理的叛徒,可是詹姆士二世就比较细心了。查理二世的统治很软弱,这是他的作风;可是他并不因此而统治得更坏。一个水手有时为着控制风暴,会把绳索打成一个宽松的结,让风暴自己去把索结拉紧。风暴是愚蠢的,人民也是愚蠢的。

查理二世的统治是一个宽松的索结,这个宽松的索结很快就拉紧了。

在詹姆士二世的统治下,绞刑开始了。为着彻底消灭革命的残余,绞刑是必要的。詹姆士二世有一个值得赞美的野心,他想做一个有为的国王。在他的眼中,查理二世的统治只不过是复兴的第一步;詹姆士二世想进一步把旧秩序完全恢复。他在一六六〇年曾经认为只绞死了十个参与过判决查理一世的议员是十分遗憾的事。他是一个真正重新树立权威的人。他使严肃的原则更有活力;他施行了真正的司法,这种司法超越了感情的雄辩,首先致力于保护社会的利益。通过这些严厉的保护措施,人们认识到他就是国家的严父。他把审判大权交给乔弗来斯,把行刑大权交给寇克①。寇克用增加受刑人数来儆诫其余的人。有一天,这位有用的上校把一个共和党人一连上绞三次,松绞三次,每一次都问他:“你肯背弃共和国吗?”那个坏蛋始终回答:“不,”就被绞死了。寇克很满意地说:“我一共绞了他四次。”重新开始使用刑罚,就

① 寇克(Percy Kirke),英国陆军上校,极端残暴,在蒙茅斯叛变时屠杀过很多叛变贵族。

是政权有力量的伟大标志。莱勒夫人曾经送她的儿子去参加讨伐蒙茅斯[①]的战争,可是因为她曾经把两个叛党藏匿在家里,她被处了死刑。另外一个叛徒由于老老实实地供认一个再浸礼会女教徒曾经收藏过他,就获得了恕免,而那位女教徒却被活活地烧死。另一天,寇克向一个城市宣告:因为这个城市是拥护共和政体的,他绞死了这个城市的十九个市民。这些报复措施是合情合法的,因为我们必须想一想:在克伦威尔治下,共和国人士也曾经把教堂里的石头圣像割去鼻子和耳朵。懂得选择乔弗来斯和寇克的詹姆士二世是一个受到真正宗教[②]感染的君主,他的禁欲苦行表现在他的许多情妇容貌都很丑陋;他倾听拉·哥伦彼埃尔神甫的说教,这位传教士几乎像舍民尼神甫那样油嘴滑舌,可是更加热情有力,他的前半世光荣地做了詹姆士二世的顾问,后半世却光荣地做了玛丽·阿拉郭克[③]的神师。詹姆士二世由于获得这些丰富的宗教精神食粮,后来才能够不失尊严地忍受流亡生涯,才能够在圣日耳曼隐居的时候,表现出他是一个能够克服逆境的国王,很冷静地抚摸病人的瘰疬[④],同耶稣会的神甫们谈话。

很容易理解:这样一个国王,在一定程度上是不会放过像林耐士·克朗查理爵士那样的叛逆的。贵族领地可以世世代代地遗传下去,这样就保证领地将来仍然可以落到叛逆的家族手里,因此,非常明显,假使在对付克朗查理爵士方面需要采取某些预防措施的话,詹姆士二世会毫不迟疑地采取这些措施的。

---

① 蒙茅斯(James Scott Monmouth,1649—1685),查理二世的私生子,被封为公爵,一六八五年率领一些贵族叛变,被詹姆士二世打败,送上断头台。

② 指天主教。詹姆士二世信仰天主教。

③ 阿拉郭克(Marguerite Marie Alacoque,1647—1690),法国著名女修士,死后列入圣女。

④ 法国国王加冕时,用手抚摸病人的瘰疬,据说可使病者痊愈。

第二章　大卫·弟里—摩瓦爵士

第一节

林耐士·克朗查理爵士并不是自来就是老头子和流亡者。他也曾经有过年轻和热情的时期。我们从哈里逊和派拉德两人得知年轻时的克伦威尔是喜欢女人和寻欢作乐的,这种行为有时会显露出自己是个危险人物(这是女人问题的另一方面)。因此必须提防太松的腰带。**Male proecinctum juvenem cavete**。

克朗查理爵士也像克伦威尔一样,有过不规矩的生活和越轨的行动。人们知道他有一个私生子,是个男孩子。这个男孩子生下来的时候正是共和国灭亡的时候,他在英国出世,父亲出国流亡。因此他从来没有见过他的父亲。克朗查理爵士的这个私生子长大以后在查理二世的宫廷里当侍臣。人们称他为大卫·弟里—摩瓦爵士;他这个爵士是礼貌上的尊称,因为他的母亲是个有身份的贵妇。这位母亲看见克朗查理爵士在瑞士变成了猫头鹰,她就下定决心不要那么愁眉苦脸;她很漂亮,她选择了第二个情夫,这样就使人宽恕了她曾经有过那个粗野的第一个情夫;毫无疑问,她的第二个情夫是驯顺的,而且是忠于王室的,因为这个情夫就是国王自己。她在短时期内当过查理二世的情妇,时期虽短,也足够使国王陛下为着能够把这个美妇人从共和国那里抢回来而高兴,因而赐给他的情妇的儿子小大卫爵士以侍卫官的职务。这样就使得这个私生子成了官吏,可以受宫廷供养,而且很自然地成了斯图亚特王室的热烈拥护者。大卫爵士当了一个时期的侍卫官,他是一百七十个持剑侍卫官中的一个;后来他加进了享受年金的集团,成为四十个持金戟的侍臣之一。这种贵族卫队是由亨利八世创立的,大卫爵士除了是其中一员以外,还享有为国王捧飨盆的特权。因此,他的父亲在流亡中日渐衰老，而大卫爵士却在查理二世的朝廷里一天天发迹。

其后，他又在詹姆士二世的朝廷里飞黄腾达。

国王死了，国王万岁，这是因为“江山财富少不了会有人来继承的”①。

就在约克公爵②登位的时候，他获得了称为大卫·弟里一摩瓦爵士的权利，并且得到了他的母亲遗留给他的一块领地，他的母亲刚死掉；他的领地坐落在苏格兰的大森林里，里面有克拉格鸟，这种鸟能用嘴啄空橡树的树干在里面筑巢。

第二节

詹姆士二世是一个国王，却要自居为将军。他很喜欢叫一些年轻军官簇拥着他。他爱穿起全副武装在公众面前出现，他骑着马，戴着盔，披着甲，下垂的宽大假发从头盔下面铁甲上面伸出来，活像愚蠢战争里面的一个骑师石像。他很喜欢年轻的大卫爵士的优雅风度。他对这个拥戴国王的共和派人士的儿子很有好感；一个流亡在外的父亲并不妨碍儿子开始在宫廷里得宠。国王提升大卫爵士为卧房侍从官，年俸一千镑。

这是一个美缺。卧房侍从官每天晚上睡在国王旁边，在一张临时搭起的床上。一共有十二个卧房侍从官，他们轮流换班。

大卫爵士得到这个职位以后，同时就兼任了国王的谷物仓长，负责把燕麦给马吃，每年有二百六十镑薪金。属他管辖的有国王的五个车夫，国王的五个前马御者，国王的五个马夫，国王的十二个仆从，国王的四个轿夫。他还负责管理国王养在草市大街的六匹赛马的马，国王养这些马每年要花六百镑。他是国王的服装室的总管，领有嘉德勋章的爵士们的节日礼服就是由国王的服装室供给的。黑色权柄笏的监守人看见他就鞠躬到地，这个权柄笏是属于国王所有的。

---

① 原文是拉丁文。

② 即詹姆士二世。

在詹姆士二世统治时期，担任这个监守人职位的是杜巴骑士。国王的秘书白克先生和国会的秘书布朗先生都奉承大卫爵士。华贵宏伟的英国宫廷非常好客，大卫爵士既是十二个侍从官之一，宴会总是由他主持。在献金的日子里，国王把捐献金献给教堂的时候，他光荣地站在国王的后面；在颈饰日，国王戴上符合自己身份的颈饰的时候，在领圣体的日子，除了国王和亲王们，没有其他人领圣体的时候，他都获得站在国王背后的光荣。也是他，在圣星期四那天，引导十二个穷人到国王跟前由国王给他们施舍，国王自己有多少岁数，就给多少银币，自己在位多少年，就给多少先令。国王生病的时候，他的职务是召唤两个由教士担当的侍臣来帮助国王陛下，同时阻止医生没有得到枢密院许可就进宫。此外，他还是王家卫队苏格兰军团的中校，这个军团演奏苏格兰进行曲。

以这个身份他曾经参加过好几个战役，而且打仗打得很出色，因为他是一个勇敢的战士。他是一个勇敢的贵族，身材美好，容貌漂亮，慷慨大度，仪表和举止都很高尚。他的人长得和他的品质相似。他的身材高大正如他的出身高贵一样。

曾经有一段时期他差点儿被任命为穿衣侍臣，得了这个职位他就享有为国王穿衬衣的特权，可是必须是亲王或者贵族院议员才能担任这个职务。

册封一个贵族不是一件简单的事。册封一个上议员就是创设一个贵族职位，这样做会引起别人妒忌。这是一个恩典，一个恩典可以使国王增加一个朋友和一百个敌人，而这个朋友会变成忘恩负义的人还没有计算在内。詹姆士二世为着策略的缘故，很难得创设一个上议员，可是却随意把上议员职位移转。移转一个上议员职位并不令人惊异。这只不过是一个姓氏继续下去。整个贵族阶级很少受到影响。

这位心肠好的国王并不反对把大卫·弟里一摩瓦爵士送进上议院，只要有移转议员职位的机会，国王一定肯这样做。如果能够把大卫·弟里一摩瓦从礼仪上的爵士改变为合法的爵士，那是国王陛下最高兴的事。

第 三 节

这个机会来了。

有一天,传来了关于林耐士·克朗查理爵士的好几条消息,其中最主要的一条是这位年老的流亡者已经身故了。死亡对于某些人有这样一点好处,就是能够使人又谈论起他们。人们把自己所知道的,或者自认为知道的,关于林耐士爵士的晚年情况说出来。这些叙述大概都是传闻和臆测之词。按照这些非常不可靠的传说,克朗查理爵士在晚年更加狂热地信奉共和政体,竟然娶了一个弑君者的女儿做老婆,这真是流亡者令人惊异的固执!他们还确切地说出那个女人的姓名:安·勃赖德萧。她也死了,可是,据说她生下一个孩子,是个男孩,如果传说里的一切都很正确,这个男孩就是克朗查理爵士的合法儿子和法定继承人。这些传说十分模糊,近似谣言,不像事实。那时候在瑞士发生的事,在英国人的心目中是那么遥远,正如今天在中国发生的事对英国人说来十分遥远一样。据说克朗查理爵士在结婚时已经有五十九岁,生下儿子的时候是六十岁,后来不久就死了,遗下这个无父无母的孤儿。这一切都可能发生,但不像是真的。人们还说这孩子长得"一表人才",这样一句赞美的话是在所有的童话里都能读到的。英王詹姆士在一天早上结束了这些显然毫无事实根据的谣言,他宣布大卫·弟里一摩瓦爵士是其生父林耐士·克朗查理爵士的惟一的和确定的继承人,这样做是由于国王圣意,同时因为"被继承人并无合法子女","其生父别无嫡亲子女及直系卑亲属业已证实";这个继承权在贵族院登了记。国王以这道御旨使大卫·弟里一摩瓦爵士承受了已故林耐士·克朗查理爵士的一切官衔、权利和特权,但是大卫爵士必须履行一个条件,这个惟一的条件规定大卫爵士必须娶一个女孩子做老婆,目前这个女孩子只是几个月大小的婴孩,将来成长到适婚年龄时,大卫爵士就要娶她;国王已经册封这个尚在摇篮里的女孩子为女公爵,没有人知道什么缘故。不过,读者如果继续读下去,就会发现其实人人都知道是什么缘故。人们称这小女孩为约瑟安娜女公爵。

当时英国的风尚是采用西班牙名字。查理斯二世的一个私生子叫做卡尔洛斯，是普里茅斯伯爵。很可能“约瑟安娜”这个名字是约瑟发·意·安娜的缩写。不过也许真的有约瑟安娜这个名字，正如有约瑟亚斯这个名字一样。亨利三世的一个侍从就叫做约瑟亚斯·杜·巴沙耶。

国王就是把克朗查理的议员爵位给了这个幼小的女公爵。她是等待着议员的贵族夫人。这个被等待的议员将是她丈夫。这个爵位包括两块领地：一块是克朗查理男爵领地，另一块是亨克威勒男爵领地；此外，由于过去的战功和国王的特许，克朗查理爵士还是西西里的柯利奥纳侯爵。英国贵族不能兼有外国爵位，不过也有例外，像华尔都的阿伦代尔男爵亨利·阿伦代尔，以及克利福特爵士，都是神圣罗马帝国的伯爵，考伯爵士是神圣罗马帝国的亲王；汉弥登公爵在法国是夏代勒罗公爵；丹比伯爵巴西尔·斐尔丁在德国是哈拔斯堡、洛芬堡和来因费尔顿的伯爵。马尔布露公爵[①]在苏亚伯是明代兴姆亲王，就像威灵吞爵士在比利时是滑铁卢公爵一样。这位威灵吞爵士同时也是西班牙的西达德—罗德里哥公爵，葡萄牙的伟梅拉伯爵。

在英国，过去和现在都有贵族的土地和平民的土地。克朗查理爵士的土地全是贵族土地。这些土地，城堡，市镇，法权管辖区，采邑，年金，自由保有的不动产，和一切属于克朗查理—亨克威勒爵位的领地，暂时都属约瑟安娜贵妇所有，国王宣布等大卫·弟里—摩瓦爵士娶了约瑟安娜，他就成为克朗查理男爵。

除了继承克朗查理爵士的遗产以外，约瑟安娜贵妇还有她的个人财产。她拥有大量资财，其中有许多是从没尾巴夫人送给约克公爵的礼物里来的。所谓“没尾巴夫人”，意思就是仅称夫人而不带姓氏，人们是这样称呼英国的亨利爱特即奥利昂公爵夫人的；她是仅次于皇后的法兰西第一贵妇。

---

① 马尔布露(John Churchill Marlborough,1650—1722)，英国将军。

第 四 节

在查理和詹姆士的治下功成名就之后，大卫爵士在威廉的治下也获得成功。他虽然是詹姆士二世的拥护者，但是他的忠诚还没有到追随詹姆士二世逃亡的地步。他一方面继续热爱他的那位合法的国王，另一方面却很理智地为那位篡位者①服务。此外，他虽然有点不遵守纪律，却是一个优秀的军官；他由陆军转入海军，在白色舰队里显露头角。他在舰队里成为当时人们称呼的“轻巡洋舰的舰长”。这样他就变成一个非常时髦的人物，极端放荡，像所有的人一样有点诗人气味，是国家的好公务员，是亲王的好仆役，热爱节日，宴会，私室的接见，喜庆大典和战争；卑屈合度，非常高傲，根据对象以恭顺的眼光或者锐利的眼光望人；正直得很自然，能够随机应变，时而态度阿谀，时而态度不逊；在初见面时表现得坦率而真诚，却保留在以后转换一副面孔的权利；非常善于观察国王脾气的好坏，在剑尖面前毫不在乎，只要国王陛下有所表示，他随时准备着英勇而又平凡地去冒生命的危险；能够接受一切玩笑，却不能容忍任何无礼的举动；他是有礼貌和重视礼节的人，在重大的皇家节日里，以能下跪而自负；勇猛得很愉快，表面是个侍臣，内心是个武士，四十五岁还显得很年轻。

大卫爵士时常唱法国歌，这种雅人逸兴曾经获得查理二世的欢心。

他喜爱雄辩和优雅的谈吐。他十分钦佩那些被称为波苏埃②的追悼演讲的著名演说。

他从母亲那里继承了差不多足够维持生活的财产，每年年金一万镑，就是二十五万法郎。他借了不少的债才能依靠这份财产过日子。说到华丽、奢侈和新奇，没有人比得上他。只要有人模仿他的样式，他立刻就转变花样。骑马的时候他穿的是宽松的牛皮中统靴，牛皮向外翻，装有刺马钜。他有任何人所没有的各种帽子，有闻所未闻，见所未见的花边，有他一个人独有的宽领带。

---

① 指威廉三世，他推翻了詹姆士二世，继位为英王。

② 见 29 页注②。

第三章　约瑟安娜女公爵

第　一　节

到了一七〇五年，虽然约瑟安娜贵妇已经二十三岁，大卫爵士已经四十四岁，他们的婚礼还没有举行，他们这样做有世界上最好的理由。他们互相憎恨吗？完全不是。只不过对于逃不出自己掌心的东西不必那么匆忙罢了。约瑟安娜想继续自由；大卫想继续保持年轻。他认为束缚愈迟愈好，迟点仿佛青春时期就延长了。在那个讲究风流时髦的时代，中年未婚的年轻人多得很；他们头发灰白还浓妆艳服；假发是他们的帮凶，后来香粉又成了他们的助手。白罗姆里的席赖德家族有一个男爵查尔斯·席赖德爵士，在五十五岁时还使伦敦城传遍了他的艳福。那位漂亮而年轻的白金汉公爵夫人，也就是考文特里伯爵夫人，还疯狂地追求那位六十七岁的美男子汤玛士·贝拉舍斯，即福尔孔堡子爵。人们引用七十岁老人高乃依给一个二十岁妇女的著名诗句："侯爵夫人，如果我的容貌……"许多过了中年时代的女人也同样获得成功，像妮侬和玛莉安①就是例子。这些人是当时的典范。

约瑟安娜和大卫正在以特殊的方式调情。他们彼此并不相爱，却彼此欢喜对方。他们只要能够在一起做伴就够了，何必要赶紧结束这种未婚关系？当时的小说鼓励恋人和未婚夫妇拖延订婚时期，这样做是最时髦的举动。此外，约瑟安娜知道自己是国王的私生女，她自觉具有公主身份，因此在作任何安排的时候，都摆出高于对方的神气。她对大卫爵士颇感兴趣。大卫爵士长得很漂亮，不过这乃是锦上添花，因为

---

① 妮侬（Ninon de Lenclos，1620—1705）和玛莉安（Marion Délorme，1611—1650），为著名的风流女性。雨果还以后者的身世为题材，写成他的《玛莉安·戴罗姆》五幕剧。

她认为他已非常时髦。

时髦就是一切。时髦而华丽的卡列班会疏远贫穷的爱里儿①。大卫爵士很漂亮,那就更好了;漂亮的人物最忌平淡无味,他倒不是这样。他打赌,斗拳,欠债。约瑟安娜十分看重大卫爵士的马儿,狗儿,赌场的失利和他的情妇们。大卫爵士方面也倾倒于约瑟安娜女公爵的魅力,这位女公爵是一个没有瑕疵,没有顾忌,傲慢,不可亲近和大胆的姑娘。他写十四行诗献给她,有时约瑟安娜也拿来念念。在这些诗里,他强调说能够占有约瑟安娜就等于上升天堂,可是这样说法并不妨碍他总是把上升天堂的日期推延到第二年。他向约瑟安娜的心房叩门而不走进去,这样对他们两人都符合心愿。宫廷里十分赞美这个延期,认为这是极端高雅的做法。约瑟安娜贵妇常常说:"我不得不嫁给大卫爵士真是讨厌的事,因为我只要爱上了他就心满意足了!"

约瑟安娜就是肉体。再也找不到更光辉华丽的肉体了。她长得很高大,太高大了。她的头发属于一种可以称为金红色的颜色。她肥满,鲜艳,结实,粉红,再加上无比大胆和十分有才气。她有一双容易让人理解的眼睛。情夫吗,她一个也没有;可是她也并不贞洁。她用骄傲筑成围城,把自己包围在里面。男人们吗?呸!只有天神才配得上她,要不然就只有恶魔。如果把道德解释作不可攀登的悬崖,那么她就是具有一切道德的人,可是也并不是纯洁无罪的人。由于蔑视艳闻丑事,她并没有和这一类事情有牵连;不过假如人们把她牵涉进这一类事情里面,她也不一定会着恼,只要这件事是新奇的,而且和她的身份相称就得了。她不十分看重她的名声,可是十分看重她的荣誉。她想使人觉得她是容易接近的,事实上却是不可攀登的,这就是无比的绝技。约瑟安娜自己觉得自己是神圣庄严的,但是也是具有形体的。她的美是有刺的。她不是在迷惑别人的心,而是在夺取别人的心。她拿别人的心放在脚下践踏。她是属于尘世的。人们如果对她说她的胸膛里有一颗灵魂,那就等于说她的背上有两只翅膀,同样使她吃惊。她评论洛

---

① 卡列班和爱里儿,是莎士比亚的喜剧《暴风雨》里的两个小妖精,卡列班又丑又笨,爱里儿又温和又美丽。

克[1]。她很有礼貌。人们怀疑她懂得阿拉伯语文。

一个美丽的肉体和一个女人是两回事。女人有弱点,例如女人有怜悯心,这是很容易变成爱情的,约瑟安娜却没有这个弱点。那倒不是因为她毫无感觉的缘故。古代把肉体比喻为大理石是完全错误的。肉体的美就在于肉体不是大理石;肉体的美在于肉体能悸动,能战栗,会泛红,会流血;肉体是结实的,却不是坚硬的;肉体是白的,却不是冷的;肉体有感觉和软弱的地方;肉体是有生命的,大理石是无生命的。肉体的美达到一定程度的时候,是差不多有裸露的权利的;它的全身发出耀眼的光辉,仿佛披着一层纱幕;看见过约瑟安娜裸体的人,只能够透过夺目的光辉看到她的肉体。她会毫不犹豫地把肉体暴露给一个色鬼看,或者给一个阉人看。她有女神那样的沉着和坚定。把自己的裸体当做刑具,拿来戏弄一个坦塔罗斯[2]对她说来是一种娱乐。国王封她做女公爵,朱庇特封她做海的女神。这个女人所发出的奇异的亮光,就是由这双重光辉构成的。崇拜她的人会觉得自己变成了异教徒和侍从。她是个私生女,她来自无边的海洋。她好像是从泡沫里浮现出来的。在水里漂流是她的命运的第一个浪花,而这股水流就是王室。在她身上有波浪,有命运,有贵族身份,有风暴。她知识渊博,精通文学。她从来没有爱过任何一个人,可是她却尝遍了一切情欲。她对能够实现的事是厌恶的,也是喜爱的。假如她用匕首刺杀自己,那一定是在被污辱以后,像吕克瑞斯[3]一样。一切在幻想阶段的腐化堕落的恶行,都在这个处女身上存在。她是一个可能成为阿斯塔特的真实的狄安娜[4]。她以出身高贵者的傲慢专横使自己成为一个富有诱惑性而无法接近的女人。不过,她也可能认为好玩而为自己安排一次堕落行为。她处在光荣的顶端,却有点想走下来,也许还因为好奇的缘故想跌下

---

① 洛克(John Locke,1632—1704),英国哲学家。

② 坦塔罗斯,吕底亚国王,由于得罪了天神,被罚永远饥渴。他的嘴唇一凑近河水,河水就退走;他的头上有果子树,他一伸手摘果子,树枝就升上去,永远吃不到嘴,喝不到嘴。

③ 吕克瑞斯(Lucrèce),罗马贵妇,被奸污后以匕首自杀。

④ 阿斯塔特(Astarté),是多产女神;狄安娜,是永不结婚的女神。

去。她太重了,脚下的云有点载她不住。犯错误是一种娱乐。皇亲国戚的无忧无虑使他们享有尝试新鲜事儿的特权,一个平民做了就是犯错误的事情,对一个女公爵说来只是一种消遣。无论从哪一方面来看,从出生,美貌,嘲讽,文才各方面来看,约瑟安娜都差不多等于是一个皇后。有一阵子她对经常能够用手指捏碎马蹄铁的路易·德·布弗勒表示非常热情。她惋惜赫剌克勒斯①早已死掉。她生活在等待中,她等待着实现淫荡和崇高的理想。

在道德上,约瑟安娜使人想起给宾松②的信中这样一句诗:

上身是漂亮的女性,下身却是一条水蛇。

她有高贵的胸膛,一颗王族的心,这颗心高举着一个壮丽匀称的胸脯;她有灵活和明亮的眼光,纯洁和高傲的容貌,而且,谁知道呢?她的下半身却是在水里,在透明而又混浊的水中显出弯曲的躯体,也许像毒龙那样形状丑恶。在外表上她有十分值得骄傲的道德,而在内心里她的十分隐秘的思想却是邪恶的。

第 二 节

除了以上所说的以外,她还是一个装腔作势的女人。

那是当时流行的风尚。

让我们回忆一下伊丽莎白。

伊丽莎白是一个典型,这个典型在英国压倒一切,流行了三个世纪:十六世纪,十七世纪和十八世纪。伊丽莎白不仅是一个英国人,还是一个英国国教的信徒。因此主教派教会对这位女王产生了深切的敬仰;天主教不喜欢这种敬仰,它拿驱逐出教来抵消它自己对女王的敬仰。教皇西斯特五世弃绝伊丽莎白的时候,从他嘴里发出的诅咒,竟变

① 赫剌克勒斯(Hercule),神话中的大力士。

② 宾松是古罗马执政官家族。诗人贺拉斯曾将自己的信(或名《诗的艺术》)献给宾松的兄弟。

成了恋歌。他说:“她是一个有伟大头脑的女王。”[①]玛丽·斯图亚特对宗教问题不十分注意,更注意的是女人问题,她对她的堂妹伊丽莎白不十分尊敬,她以女王给女王,风流女子给假正经女子的身份写信给她说:“你之厌恶结婚是因为你不愿意失掉谈情说爱的自由。”玛丽·斯图亚特玩的是扇子,而伊丽莎白玩的是斧子。这样的较量是不相称的[②]。此外,她们两个在文学方面也有竞争。玛丽·斯图亚特写法文诗;伊丽莎白翻译贺拉斯[③]。伊丽莎白容貌丑陋,却宣告自己是美丽的女人;她喜爱叠句和四行诗;她要扮成爱神的美少年把各处城市的钥匙献给她;她学意大利人的样子咬嘴唇,学西班牙人的样子滚动眼珠;她的衣橱里有三千件服装和衣饰,其中有好几件是用来装扮米涅瓦和安菲特里特女神[④]的服装;她尊敬爱尔兰人,因为他们有宽阔的肩膀;她的裙腰上贴满了圆片和长条的亮晶晶的饰物;她喜爱玫瑰花;她咒骂,赌咒,顿脚;她用拳头敲打宫女,经常叫杜德来[⑤]滚蛋,把那个可怜的老蠢材伯来[⑥]打得哭起来,用唾沫吐马修,抓住赫顿[⑦]的衣领,打艾赛克斯伯爵[⑧]的耳光,露出大腿给巴森彼埃尔[⑨]看;她是处女。

她对巴森彼埃尔所做的事情,正是示巴皇后曾经对所罗门做过的[⑩]。因此,这个行为是正当的,《圣经》上已经创造了先例。凡是《圣经》上记载的,都可能是符合英国国教的。《圣经》上的先例甚至于谈到生下一个

---

① 这句话的原文是意大利文。

② 玛丽·斯图亚特后来被伊丽莎白送上断头台。

③ 贺拉斯(Horace,纪元前65—前8),罗马抒情诗人。

④ 米涅瓦(Minerve),罗马神话中的女神,朱庇特之女;安菲特里特(Amphitrite),希腊神话中海之女神。

⑤ 杜德来(Robert Dudley,1533—1588),英国贵族和将军,伊丽莎白的宠臣。

⑥ 伯来(William Cecil Burleigh,1520—1598),伊丽莎白的首相,在职达四十年。

⑦ 赫顿(Christopher Hatton,1540—1591),伊丽莎白的大法官,最初为伊丽莎白赏识是在一次蒙面跳舞中,因舞姿优美被伊丽莎白看中,后来和伊丽莎白关系很密切。

⑧ 艾赛克斯伯爵(Robert Devereux,1567—1601),伊丽莎白的宠臣,后来失宠,阴谋叛变,被捕处死。

⑨ 巴森彼埃尔(François de Bassompierre,1579—1646),法国外交官及元帅。

⑩ 示巴(Saba),是阿拉伯女王,据《圣经》《列王纪》记载,她曾经拜访所罗门王。这里原注是:“Regina Saba coram rege crura denudavit”(Schicklardus is Proemio Tarich Jersici F. 65.),意思是:“示巴皇后在国王面前露出大腿”。

孩子名叫埃伯奈哈甘或者叫米里列舍,意思是:“贤人的儿子”。

为什么要反对这些风习?公开承认自己的恶行,并不比隐瞒自己的恶行更坏。

英国有一个与罗耀拉相比美的威斯里①,回忆这些往事会感到有些腼腆。使英国不愉快,但是这些往事也值得英国骄傲。

在这些风习中,对畸形的爱好也是其中一种,尤其是在女人中间,更古怪的是漂亮的女人更有这种癖好。如果身边没有一个丑八怪,自己是美人又有什么用?如果没有一个丑鬼用亲狎的态度对待你,做皇后又有什么意义?玛丽·斯图亚特曾经对一个乐师列兹奥②非常“慈爱”。西班牙的玛丽—德莉丝曾经同一个黑人“有点亲狎”,由此而产生了“修道院黑色女院长”的传说。在这个伟大世纪,驼背在闺房中有崇高的地位。卢森堡元帅③是一个例子。

在卢森堡以前还有一个例子,就是那个“十分漂亮的矮汉子”孔代④。

美女们也能够毫无困难地进行伪装。这是得到公认的风尚。安娜·德·波莲⑤的一只乳房比另一只大,一只手有六个手指,还有一颗龅牙。拉·瓦莉叶尔⑥是绞盘腿。这一切并不妨碍亨利八世为波莲而发疯和路易十四为瓦莉叶尔而发狂。

在道德方面也有同样的偏向。几乎没有一个上层女子不是变态症患者。这是阿妮斯包含着美露信娜⑦。她们白天是女人,晚上就变成

① 威斯里(John Wesley,1703—1791),英国牧师,英国美以美教派的创始人;罗耀拉(Ignatius de Loyola,1491—1556),西班牙天主教神甫 ,天主教耶稣会的创办人。意思是英国有个威斯里比得上罗耀拉。

② 列兹奥(David Rizzio),意大利乐师,玛丽·斯图亚特的宠臣,后来被女王的丈夫杀死。

③ 卢森堡(duc de Luxembourg,1628—1695),法国元帅,是驼背。

④ 孔代(Condé,1621—1686),法国亲王,天生瘤疾。

⑤ 安娜·德·波莲(Anne de Boleyn,1507—1536),英国王后,亨利八世的第二个老婆,伊丽莎白的母亲。

⑥ 拉·瓦莉叶尔(La Vallière,1644—1710),法王路易十四的情妇。

⑦ 阿妮斯(Agnès),莫里哀所作《妇人学堂》中的女主人翁,性情天真戆直;美露信娜是传说中蛇变的仙女。

吸血大蝙蝠。她们走到海滩上去吻铁杆上新砍下来的头颅。玛格丽特·德·瓦洛亚[①]是那些装腔作势女人的先驱者之一,她的腰带上挂着一只用锁锁着的白铁盒子,缝在她的吊裙上,盒子里装着她所有死去的情人的心脏。亨利四世就曾经躲藏在这个裙子里。

在十八世纪,摄政王的女儿德·巴里公爵夫人[②]集中了这许多女人的特点,成为王族中淫荡妇人的典型。

此外,漂亮的贵妇人们还懂得拉丁文。这是十六世纪以来女人们的才艺之一。珍妮·格来[③]在奉行这种时髦风习中更进一步,她连希伯来文也学会了。

约瑟安娜女公爵擅长拉丁文。此外,她还有另外一种良好的教养:她是天主教徒。不过,我们得说清楚,她是秘密地信奉天主教的,像她的伯父查理二世而不像她的父亲詹姆士二世。詹姆士由于信奉天主教而失掉了他的王位,约瑟安娜却不愿意拿她的爵位来冒险。因此,在私底下,在优雅的仕女中间,她是天主教徒,在外表上,对一般贱民,她是新教徒。

对宗教采取这样的态度是受人欢迎的;这样一方面可以享受到官方主教派教会的一切好处,另一方面将来死亡的时候,可以像格罗提斯[④]一样享有天主教徒的身份,获得由彼多神甫[⑤]为之主持一台弥撒的光荣。

我们必须再说一遍,约瑟安娜虽然又肥胖又健康,她却是一个十足的装腔作势的女子。

有时,她用困乏而肉感的声音拖长句语的尾音,很像在森林里行走的雌老虎伸长它的虎爪一样。

---

① 玛格丽特·德·瓦洛亚(Marguerite de Valois,1553—1615),法国国王亨利四世的王后。

② 德·巴里公爵夫人(Duchesse de Berry,1695—1719),法国摄政王菲力浦的长女,以淫逸放荡出名。

③ 珍妮·格来(Jane Grey,1537—1554),英国公主,亨利八世的妹妹,被夫家拥上王位,不久被杀。

④ 格罗提斯(Hugo Grotius,1583—1645),荷兰法学家和政治家。

⑤ 彼多神甫(Denis Petau,1583—1652),法国天主教神学家及历史家。

装腔作势女人的用处，在于她们打乱了人类的分类秩序。人类不再给她们享有包括在人类以内的光荣。

不管怎样，和人类保持一定距离，这是最重要的。

不能到达天神居住的奥林匹斯山，就到朗布叶公馆①去。

朱诺女神溶化为阿拉明特②。上升为神的野心不能实现的结果，产生了装腔作势的女人。人们不能掌握霹雳③，只好拿傲慢当武器。天神庙缩小变成女人们的香闺。不能够成为女神，可以成为人们崇拜的偶像。

此外，装腔作势也包含着卖弄学问，这种事情是得女人们欢心的。

风骚女子和卖弄学问的男子是十分接近的。在自作多情的花花公子身上可以明显地看出这两者的结合。

好色嗜欲产生巧言令色。贪吃的人会假作胃弱不思食的样子，他会以对食物乏味的姿态来遮掩他的贪馋。

这一套风雅中的清规戒律，对装腔作势的女人们说来，就算是一种小心谨慎了；这样，她们的弱点也得到了掩护。这是筑有护城河的堡垒。一切装腔作势的女人都带着对许多事不屑做的神气。这是起保护作用的。

她们将来会答应的，可是在目前，她们表示轻蔑。

约瑟安娜有一颗不平静的心。她觉得自己的邪淫倾向十分强烈，使得她假扮起正经来。由于自负而向我们的恶德的相反方向退却，结果倒引导我们走到相反性质的恶德。过分努力保持贞洁使她变成了一个假正经的女子。防御过分，这就表示了隐藏着要人向她进攻的愿望。狂吠的狗不会咬人，外表严谨的女子并不是难以接近的。

她一面把自己关闭在自己的阶级、出身所造成的特殊的傲慢圈子

---

① 朗布叶公馆（Hôtel de Rambouillet），即朗布叶侯爵夫人的住所，在十七世纪时是文人集会之所，集会的目的在提高法国的语言和文学，后来冒充风雅的人加以模仿，变成了装腔作势。莫里哀曾经写了一个剧本讽刺这些装腔作势的女人。

② 朱诺（Junon），罗马神话中的天后；阿拉明特（Araminte），是英国剧作家伏布卢（John Vanbrugh，1664—1726）所写的剧本《同盟》（The Confederacy）里的一个装腔作势的女人。

③ 这是天神朱庇特的武器。

里，也许像我们说过的，一面却正在思考如何突然走出圈子来。

当时正是十八世纪的黎明时期，英国开始出现法国在摄政时期①的那种情况。华尔坡尔②和杜博依③红衣主教相似，马尔布露正在攻击前任国王詹姆士二世，据说他曾经把他的妹妹邱吉尔卖给这位国王。波林布洛克④已经到了全盛时期，黎世留⑤正在开始显露头角。在风流行为中稍为打乱一下阶级的界限是比较方便的，恶德使人们变成平等。到后来人们才从思想意识上认识到人们应该平等，平民化这个调子是先从贵族阶级开始演奏而后来由革命来完成的。当时的时期离开乔里育特⑥公开地在白天坐在代品尼侯爵夫人⑦的床上那时不远。风气是互相传播、互相影响的，在十六世纪时的确发生过史沫顿的睡帽放在安娜·德·波莲的枕头上的事件。

好像有一个宗教会议曾经作出过决定，说“女人意味着犯错误”，不过我已经记不起是哪一次宗教会议了，如果这个说法是对的，那么女人在那个时期比任何其他时期都更是女人。她以她的魅力粉饰她的脆弱，以她的全能掩盖她的弱点，她竭力要获得赦罪，她所尽的努力也是从来所没有的。把禁果变成可食的果子，夏娃犯了罪；可是把可食的果子变成禁果，她就胜利了。她停留在这个顶点上。十八世纪的女人把丈夫关在门外。她却和撒旦一道把自己关在伊甸乐园里。亚当留在园外。

---

① 法国的摄政时期，指路易十五未成年时由其叔菲力浦摄政的时期。

② 华尔坡尔（Robert Walpole，1676—1745），英国政治家，圆头党领袖。

③ 杜博依（Cardinal Guillaume Dubois，1656—1723），法国摄政时期的首相，是红衣主教。

④ 波林布洛克（Henry St. John Bolingbroke，1678—1751），英国安娜女王的外交部长，华尔坡尔的政敌。

⑤ 这个黎世留（Richelieu，1696—1788），是法国红衣主教黎世留的侄孙，法国元帅，为人风流放荡。

⑥ 乔里育特（Pierre Jélyotte，1711—1782），法国男歌星。

⑦ 代品尼夫人（Madame de la Live d'Epinay，1726—1783）是卢梭和童话作家格林的朋友。

第 三 节

约瑟安娜的全部本能都驱使她宁可风雅地献身给丈夫,而不愿意合法地献身给丈夫。风雅地献身,含有文学意味,使人想起梅纳克和阿玛莉里斯,而且差不多是一种有学识的行为。

德·斯古代里小姐献身给贝里松,除了丑对丑的吸引力以外,没有别的理由①。

英国的古老习俗,未出嫁的姑娘是有权威的主子,出嫁了的妇女就是丈夫的奴才。约瑟安娜尽可能推迟当奴才的时刻。她终有一天不得不嫁给大卫爵士,因为国王的圣意要她这样做,这是必要的行为,可是多可惜!约瑟安娜愿意和大卫爵士结婚,同时也婉转地拒绝和他结婚。他们之间有默契:既不结婚也不决裂。他们互相躲避。这种进一步退两步的恋爱方法在当时流行的舞蹈里表现出来,小步舞和加伏特舞的步法就是这样。结了婚的人脸上的神气也不好看,身上的缎带也黯然失色,人也变老了。结婚是使光彩消失的悲惨方法。由一个公证人把老婆交给你,这多么平淡无味!结婚的残酷无情表现在婚礼产生了固定的身份,消灭了自由意志,处死了选择权,像语法一样有了一套规则,固定的拼字法代替了灵感,爱情成为听从别人意旨的行为,驱散了生命的神秘,打破了宇宙之谜,揭开了女人私室的帷幕,使治人者和被治者的权利都相对减少,使天平一下就倾侧,使原来的可爱的平衡一下就打破,——一边是体格坚强的男性,另一边是娇弱而富有权威的女性;一边是力,另一边是美——如果这边一个提升为主人,那边一个就贬低为女仆,如果没有结婚,则这一个是奴隶,另一个是女皇。把爱情化为平淡无奇,甚至于使爱情成为正正当当的无聊事,还有比这更笨的事吗?谈情说爱不算是不规矩了,算是合礼合法的事了,这多么愚蠢呀!

大卫爵士愈来愈成熟了。四十岁,这是值得注意的时期。可是大

---

① 斯古代里(Madeleine de Scudéry,1607—1701),法国女作家,是相貌很丑的法国作家贝里松(Paul Pélisson Fontanier,1624—1693)的情妇。

卫爵士没有注意到这一点。事实上他看起来好像一直都在三十岁左右。他认为渴想得到约瑟安娜,比实际占有她更有趣。他占有别的女人;他有许多情妇。另一方面,约瑟安娜也有她的梦想。

梦想更糟糕。

约瑟安娜女公爵有一个人们认为稀少而其实并非罕见的特点:她的一只眼珠是蓝色的,另一只眼珠是黑色的。她的瞳仁是由爱和恨,幸福和不幸所造成的。她的眼光里混合着光明和黑暗。

她的野心是:表现出她能够做不可能做的事。

有一天,她曾经对斯威夫特①说过这样一句话:

“你们这些人,你们以为你们真能够轻蔑别人。”

她所说的“你们这些人”,就是指人类而言。

她是一个肤浅的天主教徒,她所懂得的天主教道理不会超过时髦所需要的限度,在今天她就会成为一个高教派教徒。她经常穿着宽大的天鹅绒袍子,或者缎子袍子,或者云纹绸袍子,其中有宽大到十五六码的,贴着金片和银片,腰带四周有许多珍珠结,间杂着宝石结。她又极度喜欢金线镶边,有点滥用过度。有时她穿上一件绣着金线的布短衣,很像一个年轻的候补贵族。她骑马的时候使用男人的马鞍,虽然十四世纪时理查二世的老婆安娜已经把女人用的马鞍介绍到英国来。她洗脸,洗手臂,洗肩膀和洗胸口是按照加斯蒂勒流行的方法,用冰砂糖和鸡蛋白的溶液来洗的。如果有人在她身旁作过一番富有机智的谈话,她就会露出一种沉思的笑容,这种笑容具有特殊的美感。

此外,她是丝毫没有恶念的。她的天性应该说是善良的。

---

① 斯威夫特(Jonathan Swift,1667—1745),英国讽刺作家,《格列佛游记》的作者。

第四章 “时髦魁首”[1]

约瑟安娜觉得厌倦无聊,这是用不着说的。

大卫·弟里—摩瓦在伦敦的放荡生活中是一个魁首。贵族和上流社会人士都敬仰他。

让我们记下大卫爵士的一件光荣业绩吧:他居然胆敢不戴假发。对假发的反感已经开始了。如同在一八二四年欧仁妮·德维里亚胆敢第一个留起胡子一样,在一七〇二年普黎斯·德维洛也胆敢在巧妙的鬈发掩护下,公然冒险显露他的天然头发。拿头发来冒险,差不多就等于拿头来冒险。这件事情引起了普遍的公愤;可是普黎斯·德维洛是喜勒福特郡子爵,英国议员。他受尽了辱骂,事实上这样的行为的确值得受人辱骂。这件事闹得最凶的时候,突然间大卫爵士也不戴假发而以天然头发在公众面前出现。这种行为动摇了社会的基础。大卫爵士受到的辱骂比喜勒福特子爵更厉害。他挺得住。普黎斯·德维洛是首创者,大卫·弟里—摩瓦是第二人。有时做第二人比做首创者更困难。做第二人不需要有十分天才,但是却需要有十二分勇气。首创者陶醉于革新,可能对危险视而不见;第二人看清楚前面是深渊,可是仍然投身下去。不戴假发就是一个深渊,大卫·弟里—摩瓦投向这个深渊。过了不久,有人模仿他们了,有人跟随着这两个革新者,大胆地梳着天然头发;后来又在发上扑粉,把改革变得缓和一点。

顺便把这件历史事实说个清楚,原来向假发宣战的真正首创者是一位王后,是瑞典的克莉丝蒂纳皇后,她穿着男子服装,自从一六八〇年开始就不戴假发,露出她的天然栗色头发,发上扑了粉,鬈曲着,头上没有任何其他装饰。据米松说,她的嘴上还有“一些髭毛”。

---

① 原文是拉丁文。

另一方面教皇在一六九四年三月颁发的一道训谕里，也略为削弱了假发的威风，他在训谕里禁止主教们和教士们戴假发，还命令教会中人都让头发长起来。

因此，大卫爵士不戴假发，穿着小牛皮短统靴。

这些伟大的行为使他成为公众崇拜的偶像。没有一个俱乐部不邀请他做领袖，没有一场拳赛不希望邀请他做裁判员。裁判员就是公证人。

他为上流社会的好几个俱乐部起草过章程；他创立了好几个风流会社，其中一个名为“几内亚①贵妇”的，到一七七二年间还在蓓尔美尔街继续存在。“几内亚贵妇”是集中着一切贵族青年的一个俱乐部。人们在俱乐部里赌钱。最小的赌注是五十个几内亚，赌桌上从来没有少过二万几内亚的数目。每一个赌客的身旁摆着一张小圆桌，用来放茶杯和放一只镶金的木碗，一包包的几内亚就装在木碗内。赌客们坐下来赌钱的时候，就像跟班们擦餐刀时候一样，戴上皮袖套来保护他们的花边，还戴着皮胸甲来保护他们的颈饰，头上戴着插满花儿的阔边草帽，保护他们的眼睛不受强烈灯光的直射和保护他们的鬈发不致弄乱。他们都戴着面具，使得别人看不见他们脸上感情的变化，这一点在赌“十五点”的时候尤其重要。每个人的背上都反披着衣服，因为他们认为这样可以带来好运。

大卫爵士参加了“牛排俱乐部”“丑脾气俱乐部”“劈开铜元俱乐部”，还参加了“十字俱乐部”“抓铜板俱乐部”“封结俱乐部”“保皇党俱乐部”和“马丁尼士·斯淇廉布露士俱乐部”，最后这个俱乐部是斯威夫特所创，用来代替弥尔顿所创的“拉·洛塔俱乐部”的。

大卫爵士虽然是个美男子，他却参加了“丑人俱乐部”。这个俱乐部崇拜丑陋。会员的义务是为争取一个丑陋的男子而打架，而不是为争取一个美女。俱乐部的大厅里挂满了丑人的相片作为装饰，有忒耳西忒斯，特利布列，邓斯，胡地布拉，斯卡隆的画像；壁炉上是伊索的像，两边是两个独眼人可克列斯和加摩恩斯的像；可克列斯瞎的是左眼，加

① 几内亚是一种英国钱币的名称，合二十一先令。

摩恩斯瞎的是右眼,雕像雕的都是他们瞎眼的半边脸,两个没眼睛的侧面相互面对着。漂亮的维莎特夫人害上天花那天,丑人俱乐部为她干了杯。在十九世纪初期这个俱乐部还很兴旺,它送了一张名誉会员证书给米拉波①。

自从查理二世复位以后,革命的俱乐部都撤销了。人们拆毁了摩尔斐尔滋邻近小街上的一家酒馆,因为那间酒馆是"牛头俱乐部"的所在地,这个俱乐部在一六四九年一月三十日查理一世在断头台上流血那天,曾经集合会员们在俱乐部里为克伦威尔的健康喝红葡萄酒,这些酒盛在牛脑盖骨里,所以俱乐部取名为"牛头俱乐部"。

拥护君主的俱乐部代替了拥护共和的俱乐部。

人们在拥护君主的俱乐部里很正派地寻欢作乐。

有一个俱乐部叫做"她飞跑俱乐部"。会员们在马路上抓住一个女人,一个过路女人,一个平民妇女,年纪愈不算老愈好,模样儿愈不丑陋愈好;他们用强力把她推到俱乐部里,强迫她用手走路,两脚举向天空,翻倒下来的裙子遮住她的脸儿。假使她走得不够风雅,他们就用马鞭稍稍抽打她的裙子没有遮盖的部分。那是她自己的错。训练这种"马儿"的马夫,名叫作"跳手"。

有"火热的闪电俱乐部",隐喻快乐的舞蹈。俱乐部里使黑人和白女人跳秘鲁的必冈特舞和丁蒂林巴舞,尤其是"莫沙马拉"舞,又名为"坏姑娘"舞,这个舞蹈最成功的一点是使舞女坐在一堆糠上,站起来的时候,她在糠上留下一个漂亮的屁股印。人们引用路克莱提乌斯②的一句诗来描写俱乐部里的表演:

……那时候,爱神在树林里把两个躯体结合起来相爱……③

有"地狱之火俱乐部",人们在俱乐部里以侮辱神灵作游戏,大家进行一场渎神的竞赛。地狱在那里公开拍卖,骂神骂得最厉害的人就

---

① 米拉波(Gabriel Honoré de Mirabeau,1749—1791),法国大革命时期的著名演说家,雅各宾党领袖之一,脸上有麻点。

② 路克莱提乌斯(Titus Lucretius Carus,纪元前95—前53),罗马诗人。

③ 原文是拉丁文。

是出价最高的人。

有“撞头俱乐部”，这样命名是因为会员们用头来撞人。他们在马路上找一个胸膛宽阔而模样儿愚笨的挑夫，以送给他一瓶黑啤酒为条件（必要时也强迫他接受），叫他让他们用头撞他的胸膛四下。他们就在这件事上打起赌来。有一次，有一个名叫郭刚杰德的肥胖的威尔士粗汉子，在被撞到第三下时断了气。这件事看起来很严重。法院进行了调查，陪审团作出了下述判决：“喝酒过多引起心脏膨胀而致死亡。”事实上郭刚杰德的确喝了那瓶啤酒。

有“Fun（开玩笑）俱乐部”，“Fun”这个字像“cant”（隐语）和“humour”（幽默）一样，是一个没法翻译的特殊的字。开玩笑和滑稽的分别，正如胡椒同盐的分别一样。闯进一家人家，在里面打破一面值钱的镜子，割破他们的家庭照片，毒死一条看家狗，把猫放进鸟笼里，这都叫做“开一点玩笑”。报告一件假消息，使人们错误地举哀戴孝，这是开玩笑。也是开玩笑使得汉普顿宫的一幅荷尔宾①的名画出现了一个方形的洞。假使米洛②的维纳斯像是被开玩笑打断了两条臂膀的话，开玩笑也真是值得自傲了。在詹姆士二世治下，一个拥有百万家财的年轻贵族在夜里放火烧了一间茅屋，使得全伦敦哈哈大笑起来，这位年轻贵族也被拥戴为“开玩笑之王”。住在茅屋里的穷鬼们只好穿着内衣逃了出来。开玩笑俱乐部的会员们都是最高级贵族子弟，他们在一般平民入睡的时候就在伦敦城里到处走，他们拔去门窗的枢铰，切断抽水机的水管，破坏水槽，拆卸招牌，蹂躏庄稼，熄灭路灯，锯断房屋的主要支柱，打破窗户玻璃，尤其是在贫民居住的区域里。这是有钱人对穷鬼这样做。因此根本不可能提出任何控诉。何况这是闹着玩的。这种习俗到现在还没有完全消失。在英国的许多地方或者英国的领地上，例如在盖纳西③，就时常有人在夜里把你的房子弄坏一点，或者拆毁栅栏，或者拆掉你门上的敲门槌，等等。假如是穷人干的，人们就会把他们送进监狱；可是干这种事的都是些可爱的年轻人。

---

① 荷尔宾（Hans Holbein，1465—1524），德国画家。

② 米洛（Milo），希腊岛名。

③ 盖纳西（Guernesey），英国的一个岛名。

其中最著名的一个俱乐部是由一个“皇帝”担任主席的，这个“皇帝”的前额上挂着一钩新月，称为“伟大的莫霍克”。莫霍克俱乐部比开玩笑俱乐部更进一步，他们的任务是为做坏事而做坏事，损害人就是莫霍克俱乐部的伟大目标。为着完成这个使命，一切方法都是好的。参加莫霍克俱乐部的人必须宣誓要害人。会员的责任是不问代价，不论时刻，不管对任何人，不拘用什么手段来损害人。莫霍克俱乐部的任何一个会员都应该有一种天才。其中有些会员是“舞蹈大师”，就是说，他们能够用剑乱刺贱民们的腿肉，使被刺的贱民不得不跳跃起来；另外一些会员擅长“使人流汗”，就是说，六个或者八个拿着剑的贵族出其不意地把一个贱民包围起来，被包围的那个贱民不可能不把背对着一个贵族，被他把背对着的那个贵族就用剑尖来惩罚他，剑尖使那个贱民转了一个身；另外一剑刺到他的背上，告诉他在他的背后还有另一个贵族，这样轮流用剑刺那贱民，直到被剑尖包围着的贱民浑身流血，旋转够了，跳舞也跳够了，贵族们才下命令人们用棍子打他一顿，以便转变他的观念。还有另外一些会员们懂得“打狮子”，就是说，他们带着笑脸拦住一个过路人，一拳打坏他的鼻子，再用两只拇指插进他的两只眼睛里去。假使眼珠被挖出来了，就赔点钱给他。

这就是十八世纪初期伦敦有钱人闲极无聊时的消遣办法，巴黎的有钱人有另外的消遣法儿，德·查洛来先生站在他家的门槛上向一个平民放了一枪。无论在哪个时代，年轻人都在取乐。

大卫·弟里一摩瓦爵士把他的伟大而慷慨的精神带进所有这些寻欢作乐的会社。他也像别的人一样，兴高采烈地放火烧掉一间茅舍或者木屋，把住在里面的人捉弄得走投无路，可是他为他们重建一所石头房子。有一次他在“她飞跑俱乐部”里使两个女人以手代脚跳舞。其中一个女人还没有出嫁，他送了她一笔嫁妆；另一个女人已经结了婚，他任命她的丈夫为教堂牧师。

在斗鸡方面他想出过许多值得表扬的改良办法。大卫爵士武装一只鸡的办法真是奇观。鸡打架时互相撕啄羽毛，正如人们打架互相揪扯头发一样。因此大卫爵士就尽可能使他的公鸡愈少鸡毛愈好。他用剪刀剪掉鸡尾巴上所有的羽毛，再剪掉从头部到肩膀上所有的毛。

“为着不让敌人的嘴耍威风，鸡毛愈少愈好，”他说。然后他展开公鸡的双翅，挨次把每一片羽毛剪削得尖尖的，使得两只翅膀仿佛装上了投枪。“这是为敌人的眼睛而准备的，”他说。然后，他拿起一柄小刀刮鸡的脚爪，削尖它的指甲，把它的脚爪套进尖锐、锋利的钢套里，用唾沫吐在它的脑袋上，吐在它的脖子上，而且涂抹它的全身像人们用油为运动员摩擦身体一样，最后才把这位威猛无比的战士放进战场，一边还叫喊着说：“请看我怎样把鸡变成了老鹰，请看家禽怎样变成了山上的猛禽！”

大卫爵士参加拳击赛，他是拳击赛的一本活规则。遇到盛大的比赛，总是由他亲自立桩和拉好绳子，由他决定拳赛圈子里的那小块方形地应该有多少尺。假使他是拳击家的助手，他就寸步不离地跟着他的拳击家，一只手拿着酒瓶，另一只手拿着海绵，冲着他的拳击家直嚷：“狠狠地打！”还教他许多巧妙的战术，在拳赛进行中就给他忠告，他流了血就为他揩拭，他被打倒了就扶他起来，抱他放在自己的膝盖上，把酒瓶放进他的牙齿中间，含了一口水向他的眼睛和耳朵轻轻地喷去，这样就能够使他苏醒过来。假使大卫爵士是裁判，他就要拳赛正正当当地进行，他禁止助手以外的任何人帮助拳击家，凡是不肯按照规则站在对手前面的一方就要被他宣布为失败，他密切注意各个回合之间的停歇时间不超过半分钟，他阻止拳击家用头撞人，凡是用头撞人的就算犯规，他还禁止继续打击已经倒在地上的拳击家。他所具备的这一整套知识并没有使他成为一个学究式的人物，也没有损害他在社交界的潇洒风度。

凡是由他担任裁判的拳击赛，比赛双方的那些褐色脸膛、满脸疙瘩、长满粗毛的党羽们，绝对不敢为了帮助他们的快要败下阵来的拳击家，或者为了推翻打赌的不平衡而冲进拳赛圈子，割断绳子，拔掉木桩，用暴力来干涉拳赛进行。大卫爵士是极少数没有人敢殴打他的裁判之一。

在训练拳击家方面没有人比得上他。凡是得到他亲自担任教练的拳击家，十拿九稳可以打胜。大卫爵士选择一个大力士，身体像石头那么粗壮，像楼塔那么高大，他拿来当孩子似的教养。他所要解决的问题是怎样使这块有人性的大石头由防守转变为进攻。他在这方面的本领高人一等。他选定了那个巨人以后,就再也不离开他。他变成了巨人的保姆。他计算他喝多少分量的酒,吃多少重量的肉,睡多少小时的觉。他就是创始一份令人钦佩的体育家食谱的人,后来这份食谱又由摩尔①来重新采用:食谱的内容是:早上,一个生鸡蛋,一杯雪利酒;中午,带血的羊腿和茶;下午四点钟,烘面包和茶;傍晚,啤酒和烘面包。吃完以后,他脱掉巨人的衣服,为他按摩,叫他睡觉。在街上他的眼睛从来不离他,他使他避开一切危险,例如脱逃的马,飞快行驶的马车,喝醉酒的大兵,漂亮的姑娘等等。他也监视他的品行。这种像慈母似的关心不断地使学生的教育得到进一步的完善。他教他的学生怎样一拳打脱对方的牙齿,怎样手指一插把对方的眼珠挖出来。没有比这更能激动人心的了。

他就这样准备着开始他的政治生涯,他将来是要被召参加政治的。要成为一个十全十美的贵族,并不是一件简单的事。

大卫·弟里一摩瓦爵士热烈地爱好街头的卖艺表演,像露天剧场,有珍禽怪兽的马戏班,江湖卖艺者的帐篷,小丑,翻筋斗的,唱滑稽戏的,街头剧,市集的奇人表演等。真正的贵族是具有平民口味的;因此,大卫爵士经常到伦敦和五港②的酒馆和演露天戏的场所去。为着便利他在必要时和一个管桅楼的水手或者一个修船舶的工人打架,而不致影响他在白色舰队里的地位,他到这些底层去的时候,往往穿着普通水手的短外衣。在这样化装的时候,不戴假发对他是便利的,因为即使在路易十四的治下,人民也保存着天然头发,正如雄狮保存自己的鬃毛一样。在这样的化装下,他就能够行动自由了。大卫爵士在这些嘈杂的场所遇见而且和他们混在一起的那些小市民们十分尊敬大卫爵士,他们并不知道他是爵士。他们管他叫汤姆一詹姆一杰克。他的这个名字使他成为一个人人皆知的人物,在低级社会中十分有名,他扮演流氓恶棍非常出色。有时他也挥拳动武,他的风流生活的这一面是为约瑟安娜贵妇所熟知而且十分赞赏的。

---

① 或系指当时英国著名的医生亨利·摩尔勒(Henry Morley,1822—1894),他曾写过许多有关卫生学的书。

② 五港,指英伦海峡的五个港口:哈斯定斯、雷姆尼、海地、多佛尔、三文治。

第五章　安娜女王[①]

第 一 节

在这一对未婚夫妻的上头,有英国的女王安娜。

安娜女王是一个极普通的妇女。她是愉快的,亲切的,富有威严的,不过也只是在某种程度上是如此。她所有特点没有一项称得上是德行,所有缺点没有一项称得上是恶行。她的健壮是臃肿的,她开的玩笑是笨拙的,她的善良是愚蠢的。她又固执又软弱。作为妻子,她是不贞的,也是贞节的,她有许多宠臣,她把她的心献给他们;她有一个丈夫,她为他保留着她的卧床。她虽是基督徒,却信奉异教,而且还极端迷信。她有一个美点,那就是她的像尼俄柏[②]那样的肥壮的脖子。她的身体的其余部分却十分不行。她的卖弄风情是笨拙的,也是老老实实的。她的皮肤又白又纤细,她把很大部分显露出来。当时流行的在脖子上紧紧挂着一串大粒珍珠项圈的风尚,是从她开始的。她的前额狭窄,嘴唇富有肉感,两颊多肉,眼睛很大,近视眼。她的近视发展到精神上也是如此。除了不时发出像她的愤怒一样沉重的快乐的笑声以外,她是生活在沉默的嘀咕和嘀咕着的沉默中。有时她无意中说出一些令人费解的话,她是善良妇女和坏女人两者的结合。她喜欢意外事件,这一点是十足的女性。安娜是普天下女人的未经仔细雕刻的模型。运气使皇座落到这个模型的手中,她喝酒,她的丈夫是一个纯种的丹麦人。

她自己是保守党,却叫自由党人为她统治国家。她像个女人那样

---

① 安娜女王,为詹姆士二世之女,于一七〇二年继威廉三世之后为英国国王。在位十二年,于一七一四年逝世。

② 尼俄柏(Niobé),希腊神话中的多子女女人。

她有一个美点,那就是她的像尼俄柏那样的肥壮的脖子。

掌政,像个疯狂的女人那样。她往往激怒得发狂。她是个成事不足,败事有余的人。从来没有人像她那样笨拙地管理国家大事,她总是把事情弄糟,她的整个政策是漏洞百出的,她的拿手好戏是使微小的原因造成巨大的灾祸。有时她忽然有意要弄一下权威的时候,她管这叫做:“用拨火棍撩拨一下。”

她往往带着深思的神情说出这样一类话来:“任何一个上议院贵族都没有资格戴着帽子站在国王面前,只有爱尔兰贵族,金沙勒男爵古尔西不在此例。”她又说:“我的丈夫不当海军大臣是不公平的,因为我的父亲曾经担任过这个官职。”于是她就封丹麦的乔治做英国的海军大臣,而且也是“女王陛下所有的殖民地”的海军大臣。她一刻不停地发脾气;她的思想不是表达出来的,而是要人费心思去猜测出来的。在这笨女人身上有十分神秘的地方。

她丝毫不憎恨开玩笑,也不憎恨戏谑和恶作剧。假使她能够使阿波罗变成驼背,她一定会非常高兴。可是她仍然会让阿波罗继续做神。她是善良的,她的理想是不使任何人失望,却惹得人人讨厌。她往往说出粗暴的话,稍为再进一步,她就会像伊丽莎白一样咒骂起来。她不时伸手到她裙子上的那个男人式口袋里摸索,她摸出一只小圆银盒,上面有她的侧画像,夹在 Q. A. ① 两个字母之间;她打开盒子,用指尖取出一点香膏,涂红她的嘴唇。这样打扮了嘴唇以后,她就笑了。她十分爱吃新西兰的蜂蜜姜饼。她认为她的肥胖是值得夸耀的一件事。

虽然她是一个十足的清教徒,她却很愿意献身给戏剧。她有一个很糟的音乐学院,是模仿法国的音乐学院建立的。一七〇〇年,一个名叫福特洛克的法国人想在巴黎建筑一座“皇家马戏院”,需费四十万镑,遭到德让松的反对;这个福特洛克跑到英国,向安娜女王提出同样的建议,这个建议立刻迷惑了安娜女王,她想在伦敦建筑一座有机关布景的剧院,有四层布景,比法国国王的那座更漂亮。她也像路易十四一样,喜欢坐在马车上快马奔驰。有时她的几匹驾车的马连同替换的马,在不到五刻钟的时间内,就跑完了从温莎到伦敦一段路程。

---

① Q. A. 是安娜女王的缩写。

第 二 节

在安娜统治的时代，任何集会都必须得到两个治安法官的准许。假使有十二个人集合在一起，即使只是聚集起来吃牡蛎和喝啤酒，也是犯重罪的。

在她的统治下，虽然她的统治比较温和，舰队强迫征募水兵却是用十分激烈的暴力进行的；这就是英国人是臣民而不是公民的可悲的证明。好几个世纪以来，英国国王所使用的这种专制手段把所有年代久远的自由宪章都一笔勾销，法国尤其因此而觉得得意和表示愤慨。使这种胜利稍为减色的，是法国陆军强迫征募兵士，如同英国海军强迫征募水兵一样。在法国所有的大城市里，一个身体健康的人有事在马路上走，就有被兵贩子推进一所房子的危险。这所房子称为炉子。那人被关在里面，和别的男子混杂在一起，其中适宜于服兵役的都被挑选出来，征兵官把这些过路人卖给军官们。在一六九五年，巴黎就有三十间“炉子”。

安娜女王制定的对付爱尔兰的法律，是十分残酷的。

安娜生于一六六四年，正是伦敦大火的前两年，占星家们（他们还存在，路易十四就是证明，他是在一个占星家的协助下诞生的，而且生下来以后就用星相天宫图包裹起来）预言她将来要登极成为女王。因为“她是火神的姐姐”。靠了占星学，以及一六八八年的革命，她真的成了女王。她感到耻辱的是她的代父仅仅是坎特伯雷大主教吉尔拔。当时在英国要做教皇的代女已经不可能了。一个主教只是一个普通的代父，安娜只好满足于这样一个代父。这是她自己的过失。她干吗要做新教徒呢？

丹麦为了她的童贞（古老的宪章称为“购买童贞①”），付出了六千二百五十镑年金的婚费，是从华丁堡审判区和费曼岛上取得的。

安娜机械地遵守威廉的传统，可是她对这些传统毫无信仰。英国

---

① 原文是拉丁文。

人在这个由革命产生的王朝统治下，所有的自由只是存在于伦敦塔和颈手枷之间，他们把演说家关进伦敦塔，把作家戴上颈手枷。安娜和她的丈夫密谈的时候，会说一点丹麦话；和波林布洛克密谈的时候，会说一点法国话。她所说的只不过是一些不三不四的外国话，可是在当时的英国，尤其是在宫廷里，讲法国话是最流行的风尚。据说只有法国话里才有好词汇。安娜很注意硬币，尤其注意铜币，铜币是最低级的和最流行的硬币；她想在这种硬币上显威风。六种铜币是在她的统治下铸造的。在头三种的背面，她只命令铸上一个皇座；在第四种的背面，她要铸上一辆胜利战车；在第六种的背面，她要的是一个女神，一手持剑，一手持橄榄枝，橄榄枝上挂有卷轴，上面写着“战争与和平①”。她是詹姆士二世的女儿，詹姆士二世天真而残酷，她却是凶暴的。

同时，她的内心是温和的。这只不过是表面上的矛盾。一发怒就使她变了样。把糖煮热了，糖也会沸腾起来的。

安娜是深得人心的。英国喜欢女统治者。为什么？因为法国排斥女统治者。这已经是一个理由。也许再也没有别的理由。在英国历史家的眼中，伊丽莎白体现伟大，安娜体现仁慈。随他们说吧。就算是这样。可是在这两个女人统治的朝代，没有什么是纤细的。线条都是粗线条。伟大是粗野的伟大，仁慈是粗野的仁慈。至于她们的毫无瑕疵的品德，英国坚持这一点，我们并不反对。我们只要说，伊丽莎白是个因艾赛克斯的关系而安定下来的处女，安娜是个因波林布洛克的关系而弄得头脑昏乱的妻子。

第 三 节

人民有一个愚蠢的习惯，那就是把他们所做的一切都归功于国王。他们打仗。胜利的光荣归于谁？归于国王。他们拿钱付税。慷慨大度的人是谁？是国王。人民还喜爱国王的无比富有。国王接受穷人们的一个银币，还给穷人们一个铜币。国王多么慷慨啊！巨大的雕像台座

---

① 原文是拉丁文。

欣赏自己身上抬着的矮小的雕像。这个矮人多么伟大啊！他骑在我的背上。一个侏儒有办法高过一个巨人，这个办法就是高踞在巨人的肩膀上。最奇怪的是，巨人竟然让侏儒这样做；最愚蠢的是，巨人竟然钦佩侏儒的高大。这就是人类的天真。

骑马的雕像是只有国王才能有的，这种雕像十分完善地代表封建王朝的形象；被骑的马就是人民。只不过这匹马慢慢地变形。开始的时候是一头驴子，结尾的时候是一只狮子。那时候狮子就把背上的骑师摔下来，那么我们就有了一六四二年的英国和一七八九年的法国；有时狮子还把骑师吞食，那么我们就有了一六四九年的英国和一七九三年的法国①。

这只狮子后来又变成驴子，这是令人惊奇的，可是却实有其事。在英国就可以见到这种情形。人们把马鞍再拾起来，这副马鞍就是对国王的崇拜。我们说过安娜女王是深得人心的。她做了些什么事使得她深得人心呢？她什么也没有做。什么也不做就是人民对英国国王的全部要求。就是为着这个什么也不做，英国国王每年得到三千多万法郎。在一七〇五年，英国有了一百五十只战舰，而在伊丽莎白时期只有十三只，在詹姆士一世时期只有三十六只。英国人有三支军队，五千人在加泰隆纳，一万人在葡萄牙，五万人在佛兰德斯；此外，英国人还每年付四千万法郎给封建统治和勾心斗角进行外交的欧洲，这个欧洲正像是一个经常受英国人民扶养的妓娼。英国议会通过了发行三千四百万法郎终身年金的爱国公债，财政部要强迫认购。英国派了一支舰队到东印度群岛去，另外派一支由海军上将李克率领的舰队到西班牙西海岸去，还有由海军上将萧威率领的四百艘预备舰没有计算在内。英国刚合并了苏格兰。当时正处在霍赫施达特和拉美里②两个战役之间，前一个战役的胜利使人预见到后一个战役的胜利。英国在荷茨斯达特战役所

① 一六四二年英王查理一世和国会宣战，最后被克伦威尔战败；一七八九年法国出现资产阶级民主革命。一六四九年英国宣布共和，把查理一世处死；一七九三年法国大革命进入雅各宾党专政时期，把国王路易十六处死，革命到达了最高潮。

② 霍赫施达特（Hochstadt）为德国城市，拉美里为比利时村镇，一七〇四和一七〇六年，英国将军马尔布露曾先后在此战胜法国军队。

撒的一次网，俘获了二十七个大队和四个联队的龙骑兵，从法国手里夺取了一百法里的土地，使丧胆的法国从多瑙河一直退到莱茵河。英国把手伸向撒丁岛和巴礼亚群岛。它胜利地把十艘西班牙军舰和载满了金子的许多西班牙大帆船带回自己的海港。路易十四已经对哈得孙湾和哈得孙海峡松了一半手；人们觉得他连阿加弟亚，圣克利斯托夫和纽芬兰也将要放弃了，假使英国容忍法国国王在布列塔尼海岬钓鳕鱼，法国国王就应该认为是过分幸运了。英国将要强迫法国蒙受自己亲手拆毁邓扣克要塞的耻辱。同时，英国夺取了直布罗陀，还在夺取巴塞罗那。多么多的伟大业绩完成了呀！怎么能够叫人不崇拜居然肯屈就生活在这个时代里的安娜女王呢？

从某个方面看来，安娜的朝代有点像是路易十四朝代的反映。安娜和这位国王曾经有一段时期在所谓历史的跑道上并驾齐驱，她同这位国王有一种反影似的相像。她同他一样，统治的是一个伟大的朝代；她有她的纪念碑，她的艺术，她的军事胜利，她的将军，她的文学家，她的供养著名人物的资金，她的近在身边的世界名画画廊。她的宫廷里有无数侍从，气象盛大，排列有次序，行走有步法。她的朝臣们是凡尔赛宫那些伟大人物的缩影，虽然凡尔赛宫的伟大人物本身也不是十分伟大的人物。这里所有的人物外表看来都很好；《上帝佑我女王》这支国歌从那时起已经可以从吕律①那里抢过去，这一切都可以迷惑人。凡尔赛宫的一切人物没有一个不在。克利斯托夫·伦就是一个十分过得去的芒沙②；桑摩士比得上拉摩瓦依③。安娜女王也有一个拉辛，他就是屈莱顿；也有一个布瓦洛，他就是蒲伯④；也有一个柯尔倍，他就是

① 吕律（Jean Baptiste Lulli，1633—1687），为意大利音乐家。

② 克利斯托夫·伦（Christopher Wren，1632—1723），英国著名建筑师；芒沙（François Mansart，1598—1666），法国著名建筑师。

③ 桑摩士（John Somers，1652—1716），英国政治家和法学家；拉摩瓦依（Guillaume de Lamoignon，1617—1677），法国议会的议长，法学家。

④ 布瓦洛（Nicolas Boileau-Despréaux，1636—1711），法国诗人兼文艺批评家；蒲伯（Alexander Pope，1688—1744），英国诗人兼文艺批评家。

哥道尔芬[①];也有一个路瓦,他就是潘布洛克[②];也有一个杜来纳,他就是马尔布露。不过,须得把这些英国人的假发加大一点,同时缩小他们的脑袋。整个宫廷是庄严的和华美的,当时的温莎和马里差不多有一种虚伪的相像。不过一切都以女性为主,安娜的提里叶神甫叫做沙拉·曾宁士[③]。此外,文学上开始出现讽刺,再过五十年,这种讽刺就变成哲学。斯威夫特揭穿了基督教伪善者的假面具,正如莫里哀谴责天主教伪善者一样。虽然那时候英国和法国不和而且打败了法国,可是它模仿法国而且向法国学习,英国前门上的亮光就是法国射过来的灯光。可惜安娜女王只统治了十二年,否则英国人就会毫不犹豫地把这段时期称为安娜世纪,正如我们法国人说路易十四世纪一样。安娜是在一七〇二年出现的,当时路易十四已经衰落。这是历史上的一个奇景:她的那颗苍白的星星升起,恰好和那颗红色的星星落下同时,法国有太阳国王统治的时候,英国有太阴女王统治。

还有值得一提的细节。英国人虽然和路易十四作战,却十分崇敬他。"他是法国所需要的国王。"英国人这样说。英国人热爱自由,同时也愿意让别人忍受奴役。这种对邻人身上的锁链的好感,有时会发展到对邻国的专制暴君的热爱。

总而言之,安娜曾经使她的人民"幸福",这个词儿是贝弗来尔的书的法国译者非常优雅地坚持着一连使用了三次的词儿,两次在该书的《题献》第六页和第九页中,一次在《序言》的第三页中。

第四节

安娜女王有点憎恨约瑟安娜女公爵,为着两个理由:

第一个理由,因为她发觉约瑟安娜女公爵长得漂亮。

---

① 柯尔倍(Jean Baptiste Colbert,1619—1683),法国政治家,路易十四的财政部长;哥道尔芬(Sidney Godolphin,1635—1712),英国威廉三世时代的财政大臣。

② 路瓦(François Michel Le Tellier Louvois,1641—1691),路易十四的国防部长;潘布洛克(Thomas Pembroke,1656—1733),安娜女王时代的海军大臣。

③ 沙拉·曾宁士(Sarah Jennings,1660—1744),马尔布露公爵夫人,安娜女王的宠臣。

第二个理由,因为她发觉约瑟安娜女公爵的未婚夫长得漂亮。

有两个嫉妒的理由,对一个普通妇女都很够了;有一个嫉妒的理由,对一个女王就很够了。

再加上一点:她恨约瑟安娜是她的妹妹。

安娜不喜欢女人长得漂亮。她认为这样有伤风化。

至于她自己,她长得丑。

不过这不是她自己的选择。

她的宗教虔诚,有一部分是从她的貌丑中产生的。

又漂亮又懂哲理的约瑟安娜,时常引起女王的恶感。

对一个貌丑的女王来说,一个漂亮的女公爵并不是一个称心的妹妹。

还有另外一件痛心的事,那就是约瑟安娜的"不正当"的出生。

安娜是安娜·海地的女儿,安娜·海地只不过是一个普通的贵妇,在詹姆士二世还是约克公爵的时候,被詹姆士二世合法地,然而很不巧地,娶了过来。安娜的血管里流着这样低一级的血液,总觉得自己只有一半是王族血统,而约瑟安娜的出生是完全不正当的,相比之下,虽然安娜的出身不是很光彩,但比约瑟安娜略胜一筹。因此,由不合式的婚姻出生的女儿,非常不高兴地眼看着她的身边有一个私生的女儿。这是一种不愉快的相同。约瑟安娜有权对安娜说:"我的母亲完全比得上你的母亲。"在宫廷里,没有人这么说,可是很明显,他们的心里都这么想。这样对女王陛下是可厌的。为什么有这个约瑟安娜?她为什么一定要生下来?多了一个约瑟安娜有什么用?有些亲戚关系是有害的。

不过,安娜仍然用笑容来接待约瑟安娜。

也许她还会爱她,假使她不是她的妹妹的话。

第六章　柏基弗德罗

知道别人在做什么是有用的，对别人的行动进行一定程度的监视是明智的。

约瑟安娜派了一个心腹打探大卫爵士的行动，她相信这个人，这个人的名字叫柏基弗德罗。

大卫爵士派了一个手下人秘密地侦察约瑟安娜，他认为这个手下人是十分可靠的，这个人的名字叫柏基弗德罗。

安娜女王方面也派了一个亲信秘密地查明她的私生妹妹约瑟安娜女公爵，和她的未来妹夫大卫爵士的一举一动，她完全信赖这个人，这个人的名字叫柏基弗德罗。

这个柏基弗德罗的手指按着这样三只键盘：约瑟安娜，大卫爵士，女王。一个男人在两个女人之间。他可以在这个键盘上弹出多少音调呀！多么奇异的不同灵魂的混合呀！

柏基弗德罗并不是一直都保有能够凑近三个人的耳朵低声说话的这种优越地位的。

他本来是约克公爵的一个旧仆。他曾经想当教士，没有成功。约克公爵是英国和罗马的亲王，是既信仰王家的天主教，也信仰法定的英国国教的人，他有他的天主教家人和他的基督教家人，他很可能把柏基弗德罗安排到这两类人里面去，可是他认为柏基弗德罗的天主教信仰还不够使他成为一个御用神父，他的基督教信仰也不够使他成为一个牧师。结果，柏基弗德罗处在两种宗教之间，灵魂趴在地上。

对于某些卑鄙的灵魂，这种姿势并不是坏的姿势。

有些道路要匍匐在地上才能爬上去。

在很长的一段时期中，柏基弗德罗的全部生涯是默默无闻地当入息丰厚的奴仆。能够当奴仆已经很不错了，可是他想掌握大权。也许他有希望达到这个目的,可惜正在这时候詹姆士二世坍台了。一切又得重新开始。在威廉三世的统治下,一点办法也没有;威廉三世是一个阴沉的君主,他有他的自命为廉洁的一种假正经的统治办法。柏基弗德罗的保护人詹姆士二世虽然退了位,他却没有马上陷于赤贫。失势的君主们总有一些剩余下来的东西可以在一定时期内养活和维持他们的侍臣。一棵树倒了下来,树枝里的有限液汁,可以在两三天内维持树叶的生命;然后树叶突然发黄,枯萎了,那些侍臣也是一样。

由于君王身上流着正统的血液,就等于尸体有了防腐剂,失势而且被流放到远方的君王依靠这种防腐剂仍然能够继续保存下去;侍臣就不一样,侍臣的死亡程度比国王更快。在远方的国王变成了木乃伊,在这里的侍臣已经变成鬼魂。做影子的影子,一定是十分消瘦的。因此柏基弗德罗就挨起饿来了。这时候他就当起文人来。

可是连厨房里的厨师也把他赶出去,有时他连睡觉的地方也没有。——"谁会给我房子住呢?"他常常自己问自己。于是他就努力奋斗。在落难中所需要的一切忍耐,他都有。他还有白蚁的天才,能够从下到上地钻洞。靠着詹姆士二世的名义,过去的经历,他的忠心,他的柔顺,等等,他终于能够一直钻到约瑟安娜女公爵那里。

约瑟安娜喜欢这个贫困而有机智的汉子,贫困和机智是能够感动人心的两样东西。她把他介绍给大卫·弟里一摩瓦爵士,让他和她的下人们住在一起,把他当做是她的家人,对他很和善,有时还居然和他谈话。柏基弗德罗再也不挨饿受冻了。约瑟安娜和他说话的时候用"你"①字来称呼他。这是当时的风尚,贵妇人都用"你"字来称呼文人,文人们也甘心接受这样的称呼。曼意侯爵夫人从来没有见过洛义,却躺在床上接见他,开口就对他说:"你就是写《风流之年》的吗?你好。"过了不久,文人们也用"你"字来回敬贵妇人了。终于有一天,法布尔·代格朗丁对罗昂公爵夫人说:

"你不就是拉·莎勃吗?"

---

① 法国习惯,用"你"字称呼虽较不客气但也更亲切,用"你们"以代"你"字时虽较客气,但稍欠亲切。

对柏基弗德罗说来,能够得到这样亲昵的称呼,就是一种成功。他觉得很高兴。他的野心就是得到这种上级对下级的不客气的态度。

“约瑟安娜贵妇用‘你’字来称呼我!”他自己对自己说,高兴得搓着双手。

他利用这个不客气的称呼来谋求进展。他变成了约瑟安娜的私室里常见的侍从,他不妨碍人,不被人注意;约瑟安娜差不多会当着他的面换内衣。不过这一切都是靠不住的。柏基弗德罗觊觎着一个职位。接近一个女公爵只是走了一半路。一条地道如果通不到女王那里去,就是失败的工程。

有一天,柏基弗德罗对约瑟安娜说:

“夫人肯成全我的幸福吗?”

“你要什么?”约瑟安娜问。

“一个职位。”

“一个职位! 你!”

“是的,夫人。”

“你怎么会有这种念头,要一个职位? 这是抵不了什么用的。”

“这正是我要一个职位的理由。”

约瑟安娜笑了。

“在这些你干不了的职位当中,你想要哪一个?”

“我要当一个海洋瓶子的开瓶员。”

约瑟安娜笑得更厉害了。

“这是什么职位? 你开玩笑。”

“我不开玩笑,夫人。”

“为着跟我自己开玩笑,我要一本正经地回答你,”女公爵说,“你再说一遍,你要的是个什么职位?”

“海洋瓶子的开瓶员。”

“在宫廷里一切都是可能的。真的有这样一个职位吗?”

“真的,夫人。”

“把这些新鲜事儿告诉我。继续说下去。”

“这是真正存在的一个职位。”

“凭着你所没有的灵魂起一个誓。”

“我起誓我不说谎。”

“我一点也不相信你。”

“谢谢,夫人。”

“你真的要做……再说一遍。”

“海洋瓶子的开瓶员。”

“这一定是一个不费什么气力的职位。就像为一匹铜马梳理鬃毛一样。”

“差不多。”

“换句话说就是什么都不干。的确是适合你的一个职位。你可以干这个。”

“夫人也同意我能够抵用了。”

“啊！你开玩笑。真有这种职位吗?”

柏基弗德罗露出恭敬而严肃的神情。

“夫人,你有一位崇高的父亲,他就是詹姆士二世国王陛下,你有一位地位显赫的姐夫,丹麦的佐治·甘伯兰公爵。你的父亲曾经当过英国海军大臣,你的大伯正在担任英国海军大臣。”

“这就是你要告诉我的新鲜事儿吗？我知道得比你清楚。”

“可是夫人有所不知。在海洋里有三种财物:沉在海底的称为沉淀物;漂浮在水面上的称为漂浮物;被波浪冲到岸上的称为冲投物。”

“还有呢?”

“这三种财物,沉淀物,漂浮物,冲投物,都属海军大臣所有。”

“还有呢?”

“夫人还不懂吗?”

“不懂。”

“在海洋里的一切财物,沉下去的,浮上来的,漂到岸上的,一切都属英国海军大臣所有。”

“一切都包括在内,好的。又怎样呢?”

“只有鲟鱼不在内,那是属于国王陛下的。”

“我还以为,”约瑟安娜说,“这一切都是属于海龙王所有的呢。”

“海龙王是个傻瓜。他把一切都放弃。他让英国人把一切都拿走。”

“把话说完。”

“这些从海里找到的财富,称为海获物。”

“很好。”

“这种财富是无穷尽的,永远有东西在水上漂浮或者冲到岸上来。这是海洋的捐献,海洋付捐税给英国。”

“我完全同意。可是你快点把话说完。”

“夫人明白就因为这样,海洋多了一个办公室。”

“在哪儿?”

“在海军部。”

“什么办公室?”

“海获物办公室。”

“还有呢?”

“这个办公室设有三个职位,一个管沉淀物,一个管漂浮物,一个管冲投物;每一个职位有一个官员。”

“说下去。”

“一条在海上航行的船只,如果有些事情要通知陆地,例如船只正在什么纬度上航行,它遇见了海怪,它望见了海岸,它在受难中,它要沉了,它已经毫无希望了,等等,那时候船主就拿了一只瓶子,把要告诉陆地的事情写在纸上,把纸条塞进瓶里,封好瓶口,把瓶投进大海。假使瓶子沉入海底,那就是沉淀物官员的事;假使瓶在水面漂浮,那就是漂浮物官员的事;假使浪头把它冲到岸上,那就是冲投物官员的事。”

“你想做冲投物官员吗?”

“正是这样。”

“这就是你所说的海洋瓶子开瓶员吗?”

“是的,因为这个职位是存在的。”

“为什么你宁愿要第三个职位而不要前面两个职位呢?”

“因为目前这个职位正在空缺。”

“这个职位担负些什么工作?”

“夫人，一五九八年，一只用柏油封口的瓶子，被一个捕海鳗的渔人在埃彼地昂·普洛蒙托里昂礁石的沙滩上拾到了。这只瓶子被送到伊丽莎白女王那里去，从瓶里抽出一块羊皮纸，纸上的记载告诉英国：荷兰不声不响地占据了一块前所未知的土地，名字叫做新桑布拉，这件事发生在一五九六年六月，他们在这块土地上被熊群吃掉了；在这个岛上度过冬天的方法记载在一张纸上，这张纸藏在一只枪盒子里，枪盒子挂在一间木屋里的火炉上，这间木屋是荷兰人在岛上建造的，岛上的荷兰人都死掉了；又说这只火炉是用一只凿穿了底的桶造成的，嵌在屋顶上。”

“我不懂你这一大堆废话。”

“好吧。伊丽莎白懂得的。荷兰多了一块地方，就是英国少了一块地方。把这件情报送给英国的那只瓶子被认为是重要的东西。从这一天起，就颁布了命令，任何人凡是在海岸上捡到封口的瓶子，都要送到英国海军部，违者处以绞刑。海军大臣委托一个官员负责开瓶子，如果瓶内消息重要，就由这个官员把内容禀告国王陛下。”

“海军部经常收到这种瓶子吗？”

“很少，不过没有关系，这个职位是存在的，海军部里为这个职位准备了办公室和宿舍。”

“这个吃饭不干活的职位可以拿多少工钱？”

“每年一百金币。”

“你为着这点钱来麻烦我吗？”

“这点钱已经够维持生活了。”

“维持乞丐的生活。”

“这种生活是适合像我这一类人的。”

“一百个金币算得了什么。”

“夫人一分钟的生活费，可以够我们普通人活一年。这就是穷人的便宜处。”

“你可以得到这个职位。”

八天以后，由于约瑟安娜卖了气力，又由于大卫·弟里一摩瓦的影响，柏基弗德罗走马上任，搬进了海军部。从此以后，他得了救，他脱离了不稳定的地位,踏上了坚实的土地,有了住宿的地方,享受着生活上的一切供应,每年还拿一百金币。

第七章　柏基弗德罗钻通地道

第一件急于要做的事，就是恩将仇报。

柏基弗德罗少不了要这样做。

他得到约瑟安娜太多的恩惠，很自然地他只有一个念头：报仇。

此外，约瑟安娜又漂亮，又高大，又年轻，又富有，又有势力，又出名，而柏基弗德罗又丑，又矮，又老，又穷，又寄人篱下，又不出名；为着这一切，他也要报仇。

一个由黑夜造成的人，怎么肯放过这许多光辉呢？

柏基弗德罗是一个曾经否认爱尔兰的爱尔兰人，一个坏蛋。

柏基弗德罗只有一件事情对他有利，那就是他有一个大肚子。

一个大肚子通常被认为是善良的标志。可是柏基弗德罗的肚子只增加了他的伪善程度，因为他是一个十足的坏蛋。

柏基弗德罗有多大岁数呢？他没有岁数。他当时的计划需要什么岁数，他就有什么岁数。从他的皱纹和灰白的头发看来，他是年老了；从他的心思灵巧看来，他很年轻。他是既敏捷又笨重的；有点像河马和猴子结合起来。保王党吗？他当然是的；可是谁又敢说他不是共和党人？他也许是天主教徒，但是他的基督教徒身份也是毫无疑问的。说他拥护斯图亚特，大概不会错；说他拥护布伦斯维克[①]，也显然是对的。拥护只有在同时也反对的情况下才成为一种力量，柏基弗德罗是奉行这句格言的。

“海洋瓶子开瓶员”的职位并不像柏基弗德罗所说的那么可笑。加西亚—费朗代兹[②]在他的《航路图志》一书中，曾经控告过——现在

---

① 布伦斯威克（Brunswick）为德国王室，其最先一代远在十三世纪，最末一代则延至十九世纪末。

② 费朗代兹（Fernandez）为十六世纪西班牙航海家。

人们把控告称为辩驳——所谓“沉没物权”,即对沉没物的掠夺;也控告过海岸居民对遭难船货物的抢劫。他的控告在英国轰动一时,而且给遭难的人们带来一种进步:那就是他们的货物,行李,财产可以不受乡民们的抢劫,只被海军大臣充公了。

一切冲上英国海岸的海难物,无论商品,船身,货包,箱子等等,都属于海军大臣所有,可是海军部特别注意的是漂浮着的瓶子里面记载些什么,这一点就显示出柏基弗德罗谋求的位置多么重要。英国最严重的顾虑之一是船只失事。航海事业是英国的生命线,因此英国最关心的是船只失事。英国永远为海上发生的一切而操心。从遭难的船只上扔到海里的小小玻璃瓶,里面装载着人们临终时最后的情报,无论从哪一个角度来看,这种情报都是十分宝贵的。里面会有关于船只的情况,关于船员的情况,关于失事的地点、时期和方式,关于什么风吹沉了这只船,哪些潮流把漂浮的瓶子冲到海岸来等等。柏基弗德罗的这个职位虽然在一个多世纪前已经取消,但是这个职位是真正有用的。最后一任官员是威廉·赫绥,他是林肯州的杜丁顿人。担任这个职位的人是海上情况的报告者。所有闭塞和封口的瓮子,瓶子,长颈瓶,水壶,等等,凡是被海潮冲到英国海岸上来的,都要交给他;只有他有权打开这些瓶子和瓮子;他第一个知道里面的秘密;他按照内容分类,写上标签,放在档案室里;所谓“把文件送到档案室”这句话就是从这里来的,到现在英吉利海峡群岛的人们还在使用这句话。实际上英国政府也采取了一种预防方法。那就是要有海军部的两个监察员在场才可以开启这些瓶子,这两个监察员是宣过誓要保守秘密的,他们和开瓶员共同在开瓶笔录上签名。由于监察员要保守秘密,柏基弗德罗就享有在一定范围内自由处分的权利,他可以在一定限度内决定一件事不让任何人知道,或者把这件事公开发表。

这种脆弱的漂流物,并不像柏基弗德罗对约瑟安娜所说的那样,是稀有的而且不重要的。有时这种漂流物很快就到达陆地,有时却要经过好几年。关键在风和海水的流向。在沉船时把瓶子扔到海里的做法,如同酬神还愿一样,有点过时了;可是在那时候,人们笃信宗教,将要死亡的人们很愿意用这种方法把他们最后的思想传达给上帝和人们,因此,有时海军部收到很多这一类从海上来的邮件。保藏在奥德赖纳城堡里的一块羊皮纸记载着:仅仅在一六一五年一年中,有五十二只记载着船只失事情况的水壶、瓶子,用柏油封口的容器,被送到海军部来,登记在海军部的档案里。这张羊皮纸有苏福克伯爵在上面加上注解,这位伯爵是詹姆士一世治下的英国的财政大臣。

宫廷里的职位正如水面上的一滴油一般,是不断地扩散开来的。因此看门人变成了大法官,侍从变成了大元帅。柏基弗德罗所期望而且得到手的那个职位通常是由一个亲信的人担任的。伊丽莎白首创这样做。在宫廷里,亲信意味着阴谋,阴谋意味着升官。担任这个职位的官员终于成了一个有点地位的人物。他是一个神职人员,级别紧接在宫廷礼拜堂牧师的两个侍童之后。他有权进入宫殿,可是这个进入权利是所谓"卑贱的进宫"①,可以一直进入到卧室。因为根据习惯,他在必要时应该把他的发现禀告君王,他应该经常把他的档案内容通知宫廷,他要不时向王上汇报开启这些悲惨的瓶子的情况;他的发现往往是十分奇特的:绝望的人们的遗嘱,向祖国告别,揭露海上的暴行和罪行,赠送遗产给政府等等。这是海洋的黑色办公室。

伊丽莎白爱说拉丁文。那时候的开瓶员名叫潭菲尔德,是伯克州的柯里地方人,每逢他把这些从海里找出来的纸片呈送给她的时候,她总是用拉丁文问他:"海神给我写了些什么来?"

洞已经蛀穿,白蚁成功了。柏基弗德罗接近了女王。

这就是他的愿望。

为了达到升官发财的目的吗?

不。

为了破坏别人的幸福。

这是比升官发财更大的幸福。

害人就是一种享受。

在自己身上经常保持着一种害人的欲望,虽然不很明确,却十分坚定而且永远不忘记,这种品性不是每个人都有的。柏基弗德罗却有这

---

① 原文是拉丁文。

种品性。

獒狗咬住了东西就不肯放,他的思想也是一样。

觉得自己是严酷无情的,这就使他产生一种深刻的、阴暗的满足。只要他的牙齿咬着一个牺牲品,或者他的心里肯定这样做就能损害别人,他就再也不要别的东西了。

他高兴得发抖,因为别人冷得要死。

有害人的心思就是富有。一个人,别人认为他很穷,而且他事实上也的确很穷,只要他有害人的心思,他就很富有,而且他也宁愿这样。关键在怎样才能使一个人心满意足,人只需要能使他满足的东西。做一件坏事,如同做一件好事一样,比金钱更为重要。坏事对身受的人固然不好,对做的人却很好。凯特斯贝是盖·福克斯在炸毁国会案中的共犯,他说:"只要能够看见国会被炸得天翻地覆,我就宁愿不要一百万镑。"

柏基弗德罗是怎样一个人?他是一个妒忌的人,一个最渺小而又最可怕的人。

妒忌是宫廷里永远可靠的投资。

宫廷里多的是傲慢的人,没事做的人,空闲得只想听闲话的有钱人,无事找事的人,惹是生非的人,被嘲弄的嘲弄者,聪明的傻瓜,他们都需要一个妒忌的人和他们谈话。

有人对你说别人的坏话,那是多么称心快意的一件事!

妒忌是制造间谍的最好的材料。

妒忌是天然的情欲,间谍是社会的职务,在妒忌和间谍之间,有深刻的相同之处。间谍是为别人才去追逐的,像狗一样;妒忌的人是为自己才去追逐的,像猫一样。

一个凶猛的我,这就是一个妒忌的人的写照。

柏基弗德罗还有别的优良品质,他是小心的,行动秘密的,讲求实际的。他保藏着一切,把仇恨牢牢记在心里。地位愈卑鄙,虚荣心愈大。受他奉承的人爱他,别的人恨他;可是他觉得恨他的人轻视他,爱他的人蔑视他。他抑制住自己。他的一切不愉快都在满含敌意的不抵抗中无声地沸腾。他非常愤慨,仿佛坏蛋也有权利愤慨似的。他默默地忍受怒火的燃烧。把一切都咽下去,他有这个能耐。他的内心有沉重的愤怒,有疯狂而不露面的气愤,有在孕育中的黑色火焰,可是没有人能够看出来;他是一个冒火而不露烟的人,他的表面经常微笑着。他是亲切的,殷勤的,容易接近的,善良的,有礼貌的。无论遇见谁,无论在什么场合,他都对人施礼。只要有一点风吹来,他就俯身到地。有一条像芦苇那么软的脊骨,是多么好的财源呀!

这种隐藏着的有毒的人,并不像我们想象中那么少。我们生活的周围总有可怕的东西在爬行。为什么要有这些坏人呢?这是一个尖锐的问题。梦想家经常提出这个问题问自己,思想家从来解答不了。因此,哲学家才以悲哀的眼睛永远注视着被称为命运的黑暗之山,山顶上那个巨大的恶鬼把一把把的蛇放到大地上来。

柏基弗德罗有一个肥胖的身躯和一张消瘦的脸。身体多肉,脸上多骨。他的指甲短而有沟,手指有粗节,拇指扁平,头发粗糙,两个太阳穴间距离很远,前额宽阔而低矮,像杀人犯的前额一样。浓密的眉毛遮盖住他的小眼睛。鼻子又长,又尖,弯曲而柔软,几乎碰到嘴唇。假使用皇帝服饰把柏基弗德罗适当地打扮一下,他的样子就有点像多米地安帝。他的蜡黄色的脸好像用胶黏的泥浆塑造的;他的动也不动的双颊像油灰制的;他有各种各样难看的和不易消失的皱纹,下颚的角度很大,下颌很笨重,耳朵有贱相。在睡觉的时候,从侧面望过去,他的上唇作锐角掀起,露出两颗牙齿。这两颗牙齿仿佛在望着你。牙齿会望人,正如眼睛会咬人一样。

忍耐,中和,克己,谨慎,节制,温顺,谦恭,亲切,有礼,恬淡,清廉,这些品德帮助了柏基弗德罗,也毁了他。他玷污了这些品德。

不到多久,柏基弗德罗就在宫廷里站稳了脚。

第八章 “下层”[①]

在宫廷里站脚有两种方式:一种是站在云端里,你就威严万分;另一种是站在泥泞里,你就有权力。

站在云端里就是属于天堂。站在泥泞里就是属于厕所。

属于天神殿的人手里只有闪电;属于厕所的人手里有警察。

厕所包括一切统治工具,有时也包括本身的惩罚,因为厕所是背信弃义的。希里奥加巴路斯[②]跑进厕所去寻死,不过那时的厕所叫做便房罢了。

通常厕所并不都是这么可悲的地方,阿尔贝隆尼曾经在那里欣赏过旺多姆风光,这也是君王们自愿地听朝政的地方,它代替了王座。路易十四在那里接见过勃艮第公爵夫人[③];菲力浦五世和王后肩并肩地偎依在那里。神甫也到那里面去,有时厕所就是忏悔所的一个分支机构。

因此,宫廷里是有地下财富的,而这些财富并不是最渺小的。

在路易十一统治时期,如果你想做一个伟大人物,你应该做法国元帅彼埃尔·德·罗昂;如果你想有势力,你应该做理发师“斑鹿”奥维立。在玛莉·德·米地西统治时期,如果你想显赫光耀,你应该做大法官西勒里;如果你想做一个重要的人,你应该做侍女拉·哈依。在路易十五统治时期,如果你想出名,你应该做大臣赛若尔;如果你想做一个可怕的人,你应该做侍仆勒贝。为路易十四整理床铺的朋当,比为路易十四练兵的路瓦,以及为路易十四取得许多军事胜利的杜来纳更有势

① 原文是拉丁文。

② 希里奥加巴路斯(Héliogabale,204—222),罗马皇帝。

③ 此人本名玛丽—阿德拉依德(Marie Adélaïde,1685—1712),后和路易十四的孙子勃艮第公爵结婚。

力。从黎世留那里拿掉若瑟神甫,黎世留就差不多等于剩下空架子。他的神秘减少了。红衣主教是十分有威严的,灰衣主教却十分可怕。做一条蛀虫有多大的权力!所有的纳瓦埃兹和所有的奥当尼尔混合起来,还比不上柏特罗西尼奥的一个姐妹所做的工作多。

当然,这种权力的来源是地位的渺小。假如你想有权力,你最好保持渺小的地位。做毫不足道的人物。一条休息的蛇,盘成圆形,这个圆圈同时是"无限"和"零"的象征。

这种毒蛇般的好运,落到了柏基弗德罗的身上。

他已经爬到他要去的地方。

肚子贴着地面的动物到处都能进去。路易十四的床上就有臭虫,在他的执政中有耶稣会神甫参加。

这里面丝毫没有矛盾。

在这个世界上一切都是一口钟,钟摆受引力作用就摇摆起来,一个极端对另一个极端有很大的吸引力。因此法郎梭瓦受特利布列的吸引;路易十五受勒贝的吸引。在极高和极低之间,存在着一种极深的相互引力。

起领导作用的是在底下的人,这是很容易理解的,牵线的人总是在底下的。

没有比这更方便的位置了。

在这个位置上的人,既是眼睛,又掌握住耳朵。

他是政府的眼睛。

他掌握的是国王的耳朵。

掌握国王的耳朵,就等于能够随意打开和关闭国王的良心,爱把什么东西塞进这个良心就塞进去。国王的心灵是你的橱子。假使你是拾废纸的人,国王的心灵就是盛废纸的篮子。国王的耳朵并不属于国王自己所有;因此这些可怜的家伙对他们自己的所作所为实在不应负很大责任。不是自己在思考的人,行动也不是由自己作主。国王是听从别人命令的。

听从谁的命令呢?

听从某一个不断在他耳边唠叨的丑恶的灵魂。这个灵魂是从深渊里飞上来的臭苍蝇。

这只苍蝇的嗡嗡声在下命令。统治不过是听从命令而已。

高声说话的是统治者;低声说话的人是掌握统治权的人。

凡是能够在一个朝代中分清楚谁在低声说话,而且听得见他在统治者耳边低声说些什么,有这种能耐的人就是真正的历史家。

第九章　恨和爱同样猛烈

安娜女王身边有好几个这样低声说话的人,柏基弗德罗是其中一个。

除了女王以外,他还秘密地怂恿,影响和操纵约瑟安娜贵妇和大卫爵士。我们说过,他在三个人耳朵旁边低声说话。他比唐约[①]更多一个耳朵。唐约只对两个人耳朵低声说话,在路易十四爱上他的弟妇亨利爱特,而亨利爱特也爱上了她的大伯路易十四时期,唐约在他们两人中间耍手腕,他瞒着亨利爱特做路易的秘书,又瞒着路易做亨利爱特的秘书,他处在两个恋爱着的傀儡中间,他代一边提问题,代另一边作答复。

柏基弗德罗有那么好的笑容,那么听话,对任何人都不袒护,而在内心深处又那么不够忠诚,样子那么丑,那么恶毒,很自然地用不着多久女王就少不了他。安娜自从尝过柏基弗德罗的味道以后,她再也不要别的拍马屁的人了。他对她拍马屁采取的是压低别人的手法,就像以前人们对路易大帝拍马屁所采用的手法一样。蒙舍维来意夫人说得好:“因为国王无知,我们只得嘲笑有学问的人。”

在压低别人的时候不时在言语上加一点毒素,就是这种艺术的最高级手法。尼禄王就爱看洛基斯特耍这种手法。

王宫是十分容易进去的;这种像石蚕般的建筑物有一条内部通路,这条通路很快就被称为侍臣的蛀虫们猜到、加以利用、进行搜索,而且在必要时把它蛀空。只要有一个借口就能走进王宫。柏基弗德罗有了他的职务作为借口,用不着多久他在女王面前的身份就像他在约瑟安娜女公爵家里的身份一样——一个不可缺少的家奴。有一天,他大胆

① 唐约(Philippe de Courcillon,Marquis de Dangeau),法王路易十四的侍臣。

地说了一句机智的话,这句话立刻使他明了女王的为人,使他知道了怎样正确估价女王的好心肠。事实经过是这样的:女王很喜欢她的管家威廉·卡文弟斯,他是代文郡的公爵,一个十分愚笨的人,他得到牛津的各种学位,可是连拼字也不会。这位爵士有一天居然做了这么一件傻事——死亡。在宫廷里,死亡是一件十分轻率的举动,因为这时候人人都会毫无顾忌地谈论你。女王当时为着这位爵士的死亡而悲叹,柏基弗德罗站在旁边,女王最后叹息着说:"真可惜,品德这么好的一个人,却生得那么愚笨!"

"愿上帝接收他的驴子!"柏基弗德罗低声地用法文说①。

女王微笑起来,柏基弗德罗把这个微笑记录下来。

他由此得出结论:伤害别人是能讨女王欢喜的。

他的恶毒有了用武之地。

从这一天起,他带着他的好奇心和邪恶心肠到处乱闯。人们任凭他这样做,因为他们十分怕他。能够引国王发笑的人,就能够使其余的人发抖。

他是一个有权力的小丑。

他每天都在地底下前进。人们需要柏基弗德罗。有几个大人物非常相信他,有时甚至于会委托他为他们办一些可耻的差使。

宫廷是一架机器,柏基弗德罗成了其中的发动机。你曾经注意到在某些机器里发动机轮是很小的吗?

尤其是约瑟安娜,我们说过,她是在利用柏基弗德罗的间谍才能的,她对柏基弗德罗信任到如此程度,竟会毫不犹豫地把她的房间的秘密钥匙交给他,他拿了这把钥匙就能够在任何时间进入她的房间。这种把自己的私生活过度地暴露的做法,在十七世纪是很风行的。这样做法称为"交钥匙"。约瑟安娜交过两把这样的信任钥匙:一把给大卫爵士,另一把给柏基弗德罗。

这种一直闯入卧室的办法在古老的习俗里并不是令人惊异的事,

---

① 法文"灵魂"(âme)和"驴子"(âne)的写法只相差一个字母,驴子一般被认为是愚笨的动物;人死后灵魂能够为上帝接收就是能上天堂。柏基弗德罗在这里故意把一句祈祷的话"愿上帝接收他的灵魂"改变为"愿上帝接收他的驴子",以讽刺死者愚蠢。

因此有时也会产生意外事件。有一次拉·飞黛突然拉开拉封小姐的床幔,发现床上有黑人火枪手圣松在那里,等等,等等。

柏基弗德罗最擅长的就是这种阴险的发现,这种发现能够使大人物向小人物屈服。他在黑暗中走路时是弯弯曲曲的,轻轻的和巧妙的。就像一个十全十美的间谍一样,他具有刽子手的冷酷无情,具有显微镜学者的耐心。他是天生的侍臣,一切侍臣都是梦游病患者。侍臣在黑夜里徘徊,这个黑夜就是被称为"权力"的黑夜。他的手上拿着一盏捉贼灯,只照亮他要照亮的一点地方,其余各处仍在黑暗中。他提着灯要找的不是一个人,而是一只野兽。他找到的是国王。

所有的国王都不喜欢自己身边的人自命不凡。他们喜欢有人嘲笑这些人,但是不要嘲笑国王自己。柏基弗德罗的天才在于他能够经常地抑低爵士们和亲王们,从而抬高女王,把女王相应地捧了上去。

柏基弗德罗手里的那把秘密钥匙有两个头,两边都能开锁,因此,约瑟安娜两处最心爱的住所,一个是伦敦的亨克威勒大厦,另一个是温莎的柯利奥纳别墅,他都能够自己开门进到里面的小房间里去。这两处住所都是克朗查理的遗产。亨克威勒大厦靠近老城门,从哈维克到伦敦老城门是必经之路,在那里有查理二世的雕像,雕像上头画着一个天使,脚下雕刻着一头狮子和一只独角兽。吹东风的时候,在亨克威勒可以听见圣玛莉勒朋教堂的钟声。柯利奥纳别墅是一所佛罗伦萨式的宫殿,用砖和石头筑成,有大理石柱廊,建筑在温莎的木桩上,坐落在一条木桥的末端,里面有英国最宏伟的礼宾院。

柯利奥纳别墅和温莎城堡贴邻,因此约瑟安娜在这座别墅里就是在女王伸手可到的范围以内。约瑟安娜倒很喜欢这样。

柏基弗德罗对女王的影响在外表上一点看不出,它完全埋在根底里。拔除这种宫廷里的毒草很困难,因为这种草埋藏得很深,外表上没有任何让人掌握的地方。锄除洛克罗尔、特利布列或者布鲁米尔①,差不多是不可能的事。

---

① 洛克罗尔(Roguelaure,1544—1625),路易十三时代的元帅,这里可能是指他的善说笑话的儿子加斯东。特利布列(Triboulet),路易十二时代的一个疯子。布鲁米尔(Brummel,1778—1840),英国著名的花花公子。

一天又一天,安娜女王愈来愈宠信柏基弗德罗。

沙拉·曾宁士是出名的;柏基弗德罗并不出名;他的得宠不为人知。柏基弗德罗这个名字并没有记载在历史上。显见捉鼹鼠的人并不是能够把所有鼹鼠都捉光。

柏基弗德罗过去曾经想当教士,因此他什么都学过一点;样样都学的结果是一无所成。人可能受到"样样皆知"①的害。脑子下面有达那伊德的无底桶②,就是一大群可以称为毫无成就的学者们的悲剧。柏基弗德罗装进脑子里的东西使他的脑子空无所有。

精神和人性一样,是害怕空虚的。为了填满空虚,人性拿爱情填进去;精神往往拿憎恨填进去。憎恨于是占据了空虚。

为恨而恨是存在的。在人性上为艺术而艺术的广泛存在比人们所想象的要多得多。

憎恨,就应该有所行动。

无条件的憎恨,这是惊人的,意思是说,憎恨本身就是偿付自己的代价。

一只熊舐它的爪子而活着。

当然不是永远舐下去。要给爪子送粮食,要放些东西在爪子下面。

没有固定目标的憎恨是甜蜜的,在一定时期中也不需要什么;可是最后总要有一个固定的目标。和一切孤独的享受一样,模糊地对一切憎恨是有涸辙的时候的。没有目标的憎恨如同没有靶子的射击一样。只有射透一颗心,才能使参加射击的人感兴趣。

人是不可能仅仅为着荣誉而憎恨的。必须有些东西来调调口味,必须损害一个男人或者一个女人,总要有个目标。

约瑟安娜帮了柏基弗德罗的忙,满足了这个要求;她自己虽然不知道,她却为柏基弗德罗提高了游戏的兴味,提供了一个目标;有了她,等于把憎恨对象固定起来,从而使憎恨者的情绪更加激烈;等于把活生生的猎获物放在猎人面前,以引起猎人的兴趣;也像是给了守候者以热气

---

① 原文是拉丁文。

② 希腊神话:达那伊德(意为"达那俄斯的女儿们")是埃及王达那俄斯的五十个女儿的总名称,她们被罚用有漏洞的桶来盛水,水装进去,马上流光。

腾腾的鲜血即将流出来的希望;也等于使捕鸟者看见徒然有翼的云雀竟完全堕入自己的圈套;也像是给主人看见养肥以备屠宰的畜生,这是帮忙者不自知的完全出乎意料的后果。

思想是子弹。柏基弗德罗从第一天起就拿心中的恶念瞄准约瑟安娜。念头和枪相似。柏基弗德罗瞄准约瑟安娜,把全部秘密的恶念指向她。你觉得惊奇吗?你开枪射击鸟儿,鸟儿犯了你什么呢?你说你是想吃鸟儿。柏基弗德罗也是一样。

约瑟安娜是不会被人射中心房的,藏着谜的地方不容易受到损伤;可是她的头容易被人打中,换句话说,她的高傲可能受到打击。

这是她自认为坚强的地方,实际上是她的弱点。

柏基弗德罗知道这一点。

假使约瑟安娜能够看清楚柏基弗德罗的黑良心,假使她能够分辨出来他的微笑下面隐藏着什么,这位傲慢而且有高贵身份的女人也许会浑身哆嗦起来。幸而她绝对看不出他的心思,因此她也睡得很安稳。

“意外”不知从哪里喷射出来。生命的深沉底层是可怕的。世界上没有微小的憎恨。憎恨总是巨大的。它把它的身躯隐藏在最渺小的生命里,可是它仍然是巨物。一点憎恨就是全部憎恨。一只巨象被一只小蚂蚁憎恨,巨象就危险了。

柏基弗德罗即使在动手以前也已经愉快地开始尝到他要干的坏事的滋味。他还不知道他要怎样害约瑟安娜。可是他已经决定要干这件事,只要拿定这个决心就很够了。

把约瑟安娜全部毁掉,这个成就太伟大了。他并没有抱着这种希望。可是侮辱她,压低她,使她伤心,使她的傲慢的眼睛由于气愤而哭得红肿,那就是成功了。他要达到这个目的。天生他是一个固执的、勤勉的、忠于别人的痛苦的、不肯放弃目标的人,他并没有辜负这些天赋。他完全知道怎样找出约瑟安娜的弱点,怎样使这位高傲的女神流血。我们再问一次:他这样做到底有什么好处呢?有很大的好处:以怨报德。

怎样才算是一个妒忌的人?一个妒忌的人是一个忘恩负义的人。

他憎恨给他明亮和温暖的火光。佐伊勒憎恨有恩于人类的荷马①。

柏基弗德罗有一个梦想:把约瑟安娜拿来作活体解剖,把浑身搐动着的她放在解剖台上;闲暇的时候在外科手术室里拿她活活地解剖;以业余爱好者的身份用刀细细地切她,让她尖声叫喊——这样的梦想使柏基弗德罗着了迷。

为着达到这个目的,他自己也要吃点苦头,他对这一点是心甘情愿的。用钳子的人可能被钳子夹伤。用刀的人把刀合拢时也常常被刀切伤手指。这有什么关系!他并不在乎在约瑟安娜受苦的时候也受到一点牵累。刽子手挥舞着烧红的铁,自己也受到灼伤,可是并不在意。由于别人的痛苦更深,自己就觉不着痛苦。看见受刑的人绞扭着身体,你的痛苦也就消失了。

做害人的事,管它会发生什么后果。

害人,同时自己也就担负起一种不很清楚的责任。使别人受到危险,自己也会遭遇这种危险,因为事物的联系可能使一件事带来意料不到的后果。这一点并不能阻止真正的恶人。他觉得被害人的痛苦就是他的快乐。被害人的悲痛使他愉快得像搔痒一般;坏人只有丑恶的笑容。痛苦在他身上的反映是幸福。阿尔拔公爵经常在火刑柱上烘手。火堆是痛苦,它的反映是愉快。假使这样的相互转化是可能的话,真能令人发抖。我们的黑暗面是深不可测的。波丹曾经使用过"美妙的痛苦"一词②,这种说法也许有三重意义:对痛苦的寻觅,受害者的痛苦,害人者的快乐。野心,欲望,所有这些词儿都意味着有人牺牲,有人满意。最可悲的是人的希望可能是邪恶的希望。我们嫉妒一个人总是希望他不好,为什么不希望他好呢?难道我们的心意是倾向于恶的方面吗?正义的人有一个艰苦的工作,那就是继续不断地从自己的灵魂中拔掉难以消除的恶念。仔细研究我们的一切欲望,我们就会发觉几乎所有的欲望都包含着一些我们难以启齿的内容。彻头彻尾的恶人是有

---

① 佐伊勒(Zoïle),纪元前四世纪时希腊的一个修辞学家,严厉地批评荷马,被称为"荷马的灾难"。

② 原书(即波丹所著《巴黎工商界年鉴》第四卷,第四〇六页。——译者)第四卷,第一九六页。——原注。

的，对这种恶人，别人的痛苦就是他的幸福。这是人类的暗影，黑暗的洞穴。

约瑟安娜由于盲目地高傲，有充分的安全感，她对一切都看不起。女人的轻蔑能力是令人惊异的。约瑟安娜的轻蔑是无意识的，不自觉的，富有信心的。柏基弗德罗在她的心目中和一件物件差不多。假使有人对她说柏基弗德罗是一个人，她会觉得惊奇的。

她在这个人前面来来去去，放声大笑，这个人斜着眼睛注视她。

他在沉思，他在等待机会。

他愈等待，打击这个女人的决心愈增加。

这是冷酷无情的等待。

他对自己的行为却有很好的解释。不要以为坏蛋们缺乏自尊心。他们在自己傲慢的独白中把情况详细对自己说明，而且他们十分高傲。怎么！这个约瑟安娜施惠给他！她从她的庞大资财中取出几个子儿扔给他，像扔给叫花子一样！她把他牢牢地钉在一个配不上他的职位上！他，柏基弗德罗，是一个有学问的人，几乎当上了神甫，有各种丰富的天才，是当主教的材料，他居然有这样一个职位，专门记录一些又脏又臭的破瓶儿；居然要在一间简陋的办公室里度过一生，一本正经地打开一些沾满海里一切脏东西的无聊瓶子；居然要仔细阅读长了霉的羊皮纸，腐烂的、字迹不易辨认的文件，肮脏的遗嘱，以及其他诸如此类的难读的废纸，这一切都是这个约瑟安娜的错！怎么！这个女人居然毫不客气地用主人的口吻对他说话！

而他还不想报复！

他还不惩罚一下这个女人！

天啊！难道这世界上没有公道了吗！

第十章　如果人是透明的，我们就看得见这种火焰

怎么！这个女人，这个放荡的家伙，淫逸的幻想家，只要有机会就不守贞洁的处女，还没有交割的一堆肉，戴着公主王冠的无耻之徒，由于运气好还没有被人逮住的傲慢的狄安娜，一个愚笨得保不住王位的流氓国王的私生女，侥幸的女公爵，只因目前地位高她才能装得像女神，穷起来她一定会当妓女；这个勉强及格的贵妇人，强占一个流亡者的财产的女强盗，这个傲慢的无赖，只为着有一天，他，柏基弗德罗，没有饭吃，没有住所，她就轻率地叫他坐在她的餐桌的末座上，住在她的讨厌的宫殿的一个角落里。哪一个角落里？不管什么地方，或者在顶楼，或者在地下室，都不过比她的奴仆们好点，比她的马儿更差一点！她利用柏基弗德罗的不幸，赶紧恶意地帮他的忙，就跟富人侮辱穷人所做的一样，还把他紧紧缚住，就跟主人用绳系住一条狗一样！而且她帮的忙有什么价值呢？帮忙的价值大小要看帮忙的人付出多少代价。她的大厦里有的是多余房间。这就算帮了柏基弗德罗的忙吗？她真费了好大的劲啊！她少喝了一口龟肉汤吗？她的可恨的多余财产少掉了什么东西吗？一点也没有。她还给她的财产增加了一件装饰品，一件奢侈品，一件善事，就跟手指上一只戒指一样，她救了一个有才智的人，庇护了一个教士！她可以神气活现地说："我毫不吝惜地做好事，我养活一个文人，做他的保护者！这个可怜的家伙能够找到我是多么幸运！我是艺术的好朋友！"这一切只不过因为她在顶楼的丑恶的小房间里给他架上一张破床！至于海军部的那个职位，是约瑟安娜给他设法获得的。我的天，多么好的一个职位！约瑟安娜造成了柏基弗德罗目前的地位。她提拔了他，是的，提拔他到没有地位的地位上。因为他在这个可笑的职位上觉得自己要弯着腰，屈着膝，浑身不遂。他感谢约瑟安

娜什么？他对她的感谢如同一个驼子感谢他的母亲把他生成畸形一样。看呀！这些享有特权的人，富足的人；这些新贵，丑恶的幸运女神的宠儿！至于他，柏基弗德罗，有天才的人，却不得不站在楼梯口，向奴仆敬礼；晚间要爬几层楼才到达自己的房间；要彬彬有礼，要趋前奉承，要讨人欢喜，要恭恭敬敬，要和顺可亲，脸上还经常要装出尊敬的怪样子！哪怕他气愤得咬牙切齿也好！而在这种时候，她却戴上珍珠项圈，摆出架子和她的那个蠢材大卫·弟里一摩瓦爵士谈情说爱，这个淫妇！

千万不要接受别人的恩惠，别人会利用这一点来奴役你，你在饥饿得软弱无力的时候千万不要让别人看见，别人会来救你。因为他没有面包吃，这个女人就找到借口来给他吃的。从此以后他就成了她的奴仆！只因为肚子一时忍不住饥饿，终生就被人锁上锁链！受人恩惠就是被人剥削。那些幸运儿，有权势的人，利用你伸出手来的一刹那间塞了一个铜板给你，利用你一时软弱把你降为奴隶，而且是最悲惨的奴隶，是被恩惠束缚住的奴隶，不得不热爱奴隶主的奴隶！多么可耻！多么卑鄙！对我们的自尊心是多么严重的打击！完了，你已经被判定了终生要认为这个男人是善良的，这个女人是美丽的，你自己永远处在下属地位，即使你被愤怒咬啮着心灵，你在咽下愤怒的喊声，你的内心风暴和痛苦浪潮比海洋上的风暴和浪潮更猛烈更高，你也得欣然同意，拍手赞美，焚香礼拜，把膝盖跪得起泡，而且还要把你的每一句话变成甜言蜜语。

有钱人就是这样使穷人变成囚犯。

恩惠胶粘在你身上，涂满你全身，使你陷在泥泞里终生不能自拔。

施舍是不可治的病。感恩是中风瘫痪。一个恩惠就是发臭的糨糊，它胶黏着你，使你不能自由行动。那些丑恶的、大腹便便的、用他们的怜悯伤害了你的有钱人，清楚地知道这一点。这是既成事实，你成了他们的所有物，他们买了你。用多少代价？用一根骨头的代价，他们从狗的口中取回一根骨头扔给你，他们朝你的脑袋扔过去。你得到他们的帮助，也给他们打了一下，这没有什么关系。你不是啃了那根骨头吗？有没有？你不是也有了一个窠儿吗？那么，道谢吧。永远道谢吧，崇拜你的主人，永远跪在尘埃里，一个恩惠就意味着你同意接受低下的地位。他们要你觉得自己是一个穷鬼,而他们是天神。你的下降使他们上升,你的弯腰使他们的腰挺得更直,他们的声音里有一种无礼的声调。他们的家庭喜庆事件,像结婚呀,洗礼呀,怀孕呀,生孩子呀,都跟你有关系。他们生下一只小狼,你得写一首诗来庆祝。你是诗人就应该做这种无聊的事。这真是足够使天上的星星落下来!再进一步,他们就会叫你穿他们的旧鞋子!

“亲爱的,你家里有个什么人呀?他多难看!这个人是谁呀?”——“我不知道他是谁,他大概是个下等文人,我养活的。”——这些愚蠢的女人就这样一问一答,连声音也不抑低一点。你听见了,你只能机械地保持亲切可爱的态度。此外,假如你病了,你的主人会给你叫医生来。当然不是他们的私人医生。偶然他们也问一声你的病情。他们和你不是同一类人,他们是你所高攀不上的,他们自然就有一种和蔼的态度。他们的崇高地位使他们容易亲近。他们知道平等是不可能的。由于轻蔑,他们很有礼貌。在饭桌上,他们向你微微颔首示意。有时他们也知道你的名字怎样写法。他们使你觉得他们是你的保护者,只是在他们很自然地践踏你的自尊心的时候。他们很和善地对待你!

这不是十分叫人难以忍受的吗?

是的,迫切需要惩罚约瑟安娜。应该教训她,叫她知道和她周旋的是个什么人。啊!有钱的先生们,因为你们的胃和我们的胃一样大小,你们不能够把一切都吞下去,多吃会引起消化不良,把吃剩的分给别人总比倒掉好,你们就把分一点食物给穷人的举动捧为伟大的行为!啊!你们把面包给我们,你们给我们一个住所,你们给我们衣服,给我们职位,你们就居然如此大胆、疯狂、残酷、愚蠢、可笑,竟然认为我们欠下你们的债!这片面包,是奴役的面包,这个住所,是奴仆的房间,这些衣服,是侍从的制服,这个职位,是对我们的嘲弄;薪水是有的,可是这是多么残暴的嘲弄!啊!你们认为管住管吃,就有权凌辱我们,你们想象我们是债务人,你们要我们报恩!好!我们就来吃掉你们的肚子!我们要活生生地吞掉你,漂亮的女士,我们要用我们的牙齿咬断你的心脏的一切筋肉!

这个约瑟安娜!她有什么功劳?她的杰作只是生下来,证明她的父亲的愚蠢和她的母亲的丑行,她给我们的恩惠是活着,为我们证明一件众所周知的丑事,我们就付给她百万以上的金钱,让她占有土地和城堡,渔场,猎场,湖沼,森林,还有许多别的产业,让她拿着这一切把自己打扮成一个傻瓜!人们还要写诗献给她!而他,柏基弗德罗,他曾经用心研究和学习,辛辛苦苦地拿厚厚的书本装进眼睛里和脑子里,钻进书本和科学研究里简直到发霉的程度,他十分聪明,假使他愿意,他能够很好地指挥军队,能够像奥特韦和屈莱顿一样写出优秀的悲剧剧本,他简直是可以登基统治天下的皇帝,而他堕落到要让她这样一个渺小的东西来使他免于饿死!这些可恨的命运的宠儿,这些有钱人,篡夺我们的地位竟到了这样的程度!他们装出对我们十分慷慨的样子,保护我们,对我们微笑,而我们是要喝干他们的血然后舐舐嘴唇的人!一个宫廷的下贱妇人居然有了当慈善家的权力,一个上等人却要捡起从她的手里落下来的残羹剩饭,多么可怕的不公平啊!以这样的不相称和不公道的现象做基础的社会,是怎样的一个社会啊!难道不应该拿起桌布的四只角,把一切东西乱七八糟地一起倒翻,连桌布,酒菜,与会的客人,所有两只手肘撑在桌子上和四只脚爬在桌子下的,所有那些施惠的傲慢的人和那些受惠的傻瓜,都包括在内,把这一切重新扔回给上帝,把整个大地都扔到天上去吗!目前让我们先把利爪深深地插进约瑟安娜的身体里面去吧。

上面所说的一切就是柏基弗德罗的梦想。这是他的灵魂深处的怒吼。妒忌的人的习惯是把社会疾病和个人的痛苦混合起来以原谅自己。憎恨的心情用各种野蛮的形式在这个凶暴的人的理智里来来往往。在十五世纪的旧世界地图的一个角落里,我们可以发现一大块地形不确定而且没有地名的区域,上面写着这样一句话:"这里有狮子"①。在人身上也有这样一个阴暗的角落。激情在我们身上某一处徘徊而且吼号,我们也可以在我们灵魂的这个阴暗角落里写上这句话:"这里有狮子"。

这种野蛮的推理是绝对可笑的吗?是不是缺乏判断呢?应该承

① 原文是拉丁文。但下一句中的"这里有狮子"几字却是法文。

认:不。

一件可怕的事情是:我们的判断不等于正义。判断是相对的。正义是绝对的。请想一想一个法官和一个正直的人之间的区别。

恶人用权力来带领良心走上歪路。一个诡辩家就是一个有错误论点的人,有时这个有错误论点的人虐待健全的理智。有一种富有弹性,十分固执而且行动敏捷的逻辑,正在为错误服务而且擅长在黑暗中谋害真理。这是撒旦打到上帝身上的拳头。

被愚人崇拜的诡辩家,除了在人的良心上留下伤痕以外,没有别的光荣。

最糟的是柏基弗德罗预感到计划的失败。他计划进行的工作规模很大,他最怕的是这件工作造成的损害不够大。作为一个腐蚀性的人,有钢铁似的意志,有金刚石似的仇恨,有火似的等待别人祸事发生的热情,而结果没有烧掉什么,没有砍掉谁的头,没有消灭掉任何人!像他那样的人,既然是破坏专家,仇恨祖师,别人幸福的蛀虫,而且造物主(总得有个造物主,不管这个造物主是魔鬼或者上帝!)把他从头到尾地造成这样一个柏基弗德罗,他的成就也许只像弹一弹指头那么大,这是可能的吗?柏基弗德罗打不中目标!本来是能够发射大块石头的弹力机,但是用尽全力弹出去以后,只把一个装腔作势的娘们儿的前额打肿一个小瘤!一门弩炮所造成的损失只不过跟弹一弹指头一样!和西绪福斯①做着同样艰苦的工作,所获得的结果只像蚂蚁那么大!为着憎恨而流尽了汗,所得到的几乎等于零!对于一个能够粉碎整个世界的仇恨机器,这样的结果不是相当可耻吗!把一切齿轮都开动起来,在黑暗中把马尔勒式引水机器开得震天价响,结果也许只能够钳一钳一根粉红色的小指头!他要费尽气力去翻动又翻动许多大石块,也许只能够使宫廷的平坦的表面稍为起一点皱纹。上帝喜欢这样作弄人,总是要人大量地浪费气力。要搬一座山,结果只搬动了一个鼹鼠窝。

此外,宫廷是一个古怪的地方,如果你在宫廷里瞄准一个敌人而打

① 西绪福斯,为希腊神话中科林斯的国王,以狡诈著称;死后被判苦役:永远推着一块重石头,从山下推到山上,快到山顶时,石头又会滚下山。西绪福斯的苦工,意思是:“徒劳无益的工作”。

不中他,那是最危险不过的事。首先,你向你的敌人暴露了你的真面目,这样会激起他的愤怒;其次,也是最重要的一点,你这样会使宫廷主人不悦。国王们不喜欢笨手笨脚的人。不要有伤痕,不要有难看的伤口。你可以扼杀任何人,可是不要把一个人的鼻子打得流血。杀人的人是聪明人,打伤人的人是笨蛋。国王们不喜欢别人打断他们的侍从们的腿。假如你使宫廷壁炉上的一件瓷器有了裂缝,或者使扈从行列里一个侍从外表上有了缺点,国王们就会恨你。宫廷应该是整洁的。打破了,另外换一件,那才是做得对。

这样做法和国王们爱听坏话的嗜好是配合得很好的。说坏话,可是不要动手。或者,如果你动手,就要大干一场。

一刀刺下去,可不要用针刺,除非用来刺的针已经沾染过毒液。这样才可以获得别人谅解。我们记得,这正是柏基弗德罗的情况。

所有坏心眼的矮子都是禁闭着所罗门的龙的小玻璃瓶。这只玻璃瓶小得要用显微镜才能看清楚,可是里面禁闭着的龙却庞大无比。这个惊人的压缩正在等待伟大的膨胀时刻。这样的等待是沉闷的,可是对爆炸的预感抵偿了沉闷。被禁闭的囚犯比囚室更大。一个巨人在潜伏着。这是多么奇异的事!一尾鲦鱼身上藏着一条九头蛇!对矮子说来,做这样的玻璃瓶,让自己的内心藏着一条巨龙,既是一种苦刑,也是一种乐趣。

因此,柏基弗德罗说什么也不肯放弃他的计划。他在等待他的时刻。这个时刻会不会到来呢?来不来都没有关系,他在等待着。一个人变得十分坏的时候,自尊心就和他的坏心眼混合在一起。我们再说一遍,暗害一个地位比我们高的宫廷宠儿,在他的脚下埋藏炸弹,自己却隐藏起来,这是非常有趣的。这样的一种游戏可以激发我们的热情,可以使人着迷得像在写作一首史诗一样。自己十分渺小,却攻击一个身份极高的大人物,这个举动是光荣的。做狮子身上的跳蚤是值得骄傲的。

高傲的狮子觉得自己被咬了一口,就把自己的巨大愤怒消耗在渺小的跳蚤身上。遇见一头老虎倒会使它觉得好过一点。遇见了跳蚤双方扮演的角色就颠倒过来:受了侮辱的狮子身上留下跳蚤的尖刺,跳蚤倒可以说:“我的身上有了狮子的鲜血。”

不过,这样只能使柏基弗德罗的自尊心得到一半满足。充其量也不过是一种安慰,一种镇静剂。戏弄人固然不错,使人痛苦就更好。柏基弗德罗有一个摆脱不了的不愉快思想,那就是他的成就最多只不过是碰一碰约瑟安娜的表皮。他是那么渺小的人,而她的地位那么显赫,他怎能希望获得更大的成就呢?他想看见她流出鲜红的血,想听见她的呼号声,想剥去她的皮,使她比裸体更裸,但是他的成就只是抓伤她的皮肤,这种成就多么微小啊!有这些抱负的人而没有相应的权力,这是多么可惜的事!世界上是没有十全十美的事的。

总之,他无可奈何。既然不可能希望获得更好的成就,他只得放弃一半的梦想。把人恶意地戏弄一下,也总算是一个目标。

以怨报德的人,是多么伟大的人!柏基弗德罗就是这种伟人之一。通常人们只是忘恩负义,这个坏人中的骄子却是以怨报德。忘恩负义的人内心只有灰烬,柏基弗德罗的内心有什么?有一只火炉。这只火炉是由憎恨,愤怒,沉默,怨恨所筑成的,等待着约瑟安娜来做它的燃料。从来没有见过一个男人毫无理由地憎恨一个女人到这种程度的。这种情形多么可怕!她使他不能睡眠,整天只是想着她,为她而烦恼,生气。

也许他还有点爱上了她。

第十一章　柏基弗德罗埋伏着

找到约瑟安娜容易受伤的地方打击下去，这就是柏基弗德罗的不可动摇的意志。他所以要这样做的理由我们在上面已经说过了。

仅有意志还不够；还要有能力。

怎么办呢？

这就是问题。

普通的无赖汉要做坏事的时候总是事先布置好一切。他们觉得自己没有能力来利用偶然的事件，不能用强力或者用和平的手法来抓住临时出现的事件，迫使它为他们服务。因此，他们不得不事先作好一切布置，而这种事先布置是极恶的坏蛋所不屑为的。极恶的坏蛋所凭借的总是他们的坏心眼；他们只要配备好全副武装，准备好利用各种偶然事件的不同武器，然后像柏基弗德罗一样，慢慢地等待好机会。他们知道事先拟好的计划可能和临时发生的事件配合不上。一个人不是订好计划就一定能够成功，就可以为所欲为的。人不能和命运作好事先的谈判。“明天”是不会服从我们的。偶然事件的出现是没有一定规则的。

因此，他们就窥伺着偶然事件，一等它出现立刻就毫不客气地命令它和他们合作。计划是没有的，草图是没有的，雏形是没有的，意外事件要穿鞋子只能订制，不能买现成的。他们是笔直地投入黑暗中。直接而且迅速地利用对自己有利的事件，这种本领是一个有能力的坏人的标帜，有这种本领的坏蛋就成了魔鬼。能够突然抓住命运，这就是一种天才。

真正的坏蛋只要找到一块石头就立刻用弹弓来打你。

有能力的恶人依靠意外事件，意外事件是许多罪恶的无知的助手。

抓住意外事件，扑到它的身上，就是这一类天才的最有诗意的艺术。

在意外事件未出现以前,先考察一下对手,再研究一下自己的立足点。

对柏基弗德罗来说,他的立足点是安娜女王。

柏基弗德罗接近了女王。

接近到这种程度,以致他有时认为他连女王的自言自语也听见了。

有时他在旁边听她们两姐妹谈话,丝毫不受她们的注意。她们也准许他偶然插进来一两句话。他就借此机会抑低自己。这是取得信任的一种方法。

例如有一天在汉普顿宫的花园里,他跟在女公爵的后面,女公爵在女王的后面,他听见安娜很笨拙地按照流行的做法说出她的感想。

"畜生们是幸福的,"女王说,"它们没有下地狱的危险。"

"它们早已在地狱里了。"约瑟安娜回答。

这个回答很粗暴地用哲学代替了宗教,女王听了很不高兴。假使回答的含义很深奥的话,安娜更会觉得愤激。

"亲爱的,"她对约瑟安娜说,"我们谈起地狱就像两个傻瓜似的。让我们问问柏基弗德罗关于地狱的一切吧。他应该知道这一类事情的。"

"因为他是魔鬼吗?"约瑟安娜问。

"因为他是畜生。"柏基弗德罗回答。

一边说,他一边深深地鞠躬。

"夫人,"女王对约瑟安娜说,"他比我们俩聪明。"

对于像柏基弗德罗那样的人,能够接近女王就等于抓住了她。他可以说:"我得到她了。"现在他所需要的是按照怎样的方法来利用她。

他在宫里站定了脚,能够在宫里立足就是了不起的事,任何机会都逃不过他的眼睛,不止一次他曾经使女王恶意地微笑起来,这就等于发了一张狩猎许可证给他。

可是有没有禁猎的猎物呢?这张狩猎许可证能不能够让他打伤像女王的妹妹那样的人的翅膀或者脚爪呢?

第一点要弄清楚的是:女王爱不爱她的妹妹?

走错了一步可能使全局失败。柏基弗德罗细心观察。

在下手赌钱之先,赌鬼先看一看自己手中的牌。他的手里有些什么王牌?柏基弗德罗从察看这两个女人的年龄入手:约瑟安娜二十三岁;安娜四十一岁。很好。他能赌了。

一个女人的年龄不再用春天来计算,而开始用冬天来计算,这是最令人焦躁不安的时期。那时你对时间抱着阴暗的仇恨,因为在你的身上看出了时间逝去的痕迹。那些年轻的如花美眷,在别人的眼中是香花,在你的心目中是荆棘,你只感觉她们是刺,却感觉不到她们是玫瑰花。你会觉得她们的清新鲜艳是从你那里夺走的,你之所以年老色衰,是因为她们日趋美丽的缘故。

充分利用这种秘密的阴暗心情,把上四十岁女王的脸上的皱纹更加挖深一点,这就是柏基弗德罗的最好的赌法。

羡慕最容易引起妒忌,就像老鼠最容易引诱鳄鱼出洞一样。

柏基弗德罗的精明的眼光盯着安娜。

他望着女王就像我们望着一潭死水一样。沼泽的水也是透明的。在污水里我们看见的是缺点;在浊水里我们看见的是呆笨。安娜只是一潭浊水。

在她的肥大的脑子里活动着的是一些尚未成熟的感情,和一些观念的影子。

这些东西都是相当模糊的,连轮廓也还看不清楚。但是它们虽然尚未成形,却是客观存在的。女王想这样,女王要那样,明确地肯定女王的思想是困难的。要看出浊水中的各种模糊的变化并不十分容易。

女王平日虽然含糊难测,有时却愚笨地和突然地流露出真正的心意来。这就是需要抓住的东西,而且必须当场抓住它。

在安娜女王的内心深处,对女公爵约瑟安娜的看法怎样呢?是爱她,还是恨她?

这是一个问题,柏基弗德罗自己对自己提出这个问题。

解决了这个问题,就能够进一步开展工作。

有不少偶然的机会帮助了柏基弗德罗,尤其重要的是他的固执的窥伺。

安娜由于她的丈夫的关系,和普鲁士的新王后沾上了一点亲戚关系,这位王后就是有一百个侍从的国王的老婆。安娜有她的一张相片,这张相片是按照土基·德·梅约那的制法印在搪瓷上的。这位普鲁士王后也有一个私生的妹妹德莉卡女男爵。

有一天,柏基弗德罗也在场,安娜向普鲁士大使问起关于这个德莉卡的事。

"据说她很有钱,是吗?"

"非常有钱。"大使回答。

"她有宫殿吗?"

"她的宫殿比她的王后姐姐的宫殿更华丽。"

"她将来要嫁给谁?"

"嫁给一位非常尊贵的贵族,戈尔摩伯爵。"

"他漂亮吗?"

"很迷人。"

"她年轻吗?"

"非常年轻。"

"像王后那么好看吗?"

大使压低了声音回答:

"比她更好看。"

"这真是岂有此理。"柏基弗德罗喃喃地说。

女王沉默了片刻,叫起来:

"这些私生女!"

柏基弗德罗注意她说的是多数,约瑟安娜显然也包括在内。

另一次,从教堂出来,柏基弗德罗跟在礼拜堂的两个侍从后面,很靠近女王。大卫·弟里一摩瓦爵士从女人堆中走过,他的良好的脸色引起了大家的注意。他一路经过,一路都有女人们惊叹:"他多么风流!"——"他多么潇洒!"——"他的神气多么高贵!"——"他多么漂亮!"

"真讨厌!"女王嘀咕着说。

柏基弗德罗听见了这句话。

他决定了。

损害约瑟安娜女公爵不会得罪女王。

第一个问题解决了。

现在第二个问题产生了。

怎样才能损害约瑟安娜女公爵呢?

他的职位那么微不足道,怎么能够帮助他去完成这么困难的一个目标呢?

显然,靠他这个职位是不可能的。

第十二章　苏格兰,爱尔兰和英格兰

还有一个细节要告诉读者:约瑟安娜“享有旋橱的特权”。

只要想一想她虽然是私生女,可是总是女王的亲妹子,换句话说就是王亲国戚,我们就能理解她享有这种特权了。

什么是“享有旋橱的特权”呢?

圣约翰子爵,即波林布洛克,曾经写信给苏塞克斯伯爵汤玛士·列那德说:“一个大人物的地位是由两件事造成的。在英国是享有旋橱的特权;在法国是享有专用的特权。”

所谓在法国享有专用的特权就是这样一回事:国王出外旅行的时候,宫廷的总务官每到在驿站留宿时,就要派定跟随国王旅行的人们的住所。在这些人们中间,有几位是享有很大的特权的;有关一六九四年的《历史日报》第六页上记载:“这些贵族享有专用的特权,换句话说,总务官在分派住所的时候,要在他们的房间门上注明某某人专用,例如:‘苏必士亲王专用’,而不像那些非亲王的贵族,总务官只在他们的房间门上写上他们的名字,不写专用字样,例如:‘德·吉斯凡尔公爵’‘马扎兰公爵’,等等。”在房门上有了“专用”字样,就表示这是一位亲王或者国王的一个宠臣。宠臣比亲王更不好对付。国王赐给“专用”特权就像赐给蓝绶带或者贵族封号一样。

在英国“享有旋橱特权”,虽然不像享有专用特权那么光耀,但是比较实惠。这种特权是和封建统治者真正接近的标帜。任何人,不论是由于王亲国戚或者是由于得宠的关系,得到直接从国王那里接受指示的权利,就能够在卧房的墙上装置一个带铃的能旋转的小橱。铃一响,旋橱就打开,一道国王的御旨就在一个金托盘或者一个天鹅绒软枕上出现,然后旋橱又关闭起来。这种在亲友间的神秘行动的做法是既亲密又庄严的。除了这个用途,旋橱不作别用。铃响就表示有御旨到了。谁带来的御旨是看不见的。不过也无非是国王或者王后的一个侍从。在伊丽莎白时代,兰西斯特享有旋橱的特权;在詹姆士一世治下,白金汉享有这种特权;在安娜的统治下,约瑟安娜虽然不十分得宠,也享有这种特权。谁有这种特权,就像和天上的小邮局直接有了接触,上帝不时派他的邮差送信来。这个特权使享有它的人多了一些奴隶的负担,成了比侍仆地位更差的人。在宫廷里,能够抬高一个人身份的东西同时也把这个人压低。"享有旋橱特权"这句话是用法文来说的;英国的这种细微礼节大概是从古老的法国恶习里抄袭来的。

约瑟安娜贵妇是一个处女贵族,如同伊丽莎白是一个处女女王一样,她按照不同季节,有时在城里,有时在乡间,过着亲王般的生活,也有她的一个小小的宫廷,大卫爵士就是这个宫廷的朝臣,还有一些别的人。大卫爵士和约瑟安娜还没有结婚,他们可以成双地出现在公众之前,而不致被人讪笑,他们也很愿意这样做。他们经常一起去看戏和参观赛马,一起坐着马车而且坐在同一个包厢里。他们被批准结婚,而且不得不和对方结婚,但是他们认为结婚是最扫兴的事,他们只愿意经常见见面,他们很喜欢在一起。已经订婚的人可以亲密到一定限度,这个限度是很容易越过的,他们却不愿意越过。他们认为这样做是低级趣味,所以他们很容易地避免了这样做。

当时最好的拳击比赛是在蓝碧斯教区举行的,坎特伯雷大主教在这个教区里有一座宫殿,虽然那里的空气很不好;还有一间富丽堂皇的图书馆,在一定时间内可以对正直的人开放。有一次,冬天里,在一个用锁把门锁着的牧场里,有两个人举行拳赛,约瑟安娜参观了这场拳赛,是大卫带她去的。她问过:"女人可以去吗?"大卫回答:"Sunt fæminæ magnates"这句话意译就是:"中产阶级的女人不能去。"逐字译就是:"贵妇人是到处有的。"一位女公爵什么地方都能去。因此约瑟安娜贵妇就看了这场拳赛。

约瑟安娜贵妇对礼节惟一的让步是穿着男子服装,这是当时十分流行的做法。平时妇女出外旅行总是这样打扮。一辆从温莎出发的公共马车如果载着六个人,其中总有两三个穿着男子服装的女人。这是上流社会出身的标帜。

大卫爵士既然陪伴着一个女人，就不能在比赛中露脸，只能做一个普通的参观者。

约瑟安娜贵妇惟一显露出自己身份的举动是她用望远镜来观看，那是只有上流人士才做的事。

这一次“精彩的拳赛”是由日耳曼爵士主持的，这位爵士就是另一位日耳曼爵士的曾祖父或曾伯祖父，另一位日耳曼爵士在十八世纪末期原来是上校，在打仗时临阵脱逃，后来做了国防部长，虽然从敌人的枪口下逃脱了性命，却落入谢立丹①的冷嘲热讽中，这种嘲讽比榴霰弹更厉害。在比赛中有许多上流人士在打赌：卡勒顿的哈里·贝辽对海德爵士亨利，前者自认为对已无继承人的贝拉—阿瓜爵位享有权利，后者是代表邓希维德市（又名乱吉士顿市）的议员；高贵的比里格连·拔蒂，特卢洛市的议员，对汤玛士·柯勒匹配爵士，米德士东的议员；洛田边境上的蓝米博的地主，对潘连市的山姆·特里斐西斯；圣伊芙市的巴塞来姆·圣恩爵士，对十分高贵的查尔斯·鲍德维尔，后者又称为罗伯特爵士，是康华尔郡的郡法院监督推事。还有别的许多人。

两个拳击家一个是爱尔兰的蒂帕拉里人菲林—盖—玛端纳，他的名字就是他的家乡一座山的名字；另一个是苏格兰人赫姆士盖尔。

他们两个是国家的拳击冠军。爱尔兰要和苏格兰较量；埃林要用拳头来打嘉约代②。因此打赌的钱数超过四万金币，固定的赌注还未计算在内。

两个选手都没有穿衣服，只穿着一条紧包着屁股的短裤，一对有钉的靴子，缚紧在脚踝上。

苏格兰人赫姆士盖尔是一个不到十九岁的矮小青年，可是他的前额已经缝过了；因此人们都以二又三分之一比一来赌他赢。上个月他曾经打断拳击家“六里水”的一根肋骨而且挖掉“六里水”的眼睛；这就是人们热烈拥护他的原因。他曾经使拥护他的人赢到一万二千镑。除了前额缝过以外，赫姆士盖尔的腮也裂开过。他的身手敏捷而且机警。

---

① 谢立丹（Richard Brinsley Sheridan，1751—1816），爱尔兰喜剧作家。

② 埃林为爱尔兰的古名，嘉约代大约为苏格兰的另一称号。意思和上一句相同。

他像一个矮小的女人那么高，矮胖而结实，身材矮小而又蛮横可畏，他的体格上的一切优点都能够发挥作用，没有一块肌肉不是为拳击而练就的。他的结实的胸脯肌肉细密，像铜一样褐色而且闪闪发光。他微笑着，露出三颗落掉的牙齿的空位。

他的对手又胖又高，换句话说，比他较弱。

他是一个四十岁的汉子，身长六英尺，胸膛像河马，神气很温和。他一拳可以打破船上的甲板，可是他不知道怎样使用他的拳头。爱尔兰人菲林—盖—玛端纳其实是一个大块头，在拳击中似乎是为了挨打而不是来打人的。可是大家都觉得他能够拖延很久。他是没有煮熟的牛肉，很难咬得开，更没法子吃下去。他是当地土语所形容的："一块生肉。"他斜着眼睛看人。他似乎有点听天由命。

这两个汉子昨晚共睡一床，并排着睡觉。他们曾经在同一个杯子里喝掉三寸高的红葡萄酒。

他们每人都有一班助威的人，这班人神气凶横，必要时可以威吓裁判员。在赫姆士盖尔的一班人中，可以看到有约翰·格罗曼，他以能够在背上驮着一头牛而出名；还有一个约翰·布雷，他曾经有一天掮着十蒲式耳面粉，每蒲式耳十五配克，再加上那个磨坊主人，在这样的重负下走了二百步远。在菲林—盖—玛端纳方面，海德爵士从乱吉士顿带来了一个叫做基尔特的汉子，他住在绿城堡，能够把一块二十磅重的石头抛到高空，比城堡里最高的塔还要高。这三个汉子，基尔特，布雷和格罗曼，都是康华尔郡人，这是康华尔郡的光荣。

其余的助威的人都是一些凶神恶煞般的汉子，他们有结实的身躯，向内弯的腿，粗大的拳头，呆笨的脸；他们衣服褴褛，天不怕地不怕，几乎每一个都是坐过牢的。

他们中有许多人是灌醉警务人员的能手。每一种职业都要有一定的才干才行。

选定做比赛场所的那块草地比熊花园更远些，熊花园过去是斗熊、斗牛和斗狗的地方；这块草地在最远的一排房子以外，紧靠着圣玛莉·奥弗·利修道院的废墟，这所修道院是被亨利八世毁掉的。当时是刮北风和降霜的季节；那天下着蒙蒙细雨，水点落下来很快就凝结成冰。

在参观的绅士们中间,很容易看出有些是一家之主,因为他们张起了雨伞。

在菲林—盖—玛端纳一边,蒙克来夫上校做公证人,基尔特作助手。

在赫姆士盖尔一边,可敬的披格·波马利是公证人,原籍基尔卡里的德瑟吞爵士作助手。

大家校对表的时候,两个拳击家站在场子里一动不动地等了几分钟。然后他们走过来互相握了手。

菲林—盖—玛端纳对赫姆士盖尔说:"我宁愿回家去。"

赫姆士盖尔很老实地回答:"许多先生们到这儿来,总得有点收获才行。"

他们裸着身体,觉得很冷。菲林—盖—玛端纳在哆嗦。他的牙齿在格格地响。

爱连诺·萨甫博士,约克大主教的侄子,对他们叫喊:"打起来呀,傻瓜。打起来身体才暖和。"

这句亲切的话给他们解了冻。

他们打起来了。

可是两个人都没有发怒。足足有三个回合是没精打采的。"灵魂学院"①的四十个董事之一牧师甘姆德黎特博士叫喊:"给他们喝点杜松子酒来提提精神!"

可是两个公证人和两个助手都按照规则办事。虽然当时天气很冷。

有人叫喊:"打到流血为止!"②人们要求采取这种打法。于是两个拳击家重新被安排到面对面的位置。

他们互相注视,一步步走近来,伸长双臂,拳头碰着拳头,然后又各自退后。突然间,矮小的赫姆士盖尔跳起来。

真正的战斗开始了。

菲林—盖—玛端纳的前额双眉之间吃了一拳。他的整个脸颊都流

---

①② 原文是英文,原书用法文加注。

着血。观众叫喊:“赫姆士盖尔打到他流鼻血了!”①大家鼓起掌来。菲林—盖—玛端纳像风车一样挥舞着臂膀,胡乱地把拳打出去。

可敬的比里格连·拔蒂说:“已经看不见了。可是还没有变成瞎子。”

这时候赫姆士盖尔只听见四面八方的观众都叫喊着鼓励他:“挖掉他的眼睛!”②

总的说来,这两个敌手的选择是十分适当的,虽然天气不很好,可是这场比赛一定会获得成功。巨人菲林—盖—玛端纳受到了自己的优点的妨碍;他的身躯笨重,转动困难。他的臂膀是铁棒,他的身体是石块。那个矮小子却奔跑,打击,跳跃,咬牙切齿,动作愈快气力愈增,还懂得运用策略。一边的拳头是原始的,野蛮的,未受过训练的,愚昧的;另一边的拳头是文明的。赫姆士盖尔在比赛中既运用他的神经,也运用他的肌肉,既运用狡计,也运用气力;菲林—盖—玛端纳却是一个呆笨的拳击家,一开始就有点被击败了。这是艺术对自然的战斗。这是凶暴攻打野蛮。

很明显,野蛮的一边是要被打败的。可是打败得不会十分快,这就引起人们的兴趣。

一个矮小子打一个巨人。矮小子的机会总是多些。猫能胜狗。像歌利亚那样的巨人总是被大卫一样的人打败的。③

欢呼声像雨点似的落到两个拳击家身上:——“好啊,赫姆士盖尔!打得好!妙啊,山区人!”——“轮到你了,菲林!”④

赫姆士盖尔的朋友们一再鼓励他做这件好事:“挖掉他的眼睛!”

赫姆士盖尔做得更好。他猛可地一起一伏,像条蛇一样,一拳打在菲林—盖—玛端纳的胸骨上。巨人摇晃起来。

“好厉害的一拳!”伯纳子爵叫喊。

菲林—盖—玛端纳倒在基尔特的膝盖上,说:“我开始暖和起

---

①② 原文是英文,原书用法文加注。

③ 按《圣经·撒母耳记上》第十七章记载,非利士人歌利亚向扫罗王挑战。大卫以微弱的身体出战,终于杀了强大的歌利亚。

④ 以上这几句话原文都是英文,原书用法文加注。

来了。”

德瑟吞爵士征求过几个公正人的意见以后,说:“休息五分钟。”

菲林—盖—玛端纳支持不住了。基尔特拿一块法兰绒给他揩去眼睛上的血和身上的汗,把酒瓶塞进他的嘴里。当时已经到了第十一回合。菲林—盖—玛端纳除了前额上的伤口以外,胸膛已经被打得不成样子,肚子被打得肿胀,头顶前部也被打伤了。赫姆士盖尔一点也没有受伤。

在绅士们中间响起了吵闹声。

伯纳爵士重复着说:“好厉害的一拳!”

“打赌要作废。”蓝米博的地主说。

“我要收回赌金。”汤玛士·柯勒匹配爵士也说。

圣伊芙市的可敬的议员巴塞来姆·圣恩爵士加上一句:

“还给我五百金币,我要走了。”

“不要再比赛下去了。”观众叫喊。

这时候菲林—盖—玛端纳摇摇晃晃像个醉汉似的站起来说:

“继续比赛下去,可是有一个条件:我也要回敬他一下厉害的一拳。”

四面八方的观众齐声叫喊:“同意。”

赫姆士盖尔耸了耸肩膀。

五分钟过去了,比赛继续下去。

整个比赛对菲林—盖—玛端纳是临终前的痛苦,对赫姆士盖尔却像一场游戏。

这就是有训练和有技术的胜利!矮小子设法把巨人的头夹在腋下,换句话说,赫姆士盖尔突然运用他的像钢铁似的左臂弯下来夹住菲林—盖—玛端纳的肥大的脑袋,而且把脑袋压在他的腋下,把脖子扭向下面屈着,同时抬起右手拳头一下又一下地打去,像槌子敲钉子一样,不过是从下到上在下面打的,他随心所欲地毁坏菲林—盖—玛端纳的脸。等到最后他放松了手,菲林—盖—玛端纳抬起头来,那个脸已经不成其为脸了。

原来是鼻子,眼睛和嘴的,现在看起来只像一块浸在血里的黑色海绵。他咳了一下,向地上吐出了四颗牙齿。

然后他倒了下来。基尔特用膝盖来接住他。

赫姆士盖尔没有受到什么打击。他只有几处微不足道的暗伤,锁骨上被抓伤了一点。

现在没有人再觉得冷了。人们以十六又四分之一对一来赌赫姆士盖尔打败菲林—盖—玛端纳。

卡勒顿的哈里嚷道:

“菲林—盖—玛端纳再也不存在了。我打赌赫姆士盖尔必胜,我以我的贝拉—阿瓜领地和我的贝辽爵士头衔来赌坎特伯雷大主教的旧假发。”

“把你的脸转过来,”基尔特对菲林—盖—玛端纳说,他把那块沾满了血的法兰绒塞进酒瓶里,用杜松子酒来给菲林—盖—玛端纳揩了揩脸。人们这才再度看见菲林—盖—玛端纳的嘴,菲林—盖—玛端纳张开了一只眼皮。他的太阳穴好像已经裂开了。

“再打一个回合,朋友。”基尔特说,他又加上一句,“为了下城的荣誉。”

苏格兰人和爱尔兰人说话是互相听得懂的,可是菲林—盖—玛端纳没有流露出任何迹象可以表示他还有理解能力。

菲林—盖—玛端纳再站起来,基尔特扶着他。这是第二十五回合。从这个独眼龙——因为他只剩下一只眼睛了——站起来的样子看来,人们都认为这是最后一个回合了,没有人怀疑他一定会失败。他把手举到下颚上来防御,这是绝望的人最笨拙的姿势。赫姆士盖尔身上几乎连汗水也看不出,他喊道:“我赌我自己赢。一千对一。”

赫姆士盖尔举起臂膀打过去,奇怪的是,两个人都跌倒了。人们听见了一下快乐的笑声。

发出这个满意声音的是菲林—盖—玛端纳。

他利用赫姆士盖尔猛击他的脑盖的时候,也给赫姆士盖尔回敬了一个厉害的一拳,这一拳打在对方肚脐上。

赫姆士盖尔倒在地上,只有气出,没有气进了。

观众望着地上的赫姆士盖尔说:“还了债了。”

所有在场的人都拍手,连赌输的人也不例外。

菲林—盖—玛端纳用好厉害的一拳还报好厉害的一拳,他只不过是维护自己的权利。

人们用担架把赫姆士盖尔抬走。大家认为他再也不会醒过来了。罗伯特爵士大声说:"我赢了一千二百金币。"

菲林—盖—玛端纳显然要终生成为残废了。

散场时,约瑟安娜扶着大卫爵士的臂膀,已订婚的男女这样做是可以的。她对他说:

"的确很好看。不过……"

"不过什么?"

"我本来以为到这儿来可以解除我的烦闷。可是,没有。"

大卫爵士停下来,望着约瑟安娜,闭着嘴,鼓起两腮,摇了摇头,这意思是说:"当心!"他对女公爵说:

"要解除烦闷只有一个药方。"

"什么样的药方?"

"格温普兰。"

女公爵问:

"谁是格温普兰?"

第 二 卷

格温普兰和“女神”

第一章　我们到目前只看见过他的行动，现在我们看见他的脸了

大自然施恩给格温普兰是十分慷慨的。它给了他一张大嘴，嘴角一直伸到耳朵边；两只耳朵却卷到眼角；鼻子形状古怪，适宜于他作小丑时戴上眼镜就会摇晃；还有一张任何人见了不能不发笑的脸。

我们刚才说大自然慷慨地施恩给格温普兰，可是到底是不是大自然呢？

人类有没有帮助一臂之力呢？

两只眼睛像两条细缝，一个裂孔就是嘴，一只狮子鼻加上两个洞就是鼻孔，一张压扁了的脸，这一切的结果是造成一个笑面人，可以断言，光是大自然是不可能产生这样的杰作的。

可是，笑和快乐是不是同义词呢？

我们在这个卖艺人——因为他是一个卖艺人——面前，等到最初的愉快印象消失以后，假使仔细地观察这个人，我们就能看出人工制造的痕迹。这样一张脸不是偶然的，而是故意造成的。凑合得这么完整的一张脸不会是大自然的产物。人没法子增加自己的美，可是能够增加自己的丑。他不能够把一个荷当托人的侧面像改变为罗马人的侧面像，可是你能够把一个希腊鼻子改变为喀尔木喀鼻子。只要除掉鼻根，压扁鼻孔就得了。因此，中世纪的拉丁语创造了 denasare（割鼻）这个动词不是毫无理由的。幼年时代的格温普兰是不是相当吸引人注意，使得有人要费尽心机来改变他的容貌呢？当然是的。为什么不是呢？即使只为着投机的目的，想拿他来作展览品，也会这样做的。从一切现象来看，显然是有改变孩子容貌的巧手曾经在这张脸上加过工。一定是有一种神秘的科学，在孩子十分年幼的时候，曾经在这张脸上雕琢过，有意塑造了这个样子。这种科学大概是玄妙的，它和外科术的关

系,正如炼金术和化学的关系一样。这种科学精于切割、磨滑和缝合;它切开这孩子的嘴巴,扩大两片嘴唇,露出齿龈,拉开两只耳朵,切除软骨,搬动睫毛和两颊的位置,扩大颧骨的肌肉,消除伤口和创疤的痕迹,拿皮肤移植到伤口上,同时维持着这张脸张大着嘴巴的形状,这样,就从这个强有力而且深奥的雕刻中,出现了这个面具——格温普兰。

人不会生下来就是这样的。

不管怎样,格温普兰的容貌是十分成功的。格温普兰是天神为着消除人们的烦恼而赐给人们的礼物。是哪一个天神呢?有没有魔鬼似的天神,如同有上帝似的天神呢?我们提出这个问题,却不作解答。

格温普兰是一个卖艺人。他经常和观众见面。再也找不到像他那样的演出效果了。他只要一出现,就能治愈忧郁病。居丧的人必须避免见他,因为一看见了他,他们就会忍不住很失礼地笑起来。有一天,一个刽子手来了,格温普兰也使他笑起来。人人看见格温普兰都要笑得捧腹;格温普兰开口说话,他们就要笑得昏倒。他是悲哀的反面。忧郁是一个极端,格温普兰就是另一个极端。

因此,在市集的广场上和十字路口上,他很快就获得了令人十分满意的名声,被称为丑恶的人。

格温普兰靠着笑使人发笑,可是他自己并没有笑。他的脸笑,他的思想没有笑。他的独一无二的脸,也许是命运使然,也许是一种特殊的行业造成的,这张脸单独在笑,和格温普兰没有关系。内心并不决定外表。他的前额,他的脸颊,他的眉毛,他的嘴巴,都充满了笑,他自己并没有故意这样做,他也没有法子消除这些笑。有人把笑永远嵌在他的脸上。他的笑是机械的,愈是因为固定起来而愈加难以抑制。没有人能够见了他而不笑。嘴巴有两种动作是富有传染性的,一种是笑,另一种是打呵欠。格温普兰在儿童时代所受过的神秘手术,使得他的脸上任何一部分都加强这个笑容,整个面貌都汇集起来达到这个效果,如同车轮集中在车轴一样;他的一切感情变化,不管是什么性质的感情,都增加了或者深深地加深了这个奇异的快乐面孔的愉快程度。假如他吃了一惊,他觉得痛苦,他非常愤怒,他动了同情心,这种种感情变化只能增加他的脸上肌肉的大笑程度;即使他哭了,他的脸仍然是笑脸;不管格温普兰做什么,要什么,想什么,只要他抬起头来,假使前面有观众的话,观众看见了他,立刻会爆发哄堂大笑。

只要想象一下蛇发女怪①面带笑容,就能体会得出格温普兰是个什么样子。

不管你心里想些什么,突然看见这个意想不到的容貌,都会把你的心事驱走,使你不得不发笑。

希腊剧场的正门上放了一个样子愉快的铜面具,这就是古代艺术的作风;这个面具称为喜剧。这个永远在笑而且使人发笑的铜面具,神情是若有所思的。达到神经错乱程度的讥讽,称得上明智的嘲弄,都凝聚而且混合在这张脸上;忧郁、幻灭、厌恶、悲哀等负担,都在这张毫无痛苦感觉的脸上表现出来,结果造成一个悲惨的效果:快乐;脸上一边嘴角掀起,是对人类的嘲笑,另外一边嘴角是对神的亵渎;人们拿各人自己身上所具有的嘲讽的范例,和这个理想的讽刺典型作对照比较;在这个固定的笑脸周围,人群来来去去,不断更换,他们在这个死人似的不动的冷笑前面,都感到十分愉快。古代喜剧的这个没有生命的阴沉面具,拿来安放在一个活人身上,我们差不多可以说,这就是格温普兰。他的脖子上面就有这个不断笑着的鬼怪脑袋。一个人的肩膀上有这样永恒的笑,是多么沉重的负担啊!

永恒的笑吗?我们得把意思说清楚,而且解释一下。据摩尼教徒说,“绝对”有时也会让步,上帝本身也有间歇的时候。我们再来谈一谈人的意志,我们不承认人的意志是永远无能的。整个人生就像一封信,信尾上的“又及”可以把信的内容改变。对格温普兰而言,他的“又及”是这样的:运用意志,集中全部注意力,假使其他感情不来分散他的注意力和影响他的努力的话,他就能够暂时中止一下他脸上的永恒笑容,而且在脸上披上一层悲哀的纱幕,那时候,人们在他的面前就笑不起来,而是打起冷战来。

我们得补充一句,格温普兰差不多从来没有这样做,因为这样做会产生难以忍受的神经紧张,而且使他感觉痛苦的疲劳。何况即使他这

① 希腊神话中的女怪,极丑,名墨杜萨。

样做，只要稍微分心，稍微受到一点微小的感情的干扰，他的暂时消失的笑容，就会像不能抗拒的回潮一样，又出现在他的脸上，而且不管干扰的感情属什么性质，感情愈强烈，笑容的回潮也就更有力量。

除了这一个例外，格温普兰的笑是永恒的。

人们看见格温普兰，都要笑起来。可是人们一边笑，一边把脸扭转过去。妇女们尤其害怕。格温普兰的样子是可怕的。人们的笑仿佛是看卖艺时给的赏钱，他们愉快地这样做，可是差不多是机械地这样做的。而且，笑声停止以后，格温普兰的样子，一个妇女是不忍看和不敢看的。

不过，除了脸部以外，格温普兰身上没有其他畸形的地方，他长得身材高大，发育完全，举止敏捷。这一点再一次证明格温普兰的样子是人工造成，而不是天生的。他的身材优美，他的脸可能也是漂亮的。在生下来的时候，他一定和其他孩子没有两样。人们保留了他的身体，只改变了他的面孔，格温普兰的样子是有意造成的。

最低限度，从外表看来的确是这样。

人们让他保留着牙齿。牙齿对笑是必要的，连骷髅头也保存着牙齿。

在他身上施行过的手术是一种可怕的手术。他自己记不得了，可是记忆不清并不能证明他没有经过这种手术。这种外科雕刻只能够在一个孩子十分年幼的时候进行，孩子因为年幼，对发生的事情不会十分清楚，很容易把手术的创口当做是生病的结果。而且，我们记得，在那时候使病人入睡因而感觉不到手术痛苦的方法已经在使用了。不过，那时候称这些方法为魔术，而我们今天却称为麻醉术罢了。

除了这张脸以外，把他抚养长大的人们也给了他成为体育家和杂技家的本钱；他的关节很有效地脱了臼，适宜于向相反方向屈曲，经过小丑技术的训练以后，他的关节就像门枢的铰链一样，能够向各种方向扭动。为着把他培养成为一个江湖卖艺者，一切准备工作都做过了。

他的头发被染成黄褐色，永远不会改变；这种方法我们今天也学会了，漂亮的女人们就在使用。过去用来变丑的方法，今天却用来增加美丽。格温普兰有了黄色的头发。所使用的染剂显然是腐蚀性的，因此造成他的头发很像羊毛,而且摸起来很粗糙。这一头黄色的硬毛,与其说是头发,不如说是鬃毛,它们遮盖着一个巨大的脑壳,这个脑壳显然是用来装载思想的。他所受过的那种手术,显然破坏了他的脸上的完整,使他的整个脸部变成一堆乱七八糟的肌肉,但是却没有影响到脑壳。格温普兰的脸部角度是坚强有力和使人惊异的。在这个笑脸后面有一个灵魂,这个灵魂如同我们的灵魂一样,在做着梦想。

再说,格温普兰的笑是他的才能。他没法子不笑,他就拿来利用,靠着这个笑脸,他赚钱来养活自己。

我们大概已经认出:格温普兰就是在一个冬天的傍晚,被遗弃在波特兰海岬上,后来在韦茅斯得到一个穷苦的跑江湖车子收容的那个孩子。

第二章 “女神”

那个孩子如今已经是一个成人了。十五年过去了,现在是一七〇五年,格温普兰已经有二十五岁了。

“熊”一直抚育着两个孩子。他们三个人构成了一个流浪集团。

“熊”和“人”都老了。“熊”的脑袋完全秃掉,那狼逐渐变成灰白色。狼的年纪不像狗的年纪那样确定。根据摩林①的说法,有些狼能活到八十岁,其中包括小库柏拉和香狼在内。

那个趴在死掉的母亲身上的小女孩,如今已经是一个十六岁的高大的姑娘了;她脸色苍白,有栗色头发,身材瘦弱,由于过分苗条而似乎在颤动,令人害怕她四肢会折断;她长得十分漂亮,眼睛充满亮光,可是盲目。

那个不祥的冬天夜晚,使女叫花子和她的小女孩一起跌倒在雪地上,曾经一举而害了两个人:它杀死母亲,弄盲了女孩。

清澈的雪滴永远杀害了这个女孩的眼珠,如今这个女孩也长大成人了。在她永远见不到阳光的脸上,嘴角悲哀地向下垂,表露了这个痛苦的失望。她的又大又明亮的眼睛有一个特点,就是对她而言这双眼睛是熄灭无光的,在别人看来却像有火光在闪耀。这是只能够照耀外面的神秘的火光。她自己没有光明,她却放出光明。这双消失的眼睛是亮晶晶的。这双眼睛是黑暗的囚徒,却照亮了她身边的黑暗的周围。从她的无可救药的黑暗,从所谓盲目这个黑墙的后面,她射出这道光线。她看不见她身外的太阳,人们从她身上却看见她的灵魂。

她的盲目的视线是神圣地固定的。

---

① 摩林(Jacques Molin,1666—1755),法国著名医生,曾先后充当路易十四和路易十五的御医。

她的又大又明亮的眼睛有一个特点，就是对她而言，这双眼睛是熄灭无光的，在别人看来却像有火光在闪耀。

她是黑夜，她和黑暗混合为一体，可是她的身上虽然具有没法救治的黑暗，她在外表上却是一颗明星。

偏爱拉丁名字的“熊”，给她取名为“女神”①。他也曾征求过他的狼的意见；他对狼说：“你代表人类，我代表畜生，我们是人间世界的；这个小女孩要代表天上世界。因为过分微弱就是全能。这样一来，宇宙就齐全了，人类，兽类，天神，都在我们的小屋子里面了。”——狼并没有表示反对。

这样，这个拾来的女孩就叫做“女神”。

至于格温普兰，“熊”并没有费心为他创造一个名字。那天早上，他看出男孩子的破相和女孩子的瞎眼以后，他曾经问：“孩子，你叫什么名字？”孩子回答：“人家叫我格温普兰。”——“好，你就叫做格温普兰吧。”“熊”回答。

“女神”协助格温普兰表演。

假使人类的苦难能够集中体现的话，格温普兰和“女神”就集中体现了人类的苦难。他们俩好像每人出生在黑暗世界的一个房间里：格温普兰的房间是丑恶，“女神”的房间是黑暗。他们生存在两种不同的暗影下面，这两种暗影就是黑夜的两种可怕的特性。“女神”的暗影在她的身内，格温普兰的暗影在他的身外。“女神”的身内有幽灵，格温普兰的身上有鬼怪。“女神”的命运很悲惨，格温普兰更糟。看得见的格温普兰比看不见的“女神”多了一种使自己伤心的能力，那就是他能够把自己和别的男人相比。假使处在格温普兰的情况下，却又仔细研究自己，而且把自己和别人比较的话，那就会弄得自己莫名其妙。像“女神”那样有一双看不见整个世界的眼睛，那是十分悲惨的，可是总比格温普兰的情况好一点；格温普兰的情况是：自己对自己是一个谜；觉得自己身上少掉了自己；看见整个宇宙，可是永远看不到自己的真面目。“女神”有一个面网——黑暗，格温普兰有一个面具——自己的脸。格温普兰是用自己的肉来制成自己的面具，这是难以形容的一件

① “女神”，原文是拉丁文“Dea”，正如“熊”的拉丁文是“Ursus”，“人”的拉丁文是“Homo”。

事。他不知道自己的真面目到底怎样。他的脸已经消失了。人们在他身上装上了一个假我。他的真面目就是“不存在”。他的脑袋还活着，他的脸已经死掉了。他记不得曾经看见过自己的脸。在“女神”和格温普兰的心目中，人类是外界的存在；他们离开人类很远；她是孤单的，他也是孤单的；“女神”的孤单是阴惨的，因为她什么也看不见；格温普兰的孤单是不幸的，因为他一切都看得见。对“女神”而言，宇宙并不超过听觉和触觉；真实的世界是有范围的，有限度的，短暂的，马上就消失的；她的无限世界只是黑暗。对格温普兰而言，活着，就是永远有群众在自己的面前，自己又和群众隔开。“女神”是从光明那里流放出来的，格温普兰是从人生中被放逐的。的确，他们是两个绝望的人。他们已经达到了最最不幸的底层，他们就沦落在那里，两个都是如此。一个看见过他们的观察家，会觉得自己的沉思化为无限的怜悯之情。他们怎么会不痛苦呢？不幸的命运明显地压在这两个人身上，他们没有犯过罪，可是命运已经为他们安排好苦刑般的前途和地狱般的生活。

他们现在是在乐园中。

他们彼此相爱。

格温普兰热恋“女神”。“女神”热爱格温普兰。

“你多么漂亮！”她对他说。

第三章 “她没有眼睛，可是看得见”[①]

世界上只有一个女人常看格温普兰，她就是这个女瞎子。

她从“熊”那里知道了格温普兰援救她的经过，格温普兰曾经把他从波特兰到韦茅斯的艰苦历程，和他被人遗弃以后的种种痛苦，告诉过“熊”。她知道，她还十分幼小的时候，趴在她的已经断了气的母亲身上，吮吸着死尸的乳房，自己也濒于死亡，一个比她大不了多少的孩子，抱起了她；这个孩子被驱逐出人类社会，仿佛埋葬在人类阴暗的拒绝之下，却听到了她的喊声；虽然一切人对他的求救声充耳不闻，他却回答了她的喊声；当时他是一个孤单、微弱、被弃的孩子，在世界上无依无靠，在荒野里踽踽独行，疲倦得要死，浑身的骨头像折断了似的，却从黑夜的手里接过来一个重担——另一个孩子；他自己得不到命运的垂青，他却担负起另一个孩子的命运来；他自己身无一物，忧虑而且穷困，他却当起天神来；上天没有怜悯她，他却对她表示了同情心；他自己陷入绝境，他却去救别人；他自己没有栖身之所，他却收容了别人；他担负起母亲和乳母的职责；他自己在世界上是孤单一人，他却领养了一个被遗留的孤儿；他自己处在黑暗中，他却作出了光辉的榜样；他认为自己的处境还不算十分困难，他又心甘情愿地担负起另外一个孩子的苦难；在这个世界上他似乎一无所有，他却发现他还有一个责任；在人人都要犹豫的情况下，他挺身走上前去；在人人都要退缩的地方，他表示了同意；他用手来揭开棺材，把她，“女神”，从棺材里拉了出来；他自己半裸着身体，他却把自己的破衣服给了她，因为她冷；他自己肚子饿，他却想着给她吃和喝；为着一个小女孩，这个孩子和死神搏斗；他在各种形式下

① 这句话源出《圣经》。《圣经》上说：“他们有眼睛，可是看不见”。雨果已经改变了这句话，可是原文仍用拉丁文。

和死神搏斗，在冬天和雪，荒寂，寒冷，饥饿和渴，暴风雨等形式下和死神搏斗；为着她，“女神”，这个十岁的巨人向广漠的黑夜宣战。她还知道，上面这一切，都是他在孩子时代做的，现在他长大成人，她体弱，他就是她的力量；她穷，他就是她的财富；她生病，他就是她的灵药；她盲目，他就是她的视觉。她觉得身边的人群都和她隔开一段距离，她透过这层陌生人的迷雾清楚地分辨出他的忠心，他的自我牺牲精神和他的勇敢。在精神的领域中，勇气是有形状的。她感觉得出这个崇高的形状；在无可形容的抽象世界中，盲人的思想是阳光也照耀不着的，她却在那里发现了道德的神秘容貌。她的周围是一些看不见的东西在活动——这是她对现实的惟一的印象，她在这种紧张的静止环境中，作为一个受人支配的女人，她经常防备危险可能发生，而且盲人在生活中经常感觉缺少自卫能力，可是她在这种环境中觉得她的上面有格温普兰，有永远不冷淡，永远不缺席，永远不消失的格温普兰，有温柔、甜蜜、乐于助人的格温普兰；“女神”为着这个确实可靠的帮助和感恩而战栗；她的忧虑得到解除而变为狂喜，她的充满黑暗的眼睛凝视着这颗善良的心，这颗心在她的痛苦深渊的天顶上，这颗心是深奥的光芒。

在理想中，善良的心就是太阳；因此格温普兰把“女神”照耀得眼花缭乱。

一般人有太多的头脑而不会思想，有太多的眼睛而看得不深；他们本身就是表面的人物，因而十分肤浅；在他们的心目中，格温普兰是一个小丑，一个卖艺的，一个走江湖的，一个奇形怪状的人，七分像人，三分像鬼。他们只认识他的脸。

对“女神”而言，格温普兰是她的救命恩人，他把她从棺材里拾起来，带到外面；他是她的安慰者，使她能够有勇气活下去；他是她的解放者，她在盲目的迷宫中，觉得他的手在握着她的手；格温普兰是她的哥哥，朋友，向导，支柱，上帝的化身，长着翅膀和发着光辉的丈夫。在一般人的眼中他是怪物，在“女神”的眼中他是天使长。

这是因为瞎眼的“女神”能够看见他的灵魂。

第四章　一对十分相配的情侣

“熊”是哲学家，他懂得。他赞成“女神”着了迷了。

“瞎子瞧见肉眼看不见的东西。”

他又说：

“良心就是视觉。”

他望着格温普兰喃喃地说：

“一半是鬼，可是一半是神。”

格温普兰也迷恋着“女神”。人的心灵是不可见的眼睛，人的眼珠是可见的眼睛。格温普兰是用可见的眼睛看见她。“女神”是被理想的东西迷惑了眼睛，格温普兰是被现实的东西迷惑了眼睛。格温普兰不是貌丑，而是容貌可怕；她却是他的反面。他愈觉得自己可怕，也愈觉得“女神”优美。他是丑鬼，她是美丽的女神。她的身上有梦一般的优美。她有点像是一个有形体的梦。她的整个人，她的希腊型的外貌，她的又纤细又柔软像芦苇那样颤动着的身材，她的仿佛长着无形翅膀的两肩，她的含羞地隆起的胸膛——这一点向人们表明她是女性，可是只会感动人们的灵魂，而不会激动人们的官能，她的几乎达到透明程度的洁白皮肤，她的神圣地向人间关闭而十分庄严和清澈的盲眼光，她的圣洁无邪的微笑，这一切，都证明她几乎是一个天使，只有一点点是女人。

我们说过，格温普兰是拿自己来比较的，他也拿“女神”来比较。

照他目前的处境看来，他的一生是两种闻所未闻的选择的结果，是上、下两道光线的交叉点，是黑、白两种光线的交叉点。一小块食物，可能同时被恶和善两种嘴啄食，前者啄下去造成伤痕，后者啄下去却像接吻。格温普兰就是这小块食物，是一粒受伤害和受爱抚的微小原子。格温普兰是厄运的产儿，同时也得到上天的照顾。厄运把手指按在他的身上,幸运也把手指按在他的身上。两种极端相反的命运构成了他的奇异的命运。他的身上既有诅咒,也有祝福。他是被诅咒的幸运儿。他是谁?他自己不知道。他望着自己的时候,他看见的是一个陌生人。可是这个陌生人是个丑鬼。格温普兰仿佛活着被砍去了头颅,因为他有一张不属于他自己的脸。这张脸十分怕人,因为太可怕了,才能引人发笑。他使人过分惊吓,所以能引人发笑。他是从地狱里来的小丑。他的样子仿佛人脸隐没到兽脸里面。一个人的本来面目这么完整地消失,这是从来没有见过的;这么完善的滑稽仿制品也是从来没有的;在噩梦中露齿而笑的怪脸,也从来没有这么可怕;一切使女人望而却步的东西这么丑恶地集中在一个人身上,也是从来没有的。他的不幸的心被这个丑怪的面具遮没和歪曲真相,看来似乎要在这张脸下过着孤寂的日子,如同在棺材盖下面过日子了。可是,不!不是这样。厄运到了尽头,好运接踵而至。看不见的善突然把这个绝望的人扶起来,在他丑恶的身上放进最吸引人的东西,在暗礁里放上磁石;它使一个灵魂飞似的奔到这个被弃的人身边;它派一只鸽子去安慰这个被迅雷击顶的人;它使美丽爱上丑恶。

要使这一切变成可能,必须那个美人看不见这个丑鬼。为了完成这个幸福,必须先有另外一种不幸。因此上帝使"女神"变成瞎子。

格温普兰模糊地觉得自己的幸福得到了恢复。他为什么受到迫害呢?他不知道。他的幸福为什么能够恢复呢?他不知道。一圈光轮跑来落在他的被毁的脸上——这就是他所知道的一切。格温普兰刚开始懂事的时候,"熊"曾经把巩开斯特医师的《鼻手术》一段文章读和解释给他听,又把另一本对开书"雨果·普拉共"①的关于《割鼻术》②一段读和解释给他听,可是"熊"很小心地不作任何"臆测",同时避免作出任何结论。实则各种假定是可能的,因为格温普兰在童年时代遭受过暴力虐待,这是相当明显的;但在格温普兰的心目中,只有眼前的结果才是实在的。他的命运是在烙印下面度过一生。为什么要给他加上这

① Versio Gallica Will. Tyrii,第二卷,第二十三章。——原注。

② 这里的《割鼻术》和前面的《鼻手术》原文都是拉丁文。

个烙印？回答不出来。沉默和孤寂围绕着格温普兰。对他的悲惨遭遇的原因作出一切猜测，都是靠不住的，除了留在他脸上的可怕结果，一切都不确实。在这个沮丧的时刻，“女神”参加进来了，仿佛从天上下来插进格温普兰和绝望之间似的。他发觉这个美丽的姑娘用柔情蜜意来对待他的丑恶，他感动了，心头感到温暖；一种幸福的惊异之感出现在他的丑恶的脸上；他的样子是制造出来令人惊恐的，可是却发生了奇迹般的例外，他被光明在理想中崇拜和热爱；他本来是怪物，他却觉得一颗星星在凝视着他。

格温普兰和“女神”成了一对情侣，这两颗受苦的心互相爱慕。一个窠，两只鸟儿，就是他们的写照。他们遵守了这条普遍法则：互相爱慕，互相寻觅，各自找到了对方。

这样，憎恨就失败了。迫害格温普兰的人们，不管他们是谁，不管他们的谜似的迫害手段受何人指使，他们没有达到目的。他们想制造一个绝望的人，可是他们却造成一个有吸引力的人。他们为他安排的配偶自己是个伤疤，却会治疗创伤。他们为他安排了命运，使他将来得到一个受苦者的安慰。刽子手的铁钳，不知不觉地变成了女人的手。格温普兰是丑恶的，这个丑恶是人工的，是人的手造成的，他们想使他永远孤独，假使他有家的话，使他和他的家庭隔绝，其次，使他和人类隔绝；他还是孩子的时候，他们就使他成为废墟，可是大自然收回了这个废墟，如同大自然接受一切废墟一样；他孤寂，大自然安慰他，如同大自然安慰一切孤寂一样；大自然帮助一切被遗弃的人和物；但凡是一切都缺乏的地方，大自然就把自己的一切来填补；大自然使一切废墟重新开花，重新绿化；它把常春藤送给石头，把爱情送给人类。

这是冥冥世界的极度宽仁的表现。

第五章　乌云里露出的一角蔚蓝色天空

这两个不幸的人就这样互相扶持着过活,"女神"依赖着格温普兰,格温普兰接受她的信赖。

这个孤女有了这个孤儿做伴。这个残废的人和这个毁容的人结合在一起。

这一类的鳏寡缔结成亲。

这两颗苦难的心表达了难以形容的感恩之情。它们表示感谢。

感谢谁呢?

感谢广漠无边的冥冥世界。

只要心里道谢,这就够了。感恩的心情是有翅膀的,它知道应该到哪儿去。你的祈祷比你更熟悉它应走的道路。

有多少人认为自己在祈祷朱庇特,其实是祈祷了耶和华!有多少信仰符咒的人得到上帝倾听他们的心愿!有多少无神论者,虽然自己不知道,只要他们是善良的和悲哀的,他们就是向上帝祈祷!

格温普兰和"女神"都感恩。

容貌被毁等于被放逐。瞎眼就是陷入深渊。被放逐的人受人收养;那个深渊却是适于居住的。

格温普兰受命运的安排,仿佛梦境实现一般,看见在灿烂的亮光中,一朵具有女人形状的美丽的白云,向着他落下来;这朵白云也是一个幻象,这个幻象有一颗心;这朵白云既是云,也是一个女人,它拥抱格温普兰;幻象抱吻他;那颗心也要他;这样,格温普兰有了人爱,就再也不是容貌不整的了;一朵玫瑰花向一条小毛虫求婚,因为她感到这个小毛虫身内有神性的蝴蝶;被抛弃的格温普兰被人选中了。

有了自己所需要的东西就是有了一切。格温普兰有了自己需要的东西,“女神”也有了她所需要的东西。

毁容者的卑贱减轻了,仿佛升华了,就扩大而成为陶醉,喜悦,信仰;同时一只手伸出来,去搀扶在黑暗中忧郁地摸索的盲女。

这是两颗悲痛的心在理想世界中互相渗入,一颗吸收另一颗。他们是两种排斥互相容纳;两个空隙连结起来互相补足。他们以他们缺少的东西互相支持。这一个缺少的东西,另一个很充足。这一个的不幸是另一个的财富。假使“女神”不是盲女,她会选中格温普兰吗?假使格温普兰不是容貌被毁,他会挑中“女神”吗?很可能她不要这个毁容者,正如毁容者也不要她这个残废人一样。格温普兰容貌丑陋对“女神”是多大的幸福啊!“女神”是盲女对格温普兰又是多么好的运气啊!如果没有上天为他们安排好这样互相配合,他们就无能为力了。在他们爱情的深处,他们互相有一种奇妙的需要。格温普兰救了“女神”,“女神”救了格温普兰。落难者相遇就胶合起来。他们好像是陷落在深渊里的人,在深渊里互相拥抱,再也没有比这更紧密,更甜蜜的了。

格温普兰有这样的想法:

“假如没有她我怎样呢?”

“女神”有这样的想法:

“假如没有他我怎样呢?”

他们两个被流放的结果是得到了一个归宿;格温普兰的烙印,“女神”的盲目,这两种难以治疗的创伤,使他们很满意地结合起来。他们各自有了对方就满足了;他们从来没有梦想过他们以外的事物。互相交谈,对他们是无上的快乐;互相接近,对他们是最大的幸福;他们双方通过直觉互相了解,做到两人作同样的梦,有同样的思想。格温普兰行走,“女神”就认为是听到了神明的脚步声。他们在半明暗的星光下,在充满芬芳,充满闪光,充满音乐,充满明亮的建筑物,充满梦幻的环境中,互相紧紧贴近;他们互相属于对方;他们知道他们要永远在一起享受同样的快乐、同样的狂喜;再也没有比两个不幸的人自己建造乐园更奇特的了。

他们无可形容地幸福。

他们拿他们的地狱建造了天堂；啊，爱情！这就是你的威力！

“女神”听见格温普兰的笑声。格温普兰看见“女神”的微笑。

这样，理想的幸福找到了，人生最完满的快乐获得了，所谓人生幸福这个神秘的问题解决了。被谁解决的？被两个不幸的人解决的。

在格温普兰的心目中，“女神”就是光辉。在“女神”的心目中，格温普兰就是存在。

存在是无限玄妙的，它把看不见的一切神化了；从它那里产生了另一种玄妙的东西，那就是信心。在各种宗教中，只有信心是最基本的。有了这个最基本的东西就够了。人们看不见那个伟大的主宰，人们只能感觉到他的存在。

格温普兰就是“女神”的宗教。

有时，在恋爱的狂热中，她跪在他的前面，仿佛一个美丽的尼姑在膜拜庙里的神祇，神祇因而心花怒放。

试想象一下一个深渊，在深渊的中间有一块光明的绿洲，在这块绿洲里这两个与世隔绝的人互相被对方的光芒吸引，这就是他们的情形。

再也没有比他们的爱情更纯洁的了。“女神”根本不懂得什么是接吻，虽然她也许很想尝试一下；因为盲目的人，尤其是女人，是有梦想的，虽然他们在接近陌生事物的时候禁不住发抖，但是并非对所有的陌生事物都憎恨。至于格温普兰，敏感的青春时代使他喜欢沉思；他愈觉得沉醉而不能自拔，就愈加羞怯。她是他童年时代的伴侣；她不懂得什么叫做犯罪，如同她不懂得什么叫做光明一样；她是瞎子，只看见一件事，那就是她爱他；在这种情况下，他本来可以大胆地向她要求一切。可是他会认为这样就是窃取她可能献给他的东西；因此他带着满意的哀愁放弃了其他念头，只像天使那样爱她，他的貌丑的感觉化成为一种崇高的贞洁心。

这两个幸福的人居住在理想世界里。他们在那里是分隔开来的夫妇，像两个星球一样。他们在蔚蓝的天空中交换磁流，这种深奥的磁流在宇宙间是吸力，在人间就是性别。他们互相交换灵魂的接吻。

他们一直生活在一起。他们不知道还有别样的生活。“女神”的童年时代恰好是格温普兰的青年时代。他们是在一起长大的。他们在很长时间内同睡一床，因为屋子狭小，没有足够的睡觉地方。他们睡在箱子上，“熊”睡在地板上；这是原来安排好的。然后有一天，“女神”还很年幼，格温普兰发觉自己已经长大了，男人方面开始感觉羞耻。他对“熊”说：“我也想睡在地板上。”当天晚上，他就躺在老头儿身边，睡在熊皮上。“女神”哭了。她要他回到床上来。可是格温普兰坚决不肯，因为他已经开始恋爱，心里感到不安了。从那一天起，他就和“熊”一起睡在地板上。夏天，天气好的时候，他和“人”一起在露天睡觉。“女神”一直到十三岁还要他回来睡觉。往往一到傍晚时分她就说：“格温普兰，到我身边来，这样才能使我入睡。”一个男人在身边，这是天真无邪的催眠办法。人要看见自己的裸体才知道什么是裸体；因此，她对裸体一无所知。这是阿卡狄亚①或者大赫的②式的天真。没有教养的“女神”使格温普兰变得粗暴起来。有时，差不多长成为少女的“女神”，坐在床上梳她的长头发，她的衬衣松了，半退下来，露出刚开始形成的女性身躯，一个初步的夏娃形象；她叫唤格温普兰。格温普兰涨红了脸，低垂眼睛，对着这个天真无邪的肉体不知怎样才好，他结结巴巴，把头转过去，害怕起来，走了开去。这是冥冥世界的达夫尼斯逃避黑暗之乡的克罗哀③。

这就是从悲剧中孕育出来的一首牧歌。

“熊”对他们说：

“畜生，你们相爱吧。”

---

① 阿卡狄亚（Arcadie），古希腊地名，相传为天真、淳朴的牧人的集居地。

② 大赫的（Otaïti），太平洋中社会群岛的主要岛屿。

③ 达夫尼斯和克罗哀（Daphnis et Chloé），是希腊小说家隆古斯在三世纪前后所写的一部小说的男女主角。他们是弃儿，被牧人收养，后来互相恋爱。

第六章　“熊”既是教师，又是监护人

“熊”又加上一句：

“终有一天我要作弄他们一下。我要叫他们结婚。”

“熊”把爱情的理论教育格温普兰。他对他说：

“你知道善良的上帝怎样点着爱情的火焰吗？他把女人放在下面，把魔鬼放在中间，男人在魔鬼的上面。只要一根火柴，换句话说，只要望上一眼，火焰立刻就点着了。”

“望上一眼是不需要的。”格温普兰一边想着“女神”，一边回答。

“熊”反驳：

“傻瓜！灵魂互相望上一眼，难道也需要眼睛吗？”

有时“熊”也做做好人。格温普兰不时由于过分热恋“女神”而变得闷闷不乐，就利用“熊”的在场作为对自己的监视。有一天“熊”对他说：

“呸！你不要太拘谨了。在恋爱中雄鸡是显露自己的。”

“可是雄鹰是隐藏着的。”格温普兰回答。

另外一些时候，“熊”在私底下自言自语：

“应该阻止他们的爱情继续向前发展了。他们相爱得太厉害，这样可能产生一些不良后果。我们要避免火灾。必须把这两颗心节制一下。”

因此，“熊”就求助于下面一类警告，他等“女神”睡着的时候向格温普兰提出，等格温普兰走开的时候向“女神”提出：

“‘女神’，你不要过分喜欢格温普兰。把希望寄托在一个人身上而活着是危险的。自私是幸福的最好的根源。女人是抓不住男人的。而且，格温普兰最后可能迷恋得昏头昏脑。他的演出多么成功！你真想象不到他的成功多大！”

“格温普兰,不相称是不好的。一个太丑了,另一个太美了,在这样的情况下一个人应该想一想。节制一下你的热情吧,我的孩子。不要对‘女神’太热情。你真的认为你配得上她吗?可是你得考虑一下你的丑陋和她的美丽呀。看一看她和你之间的距离吧。这个‘女神’,她有一切美点,多白的皮肤,多美的头发,像红莓似的嘴唇,还有她的脚!她的手!她的肩膀的弧形十分优美,她的脸十分崇高,她走起路来浑身放出光彩,还有她的迷人的声音说起话来的严肃腔调!除了这一切之外,还要想一想,她是一个女人!她不会笨到要做一个天使。她的美是完满无缺的。你要时常把这一切对自己多说几遍,以平息自己的热情。”

这些警告使“女神”和格温普兰之间的恋情更加炽热,“熊”十分惊讶自己的失败,有点像某些人说的:

“真怪,我白费心机把油浇在火里,我没法子弄熄它。”

他真的想熄灭他们的恋火,或者只想他们的热情稍微冷下来吗?一点也不。假使他真的成功,他倒是自作自受了。因为事实上,他们的恋爱对他们是像火般炽热,对他也十分温暖,他是喜欢他们这样做的。

可是我们应该拿迷住我们的东西来开开玩笑。这一类的开玩笑就被人们称为明智的举动。

“熊”差不多等于是格温普兰和“女神”的父亲和母亲。他一边嘀咕,一边把他们抚育成人;一边责骂,一边养活他们。收养他们以后,这间有车轮的小屋子变得更重了,他也更经常地和“人”一起套上车辕来拉车了。

我们应该说清楚一点,头几年过去以后,格温普兰差不多完全长大而“熊”十分老迈的时候,格温普兰也就代替了“熊”拉车子。

“熊”看见格温普兰长大成人,就对他的怪脸作出了预言:“他们给你造就了发财机会,”他对格温普兰说。

这个包括一个老头儿和两个孩子以及一只狼的家庭,一边流浪,一边变成关系十分亲密的一个小集团。

流浪生涯并不妨碍一个人受教育。“熊”往往说:“流浪就是成长。”格温普兰显然是准备将来“在市集上展出的”,“熊”把他培养成为卖艺人,而且尽可能用学识和智慧把这个卖艺人装饰起来。有时“熊”凝视着格温普兰的令人吃惊的怪脸,嘴里喃喃地说:“他已经有了一个好的开端。”因此,他拿哲学和科学的一切装饰品把他打扮得更完善。

他经常对格温普兰反复说着这样一段话:“要当个哲学家。做个聪明人就不可能受到伤害。你瞧我的样子,我从来没有流过眼泪。这就是我的聪明的力量。假使我要哭,你相信我还会缺少机会吗?”

“熊”在对着那狼作自言自语时,往往说:“我教给格温普兰‘一切’,包括拉丁文在内,我教给‘女神’‘空无一物’,包括音乐在内。”

他教会了他们俩唱歌。他自己也十分擅长吹麦笛,麦笛是当时流行的一种小笛,他能吹得抑扬动听,就像他弹绞弦琴一样好;绞弦琴是一种乞丐使用的乐器,贝尔特朗·杜约斯克林①在他的编年史中称为“二流子的乐器”,这种乐器是和声的始祖。他的演奏吸引了许多听众。“熊”举起绞弦琴对听众说:“拉丁文把这种乐器叫做喔加尼斯土蓝姆(organistrum)。”

他用俄耳甫斯②和埃义德·奔索瓦③的方法教授“女神”和格温普兰唱歌。不止一次,他用热情的叫喊打断了自己的授课:“俄耳甫斯,希腊的音乐家!奔索瓦,毕加弟④的音乐家!”

这些复杂功课是“熊”的精细教育的一部分,两个孩子并没有因为加紧学习而放松了相爱。他们是把两颗心混合起来长大的,正如两棵种植在一起的小树,长成大树的时候,继续把它们的枝叶混合在一起。

“不管怎样,”“熊”喃喃地说,“我要使他们结婚。”

他又叽咕地自言自语:

“他们的恋爱使我厌烦死了。”

他们的过去虽然很短促,也总算有一个过去,但是在格温普兰和“女神”的心中,这个过去并不存在。他们只从“熊”的口中知道他们的

① 贝尔特朗·杜约斯克林(Bertrand Dugesclin,约1320—1380),中世纪时的名将,多谋善战。

② 俄耳甫斯(Orphée),希腊神话中的名音乐家。

③ 埃义德·奔索瓦(Egide Binchois),十五世纪末叶的佛兰德斯名音乐家,精于和声。

④ 毕加弟(Picardie),以前法国北部的一个省。

过去经历。他们管“熊”叫“父亲”。

格温普兰对童年的回忆,仿佛只记得有许多魔鬼从他的摇篮上面经过。他的印象是自己在黑暗中被许多奇形怪状的脚践踏。这是故意的呢还是无意的呢?他不知道。他清楚地连细节都记得的,只是他被遗弃的那一幕悲剧。找到了“女神”,使这个悲惨的夜晚变成了他心目中的光辉的日子。

“女神”的回忆比格温普兰的回忆更加渺茫。她当时那么幼小,一切记忆都消失了。她记得她的母亲仿佛是一件冰冷的东西。她曾经看见过阳光吗?也许看见过。她努力集中精神来回忆过去这一段消逝了的生命。阳光吗?这是什么?她只记得一种温暖而明亮的东西,这种东西早已由格温普兰代替了。

他们互相低声细语。毫无疑问,喁喁私语是世界上最重要的事。“女神”经常对格温普兰说:“光明,就是你说话的时候。”

有一次,格温普兰透过细纱衣袖看见了“女神”的臂膀,他实在忍不住了,就用嘴唇轻轻地拂过这个透明的衣袖。这是畸形的嘴所接的理想的吻,“女神”深深地陶醉了,她的脸像玫瑰似的绯红了。这个怪物的一吻,使这个充满黑夜的美丽的前额出现了黎明的光辉。格温普兰却带点恐怖地叹了一口气,同时,“女神”的领口上有罅隙,他禁不住从这个天堂的入口望进去,张望里面可以看得见的洁白的皮肤。

“女神”拉起衣袖,把赤裸的臂膀伸到格温普兰面前,说:“再来!”格温普兰逃了出去。

第二天,同样的游戏稍加变化又开始了。这是幸福地向爱情这个甜蜜的深渊滑下去。

慈祥的上帝是个老哲学家,他会对这些事情微笑的。

第七章　瞎子可以教我们看得清楚

有时格温普兰自己谴责自己。他对自己的幸福不知应该怎样做才好。他认为叫一个眼睛看不见的女人爱自己,就等于是欺骗她。假使她的眼睛突然看得见了,她会怎样说呢?那时候原来吸引她的人会怎样使她望而却步呀!她会怎样在她的可怕的情人面前吓得向后倒退呀!她会发出惊喊声,会用双手掩住脸,会赶快逃走!一种痛苦的顾虑在折磨着他。他对自己说,他既是丑鬼,就没有恋爱的权利。九头蛇居然被一颗星星所崇拜,他认为他有责任把真相告诉这颗盲目的星星。

有一次,他对"女神"说:

"你知道我长得十分丑。"

"我知道你是没有人比得上的。"她回答。

他又说:

"你听见人们哗笑的时候,他们笑的是我,因为我丑得可怕。"

"我爱你。""女神"对他说。

沉默了片刻,她又说:

"我已经死了,你给我恢复了生命。你在这里,就是天堂在我的身边。把你的手给我,让我接触上帝!"

他们的手摸索着紧紧握牢,他们再也不说一句话,恋爱的满足使他们沉默了。

阴沉的"熊"听见了他们的对话。第二天,他们三个人在一起的时候,他说:

"可是'女神'也长得很丑呀。"

这句话并没有发生作用。"女神"和格温普兰没有听他。他们只沉迷在他们自己身上,很少注意到"熊"的感叹的结语。"熊"的深奥的说话完全白费了。

不过,这一次“熊”的这句小心预防的话:“‘女神’也长得很丑呀。”说明了这个有学问的人对女人的心理是有相当研究的。毫无疑问,格温普兰忠诚地承认自己貌丑是十分轻率的举动。假使不是对“女神”,而是对别的女人或者对另一个瞎眼的女子说:“我长得很丑。”这是相当危险的。既是瞎子,又在恋爱中,那就是双重的盲目。在这种情形下,梦想就多了。幻想是梦的粮食;在爱情中拿走了幻想,就是取掉了爱情的粮食。爱情是各种热情的混合物,包括对肉体的崇拜和精神的崇拜。何况永远也不应该对女人说一句难懂的话。女人会因此而做梦的,而且她往往会做错误的梦。梦中有了哑谜能造成损害。一句偶然漏出的话的打击,能够把结合的东西分开。有时,不知怎的,一颗心偶然受到一句话的暗中撞击,就会不知不觉地产生了皱纹。在恋爱中的人会发觉他的幸福减退。最可怕的莫过于水从瓶子的裂缝中慢慢地渗出来。

幸喜“女神”不是这种材料造成的。制造一切女人的材料并没有用来制造她。“女神”的天性是罕见的。她的身体虽然很脆弱,她的心并不脆弱。她的内心有坚定不渝的爱情。

格温普兰那一句话在她身上所产生的惟一效果,就是使她有一天说出这样一句话来:

“长得丑,这是什么?这就是做坏事。格温普兰只做好事。他长得挺美。”

然后,像孩子和瞎子惯常用疑问的口气说话那样,她又说:

“看见吗?你们所说的看见是什么意思?我是看不见的,我知道。我觉得看见就是隐藏。”

“你这话是什么意思?”格温普兰问。

“女神”回答:

“看见就是把真相隐藏。”

“不。”格温普兰说。

“是的,”“女神”反驳,“因为你说你长得很丑!”

她思索了片刻,又加上一句:

“你说谎!”

格温普兰觉得很快乐,因为他坦白承认了自己的缺点而“女神”不相信。他的良心安定了,他的爱情也安定了。

就这样,他们成长了,她到达十六岁,他快到二十五岁。

他们并没有像今天一般人所说的,比第一天“更进了一步”。相反,他们是退步了,因为我们记得,他们在幼年时代,她只有九个月,他只有十岁的时候,他们就度过了他们的新婚之夜。他们的爱情是在一种神圣的童年状态下面继续下去的;就像有时发生的,晚来的夜莺把它的夜间歌唱一直延长到天明。

他们的爱抚从来不超过紧握着手和有时轻轻地吻吻赤裸的臂膀。喁喁私语的快感就使他们感到满足了。

一个二十四岁,一个十六岁。这种情况使得一天早上,从来没有忘记他的“作弄他们一下”的“熊”,对他们说:

“你们在最近期间选择一种宗教吧。”

“为什么?”格温普兰问。

“为了便利你们结婚。”

“可是我们现在已经结过婚了。”“女神”回答。

“女神”不懂得他们可以比目前的情况更进一步地成为丈夫和妻子。

说实在的,这种处女的空洞的满足,这种天真的灵魂和灵魂的结合,这种把独身当做结婚,并没有使“熊”感到不高兴。他之所以要这样说,是因为他必须要说话。作为一个医生,他是认为“女神”即使不是太年轻,至少也是太娇嫩和太脆弱,不适宜马上实行他所说的“有血有肉的结婚”。

这种事情总会相当早地发生的。

可是,说到结婚,他们不是已经结过婚了吗?假使世界上真有不能分开的东西,难道还不是“女神”和格温普兰的结合吗?最令人敬佩的是,他们是神妙地被不幸把他们结合在一起的。这样的一个联系好像还不够,爱情又跑来和不幸联结、纠缠和绞扭在一起。什么力量能够打破一条被花环结加固了的铁链呢?

的确,他们是不可分离的。

“女神”有美丽;格温普兰有光明。他们各自带来自己的嫁妆;他们不仅是一对,而且是十分相配的一对;只不过被天真纯洁这种神圣的中介分开罢了。

格温普兰徒然做梦和尽可能使自己贯注在对“女神”的欣赏上,在他的爱情的深处,他到底是一个男人。自然的规律是无法逃避的。他像整个宇宙一样,服从造物主所要求的暗中春情激动。这样就使得他在公共场所出现的时候,有时也注视人群中的女人;可是他马上挪开这种犯罪的眼光,而且赶紧一边忏悔一边退回到自己的灵魂里。

再说,他也得不到鼓励。所有他注视的女人,他都看见她们的脸上流露出厌恶、反感、嫌弃和拒绝的表情。很明显,除了“女神”,不可能有别的女人要他。这样也帮助了他忏悔。

第八章　不仅是幸福，还加上繁荣

童话里叙述了多少真实的事情啊！据说看不见的魔鬼触了你一触所造成的伤痕，就是对坏思想的悔恨。

对于格温普兰，坏思想总是不能成熟的，因此从来也没有悔恨。有时只有一些遗憾。

这是良心的迷雾。

到底是什么？什么也不是。

他们的幸福十分完满。完满到这种程度，他们甚至不穷了。

从一六八九年到一七〇四年，他们的生活有了巨大的改变。

在一七〇四年间，有时在傍晚时分，一辆高大和笨重的大马车，由两匹肥壮的马拉着，驶进沿海的某个小城市里。马车的形状有点像一只翻倒的船壳，龙骨是车盖，甲板是地板，下面装着四只车轮。四只车轮同样大小，像货车的车轮那么高。车轮，车辕和车身，全都漆成绿色，颜色由深到浅，有节奏地逐渐变化，从深绿色的车轮，到浅绿色的车盖。这种绿颜色终于使人注意到这辆车子，市集的广场上都熟悉它；人们管它叫"Green-Box"，意思就是"绿房子"。这个"绿房子"只有两只窗户，头尾各一只，后面有一扇门和小扶梯。车顶上有一只烟囱，也像车身一样漆成绿色，烟囱上有烟冒出来。这间能走动的房子是经常油漆一新和洗刷得干干净净的。车头上有一张折椅，椅子上头有一只窗门，下面就是两匹马的屁股，椅子中间坐着一个老头儿，持着缰绳赶着车子，两旁坐着两个不能生育的女人，换句话说，就是两个吉卜赛女人，她们打扮成女神的样子，吹着喇叭。惊异的市民观看和谈论这辆高傲地颠簸着前进的大马车。

这就是"熊"的卖艺摊，现在由于成功而扩建了，从小棚子变成了戏园子。

一只似狼非狼、似狗非狗的动物被铁链系在车子下面，它就是“人”。

驾驶着车子的那个老车夫，就是哲学家本人。

原来破旧的小屋子，怎么会扩大变成了这么神气的大马车呢？

因为格温普兰出了名。

“熊”对格温普兰说“他们给你造就了发财机会”的时候，他是真正具有识别力，知道怎样才能够在人群中获得成功的。

我们记得，“熊”把格温普兰当做自己的学生。不知什么人在格温普兰的脸上加了工，他却在格温普兰的智慧上加了工；对这个改造得这么成功的面具，他尽可能地把思想灌输进去。等到孩子长大到他认为可以出场的时候，他就为他布置演出，换句话说，就是叫他在小屋子的前面表演。演出的效果是惊人的，过路人马上就被吸引过来观看。像这样的奇异的笑脸，从来没有见过。人们不知道这个能够感染人的奇迹般的笑脸是怎样得来的；有些人认为是天生的，有些人说是人工造成的，猜测加上事实，结果在十字路口，市场上，市集和节日的场所，到处群众都奔去观看格温普兰。由于有了这个叫座的节目，起初，像雨点似的铜板落到这个流浪集团的可怜的钱包里，然后是便士，最后竟是先令了。满足了一个地方的好奇心以后，他们又换另一个地方。滚动不会使石头变成富有，却能使一辆小车子变成富有；一年一年，从城市到城市，格温普兰越长得高大和丑陋，“熊”所预言的发财也逐渐实现了。

“我的孩子，他们给你帮了多少忙呀！”“熊”常常说。

作为格温普兰的代理人，“熊”就靠着这个“发财”建造了他梦想中的车子，就是说，建造了一辆大马车，相当宽大，可以容纳一个舞台，使他能够在十字路口传播科学和艺术。此外，“熊”还能够把两匹马和两个女人加进他们这个包括他、“人”、格温普兰和“女神”的集团里；这两个女人在集团里扮演女神，我们已经说过；但是她们也是女仆。那时候，对于一个卖艺集团，有一个神话似的门面是有用的。“我们简直是一间流浪的庙宇。”“熊”说。

这两个吉卜赛女人是哲学家在城市和郊外的流浪人群中捡来的，她们又丑又年轻，按照“熊”的意志，一个叫做“月亮女神”，一个叫做

"爱情女神",按照英语拼音读起来,一个叫"菲比",一个叫"维诺丝"。

"月亮女神"担任烧饭,"爱情女神"负责擦洗"庙宇"。

此外,在演出的日子,她们帮助"女神"换服装。

卖艺人和亲王们一样,是有所谓公共生活的,如果不是在这种时节,"女神"就像菲比和维诺丝一样,穿着一条佛罗伦萨纱裙子和一件没有袖子的女人外套,露出两条臂膀。"熊"和格温普兰穿着男人外套,又像战船上的水手一样,穿着宽大的海军式长裤。格温普兰为了干活和表演武功,还在脖子周围和肩膀上套着一件皮背心。他照顾两匹马。"熊"和"人"互相照顾。

"女神"已经住惯了"绿房子",她在这所滚动的屋子里面几乎来往自如,仿佛她的眼睛看得见一样。

有谁如果能够看见这辆马车的内部和里面的陈设,就能看见在一个角落里有"熊"的已经退休的旧车子,这辆旧车子系在板壁上,四只车轮静静不动,不受干涉地在那里长铁锈,它已经永远不必再滚动,如同"人"已经不再要拉车一样。

这辆小车子紧靠在门右边的角落里,成了"熊"和格温普兰的卧室和化装室。里面有两张床。对面的角落就是厨房。

"绿房子"内部的布置,比任何轮船上的布置都更精确和简洁。里面一切都是整理过的,排列过的,预见的,有意安排的。

这辆大马车被分割为三个隔开的房间。每个房间都有洞开的入口,可以自由出入,没有门。一块下垂的布好歹总算是把三间房间都遮住了。后面一间房间是男人的卧室,前面一间房间是女人的卧室,中间房间把男女两性隔开,是这辆车子的舞台。乐队的乐器和道具都放在厨房里。屋顶的穹隆下面有一个小阁楼,装载着布景,如果把阁楼的一扇活板门打开,就露出灯光装置。这些灯光能够产生奇妙的照明效果。

"熊"就是创造这些魔术的诗人。演出的脚本是他写的。

他有各种各样的本领,他会表演非常特别的戏法。除了会模仿各种声音以外,他还会制造各种意想不到的现象,像光和暗的配合,数字和字母在隔板上按照他的意志自动地配合,在半明半暗中人面会消失,还有许多稀奇古怪的事情;在这当中,观众啧啧称奇,他却毫不在意,仿佛在沉思。

有一天,格温普兰对他说:

“父亲,你的神气像个巫师。”

“熊”回答:

“也许因为我的确是个巫师的缘故。”

“绿房子”是按照“熊”的聪明的草图制成的,有一点十分灵巧,就是在车子的前轮和后轮之间,左边车厢的中间板壁,能够在枢铰上旋转,可以用铁链和滑车吊着平放下来,像城门的吊桥一样。放下来的时候,三只装在枢铰上的撑脚也垂了下来,随着板壁放平,撑脚也笔直地插在地上,像桌子的台脚一般,把板壁托着离开地面,使板壁变成了一座平台。同时,板壁放下来以后,舞台也露了出来,和板壁接连,扩大了舞台面,平台变成了舞台的前景。这个张开的舞台,用清教徒的巡回传道师的话来说,百分之百和地狱的嘴相像;这些传道师是嫌恶地扭转头去不肯望它一眼的。从前索伦①用棍子打忒斯庇斯②,大概也是为着这样一种不洁的发明吧。

忒斯庇斯的发明流传得比人们所想象的更长久。用车子当做舞台到今天也还存在。在十六和十七世纪,就是在这种流动舞台上,英国演出了阿姆耐和皮尔京顿的芭蕾舞剧和舞蹈;法国演出了吉尔拔·柯林的田园剧;佛兰德斯在祭神节日演出了外号“不,爸爸”的克莱孟的二重唱;德国演出了代勒斯的《亚当和夏娃》;意大利演出了阿尼蒙西亚和加一福斯的威尼斯趣剧,维奴斯亲王耶苏亚尔朵的短剧,罗拉·古意弟西奥尼的《色鬼》,文桑·加利略的《菲蓬纳的失望》《乌果林之死》;文桑·加利略是著名天文学家加利略的父亲,他自己唱自己所作的歌曲,还亲自弹刚巴琴来伴奏;此外,演出的还有意大利歌剧的各种雏形剧,这些歌剧的萌芽从一五八〇年起就用自由题材代替了恋歌一类的戏剧。

漆着希望之色的车子,装载着“熊”、格温普兰和他们的财富,车头

---

① 索伦(Solon,纪元前640—前558),雅典的著名立法家。

② 忒斯庇斯(Thespis),索伦的同时代人,希腊悲剧作家,为索伦所赏识。忒斯庇斯常按照传统习惯和演员们坐在一辆车子上,到各处乡村演出。

上有菲比和维诺丝吹着喇叭，活像希腊神话中的名声女神，这辆车子也构成了这个有文学意味的流浪集团的一部分。忒斯庇斯不会不承认“熊”，正如龚格里奥不会不承认格温普兰一样。

到达了乡村和城市的广场上，等到菲比和维诺丝的喇叭声稍微停顿以后，“熊”就用有教益的说话来评论喇叭的演奏。

“这支交响曲是格黎戈瓦尔①式的，”他大声说，“城市公民们，格黎戈瓦尔的敬神仪式是一个伟大的进步，这个进步在意大利和米兰红衣主教昂布拉瓦兹首创的礼节发生冲突，在西班牙和莫扎拉勃的礼节发生冲突，经过相当的困难才得到了胜利。”

讲完以后，“绿房子”就在“熊”所选择的地点停下来，作为舞台前景的板壁放了下来，出现了舞台，表演就开始了。

“绿房子”的布景是“熊”亲笔画的一幅风景画，可是由于“熊”根本不会绘画，这幅风景在必要时也可以看做是一条地道。

舞台的帷幕，我们称为垂幕的，是一块有方格子的丝幕，方格子的颜色是完全不调和的。

观众就在外边，在街道上，在广场上，围绕着舞台成半圆形站着，在太阳底下，在暴雨下面，这样就使得下雨天看戏在当时不像我们现在那么有趣了。在可能的时候，他们就在旅馆的院子里演出，那时候旅馆每一层楼的窗户都成了一排排的包厢，观众有了遮盖，付钱也更加慷慨。

“熊”是主持一切的人，写剧本有他，演员里有他，厨房里有他，乐队里也有他。维诺丝打铜鼓，她把两根鼓棍耍弄得非常出色；菲比弹奏一种类似吉他的乐器。狼也提高到能够作出贡献的地位，它肯定也是演员的一分子，经常参加一小段演出。往往“熊”和“人”在舞台上一起出现的时候，“熊”把熊皮紧紧裹着身体，“人”的狼皮裹得更合身，人们简直分不出他们俩哪一个是真正的野兽；这一点使“熊”觉得很满意。

---

① 格黎戈瓦尔（Grégoire，540—604），罗马教皇，他曾首创弥撒礼节和祭礼中的圣歌。

第九章　没有鉴赏能力的人们称为诗歌的荒唐东西

“熊”的剧本是一种幕间插戏一类东西，这种戏曲在今天已经有点过时了。其中有一出名为《熊出熊没》①，这出剧本没有流传到我们手里。很可能“熊”在这出戏里担任主角。戏的内容大概是写假装退出然后又进场，主题是朴素的和值得赞美的。

“熊”的剧本有时用拉丁文题名，像《熊出熊没》就是这样；剧本里的诗有时是西班牙文。“熊”的西班牙诗是押韵的，像当时绝大多数的加斯蒂勒十四行诗一样。观众并不因此而觉得有什么不便。当时西班牙语是一种流行的语言，英国水手能说加斯蒂勒语正如罗马兵士能说迦泰基语一样。请参阅普拉图斯②的著作。此外，在戏剧里和在弥撒里使用拉丁文或其他群众所不懂的语言，并不妨碍任何人。他们会用他们懂得的语言很愉快地跟随着曲子歌唱。我们古老的高卢时代的法兰西，尤其爱用这种方法来敬神。在教堂里，演唱《献祭》圣歌的时候，信徒们就唱《我将寻欢作乐》；在演唱《圣哉》圣歌的时候，信徒们就唱《给我一个吻，小亲亲》。后来特朗特宗教会议才禁止了这种不敬的行为。

“熊”特地为格温普兰创作了一出短剧，他自己认为这是他的得意杰作，他感到非常满意。他运用了全部心血来写作这出剧本。能够把自己的全部精力来投入自己的生产，这就是任何从事创作者的胜利。一只母癞虾蟆生育了一只小癞虾蟆，就是完成了一件杰作。你不信吗？不信请你试试看你能不能够这样做。

---

① 原文是拉丁文。

② 普拉图斯(Titus Maccius Plautus，纪元前250—前184)，罗马喜剧作家。

“熊”把这个剧本舐了又舐。他把这只“小熊”题名为《战胜了混沌》。

内容是这样的：

夜景。帷幕拉开以后，聚拢在“绿房子”前面的观众只看见舞台上一片黑暗。在黑暗中有三个模糊的形体在作蛇行，那是一条狼，一只熊和一个人。狼由狼扮演，“熊”扮演熊，格温普兰就是那个人。狼和熊代表大自然的暴力，无理性的饥饿，野蛮的无知，它们两个扑向格温普兰，那是混沌在向人类进攻。观众看不清楚他们三个的脸。格温普兰披着一块包尸布在那里挣扎，他的脸被散乱的头发遮住。周围一切都在黑暗中。熊在吼号，狼在轧齿，人在叫喊。人渐渐落在下风，两只野兽压倒他，他在呼援求救，他向无边的宇宙发出了深沉的求助声。他已经濒于绝境。观众眼看着这个和野兽还没有明显分别的原始人在垂死挣扎，景象是凄厉的，观众紧张得气也透不过来；再过片刻，野兽就会胜利了，混沌就会重新把人吞没。正在搏斗，叫喊，吼号之际，突然间一切都沉静下来。黑暗里传来一阵歌声。一阵微风吹过，观众听见了歌声。神秘的音乐在空中荡漾，为这个看不见的歌手伴奏，倏忽间，不知怎样也不知从哪里，出现了一道白光。这道白光是一个发光体，这个发光体是一个女人，这个女人是一个仙女。沉默、天真、美丽、惊人地宁静和温柔的“女神”，出现在一圈圆光的中心。她是晨光中一个光辉的形体。歌声就是从她发出的。声音低沉，轻微，无法形容。原来是看不见的，现在她出现了，她就在晨光中歌唱。人们仿佛听见了天使的圣歌或者鸟雀的歌声。仙女出现以后，那人从昏迷中惊醒过来，挥拳打倒了两只野兽。

这时候，仙女悠悠忽忽地滑行过来，这种滑行的办法使人难以理解，也就更加得到观众的赞美；她唱着下面的歌词，用西班牙文唱，口音纯正到使当时在场倾听的英国水手也听得懂：

祈祷吧！哭泣吧！
从圣子身上
带来了理性，
歌声创造了光明。

然后，她低下头望着脚下，仿佛她看见了一个深渊，接着又唱起来：

黑夜，滚开！
黎明，你高歌胜利吧。

随着她的歌声，倒在地上的人慢慢地爬起来，现在他跪在地上，向着仙女举起双手，两只膝盖压在两只野兽身上。两只野兽仿佛受到了雷击，伏在地上一动也不动。仙女转过身来向他歌唱：

你应该到天堂上去，
哭泣的人，你笑吧。

她以天使般的庄严走到他身边，继续唱下去：

打破你的枷锁！
怪物，扔掉
你的黑色的
包尸布。

于是她把手按在他的头上。

这时候，另一个声音响起来，这个声音更加深沉，因此也更加甜蜜；这是悲痛而又喜悦的声音，带着温柔和野性的低沉，这是那人用歌声来回答天使的歌声。格温普兰，始终在黑暗中跪在打败了的熊和狼的身上，脑袋被“女神”的手按着，唱起歌来：

啊！来吧！爱我吧！
你是灵魂，
我是心脏。①

突然间，在黑暗中一道光线笔直地照在格温普兰的脸上。

观众看见了出现在黑暗中的这张丑怪的笑脸。

描写观众的激动是不可能的。整个戏剧的效果是一阵震天动地的笑声。意料不到的事使人发笑，再也没有比这个结局更意料不到的了。

---

① 格温普兰的唱词也是西班牙文。

任何感觉都比不上这下闪电似的光线照耀在这个既可笑又可怕的面孔上所产生的效果。周围的人群都对着这个笑脸大笑。上边,下边,前面,后面,各处地点的男人,女人,老人,小孩,好人,坏人,快活的人,忧愁的人,所有的人,都在大笑;连马路上的过路人,他们没有看见什么,只因听见人们笑了,也笑起来。笑声最后被鼓掌声和顿足声所代替。帷幕落下以后,观众热烈地把格温普兰再叫出来谢幕。因此,这出戏获得巨大的成功。到处人们在问:"你看过《战胜了混沌》吗?"人人都奔去看格温普兰。无忧无虑的人们到这儿来大笑一场,忧郁的人们到这儿来大笑一场,坏良心的人们也到这儿来大笑一场。到这儿来要想不笑几乎是不可能的,因此,有时这种笑声简直像是传染病一样。假使世界上有一种瘟疫是人类不必逃避的,这种瘟疫就是快乐传染病。不过,这出戏的成功并不超出平民的范围以外。广大的观众是老百姓。人们只花一个便士来看看《战胜了混沌》。上等人是不会到只花一个便士就能进去的地方的。

"熊"花了很长时间来创作这出戏,他并不憎恨这个作品。

"这是和一个叫做莎士比亚的人所写的剧本同一种类的作品,"他谦逊地说。

把"女神"安排在旁边,加强了格温普兰所制造的无法形容的效果。她的白色的脸在这个丑鬼旁边,表达了所谓神妙的惊异。观众带着神秘的不安望着"女神"。她有一种处女和修女般的崇高,她是不认识男人,只熟悉上帝的。人们看出她是瞎子,可是又觉得她看得见。她似乎站在超自然界的门槛上。她好像一半在我们的光线中,另一半在天堂的光线中。她是到人世间来工作的,她像上天那样在黎明的曙光中工作。她找到了一条水蛇,她把水蛇改变为一个灵魂。她的神气像宇宙的创造者,对自己的创作感到满意和惊异;观众似乎从她的惊愕的脸上看出她对原因的意愿和对结果的惊异。人们觉得她是爱她的怪物的。她知道他是怪物吗?知道的,既然她摸着他的脑袋。不知道,既然她愿意要他。这种黑夜和白日的混合,在观众的心里化成一种半明暗的境界,在这个境界里出现了无限远景。神性怎样附在原始人身上,灵魂怎样进入物质里面,阳光怎么会变成了脐带,丑鬼怎样变了容貌,畸形的人怎样变成了乐园里的人,这一切半隐半现的秘密,为格温普兰所引起的哄堂大笑更增加了普遍激动的效果。不过观众是不喜欢花费心力去深究一切的;不过,即使不作深究,他们也懂得除了看得见的东西以外还有别的东西,因为这种奇异的景象很容易看透。

至于"女神",她的感受是人类的语言所不能够形容的。她觉得自己是在人群中,可是她不知道什么是人群。她只听见一片嘈杂声,如此而已。在她的心目中,人群只不过是气息;实际上也不过如此。世世代代就是呼吸的消逝。人类的一生就是呼吸,吸气,吐气。在人群中,"女神"觉得孤单,像吊在悬崖上那么害怕。正当由于苦难而想诅咒宇宙,由于可能跌下去而感觉不满的时候,心情宁静不怕危险但是内心由于孤独而战栗的"女神",突然间恢复了信心和找到了支持;她在黑暗的宇宙中重新抓住她的救命线,她把手按在格温普兰的强有力的脑袋上。无可形容的快乐!她把粉红色的手指放在他的蓬松的卷发上。摸到羊毛会产生柔软的感觉。"女神"摸着一头羊,可是她知道这头羊是一只狮子。她的整个心灵都溶化在无可形容的爱里。她觉得脱离了危险,找到了救主。观众的看法却恰恰相反。在观众的心目中,遇救的是格温普兰,救主是"女神"。"这有什么关系!""熊"心里想;他是识透了"女神"的心的。这时候,"女神"得到慰藉了,安心了,满怀喜悦,在崇拜着她的天使,而观众却在欣赏那个怪物;她也受到感染,也受到了这种宏伟笑声的影响,可是她的笑,和观众的笑意恰巧相反。

真正的爱情是不会厌倦的。由于它完全是精神上的,它也不会冷下来。炭火可以被灰盖满,星辰的火是不会的。"女神"每晚都重新体验这些甜蜜的感受,观众在笑痛肚肠的时候,她却感动得要哭出来。在她周围的人群只不过感觉快乐,她却觉得幸福。

格温普兰的笑脸突然出现所产生的快乐效果,显然不符合"熊"的意图。他的希望是观众的微笑多一点,大笑少一点,使得文学意味的欣赏更多一点。可是演出的成功使他得到了安慰。他每天晚上在计算多少叠铜板合成多少先令,多少叠先令合成多少镑的时候,就和他的高度成功和解了。而且,他又对自己说,笑声过去以后,《战胜了混沌》会在观众的心底重现,会在那里留下印象。这一点也许他并没有完全弄错;

她把粉红色的手指放到他蓬松的卷发上。

一件作品的名声正在观众的心目中建立起来。事实是:观众注意着这条狼,这只熊,这个人,然后听到这种音乐,听到这种和谐的音乐压倒了吼号声,看见黎明这样驱散了黑夜,歌声这样散放出光明,观众就带着模糊和深沉的同情接受了这出《战胜了混沌》诗剧,甚至还对它产生相当感动的敬意;这种精神对物质的胜利,结果使人们感到快乐。

这就是人民大众的粗鄙的乐趣。

有了这些乐趣就够了。人民大众没有办法去参观绅士们的“高级拳赛”,也不能够像贵族和老爷们那样,用一千金币打赌赫姆士盖尔会战胜菲林—盖—玛端纳。

第十章　一个与世隔绝的人看一看世人和世事

人类有一种思想,就是要用以怨报德的办法来对付给我们乐趣的人。因此,人们看不起喜剧演员。

这个家伙迷惑了我,给我解了闷,使我散了心,教育了我,吸引了我,安慰了我,使我走进了理想世界,对我是愉快的和有用的,我怎样才能害他呢？侮辱他。蔑视,就是间接打他的耳光。我们来打他耳光吧。他讨我欢喜,因此他是卑贱的。他对我有用,因此我憎恨他。我在哪儿可以找到一块石头扔他呢？教士,把你的石头给我。哲学家,把你的石头给我。波苏埃吗,把他驱逐出教。卢梭吗,凌辱他。演说家吗,用嘴里的小石子吐他。熊吗,拿石块掷他。我们一起来对这棵树扔石头,砸坏它的果子,吃掉它的果子吧。好呀！打倒他！诵读诗人的诗,就是感染了瘟疫。滑稽戏子,呸！他演出成功我们就要把他锁在颈手枷里示众。他得到观众欢迎我们就用嘘声来报答他。他能够吸引群众我们就要让他尝尝孤立的滋味。这就是为什么有钱阶级,所谓上层阶级,要为喜剧演员创造了喝彩这种孤立办法的缘故。

人民大众就不像那么残暴了。他们并不憎恨格温普兰,他们也不蔑视他。只不过停泊在英国最小的港口的最小的外洋船上最下等的水手中的一个最小的补船匠,也认为自己的身份比这个演戏给"贱民"看的滑稽戏子高过不知多少倍,而且他认为补船匠和卖艺人之间的距离,正如一个爵士和补船匠之间的距离一样。

因此,格温普兰和一切喜剧演员一样,受到喝彩和孤立。的确,人世间的一切成功都是罪恶,必须赎罪。因此,谁得了奖章总是连奖章的背面一起到手的;好事总带着坏的一面。

可是对格温普兰而言,并没有坏的一面。因为好坏两面他都欢迎。

他对喝彩声十分满意，对孤立十分满足。得到喝彩，他就有了钱；得到孤立，他就获得幸福。

对下等人来说，所谓有钱就是不像以前那么穷苦。衣服上不再有洞了，炉灶里不像以前那么冷冰冰了，胃里不像以前那么空虚了。饿了能够吃饱，渴了也有喝的东西。一切必要的东西都有了，包括手里有一个子儿施舍给穷人在内。这种穷人的有钱，恰好足够使他们能够自由，格温普兰已经达到了这种程度。

在灵魂方面，他更加富有，因为他有爱情。他还需要些什么呢？

他什么也不需要了。

人们也许认为假使向他提出恢复他的本来面目，他是需要的。其实他却会完全拒绝这种建议。离开现在的样子，恢复他的本来面目，变成他以前那样也许是一个又漂亮又有魅力的男子，他肯定是不愿意的！那时候他拿什么来养活"女神"呢？热恋着他的这个又可怜又甜蜜的盲女，那时候的命运怎样呢？他的笑面使他成为一个独一无二的小丑，没有这个笑面，他只不过是一个普通的卖艺人，一个平凡的杂技演员，在街石的裂缝里捡起观众扔下来的铜板，也许"女神"就不能够每天有面包吃了！他为自己是这个天仙似的盲女的保护者而深深地感到亲切的骄傲。贫困是一条有七个头的巨龙，这七个头是：黑暗，孤寂，裸露，无能，无知，饥饿和干渴，这七个头在巨龙身上昂起来，张开大嘴，格温普兰是和这条巨龙搏斗的圣乔治。他战胜了巨龙。他用什么方法获得胜利？他靠他的丑脸。因为有了这张丑脸，他才成为一个有用的，能够帮助人的，胜利的，伟大的人。只要他一露面，金钱就来了。他是群众的主人，他是贱民的君王。他能够满足"女神"所需要的一切。"女神"要什么，他供给什么；盲人的欲望是有限的，在这个有限的范围内，她的欲望、要求、嗜好，他都使她满足。我们说过，格温普兰和"女神"各自是对方的守护天神，他觉得被她的翅膀挟着飞翔，她觉得被他的臂膀带着走。保护爱你的人，把必要的东西供给像星辰一样为你放射光芒的人，再也没有比这更甜蜜的事了。格温普兰获得了这种无上的幸福。他是靠着他的丑脸才得到这个幸福的。他的丑脸使他高于一切。靠着丑脸他维持了自己的生活和别人的生活；靠着它，他得到了独立，自由，名声,内心的满足和自尊心。他有了丑脸就成为不可接近的了。厄运倾尽全力攻击他,使他变成了笑面人,超出这个限度以外厄运就无能为力了,而他的笑面却帮助他获得了成功。这个不幸的底层变成了极乐净土的绝顶。格温普兰成为他的丑脸的囚徒,可是他是和"女神"一起被囚的。我们说过,他们是居住在天堂的囚室里。他们和世间的人之间有一垛墙垣隔绝。最好也没有了。这垛墙垣包围着他们,也保护着他们。有了这样的封锁线围绕着他们,谁还能够伤害"女神",谁还能够伤害格温普兰呢?夺取他的成功吗?不可能。除非首先夺取他的脸。夺取他的爱情吗?不可能。因为"女神"根本看不见他。"女神"的盲目是神妙地不能治疗的。格温普兰的丑脸对他有什么害处呢?一点害处也没有。有什么好处呢?一切好处都有。他虽然丑陋,却被"女神"爱上了,也许还是因为他的丑陋才爱上了他。残疾和畸形是本能地互相接近和互相结合的。被人爱上了,难道这不就是一切吗?格温普兰想到他的丑脸就产生了感恩的心情。他有了这个烙印是幸福的。他愉快地想着这个烙印是不可能丧失和永远存在的。这个好处无法消失对他是多么好的运气呀!只要有十字路口,有市集的空地,有旅行的可能,有人民在下面,有天空在上头,他就肯定能够生活下去,"女神"就不会缺少任何东西,他们就能继续恋爱下去!即使阿波罗要和格温普兰调换面孔,格温普兰也不会答应。对于他,有了丑脸就是有了幸福。

所以我们一开头就说命运把一切都给了他,甚至给得太多了。这个被遗弃的人其实是命运的宠儿。

他觉得自己过分幸福,使得他同情起周围的人群来。他可怜其余的人。有时向外边张望一下,这是他的本能,因为任何人都不可能是永远一致的,人的天性并不是抽象的东西。他很高兴自己被围在墙垣中间,可是他不时抬起头来望出墙外。经过比较以后,他更愉快地退回来,继续和"女神"孤寂地在一起。

他在他的周围看见些什么呢?他的流浪生涯使得每天都有新的不同类型的人群出现在他的眼前,这些人是怎样的呢?他们永远是新的人群,永远是同样的贫苦大众;永远是新的面孔,永远是同样的不幸。

他们是一堆混杂的渣滓。每天晚上,社会上各种不幸的人都跑来围绕在他的幸福的周围。

"绿房子"是大众化的。

下等票价吸引下等观众。来看他的人是弱小的人,穷苦的人,低微的人。他们来看格温普兰就像去喝杜松子酒一样。他们花两分钱到这儿来购买片刻的忘怀。格温普兰在戏台上检阅贫苦大众。他的心灵里充满了广大苦难群众连续不断地在他的眼前出现的形象。人类的面貌是在良心和生活的影响下形成的,也是一连串神秘的挖掘的结果。任何一丝儿痛苦,一丝儿愤怒,一丝儿耻辱,一丝儿绝望,格温普兰都看得清清楚楚。这些孩子的嘴没有吃过东西。这个男人是一个父亲,这个女人是一个母亲,不难看出他们的家庭正走着毁灭的道路。这个人的脸上刻画着恶德的痕迹,他正在犯罪的边缘上,原因是很明显的:由于无知和贫困。另一个人的脸上还遗留着初期的善良,社会的重压毁灭了他的善良,而且把善良转变为仇恨。在这个老妇人的前额上,可以看出饥饿;在这个少女的面孔上,可以看出卖淫。其实是同一回事,年轻的姑娘能够利用她的青春,就更加悲惨。人群中有能够劳动的手,可是没有工具;这些劳动者并没有奢望,可是找不到工作。有时,一个兵士走到一个工人身边坐下来,往往还是一个残废军人,这时候格温普兰就看见了战争的魔影。格温普兰在这儿看见的是失业,在那儿看见的是压榨,在另一处看见的是奴役。在某些人的脸上,他发觉了一种难以形容的向兽性的倒退,这种人类缓慢地重复变成野兽的过程,是在下层社会发生的,发生的原因,是下层社会受到幸福的上层社会的阴暗的重压。在周围的黑暗中,格温普兰有一个天窗。他和"女神"在天窗眼里享受幸福,其余的人都在受苦。格温普兰感觉得出有权势的人,有钱的人,显赫的人,高贵的人和命运的宠儿,在他的上头无意识地踩踏的脚步声;在他的下面,他看见的是一大堆一无所有者的苍白的面孔;他看见他和"女神"两人以及他们的小小的幸福——在他们的心目中却是十分伟大的幸福——夹在两个世界之间:上面的世界是来来往往,自由,快活,跳舞,行走的世界,是踩踏者的世界;下面的世界是被踩踏者世界。这是悲惨的事,格温普兰完全证实这个悲惨的事实。怎么!这么卑贱的命运！这些人竟然这样爬行！竟然这么胶着在尘埃和泥泞上，有这样的低级趣味，这样的放弃权利，这样的卑劣，使得别人竟然想把脚踩踏他们！这种地上生活如果是毛虫的话，会变化出什么样的蝴蝶来呢？怎么！这一群饥饿的人在任何地方，在任何人面前对罪恶和羞耻都不觉得有任何疑问！法律的严酷造成良心的软弱！没有一个男孩子长大起来不受奴役！没有一个女孩子成熟以后不受侮辱！没有一朵玫瑰花开放以后不受到蜗牛涎液的沾染！有时，格温普兰带着激动的好奇心用眼睛到处搜索，想看透这个黑暗的底层，因为在这个黑暗中有许多白费心血的人在濒于死亡，许多疲乏的人在挣扎，社会吞噬了家庭，法律破坏了道德，刑罚使创口溃烂，捐税咬啮着贫困，无知淹没和冲跑了智慧，还有一只在危难中的筏子，上面载着饿殍，战争，饥馑，残喘，叫喊，失踪；于是他模糊地感觉到广大世界的深刻苦难。他似乎看见苦难的浪花正在阴沉的人类大海上面喷射。他自己却是在海岸上，他望着围绕在他身边的遭遇海难的人们。有时，他捧着他的丑脸深深地思索。

一个人能够幸福是多么疯狂的事呀！会产生多么多的梦想！他有了许多想法。古怪的念头透过了他的脑子。因为他曾经救过一个女孩子，他就产生了拯救世界的愿望。梦想有时使他忘记了现实，竟然使他不自量力地想："我要怎样才能帮助这些穷苦的人们呢？"有时他深思过度，竟然脱口把这句话说了出来。"熊"听见了就耸耸肩膀，用眼睛紧紧地盯着他。格温普兰继续他的梦想："啊！假如我是个有权有势的人，我会怎样帮助那些可怜的人们啊！可是我只是一粒微小的原子。我能做什么？什么也不能。"

他错了，他能够为可怜的人们作出很大的贡献，他使他们发笑。

我们说过，使人发笑，就是使人遗忘一切。

在人世间做一个散播遗忘的使者，这是多么伟大的恩人！

第十一章　格温普兰想的是正义，“熊”说的是现实

一个哲学家就是一个间谍。“熊”会窥探别人的梦想，他在仔细研究他的学生。在面相家的眼中，我们内心的独白会在我们的脸上反映出来，虽然模糊但是可以看得出的。因此，格温普兰的心思逃不过“熊”的眼睛。有一天，格温普兰在沉思，“熊”抓住他的外套，大声说：

“我看你变成一个观察家了，蠢材！你当心点，这跟你没有关系。你只有一件事要做，就是爱‘女神’。你已经享有双重幸福：首先，观众看得见你的丑脸，其次，‘女神’却看不见。你所享有的幸福是你没有权利享受的。没有一个女人看见过你的嘴会接受你的亲吻。而使你发财的这个嘴巴，使你富有的这张脸，并不是你自己的。你生下来的时候的脸并不是这样，你是从隐藏在宇宙底层的鬼脸中借得这张脸的，你是向魔鬼偷来这张脸的。你很丑，你应该满足于这个命运。在这个创造得十分美好的世界上，有合法的幸运儿，也有侥幸的幸运儿。你是侥幸的幸运儿。你是在地洞里，这个地洞里面囚禁着一颗星。这颗可怜的星是属你所有的。守住你的这颗星，再也不要离开地洞！你这蜘蛛，维纳斯已经落在你的网里，请你满足吧。我看见你在胡思乱想，这是很愚蠢的。你听我说，我要用真正的诗的语言来告诉你：给‘女神’多吃点牛排和羊腿，不到半年她就会肥壮得像个土耳其女人；马上娶了她，让她养一个孩子，两个孩子，三个孩子，一大串的孩子。这就是我称为符合哲理的做法。而且有了这样的幸福并不坏。有了孩子就是窥见了天堂。养几个小娃娃，给他们揩屁股，擤鼻涕，哄他们睡觉，弄脏他们，给他们洗干净，让他们聚拢在你身边；假使他们笑了，很好；他们哭了，更加好，因为哭喊就是活下去的表现；看着他们在六个月的时候吃奶，在一岁的时候爬行，两岁的时候学步，十五岁的时候成熟，二十岁的时候

恋爱。谁有这些乐趣就是享有一切。我是没有这些的，所以我成了一个粗野的人。善良的上帝是优美诗歌的创作者，是第一个文学家，他曾经指示他的合作者摩西：'繁殖'！经上这样记载着。畜生，你就繁殖吧。至于这个世界，它会像老样子继续下去，并不需要你来使它变得更坏。不要为它操心吧。不要管外界的事情。让大地安静。一个喜剧演员的责任是给人家看，而不是看人家。你知道外边有些什么吗？有合法的幸运儿。而你，我再对你说一遍，你是一个侥幸的幸运儿。他们是幸福的所有主，你是幸福的小偷。他们是合法的，你是非法的，你只不过和幸运姘居。你已经有了的以外，你还想要什么？希望示播列能够帮助我！"①这个坏孩子是一个粗笨的家伙。同'女神'一起繁殖到底是愉快的事。这样的幸福好像是欺骗得来的。那些由于上天赋予的特权而在世间享受幸福的人们，并不喜欢在他们底下的人能够有这么大的幸福。假使他们问你：你有什么权利享受幸福？你就不知怎样回答他们了。你没有权利证，他们有。朱庇特，真主，毗湿奴，上帝，随便哪一个神，都给了他们享受幸福的证书。你该怕他们才是。不要干涉他们以免受他们干涉。可怜的家伙，你知道什么是合法的幸运儿吗？他们是可怕的人，他们是爵士。啊！爵士，他们在降生以前一定曾经在魔鬼的未知世界里使用过阴谋，所以他们才能够从这样的门出生！对于他们，出生一定是很艰难的！他们也只肯吃这样一种苦头，可是公正的天老爷！这是什么样的一种苦头啊！从命运这个盲目的蠢汉手里得到一个标记，使你在摇篮里就成为人们的主人！贿赂这个包厢管理员，使他给你一个最好的座位！你去念念我写的一段铭记吧，这段铭记就写在那辆退休的小车子上；念念这本总结我的明智的手册，你就知道什么是爵士。一个爵士就是享有一切和代表一切的人。一个爵士是超出于他的本性而存在的人；一个爵士在年轻时，享有老人的权利，在年老时，享有年轻人的幸运；即使他是不道德的，他能得到好人的尊敬；即使他是懦怯的，他也能指挥勇敢的人；他是懒汉，却能享受劳动的果实；他是

---

① 按《旧约·士师记》第十二章记载，以法莲人对示播列一字发音不清，因此基列人要证明请求渡河的人是否即他们的仇敌以法莲人，即叫他们说示播列一字。说不清楚的就被杀掉。这里这句话的意思则是希望自己经得起考验。

毫无知识的,也能领取剑桥和牛津的文凭;他是愚蠢的,也能得到诗人的钦敬;他是丑陋的,也有女人向他微笑,爵士就是这样的一个人。即使他是一个忒耳西忒斯,他也有阿喀琉斯[①]的盔甲;即使他是一只兔子,他也有狮子的皮。不要误解我的话,我并不是说凡是爵士一定是无知的,懦怯的,丑陋的,愚蠢的和年老的,我只是说,即使一个爵士有了这许多缺点,对他也毫无损害。恰恰相反,爵士就是亲王。英国国王只不过是一个爵士,他是诸侯的首脑,如此而已,可是同时他也十分了不起。从前人们都称国王为领主,像丹麦领主,爱尔兰领主,不列颠群岛领主。挪威领主称为国王只不过是近三百年来的事。英国最古的国王卢昔斯,被圣提勒斯福尔称为'卢昔斯领主陛下'。上议院议员都是贵族,换句话说,他们是平等的[②]。跟谁平等?跟国王。我没有认错字,没有把上议院和下议院混淆起来。人民的议会,在征服[③]以前,是被萨克逊人称为'维顿那格莫'的,在征服以后,诺曼底人称之为'巴力芒东'。人民逐步被赶出门外。国王召集下议院的御旨过去用拉丁文记载着:'朕征求你们的意见',现在记载着:'朕征求你们的同意'。下议院只有同意权。他们的自由是说一句同意。上议院有权不同意。他们曾经这样做过就是证明。上议院的贵族有权砍掉国王的头,人民不能够。砍在查理一世头上的那一下斧子是对权利的侵犯,受侵犯的不是国王的权利,而是上议院贵族的权利,因此后来他们把克伦威尔的尸首吊在绞刑架上是十分有理由的。贵族们有权力,为什么?因为他们有财富。有谁翻过英格兰土地清丈册[④]吗?这本书就是贵族们占有整个英国的证明,这是在征服者威廉治下制作的臣民财产清册,现在由财政大臣掌管。要抄录这本书的内容,每行字要付四分钱。这 是一本值得骄傲的册子。你知道吗?我曾经在一个名叫马墨杜克的爵士家里做过家庭教师,这位爵士每年有九十万法国法郎的年金!你想一想,你这丑

---

① 按希腊神话,忒耳西忒斯在特洛亚战役中,表现为一个懦夫,反之,阿喀琉斯则是这一战役著名的英雄人物。

② 上议院议员称为 pair,有"比肩"、"匹敌"、"同辈"之义。

③ 指一〇六六年诺曼底公爵威廉征服英国。

④ 指一〇八六年英王威廉一世命令制作的最初的英格兰土地清丈册。

怪的蠢材。你知道吗？只要拿林赛伯爵的养兔场里的兔子，就可以养活五港所有的贱民！因此你去反对吧。人们早已建立了良好的秩序。所有私猎野兽者都要被吊死。我亲眼看见一个六个孩子的父亲被吊死在绞刑架上，只为着两只毛茸茸的长耳朵从猎获物袋子里露了出来，这就是领主的权力。贵族的一只兔子，比善良的上帝亲手创造的人更宝贵。贵族领主是存在的，瘪三，你懂了吗？我们应该认为这样是好的。何况，即使我们认为这样不好，这对他们又有什么关系？人民反对！连普拉图斯也不会想到这样一种喜剧题材。一个哲学家如果劝告可怜的该死的老百姓去叫嚣反对贵族的权势的话，这真是在开天大的玩笑，等于去叫一条小毛虫抗拒大象的巨足。有一天我看见一只河马踏在一个鼹鼠窝上，它压坏了一切，它是无罪的。这只肥大的善良的乳齿象，根本不知道自己的脚下有鼹鼠。亲爱的孩子，被压的鼹鼠就是人类。压迫是一条规律。你相信鼹鼠本身就不压坏别的东西吗？它是壁虱的乳齿象，壁虱是球虫的乳齿象。我们不要再发议论了。我的孩子，世界上是有马车的，爵士坐在里面，人民在车轮下面，聪明人闪过一旁。你也躲在一边，让马车过去吧。至于我，我是爱爵士们的，我躲避他们。我曾经在一个爵士家里住过。我能有那么美丽的回忆，我已经满足了。我记得他的城堡好像云端里的亮光一样。我的梦想都是怀旧的。最使人惊叹的莫过于马墨杜克邸宅，它的嵯峨高大，它的美丽的对称，漂亮的林荫道，还有建筑物上的装饰品和周围的附属物。贵族们的邸宅，大厦和宫殿，其实是我们这个繁荣的王国中最伟大和最华丽的东西的集中表现。我爱我们的领主。我感谢他们有钱，有势和繁荣。我身上穿的是黑暗，我很有兴趣而且很高兴地看见蔚蓝天空的标本，这个标本就被人们称为爵士。走进马墨杜克邸宅必须通过一个极端宽阔的庭院，这个庭院作长方形，分成八块，每一块都有栏杆围着，旁边都有宽广的道路，当中有一个华丽无比的六边形喷水池，分成两个池盆，上面有圆形屋顶盖着，这个屋顶是精美的透雕细工，架在六根柱子上。我就在那里认识了一个有学问的法国人，杜·克罗修道院院长先生，他是属于圣杰克街的雅各宾修道院的。厄本尼斯图书馆的一半藏书在马墨杜克住宅，另一半在剑桥的神学讲堂。我经常坐在装饰华丽的大门口念书。

这些东西通常只有少数好奇的旅客能够看见。你知道吗,可笑的小伙子,威廉·诺斯,即格雷·德·劳列斯顿爵士,他在男爵席位中占据第十四席,他的山上所有的高大的森林树木,比你的丑恶的脑袋上的头发更多?你知道吗,诺里斯·德·李各特爵士,即阿宾顿伯爵,有一座两百英尺高的方塔,上面记载着这样一句格言:'Virtus ariete fortior',从字面上看这句话的意思好像说:'道德更强于撞城槌',可是,傻子!这句话的意思其实是:'勇敢更强于武器'。是的,我尊敬,接受,尊重,敬仰我们的领主老爷们。他们和国王陛下一起努力去取得和保存国家的利益。他们的无上智慧在困难的场合就表现出来了。他们有高出于一切人的权利,我很希望他们没有这种权利,可是他们有。在德国称为公爵,在西班牙称为大公的,在英国和法国就称为贵族。人们有理由认为这个世界相当悲惨,上帝知道了其中原因,他想证明他会制造幸福的人,他就创造了贵族来满足哲学家们的要求。这个创造抵消了前一个创造,使善良的上帝脱离了窘境。对于上帝,这是摆脱尴尬处境的正当办法。伟大人物就是伟大人物。一个贵族称自己为'我们'。只有一个贵族也是多数。国王称贵族为'我们的血缘亲戚'。贵族们建立了许多明智的法律,其中一条是把砍掉一棵三年的白杨树的人判处死刑。贵族的地位优越得那么厉害,使得他们有了他们自己的语言。在纹章学的用语里,黑色,一般贵族称为黑貂色,亲王们称为铅色,上议院的贵族议员称为钻石色。钻石粉末,布满繁星的黑夜,这就是幸福的人的黑色。即使在他们当中,这些高贵的领主也有分别。一个男爵如果没有得到子爵的允许,不能和子爵一起洗手。这许多事情都是十分好的,它们保存着国家。一个民族有二十五个公爵,五个侯爵,七十六个伯爵,九个子爵和六十一个男爵,总数是一百七十六个上议院贵族,有些称为殿下,有些称为爵爷,这是多么美好的事情!在这种情形下,这里那里有些穿破衣服的人,又有什么关系!总不能叫每个人都穿着金装呀。让破衣服存在吧;不是同时也有红袍吗?有一种就补足了另一种。一种东西总得要用另一种东西来建造。那么,有穷人正是好事!他们为富人的幸福提供了一切。见鬼!我们的爵士是我们的光荣。摩痕男爵查尔斯·摩痕养了一群猎犬,仅仅这群猎犬的费用就相当于摩尔基特的麻风病医院的费用，也相当于一五五三年爱德华六世创办的基督儿童医院的费用。李兹公爵汤姆士·奥斯博纳每年花在制服上的费用就达五千金币。西班牙的大公爵们有一个由国王任命的监护人，专门负责防止他们破产。这真是懦弱可笑。至于我们的爵士，却是大肆挥霍和过着豪华生活的。我尊重他们这样做。不要像个妒忌的人那样攻击他们。我看到美丽的幻象经过就十分高兴。我得不到亮光，可是我得到亮光的反映。反映到我的溃疡上，也许你会这样说。去你的吧。我是约伯[①]，很高兴地望着特里马西翁[②]。啊！天上那颗光辉灿烂的行星。能够得到月光就很不错了。取缔贵族，就是俄瑞斯忒斯[③]也不敢这样主张的，虽然他是一个没有理性的人。如果说贵族是有害的或者没有用的，那就等于说要推翻社会上的各种阶级现状，也就等于说人类生下来不是要像羊群那样，一边吃草，一边被狗咬的。草原的草被羊噬平，羊的羊毛被牧羊人剪平。还有更公道的事吗？‘强中更有强中手’。至于我，我是无所谓的；我是一个哲学家，我的生命只像苍蝇的生命一样。我认为人生只不过是临时寄居一下。我每想到伯克州伯爵亨利·鲍瓦斯·霍华德的马厩里有二十四辆大典马车，其中一辆有银马具，一辆有金马具的时候，我的天，我完全知道不是每一个人都有二十四辆大典马车的，可是绝不应该为此而攻击他人。你有一天晚上挨了冷，这跟他有什么关系！只不过牵涉到你个人而已。别的许多人甚至又饥又冷。你知道吗，假使没有这场冷，‘女神’就不会变成瞎子，‘女神’如果不是瞎子，她也不会爱上了你！想想看，笨蛋！而且，假使所有分散在各处的人们都埋怨的话，那么这个世界就会变得十分嘈杂了。沉默，这才符合规定。我完全相信善良的上帝命令受罪的人们沉默，不然的话，上帝听见他们的永恒的呼声，反而变成上帝在受罪了。奥林匹斯山上的幸福是建立在地狱之河的静寂上的。因此，人民大众，不要做声。我更进一步，我赞成而且敬仰贵族们。刚才我说出了贵族

---

① 约伯，是《圣经》上安贫乐命的人。

② 特里马西翁，是典型的暴发户，食用十分奢侈。

③ 俄瑞斯忒斯，是希腊神话中阿伽门农的儿子，曾和妹妹合谋杀死自己的母亲，遂至疯狂。

的人数,可是在这个数目上还应该加上两个大主教和二十四个主教!事实上,我想到这一点就感动起来。我记得曾经在拉佛①的主教——这位主教既属于贵族,也属于教会——的收税员②那里,看见过一大堆从附近农民那里征收来的美丽的麦子,主教没有费什么气力让这些麦子生长。这样他才有时间来祈祷上帝。我的主人马墨杜克爵士是爱尔兰的财政大臣,也是约克郡那尔斯布露藩领的管事,你知道吗?宫内大臣这个职位是安卡斯特公爵家族的继承职位,在加冕那天宫内大臣为国王穿衣服,为着花了这分劳力,他得到的报酬是四十码深红色的天鹅绒,再加上国王睡过的那张床;而持黑杖的前导员是他的代表,你知道吗?我倒要看看你怎样反对这样一个事实:英国最古老的子爵是罗拔特·布兰特殿下,他是被亨利五世册封为子爵的。贵族的所有爵位称号都表明对一块土地的统治权,只有列凡斯伯爵是例外,他的爵位称号就是他的姓。最令人钦佩的是他们有权抽别人的税,例如目前继续施行一年的每镑要付四先令的所得税;还有那些美妙的酒精税,造酒税,啤酒税,吨位税和商船税,苹果酒税,梨酒税,烈性啤酒税,麦酒税,大麦税,煤炭税,以及其他诸如此类物品的捐税!我们必须尊敬这些存在的事物。教士们也受贵族管辖。曼地的主教就是德比伯爵的臣民。贵族们有他们独特的猛兽,他们把这些猛兽放在他们的家徽上。由于上帝没有创造足够的猛兽,他们自己就发明了一些。他们创造了纹章学的野猪,这种野猪超过普通野猪,正如野猪超过普通猪一样,也像贵族高于教士一样。他们创造了半狮半鹫的怪物。这种怪物对狮子而言是鹫,对鹫而言是狮子,狮子怕它,因为它有翅膀,鹫也怕它,因为它有鬃毛。他们还创造了吞噬小孩的大蛇,独角兽,蛇,蝾螈,怪兽,来纳河神兽,龙,马体鹫头有翼的怪兽,等等。这一切,对我们是恐怖的东西,对他们是装饰品和装饰工具。他们有一所名为纹章学的动物饲养场,里面有许多不知名的怪兽在吼号。森林里的一切珍禽异兽都比不上他们的虚荣心的发明。他们的虚荣心是充满着幽灵的境界,这些幽灵在那

① 拉佛(Raphoë),是英国过去的一座主教城。

② 教会过去有权向农民征收农作物年额的十分之一,称为什一税。

里徘徊,如同在庄严的黑夜里徘徊一样,他们全副武装,戴着头盔,披着铁甲,脚上有刺马钜,手里拿着王笏,用庄严的声音说:‘我们是祖先!’小虫吃树根,披着甲胄的人吃人民。为什么不呢?难道我们要去改变法律吗?贵族阶级是社会秩序的一部分。你知道苏格兰有一个公爵骑着马飞驰了一百二十公里还没有走出他的家园以外吗?你知道坎特伯雷大主教每年有一百万法郎的入息吗?你知道国王陛下每年有七十万镑的王室费,而总数超过一百万镑的堡垒、森林、领地、采邑、租地、自由地、教会、什一税和年金、没收和罚金等收入,还没有计算在内吗?那些还不满意的人真是要求过高了。”

“是的,”格温普兰若有所思地低声说,“富人的天堂,是建筑在穷人的地狱上的。”

第十二章　诗人“熊”带领哲学家“熊”

这时候“女神”进来了；他望着她，眼睛里再也看不见别的东西。爱情就是这样的；我们有时被某种厌烦的思想纠缠住，我们所爱的女人到临了，突然间，所有和她无关的东西立刻消失了，她自己却想也没有想到过她也许消灭掉我们心目中的整个世界。

我们在这儿要补充一点细节。在《战胜了混沌》里，“女神”不喜欢其中一句台词，因为这句台词里把格温普兰称为“怪物”。有时，她用当时人人具有的一点西班牙文知识大着胆子把台词改掉，用“我爱你”来代替“怪物”，整句台词变成：“我要你扔掉你的黑色的包尸布”。对于这个改动，“熊”虽然觉得很不耐烦，但是也容忍了。他真想对“女神”说一句我们今天摩萨德对维索所说的话：“你太不尊敬上演剧目了。”

格温普兰是以“笑面人”这个名称而出名的。这个绰号已经代替了他的差不多不为人知的名字格温普兰，正如他的脸被笑所代替一样。他的名声也像他的面孔一样，是一个面具。

可是他的真名字仍然出现在一块大招牌上，这块招牌挂在“绿房子”前面，上面记载着“熊”为观众编写的一段文字：

“本台演员格温普兰，在十岁时于一六九〇年正月二十九日晚间，被罪大恶极的儿童贩子遗弃在波特兰海岸上。目前这个小孩业已长大成人，艺名叫做：

‘笑　面　人’。”

这些卖艺人的生活，像麻风病患者在麻风病院里和幸福的人们在阿特兰提斯①岛上的生活一样。每天都是从十分热闹的市集演出，突

① 阿特兰提斯，是古代传说中记载曾经存在、后来又沉没了的一个岛，据说它位于直布罗陀之西，关于这岛的神话见柏拉图的《克里提阿斯》对话。

然变为完全和人群隔绝的隐居生活。他们每晚都离开这个世界，像死者逝去一样，但是第二天再度复活。喜剧演员是一只旋转灯塔，一会儿亮了，一会儿又熄灭了，在观众的心目中他们只是旋转灯塔的幽暗和亮光。

演出以后，接着就是幽闭。只是表演终场，观众四散，满意的评论声在各处街道上消失，“绿房子”就把板壁重新拉起，像城堡扯起吊桥一样，他们和人类的交往又断绝了。一边是整个世界，另一边是这辆马车；在这辆马车里面有自由，有安定的良心，有勇气，有自我牺牲精神，有天真纯洁，有幸福，有爱情，这一切都是明亮的星座。

那个看得见的盲女和那个被人爱的怪物肩并肩地坐在一起，他们的手紧握着，额角碰着额角，在陶醉的状态中互相低语着。

中间的房间有两种用途：对观众是舞台，对演员是食堂。

“熊”一直是喜欢打比方的，他抓住这个房间有多种用途的特点，把“绿房子”的中央房间比喻为埃塞俄比亚式小房子的主要房间。

“熊”计算收入的账，然后大家进晚餐。对于恋爱的人，一切都是理想的，恋爱的人在一起吃喝，就有很多偶然的、甜蜜的接触机会，使得每吃一口东西就像亲了一个吻一样。他们在同一个杯子里喝啤酒或者其他酒，就像他们会在同一朵百合花里喝露水一样。两个灵魂在爱餐①中，就像两只小鸟那么可爱。格温普兰服侍“女神”，为她切开面包，倒酒给她喝，和她接近得太过分了。

“咳—唔！”“熊”表示不满意，可是他不由自主地把他的责骂转变为微笑。

那条狼在桌子底下进食，丝毫不注意嘴里的骨头以外的东西。

维诺丝和菲比也在同桌吃饭，可是对他们没有什么妨碍。这两个半文明、半粗野而且仍然心神不定的流浪女子，互相用吉卜赛语交谈。

然后“女神”和菲比以及维诺丝回到女人的房间里去。“熊”把“人”带出去锁在“绿房子”下面，格温普兰照料两匹马儿，从情人变成

① 爱餐，是初期的基督教徒为着纪念耶稣最后的晚餐而举行的晚宴，在席上基督徒互相接平安吻。

了马夫，仿佛他是荷马史诗中的一个英雄，或者查理大帝麾下的一个勇士。到了午夜，个个都进入睡乡，只有那条狼是例外，它的责任感使它不时睁开一只眼睛。

第二天醒来以后，他们又聚集在一起，大家一起吃早餐；通常早餐的内容总是火腿和茶。英国人开始喝茶是在一六七八年。然后“女神”照着西班牙的风尚睡几个钟头，这也是遵从“熊”的劝告，因为“熊”认为她太瘦弱；这时候格温普兰和“熊”就干各种内外零碎活儿，都是流浪生涯中必须干的活儿。

格温普兰很少走出“绿房子”在外边徘徊，除非在荒凉的街道和冷僻处所。在城市里，他只在夜间出外，而且戴着一顶大帽子，把帽边拉下来遮住面孔，以免在街上露出自己的脸。

只有在舞台上才能看得见他的毫无遮掩的脸。

此外，“绿房子”很少到城市里去；格温普兰到了二十四岁年纪，所看见的大城市只不过是五港。可是他的名声却愈来愈大，已经开始越过人民大众，向更高处上升了。在那些爱好看市场杂耍的人们中间，在那些专门追求珍品异物和奇人怪事的人们中间，人人都知道某处地方有一个怪面人，这个怪面人过着流浪生涯，有时在这里，有时在那里，行踪不定。人们谈论他，找寻他；人们互相询问：他在哪儿？“笑面人”肯定是出名的了。这个名声把《战胜了混沌》也附带显得光辉了。

这种情势使得抱有野心的“熊”有一天说：

“我们应该到伦敦去。”

第 三 卷

裂 缝 的 开 始

第一章　塔德卡斯特客店

伦敦在那时候只有一座桥,就是上面有房子的伦敦桥。这座桥把扫斯华克和伦敦连接起来。扫斯华克是伦敦的郊区,地面用泰晤士河的小鹅卵石铺砌,分成小路和小弄,像伦敦城一样有些地方挤满了建筑物、住宅和木屋,构成一大堆乱七八糟的易燃物,最容易发生火灾,一六六六年的大火已经证明了这一点。

当时扫斯华克这个名字的读法是苏德力克;现在的读法则近似苏苏奥克。事实上,对英国的名字最好的读法是不把字音全部读出来。像苏桑普敦(Southampton),要读成薛本顿(Stpntn)。

那时候,夏塔姆(Chatam)的读法很像法国人说:我爱你(Je t'aime)。

当时的扫斯华克和今天的扫斯华克相比,正如伏伊拉[①]和马赛相比一样。从前的扫斯华克是郊区,现在是城市。可是当时扫斯华克的航运热闹非常。沿着泰晤士河岸有一垛长长的古老的墙,是由巨石堆积而成,墙上装着铁环,可以让河里的驳船系缆。这垛墙称为埃佛洛克或者埃佛洛克石墙。在萨克逊时代,约克是叫做埃佛洛克的。据传说有一个埃佛洛克公爵曾经在这墙脚下淹死。事实上那里的水对一个公爵而言是够深的。在退潮的时候也有六英寻深。这个小小停泊所的优点吸引了许多外洋船到这儿来,那艘名为伏加拉特的古老的荷兰帆船,就到埃佛洛克石墙下面来停泊。伏加拉特每星期一次由伦敦直放鹿特丹,再由鹿特丹驶回伦敦。别的驳船每天开行两次,或者到代普福特,或者到格林威治,或者到格拉夫先德,这次潮水去,下次潮水回来,一天两次。到格拉夫先德去的路程虽然只有二十英里,却需要六小时航行。

① 伏伊拉,是过去巴黎的郊区,后并入巴黎。

伏加拉特这种船如今只能在船舶博物馆里看见了。这种外洋帆船有点像一只中国驳船。在那时候,法国在模仿希腊,荷兰却模仿中国。伏加拉特有两根船桅,船身笨重,被防水板壁垂直地隔成几部分,船中央有一个很深的舱,船头和船尾各有一块甲板,很平,像我们今天有塔楼的铁船一样,这样建造的好处是在刮风下雨的时候,可以减少波浪打击船只的力量,坏处是缺少船舷,水手直接受到海水的袭击。船上没有什么东西阻止一个人跌下海去。因此,经常发生失足落海事情,人命丧失过多使得这种船只逐渐被废弃不用。伏加拉特是直接开往荷兰的,中途连格拉夫先德也不停泊。

沿着埃佛洛克石墙脚下,有一条古老的石堤,既是天然石块,也是人工建造物,无论在涨潮或落潮时都能使用,停泊在石墙脚下的船只可以利用石堤登陆,得到很大便利。石墙每隔相当距离就有几级石阶。它是扫斯华克的最南端。埃佛洛克石墙顶上有一条矮墙,可以让过路人靠在上面,像靠在码头的栏杆上一样。从那上面可以看见泰晤士河。河的另一岸是伦敦市区的尽头,再也看不见房子,只有一片田野。

从埃佛洛克石墙溯流而上,到了泰晤士河的转弯处,几乎在圣詹姆士宫的对面,在蓝拔斯宫的后面,有一块长满青草的广阔的荒地,坐落在一个制瓷器的陶窑和一个制五彩花瓶的玻璃工场之间,离开当时称为福克士荷尔(大概是“伏克斯所尔”的转音)的散步场不远;过去法国把这种荒地称为木球草地,英国人称为滚球场。法国语“散步场”一词就是从英国语“滚球场”转化来的,因为英语滚球场的原意是在绿草地上滚球。今天我们的住宅里就有这种草地,不过我们把草地搬到桌子上,代替草地的是一块绒布,我们称之为台球或打弹子。

其实,我们既然有了“林荫道”一词,很难解释为什么还要有“散步场”一词,因为这两个词儿都从英文“滚球场”一词转化而来,字典本来是一个严肃的人物,却居然会有这些没有用的奢侈品,真是叫人惊异。

扫斯华克的滚球场名为塔林索草地,因为这块土地曾经属于哈斯亭斯男爵,而哈斯亭斯男爵同时也是塔林索和莫克连男爵。塔林索草地从哈斯亭斯爵士的手里移转到塔德卡斯特爵士的手里,后者对这块地进行经营,把它改成公共场所,正如后来有一个奥尔良公爵把巴黎的王宫改为游乐场一样。后来塔林索空地变成了一块荒废的草地，产权属教区所有。

塔林索空地是一个经常的市集场所，变戏法的，卖艺的，玩杂耍的，在台上演奏音乐的，挤满了这个地方，经常有许多傻瓜到这儿来“看魔鬼”，这是大主教萨普用来形容的话。所谓“看魔鬼”就是看戏。

好几家客店开设在这片一年到头热闹非常的土地上，每家都生意兴隆，它们接纳观众，也把观众输送给市集的舞台。这些客店只是一些简陋的木屋，仅仅白天能够住人。到了晚上，客店主人锁上门，把钥匙放进衣袋里就走开了。其中只有一所客店是一所房屋。整个空地上没有别的住宅，市集上江湖卖艺人的小屋是随时能够消失的，因为这些卖艺人过的是流浪生涯，和任何地方都没有联系，他们的生活是没有根的。

那所惟一的客店叫做塔德卡斯特客店，是按照过去领主的姓来取名的；这所客店有一个能容马车进出的大门，还有一个相当广阔的院子；与其说它是酒馆，不如说它是客店，与其说它是客店，不如说它是大旅馆。

那个能供马车出入的大门，是在院子里开向广场的，在塔德卡斯特客店里，好像是合法的儿子，旁边还有一扇供人出入的小门，好像是私生子。私生子总是得宠的。这扇低矮的小门就是人们进出的惟一要道，它通到可以正式称为酒馆的部分；这部分是一间宽阔的酒吧间，天花板很低，烟雾腾腾，摆着许多桌子。二楼有一个窗户，窗户的铁条上挂着客店的招牌。那个能供马车出入的大门用门闩闩上，经常关闭着。

要穿过酒吧间才能走到院子里。

塔德卡斯特客店里有一个老板和一个侍者。老板叫做尼克莱斯老板，侍者叫做葛维堪姆。尼克莱斯老板的原名一定是尼古拉斯，英国人的读法把它变成了尼克莱斯；这个老板是一个吝啬的鳏夫，胆小而且尊敬法律。此外，他有两道浓眉，双手长满了毛。至于那个服侍客人喝酒、被客人叫做葛维堪姆的侍者，只有十四岁，大脑袋，笑容满面，身上系着围裙。他的头发剪成平头，这是作仆人的标记。

他睡在楼下，住在一间以前给狗住的小屋里。

这间小屋的全部窗户只是一个天窗，开向门外草地。

第二章　在露天的滔滔雄辩

有一天，黄昏时分，风很大，天气相当冷，完全有理由在路上走快一点回家，有一个男子在塔林索空地上沿着塔德卡斯特客店的围墙走着，却突然停了下来。那时候是一七〇四年和一七〇五年之间的冬季的最后几个月。那个男子的服装表明他是一个水手，他的面色红润，身材高大，这两个条件是做一个廷臣所必须具备的，但是老百姓具备这两个条件也未尝不可。他为什么停下来？为了倾听。他听什么？他听一个讲话的声音。这个声音大概是在围墙里面的院子里，声音有点苍老，可是还相当响亮，可以一直传到街上过路人的耳朵里。除了这个演讲的声音以外，还听见围墙里有嘈杂的人声。演讲的声音说：

"伦敦的各位大哥，大嫂子，我来了。我热烈地祝贺你们是英国人，你们是一个伟大的民族。我要再进一步，说你们是伟大的老百姓。你们的拳头比你们的剑打得更好，你们的胃口很好，你们是吞食别的国家的民族。多么伟大的工作！这样蚕食世界使英国与众不同。在政治和哲学方面，在管理殖民地，在处理人口方面，在工业方面，在损人利己方面，你们是独特的和惊人的。在不久的将来，地球上会有两块招牌，一块上面写着：'人类'；另一块上面写着：'英国人'。我为着你们的光荣特别提出这一点，我自己既不是人类，也不是英国人，我是一只光荣的熊。此外，我还是一个博士。这两者总是在一起的。绅士们，我教人。教什么？教两种东西：一种是我所知道的，另一种是我所不知道的。我出卖药品，我奉送思想。请走近来听我说话。科学在邀请你们。张开你们的耳朵。假使耳朵是小的，它能容纳的真理不多；假使耳朵是大的，有很多废话就要跑进去了。因此，请注意。我教的是'流行性假名症学'。我有一个伙伴能够使人发笑，我会使人思想。我们同住在一个箱子里，笑和知识都是属于十分古老的家族。从前人们问德谟克利特[①]:'怎样获得知识?'他回答:'我笑。'至于我,假使有人问我:'你为什么笑?'我会回答:'因为我有知识。'不过,我并不笑。我是人民大众的错误的纠正者。我担负起保持你们的智慧清洁的责任。你们的智慧不干净。上帝容许人民犯错误和受骗。愚蠢地害羞是没有用的;我坦白承认我相信上帝,即使上帝犯了错误。可是,当我看见了垃圾的时候——错误就是垃圾——我就要扫除它们。我怎么知道自己有知识呢?这只跟我个人有关。每一个人能够在哪儿获得知识就到哪儿去取知识。拉克坦提乌斯[②]对维吉尔[③]的半身铜像提出问题,铜像也回答他;教皇西尔维斯特尔二世和鸟儿对话;是鸟儿说人话呢,还是教皇说鸟话?这是疑问。犹太法师埃勒亚查的死去的孩子和圣奥古斯丁谈话。我私底下告诉你们,我对上面这些事实,除了最后一件以外,都很怀疑。死去的孩子会说话,就算是吧,可是孩子的舌底下有一片上面刻着各种星座的金叶,这是人们在玩弄手段骗人。事实本身就说明了问题。你们看见我是很稳重的吧!我把真和假分开。我说,可怜的老百姓,我下面还要指出一些你们毫无疑问要犯的错误,我想把你们从这些错误中解脱出来。狄奥斯科里德[④]相信韭沃斯[⑤]里有神,克律西波斯[⑥]相信在猫眼草里有神,约瑟福斯[⑦]相信在波拉根里有神,荷马相信在黄花茖葱里有神,他们都错了。在这些草里,有的并不是神,而是一个魔鬼。我已经证明了这一点。引诱夏娃的那条蛇,如果说它同卡德摩斯[⑧]一样,有一张人脸,那是错误的。加西亚·德·荷托,加达莫斯托[⑨]和约翰·雨果(特里夫的大主教),都否认只要锯下一棵树就能捕获一只象。我很想同意他们的意见。市民们,地狱魔王所作的努力是

---

① 德谟克利特(Démocrite),纪元前五世纪时的希腊哲学家。

② 拉克坦提乌斯(F. L. Lactance,230—325),罗马的基督教护教论者。

③ 维吉尔(Virgile),纪元前一世纪著名罗马诗人。

④ 狄奥斯科里德(Dioscoride),一世纪时希腊的名医。

⑤ 韭沃斯,是一种茄科有毒植物。

⑥ 克律西波斯(Chrysippe),纪元前三世纪的希腊哲学家。

⑦ 约瑟福斯(Flavius Josephus),一世纪犹太历史家。

⑧ 卡德摩斯(Cadmus),腓尼基人,半神话人物,据说他把腓尼基字母传进希腊,并发明书法。

⑨ 加达莫斯托(Alvise de Cadamosto,1432—1477),威尼斯航海家。

一切错误意见的原因。在这样一个亲王的统治下，必然会出现错误和毁灭的天象。朋友们，克罗地斯·普尔开尔[①]并不是因为雏鸡不肯走出鸡舍而死亡，事实真相是地狱魔王预见克罗地斯·普尔开尔的死亡，就设法阻止这些牲口进食。恶魔给了维斯帕西昂皇帝[②]一种能力，跛子触摸了他就能行走，瞎子触摸了他就看得见，恶魔这个行为的本身是值得赞美的，可是动机是罪恶的。绅士们，不要相信那些假学者，他们卖蔓草根和白蛇，他们用蜜和雄鸡血来制眼药水。你们要学会看清楚什么是谎言。认为奥里翁是朱庇特大便时产生的并不正确，事实真相是水星把这颗星造成这个样子。说亚当有一个肚脐眼并不符合事实。圣乔治杀死一条龙的时候，他的身边并没有一个圣人的女儿。圣热洛姆[③]并没有一只时钟在他的书房的壁炉上；首先，因为他居住在山洞里，他并没有书房；其次，因为他并没有壁炉；第三，因为当时还没有时钟。我们必须纠正错误。我们必须纠正错误。啊，听我说话的高贵的先生们，假使有人对你们说：谁如果嗅一嗅缬草，脑子里就会生出一条蜥蜴来；一条腐烂的牛会变成蜜蜂，一只腐烂的马会变成黄蜂；人死后体重比活着的时候更重；山羊血能够溶解碧玉；如果看见一条毛虫，一只苍蝇和一只蜘蛛在同一棵树上，就是饥荒、战争和瘟疫的预兆；在鹿的头上找到的小虫可以治癫痫病，请你们不要相信，因为这些说法都是错误的。下面这些说法才是真的：海豹的皮可以防雷击；癞虾蟆吃泥，因此它的脑袋里有一块石头；十字花是在圣诞节前夕开放的；蛇类不能忍受秦艽皮的影子；象没有关节，不得不站着倚在树上睡觉；叫一只癞虾蟆来孵一只公鸡蛋，就能孵出一只蝎子，这只蝎子会变成蝾螈；一个瞎子把一只手抚摸着祭坛的左边，另一只手抚摸着自己的眼睛，就能恢复光明；处女也能生育。正直的人们，请相信这些真理。因此，你们可

---

① 克罗地斯·普尔开尔（Claudius Pulcher），罗马执政官。在一次海战中，一些被视为神圣的雏鸡不肯进食，人们认为这是战争失败的预兆，普尔开尔把雏鸡投入海中，说："它们不肯进食，就让它们喝水吧。"战争终以普尔开尔失败结束。

② 维斯帕西昂（Vespasien，7—79），罗马皇帝。

③ 圣热洛姆（Saint Jérôme，约 331—420），罗马教堂神甫，据说，把希伯来文的《圣经》译成拉丁文的便是他。

以用两种方法来相信上帝,或者像口渴相信橘子,或者像驴子相信马鞭那样。现在,我把我的全体演员介绍给你们。”

这时候,一阵相当猛烈的风摇撼着客店的窗框和百叶窗,因为客店是孤零零的一所房子。风声好像天空在唠唠叨叨地嘟哝。演讲的人停了一会儿,然后提高嗓音继续说下去。

“打断了我,很好。北风,你说吧。绅士们,我不生气。风是多嘴的,像所有孤独的人一样。在那上头没有人跟它做伴,所以它的话就说得没个完。我继续说下去。这儿你们看见的,就是合作起来的一群艺术家。我们一共四个人。首先从狼开始①。我先介绍我的朋友,它是一只狼。它并不隐瞒这一点。请看它,它是有知识的,严肃的和聪明的。上帝大概曾经想把它造成为大学的一个博士,可是要做博士得笨一点,而它并不笨。我还要加上一句:它是没有成见的,而且丝毫没有贵族气派。它有时同一只母狗谈话,而它是有权利同一只母狼谈话的。它的后代,假使它有后代的话,一定能够很优雅地把母亲的吠声和父亲的嗥声结合起来。因为它是嗥叫的。它对人类不得不嗥叫。它也会吠,这是它对文明的让步——宽宏大量的让步。‘人’是一条改良的狗。我们对狗必须尊敬。狗是多么古怪的动物!它的汗在它的舌头上,它的微笑在它的尾巴上。先生们,‘人’在智慧方面比得上墨西哥无毛狼——那种奇妙的‘索洛义曾尼斯基’,在热诚方面更超过它。我还要加上:它很谦逊。它具有对人类有用的狼所应有的谦逊。它喜欢帮助人,爱做好事,而且从来不张扬。它的左爪子不知道它的右爪子所做的好事。这就是它的优良品质。旁边这一个是我的第二个朋友,关于他我只说一句话:他是一个怪物。你们会赞美他的。他以前被一些海盗抛弃在荒凉的海岸上。这一位女的是个瞎子。瞎子算是例外吗?不算例外。我们大家全是瞎子。吝啬的人是瞎子,他只看见金子,却看不见财富。浪费的人是瞎子,他只看见开始,却看不见结局。妖艳的女子是瞎子,她看不见自己的皱纹。有学问的人是瞎子,他看不见自己的无知。诚实的人是瞎子,他看不见坏蛋。坏蛋是瞎子,他看不见上帝。

---

① 这一句话原文是拉丁文。

上帝是瞎子，他创造世界那天，看不见魔鬼混了进来。我，我也是瞎子，我对你们说话，却看不见你们是聋子。这个和我们在一起的瞎眼女子，是一个神秘的修女。女灶神也许把她的火炬传了给她。她的性格里有些柔和的幽暗地方，像羊身上羊毛的空隙。我相信她是国王的女儿，可是我不能证实。不随便轻信是聪明人的特质。至于我，我会推理也会开药方。我是哲学家我也治病。我是外科医生①。我治热病，瘴毒和瘟疫。差不多我们所有的内热和外伤都是有脓的，假使很好地治疗，我们就能安然避免其他更严重的疾病。不过，我并不劝告你们生痈，换句话说，就是生疔疮。这是一种毫无用处的愚蠢的疾病。人们会因害这种病而死，如此而已。我不是没有教养的，也不是乡巴佬。我尊敬雄辩和诗歌，我和这些女神很纯洁地居住在一起。我用一个忠告来结束我的演讲。先生们和女士们，请在你们身上光明的一面培养道德、谦逊、廉洁、正义和爱情。这样，人世间的每一个人就能够在他的窗口上有一盆花了。各位老爷和各位先生，我的话说完了。表演马上就开始。”

那个外表像个水手在墙外倾听的过路人，走进了客店的低矮的酒吧间，一直走过去，付了入场的钱，走进了挤满观众的院子，看见院子深处有一间装着车轮的木屋，当中大开着，又看见舞台上有一个穿着熊皮的老年人，一个面孔像个面具的年轻人，一个瞎眼的姑娘，还有一只狼。

“仁慈的上帝！”他叫道，“这是一班奇异的人。”

---

① 这句话原文是拉丁文。

第三章　过路人又出现的地方

我们已经认出来，“绿房子”到了伦敦。它在扫斯华克安顿下来。滚球场吸引了“熊”，这个场所有这样一点好处，就是市集在那里从来不断，即使在冬天也天天有市集。

看见圣保罗教堂的圆屋顶对“熊”是一桩乐事。

总的说来，伦敦是一座有优点的城市。把一座大教堂奉献给圣保罗是一件勇敢的行为。因为真正的大教堂圣人是圣彼得。圣保罗有幻想的嫌疑，按照教会的规矩，幻想就意味着异端。圣保罗只是在一定的条件下才算是圣人。他是从艺术家的门才能走进天堂的。

一座大教堂就是一块招牌。圣彼得大教堂标志着罗马——正统教义的城市；圣保罗大教堂代表伦敦——教派分立的城市。

“熊”的哲学有很长的臂膀，简直包括了一切，因此“熊”是一个能够鉴赏这两座城市的这种微小区分的人，他对伦敦的爱好也许是从他有点喜欢圣保罗大教堂而来的。

塔德卡斯特客店的宽大的庭院仿佛是专为“绿房子”而设的，它是一座完整的剧院。整个院子是方形的，三面都有房子，正面一垛墙对着楼房，“绿房子”就靠在这垛墙上。由于供马车出入的大门又高又宽，他们才能把“绿房子”通过这个门带进来。二楼房间的外面有一个宽阔的木阳台，上面有披檐遮阳，下面用木柱支着，一直环绕着院子的三面，转弯构成两个直角。这样，楼下的窗子就成了剧场的包厢，院子的铺道成为正厅，阳台就是楼上厢座。靠在墙上的“绿房子”，就面对着这个剧场。这样一个剧场和环球剧场很像，在环球剧场里曾经演出过《奥赛罗》，《李尔王》和《暴风雨》。

“绿房子”后面的一个角落里有一个马厩。

“熊”和客店主人尼克莱斯办妥了交涉，尼克莱斯是尊敬法律的，要“熊”多付了一点钱才肯让那条狼进来。“格温普兰——笑面人”的牌子从“绿房子”上面摘下来,挂在客店的招牌旁边。我们说过,客店的酒吧间是有一扇内门通到院子里的。在这扇门旁边,他们用一只空桶制成一个售票间,有时是菲比,有时是维诺丝坐在那里收入场费。付了费才能进场。在“笑面人”的牌子下面,有一块漆成白色的木板挂在两只钉子上,上面用黑炭大字写着“熊”的那出伟大名剧:《战胜了混沌》。

在阳台的正中,恰好正对着“绿房子”,有一间用两块隔板隔开的小室,只能从一扇落地玻璃窗走进去,是“专门保留给贵族”的。

这间小室相当宽阔,有两排位子,可以容纳十个观众。

“我们是在伦敦,”“熊”说,“必须准备接待上流人士。”

他在这个“包厢”里安置了客店的最好的椅子,在正中还放了一张乌特列克天鹅绒大沙发,天鹅绒是金黄色底子加上红色樱桃花,是准备地方官的太太来看戏时坐的。

表演已经开始了。

观众马上涌进来。

可是保留给贵族的包厢仍然空着。

除了这一点以外,演出的成功是在江湖卖艺人的历史上所从来未见过的。整个扫斯华克的居民成群结队地奔来欣赏“笑面人”。

塔林索草地上的小丑和卖艺人都被格温普兰吓呆了。这种情景好像一只鹰扑到金莺的笼子里啄食它们的饲料似的。格温普兰吞掉他们的观众。

除了给小市民欣赏的吞剑和滑稽表演以外,滚球场上是有些真正可观的表演的。有一班女子马戏团,从早到晚用各种乐器出色地演奏,乐器有五弦琴、鼓、三弦琴、小风笛、小铃、笛、扬琴、锣、挂笛、风笛、德国小喇叭、英国风笛、长管、黑管,以及各种箫笛。还有一个高大的圆形帐篷,里面那些表演跳跃的人是现在比利牛斯山、杜尔玛山、波德那夫山、美龙加山的爬山者所比不上的,虽然这些爬山的人从彼埃尔斐特的顶巅落到利马松平地上,简直等于笔直地跌下来一样。还有一个流动的动物饲养所,里面养着一只会表演滑稽的老虎,驯兽人鞭打老虎的时候,老虎扑过来攫取他的鞭子,而且要吞掉鞭梢。这个有利齿和利爪的滑稽演员也吃不开了。

“笑面人”夺取了一切,包括人们的好奇心,喝彩,票房收入,观众。在一眨眼间,这一切都成了事实。整个场所只有“绿房子”卖座。

“《战胜了混沌》变成《混沌战胜了》。”“熊”这样说,他想把格温普兰的成功也分享一半,用戏子们的话来说,就是他把餐桌布拉到自己的一边。

格温普兰的成功是惊人的。可是这个成功只停留在局部地区。名声是很难越过一水之隔的。莎士比亚的名字需要一百三十年才能从英国传到法国;水就是墙垣,假使伏尔泰没有为莎士比亚搭了一条短扶梯——这件事伏尔泰后来曾十分后悔——恐怕到了今天,莎士比亚的名字仍然留在墙的那边,在岛国里做着光荣的囚徒。

格温普兰的成功并没有越过伦敦桥,这个成功没有达到轰动整个城市的程度,最低限度在初期确是如此。可是对一个滑稽戏子来讲,仅仅扫斯华克已经使他的野心得到满足了。“熊”经常说:“票房的钱袋像一个堕落女子的肚子一样,眨眼间就胀大起来了。”

他们先演《熊出熊没》,然后演《战胜了混沌》。

在幕间,“熊”表演了卓越的腹语,证实他的确是一个腹语家;观众发出什么声音,他就能模仿这种声音,唱一支歌也好,喊一声也好,他学得那么像,简直能使唱歌者或者叫喊的本人吃惊;有时他模仿观众闹哄哄的声音,他吹起口哨,仿佛他的身内有一大群人。这是十分卓越的天才。

此外,他还像西塞罗那样发表演说,我们在上面已经描写过了;他也卖药,治病,甚至治好病人。

扫斯华克完全着了迷。

“熊”对扫斯华克的喝彩声很感满意,可是他并不感觉惊奇。

“因为这都是些古代的特里诺邦特①人,”他说。

接着他又加上一句:

---

① 特里诺邦特(Trinobantes)为英国古代的民族之一,分布地区约在今天伦敦一带。

“他们对艺术有很高明的鉴赏力，我不能把他们和住在伯克郡的阿特罗伯特人，住在渗摩山脱郡的比利时人，以及创建约克郡的巴黎人混在一起。”

每次演出，作为剧院正厅的客店院子，总挤满了一大群衣衫褴褛而十分热情的观众。他们是船夫，轿夫，补船匠，驳船的老大，刚登陆准备把工资花在吃喝和姑娘身上的水手。这儿还有听差，游手好闲的人和黑卫兵；所谓黑卫兵是一些违反纪律的兵士，被罚把红制服反过来穿，露出里面的黑镶边，因此被称为黑卫兵，法文“说谎者”一词就是从英文黑卫兵一词来的。所有这些人都从街道上拥进戏院，又从戏院拥进酒吧间。喝掉一些啤酒对演出成功是没有影响的。

在这些可以称为“社会渣滓”的人群中，有一个人比其余的人更高，身材更大，体格更强壮，不像他们那么穷，肩膀比他们更宽阔，穿着虽然和普通老百姓一样，可是衣服不破烂；他是一个热狂的赞美者，用拳头打人叫人让路，戴着歪歪斜斜的一头假发，咒骂，叫喊，嘲笑，丝毫不粗鄙，在必要时也会打坏别人一只眼睛和买一瓶酒请别人喝。

这个常客就是我们在上一章里所说过的那个喊出一下赞美声的过路人。

这个马上着了迷的行家立即选上了“笑面人”。他并不是每次演出都来，可是每次来了，他就成为观众的“教导员”；鼓掌变成了热烈的喝彩，声音并不是震动屋宇，因为他们在露天演出，而是直上云霄，头上的云倒有不少。有时，也因为没有天花板，这些云把雨落到“熊”的杰作上。

这个行家这样的作为终于使“熊”注意到他，格温普兰也望着他。

他是他们所不认识的一个好朋友！

“熊”和格温普兰想认识他，最低限度也想知道他是谁。

有一天晚上，“熊”在舞台侧面——其实是“绿房子”的厨房门——偶然遇见客店主人尼克莱斯，他指着人群中的那个人问客店主人：

“你认识这个人吗？”

“当然认识。”

“他是谁？”

“一个水手。”

“他叫什么名字?”格温普兰插进来问。

“他叫汤姆—詹姆—杰克,”客店主人回答。

然后,尼克莱斯老板一边走下“绿房子”后面的扶梯回到客店里去,一边随意说了一句十分深奥的感想:

“多可惜他不是贵族!他可能成为一个出色的恶棍。”

“绿房子”一伙人虽然住在旅馆里,可是并没有改变他们的生活习惯,他们继续保持与世隔绝的状态。除了有时和客店主人交谈几句话以外,他们从来不和旅馆的住客们来往,不管这些住客是长期的还是临时的。他们继续自管自地生活。

自从到了扫斯华克以后,格温普兰养成了一个习惯:表演结束,人和马都吃过晚饭以后,“熊”和“女神”各自回房睡觉,格温普兰就在十一时到午夜之间,到滚球场上呼吸一下新鲜空气。一个人的精神上有点感到空虚,就喜欢在夜间散步和在星空底下徘徊;年轻人是有一种神秘的等待的,因此在晚间就喜欢毫无目的地到处走走。在这种时候,市集的广场上阒无一人,至多只有几个醉汉踉踉跄跄地在黑暗的角落里投下摇晃的暗影;客人全部走光,所有的客店都关了门,塔德卡斯特客店的低矮大厅里也熄灭了灯光,只是有时在角落里还有最后的一根蜡烛,照耀着最后一个酒客;朦胧的灯光从半开着的客店的百叶窗中间透露出来,若有所思的格温普兰心满意足,充满幻想,为着模糊的崇高幸福而感到快乐,在客店半开着的门前走来走去。他在想些什么?在想“女神”,什么也不想,想一切,想深远的天空。他很少走到离开客店较远的地方,仿佛有一根线维系着他,使他留在“女神”身边。在屋外附近走走对他说来就很够了。

然后他回到屋里,发觉整个“绿房子”都已入睡,他自己也就上床睡了。

第四章　在共同的仇恨中,互相竞争的人们联合起来了

成功是得不到别人喜爱的,尤其是那些被这个成功打败的人。被吃者是很少爱吃人者的。毫无疑问,"笑面人"获得巨大的成功。附近的卖艺人都因此而愤愤不平。舞台上演出成功就像一具吸水管,把观众都吸了进来,可是却使自己周围变成空虚。对面的那间店十分惊惶。"绿房子"收入增加,附近一带人家的收入立即相应地减少,这是我们在上面已经说过的。突然间,原来拥有较多观众的演出场所都冷落下来。这种情形好像最低水准标记颠倒过来记载一般,可是完全调和一致,这一边水涨,另一边就水位低落。所有戏院都经历过这种潮汐似的现象,一家戏院涨潮,只有在另一家戏院出现退潮时才有可能。市集上蚁似的一群群在周围的露天舞台的表演者和吹奏喇叭的卖艺人,都被"笑面人"毁了,陷入绝望,并感到迷惑。所有滑稽戏子,所有小丑,所有卖艺人都嫉妒格温普兰。这家伙有了野兽般的嘴脸多么幸运!表演滑稽的母亲和走钢丝的女子,都愤怒地望着她们的漂亮的孩子,指着格温普兰对他们说:"多可惜你的脸长得不像他那样子!"有几个女的还因为发觉自己的孩子长得好看而气愤地打孩子。不少女的如果知道格温普兰的秘密,一定会照着"格温普兰式样"去改造她们的儿子。一个天使的脑袋假如不能赚钱的话,还不如一个能赚钱的魔鬼的脸好。有一天,一个经常扮演爱神、长得像天使那么可爱的孩子的母亲大声说:"我们的孩子全都养坏了,只有格温普兰是成功的。"接着她对孩子摇晃着拳头加上一句:"假使我认识你的父亲,我就要跟他大吵一场!"

格温普兰是一只下金蛋的母鸡。多么奇妙的人物!所有走江湖的车子里都发出同样的喊声。又兴奋又激怒的卖艺人们咬牙切齿妒忌地望着格温普兰,并不时地发出咆哮声。这些卖艺人们设法捣乱《战胜

了混沌》的演出，他们纠合歹徒，吹口哨，喝倒彩，发嘘声。这样就给了"熊"一个必须向人民大众发表露天演说的理由，也给好朋友汤姆—詹姆—杰克提供一个用拳头打人来维持秩序的机会。汤姆—詹姆—杰克用拳头打人使格温普兰更加注意他，使"熊"对他尊敬起来。不过，这都是远远地发生的事；因为"绿房子"一班人自己单独过活，和别的一切人都隔得远远的，而汤姆—詹姆—杰克却是暴民的领袖，从他的行为看来他可以成为一个优秀的武装听差，他不跟任何人有联系，也没有知心朋友，经常打破别人的玻璃窗，善于引导别人，一忽儿出现，一忽儿又不见了，和所有一切人都合得来，可是没有一个人是他的朋友。

尽管汤姆—詹姆—杰克对那班愤怒的妒忌的人打了几下耳光，可他们是不会就此罢休的。喝倒彩既然没有成功，塔林索草场的那些卖艺人就写了一个请愿书。他们向当局提出申请，这是正常的办法。为着反对一个对我们有害的成功，我们总是首先鼓动群众，接着再向官方提出申请的。

僧侣们也和卖艺人们联合起来，因为"笑面人"妨碍了僧侣们的说教。不仅其他表演没有人看，教堂里也没有人了。扫斯华克地区五个教区的教堂再也没有听众。人们不去听教理却去看格温普兰。《战胜了混沌》，"绿房子"，"笑面人"，这些邪魔外道的讨厌的表演使教堂讲坛上的滔滔雄辩黯然失色。在荒野里叫喊的声音①不高兴了，自然而然地向政府提出申请。五个教区的牧师都向伦敦主教申诉，伦敦主教则向国王陛下申诉。

卖艺人们的申诉是借口宗教上的理由。他们宣称宗教受到了侮辱。他们指控格温普兰是一个巫师，"熊"是一个无神论者。

僧侣们则引以维护社会秩序为理由。他们不提正教，却宣称格温普兰一伙人违反了法令。这是比较狡猾的做法。因为当时还是洛克先生②的时代，洛克死于一七〇四年十月二十八日，离当时还不到六个月，而且波林布洛克后来从伏尔泰那里吸收过来的怀疑主义已经开始

① 《圣经·马太福音》记载施洗的约翰在旷野传道，这里指教堂里的讲道没有人听，如同在荒野里一样。这一句话原文是拉丁文。

② 洛克，见214页注①。

流行。到后来,威斯里才恢复了《圣经》的威信,正如罗耀拉使罗马天主教复兴一样。

这样,“绿房子”就变成了两面受敌,一方面卖艺人们以《圣经》的名义攻击他们,另一方面牧师们以警察法规的名义向他们进攻。一边有天堂,另一边有市政交通当局,僧侣们为市政交通当局发言,卖艺人们为天国发言。“绿房子”被牧师们检举妨碍交通,被卖艺人们控告渎神。

他们有借口吗?“绿房子”有弱点吗?有的。那么,是什么样的罪名呢?这样:“绿房子”有一条狼。在英国,狼是不受法律保护的。狗是合法的,狼是非法的。英国容许会吠的狗,不容许会嗥的狗;这就是家畜和野生动物的微小分别。扫斯华克五个教区的教区长和牧师在他们的诉状中提出无数国王所颁布的和议会通过的法令,这些法令都宣布狼是非法的。他们的结论是建议监禁格温普兰,拘留那条狼,或者最起码是驱逐出境。这是有关公众安全的问题,行人可能遭到危险,等等。在这方面,他们还求助于医师团。他们引用了伦敦八十医师团的意见,这个团体是从亨利八世时代就成立的学者的团体,他们像国家一样有一颗公章;他们抬高了病人的身份,使病人成为受他们管辖的属民,他们有权监禁那些不遵守他们的法律或者违背他们的处方的人;他们除了颁布许多有利于市民健康的规则以外,还根据科学证实了这样一个事实:假使一条狼先看见一个人,这个人的嗓音就会变成终生沙哑。当然,除此以外,他也可能被狼咬着。

因此,“人”就是借口。

“熊”从客店主人嘴里听到了这些风声。他担起心事来。他最怕警察和司法这两种利爪。一个害怕官府的人,只要有害怕的心理就够了,并不需要真正有罪。“熊”并不希望和司法长官、宪兵司令、执达吏、验尸官这一类人发生接触。他丝毫没有在近距离欣赏这些官吏面孔的热情。他想看见这些官吏的愿望,只和一只兔想看见猎狗的愿望差不多。

他开始后悔到伦敦来。

“‘更好’是‘好’的敌人,”他私自低声说,“我从前以为这句格言早已不再存在,我错了。愚蠢的真理才是真正的真理。”

面对着这许多有势力的人联合起来,一方面是卖艺人们拿着为了宗教的武器,另一方面牧师们以医学的名义表示义愤,可怜的“绿房子”——它的格温普兰有行使妖法的嫌疑,它的“人”有患疯狗症的嫌疑——只有一件事情对它有利,可是这件事情在英国是有很大力量的,那就是市政当局并不采取行动。英国的自由就是从当地官吏的放任来的。在英国,自由的行动规律就像环绕着英国的海水一样。自由就是潮水。习俗逐渐淹没了法律。一种可怕的法律被淹没了,人们的习惯高踞在上,野蛮的法典沉到普遍的自由行动下面,还隐约可见,这就是英国。

“笑面人”,《战胜了混沌》,“人”,可能受到卖艺人,宣教师,主教,下议院,上议院,国王陛下,伦敦,甚至整个英国的攻击,只要扫斯华克不反对他们,他们就能高枕无忧。“绿房子”当时是区里人们最欢迎的表演团体,当局似乎也不想干涉他们的演出。在英国,不干涉就意味着保护。只要扫斯华克所属的苏里郡的司法长官不采取行动,“熊”就能自由地呼吸,“人”也能够高枕无忧。

别人的仇恨只要不变成暴力行动,就能助长被仇恨者的成功。“绿房子”暂时并不因为别人的仇恨而受到损害。恰恰相反。观众得到了某些阴谋的风声,“笑面人”因之更受欢迎。群众是能够鉴别被告发的事物的,而且立刻对违禁品产生好感。有违法嫌疑就是最有效的宣传。人民从本能上赞成当局所威胁的事情。一件事情被检举告发,这件事情就开始变成禁果,大家都抢着去先咬一口。况且,喝彩能嘲弄某一个人,尤其这个人就是权威人士,这是十分有趣的事。在度过一个愉快的夜晚的同时,也支持了被压迫者来反抗压迫者,这是令人高兴的。人们一边娱乐,一边保护了弱者。此外,滚球场的其他表演团体继续纠合党羽对“笑面人”喝倒彩。这样做对助长“笑面人”的成功是最好不过的了。敌人的嘘声是有用的,可以促进和加强我们的胜利。朋友的赞美很快就由于厌倦而终止,敌人的诅咒却延续得更长久。诅咒不能伤害人,这是敌人所不知道的。他们不能不咒骂,他们的用处就在这里。他们不可能闭住嘴,他们就不断地刺激观众。去看《战胜了混沌》的人愈来愈多了。

“熊”把尼克莱斯老板告诉他的关于阴谋和控告的消息保守着秘密,并不告诉格温普兰,免得格温普兰由于忧虑而影响到演出时的平静心境。假使祸事来了,总能够相当早地得到消息的。

第五章　执达吏

不过,有一次,他却由于小心的缘故,认为不得不破坏一下这个小心的措施,他认为使格温普兰担一下心是有好处的。产生这种想法的原因,是因为在"熊"的思想中,他认为这件事比市集的卖艺人和教会的人联合起来谋害他们更严重。事实是:在计算收入时,有一个铜板掉在地下,格温普兰捡起铜板,仔细端详着它,当着客店主人的面发表议论,说什么铜板代表人民的穷困,铜板上安娜女王的肖像代表国王寄生在别人血汗上的富有,两者构成鲜明的对照等等,这是一种非礼之言。这一番议论,被尼克莱斯老板转告别人,兜了很大的一个圈子才从菲比和维诺丝口中回到"熊"的耳朵里。"熊"听见了就满身发热。这是煽动性的言论,犯了欺君犯上的大逆罪。他很粗暴地劝诫格温普兰:

"当心你的臭嘴吧,不要胡说八道。对大人物有一条规则,那就是他们可以什么都不做;对小人物也有一条规则,那就是他们应该什么都不说。穷人只有一个朋友,这个朋友就是沉默。穷人只应该说一个字:是。他的全部权利就是招认一切和对一切表示同意。他对法官要说是,对国王也要说是。大人物假使高兴的话,可以用棍子打我们,我已经吃过这种棍子,这是他们的特权;他们打断我们的骨头丝毫无损于他们的伟大。秃鹰也是一种鹰。我们必须崇敬王笏,因为王笏在棍子中占第一位。崇敬才是明智;浑浑噩噩才是自利。谁侮辱国王就像一个女孩大胆地割狮子的鬃毛那么危险。人家告诉我,你对铜板曾经说过一些乱七八糟的话,要知道铜板就是钱币,我们拿着一个钱币可以在市场里买到八分之一条咸青鱼,而你却诽谤这个尊严的铜币。当心点。态度要严肃些。要知道刑罚是等在那里的。你应该吸取一些立法上的真理。在这个国家里,有谁如果锯了一棵三年的小树,就很自然地要被人送上绞刑架。说不敬的话的人要被套上脚镣。醉酒的人要套在一个木桶里，木桶下面去掉桶底；使他的脚能够行走，木桶上面有一个洞，使他的头能够伸出来；桶口有两个洞，使他的手能够伸出来，在这样的情况下他就没法睡觉。有谁如果在威斯敏斯特大厅里打了人，就要被罚终身监禁，全部家产充公。有谁如果在王宫里打人，就要被砍去右手。如果用手指弹别人的鼻子，使得鼻子流血，你的手就要被砍掉。在主教法庭上被确定为犯了异教罪，就要活活的被烧死。为了一点小事情，卡斯拔·辛普逊被放在旋转架上肢解而死。三年前，在一七〇二年，离现在并不远，一个叫做丹尼尔·笛福[①]的恶棍，曾经被套在颈手枷里示众，因为他居然胆敢把前一天在议会里发言的下议院议员姓名刊印出来。谁对国王陛下不忠，就要被活活地剖腹，把心脏挖出来，用来掌他的两颊。你一定要把这些法律和正义的观念印在心头。永远不要说一句话，遇到最微小的叫人担心的事情，马上就逃走；这就是我所遵行和劝人遵行的勇敢美德。在大胆方面，要学习鸟雀；在多嘴方面，要学习鱼儿。再说，英国有一点是值得人崇敬的，那就是它的法律十分温和。”

进了忠告以后，“熊”在一段时期中还惴惴不安；格温普兰却丝毫不放在心上。这是因为年轻人既大胆又缺乏经验的缘故。不过，事实似乎证明格温普兰的安心是对的，因为好几个星期平平安安地过去了，对女王的那一番话似乎并没有产生后果。

我们知道“熊”不是一个麻木不仁的人，他像一只警惕的獐子那样密切注意着各方。

有一天，他对格温普兰说了那一番训诫的话以后不久，他从板壁上的窗口向外望，突然脸色变得苍白起来。

“格温普兰！”

“什么事？”

“你瞧。”

“哪儿？”

“广场上。”

---

① 笛福（Daniel Defoe，1661—1731），英国作家，《鲁滨逊漂流记》的作者。

醉酒的人要套在一个木桶里，木桶下面去掉桶底；使他的脚能够行走……

“怎么样?”

“你看见这个走路人么?”

“那个穿黑衣服的人吗?”

“是的。”

“他的手上拿着一根锤头棒的吗?”

“是的。”

“我看见了。”

“格温普兰,这个人就是执达吏。”

“什么是执达吏?”

“执达吏就是百家村的法官。”

“ 什么是百家村的法官?”

“百家村的法官就是管辖小邑的官吏。”①

“什么是管辖小邑的官吏?”

“他是一个可怕的官吏。”

“他的手里拿着的是什么?”

“是铁器。”

“什么是铁器?”

“就是铁造的东西。”

“他拿着这东西干什么?”

“首先他对着这东西发誓。为着这样人们才叫他做执达吏。”

“后来呢?”

“后来他就拿这东西碰你一碰。”

“拿什么东西?”

“拿铁器。”

“执达吏拿铁器碰你吗?”

“是的。”

“这是什么意思?”

“这个意思就是说:跟着我走。”

---

① 原文是拉丁文。

“那么就要跟着他走吗?”

“是的。”

“到哪儿去?”

“难道我知道吗?”

“他告诉你他带你到哪儿去吗?”

“不。”

“我们能问他吗?”

“不。”

“怎么?”

“他不对你说什么,你也不要对他说什么。”

“可是……”

“他把铁器碰你一碰,就是什么都说清楚了。你得开步走。”

“走到哪儿?”

“跟在他的后面。”

“到哪儿去?”

“到他要去的地方去,格温普兰。”

“假使不服从他的命令呢?”

“不服从命令的人要被绞死。”

“熊”再把脑袋移到窗口上,大大地松了一口气,说:

“谢天谢地,他走过去了! 他不是要到我们家里来的。”

对于格温普兰的轻率举动和他的疏忽说话可能产生的后果,“熊”的惊吓也许是没有理由的。

尼克莱斯老板听见了他们俩的对话,他毫无兴趣去危害“绿房子”的一班可怜人。他从“笑面人”身上毫不含糊地发了一笔小财。《战胜了混沌》有两方面的成功:一方面是它在艺术上获得了胜利,另一方面是它使客店由于酒客大量增加而生意兴隆。

第六章　一只老鼠被几只猫审问

“熊”后来又吃了一次虚惊，而且是相当可怕的虚惊。这一次牵涉到他本人。他被传到主教门去受三个不愉快的面孔的审问。这三个不愉快的面孔是三个博士，都具有特派代表的资格；其中第一个是神学博士，是威斯敏斯特副主教的代表；第二个是医学博士，是医学院的代表；第三个是历史和民法学博士，是葛来山姆学院的代表。这三个“无所不知”①的专家，掌握着对公开发表的言论进行监督检查的大权，管辖范围包括伦敦的一百三十个教区和米杜赛克斯的七十三个教区，还伸展到扫斯华克的五个教区。这种神权法庭在今天的英国仍然存在，而且能起很大作用。一八六八年十二月二十三日，麦孔诺基牧师因为在桌子上燃点蜡烛，被阿且斯法庭判处受加辱刑，外加负担讼费；这个判决被枢密院批准。对宗教礼节是不能开玩笑的。

有一天，“熊”就收到了这三位代表博士的一张传票。幸喜这张传票是直接送到“熊”的手上的，因此“熊”能够保守秘密。他一句话也不说，就去出庭，心里哆嗦着，只怕他的外表可能被认为流露出大胆的神气，因而被认为有罪。他自己是极力劝诫别人少说话的，他现在受到严厉的教训。“爱说话的人，先治好你自己的病吧”②。

那三个博士兼特派代表坐在主教门楼下一间大厅的最深处，高踞在三张黑皮交椅上，他们头上的墙上有三个半身像，是弥诺斯、埃阿科斯和剌达曼托斯三个地狱判官③的半身像，他们的前面是一张案桌，脚下有一个被告席。

“熊”被一个平静而严厉的小吏引进去，一看见这三个博士，“熊”

---

①② 原文是拉丁文。

③ 三人均希腊神话中人物。

马上在思想上把他们头上三个地狱判官的名字按照排列分给他们三个人。

三个博士中的第一个是弥诺斯，神学特派代表，作了一下手势叫“熊”坐在被告席上。

“熊”很合适地作了敬礼，换句话说，就是一躬到地；同时他知道人家是拿蜜来诱惑熊而拿拉丁文来拍博士的马屁的，他就恭恭敬敬地半躬着身体用拉丁文说：

“三人合成会议。”

他也知道谦逊是能获得别人好感的，于是他低垂着头，走过来坐在被告席的矮凳上。

三个博士每人的桌子上都有一堆文件，他们各自翻阅自己面前的文件。

弥诺斯头一个开口：

“你向公众说话。”

“是的。”“熊”回答。

“你凭的是什么权利？”

“我是一个哲学家。”

“这不是什么权利。”

“我也是一个江湖卖艺人。”“熊”说。

“这就不同了。”

“熊”松了一口气，可是态度仍然十分谦逊。弥诺斯继续说：

“作为江湖卖艺人，你可以向公众说话，可是作为哲学家，你就不应该说话。”

“我尽力这样做。”“熊”回答。

他心里却在想：“我可以说话，但是我不应该说话。这真是十分复杂的问题。”

他非常害怕。

那位上帝的代表继续说：

“你说的是非礼之言，你侮辱了宗教，你否认那些最明显的真理，你宣传一些叛逆性的错误。比方，你说处女不能生育。”

“熊”很温柔地抬起眼睛。

“我没有这样说。我只说过能生育的女性不是处女。”

弥诺斯沉吟了一阵，喃喃地说：

“说实在的，这个意思恰恰相反。”

两种说法其实是同一回事。可是“熊”已经躲过了第一下攻击。

弥诺斯在考虑“熊”的回答，而且深深地陷入自己的愚蠢里，因此沉默了一阵。

那位历史学的代表，在“熊”的心目中叫做刺达曼托斯的那一位，用一句质问来掩饰掉弥诺斯的败北：

“被告，你的胆大妄为和你的错误是多种多样的。你曾经否认法沙勒战役的失败是由于布鲁特斯和加瑞士曾经遇见一个黑人的缘故。”

“我曾经说，”“熊”低声回答，“同时也是由于凯撒是一个更能干的将领的缘故。”

那位历史学家从历史一跳就跳到神话上去。

“你原谅阿克泰翁的可耻行为。①”

“我认为，”“熊”巧妙地回答，“一个男人并不因为看见一个裸体女人而丢脸。”

“你错了。”法官严厉地说。

刺达曼托斯又回到历史上来。

“在谈到关于米特里达特的骑兵所遇到的意外事件时，你曾经怀疑草木的力量。你否认像远志草那样的草能够使马蹄上的铁落下来。”

“对不起，”“熊”回答，“我是说这种情形只有马蹄草才有可能。我并不否认任何草的功能。”

他低声又加上一句：

“也不否认任何女人的功能。”

---

① 阿克泰翁是神话传说中的猎人，因为偷看了狄安娜女神沐浴，被女神变为鹿，当场被他自己的猎狗咬死。

除了回答正题以外还加上这句题外的话,"熊"对自己证明了他虽然十分担心,可是并没有到达沮丧的程度。"熊"在这时候是既恐怖又机警沉着的。

"我再提出一点,"剌达曼托斯继续说,"你说过西比昂拿遏蓝菜草来开迦泰基的城门,这是西比昂的头脑简单,因为遏蓝菜草并不具备破坏门锁的性能。"

"我只不过说,他能够用十字草那就更好了。"

"这是一个意见,"剌达曼托斯喃喃地说,也受到感动了。

历史学家不再做声。

那个神学家弥诺斯从沉思中清醒过来,又开始向"熊"提问。他已经利用刚才的时间翻阅过笔记簿了。

"你曾经把雄黄列入砒素制品一类,你又说雄黄可以毒死人。《圣经》上是否定这一点的。"

"《圣经》上否定这一点,""熊"叹了一口气说,"可是砒素却证实这一点。"

那个被"熊"叫做埃阿科斯的判官,是医学的代表,直到现在还没有说过话,现在开口了;他把两只眼睛很有威严地半闭起来,傲慢地支持"熊"的意见。他说:

"这个回答并不是毫无理由的。"

"熊"用他的最卑贱的微笑来表示感谢。

弥诺斯噘了噘嘴,神气十分难看。

"我继续问你,"弥诺斯又开口,"你回答。你说过关于毒蛇以蛇怪名义当上蛇王的说法是错误的。"

"十分可敬的阁下,""熊"说,"我很不愿意侮辱蛇怪,因此我说过蛇怪毫无疑问是有一个人脑袋的。"

"好,"弥诺斯严厉地回驳,"可是你又加上一句说波埃留斯曾经看见一个蛇怪是有一个鹰脑袋的,你能证明这一点吗?"

"很难。""熊"回答。

这个回答使他有点立足不住。

弥诺斯抓住自己占据上风的机会,继续进迫。

“你说过一个信奉基督教的犹太人身上的味儿不香。”

“可是我还加上一句说一个基督徒归化为犹太人，他身上的味儿是臭的。”

弥诺斯向那些检举文件望了一眼。

“你断定和宣传一些难以叫人相信的事。你说过埃里恩看见过一头象在写文句。”

“不，不，十分可敬的阁下。我只不过说奥皮昂曾经听见一只河马讨论一个哲学问题而已。”

“你曾经宣称所谓山毛榉木制成的木碟子能够自动装满人们所想有的一切食物的说法是不真实的。”

“我说过，这种木碟子要具有这种性能，必须是魔鬼把它送给你的。”

“送给我的！”

“不，送给我的，可敬的阁下！——不！不送给任何人的！送给大家的！”

私下里“熊”却暗暗地想：“我再也不知道我在说些什么。”他的狼狈相虽然已经流露出来，可是还不十分明显。“熊”继续奋斗。

“你所说的这一切，”弥诺斯又说，“都包含着对于魔鬼的相当信心。”

“熊”坚守着阵地。

“十分可敬的阁下，我不是一个不信魔鬼的人。相信魔鬼是相信上帝的反面，这两者是互相对证的。有谁如果不是有点相信魔鬼，就不会十分相信上帝。相信太阳的人应该相信暗影。魔鬼就是上帝的黑夜。黑夜是什么？是白日的证明。”

“熊”在这儿临时胡诌了一段混合着哲学和宗教的深不可测的理论。弥诺斯又沉吟起来，重新陷入静默中。

“熊”又松了一口气。

一个突然的袭击出现了。那个医学代表埃阿科斯，刚才还轻蔑地袒护“熊”而反对那个神学代表，现在忽然帮助神学家向“熊”进攻。他把紧握着的拳头按在他面前的档案上，那堆档案又厚又重。“熊”当胸吃了他的这样一拳：

“据证明，水晶就是升华了的冰，钻石就是升华了的水晶；据证明，冰在一千年以后变为水晶，水晶在一千个世纪以后变成钻石。你都否认这一切。”

“不，”“熊”忧郁地回答，“我只是说在一千年中冰就可以溶化了，我又说，一千个世纪计算起来很不容易。”

审问继续进行，一问一答像刀枪往来攻击的铿铿声。

“你否认植物能够说话。”

“完全没有这回事，不过我认为植物要能说话必须生长在绞刑架下。”

“你承认曼陀罗花会叫吗？”

“不，可是它会唱歌。”

“你曾经否认左手的第四只手指有提神醒脑的性能。”

“我只是说向左边打喷嚏是不幸的征兆。”

“你曾经用胆大和不敬的说话谈论凤凰。”

“博学多才的法官，我只说过，普鲁塔克写道：凤凰的脑子是十分好吃的东西，但是吃了能使人头痛，普鲁塔克说得太远了，因为凤凰从来也没有存在过。”

“废话。人们曾经误认用肉桂枝来筑巢的玉桂鸟是凤凰，也把巴里沙提斯用来制毒药的山鸟认为是凤凰，还有极乐鸟——它是天堂的鸟儿，播种鸟——它的嘴有三个导管，都被误认为凤凰；但是凤凰是的确存在过的。”

“我对这一点并不反对。”

“你是一个蠢材。”

“这是我最大的愿望。”

“你曾经承认接骨木能够治疗咽喉炎，可是你加上一句说这并不是因为它的根上有仙人瘤。”

“我说这是因为犹大在接骨木上吊死的缘故。”

“这个意见还算得是有理由。”神学家弥诺斯嘀咕着说，心里很高兴他能够还刺埃阿科斯医生一下。

傲慢的人被顶撞了一下,立刻就变成愤怒。埃阿科斯十分激动。

"流浪汉,你不仅双脚飘忽无定,你的精神也飘忽无定。你有可疑和越轨的倾向。你已经走到巫术的边缘。你和不知名的野兽交往。你对平民说起一些只对你个人存在的东西,而且这些东西的性质是没有人知道的,像'奥母'就是。"

"'奥母'是一种蝮蛇,特赖迈留斯曾经看见过。"

这个迅速的反驳使埃阿科斯博士的受了刺激的科学头脑产生了一阵混乱。

"熊"继续说:

"'奥母'是实有的东西,正如有香气的鬣狗和卡斯脱留斯所描写的麝香猫一样真实。"

埃阿科斯用釜底抽薪的攻击方法来使自己脱离窘境。

"这儿的每一个字都是你自己亲口说的话,这些话非常像是魔鬼说的。你听着。"

埃阿科斯眼望着文件念道:

"有两种植物,一种是唐松草,另一种是天南星能够在晚上发光。白天是花,晚上是星星。"

然后他盯着"熊":

"你有什么说的?"

"熊"回答:

"一切植物都是灯,香气就是光线。"

埃阿科斯又翻了几页。

"你否认水獭的小囊就是海狸香。"

"我只不过说在这件事上也许不要相信亚埃脱斯。"

埃阿科斯变得粗暴起来。

"你行医吗?"

"我行医。""熊"怯生生地叹了一口气。

"治活人吗?"

"不如说是治死人。""熊"回答。

"熊"的还击坚强有力,可是沉闷乏味;这是一种巧妙的混合,其中最主要的成分是温顺谦恭。他说话时的态度那么温柔,使得埃阿科斯博士觉得有必要侮辱他一下。

“你对我们嘀咕些什么?”博士粗暴地问。

“熊”吃了一惊,可是平静地回答:

“年轻人才嘀咕,年老人只会呻吟。唉!我只会呻吟。”

埃阿科斯再追一句:

“告诉你知道:假使一个病人叫你治病,被你治死了,你要被处死刑。”

“熊”大着胆子提了一个问题。

“假使治好了呢?”

“在这种情况下,”博士把声音放温和了回答,“你也要被处死刑。”

“这当中的分别不大。”“熊”说。

博士继续说:

“治死了人,要处罚你的愚蠢无知;治好了人,要处罚你的傲慢自大。在这两种情况下都要上绞刑架。”

“我本来不知道这么详细,”“熊”喃喃地说,“谢谢你告诉了我。一个人是不可能熟悉法律的一切美妙的。”

“你要当心点。”

“我一定像信仰宗教那么虔诚地当心自己。”

“我们知道你的所作所为。”

“至于我自己,”“熊”心里想,“我却往往不知道。”

“我们可以把你送进监狱。”

“我也看到了这一点,老爷。”

“你不能够否认你的违法行为和你的越权行为。”

“我的哲学请求宽恕。”

“人家说你胆大妄为。”

“他们弄错了。”

“人家说你治好了病人。”

“我受了天大的冤枉。”

三双眼睛盯在“熊”的身上,可怕的眉毛皱了起来;三个博学多才的面孔凑在一起窃窃低语。“熊”产生了一个幻觉，仿佛这三个权威的脑袋上隆起了一顶纸糊的高帽子①。这三个有权力的人的低声密语延续了几分钟，在这段时间里“熊”担心得一忽儿浑身发冷，一忽儿浑身发热；最后，作为首席审判官的弥诺斯转过来对着“熊”，用愤怒的口气对他说：

“滚出去。”

“熊”顿时产生了像约拿②走出鲸鱼肚子的那种感觉。

弥诺斯继续说：

“我们放了你！”

“熊”对自己说：

“你们休想再抓到我的把柄！——再会吧，医术！”

他又在内心深处加上一句：

“从今以后我要十分小心地让病人死亡了。”

他一躬到地，向一切行了敬礼，对博士们，雕像们，桌子和墙壁，都行了敬礼；然后倒退着向大门走去，像暗影消失那样不见了。

他慢慢地走出大厅，像一个无罪的人那样；他急急忙忙地走过街道，像一个有罪的人那样。司法官吏的行径那么古怪和难测，使得一个人即使被开脱了，仍然要逃避他们。

他一边逃，一边喃喃地说：

“我这一次逃脱了。我是野生的学者，他们是家养的学者。博士作弄学者。假科学是真科学的排泄物，人们就用这种排泄物来害死哲学家。哲学家在制造诡辩家的时候，同时制造了他们本身的不幸。槲寄生树从画眉鸟的粪便中生长，人们拿槲寄生树来制造粘鸟胶，再拿粘鸟胶去捉画眉鸟。‘画眉鸟排泄出粪来害了自己’③。”

我们并不把“熊”描写为一个口味高尚的人。他只不过厚颜无耻

---

① 这种高帽子有两只角，上面写着“驴子”字样，一般是戴在愚笨和懒惰的学生头上。

② 按《旧约·约拿书》记载，约拿为使海浪平静，叫同船的把他抛在海中，果然海浪就平静，但一条大鱼却把约拿吞进肚里。约拿在鱼肚中祷告，耶和华遂命大鱼将他吐在岸上。

③ 原文是拉丁文。

地使用一些能够表达他的思想的语言。他的口味并不比伏尔泰高。

“熊”回到“绿房子”里,告诉尼克莱斯老板说他因为尾随着一个漂亮的女人所以回来得晚了,关于他的受审经过一字不提。

不过,到了晚上,他低声地对“人”说:

“你应该知道这件事:我战胜了冥府蛇尾三头怪犬的三个头。”

第七章　一枚金币凭什么理由要跑来混合在许多铜币当中

发生了一件新鲜事儿。

塔德卡斯特客店愈来愈变成一个快乐和欢笑的熔炉。再也找不到更愉快的嘈杂声了。客店主人和侍者两人连倒黄啤酒、黑啤酒和麦酒都忙不过来。到了晚上,那间低矮的酒吧间里灯火通明,灯光透出窗外,没有一张桌子是空的。人们唱歌,人们大声叫喊;那只古旧的大火炉,底下像灶那样弯曲,用铁栏围着,堆满了煤,发出熊熊火光。从塔德卡斯特客店透露出来的亮光照亮了整个市集广场。仿佛这是一间火光和声音的房子。

在院子里,就是说,在剧场里,人更多。

扫斯华克所能提供的全部郊区观众,都涌到这儿来看《战胜了混沌》,人那么多,只要幕一开,就是说"绿房子"的板壁放了下来,就再也没法子找到一个空位。窗户里挤满了观众;阳台上也塞满了观众。院子的铺地石板一块也看不见,整个院子都是人脸。

只有留给贵族的那个包厢仍然空着。

这个包厢坐落在阳台正中,因为空着,就在这地方构成一个黑洞,用土语来比方,这是一个"炉灶"。里面没有人。到处挤满了观众,这里却阒无一人。

有一天晚上,这里也有了人。

那是一个星期六晚上,正是英国人忙着娱乐的时间,因为他们第二天要度过一个沉闷的星期天。池座里挤满了观众。

我们把院子叫做池座,因为莎士比亚在相当长的时期中也是拿旅馆的院子做池座,他就把院子称为池座。

幕布分开,《战胜了混沌》开始演出序幕,"熊"、"人"和格温普兰

一个女人单独一人坐在包厢的正中……

都上了台的时候,“熊”像往常一样向观众扫射了一眼,突然感到一下震动。

那个保留给“贵族专用”的包厢里有了观众。

一个女人单独一人坐在包厢的正中,坐在那张乌特列克天鹅绒交椅上。

她只有一个人,可是她充满了整个包厢。

有些人的身上是有亮光的。这个女人像“女神”一样,也有她的亮光,可是她的“亮光”和“女神”的不同。“女神”的亮光是苍白色的,这个女人的是朱红色的。“女神”是清晨的薄明,这个女人是朝阳的红霞。“女神”是漂亮的,这个女人是华丽的。“女神”是纯洁,天真,像白玉那样白净;这个女人是深红色的,使人觉得她是不会害怕脸红的。她的光彩溢出包厢以外,她坐在包厢正中,动也不动,俨然像一尊受人崇拜的偶像。

在这一大堆肮脏的人群中,她像红宝石那样发出高贵的光彩,她的亮光四面洋溢,在人群的头上泛滥得那么厉害,竟然使其他观众都淹没在黑暗中,所有那些幽暗的面孔都被她遮没了。她的光辉使周围一切人黯然失色。

所有的眼睛都注视着她。

汤姆—詹姆—杰克也混杂在人群中。他像其他观众一样消失在这个使人炫目的人物的光轮里。

这个女人在开始时吸引了观众的注意力,和舞台上的演出展开了竞争,稍微影响了《战胜了混沌》的最初演出效果。

不管这个女人多么像梦幻中的人物,对于那些靠近她的观众,她仍然是真实的。她的确是一个女人。也许她太是一个女人了。她又高大又结实,尽可能把她的华丽的身体裸露出来。她戴着一大串珍珠耳环,上面混杂着那种称为“英国钥匙”的古怪珠宝。她的身上披着一件通体绣金的暹罗花纱袍子,这是十分华贵的奢侈品,因为在当时这种纱袍子价值六百银币。一只巨大的钻石扣针扣住她的露出在颈项上的衬衣,这是当时的一种淫逸风尚,这种衬衣是上等细麻布制成的,法国王后奥地利的安娜曾经有过这种细麻布的被单,质地那么纤细,竟能从一只戒指中穿过。这个女人仿佛穿着一件红宝石制成的护身甲,其中还有几块是未经琢磨的粗玉,裙子上到处镶满了宝石。此外,她的双眉用中国墨来画黑,她的臂膀,手肘,肩胛,下巴,嘴唇下端,眼皮上面,耳朵,手掌和指甲上都染上胭脂,呈现出诱人的红色。更重要的,是她流露出必须成为美人的无可动摇的决心。她的确是个美人,已经美丽到凶猛的程度。她好像是一只豹,也可能变成一只母猫而抚爱你。她的一只眼珠是蓝色的,另一只是黑色的。

格温普兰像"熊"一样,也注视着这个女人。

"绿房子"的演出是像梦幻般的,《战胜了混沌》与其说是一出剧,不如说是一个梦,他们是习惯于使观众产生一种幻象的感觉的;这一次,幻象的感觉产生在他们自己的身上,惊异的效果从观众席上传送到舞台上来,现在轮到他们吃惊了。他们像中了魔术的反射力似的。

这个女人注视他们,他们也注视这个女人。

对于他们,因为距离较远,剧场里的灯光模糊,看不清楚详细情形,因此很像一个幻觉。她是一个女人,这是没有疑问的,可是,会不会是一个幻象呢?这道亮光射进了他们的幽暗、微贱的环境里使他们惊愕。仿佛一个新的星座出现了。她是从幸福的世界里来的。她的光辉扩大了她的面容。这个女人在黑暗中像银河似的闪耀发光。她身上的宝石像星星。那只钻石扣针也许就是一颗昴星。她的无比漂亮的胸脯似乎不是生长在凡人身上的。看见了这个天仙似的人物,人们就觉得和幸福的阶级有了暂时和冰冷的接近。她是从乐园的顶端俯下来看一看这个渺小的"绿房子",把她的冷酷而平静的脸显露给这些贫苦的人群。她的高贵的好奇心得到了满足,同时也满足了人民大众的好奇心。天堂准许地狱看一看它。

"熊",格温普兰,维诺丝,菲比,观众,所有的人都被这个耀眼的人物震惊了,只有"女神"是例外,她在盲人的黑暗世界中对这一切毫无所知。

这个女人的出现有点像幽灵出现,可是和通常的幽灵出现完全不同,她不是半透明的,不定形的,飘飘忽忽的,被水汽包围的;她的出现是粉红色的,鲜艳的,健康的。可是,从"熊"和格温普兰所处的地位来看,她是一个幻象。肥胖的幽灵被人们称为吸血鬼,这种东西是的确存在的。有些漂亮的女王在人民大众的心目中是幻象，她们每年吃掉穷苦的老百姓三千万钱币，她们就像吸血鬼那样肥胖。

在这个女人后面的暗影中，站着一个孩子模样的小人儿，那是她的侍童。[①] 这个侍童皮肤白皙，模样漂亮，神气严肃。当时流行的风尚是带着一个十分年轻和十分严肃的侍从。这个侍童穿的衣服、鞋子和戴的帽子都是火红色的天鹅绒制成的，在他的绣金边的小帽上插着一簇翎毛，这是高级仆从的标帜，说明他是一个贵族妇女的仆从。

仆从是贵族的一个构成部分，人们不可能不注意到这个女人身影里的那个拉衣裾的侍童。人们的记忆往往在不知不觉中把印象留下来，格温普兰虽然自己不知道，可是那个侍童的圆脸颊，严肃的神气，绣金边的小帽和那簇翎毛都在他的心中留下了印象。这个侍童也没有做出什么引人注意的动作；在这种场合下吸引人们注意就是对主人的大不敬；他只是乖乖地站在包厢的最深处，一直退到闭上的门能够容许他站立的地方。

虽然她的扶衣裾的侍童[②]就在她的身边，但是这个女人仍然是单独一人在包厢里，因为侍仆根本不算一个人。

这个女人的出现就像名角登台一样，把观众的注意力都吸引到她这边来了，可是《战胜了混沌》的结局却产生了更强烈的效果。观众的感受像往常一样是无法抑制的。也许由于这个显赫的观众在场（因为有时观众是和舞台上的表演合成一体的），剧场里更增加了电流似的效果。格温普兰的笑传染得更加有力。全体观众都昏倒在无可形容的狂笑中，尤其听得清楚的是汤姆—詹姆—杰克的响亮而傲慢的笑声。

只有那个陌生女人没有笑，她用幽灵的眼光动也不动地望着舞台上的演出，像尊石像一样。

她是幽灵，可是像太阳那样放射着亮光。

演出结束以后，板壁再吊上去，“绿房子”一家人又聚在一起，“熊”把门票钱袋打开，倒在餐桌上。一大堆铜板当中突然滚出一只西班牙

---

① 原文是西班牙文。

② 原文是拉丁文。

金币来。

“她的!”“熊”叫起来。

这个金币夹在这些铜绿色的辅币里,就像这个女人夹杂在这些老百姓里面一样。

“她用一个金币来付票价!”“熊”热烈地叫喊。

这时候,客店主人走进了“绿房子”,他从车后的窗口伸出手去,打开了围墙上的一个小窗(我们说过,“绿房子”有一边靠在墙上,墙上有一只小窗,高度恰好和车上窗户相同),望出去可以看见广场上的情景,他一言不发地作了手势叫“熊”过来观看。广场上一辆设备华丽的马车,正在放开大步驶远去,车上站满了戴着翎毛帽子的仆从,手里都拿着火炬。

“熊”恭恭敬敬地用拇指和食指拿起那块金币,举给尼克莱斯老板看,嘴里说:

“她是一个女神。”

然后他的眼睛落到那辆正在广场上转弯的马车上,看见了被仆从手上的火炬照亮了的马车盖,上面有一个金皇冠和八朵花饰。

他叫起来:

“不止这样,她是一个女公爵。”

马车消失了。车轮滚动声也听不见了。

“熊”心醉神迷地过了几分钟,拿两只手指把那枚金币举起来,就像神甫举扬圣体一样,那枚金币已经变成圣体了。

然后他把金币放在桌子上,一边欣赏,一边谈起“那位夫人”来。客店主人回答他,她是一位女公爵,不错,我们知道她的爵位。可是她的名字呢?我们不知道。尼克莱斯在很近的距离看见过那辆马车,车上绘满了纹章,仆从的衣服是绣满缘饰的。马车夫戴着一头假发,看起来好像是一个大法官。那辆马车属于一种罕见的类型,西班牙人称之为“坟墓马车”,这是一种构造华丽的新型马车,顶盖像个坟墓,对于皇冠,坟墓的确是一个很好的脚架。那个侍童是一个标本似的人,那么娇小,他竟能够坐在马车门外的踏板上。人们雇用这些漂亮的人儿来拉女士们的衣裾;有时也为她们送送信。你注意到这个侍童头上的那顶帽子上面的翎毛吗？那是伟大的东西。没有这种权利的人如果戴上这种翎毛,就要被处罚金。尼克莱斯老板还在近边看过那位夫人。她简直是一位皇后。有那么多华贵的装饰,把她打扮得像天仙似的。皮肤更显得洁白,眼光更骄傲,举止更高贵,风情更傲慢。再也没有什么比得上这双不劳动的手更高雅傲慢的了。尼克莱斯老板描述她的露出蓝色脉管的白皮肤多么华丽,她的脖子,她的肩膀,她的手臂,她的搽抹在各处的胭脂,她的珍珠耳环,她的洒满金粉的头饰,她的使人眼花缭乱的宝石,红宝石,钻石。

"这些东西都比不上她的眼睛那么明亮。""熊"喃喃地说。

格温普兰没有做声。

"女神"在听着。

"你知道吗,"客店主人说,"其中最叫人吃惊的是什么?"

"是什么?""熊"问。

"就是我亲眼看见她上马车。"

"还有呢?"

"她不是一个人坐上车子。"

"胡说!"

"有一个人和她一起上了马车。"

"谁?"

"猜猜看。"

"国王吗?""熊"说。

"首先,"尼克莱斯老板说,"我们现在并没有国王。我们不是在国王的统治下。猜猜看谁上了这位女公爵的马车。"

"朱庇特。""熊"说。

客店主人回答:

"是汤姆—詹姆—杰克。"

一直没有开过口的格温普兰打破了沉默。

"汤姆—詹姆—杰克!"他嚷起来。

大家在惊异中沉默了一阵,只听见"女神"低声说:

"难道我们不能够阻止这个女人到这儿来吗?"

第八章　中毒的征象

那个“幽灵”并没有再度出现。

她没有回到剧场里来，可是她回到格温普兰的心里来。

格温普兰受到了一定程度的侵扰。

他似乎觉得他是生平第一次看见女人。

他立刻陷入奇异的梦想中。我们必须提防那种强加在我们头上的梦想。梦想具有香味的神秘和巧妙。梦和思想的关系，正如香味同月下香的关系一样。梦有时能够扩大一个有毒的思想，它还像烟一样能够到处渗入。梦想能使我们中毒，正如花儿能使我们中毒一样。这是一种令人陶醉的，甜蜜的和可怕的自杀。

灵魂的自杀就是作坏的梦想。毒性也在这里。梦想能够吸引人，哄骗人，诱惑人，缠绕人，然后又把你变成它的共犯。它使你在它对良心的欺骗中，也担负一半责任。它迷惑你。然后它腐化你。我们可以说梦想和赌博一样，在这两种情形下我们开始的时候是受骗人，结果变成了骗子。

格温普兰在作梦想。

他从来没有看见过“女人”。

他从所有贫贱的女人身上只看见女人的影子，他在“女神”的身上只看见女人的灵魂。

他刚才看见的才是真实的女人。

温暖和生气勃勃的皮肤，可以感觉得出皮肤底下流着热情的血，外形像大理石那么精致，像波浪那么起伏；高傲而冷酷的脸，既吸引人又拒人于千里之外，终于使自己处在光辉荣耀中；头发的颜色像火灾的反光；风流的盛装使她自己和别人都产生快感的战栗；半裸的身体流露出她的想使群众远远地对她垂涎的轻蔑的愿望；她的娇媚是没法接近的，她的神秘难测是迷人的,她的诱惑使人预感到其中包含堕落的可能,她给官能以满足的希望,对精神却是威胁,这是双重忧虑,一方面是欲望,另一方面是恐惧。他刚才看见了这一切。他看见了一个女人。

他看见了的不仅是一个女人,也不完全是一个女人,而是一个雌性动物。

同时也是天堂上的女神。

因此应该说是天神中的雌性动物。

性,这种神秘的东西,刚才在他的眼前出现。

在哪儿出现?在不能攀登的高处出现。

在无限远的距离出现。

这是命运在嘲弄人!灵魂本来是天上的东西,他却得到了它,他掌握着它,它就是"女神";性本来是地上的东西,他却看见它在天空的最高处,它就是这个女人。

一位女公爵。

"熊"曾经说,她更胜过女神。

多么险峻的悬崖!

梦幻里看见这么险峻的悬崖也要退缩而不敢攀登。

他会愚蠢到去梦想这个陌生的女人吗?他在进行思想斗争。

他记起"熊"对他说过的这些高贵人物所过的近乎帝王的生活。以前他认为老哲学家的这些闲谈对他是毫无用处的,现在这些闲谈成为他的默想的标杆。在我们的记忆里,往往只有一层薄薄的遗忘盖在上面,十分薄,遇到机会就突然让人看见下面的记忆;他想象着那个庄严的贵族世界,这个女人就是属于这个世界的,这个世界冷酷地压在卑贱的人民世界上面,而他是属于人民世界的。他到底是不是属于人民世界的呢?像他那样一个卖艺人,难道不是在下层的下层的吗?自从他到达了能够思索的年龄以来,这是他第一次由于自己身份卑下而模糊地感到悲哀,我们在今天就称这种感觉为自卑感。"熊"的对贵族生活的描绘和列举,他的有抒情味的财产目录,他对贵族的城堡、花园、喷水池和柱廊的赞歌,他对贵族财富和权力的罗列,都在格温普兰的记忆里复活,轮廓既鲜明,也混合着云雾。这些天堂的景象缠绕着他。一个人能够成为爵士，在他的思想上似乎是荒诞无稽的事。可是这却是实有的事。真是叫人无法相信！确实有爵士！他们像我们一样是有血有肉的人吗？很值得怀疑。他觉得自己仿佛在黑暗的深渊中，周围有墙垣围着，他从头上望上去，就像从井底往上望一样，他看见最远的高空中有一片耀眼景象，交织着蔚蓝的天空、人像和光线，那就是天堂。女公爵在这中间发射着光辉。

他对这个女人产生了一种难以形容的渴想，同时也夹杂着不可能达到目的的预感。

虽然他自己不愿意，可是下面这个尖锐的矛盾不停地回到他的心里来：看见自己身边伸手就能触到的距离内，有一个实实在在存在的灵魂，而在不可捉摸的理想世界里，却有一个肉体。

这些思想都不是完整地在他的脑子里出现的。他的心里是一团迷雾，这团迷雾每一分钟都在改变形状，而且漂浮无定。这团迷雾所产生的黑暗是十分深沉的。

不过，他的心里从来没有产生过能够达到什么目的的想法。他连在梦里也没有想过要爬到女公爵所在的高处。这对他倒是十分幸运的事。

只要你爬上这种梯子，梯子的震动就会永远留在你的脑子里，使你永远昏头昏脑；你以为爬到天堂上去，你爬到的是疯人院。假使他的心里产生了明显的欲念，他就会因此而惊骇起来。他丝毫没有这一类感觉。

何况，他能够再见到这个女人吗？大概不会了。爱上了一道从地平线上掠过的光线，疯人也不会这样做。以爱慕的眼光望着一颗星星，说起来也还是可以理解的，因为我们能够再见到它，它会再现，它是固定的。可是，我们能够爱上闪电吗？

他的梦是来来去去的。那个坐在包厢里的庄严而华丽的偶像，向他的混乱的思想投下一线亮光，接着又消失了。他想着这件事，不去想它，想别的事，结果又回到这件事上来。他的思想是在摇来荡去，如此而已。

这样他就有好几夜睡不着觉。失眠和睡眠一样是充满着梦的。

要把脑子里的胡思乱想的正确界限表达出来几乎是不可能的。语言的缺点就是它们比观念更加具有固定的轮廓。一切观念都有混淆不清的界线,语言却没有。灵魂的某种模糊部分是不能用语言来形容的。词汇有边界,思想没有边界。

我们的无限深沉的内心世界宽阔得那么厉害,使得格温普兰所想的一切都没有接触到"女神"。"女神"在他的心灵中心,是神圣不可侵犯的,任何东西都不能接近她。

可是人们的心灵本来就是充满矛盾的,他的内心有一个冲突。他自己知道吗?不十分知道。

他觉得他的内心深处比较软弱的地方(我们都有这种地方的),受到了一种微弱愿望的撞击。对"熊"说来,这种撞击的性质是很清楚的,对格温普兰说来却不很清楚。

两种本能,一种是理想,另一种是性,在他体内斗争。这是光明的天使和黑暗的天使在深渊的桥上进行斗争。

最后,黑暗的天使被扔到深渊里去。

有一天,格温普兰突然不再想念那个陌生的女人了。

这两种原则的斗争,他的人间的一面和天堂的一面的搏斗,是在他心内最幽暗处发生的,而且在那么深的深处,使得他只是模糊地觉得有这回事。

他所最确实知道的,是他一分钟也没有停止过热爱"女神"。

他的心境遭到猛烈的扰乱,他的血曾经发过热,可是现在这一切都过去了。只有"女神"还继续留下来。

假使有人对格温普兰说"女神"曾经一度遇到危险,他甚至会不相信。

过了一两个星期,那个似乎要威胁这两个灵魂的幽灵消失了。

在格温普兰身上只剩下一颗心——这是火炉,和爱情——这是火焰。

而且,我们说过,那位"女公爵"并没有再来。

"熊"认为这是很简单的事。那位"付金币的太太"是一种特殊现象。她来了,付了钱,消逝了。假使她再来,那就是太好了。

至于“女神”，她简直连提也不提这个消逝了的女人。她大概听见了“熊”的叹息，也明白了一切，有时也听见像“不是每天都有金币的”这一类有含义的感叹语。她再也不谈起“那个女人”。这是一种深刻的本能。灵魂往往采取这种暗中的防御措施，它秘密地这样做，觉得这样并不符合自己的本性。闭口不提某一个人，仿佛就是疏远这个人。问起这个人，就怕把这个人唤回来。因此，在这方面完全缄默，就像闭上一扇门一样。

这件事被人遗忘了。

曾经有过这件事吗？这件事发生过吗？我们能够说一个暗影曾经在格温普兰和“女神”之间飘过吗？“女神”不知道，格温普兰也不知道。不，什么都没有发生过。女公爵像幻象一样在远景里逐渐模糊而消失了。这只不过是格温普兰走进了梦境片刻，现在已经走出来了。梦的消失，像雾的消失一样，是不留下任何痕迹的，乌云过后，内心的爱情并不因而减少，天空上的太阳也不因而失色。

第九章 “深渊召唤深渊”[①]

另外一个人也消失了，这个人就是汤姆—詹姆—杰克。突然间，他再也不到塔德卡斯特客店里来了。

那些处在特殊地位，能够看到伦敦大贵族的时髦生活的升沉变化的人，也许可以在同一时期内注意到《星期公报》上刊登了一段消息，这段消息夹在两段教区户籍簿摘录中间，消息上宣称：“大卫·弟里—摩瓦爵士奉女王陛下之命，已启程回舰继续担任指挥之职，该舰所属白色舰队目前正在荷兰海岸外游弋。”

“熊”发觉了汤姆—詹姆—杰克再也不来了，他的心里十分牵挂着他。自从那天他和那个付金币的太太一同登上马车以后，汤姆—詹姆—杰克就再也没有露过面。这个汤姆—詹姆—杰克能够在举手之间带走了一位女公爵，这真是一个神秘的谜！深入地追究一下一定非常有趣！对这件事有多少问题可以提出！有多少话可以谈啊！就因为这样，“熊”一句话也没有说。

“熊”是富有生活经验的人，他知道过分的好奇心能够灼痛人。好奇心的程度永远要和好奇的人的身份相称。倾听，就使耳朵冒险；窥探，就使眼睛冒险。不听也不看就最安全。汤姆—詹姆—杰克登上这辆王族专用的马车，客店主人亲眼看见了他坐上去。这个水手坐在这位女公爵身边，这件事有点像奇迹，使得“熊”变得小心谨慎起来。上层阶级生活上的任性行动，对于地位卑下的人们应该是神圣的。所有被称为穷人的爬虫，最好就是在看见了什么奇异的事物时，立刻潜伏在它们的洞穴里。静止不动就是一种能力。假使你没有福气成为瞎子，你就闭上你的眼睛；假使你没有机会成为聋子，你就塞住你的耳朵；假

---

① 原文是拉丁文，源出《圣经》，意思是：一个错误引出另一个错误。

使你不能具有哑子的优点，你就使你的舌头僵掉吧。大人物爱干什么就干什么，小人物能干什么才干什么，让不知道的事情安静地过去吧。不要破坏神话；不要多方查问表象；对偶像应该有很深的敬仰。对于上层人士为着我们所不了解的原因而进行的缩小或者变大，我们不要妄加谈论。在大多数时候，这些变化对我们这些穷苦小民来说，只不过是视力上的错觉。换形变化是天神们的事；这些飘浮在我们上面的大人物偶然变形和化身，就像天上的云一样难以理解，如果加以详细研究则是危险的。过分注意天神们的娱乐和任性行动，会惹恼了天神们，一下迅雷击顶会教训你，让你知道这个被你过分好奇地研究的公牛正是朱庇特。不要揭开可怕的大人物所穿的墙壁色斗篷的衣裾。什么都不管就是最聪明的办法。不要动就最安全。装死，别人就不会杀你。这一切就是昆虫的格言。“熊”奉行这些格言。

客店主人也感到迷惑不解，有一天，他问起“熊”来。

“你知道现在再也看不见汤姆—詹姆—杰克了吗？”

“真的吗！”“熊”说，“我倒没有注意。”

尼克莱斯老板低声咕噜了一句，一定是关于那辆女公爵马车和汤姆—詹姆—杰克混合在一起的事，这个批评大概是不敬而且危险的，“熊”故意不去听它。

不过“熊”到底是一个艺术家，对汤姆—詹姆—杰克的不来，不可能不感到惋惜。他感到相当失望。他只对“人”吐露自己的心事，他认为只有“人”最可靠，不会随便把他的说话传出去。他在那条狼的耳边低声说：

“自从汤姆—詹姆—杰克不来以后，作为一个人，我感到空虚，作为一个诗人，我感到寒冷。”

这样对一个朋友倾吐了心事，使“熊”觉得轻松了许多。

他对格温普兰完全保持缄默，格温普兰也从来不提起汤姆—詹姆—杰克。

事实上，格温普兰的注意力完全集中在“女神”身上，多了一个汤姆—詹姆—杰克或者少了一个汤姆—詹姆—杰克，根本不在他的心上。

格温普兰愈来愈忘记掉这一切。“女神”本身则丝毫不怀疑曾经发生过一次模糊的震动。同时,再也听不到有人谋害和控告"笑面人"了。仇恨似乎松了手。"绿房子"内部和外部周围都平静无事。滑稽戏,小丑,牧师,都销声匿迹了。外界的怨言再也听不到了。这一次的成功是没有受到任何威胁的。命运往往容许这种突然平静的时刻出现。眼前格温普兰和"女神"的光辉的幸福是绝对没有阴影的。这种幸福逐渐上升到再也不能增加的程度。有一个词儿是形容这种程度的——绝顶。幸福像海水一样到达最高潮。对于那些十分幸福的人,最足以担心的是海水又退下去。

有两种人能够使别人无法接近:一种是地位极高的人,另一种是地位极低的人。至少第二种人也许和第一种人那样,也值得羡慕。滴虫能够逃避压死,比鹰隼逃避弓箭更加有把握。这种小人物的安全,我们已经说过,假使这世界上有人享有的话,那就是格温普兰和"女神"两个人;而且他们所享有的安全从来不像今天那么十足。他们愈来愈相依为命地、互相扶持地活着,而且处在陶醉状态中。他们的心中充满爱情,就像装满能够使心灵保持永久的圣盐一样;这就是那些从小就相爱的情侣能够永远结合,不会变节的原因,也是爱情愈经久,愈能保持新鲜的原因。世界上是有所谓爱情防腐这回事的;必须像达夫尼斯和克罗哀那样的开头,才会有费立门和包西斯①那样的结果。这样的晚年有如黄昏和黎明相像,很明显格温普兰和"女神"将来是能够享受这种晚年的。可是目前他们还年轻。

"熊"以医师临床诊断的眼光注视他们的恋爱。其实他一直就具有当时称为"希波克拉特式的眼光"。他的锐利的眼睛盯着"女神","女神"又瘦弱又没血色,他喃喃地说:"她能够快乐真是幸福!"有时他又说:"从她的健康看来她真幸运。"

他摇了摇头,有时聚精会神地读他收藏的一本阿维森纳写的医学名著,这本书是由窝斯皮士居斯·伏杜那脱斯翻译,一六五〇年在卢文出版的。他读的是关于心脏病那节。

---

① 达夫尼斯和克罗哀是希腊小说家隆戈斯的小说《达夫尼斯和克罗哀牧歌》的男女主人翁,年轻而天真,互相热恋。费立门和包西斯是希腊罗马神话里的一对老夫妻,爱情极笃,神赐他们同时死去,死后长成两棵连理大树,枝叶交缠在一起。

“女神”很容易疲倦,经常流汗而且恹恹欲睡,白天总要睡午觉,这是我们在前面已经说过的。有一次,她又躺在熊皮上睡午觉,已经睡着了,格温普兰又不在那里,“熊”轻轻地俯下身子,把耳朵贴在“女神”的胸膛上,在心脏所在的地方。他似乎倾听了几分钟,到重新直起身子的时候他喃喃地说:“她是受不住一下打击的。心脏的病灶在受到打击以后很快就会扩大。”

人群继续涌来观看《战胜了混沌》的演出。“笑面人”的成功似乎是永不减弱的。所有的人都奔去看他;现在已经不仅是扫斯华克,有点扩大到整个伦敦城了。观众开始混杂了,已经不是纯粹的水手和车夫,据十分熟悉下层社会的尼克莱斯老板说,现在已经有化装成平民的绅士和小贵族混杂在观众中了。化装成平民是一种傲慢的幸福,当时十分流行。贵族和贱民混杂在一起是个好兆头,表示“笑面人”的成功已经伸展到伦敦了。毫无疑问,格温普兰已经在广大的观众中建立了荣誉。这是确凿的事实。整个伦敦所谈的只是“笑面人”。甚至爵士们经常出入的莫霍克俱乐部里也谈论起“笑面人”来了。

在“绿房子”里,他们根本不理会这一切;他们只满足于他们自己的幸福。“女神”的快乐是每天晚上触到格温普兰的黄褐色的卷发。在恋爱中,什么也比不上习惯。整个生命都集中在这个习惯中。星座的经常出现是宇宙的一个习惯。天地万物只是一个情妇,太阳是她的恋人。

光线是支持着世界的一个光辉的人像柱。每天在最崇高的时刻中,被黑夜包围着的大地靠在初升的太阳身上。盲目的“女神”把手按在格温普兰的脑袋上的时候,也同样地感到温暖和希望进入了她的心中。

两个人在黑暗中相爱,在绝对的沉默中相爱,他们愿意永生永世就这样过去。

一天晚上,格温普兰心中满溢着这种幸福,就像陶醉在香气中一样,有点飘飘然,他按照习惯,在散场以后,独自一人跑到离开“绿房子”百步左右的草地上散步。有时,我们觉得心里膨胀得厉害,需要把满溢的感情倾吐出来。夜里很黑,但是看得清楚,星光很明亮。整个市集广场阒无一人，散处在塔林索草地周围的卖艺车子都陷入睡眠和遗忘中。

只有一处灯光没有熄灭，那就是塔德卡斯特客店的一盏灯；客店半开着门等待格温普兰回来。

扫斯华克的五个教区刚响过午夜的钟声，每个钟楼的钟声各有不同，间歇时间也各异。

格温普兰在想着“女神”。他还能想些别的什么呢？可是那天晚上，他却觉得心情古怪地混乱，内心充满着一种痛苦的迷惑，他像一个男人想一个女人那样想着“女神”。他谴责自己不该这样，这样好像道德在堕落，丈夫的本能正在暗中向他进攻，这是一种甜蜜的和强有力的不耐烦。他越过了那条不可见的界线：在界线以内是处女，在界线以外是妇人。他不安地质问自己；他像人家所说的，内心脸红起来。早年的格温普兰不知不觉地逐渐在神秘的长成中改变了。过去那个贞洁的青年觉得自己变得混乱和不安了。我们有一只光明的耳朵，能够听心灵说话，还有一只黑暗的耳朵，能够听本能说话。现在后一只耳朵充满了陌生的声音在向他提出种种建议。一个沉溺在恋爱中的青年，即使十分纯洁，到头来总有沉重的肉欲插进他和他的恋爱梦想之间。内心的意图变得不鲜明了。大自然安置在人心内的说不出口的欲望开始走进了他的良知。格温普兰觉得产生了一种难以形容的对肉体的渴想，这种渴想在一切诱惑里都有，可是“女神”是差不多等于没有肉体的。格温普兰在狂热中——他自己觉得这种狂热是不健康的——把“女神”改变了面貌，也许是向危险的方面改变，他尽力把她的天使般的形体改变成为女人的形体。女人呀，我们需要的是你。

恋爱到最后是不希望享受过多的天堂之乐的。它需要的是发热的皮肤，激动的生活，有电力的和难以补偿的接吻，解散的头发，有目的的拥抱。过分崇高使人厌倦，过分纯洁使人沉闷。在恋爱中有过多的天堂，就是火炉里有过多的燃料，火焰会受到影响的。在狂乱中的格温普兰有了一个甜蜜的噩梦：“女神”是可拥抱的，而且被他拥抱了，这是令人晕眩的接触。“女人！”——他听见了大自然在他的内心发出了这个

有一次，她又躺在熊皮上睡午觉，已经睡着了……

深沉的喊声。就像辟格马里昂在梦中以蔚蓝色的天空塑造一个嘉拉黛①一样，他大胆地在灵魂的深处把“女神”的圣洁的轮廓加以修整。“女神”的轮廓中属于天堂的成份太多，属于伊甸乐园的成份太少了。因为伊甸乐园就是夏娃，夏娃是女性，是有肉体的母亲，是大地的乳母，是繁殖人类的神圣的母腹，是乳水永不枯涸的乳房，是给新生的世界摇动摇篮的保姆；乳房和翅膀是不可能同时在女人身上生长的。处女性只是对母性的期望。可是在格温普兰的幻想中，“女神”直到现在为止，是超出于肉体之上的。在眼前心神迷乱的时刻，他却在思想上把她拉回到肉体以内，他拉的是这条线：性欲。这条线把所有的年轻女子和人世间联结起来。这些鸟儿没有一只是脱离得了这条线的。“女神”和别的女子一样，也不能超出这条规律，格温普兰模糊地希望她也受这条规律的束缚，虽然他不十分肯承认自己有这种想法。他不由自主地产生这种想法，而且一再无法摆脱。他想象着“女神”也是一个女人。他甚至于产生了一个从来没有的观念：“女神”不仅是令人心醉神迷的，也是能够满足肉体的快乐的；“女神”的脑袋正枕在枕头上。他对自己的胡思乱想感到羞耻，这样做仿佛在设法亵渎神圣。他尽力摆脱这种缠绕；他暂时获得成功，接着又失败了。他觉得他好像在谋害贞洁。对于他，“女神”仿佛躲藏在云里。他战栗着拨开这片云，如同他脱掉一件衬衣一样。眼前是在四月里。

背脊骨也有它的梦想。

他漫无目的地走着，像一个在孤寂中的人那样不经意地摇摇晃晃。身边一个人也没有，更容易使人乱走。他的思想飞到哪儿去了呢？他简直不敢对自己说出来。到天上去吗？不，到一张床上去。星星们啊，你们在望着他。

为什么说一个人在恋爱呢？应该说他着了迷。被鬼迷只是例外，被女人迷了才是规律。每一个男人都要遭受这种对自己的出卖。一个漂亮的女人真是一个巫婆！爱神的真名字是囚禁。

---

① 雕刻家辟格马里昂（Pygmalion）雕了一个嘉拉黛（Galatée）的石像，爱上了它，恳求维纳斯把石像化成活人。

男人是女人的灵魂的囚徒，也是她的肉体的囚徒，有时肉体的魔力比灵魂更大。灵魂是纯洁的爱人；肉体是情妇。

我们污蔑了魔鬼。魔鬼并没有诱惑夏娃，是夏娃诱惑了魔鬼。先开始的是女人。

地狱魔王安静地走过，他看见了女人，他就变成了撒旦。

肉体是不可知物的表面。奇怪的是，肉体是利用羞耻心来挑拨的。再也没有更颠倒错乱的事了。肉体这个轻佻女子是充满羞耻心的。

在眼前这时刻，抓住格温普兰而且刺激着他的，就是这个可怕的表面的爱情。这是渴想着裸体的可怕时刻。失足犯罪是可能的。维纳斯的洁白肉体隐藏着多少黑暗啊！

格温普兰的内心正在大声呼喊着“女神”，呼喊着处女的“女神”，男人配偶的“女神”，有炽热肉体的“女神”，裸露着胸膛的“女神”。他几乎把天使赶走。这种神秘的危急关头是任何恋爱都要经过的，在这种关头理想正处在危险中。那是神早已注定免不了的。

这是千钧一发的堕落的时刻。

格温普兰对“女神”的爱情变成了婚姻的爱情，守贞的爱情只不过是一个过渡，现在时候到了，格温普兰需要这个女人。

他需要一个女人。

人们只看见这个斜坡的最初斜面。

大自然的含糊的召唤是冷酷无情的。

整个女人又是多么深的一个深渊！

幸喜除了“女神”，格温普兰没有别的女人。他要的只是这个女人，也只有这个女人可能愿意要他。

格温普兰打了一个模糊的大寒噤，那是宇宙的充满生命力的要求。

再加上春天的影响。他吸着黑暗的星夜中无名的香味。他朝前面走着，有一种粗犷的喜悦感觉。在增长中的树液发出来的到处飘荡的香味，在黑暗中漂浮着的醉人的光辉，远处有夜间开放的花朵，小鸟巢藏觅其中，水和树叶的沙沙声，所有物体发出来的叹息声，清新的空气，温暖的气候，这一切都是四月和五月的神秘觉醒，就是分散在各处的广泛的性的召唤，这个召唤低声地提出肉体的快乐，使得灵魂在这个令人昏迷的挑逗前面结结巴巴地说不出话来。再也不知道什么是理想。

有谁如果看见这时格温普兰走路的样子，就会这样想："瞧，一个醉酒鬼！"

在他自己的心、春天和黑夜的重压下，他简直是在踉踉跄跄地走着。

滚球场上那么荒凉静寂，使得他有时高声说起话来。

一个人认为没有人在旁边倾听，就会自言自语起来。

他慢慢地踱着，低着头，两手放在背后，左手叠在右手上，手指张开着。

突然间，他觉得有些什么东西滑落在他的半张着的手掌中。

他很快地转过身来。

他的手中有一张纸，他的前面有一个人。

这个人像猫似的偷偷地走到他后面，把那张纸放在他的手里。

那张纸是一封信。

那个人被昏暗的星光很清晰地照耀着，他是一个矮小、丰颊、年轻、严肃的人，穿着一件火红色的制服，外面披着一件灰色的长斗篷，斗篷分开着，使人看得见里面的红制服；这种斗篷有一个西班牙名字：加普洛什，意思是夜外套。他的头上戴着一顶深红色的小帽，很像红衣主教的小帽，但是上面有缘饰，表明奴仆身份。帽子上有一簇翎毛。

他动也不动地站在格温普兰面前，简直像一个梦幻中的人物。

格温普兰认出他就是女公爵的侍童。

格温普兰还来不及发出一声惊喊，他就听见那个侍童用脆弱的、半童稚半妇人的声音对他说：

"明天这时候你到伦敦桥的入口处等我，我会来的，我给你领路。"

"到哪儿去？"格温普兰问。

"到等待你的地方。"

格温普兰低下头来望着他机械地拿在手里的那封信。

等到他再抬起头来，那个侍童已经不见了。

只见市集广场那边一个模糊的黑影很快地缩小，这个黑影就是那个侍童。他在街角上转了弯，广场上又看不见人影了。

格温普兰望着那个侍童消失以后,再凝视着那封信。在人生中有时已经发生的事仿佛并没有发生;惊呆了的感觉会在一段时间内把你和发生的事隔开一段距离。格温普兰把信凑近眼睛仿佛要读一读,这时候他才发觉他不能读,因为:第一,他没有把信启封;第二,当时是在黑夜。过了几分钟,他才记起客店里还有一盏灯没有熄灭。他走了几步,可是走歪了,仿佛他并不知道他要到那儿去。一个梦游病者收到一个幽灵给他的一封信以后,大概就是这样走路的。

最后,他下了决心,不是走而是奔回客店,一直到达半开着的门缝透露出来的灯光底下,然后借着灯光再一次端详那封封了口的信。封蜡上没有印章,信封上面写着:“给　格温普兰”。他弄破了封蜡,撕破信封,把信摊开来,挪到灯光底下,信上写的是:

“你是怪物,我是美人。你是小丑,我是女公爵。我是最高贵的,你是最微贱的。我要你。我爱你。来吧。”

第四卷

地下刑室

第一章　圣格温普兰的诱惑

有一种火焰对黑暗不产生任何影响;另一种火焰能使火山爆发。

有些星星之火是能够燎原的。

格温普兰把那封信读一遍,又再读一遍。信上的确有这句话:“我爱你!”

一连串的恐怖陆续在他的心上产生。

第一个恐怖是他相信自己疯了。

他疯了,这是毫无疑问的,他刚才看见的一切并不存在,可怜的人被微光中的幻影作弄了,那个穿红衣的矮小男子只不过是光线造成的幻象。有时,在夜间,虚无会凝结为火焰来嘲弄我们。嘲弄完毕以后,幻象消失,留下变成了疯子的格温普兰。黑暗往往干这种事。

第二个恐怖是他证实了自己的理智十分健全。

幻象吗?不。如果是幻象,这封信呢?他的手中不是有一封信吗?这儿难道不是有信封,封蜡,信纸和字吗?难道他不知道这封信是谁叫送来的吗?在这件怪事里,没有什么不明不白的地方。写信的人拿了笔和墨水,把信写好;然后点着一根蜡烛,拿蜡来封了信口。难道他的名字没有写在信上吗?“给　格温普兰”。这张信纸有香味。这一切都是十分清楚的。那个矮小男子,格温普兰认识他。这个矮子是一个侍童。他身上的红光是一件制服。这个侍童约好格温普兰明天这时候在伦敦桥的入口处相会。难道伦敦桥也是幻象吗?不,不,这一切都很实在。其中没有什么疯狂的东西,一切都是事实,格温普兰的神智十分清醒。这并不是一些荒唐怪诞的东西在出现以后马上在他的头上分解,而且消失得无影无踪;这是他确实遇到的事。不,格温普兰并没有发疯。格温普兰并不是在梦中。他把那封信又再读一遍。

那么,是真的了。应该下个什么结论呢?

结论是:这是一件惊人的事。

有一个女人想要他。

一个女人想要他！这样一来,以后任何人都不应再使用“不可相信的”这一类形容词了。一个女人想要他！一个看见过他的面孔的女人！一个眼睛没有瞎的女人！这个女人是个什么人？是个丑鬼吗？不,是个美人。是个吉卜赛女人吗？不,是个女公爵。

这里面包含着什么意思呢？这一切应该作何解释呢？这样一种胜利是多大的危险啊！可是又怎能够控制自己不飞似的冲上前去呢？

怎么！是这个女人！这个海妖,幽灵,贵妇,幻象似的包厢里的女看客,黑夜里的亮光！因为这是她,的确是她。

他的身内到处燃烧着火焰。原来是这个古怪的陌生女人！就是曾经扰乱过他的心绪的那个女人！他最初为这个女人而产生的纷乱思想又出现了,就像被罪恶之火重新燃烧起来一样。遗忘其实是削去旧字而另外写上新字的羊皮纸。只要发生意外事件,所有削去的字又在惊异的记忆力里重现了。格温普兰以为早已把这个形象消除出自己的心灵以外,可是他在心灵里又找到了她,她已经印在他的心灵里,铭刻在他的不知不觉中作过犯罪的梦的脑子里。他自己虽然不知道,可是梦幻所刻画的深深的纹路入肉很深。现在已经出现了某种恶果。这个梦想的恶果也许以后是不可弥补的,但是他热烈地重新抓住这个梦想。

怎么！有人想要他！公主走下了皇座,神像走下了祭坛,雕像走下了台座,精灵走下了云端！怎么！“妄想”居然从不可能的深渊走到世间来！怎么！这个天神,这个发光的人物,这个浑身挂满宝石的海之女神,这个不可接近的崇高的美人,从她的光辉的悬崖的顶端,对格温普兰俯下身来！怎么！她驾着黎明之车,由龙和凤为她拉车,她居然在格温普兰的头上把车子停下来,对格温普兰说:“来吧！”怎么！他,格温普兰,居然获得这样可怕的光荣,成为最高的天国下降的原因！这个女人——假使我们能够把这样一个天仙称为女人的话——这个女人居然自己提出,自己献身,自己来兜揽他！真是叫人难以相信！女神居然卖淫！卖给谁？卖给他,格温普兰！一个高等妓女在圆光中张开双臂要把他紧抱在女神的胸怀里！而且这样做不会玷污她的身份。这些高贵的人物是不会玷污的，天神们有光线来洗涤他们，这个献身给他的女神知道她自己在做着什么事，她并不是不知道格温普兰是丑鬼的化身，她看见过格温普兰的容貌，这个容貌并没有吓退她，格温普兰居然被爱上了！

这是超越一切梦想的事，他为着他的容貌而被人爱上了。他的容貌没有吓退女神，相反，却吸引了她！格温普兰不仅被爱上了，还被渴想着。他不仅是被接纳，还被选中了。他，被选中了！

怎么！这个女人居住在帝王的圈子里，在不负任何责任的光辉环境中，有充分的意志自由，那里有亲王们，她可以选择一个亲王；那里有爵士们，她可以选择一个爵士；那里有漂亮、可爱、高贵的男人们，她可以选择一个美男子。可是她选择的是谁？是一个格纳福隆①！她在流星和雷电中可以选择一个宏伟的六翼天使，可是她选择了在烂泥里爬行的一条小虫。一方面是亲王们和贵族们，无限伟大、富丽和光荣，另一方面是一个江湖卖艺人。江湖卖艺人居然获得了胜利！在这个女人心中的天平是怎样的一种天平呀？她用什么量器来衡量她自己的爱情呀？这个女人把自己头上的女公爵王冠脱下来，扔在一个小丑的戏台下面！这个女人把自己头上的光轮摘下来，放在一个土地神的头发蓬松的脑袋上！这真是世界颠倒了，天空上蚁集着昆虫，地下布满着群星，倾泻下来的光线吞没了昏乱的格温普兰，使他在阴沟里也有一圈光轮。一个有权有势的女人，背叛了自己的美丽和光荣，献身给一个微贱的奴隶，宁愿要格温普兰，不要安蒂诺奥斯②；被过分的好奇心驱使，她走进了黑暗中，而且一直落下去。由于这个女神的让位，贱民登上了宝座。“你是怪物。我爱你。”这两句话打中了格温普兰的自尊心的最丑恶地方。自尊心是一切英雄的弱点。格温普兰由于容貌丑陋而产生的虚荣心得到了满足。他是因为貌丑才被爱上的。他也是与众不同的，也许和朱庇特以及阿波罗一样，或者更超过他们。他觉得自己是一个超人，他的过分丑怪使他成了天神。这是可怕的叫人晕眩的怪事！

---

① 格纳福隆，是法国木偶戏中的一个著名小丑。

② 安蒂诺奥斯（Antinoüs），古代小亚细亚地方著名的美男子。

现在，这个女人到底是谁呢？他对她知道些什么呢？知道一切，同时一切都不知道。她是一个女公爵，他是知道的；他也知道她是美丽的，她是有钱的，她有穿号衣的马夫，仆从，侍童，以及拿着火把跟在她的有王徽的马车后面奔走的侍卫。他知道她爱上了他，或者最低限度她对他说她爱上了他。其余的一切他就不知道了。他知道她的街头，却不知道她的姓名。他知道她的思想，却不知道她的生活。她是有夫之妇，寡妇，还是处女呢？她是自由身体吗？她受任何义务所束缚吗？她是属于什么家族的呢？她的身边有陷阱，阴谋，危险吗？什么是上层有闲阶级的放荡生活；在这些人类社会的高峰上有些洞穴，里面有野蛮的妖女在作梦想，她们身边乱七八糟地堆满已经被吞噬掉的爱人的白骨；一个自认为超出于男人之上的女人，由于要解闷而能够进行多么悲惨的无耻尝试，这一切，格温普兰是不知道的。他甚至连猜测都没有猜测过，生活在社会底层的人们是见闻不广的。可是他看见了暗影。他觉得这一切亮光都是黑暗的。他懂吗？他不懂。他能够猜出来吗？更不能。在这封信的背后是什么呢？是开了两扇门的进口，同时这两扇门却令人不安地关闭着的。一方面是自白，另一方面是哑谜。

自白和哑谜这两张嘴，一张挑逗着，另一张威胁着，两张嘴都说着同一句话："你敢！"

恶毒的背信弃义，从来没有像这一次有这样的条件能够萌生出来，诱惑的时机又是那么适时。被春天和苏生的万物扰乱心绪的格温普兰，正在梦想着女性的肉体。那个我们没有一个人能够战胜永远扑不灭的要求，在这个二十四岁还没有结婚的老少年身上觉醒起来。就是在这时候，在危机最严重的时刻，诱惑来了，女首狮身像的裸露的胸脯，光辉地呈现在他眼前。青春其实是一段斜坡。格温普兰俯下身子，有人在后面推他一把。是谁呢？是季节。是谁呢？是黑夜。是谁呢？是这个女人。假使没有四月，人们就更加有德行了。正在发芽生长的花朵，都是帮凶！爱情是窃贼，春天是窝赃者。

格温普兰觉得昏昏然，烦乱到极点。

在犯罪之先，往往出现一种罪恶之烟，这种烟是良心所不能呼吸的。受了诱惑的道德有了地狱那种昏暗的臭味。张开大嘴的地狱发出一种臭气,这种臭气使坚强的人警惕起来,使懦弱的人头晕眼花。格温普兰就有这种神秘的不适感觉。

既容易消逝又十分固执的矛盾,在他的面前飘荡。不断地向他进攻的罪恶,已经逐渐成熟。第二天,半夜,伦敦桥,侍童!他去吗?“去的!”——肉体叫喊。“不去!”——灵魂叫喊。

不过,他并没有清晰地向自己提出过“能去吗?”这句问话,连一次也没有。这样初看起来似乎是十分奇怪的事。其实可谴责的行为是有一些隐藏处所的。它们像过分猛烈的烧酒一样,你不能够一口把酒喝下去。你把酒杯放下来,歇一会儿再说,但最初尝试的一滴味道已经是异乎寻常的了。

有一点是肯定的,那就是他觉得有人在背后把他推向不可知的深渊。

他战栗了。他仿佛看见了崩溃的悬崖边沿。他赶紧向后退缩,恐怖又从四面八方把他包围。他闭上了眼睛。他努力否认这件怪事曾经发生,他想说服自己来怀疑自己理智的健全。显然,这是最好的办法。他的最聪明的做法就是相信自己已经疯了。

他发着致命的寒热。任何人在人生中遇到意外事件都会有悲惨的心悸。哲学家往往不安地倾听着命运的撞门槌阴惨地撞着良心的大门。

啊!格温普兰自己向自己提出了问题。在责任十分明确的时候,自己向自己提出了问题,实际上已经是失败了。

此外,有一点需要附带说明:这件无耻的怪事也许能够使一个堕落的人震惊,可是他却丝毫没有认识到这件事的无耻。他不知道什么叫做犬儒主义。我们在上面所指出的卖淫行为等等,他是没有这些观念的。他没有理解这些观念的能力。他太纯洁了,不可能想象到比较复杂的事。在这个女人身上,他所看见的只是伟大。唉!他的虚荣心得到了满足。他认为自己是胜利了。他过分天真,不可能想象他只是一件无耻行为的目标,而不是受人恋爱的对象。在“我爱你”的旁边,他没有看见这句可怕的更正:“我需要你的肉体”。

他没有注意到女神的兽性的一面。

心灵能够遭受侵略。灵魂也有跑来败坏我们的道德的坏思想。千千万万反面的思想一个接着一个向格温普兰进攻,有时一齐冲过来。然后一切复归静寂。于是他用双手抱着头,阴郁地凝着神,仿佛一个人在凝视着一幕夜景。

突然间,他发觉了一件事,那就是他再也不在思想。他的梦想已经到达了结束阶段,一切都消失在黑暗中。

他也发觉他自己还留在外边没有回家。那时大概已经是深夜两点钟。

他把侍童送给他的信放在旁边的衣袋里,可是发觉这样一来那封信正好在他的心胸上,他把信再从衣袋里拿出来,揉成一团,随便塞在他的长筒袜的一个口袋里,然后向客店走回去。他轻手轻脚地走进客店,注意不惊醒那个等待他回来的小葛维堪姆。葛维堪姆因为等久了,用两条臂膀当枕头,伏在桌子上打瞌睡。格温普兰关上门,在客店的灯火上点着了一根蜡烛,闩上门闩,锁上锁,不自觉地像一个迟归的人那样蹑手蹑脚,走上了“绿房子”的楼梯,轻轻地走进了旧车厢,这个旧车厢就算是他的房间。他望了望睡着了的“熊”,吹熄了蜡烛,可是没有躺下去。

一个钟头就这样过去了。最后,他感觉疲倦,认为上床就是睡眠,就把头搁在枕头上,可是并没有脱衣服;为了对黑暗让步,他闭上了眼睛。可是袭击着他的感情的风暴没有停息过一分钟,失眠是黑夜对人的一种虐待,格温普兰觉得十分难受。生平第一次,他对自己感到不满意。他的内心痛苦和他的虚荣心的满足混合在一起。怎么办呢?天亮了。他听见“熊”起床,他没有张开眼皮。实际上他的心灵并没有得到休息。他在想着那封信。信上的每一个字杂乱无章地回到他的脑子里来。心灵内部刮着飓风的时候,思想就变成了水流。思想水流激动地涌进来,掀起高潮,发出类似浪涛怒吼的声音。涨潮,退潮,突然的冲击,漩涡,波浪在礁石前面犹豫不前,下雹子,下雨,云层上有空隙,光线从空隙中漏下来,无用的泡沫可怜地飞散,疯狂的高潮突然又倒下来,四面八方都出现了沉船的景象,这一切原来是深海上的现象,也在人的身上发生。格温普兰正在遭受这种风暴的袭击。

他轻手轻脚地走进客店，注意不惊醒那个等待他回来的小葛维堪姆。

在痛苦的最高潮,他还闭着眼皮,突然间他听见了一个甜蜜的声音说:"你睡着吗,格温普兰?"他吃惊地睁开了眼睛,欠起身子坐了起来,房门半开着,"女神"站在门口。她的眼睛和嘴唇上都带着她的那种难以形容的笑容。她非常可爱地站在那里,态度宁静安详,并没有意识到她自己的光辉照人。当时出现了神圣的片刻。格温普兰凝视着她,战栗,晕眩,清醒过来。从什么情况下清醒过来?从睡眠吗?不,从失眠中清醒过来。那是她,那是"女神";突然间,他觉得在他的内心深处暴风雨无可形容地消失了,善庄严地战胜了恶;天上的眼光投射下来的奇迹出现了,那个发着光辉的温柔的盲女,不必作其他努力,只要她亲自到场,就驱散了他的阴霾;他的心灵上的云幕仿佛被一只看不见的手拉开了;格温普兰的良心上重新出现了蔚蓝的天空,似乎天神使了法术。靠着这个天使的力量,他突然间又变成那个善良、纯洁和高大的格温普兰。灵魂就像宇宙一样,往往有这种神秘的相会;他们俩都不做声,她是光明,他是深渊;她像天使似的,他已经平静下来;在格温普兰的刮着风暴的心灵上面,"女神"像海上的星星似的,难以形容地在上面发射着光辉。

第二章　从欢笑到沉重

奇迹出现多么简单啊！那时正是“绿房子”进早餐的时候，“女神”到这儿来只不过是想知道格温普兰为什么不到餐桌上来。

“你！”格温普兰叫了一声，一切都包括在这个“你！”里面。他再也看不到别的世界，别的景象，只看见“女神”在天空中。

有谁如果没有看见过风暴过后的海的微笑，就不能够理解这种平静下来的心情。深渊是最容易平静的，因为深渊能够埋葬一切，人的心灵也是一样。可是，也有例外。

“女神”一出现，格温普兰身内的光辉都跑了出来而且向她投去，眼花缭乱的格温普兰身后幽灵在逃走。爱情是多么伟大的和平使者啊！

过了几分钟，他们俩面对面地坐在早餐桌上，“熊”在他们中间，“人”在他们脚下。茶壶在桌子上，茶壶下面有一盏小灯在燃烧着。菲比和维诺丝在外面张罗侍候他们。

早餐和晚餐一样，是在中间的房间里吃的。按照那张狭小的桌子的摆法，“女神”的背向着隔板的玻璃窗，再过去就是“绿房子”的大门。

他们的膝盖碰着膝盖。格温普兰给“女神”倒茶。

“女神”很优雅地吹着茶杯。突然间她打了一个喷嚏。这时候小灯的火焰上飘起一股烟雾向四面发散，同时有一张已经烧成灰烬的纸片落下来。就是那股烟雾使“女神”打喷嚏。

“什么事？”她问。

“没有什么。”格温普兰回答。

他微笑起来。

他刚烧掉女公爵给他的信。

被爱的女人的守护天使，就是爱她的男子的良心。

少了这封信，他觉得特别轻松；格温普兰感觉到自己的忠诚，正如雄鹰感觉到自己的双翼一样。

他似乎觉得诱惑已经随着那股烟雾飘去，女公爵已经和那封信同时化为灰烬。

他们把茶杯混杂起来使用，两个人挨次在同一只杯子里喝茶，他们边喝茶边谈话。他们的谈话是恋人的唠叨，是麻雀的啁啾。谈话的内容天真幼稚，可以作为童话的内容，也可以给荷马歌颂。两颗相爱的心并不需要到远处去寻求诗歌；两只接吻的嘴互相交谈，并不需要到远处去寻求音乐。

"有一件事你知道吗？"

"不知道。"

"格温普兰，我做梦，梦见我们俩都是禽兽，我们还有翅膀。"

"有翅膀，那就是鸟呀。"格温普兰喃喃地说。

"两个蠢材，那就是天使呀。""熊"嘀咕着说。

"假使没有你的话，格温普兰……"

"怎么样？"

"那么仁慈的上帝也不存在。"

"茶太热了。你会烫着嘴的，'女神'。"

"给我吹一吹茶杯。"

"今天早上你真美啊！"

"你知道我有许多事情要告诉你。"

"说吧。"

"我爱你！"

"我也爱你！"

"熊"私自说：

"我的天，他们真是老实人。"

对于恋人，最甜蜜的是相对默默无言的时刻。他们仿佛在这些时刻中把爱情堆积起来，然后轻轻地爆发。

沉默了一阵之后，"女神"叫起来：

"你真不知道！每天晚上我们演出，我的手碰到你的前额的时候——啊！你有一颗高贵的头颅，格温普兰！——我觉得手指碰到你的头发的时候，我就战栗起来，我像在天堂那么快乐，我对自己说：在这个围绕着我的黑暗世界中，在这个荒凉的宇宙中，在我所站立的广漠而又昏暗的废墟中，在为自己和为一切而恐惧地战栗中，我有一个支柱，这个支柱就在这儿。就是他。——就是你。"

"啊！你爱我，"格温普兰说，"我也一样，在这世界上我只爱你一个。你就是我的一切，'女神'，你要我干什么？你想有什么东西吗？你需要什么？"

"女神"回答：

"我不知道，我很幸福。"

"啊！"格温普兰说，"我们很幸福！"

"熊"抬高了嗓音严厉地说：

"哼！你们很幸福。这是犯法的，我早已警告过你们。啊！你们很幸福！既是这样你们就要想办法不要让人看见你们。尽可能不要占据太多的地方，幸福应该隐藏在洞子里。假使你们能够的话，把自己缩得比现在更小。上帝是按照幸福的人的渺小程度去衡量幸福大到什么程度的，满足的人应该像罪犯一样躲藏起来。啊！你们放射光芒，你们是会发光的萤火虫，人家看见了就会踏你们一脚，他们做得对。你们这样谈情说爱到底是什么意思？我不是一个保姆，保姆的责任才是监视着年轻的恋人们调情。你们终于使我厌烦死了！你们都去见鬼吧！"

他自己觉得自己的声调已经从粗暴而逐渐转变为温柔，就用长长的一下咕噜声淹没了自己的感情。

"父亲，""女神"说，"你的责骂真粗暴呀！"

"因为我不愿意别人太幸福。""熊"回答。

这时候"人"响应了"熊"一声。只听见一对恋人的脚下发出了一下低沉的咆哮声。

"熊"俯下身子用手抚摸"人"的脑袋。

"对了，你也发了脾气。你也开口骂了，你的狼脑袋上每根毛发都竖立起来，你也不喜欢谈情说爱，这是因为你很明智。虽然如此，你也不要再做声了。你已经发了言，提出过你的意见，好了，现在要沉默了。”

那狼继续嗥了一声。

“熊”望着桌子下面的狼。

“别响，‘人’！喂，哲学家，不要再固执了！”

可是那狼站了起来，向着大门那边露出了牙齿。

“你怎么了？”“熊”问。

他一把抓住“人”的颈皮。

“女神”没有注意那狼的咆哮声，她完全沉溺在自己的默想中，心内细细回味格温普兰说话的声调，并没有做声。她所处的状态是盲人专有的心醉神迷状态；在这种状态中，盲人似乎听见了心内的歌声，一种难以形容的理想音乐代替了他们所缺乏的光明，盲目状态有如在地道中，可以听见不朽音乐的低沉乐声。

“熊”低下头来喝止“人”的时候，格温普兰抬起了眼睛。

他刚拿起茶杯要喝茶，可是没有喝；他慢慢地把茶杯放在桌子上，那动作就仿佛发条放松开来一样。他的手指继续张开，他一动不动，眼睛呆滞，呼吸仿佛也停止了。

有一个汉子站在“女神”背后，堵住了门框。

这个汉子穿着黑衣服，衣服上有头兜，戴着一直压到眉梢的假发，他的手上拿着一根铁棒，两头都雕刻着皇冠。

这根铁棒又短又粗。

他的出现仿佛蛇发女怪把头从乐园的树枝中伸出来一样。

“熊”已经觉得有人走了进来，他没有放松抓紧“人”的手，同时把头抬起来，他认出了这个可怕的人物。

他从头到脚哆嗦起来。

他凑近格温普兰的耳朵低声说：

“他就是执达吏。”

格温普兰记起来了。

他几乎要发出惊喊声，可是他抑制住了。

那根两头有皇冠的铁棒就是铁武器，城市司法官员在上任的时候要在铁武器上宣誓，英国从前警察官署执达吏的权柄，就从这个铁武器上发展来的。

在这个戴假发的汉子背后,隐隐约约可以看见暗影里站着惊呆了的客店主人。

那个汉子一句话也不说,这样就完全体现了古代法典上所说的"沉默的司法女神"这个称号,他把右臂从光辉照人的"女神"头上伸下来,用铁棒碰了碰格温普兰的肩头,同时用左手拇指向后面"绿房子"的大门指了指。这双重手势的意思是:"跟我来。"由于是在完全的沉默中做的,愈发显得这双重手势的专横。

诺曼底的法典类集里记载着:"拿出标记以后,站起来,跟着他。"①

被铁武器碰到的人,除了服从以外没有别的权利。对这个沉默的命令不可能有任何反驳。英国的严刑峻法对那些意图违抗的人是很大的威胁。

格温普兰受到法律的这种严厉接触,震了一震,然后像石像一样僵坐在那里动也不动。

假如不是受铁棒轻轻地碰一碰肩头,而是被铁棒猛烈地打击头部,他倒不会像现在这样惊得目瞪口呆。他发觉自己被传要跟随这个警局官员前去。为了什么原因呢?他不知道。

"熊"也陷入最痛苦的纷乱中,他却相当清楚地看出一些问题。他想起了他的同业竞争者那些卖艺人们和传教士们,想起了"绿房子"遭到检举,想起了违反禁令的狼,想起了他自己和主教们的那三个判官的一场交道,还有——谁知道呢?——还有最可怕的就是格温普兰关于王朝的不适当而且带有叛乱性的言论。他深深地战栗起来。

"女神"微笑着。

格温普兰和"熊"都没有做声。他们俩有同一种思想:不要叫"女神"忧心。也许那狼也有同样的思想,因为它也不咆哮了。事实上"熊"也没有放松抓住它。

不过,"人"有时是懂得谨慎小心的。谁都见过动物也懂得焦虑的。

---

① 这句话原文是拉丁文。

也许，在一只狼对人所能够理解的限度内，它觉得自己是一个不受法律保护的动物。

格温普兰站了起来。

格温普兰知道，任何反抗都是不可能的，他记起了“熊”的话，任何问题也没有提出。

他动也不动地站在执达吏面前。

执达吏把铁棒从他的肩膀上收回来，把铁棒笔直地拿着，这就是警官指挥的姿势，当时的人民个个都懂得这个姿势的意义，这个姿势包含着下述命令：

“这个人跟着我走，而不是别的人。你们都保留在原来地方。不要做声。”

不准许有好奇的人追随观看。在任何时代，警察都特别喜欢采用这一类的拘捕办法。

这一类拘捕当时被称为“人身扣押”。

执达吏像一具能够依着枢轴旋转的机器，一下子就转了一个身，用威武而严肃的步伐向“绿房子”的大门走去。

格温普兰望了望“熊”。

“熊”耸了耸肩膀，摊开双手，把眼眉皱成八字形，意思是说：“服从这个陌生人的命令。”

格温普兰望了望“女神”。她在沉思。她的脸上继续露出微微的笑容。

格温普兰把指尖凑近嘴唇，给她送去一个无可形容的飞吻。

执达吏背转了身，使“熊”的恐怖减轻了不少，他抓住这个机会在格温普兰的耳边低声说：

“关于你的生平，如果不是人家问你就不要说出来。”

格温普兰像在病人的房间似的，轻手蹑脚地从板壁上把帽子和斗篷拿下来，把斗篷披上，一直遮到眼睛，把帽子拉下来遮住前额。由于没有睡过觉，他仍然穿着工作服，脖子上套着皮背心。他再一次望着“女神”。执达吏已经走到“绿房子”的门口，举起他的铁棒，正在开始走下那条小小的楼梯；于是格温普兰也开步走，仿佛前面的汉子用一根看不见的链条在扯着他似的。“熊”望着格温普兰走出“绿房子”。这时候，那狼发出了一下不平的吼声，可是“熊”喝止了它，“熊”低声对它说：“他会回来的。”

在院子里，尼克莱斯老板用一下卑屈而专横的手势制止了维诺丝和菲比的惊叫；她们俩满心悲痛地望着被带走的格温普兰，也望着穿黑色丧服和手执铁棒的执达吏。

这两个姑娘仿佛变成了石像；她们的姿态像钟乳石似的。

葛维堪姆也惊呆了，睁大着眼睛在一扇半开着的玻璃窗里张望。

执达吏在格温普兰前面走着，双方相距几步远，他并没有回过头来望格温普兰，他的神态是冰冷冷地宁静的，因为他确信自己代表法律。

他们两人在坟墓似的静寂中走过院子，穿过酒吧间的幽暗的大厅，一直走到广场上。客店门前围聚了几个路人，还有一队由治安法官率领的警察。好奇的路人十分惊愕，一句话也不说，以英国人在警察的警棍前面特有的纪律性向两边分开让路，站在旁边。执达吏向一条小路的方向走去，这条小路沿着泰晤士河畔，当时名为“河滨小路”。格温普兰的左右两边是两排警察，像两排篱笆似的，他的脸色苍白，除了走路以外没有别的动作，披着斗篷像披着一件尸衣似的，慢慢地离开客店，一言不发地跟着那个沉默的汉子走着，仿佛一尊石像跟着一个幽灵。

第三章 “法律,国王,渣滓”[①]

不声明理由的逮捕,在今天可能使一个英国人十分惊异,在当时却是大不列颠境内经常应用的治安程序。尽管颁布了“人身保护法”,可是一直到乔治二世朝代,这种程序仍然在应用,尤其是对那些比较微妙的案件,在法国要由国王颁发逮捕状的案件;华尔坡尔[②]所受的控告中,有一条罪状是说他曾经采用或者曾经同意采用这种程序去逮捕奈哈夫。这个控告大概是没有根据的,因为科西嘉国王奈哈夫是被他的债权人们拘禁的。

一声不响地逮捕人,是德国的圣伏赫姆经常使用的方法。英国的古老法律有一半是受日耳曼习惯法支配的,日耳曼习惯法准许一声不响地逮捕人;另一半是受诺曼底人习惯法支配的,诺曼底人习惯法赞成在某些案件中采取这种程序。罗马皇帝优斯典尼恩的宫廷治安长被称为“御前沉默官”[③]。执行这种程序的英国官吏引用许多诺曼底人法律条文来作依据:“狗吠,官员不做声。”——“官员到来以后,就等于传唤。”[④]他们还引用伦道夫斯·萨加克斯法典第十六节:“他们沉默地发布命令。”[⑤]他们又引用一三〇七年菲力浦国王的宪章:“时常拿着棒子的官员用不着说话就表示了意思。”他们又引用英国国王亨利一世的法典第五十三章:“拿出法律的标志,不要说话,这才真正是国王逮捕人的办法[⑥]。”他们尤其喜欢利用下述一段规定,这段规定被视为英国古代封建特权的一部分:“子爵之下有持剑的官员,他们应该正义地

---

① 原文是拉丁文。

② 见220页注②。

③ 原文是拉丁文。

④⑤ 原文均系拉丁文。

⑥ 这一节里的引文都是拉丁文。

用剑来审判那些与坏人交往的人、犯罪的人、逃亡及窃盗的人……而且应该十分严厉和十分秘密地逮捕这些人,使得和平的善人能够保持安静,而作恶的人感到极度恐惧。"在这样的方式下被捕,就是"被持着剑来逮捕"(《诺曼底人旧习惯法》,手稿第一部,第一卷,第二章)。此外,这些法律家还引用"鲁道维西·亨脱尼宪章关于诺曼底人法律"中的"持剑警官"①一章。"持剑警官"的原文是"servientes spathæ",后来在普通拉丁文和法国成语中逐渐变成了"sergentes spadæ"。

不做声的逮捕是"喊叫逮捕"的反面,这种逮捕表示:在某些疑点没有弄清楚以前,最合适的办法是不要声张。

这种逮捕表示:不要提出问题。

这种逮捕表示:在警察的行动中,包含某些国家利益在内。

法律上的所谓"不公开审判",即"禁止旁听",可以适用这种逮捕程序。

据某些编年史家的说法,爱德华三世就是用这种逮捕方法,在他的母亲"法国的伊莎倍拉"的床上,逮捕了莫蒂美尔的。这件事值得怀疑,因为莫蒂美尔是在他的城里抵抗包围以后才被捕获的。

华尔威克,这位国王制造者,很喜欢使用这种"引人上钩"的方法。

克伦威尔也使用这种方法,尤其是在爱尔兰的康脑脱省在基尔玛考夫逮捕奥尔蒙伯爵的亲戚特拉里—阿克罗,就是小心地采用这种不做声的保密办法的。

这种仅仅用司法界习惯的手势来逮捕人的办法,其实只代表传票的作用,而不代表逮捕状的作用。

有时这种办法只是一种调查程序,由于禁止周围的人们开口,对被捕的人甚至是一种照顾。

老百姓却不能领会这种微妙的分别,他们认为这是一种特别可怕的办法。

我们不应该忘记,一七〇五年甚至更后一些时期的英国,和我们今天的英国是大不相同的。整个英国的组织制度十分混乱,而且有时是

① 原文是拉丁文。

极端专制的;曾经尝过颈手枷味道的丹尼尔·笛福,在他的著作里曾经用这样的话来形容英国的社会秩序:“法律的铁手。”其实不仅有法律,还有专断。我们只要回忆一下斯蒂勒被逐出议会;洛克被赶下讲坛;霍布士和吉朋被迫逃亡;查尔斯·邱吉尔,休谟,普列思特黎受到迫害;约翰·威尔克斯被关禁在伦敦塔,就够了。假如把文字狱的受害者写下来,名单就十分长了。宗教裁判制度几乎侵入到整个欧洲,这个制度下的治安程序也成了一家学派。在英国,野蛮地侵犯全部人权是可能的,我们只要回忆“披甲报人”事件就得了。甚至在十八世纪中叶,路易十五还下令在毕加弟里逮捕他所不喜欢的作家。乔治二世也把手伸到法国来,在歌剧院的大厅里堂而皇之地逮捕英国王位的觊觎者,他们的手臂都很长;法国国王的手臂一直伸到伦敦;英国国王的手臂一直伸到巴黎。这就是当时的自由。

必须补充的是,当时在监狱内部可以随意把犯人处死;使用的办法是用刑讯加上变戏法似的使犯人失踪;这是丑恶的手段。今天的英国又恢复使用这种手段,这样就给了全世界一种奇特的景象:一个伟大的民族,想大力改良,却选择了最坏的方法;这个民族的面前一方面摆着过去,另一方面摆着进步,它却弄错了面貌,把黑夜当成了白日。

第四章 “熊”侦探着警察

我们在上面说过，根据英国当时十分严厉的治安法令，一个人被传唤跟着执达吏走，其余在场的人一律不许行动。

可是有几个好奇的人相当顽固，竟然远远地追随着带走格温普兰的那一队人。

“熊”也是其中一个。

“熊”的惊吓简直到了目瞪口呆的程度。可是“熊”在流浪生涯中曾经受过多次意外事件的打击，曾经遇到过意料不到的困难，使得他像一艘战舰一般，备有警钟，可以随时召唤全体船员准备战斗，换句话说，就是他能够把他的全部智慧动员起来投入战斗。

他很快地摆脱了目瞪口呆的状态，开始思索起来。现在不是悲伤的时候，应该站起来面对现实。

站起来应付这个意外事件，这是任何不是蠢材的人的责任。

不要思索这是怎么一回事，最要紧的是行动起来，而且要马上行动。“熊”在自己问自己。

他应该怎样办呢？

格温普兰走了以后，“熊”发觉自己处在两种恐惧中：一方面为格温普兰而恐惧，很想跟去看个究竟；另一方面为他自己而恐惧，很想留下来不动。

“熊”具有苍蝇的大胆，含羞草的迟钝感觉。他的战栗是难以形容的。可是他勇敢地拿定了主意，决定不顾法律的规定，跟随着警察们走去，因为他十分担心格温普兰的命运。

他一定是恐惧得十分厉害才能产生这么大的勇气。

恐怖能够驱使一只兔子去做多么勇敢的事啊！

羚羊在狂乱的时候能跳过深渊。害怕到变成不谨慎，这是恐惧的一种形式。

格温普兰与其说是被逮捕，不如说是被绑走。警察的行动进行得那么迅速，市集的广场没有受到什么惊扰，那时候又是早上，人也比较稀少。塔林索草地上的卖艺车子里，没有一个人想到执达吏会来带走了“笑面人”。因此，看热闹的人很少。

格温普兰靠着他的斗篷和帽子，使过路人都认他不出。他的斗篷和帽子差不多在他的脸上接拢了。

“熊”在跟随格温普兰以前，作了小心的防范。他把尼克莱斯老板和侍役葛维堪姆，菲比和维诺丝几个人叫在一边，关照他们对“女神”要绝对保持沉默，“女神”还不知道已发生的事情；大家小心不要在她的面前露出口风，以免引起她的怀疑；要对她解释，格温普兰和“熊”的不在，是为着“绿房子”的业务要处理；“女神”不久就要睡中觉，在她醒来以前，他和格温普兰都能回来了，因为这次事件完全是误会，是英国人所说的“弄错了”；格温普兰和他很容易就能够对法官和警察解释清楚；使他们知道他们抓错了人，他们两人不要片刻就能回来。任何人都不要对“女神”说什么，这是最重要的。吩咐完毕以后，他走了。

“熊”能够追随着格温普兰而不被人发觉。虽然他尽可能保持着极远的距离，他总设法不使格温普兰一队人走出他的视线以外。在埋伏中极度大胆，就是懦怯者的勇敢的表现。

不管怎样，逮捕的情况虽然很严重，也许格温普兰只不过是被治安法官传讯，为着一件并不严重的违警案件而已。

“熊”对自己说：这个疑问马上就能得到解答。

答案甚至马上会在他的眼前出现，因为带走格温普兰的一队人快要到达塔林索草场的边沿，他们就要走到河滨小路的路口。他们向什么方向转弯，就是疑问的答案。

假如他们向左转，那就是他们把格温普兰带到扫斯华克的市政府里。这样并没有什么可怕，只不过是一件微不足道的行政案件，受行政长官训斥一顿，处罚两三个先令，然后格温普兰就被释放，晚上《战胜了混沌》还能够照常演出。谁也不会知道发生过什么事。

假如他们向右转，情况就严重了。

右边有可怕的地方。

等到率领着两排警察把格温普兰夹在当中走着的执达吏走到小路入口处的时候,“熊”呼吸迫促地注视着他们。有些时刻整整一个人完全集中到两只眼睛里,现在就是这种时刻。

他们向哪一个方向转弯呢?

他们向右转。

“熊”吃惊得站也站不稳,赶快倚在墙上以防跌倒。

我们有时对自己说:“我想把事情弄清楚。”这句话是最虚伪不过的了。实际上,我们一点也不想把事情弄清楚。我们对可能发生的事十分害怕。除了忧虑以外,还暗中尽力避免下结论。我们不肯率直承认,可是假使我们能够的话,我们会向后退缩;如果我们前进了,我们会自己谴责自己。

这就是当时“熊”的做法。他战栗着想:

“事情糟了,我不应该这么早就发觉这件事。现在我跟着格温普兰干什么?”

想是这样想,由于人是矛盾的动物,他反而加紧脚步,控制住自己的忧虑,赶上前去,以便靠近那队人,免得在扫斯华克的迷宫似的小路中,失掉了追踪格温普兰的线索。

那队警察由于行动庄严的缘故,不能快走。

执达吏领头。

治安法官殿后。

这样的排列次序不得不走得慢点。

一个司法小吏身上可能有的庄严华丽,完全在这个治安法官的身上表露出来。他的服装介于牛津音乐博士的耀眼袍子和剑桥神学博士的黑色僧服之间。他穿着绅士服装,外罩黑色长斗篷,斗篷上镶着挪威兔皮。他是一半野蛮一半现代化的,他有拉摩瓦侬的假发和隐士特利斯当的前宽后窄袖子。他的又圆又大的眼睛像猫头鹰那样注视着格温普兰。他的步伐很有节奏,再也找不到比他更凶猛的人了。

“熊”在七弯八转的小路中曾经一度走错了路,后来又在圣玛丽·奥弗一里教堂附近找到了那队人。幸喜这队人在教堂的院子里被孩子和狗打架阻挡了一阵,“熊”才找到了他们。孩子和狗打架是伦敦街道上经常发生的事,警局的老记录簿上记载:“狗与儿童”(dogs and boys),是把狗放在儿童的前面的。

警察把一个人带去见治安长官,说起来其实是一件十分寻常的事,每个人都有正经事要干,因此好奇的观众不久就散掉了。只剩下“熊”一个人跟在格温普兰的后面。

他们从两所面对面的礼拜堂中间走过,这两所礼拜堂分属于“娱乐信徒”和“阿利路亚会”两个教派,这两个教派到今天还存在。

然后他们一行人弯弯曲曲地从一条小路转到另一条小路,专门选择那些还没有筑好的路,长满野草的街和荒凉的胡同,兜来兜去。

最后他们停了下来。

他们到达的是一条非常狭小的胡同。除了进口处有两三间草房以外,没有别的房子。这条胡同是由两垛墙构成的,一垛在左边,很矮;另一垛在右边,很高。那垛高墙是黑色的,按照萨克逊的形式建造,墙上有枪眼,有炮眼,有大而方形的格子窗盖罩着狭窄的小窗洞。没有窗户,只是这里那里有些长条的裂缝,那是从前投石炮和投弹炮的炮眼。在这垛高墙下面,有一个椭圆形的十分矮小的边门,正如捕鼠器下面的小洞一样。

这个边门装在一块半圆形的笨重石头里面,门上有一个格子小窗,有一个粗重的敲门槌,一把大锁,有坚固而有节的枢铰,门上钉着数不清的钉子,这是一块油漆过的多层铜皮构成的门,与其说这扇门是木门,不如说是铁门更确切。

胡同里一个人也没有。既没有商店,也没有行人。可是听得见附近有连续不断的闹声,仿佛这条胡同的旁边有一条和它平行的急流。那是喧闹的人声和车马声。大概这座黑色建筑物的后面是一条大街,一定是扫斯华克的大马路,这条马路一头通到坎特伯雷,另一头接连伦敦桥。

整个胡同里面,除了包围着格温普兰的两排人以外,看不见有别的人,只有“熊”的苍白的侧影在墙角的暗影里半露出来,一边张望一边害怕。他在胡同的一个转弯角落后边站着。

那队警察聚集在那扇边门前面。

格温普兰站在当中,可是这时候执达吏已经拿着铁棍站在他的后面。

治安法官举起敲门槌,敲了三下。

边门上的小窗打开了。

治安法官说:

“奉女王陛下的命令。”

那扇沉重的镶铁橡木大门沿着枢铰旋转,露出了一个惨白和冷冰冰的入口,像一个山洞口一样。一条丑恶的拱廊一直伸展入黑暗中。

“熊”看见格温普兰在洞口里消失了。

第五章　丑恶的地方

执达吏跟着格温普兰走了进去。

然后是治安长官。

最后是全队警察。

边门又关上了。

那扇沉重的门又回过来天衣无缝地嵌进它的石头框子里，看不见谁把门打开，也看不见谁把门重新关上。门闩仿佛自动闩进洞孔里。这种自动化装置是古人发明用来威吓人的，到如今在某些十分古老的监狱里还保留着。人们看见门却看不见守门人。这样就使监狱的门和坟墓的门十分相似。

这扇边门就是扫斯华克监狱的小门。

这座破旧和粗糙的建筑物，完全和一座监狱特有的严酷外表相符。

最初是一座异教的庙宇，是古代英国民族的祖先为英国的古代神祇"摩恭"建造的，后来变成英王埃特留夫的宫殿，圣爱德华的堡垒，最后在一一九九年被"无地约翰"提升到监狱的地位，这就是扫斯华克监狱的全部历史。这座监狱最初被一条街从中切断，如同赛侬索被一条河流从中切断一样，因此在一两个世纪中这座监狱曾经是一座分隔市区和郊区的城门，后来那条街被墙拦断了。英国如今还遗留着好几座这一类的监狱：像伦敦的新门监狱，坎特伯雷的西门监狱，爱丁堡的圣典门监狱。在法国，巴士底监狱最初也是一座城门。

英国的所有监狱差不多都有同样的外表，外面是高墙，里面是蜂巢似的囚室。这种哥特式监狱是最悲惨不过的了，蜘蛛和司法当局都在里面张网，约翰・霍华德①的光明还没有射进去，所有这些监狱都像布

① 约翰・霍华德（John Howard，1726—1790），美国著名慈善家，他毕生的精力，都用在改良监狱的工作上。

一条丑恶的拱廊一直伸展入黑暗中。

鲁塞尔古代的地狱一般，可以称为“涕泣之家”。

在这些严酷和野蛮的建筑物前面，我们就会像古代水手在奴隶地狱前面感到同样的悲痛。所谓奴隶地狱就是普拉图斯所说的“铁链郎当之岛”[①]，水手们驶近了这些岛，就能听见铁链的郎当声。

扫斯华克监狱过去是驱邪祓魔和用刑的地方，因此初期专门用来禁闭巫师，边门上面一块磨损了的石头上刻着两句诗，可以证明这一点。这两句诗是：

在受魔鬼支使的人的身上，无数魔鬼都在活动。

但要叫一个人着了鬼迷，只需要一个小鬼附身。[②]

这两句诗确定了受魔鬼支使的人和小鬼附身的人两者之间的微妙分别。

在这两句诗的上头，有一把石梯钉在墙上，平贴着墙，这是重罪案件[③]的标志。这把石梯原来是木梯，后来埋藏在石化土内，才变成了石梯。埋藏的地方名叫阿斯普里—戈维士，在窝本恩修道院附近。

扫斯华克监狱今天已经拆毁了；过去它曾经是城门，是接连两条街的交通要道，因此改为监狱以后它也有前后两个门，面临两条街。面临大马路的是一个堂皇的大门，专供达官贵人出入；面临小胡同的是一个有小窗口的边门，供其余的人出入，也供死人出入，因为监狱里死了一个囚犯，尸首也是通过这扇门抬出来的。这也是一种解放，正如被释放一样。

死亡就是释放到宇宙里去。

刚才格温普兰是从那个边门走进监狱的。

那条胡同，我们在前面已经说过，只是一条铺了石子的小路，夹在面对面的两垛墙中间。在布鲁塞尔也有同样的一条胡同，称为“单人街”。两垛墙高低不一；高的墙是监狱，低的墙是坟场。那垛低墙并不超过一个人的高度，里面埋藏着监狱里的死人遗骸。墙上有一个门，几

---

① 原文是拉丁文。

② 原文是拉丁文，原书加注译成法文。

③ 重罪案件，指贵族领主有权宣判死刑的案件。

乎同监狱的边门正对面。死人只要越过街道就得了。沿着矮墙走上二十步,就进入了坟场。高墙上装着一架绞刑台,对面矮墙上雕刻着一个死人头颅。这两垛墙的任何一垛都不能够使对方的外表显得令人有一点喜悦。

第六章　且看从前的假发下面，有些什么样的长官

有谁如果在这时候张望一下监狱的正门，就能看见扫斯华克的大马路，同时也能看见监狱的高大的正门前面停着一辆旅行马车；这辆马车在今天可能称为轻便马车，当时在外表上就能认出是一辆旅行马车。有一群好奇的人围在这辆车子周围。车身上漆有纹章；有一位贵人从车子上下来，走进了监狱。“大概是一位法官吧。”旁观的人这样猜测。在英国，司法长官往往是贵族，而且差不多都享有使用纹章的特权。在法国，纹章和法官的袍子差不多是完全不相容的，圣西门公爵谈到法官时把他们称为：“这个阶级的平民。”在英国，担任法官职务不会损害贵族的身份。

英国有旅行法官，称为“巡回审判官”，把这辆马车认为是旅行法官所坐的车子，这是最简单不过的事。可是其中比较不简单的，就是那个被猜测为法官的人，不是从车厢里走下来，却是从前面的座位上走下来的，这种位子习惯上并不是主人坐的。还有另一个特点：那时候在英国旅行可以采取两种方法，一种是坐公共马车，每五英里一先令；另一种是骑驿马，每英里三便士，另外每过一个驿站要付四便士给马夫；一辆私家马车如果要用驿马替换来旅行的话，就要按照骑马的人过一个驿站要付多少便士来按每匹马和每一英里付多少先令！而停在扫斯华克监狱门口的那辆车子有四匹马，两个马夫，这是亲王才能享受的奢侈。最后，最能引起路人的好奇心和惊异的，是这辆车子被十分小心地封闭起来。百叶窗都拉上。玻璃窗都被遮窗板遮住；所有眼睛能够窥探的洞口都遮盖住，从外面不可能看见里面，大概从里面也不可能看见外面。不过，这辆车子里面似乎也没有人。

扫斯华克既然在苏里郡，扫斯华克监狱就受苏里郡的郡长管辖。

在英国,这种界限分明的管辖权是十分普遍的。因此,例如伦敦塔是假定不坐落在任何一郡里的,换句话说,在法律上它仿佛是悬在半空中的。伦敦塔只承认它的警官(称为“塔警”custos turris)对它有法律管辖权,不承认别的管辖权。它有自成系统的管辖区,教堂,法院和政府。Custos(即警官)的权力一直伸延出伦敦城,包括二十一个乡村在内。由于在英国各种法律的特殊性是互相渗入的,英国要塞中管理器械的军官就要受伦敦塔委派。

别的法律惯例似乎更古怪。例如英国海军法庭就参考和应用罗得斯岛和鄂列伦岛的法律,鄂列伦岛是曾经属于英国的法国岛屿。

一个郡的郡长是一个十分重要的人物。大多数是未封骑士的贵族,有时也是骑士。在古老的法律文书里他被称为“值得观看的人”。这个称号介于“显赫的人”和“荣耀的人”①两个称号之间,比前者差一点,更胜于后者。从前各郡的郡长是由人民选择的;可是爱德华二世和后来的亨利六世把这个任命权收归王室,郡长才成为由王家委派的官员。所有的郡长都从国王陛下那里接受委任状,只有威斯特摩尔兰的郡长是世袭的,伦敦和米杜赛克斯的郡长是在市政厅里由自由市民选出来的。威尔斯和吉士特的郡长享有某些财政特权。所有这些职位还继续在英国存在,可是由于逐渐受到习惯和观念改变的影响,它们的面貌已经和过去不同。郡长负有护送和保卫“巡回审判官”的职责。就像人有两臂一样,郡长也有两个官员:他的右手是副郡长,他的左手是治安法官。治安法官在小邑法官即执达吏的协助下,进行逮捕,传讯,监禁(由郡长负责)窃盗犯,杀人犯,叛乱犯,流浪汉以及一切谋反作乱者,并将他们交给巡回法官审判。作为郡长的下级官员,副郡长和治安法官之间的职责有点不同,副郡长只陪伴郡长,而治安法官则协助郡长。郡长有两个法庭,一个是中心的、固定的法庭,就是郡法庭;另一个是旅行法庭,称为郡长巡回庭。因此,他代表了统一性和普遍性。作为法官,在有关诉讼问题中,他可以有一个称为 sergens coifæ 的高级律师帮助他和做他的顾问;这个高级律师在他的黑色便帽下面,戴着一顶刚

---

① 这个称号和前两个称号都是拉丁文。

布黎白布帽子,因此称为“白帽律师”。郡长有权把囚犯从监狱里提出审问;他到达了属于他的郡的城市以后,他有权对囚犯作简短的审问,审问的结果或者是把囚犯释放,或者是把囚犯绞死,这就是所谓“goal deliver”(把囚犯从监狱里提出审问)。郡长把起诉状交给二十四个陪审官;如果他们同意了,他们就在上面写上:“billa vera”(真的);如果他们不同意,他们就写上:“ignoramus”(不知),这时候控诉就不生效力,郡长有撕毁诉状的特权。假使在陪审团商讨的时候,有一个陪审官死亡,按照法律被告应即视为无罪释放,郡长有权逮捕被告,也有权把被告释放。尤其使人特别尊敬和畏惧郡长的,是他负有执行“国王陛下的一切命令”的职权,这个权力范围实在可怕,它能产生专断。持杖官和验尸官是郡长的随从,行会的书记是郡长的助手,郡长还有整整一行列骑马的人和穿制服的人跟随着。张伯连说:“郡长就是司法、立法和郡的生命。”

在英国,一种不知不觉的破坏作用正在经常不断地粉碎和分解法律和习惯。我们必须说明,到了今天,郡长也好,执达吏也好,治安法官也好,都不像那时代的样子执行职务了。在古代英国,权力界限还相当混乱,职权划不清的结果是越过了自己的权限,这种情形今天是不可能再有的了。警察权和司法权的混淆已经不再存在。职位名称还保留下来,职责已经改变了。我们甚至相信执达吏的名称也有了不同的含义:以前是指一种官职,现在含有地区划分的意义;以前是指百家长,现在表示百家村(centum)。

此外,在那时代,郡长所享有的王权和地方行政权中,其实或多或少地结合和集中了过去法国称为民事中尉和警察中尉这两种官职的权限。古老的警察局文件中相当清楚地描写了巴黎的民事中尉是怎样的人:“民事中尉先生并不憎恨家庭的争执,因为赃物总是归他所有的。”(一七〇四年七月二十二日)。至于警察中尉,这是一个可怕的、多样的和暧昧的人物,可以用他们中的最优秀者雷尼·达让松来作代表,据圣西门说,雷尼·达让松的脸是三个地狱判官的脸的混合体。

这三个地狱判官,我们说过,就是在伦敦的主教门的那三个。

第七章　战　栗

格温普兰听见那扇边门轧轧作响地重新关上时,他战栗了。他似乎觉得这扇刚刚关上的门是分隔光明和黑暗的门,一边是人世间活着的人群,另一边是死亡的世界;他又认为现在阳光所照耀的一切事物都在他的背后,他已经逾越了生命的鸿沟,走到生命的外边了。他的心紧紧地抽紧。他们要拿他怎么办?这一切是什么意思?

他在什么地方?

他看不见周围的一切;他处在黑暗中。门关上以后使他好一会儿看不见东西。门上的小窗也同时关上了,里面没有气窗,没有灯。这是古老时代的一种预防措施:禁止照亮监狱进口的内部,以防止新来者能够进行任何观察。

格温普兰伸出手摸了摸,右边碰到了墙,左边也碰到了墙,他是在一条走廊里。慢慢地,一种地窖里的微光不知从哪儿透射出来,在黑暗的地方漂浮着,瞳孔的扩大适应了这种亮光,使得格温普兰看清楚这里那里的一两个轮廓,走廊也模糊地在他的眼前出现。

格温普兰除了从"熊"的夸张描写中听到过刑罚的厉害以外,从来也没有眼见过,现在他觉得仿佛被一只庞大的和黑暗的手抓住了。落在法律的神秘的网里,这是可怕的。一个人在一切的面前勇敢,在法律的面前就举止失措了。为什么?因为人类的法律只是处在微明的亮光中,法官只是在摸索中前进。格温普兰记起"熊"吩咐过他必须保持缄默;他想再看见"女神";在他所处的情况下有一种专断的气氛使得他不敢提问。有时,想弄清楚一件事情反而会把事情弄得更糟。可是,另一方面,他的奇怪遭遇给了他那么大的压力,使得他终于屈服下来,禁不住提出了一个问题。

"各位先生,"他问,"你们带我到哪儿去?"

没有人回答他。

这是不做声逮捕的法律规定，诺曼底人的条文清楚地记载着："应该沉默地把他们带到门口。"①

这种沉默使格温普兰心都凉了。到目前为止，他相信自己是坚强的；他自己能够满足自己；自己能够满足自己就是强大的。他过着与世隔绝的生活，他以为与世隔绝就是无法攻破的。可是现在他突然发觉自己受到可怕的集体压力的压迫。他怎样才能和法律这个可怕的匿名者进行搏斗呢？他在迷惑中感到衰竭下来。一种无名的恐怖笼罩在他脑子里。而且，他没有睡过觉，没有吃过东西，他的嘴唇差不多没有在茶杯里沾湿。整个晚上他仿佛在梦呓状态中，到现在他还在发烧。他口渴，也许他还饥饿。不满意的胃打乱了整个秩序。从昨天夜里起，他一连受到许多意外事件的袭击。使他苦恼的情绪支持着他；假使没有暴风雨，船帆不过是一块破布而已，有了暴风雨，这块破布就发生了作用；可是这块破布十分软弱，风可以吹破它。这种软弱性也在格温普兰的身上存在。他觉得逐渐衰弱下来。他会昏倒在地上吗？昏倒，对女人说来是一种手段，对男人说来却是一种耻辱。因此他挺起身子，可是他战栗着。

他有一种脚也站不稳的感觉。

---

① 原文是拉丁文。

第八章　呻　吟

他们开始向前走。

他们沿着走廊前进。

没有办什么登记手续，也没有办理登记的地方。那时候的监狱并不是喜欢舞文弄墨的。它们只要把你关起来就够了，往往连关的原因也不知道。只要是一所监狱，有囚犯关在里面，它们就认为满足了。

他们一队人大概是拉长了队形，按照走廊的形状成单行前进。他们差不多是一个跟在一个后面走着；带头的是那个执达吏，接着是格温普兰，又次是治安法官，最后面是那些警察，他们挤拥着前进，像塞子那样堵塞住格温普兰身后的走廊。走廊愈来愈狭窄；现在格温普兰的两只手肘都碰到了墙壁。走廊的圆拱顶是水泥和石子构成的，不断地有隆起的石头圆拱突出来，使人不得不低下头来才能走过。在这条走廊里不可能奔跑，逃走的人不得不慢慢地走着。这条羊肠小道是弯弯曲曲的；所有肠子都是七弯八转的，监狱的肠子和人的肠子没有两样；这里那里，有时在右边，有时在左边，墙上有些方形的空洞，被些粗大的格子拦住，通过格子可以望见楼梯，有些楼梯通向上头，有些楼梯向下层落下去。他们走到了一扇紧闭着的门前面，门打开了，他们走了过去，门又关上了。接着他们遇到了第二扇门，这扇门又让他们过去；后来又遇到第三扇门，这扇门也沿着门枢旋转。这些门都是自动打开和自动关上的，看不见有一个人。随着走廊愈来愈狭，圆拱也愈来愈低，终于到了只能够低着头走的程度。墙上有水渗出来，一滴滴的水从圆拱上落下来；走廊的石板像肠子一样是黏糊糊的。算是光线的那种模糊的淡白色愈来愈暗；空气逐渐缺乏。尤其令人肉跳心惊的，是这条走廊是倾斜的下坡路。

必须细心注意，才能发觉这是一条下坡路。在黑暗中，道路慢慢下斜,这是凶兆。最可怕的,莫过于在不知不觉中从下坡路走到暗昧的地方。

落下去,就是进入可怕的深渊。

他们这样走了多少时间呢？格温普兰说不上来。

在忧苦的情况下,每一分钟都无限地延长了。

突然间,大家停了下来。

黑暗十分浓厚。

走廊似乎放宽了点。

格温普兰听见身边响起了一下声音,这种声音只有中国铜锣的声音有点相像;也像是什么东西向着深渊的横膈膜打了一下。

那是执达吏用他的铁棒向一块铁片敲了一下。

这块铁片是一扇门。

不是一扇旋转的门,而是升上去和降下来的门,有点像城市的格子吊闸。

从格子缝中透出了一阵尖锐的摩擦声,格温普兰的眼前突然出现了一方块亮光。

那是铁片向圆拱的一线夹缝里升了上去时发出的声音,那情况,有如捕鼠机的闸门向上升一样。

一个洞口出现了。

那块亮光不是阳光,而是灯光。可是对瞳孔十分扩大的格温普兰来说,这块突然出现的淡白的光芒,开头却像闪电的亮光一样。

好一会儿他什么也看不见,在炫目的亮光中要能看清楚事物正如在黑暗中一样困难。

然后,慢慢地,他的眼珠适应了当前的亮光,正如刚才适应黑暗一样,他终于能够看清楚了。开始时对他是过分耀眼的亮光,现在逐渐在他的眼睛里减弱下来,又变成苍白色的了。他试着向面前的洞口张望了一下,他看见的是十分可怕的景象。

他的脚下是二十级左右的石级,这些石级又高,又窄,磨损,破旧,陡得几乎到了垂直的程度,左右两边都没有扶手,形状像一个石头鸡冠,也像是把一垛墙斜斜地削成楼梯。这些石级通到和深入到一个十分深的地窖里，而且一直落到底层。

这个地窖是圆形的，有尖弓形的屋盖，低矮的拱门，那是因为基石已经陷入地下的缘故，这种变形是所有承担着极重的建筑物的地下室所特有的。

刚才铁板升上去以后所露出的洞口，是在屋盖上开辟出来的门，也就是楼梯到达的顶点，因此从那上面看下来，这个地窖仿佛一口井一样。

地窖很大，假使说它是井底，这口井一定是一口巨井。古时所谓“地下囚室”如果拿来用在这个地窖身上，必须假定这是囚禁狮子或者老虎的囚室，才能适用于这个地窖。

地窖里既没有铺石板，也没有铺石块，地面就是深沉的地方特有的那种潮湿而寒冷的土地。

地窖的中间，有四条低矮而形状难看的柱子，支持着一个很粗笨地构成尖弓形的门廊，这个门廊的四根分枝在门廊的内部会合，活像一顶主教帽子的内部。这个门廊有点像从前用来放置石棺的小尖塔，门廊的顶一直碰到屋盖，使得门廊成为地窖里的一间中央的房间，假使像这样四面洞开，没有墙壁，只有四根柱子的亭子也能称为房间的话。

门廊的圆拱顶上吊着一盏圆形铜灯，灯的四围都是格子，像监狱窗口上的那些格子一样。这盏灯向周围，向四根柱子，向圆拱顶，向柱子后面模糊可辨的圆形的墙壁，投射出苍白的光线，在这里那里被柱子遮成一条条黑影。

起初使格温普兰感到眼目眩晕的，就是这道灯光。现在，他觉得这道灯光不过是朦胧的红色微光而已。

地窖里没有别的光线。里面既没有窗户，也没有门，也没有通风眼。

在四根柱子之间，恰好在那盏灯的下面，光线最明亮的地方，有一个白色的可怕的人体平躺在地面上。

那个人体是仰天躺着。可以看见他的脑袋上两只眼睛紧闭着，躯干已经成为一堆难看的皮肉，连着躯干的四肢伸开来作✕形，手和脚被四条铁链拉向四根柱子。这些铁链都系在每一根柱子脚下的一个铁环上。这个人体动也不动,继续作着可怕的四肢分裂的姿势,外表上看来像一具冰冷冷的苍白色的尸体。这个人体完全裸露,是一个男人。

惊呆了的格温普兰在楼梯上望着。

突然间他听见了一下喘息声。

那个尸体还是活的。

在尸体的附近,门廊的一个尖弓形下面,有一块高起来的平坦大石板,上面放着一张大交椅,椅子两旁各站着一个穿着黑色长袍的汉子;椅子上坐着一个穿着红袍的老头子,脸色苍白,动也不动,神色可怖,手里拿着一簇玫瑰花。

一个见闻不像格温普兰那么闭塞的人,看见这簇玫瑰花也许就懂得了一切。在审判时有权拿着一簇花,标志着这个官员既享有王权,也享有市政权。伦敦的市长到现在还用这种方式进行审判。帮助法官审判案件,就是初夏早开的玫瑰的作用。

坐在交椅上的那个老头子就是苏里郡的郡长。

他具有一个罗马大官的那种严峻和威武的神气。

那张交椅是地窖里惟一的座位。

在交椅的旁边,有一张摆满纸张和书籍的桌子,上面放着郡长的白色长杖。

站在郡长左右两边的两个汉子是两个博士,一个是医学博士,另一个是法学博士;那个法学博士的假发上戴着高级律师的小帽,一看就可以认出来。他们都穿着黑袍,一个是法官的黑袍,另一个是医师的黑袍。这两种人都为他们所制造的死者穿着孝服。

郡长背后,那块高起来的石板的边沿上,有一个戴着圆形假发的书记官蹲在那里,旁边石板上放着一瓶墨水,膝盖上放着一叠卷宗,卷宗上面摊开着一张羊皮纸,书记官手里拿着笔,作出准备笔录的姿势。

这个书记官是属于所谓"守袋书记官"一类的,他的脚前放着一只袋子就说明了这一点。这些过去在诉讼上使用的袋子称为"司法袋"。

在四根柱子中,有一根柱子上靠着一个浑身上下穿着皮衣服的汉子,他是刽子手的助手。

所有这些人好像被魔法固定了在他们的送丧似的位置上,围绕着那个被铁链锁着的人。他们中没有一个人动一动或者说话。

周围笼罩着一种可怕的平静。

格温普兰所看见的,就是一间地下刑室。这种地下刑室在英国有很多。波桑塔的地窖就曾经在很长的一段时期中用来做地下刑室,罗赖德监狱的地牢也是如此。伦敦到如今还可以看到有一处属于这种性质的地方,称为"贵夫人广场的地牢"。在这间地牢里,还备有用来烧红烙铁的一只壁炉。

约翰王时代的一切监狱——扫斯华克监狱也是其中一个——都备有地下刑室。

后面我们要叙述的经过,在当时的英国是经常发生的;严格地说,直到如今在刑事诉讼上还可以采用这一类办法,因为所有这些法律的规定到今天仍然存在。英国提供了这样一个奇怪的现象:一本野蛮的法典和自由和平共处。我们还必须承认:它们构成很好的一个家庭。

提防着总是好的。遇有什么变动,把刑法重新运用并不是不可能的事。英国的立法是一只养驯了的老虎,这只老虎有天鹅绒似的脚掌,可是利爪始终存在。

砍掉法律的利爪是明智的。

法律差不多抹杀了权利。一方面是刑罚,另一方面是人道。哲学家提出抗议;可是看来还要经过一段时间,人世间的正义才能够和神的正义合而为一。

"尊敬法律",这是英国的箴言。英国人尊敬法律已经到了永远不废除法律的地步。他们用不执行某项法律的办法来避免这种尊敬所产生的困难。一条古老的法律被搁置不用,如同一个年老的妇人一样;可是人们并不把老妇人杀死,正如英国人不把古老的法律废弃一样。他们不再执行这条法律就够了,让这些老妇人和老法律永远相信自己是漂亮的和年轻的吧,让它们幻想自己继续存在吧,这种礼貌就称为尊敬。

诺曼底人的习惯法已经老得脸上布满了皱纹,可是这样并不妨碍不少英国法官仍然向她投射爱慕的眼光。假使一件丑恶的古董是诺曼底人的,他们就会恋恋不舍地保藏着它。还有比绞刑架更野蛮的东西吗？在一八六七年，他们还判决把一个男人[①]切成四块献给一个女人——女王。

此外，英国从来没有使用过刑讯。这是历史书上这样说的。历史的面皮是够厚的。

威斯敏斯特的马修记述："十分宽大和仁慈的萨克逊法律"从来不判处罪犯死刑；他还加上一句："只不过割掉他们的鼻子，挖掉他们的眼珠，割掉他们身体上判别性别的部分。"如此而已！

在楼梯上的吓坏了的格温普兰，开始浑身哆嗦起来。他的全身没有一处不战栗。他竭力思索他自己可能犯过些什么大罪。起初是执达吏的沉默，跟着是一幅受刑的景象，这是前进了一步，可是这是悲惨的一步。他觉得抓住他的那个阴惨的法律之谜，愈来愈黑暗了。

躺在地上的那个人形又喘息了一次。

格温普兰觉得有人轻轻地推他的肩膀。

那个人是执达吏。

格温普兰明白他必须走下石级。

他服从了。

他一级一级地走下楼梯。石级十分狭窄，每级约有八至九英寸高。旁边并没有扶手，因此走下去必须十分小心。跟在格温普兰后面下来的是执达吏，他把铁棒笔直地拿着，和格温普兰相距两级楼梯；执达吏的后面是治安法官，也隔着相同的距离。

格温普兰一边走下石级，一边觉得希望逐渐幻灭。这样走法仿佛一步步走向死亡。每走下一级石级，他心内的光明仿佛消灭了一部分。他的脸色愈来愈苍白，终于到达了最末一级。

躺在地上、被铁链系在四根柱子上的那个像条虫的生物，在继续喘息。

黑暗里一个声音说：

"走过来。"

---

① 主张爱尔兰独立的芬尼安会(Fenian)会员白克(Burke)，判决日期，是一八六七年五月。——原注。

那是郡长对格温普兰说话。

格温普兰向前走了一步。

“再过来一点。”那个声音说。

格温普兰再向前走一步。

“过来。”郡长说。

治安法官在格温普兰的耳朵边低声说了一句话，声音那么严肃，使得他的低语变成了庄严的通告：

“你是站在苏里郡的郡长面前。”

格温普兰一直走到躺在地牢中心的那个受刑人前面。执达吏和治安法官继续留在原来的地方，让格温普兰一个人向前走。

格温普兰走到门廊底下，在很近的距离看清楚刚才只在远处看见的那个可怜的东西，发觉这是一个活人，格温普兰简直吓得魂飞魄散。

那个被系在地上的人全身赤裸，只除了一块丑恶的遮羞布，这块遮羞布可以称为受刑者的葡萄藤叶，也就是罗马人的“下身布”，哥特人的“遮羞布”，从哥特人的这个名字里产生了我们古老的高卢土语“缠腰布”①。被裸体钉在十字架上的耶稣，身上也不过只有这样一块破布。

格温普兰仔细打量那个可怕的受刑人，他似乎是一个五十至六十岁的老汉。秃顶，两颊上白色的短髭丛生。他闭着眼睛却张开嘴巴，露出一口牙齿。他的消瘦和多骨的脸很像死人的头颅。他的手和脚被铁链系在四根石头柱子上，构成一个✕形。他的胸膛和肚子上放着一块铁板，铁板上堆放着五块或者六块大石头。他的喘息有时是一下叹气，有时是一声咆哮。

郡长一只手拿着那束玫瑰花，另一只手伸向桌子上拿起他的白色官杖，把官杖举起来，嘴里说：

“服从女王陛下的命令。”

然后他把官杖仍然放在桌子上。

接着，郡长提高了嗓音，用敲丧钟那么缓慢的速度，不作任何手势，身体也像那个受刑人一样动也不动，他说：

---

① 这几种布的名称都是拉丁文。

“在这儿被铁链锁着的人,你要最后一次听正义的话。你从班房里提出来,带到这所监狱里来,完全按照合法的手续和法定的形式,formaliis verbis pressus(按照法定手续),并曾经对你宣读过有关文件,马上还要对你重复宣读这些文件,你受了一种不良的和倔强的固执精神的影响,保持沉默,拒绝回答法官的问话。这是一种可恶的放肆行为,这种行为构成‘藐视法庭’的罪名,应受猛烈和严酷的刑罚。”

站在郡长右边的高级律师插进来用冷漠和主持葬仪似的声音说:

“Overhernessa(藐视法律),阿尔佛列德与戈德伦法,第六章。”

郡长继续说:

“所有的人都尊敬法律,只除了那些在母鹿生育小鹿的树林里横行不法的强盗们。”

像一下钟声跟着另一下钟声,那个律师说:

“Qui faciunt vastum in foresta ubi damæ solent founinare(在母鹿生育小鹿的树林里横行不法的强盗们)。”

“凡是拒绝回答长官问话的人,”郡长说,“就有沾染一切恶德的嫌疑。他是被认为能够干一切坏事的。”

律师插进来说:

“Prodigus, devorator, profusus, salax, ruffianus, ebriosus, luxuriosus, simulator, consumptor, patrimonii, elluo, ambro, et gluto(浪费,奢侈,挥霍,淫荡,无赖,酗酒,好色,说谎,败家,流浪,好吃,大食)。”

“一切恶德,”郡长说,“产生一切罪恶。一点都不承认的人等于承认了一切。在法官的问话前面保持缄默的人,从这件事本身就推定他是一个说谎者和弑亲犯。”

“Mendax et parricida(说谎者和弑亲犯)。”律师说。

郡长说:

“你听着,用不开口的办法造成自己等于缺席是不许可的。虚假的缺席伤害了法律,好像狄俄墨得斯伤害了一个女神一样①。在法庭

---

① 在荷马的史诗《伊利亚特》,阿尔戈斯国王狄俄墨得斯在特洛亚战役中曾力战群神,打伤了维纳斯女神。

前面沉默就是一种叛乱行为。背叛法律就是背叛国家,这是最可憎和最大胆的行为。凡是逃避审问的人就是偷窃真理。法律对这种行为已经作出了规定。对于这一类的行为,英国人在任何时代都享有墓穴、绞架和铁链的权利。”

“Anglica charta(英国法律),一〇八八年。”律师说。

接着,律师又用同样呆板的严肃口吻加上一句:

“Ferrum,et fossam,et furcas,cum aliis libertatibus(铁链、墓穴和绞架,以及别的刑罚)。

郡长继续说:

“犯人,既然你的神志十分清醒而且你完全知道法庭对你的要求,而你仍然拒绝打破沉默,既然你是一个凶恶的倔强的人,因此,必须把你上刑,用一种称为‘猛烈和严酷的刑罚’来考验你。对你进行过些什么考验,法律要求我正式告诉你,我现在就来告诉你:你被带到这个地下室里来,脱光你的衣服,把你赤裸裸地平放在地上,背脊朝地,把你的四肢拉直,系在四根法律的柱子上,把一块铁板放在你的肚子上,按照你的承担能力把相当数量的石头放在你的身上。法律规定:‘尚可增加’。”

“Plusque(尚可增加)。”律师证实地说。

郡长再说下去:

“在这种情势下,没有继续进行考验以前,我,苏里郡的郡长,我再一次命令你回答和说话,而你虽然上了刑具,受着铁链、手足枷、桎梏、脚镣和手铐的束缚,你仍然像个恶魔似的坚持沉默。”

“Attachiamenta legalia(法律规定的刑具)。”律师说。

“既然你固执地拒绝说话,”郡长说,“那么,公道的法律也应当同你一样固执,因此,考验继续进行,这是法律和命令所规定的。第一天的考验是不给你吃和喝。”

“Hoc est super jejunare(这是最厉害的节食)。”律师说。

沉默了一阵。只听见犯人在石块的重压下发出可怕的尖锐的呼吸声。

那个高级律师把他的插话说完:

“Adde augmentum abstinentiæ ciborum diminutione。Consuetudo britannica, Art. 504。（减少他的食物以增加他的节食程度。英国习惯法第五百零四条）。”

郡长和律师两个人交替着说话；再也没有比他们的冷静和单调的声音更阴森森的了。那是不祥的声音回答凶险的声音；简直可以说，那是刑罚的神甫和助祭正在做着法律的野蛮弥撒。

郡长又开口了：

“第一天，不给你吃和喝。第二天，只给你吃不给你喝；在你的牙齿之间，塞进去三口大麦面包。第三天，只给你喝不给你吃。从监狱的阴沟里盛了一品脱的水，装在三只杯子里，分成三次倒进你的嘴里。第四天又到了，就是今天。现在，如果你继续拒绝回答，你就要留在这里一直到死为止。法律要求这样。”

始终应和着的律师也说：

“Mors rei homagium est bonæ legi（死了对好的法律是一种尊敬）。”

“即使你感觉到你自己正在悲惨地死去，”郡长继续说，“即使你的血从你的喉咙里，从你的胡髭里，从你的腋窝里，从你全身的洞孔里，从嘴巴到腰眼，流了出来，也没有人会帮助你。”

“A throtebolla（从喉咙里），”律师说，“et pabu et subhircis, et a grugno usque ad crupponum（从胡髭里、腋窝里、全身洞孔里、从嘴巴到腰眼）。”

郡长又说：

“犯人，你注意听着。因为这些后果和你有密切关系。假使你不再保持可憎的沉默，假使你认了罪，你只不过被吊死而已，而且你会享受一种叫做麦尔德封的权，换句话说，就是享受一笔钱。”

“Damnum confitens（犯人认了罪），”律师说，“habeat le meldefeoh（享受麦尔德封权）。Leges Inæ（遗赠法）第二十章。”

“这笔钱，”郡长再一次强调，“根据亨利五世三年的废除法的条文规定，要用逻特金币、苏斯金币和加里哈尔彭币来付给你，这种币制，只有在你这种情形下才能使用，同时你还有权在‘死亡以前享受一个妓女’①，然

---

① 原文是拉丁文。

后你要被送上绞刑架上绞死。以上就是认罪的好处。你愿意回答法庭的问话吗?”

郡长停了下来等待,犯人仍然动也不动。

郡长再说:

“犯人,沉默是危险的避难所,不是安全的避难所。顽固是该死的,有罪的。在法庭面前不肯说话就是对王室的不忠,不要继续做不孝的逆子,想一想女王陛下,不要违抗我们的仁慈的女王。虽然我同你说话,你回答的是她。你要做一个忠心的臣民。”

犯人在喘息。

郡长又说:

“经过初期七十二小时的考验以后,我们到了第四天。犯人,这是决定性的一天。法律规定第四天是对质的日子。”

“Quarta die, frontem ad frontem adduce(第四天,要面对面的对质)。”律师说。

“法律十分聪明,”郡长说,“挑选了这个最后的时刻,使得我们能够举行我们的祖先称为‘致命寒冷的审判’,因为这个时刻人们不管回答是或否都能够叫人相信。”

高级律师跟着说:

“Judicium pro frodmortell, quod homines credendi sint per suum ya et per suum na(举行致命寒冷的审判,因为这是人们决定回答是或否的时刻)。根据阿代尔斯当国王宪法,第一卷,第一百七十三页。”

等待了片刻,然后郡长把他的严肃的脸俯下去凑近犯人。

“躺在这里地上的犯人……”

他顿了一顿。

“犯人,”他大声说,“你听见我的话吗?”

犯人动也不动。

“以法律的名义,”郡长说,“张开眼睛。”

犯人的眼皮始终闭着。

郡长转过身来对站在他左边的医生说:

“医生,请你诊断。”

“Probe, da diagnosticum(正直的人,请你诊断)。”律师说。

医生用官员特有的僵硬动作从石板上走下来,走到犯人身边,俯下身子,把耳朵凑近犯人的嘴巴,在犯人的手腕、腋窝和大腿上摸了摸脉息,然后直起身子。

“怎样?”郡长问。

“他还听得见。”医生说。

“他看得见吗?”郡长问。

医生回答:

“他看得见。”

郡长作了一下手势,治安法官和执达吏马上走上前。执达吏停在犯人头部附近,治安法官站到格温普兰后面。

医生后退了一步,进入了柱子之间。

这时候郡长举起了他的那束玫瑰花,像一个神甫举了他的圣水刷子,提高了嗓音对着犯人说话,态度变得非常可怕:

“啊,卑鄙的家伙,你说!法律在杀死你以前恳求你。你想装成哑巴,你要想一想坟墓也是哑巴;你想装成聋子,你要想一想地狱也是聋的。想一想死亡,死亡比你目前的情况更糟。考虑一下,你就要被遗弃在这所地牢里。你听着,我的同类,因为我也是人。你听着,我的兄弟,因为我是一个基督徒!你听着,我的孩子,因为我是一个老头儿。你要当心我,因为我是你的痛苦的主宰,我马上就要变成一个十分可怕的人。法律的恐怖造成了法官的威严。你要想一想,连我自己在自己面前也害怕得发抖。我自己的权力使我自己吃惊。不要使我走上极端。我觉得我充满了处罚别人的神圣的恶念。因此,可怜的人,你对法庭必须有一种老老实实的、对你本身有利的畏惧,同时听从我的命令。对质的时候已经到了,你必须回答法庭的讯问。不要再坚持顽抗了,不要做出无可挽回的事。想一想,你的生命掌握在我的手中。半死的人,你听着!除非你愿意在这里一个个钟头、一天天、一个个星期地死去,拖延许久,死法十分可怕,腹中饥饿,浑身肮脏,被石头压在下面,单独一个人在地牢里,被人抛弃,被人遗忘,被人消灭,让老鼠和鼬鼠吃你,让黑暗中的兽类咬你,可是人们还在来来往往,在做着买卖,马车在你头上的街道上滚动；除非你愿意在绝望的深渊中继续不断地喘息，咬牙切齿，哭泣，咒骂神灵，没有一个医生来医治你的创伤，没有一个神甫来献一杯圣水给你的灵魂；啊！除非你愿意慢慢地感觉到坟墓的可怕的泡沫从你的嘴唇里喷出，啊！我命令你，我恳求你，听我说！我叫你自己来帮你自己的忙，你要可怜你自己，你要照法庭的要求去做，你要对法庭让步，听法庭的话，把你的头转过来，张开你的眼睛，说出来你认不认识这个人！”

犯人没有把头转过来，也没有张开眼睛。

郡长向治安法官望了一眼，又向执达吏望了一眼。

治安法官脱掉格温普兰的帽子和斗篷，抓住格温普兰的肩膀，把他的脸推到犯人那边的灯光底下。格温普兰的脸完全被灯光照亮，很奇异地从周围的黑暗中突出来。

同时那个执达吏俯下身子，用两只手从两边太阳穴抓住犯人的脑袋，把这个毫无生气的脑袋转过来向着格温普兰，又用两只拇指和食指把犯人的闭着的眼皮分开。犯人的凶猛的眼睛显露了出来。

犯人看见了格温普兰。

突然间，犯人自动地抬起了头，把眼睛睁得大大地，注视着格温普兰。

他的胸膛上虽然压着一座山，他仍尽可能地战栗起来，他大声说：

“是他！是的！是他！”

接着他发出一阵可怕的暴笑声。

“是他！”他再说一遍。

然后他把脑袋仍然枕在地上，又再闭上眼睛。

“书记官，记下来。”郡长说。

格温普兰虽然很害怕，可是直到目前为止，外表上还保持镇静。犯人嚷了一声“是他！”使他完全惊慌失措。这一句“书记官，记下来”，使他的心都凉了。他仿佛懂得了有一个坏蛋故意连累他，虽然他猜不出为了什么缘故；同时他觉得犯人的那句莫名其妙的自白，仿佛一具铁颈枷似的，已经锁在他的颈上。在他的想象中，他自己已经和这个犯人一起套在一个双人的颈手枷里。在这样的恐怖心情下，他连站也站不稳了，他开始挣扎。他结结巴巴地说了一些没有条理的话，内心充满着无罪的人的烦乱不安；他哆嗦着，又惶恐，又狂乱，竟脱口而出地嚷了几声，又说出一番乱七八糟的话，像在漫无目的地放乱枪。

“这不是真的，不是我，我不认识这个人。既然我不认识他，他也不可能认识我。今天晚上的演出，还等着我去登台。你们要我做什么？我要求恢复我的自由，这也不算晚，你们为什么要带我到这所地牢里来？难道没有王法了吗？法官阁下，我再说一遍并不是我。我完全没有犯过别人所说的罪，我自己知道得很清楚，我想回去，这是不公道的，我和这个人之间一点没有关系，你们可以调查，我的生活向来是光明正大的，你们像抓强盗一样来抓我。为什么你们要这样做？这个人，我怎么会知道他是谁呢？我是一个流浪卖艺人，专门在市集和市场上演出滑稽戏。我是‘笑面人’，有不少的人都来看我演出，我们就在塔林索草场上，我正正当当地干这一行已经有十五年，我今年二十五岁，我住在塔德卡斯特客店，我叫做格温普兰。法官阁下，请你开恩让我离开这里。你们不应该欺负穷苦的人。请你们可怜一个没有做过坏事，没有人保护也没有法子自卫的人。站在你们前面的是一个可怜的卖艺人。”

“站在我前面的，”郡长说，“是费尔门·克朗查理爵士，克朗查理及亨克威勒男爵，西西里的柯利奥纳侯爵，英国上议院议员。”

同时郡长站起来，指着他自己坐的交椅对格温普兰说：

“爵爷，请赏脸坐下。”

第 五 卷

同样的风吹动着海洋和命运

第一章 脆弱的东西却坚固耐久

命运有时递给我们一杯疯狂的酒叫我们喝。一只手从云端里伸出来,突然给了我们一只神秘的杯子,里面潜藏着无名的陶醉。

格温普兰弄不清楚了。

他回过头来向后面看看到底郡长在对谁说话。

耳朵感觉不出过分尖锐的声音,心灵感觉不出过分尖锐的情绪。理解和听觉都有一定的限度。

执达吏和治安法官走到格温普兰身边,抓住他的两条臂膀,格温普兰觉得他们要他坐在郡长刚离开的椅子上。

他任凭他们这样做,自己也解释不出为什么任凭他们这样做。

格温普兰坐下以后,治安法官和执达吏后退几步,挺直身子动也不动地站在椅子后面。

这时候郡长把手上的那束玫瑰花放在石板上,戴上书记官递给他的眼镜,从堆在桌子上的卷宗里抽出一张羊皮纸来。那张羊皮纸沾有斑点,颜色焦黄,发绿,有虫蛀的痕迹,边上有许多锯齿状的缺口,折痕很密,似乎是曾经折成小块的,羊皮纸的一面写着字。郡长站到灯光底下,把羊皮纸凑近眼睛,用最庄严的声调读出羊皮纸上记载的文字:

“因父,及子,及圣神之名。

“今天,我主降生一千六百九十年正月二十九日。

“有一个十岁的男孩,被恶意地抛弃在波特兰的荒凉的海岸上,目的是让他在荒野中饥寒而死。

“这个男孩是在两岁时,奉十分仁慈的国王詹姆士二世陛下之命,被人出卖的。

“这个男孩就是费尔门·克朗查理爵士,为已故林耐士·克朗查理爵士,即克朗查理及亨克威勒男爵,亦即意大利的柯利奥纳侯爵兼英国上议院议员,与其已故的配偶安·勃赖德萧的惟一的合法儿子。

“这个男孩是他的父亲的财产和爵位的继承人。为着这个缘故,十分仁慈的国王陛下才下令把他卖掉,毁坏他的身体,改变他的容貌,使他完全失踪。

“这个男孩被人养活,而且受到训练,将来要在市场和市集里当卖艺人。

“他是在两岁时父亲死后被出卖的,买价十镑已经交给国王,有关的特许权、不受处分权、免服兵役权也一起让给国王。

“我,写这段文字的人,收买了只有两岁的费尔门·克朗查理爵士;至于毁坏身体和改变容貌,是一个名叫赫德瓜依那的佛兰德斯人干的,他是惟一掌握了巩开斯特博士的秘术的人。

“我们想把这个男孩改成一副笑脸。Masca ridens(笑的面具)。

“为着这个目的,赫德瓜依那为这个男孩进行了 Bucca fissa usque ad aures(割开嘴巴一直到耳边)手术,这种手术使这个男孩的脸上永远带着笑容。

“赫德瓜依那使用了一种只有他一个人懂得的办法,在动手术的时候使孩子入睡,对手术毫无感觉,醒过来以后根本不知道自己已受过手术。

“这个男孩并不知道他就是克朗查理爵士。

“他只知道他自己的名字是格温普兰。

“这是因为当他被买卖的时候,年龄还未满两岁,年幼无知的缘故。

“赫德瓜依那是惟一会做 Bucca fissa(割嘴巴)手术的人,这个男孩是惟一受过这种手术的活人。

“这种手术的独特和奇妙到了这样的程度:即使经过很多年,这个男孩已经变成老头儿,他的黑头发已经变成白头发,他也会马上被赫德瓜依那认出来。

“我写这段文字的时候,那个十分详细地知道这一切事情而且曾经作为主要角色的赫德瓜依那,被关在奥兰治亲王殿下的监狱里,奥兰治亲王即一般人通称的威廉三世国王。赫德瓜依那是由于曾经当过儿童贩子或车拉斯而被查获逮捕的,他被关在夏坦塔楼里。

“孩子出卖和交给我们的地方,是在瑞士日内瓦湖附近,洛桑和韦维之间,孩子的父母死亡的房子里,完全遵照国王规定的办法;经手人是已故林耐士爵士的最后一个仆人,这个仆人不久以后也追随着他的主人们死去了,因此,目前这件秘密而微妙的事件,除了赫德瓜依那和我们以外,在这世界上没有别的任何人知道了,而赫德瓜依那被关在夏坦监狱里,我们正在死亡。

“我们在这文件上签了字的人,曾经向国王买了这位小爵爷,把他养了八年,想从他的身上赚回一笔钞票。

“今天,议会通过的刑事禁令和严厉的处罚使我们十分害怕,为了避免得到和赫德瓜依那同样的命运,我们逃出英国,在傍晚时分我们把格温普兰这个孩子抛弃在波特兰的海岸上,这个孩子就是费尔门·克朗查理爵士。

“我们只向国王宣誓保守秘密,并没有向天主宣誓保守秘密。

“今天晚上,我们在海上,由于上天的意志,我们遭受到严重的风暴的袭击,完全陷于绝望和危急的境地,我们跪在那位能够挽救我们的生命,而他也许只想挽救我们的灵魂的全能者面前;我们对人类已经不能够有什么期待,我们畏惧的完全是上帝,我们对自己的坏行为的忏悔,就是我们的希望和救星;我们已经准备好死亡,假使上天的正义能够伸张,我们就满足了;我们谦恭地捶着胸口悔罪,我们作出这份自白书,把它信托给大海,放到海里去,任由大海根据上帝的意思从最好的方面去利用它。愿圣母帮助我们。阿门。我们签了字。”

郡长停顿下来说:

“下面是他们的签字,每种字迹都不同。”

他又继续念下去:

“日尔纳杜斯·吉斯特蒙德博士。——‘圣母升天’。——一个十字,旁边写着:巴巴拉·费莫,埃勃德的提里夫岛人。——盖尔兹陶拉,首领。——纪昂纪拉特。——杰克·格都兹,别名那波纳人。——洛克一彼埃尔·卡普嘉路普,马洪监狱的犯人。”

郡长又停顿了一下,然后说:

“下面的附注字迹和正文一样，和第一个签名的字迹也相同。”

他把附注念出来：

“船上全体船员只有三个人，其中船主被波浪卷走，只剩下两人，都已签名如下：嘉尔代松。——‘敬礼—玛莉亚’，窃盗。”

郡长一边读一边加上自己的意见：

“在这张纸的下端写着：在航海中，在‘晓星’号船上，这是巴沙日海湾的一艘比斯开单桅船。”

“这张羊皮纸，”郡长补充说，“是有国王詹姆士二世的水印的司法用纸。在自白书的旁边，同样的笔迹加上一个附注：

“本自白书是由我们写在国王的圣旨的背面，这道圣旨是我们买孩子时国王付给我们的收据。请将纸翻过来，就能看见国王的圣旨。”

郡长把羊皮纸翻过来，用右手举起，对着灯光照看。背面是一张白纸，说是白纸也许不十分妥当，因为纸面已经完全发了霉。在纸的正中写了三个字：其中两个是拉丁字 jussu regis（国王的圣旨）一个是签名 Jeffreys（乔弗来斯）。

“国王的圣旨。乔弗来斯。”郡长说，声音从严肃变为响亮。

如果梦幻之宫的一块瓦片跌落在一个人的脑袋上，这个人就是格温普兰。

他好像一个人在无意识中说话那样说起话来：

“日尔纳杜斯，是的，就是那个博士。一个年老和忧郁的人。我怕他。盖尔兹陶拉，首领，就是头儿。还有两个妇女，‘圣母升天’和另一个。还有一个外省人，他叫卡普嘉路普。他经常在一个扁瓶子里喝酒，这个瓶子上面用红颜色写着一个名字。”

“这个就是。”郡长说。

他把一件东西放在桌子上，这件东西是书记官刚从司法袋里拿出来的。

这是一只用藤条包着的有提手的水壶。这只水壶明显地有过不少经历，大概也在水里旅行过，因为它的身上还附着贝壳和海草，而且被海洋里的各种霉菌添上一层外皮和各样花纹。瓶口上有一圈柏油，说明它是十分严密地封闭的。但是已经启过封和开了口。现在瓶口上又用原来的塞子塞紧，这个塞子是填絮加上柏油制成的。

“这只水壶，”郡长说，“就是那班临死的人，把刚才读过的那封自白书装进去的水壶。大海十分忠诚地把写给司法当局的文件送到了。”

郡长把声调改变得更加庄严地继续说：

“哈劳山出产最优秀的麦子，可以磨成细白面粉供给王宫里烘制面包，大海也和哈劳山相同，它尽可能地为英国服务，甚至一位爵士失踪了，它也把他找回来和带回来。”

然后郡长又说：

“在这只水壶上，的确有一个红色的名字。”

他提高了嗓音对那个动也不动的犯人说：

“你，躺在这里的坏蛋，这个名字就是你的名字。这是因为真理不灭，虽然真理被人为的方法沉到海底，可是它有神秘的办法重新浮到海面上来。”

郡长拿起水壶，把其中一面对着亮光，这一面已经被揩拭干净，大概是为了法庭的需要才揩拭干净的。在藤条的空隙中，可以看见一条红色的、狭小的灯芯草，像蛇似的弯弯曲曲地在藤条中穿进穿出；由于年深日久和海水的侵蚀，灯芯草的一部分已经变成黑色。虽然有几处已经断掉，可是这条灯芯草很清晰地在藤条上构成“赫德瓜侬那”几个字。

郡长又恢复采用一种特殊的声调，这种声调很难比喻，只能够称为法官的声调；他转过来对受刑人说：

“赫德瓜侬那！我，郡长，我第一次把这个有你的名字在上面的水壶交给你、叫你看的时候，你马上自动地承认这是你的东西；后来把装在水壶里面的羊皮纸拿出来，对你宣读了纸上所写的文字以后，你就再也不愿意说话了，你大概是希望孩子找不回来，你可以逃避刑罚，你就拒绝回答问题。由于你拒绝回答，因此使你受猛烈和严酷的刑罚，而且向你第二次宣读羊皮纸上所写的文字，里面是你的同谋者的坦白悔罪书。可是第二次也没有结果。今天是第四天，是法定对质的日子，把一千六百九十年正月二十九日被抛弃在波特兰的人带到你的面前，你的恶魔的希望幻灭了,你就打破了沉默,承认他是被害人……”

犯人睁开眼睛,抬起头,用一种临终时特殊响亮的声音说起话来;虽然他还在喘息,态度却难以形容地平静;在那堆石头的重压下,他悲惨地把话一句句说出来,每说一个字似乎都要把压在他身上的棺材盖揭一揭,他说:

“我发过誓要保守秘密,我尽我的能力遵守我的誓言。下等人是守信用的人,地狱里最有道义。今天已经没有必要继续沉默,所以我开口了。是的,不错,就是他。我和国王两个人把他造成这样的;国王用他的命令,我用我的手术,才造成了他。”

他望着格温普兰又加上一句:

“现在,你永远笑下去吧。”

他自己也开始笑起来。

这是他的第二次笑声,比第一次的笑声更加粗野,有点像是呜咽。

笑声停止了,犯人再躺下去。他的眼皮又闭起来。

郡长让受刑人说完了话,然后说:

“所有这一切都把它记录下来。”

他等书记官写完了,才接下去说:

“赫德瓜依那,既然对质有了结果,第三次宣读你的同谋者的自白书以后,已经由你的坦白认罪加以证实,又经过你刚才再一次的自白,根据法律的规定,你身上的刑具可以解除,你将要按照国王陛下的圣意作为剽窃者而被吊死。”

“剽窃者,”高级律师说,“就是买卖儿童的人。根据是维西戈特法第七卷,第三篇,‘非法占有’一章;以及沙里克法第四十一篇,第二章;以及菲利松法第二十一篇‘关于剽窃者’。此外,亚历山大·聂夸姆说:

“‘贩卖儿童的人,你的名字是剽窃者。’①”

郡长把羊皮纸放在桌子上,脱下眼镜,再拿起那束玫瑰花,说:

“猛烈和严酷的刑罚宣告结束。赫德瓜依那,感谢女王陛下。”

---

① 这句话原文是拉丁文,原书加注译成法文。

治安法官作了一下手势,那个穿皮衣服的人马上行动起来。

这个人是刽子手的助手,在古老的宪章里称为“绞刑架的侍仆”,他走到受刑人前面,把放在受刑人肚子上的石头一块块搬开,拿走那块铁板,露出受刑人的损坏了的肋骨,然后把犯人手上和脚上的四条铁链解开,这些铁链原来是把犯人系在四根柱子上的。

犯人虽然身上拿掉了石头,解掉了铁链,可是仍然平躺在地上,闭着眼睛,四肢分开,像一个被钉在十字架上的人从十字架上放下来时的情况一样。

“赫德瓜依那,”郡长说,“站起来。”

犯人动也不动。

那个绞刑架的侍仆拿起了犯人的一只手,一放松,犯人的手跌了下来;拿起犯人的另一只手,也同样地跌了下来。刽子手的助手举起犯人的一只脚,然后举起另一只脚,两只脚的脚跟都落下来打在地面上。手指毫无生气,脚趾动也不动。躺在地上的身体伸出赤裸的脚,脚趾仿佛竖起来似的。

医生走过来,从长袍的一个口袋里摸出一小块钢镜,放在赫德瓜依那张开的嘴巴前面,然后用手指分开他的眼皮。眼皮没有再度闭上。两颗玻璃似的眼珠继续固定不动。

医生直起身子说:

“他死了。”

接着医生又加上一句:

“他笑了,这就是他致死的原因。”

“没有关系,”郡长说,“认了罪以后,活着或者死掉只不过是形式而已。”

接着,郡长用手里的那束玫瑰花指着赫德瓜依那,对执达吏下了一道命令:

“今天晚上就把这具死尸从这里拿走。”

执达吏点了点头。

郡长又说:

“监狱坟场就在对面。”

执达吏又点了点头。

书记官记录下来。

郡长左手拿着那束玫瑰花，右手拿起他的白色官杖，笔直地站在始终坐着的格温普兰面前，深深地敬了一个礼，然后采取了另一种庄严的态度，把头向后仰，直望着格温普兰说：

"我，菲力浦·唐西尔·派逊斯，爵士，苏里郡的郡长，正式持有女王陛下的直接和特别命令，在书记官兼记录员奥布利·多克米聂克贵人以及一般官员的协助下，按照我的职务上的权利和责任，以及英国大法官的授权，录取了口供和制作了笔录，并参照了海军部移送过来的文件，经过查验和证实了签名，宣读了自白书给有关人员听，进行了对质，一切法定的证明和报告手续都完成了，做尽了，而且获得了良好和公平的结果，为了使应发生的事情发生，我向你通知和宣布，你是费尔门·克朗查理，克朗查理及亨克威勒男爵，西西里的柯利奥纳侯爵，英国上议院议员，愿上帝保佑阁下。"

他向格温普兰再度敬礼。

高级律师，医生，治安法官，执达吏，书记官，所有其余在场的人，除了那个刽子手以外，都在格温普兰面前深深地鞠躬，简直是一躬到地。

"啊，"格温普兰叫道，"把我从梦中叫醒吧！"

他站了起来，脸色白得像个死人。

"我的确是来叫醒你。"一个从来没有听见过的声音说。

一个人从一根柱子后面走了出来。自从那块铁板升起来让他们一行人走过以后，没有人进入过地牢里来，因此，很明显，这个人是格温普兰进来以前已经躲在黑暗里的，他一定是经常进行观察，而且负有躲在那里的使命和职责的。这个人又肥又胖，戴着宫廷的假发，穿着旅行斗篷，年纪相当老，行动十分合乎规矩。

他用恭敬和自然的态度向格温普兰敬礼，带有家臣的潇洒，不像法官那样生硬。

"是的，"他说，"我来叫醒你。二十五年来，你是在睡眠中。你做了一场梦，你应该从梦境中走出来了。你以为你是格温普兰，其实你是克朗查理。你以为你是平民，其实你是贵族。你以为你比人们低下，其实你比任何人都高一等。你以为你是一个卖艺人,其实你是一个上议员。你以为你很穷,其实你十分富有。你以为你渺小,其实你十分重要。你醒过来吧,我的爵爷!”

格温普兰用十分低沉而且含有恐怖的声音喃喃地说:

“这一切到底是什么意思?”

“这意思是说,我的爵爷,”那个胖子说,“我叫做柏基弗德罗,我是海军部的官员,这个漂流物——赫德瓜依那的水壶,在海边被人发现,带来给我让我启封,因为这是我的官职具有的责任和特权,我在海军部两个宣过誓的公证人面前把这个水壶打开,这两个公证人都是议会的议员,一个是巴斯城的议员威廉·布拉斯威斯,另一个是苏桑普顿市的汤玛士·遮瓦士,他们都描写和证实了水壶的内容,而且在启封笔录上和我共同签了字,我把经过报告女王陛下,按照女王圣意,一切法定手续都一一办妥,而且为这件关系十分重大的案件保守了必要的秘密,最后一个手续,对质,刚才已经举行过;这意思是说,你享有一百万年金;这意思是说,你是大不列颠联合王国的爵士,是立法官兼司法官,是最高级法官,最有权的立法官,可以穿紫袍和貂皮服,地位相等于亲王,接近皇帝,你的头上可以戴着爵爷王冠,你要娶一位女公爵做妻子,她是国王的女儿。”

这一番说话像迅雷击顶一样袭击格温普兰,格温普兰昏了过去。

第二章　流浪的东西不会迷路

这一切之所以能够发生,是因为一个兵士在海边上拾到了一只水壶。

让我们把事实经过说一说。

一切事情都有一整套历史。

有一天,卡所尔城堡里四个炮兵中的一个,在落潮时分的沙滩上捡到了一只藤包的水壶,是涨潮的时候被海水冲进来的。这只水壶浑身布满霉菌,用柏油封着瓶塞。炮兵把水壶带回去交给城堡里的上校军官,上校把它送交英国海军大臣。海军大臣就意味着海军部;在海军部里,漂流物属于柏基弗德罗的职权范围。柏基弗德罗启了封,拔去塞子,把水壶呈送给女王。女王马上对这件事十分重视。两个重要的顾问被召去咨询:一个是大法官即上议院议长,根据法律,他是"英国国王的良心的监护人";另一个是纹章局长,他是"纹章和贵族血统的审判官"。汤玛士·霍华德,即诺佛尔克公爵,信奉天主教的上议员,是英国世袭的纹章局长,当时为了这件事,他派副局长亨利·霍华德(即冰敦伯爵)代表他宣称:他将同意大法官的意见。至于大法官,他是威廉·考伯。但是不要把大法官和同时代的一个同名同姓的人混淆起来。这个人也叫威廉·考伯,是解剖学家贝德罗①的注释者,在英国出版过一本《肌肉论》,出版时期几乎和埃弟昂纳·阿贝耶在法国出版《骨骼史》同时;一个外科医生和一个爵士是不同的。威廉·考伯爵士以曾经在塔尔堡·叶尔维通即龙格威勒子爵的事件中,说过这样一句话而出名:"从尊重英国宪法的角度看来,一个上议员的复位比一个国王的复位更为重要。"在卡所尔发现的水壶引起了他的高度注意。一

---

① 贝德罗(G. Bidloo,1649—1713),荷兰著名的外科医生和解剖学家。

个创作一句格言的人是欢迎有应用这句格言的机会的。目前这案件正是一个上议员复位的案件。他派人作了调查。格温普兰的招牌挂在街上，是容易找到的。赫德瓜侬那也一样。他没有死。监狱使人烂下去，但也保存了人，假使监禁也可以称为保存的话。关在监狱里的人是很少改变地方的。死人不会更换棺材，犯人也不会调换监狱。赫德瓜侬那仍然在夏坦塔楼里，只要一伸手就能把他找到。他们把他从夏坦带到伦敦。同时在瑞士也进行了调查。一切经过都得到了证实。他们在韦维和洛桑的地方档案里找到了林耐士爵士在流放时期的结婚登记证，孩子的出生证，后来爵士和夫人的死亡证；他们取得了这些证书的合法副本，以供“必要时应用”。这一切都在极端秘密中进行，具有当时称为“王家速度”的敏捷和“鼹鼠般的沉默”。这种“鼹鼠般的沉默”是由培根[1]建议和实行，后来又由布拉克斯通[2]制成法律，专门在有关司法和国家事务以及与议会有关事件中应用的。

羊皮纸中央的“国王的圣旨”几个字和“乔弗来斯”的签名也经过核对证实。有谁如果从病理学上研究过所谓“随国王高兴”的任性行为的，就会觉得写上“国王的圣旨”几个字是很简单的一回事。看来詹姆士二世似乎应该隐瞒这种行为，为什么他竟冒着失败的危险，留下自己的笔迹呢？答案是：犬儒主义；由于傲慢而不把这种事放在心上。啊！你们认为只有妓女才不顾廉耻吗？所谓国家的利益也是不顾廉耻的！Et se cupit ante videri（她想利用她的罪恶吸引人们注意她）。用一句话把这件事概括起来，就是：犯了罪，再把自己的纹章刻画在罪行上。国王像囚犯一样喜欢文身。一个人的利益如果是在于逃避警察的追捕和历史的记载，当他真的能够逃避时，他会感到不高兴，他要人家知道他和认识他。“请看我的臂膀，请注意上面所刺的花纹，这是一座爱情之庙和一颗被箭射穿的燃烧着的心，我就是拉舍奈尔[3]，Jussu regis（国王的圣旨），我就是詹姆士二世。”做了一件坏事以后，再把自己的标记加上去。用大胆无耻的举动来补足自己的恶行，自己告发了自己，使自

---

① 培根（François Bacon，1561—1626），英国詹姆士一世时代的首相兼哲学家。

② 布拉克斯通（Guillaume Blackstone，1723—1780），英国司法学家。

③ 拉舍奈尔（Lacenaire），是十九世纪初期法国著名的杀人犯。

己的罪行永远不消失,这就是犯罪者旁若无人的狂妄态度。克莉丝蒂纳抓住蒙纳代斯基①,要他悔罪以后再刺杀他,同时说:"我是瑞典王后,住在法国国王的宫殿里。"有些暴君是藏而不露的,像蒂拔尔就是;有些暴君是喜欢炫耀自己的,像菲力浦二世就是。前者更像蝎子,后者更像豹子。詹姆士二世是属于后一种类型的人物。我们知道,他的面貌是开朗和愉快的,和菲力浦二世的面貌完全不同。菲力浦阴沉,詹姆士快活。可是两者都很凶暴。詹姆士二世是一只老实的老虎。他像菲力浦二世一样,对自己的罪行良心上觉得很安定。他是"蒙上帝恩"的恶魔。因此,他没有什么需要隐藏和掩饰的,他的暗杀别人是天赐的权利。像他那样的人,假使把他的罪行记载在西芒卡斯②的档案里,把这些罪行编了号,记上日期,分了类,贴上标签,分别放在一定的格子里,像药剂师把毒药分类放置在化验室里一样,他也会毫不在乎的。在他的罪行上签字,这是十足国王的气派。

人类的每一件行为,都是签发一张以上帝为付款人的汇票。现在,有不祥的"国王的圣旨"字样背书的那张期票已经到期了。

安娜女王十分善于保守秘密,从这方面说来她完全不像一个女人。对眼前这件严重的事,她请求大法官给她一个秘密报告,这种报告属于所谓"在王家耳朵边的报告"一类,在君主政体中是经常使用的。在维也纳有一个"耳边顾问",他是宫廷里的人物,是查理曼时代遗留下来的旧官职,在宫廷旧规章里称为"耳语官"③。他是一个在皇帝耳朵边低声说话的人。

考伯男爵威廉,英国的大法官,很得安娜女王的信任;因为他像女王一样近视,而且比女王更近视。他曾经写过一个回忆录,用这几句话开头:"在所罗门的管辖下有两只鸟儿:一只是田凫,就是'赫德拔德',它能够说各种语言;另一只是鹰,就是西牧冈卡',它张开两翼,能够用暗影把一队两千人的旅客遮没。同样地,在另一种形态下,上帝……"

① 蒙纳代斯基(Jean Monaldeschi)侯爵,瑞典王后的宠臣,由于写了一封侮辱王后的信,被王后派另一个宠臣把他刺死。

② 西芒卡斯为西班牙一个古堡的名称,里面存有西班牙各时代的档案。

③ 原文是拉丁文。

等等。大法官认定了这样一个事实:一个贵族爵位的继承人被夺走,被毁坏容貌,现在又找回来了。他并不谴责詹姆士二世,因为詹姆士二世到底是女王的父亲。相反,他甚至认为詹姆士二世有理由这样做:首先,因为有古老的君主政体的格言可作依据,如"抓走长子,这个世家就下降为平民家族"①;其次,因为国王确实享有毁坏他人肢体的权利。张伯连也证实了这一点。詹姆士一世说过:"臣民的生命和四肢都属国王所有。"②他说这句话证明他有光荣的广博记忆力。有些具有王族血统的公爵们曾经为了王国的利益而被挖掉眼睛。有些和王位过分接近的亲王们很巧妙地被压在两块床垫之间窒息而死,正式公布的致死原因是中风。窒息而死当然要比毁坏肢体严重得多。突尼斯国王曾经挖掉他的父亲阿森陛下的眼睛,可是拿破仑仍然接见他的大使。因此,国王有权废除一个人的肢体,如同消灭一个身份一样,等等,这是合法的,等等。可是一个法律规定并不排斥另一个法律规定:"假使淹没的人又回到水面上来,而且没有死亡,那就是上帝修正国王的行动。假使继承人又找到了,王冠应该还给他。诺逊布尔国王阿拉爵士的情形就是如此,他也曾经当过江湖卖艺人。因此,对格温普兰也要这样做,他也是个国王,因为他是一个爵士。由于不可抗力而选择了一种低下的职业,并不能使他的纹章因而褪色;阿伯多罗聂姆③的例子就是证明,他是国王,却做过园丁;约瑟的例子也是证明,他是圣人,却当过木匠;阿波罗也是证明,他是天神,却做过牧人。"简而言之,这位博学的大法官的结论是:应该把全部财产及爵位归还费尔门,即被误称为格温普兰的克朗查理爵士,但有"一个惟一的条件,就是他必须和罪犯赫德瓜侬那当面对质,而且被后者认证确为本人。"这样,这位大法官,宪法规定监护君王的良心的人,就使这颗良心安定下来了。

大法官在报告的末尾加上附注:假使赫德瓜侬那拒绝回答,就应处

① 原文是拉丁文。

② 这句话原文是拉丁文,原书上加注,译成法文,并说明引自张伯连著作第二部,第四章,第七十六页。

③ 阿伯多罗聂姆(Abdolonyme),纪元前四世纪中亚细亚国王;少时甚贫困,曾作过园丁。

以“猛烈和严酷的刑罚”,在这种情况下,应该按照阿代尔斯当国王的法令的规定,一直等到“致命寒冷的审判”的时期到来,在第四天才能对质。这样的规定有一点不十分妥善:假使受刑人在第二天或者第三天死亡,对质就很困难了;可是法律仍应遵守。法律的不妥善正是法律的特点之一。

何况在大法官的心中,格温普兰被赫德瓜依那认证是毫无疑问的事。

安娜在获得足够的报告,知悉格温普兰的畸形外貌以后,丝毫不想损害她的妹妹的利益,克朗查理的财产是早已属于她的妹妹的了,她十分仁慈地决定:约瑟安娜女公爵应该嫁给新爵士,换句话说,就是嫁给格温普兰。

费尔门·克朗查理爵士的复位其实是一件十分简单的案件,因为继承人是法定的和直系的继承人。如果亲子关系是可疑的,或者是旁系亲属要求承继“未定的”[①]爵位,那就要征询上议院的意见。我们不必回溯很远,只举几个较近的例子,如一七八二年伊丽莎白·佩里对悉尼男爵爵位的要求,一七九八年汤玛士·斯塔普鲁顿对波蒙男爵爵位的要求,一八〇三年太姆维尔·布列爵斯牧师对先道斯男爵爵位的要求,一八一三年克瑙里斯陆军中将对班布里伯爵爵位的要求,等等,都是这样的。可是现在这件案件和以上几件丝毫不同。这一件并没有什么争执,继承人的合法性是明显的;他的权利是确实无疑的,根本不必惊动上议院,女王在大法官的协助下,就完全能够确定和承认这位新爵士。

柏基弗德罗导演这一切。

亏了他,这件事才能够这么隐秘地进行,秘密才能够这么严格地保守,以致约瑟安娜和大卫爵士两个人,对这件在他们的脚底下掘挖深渊的奇怪事情丝毫听不到风声。十分傲慢的约瑟安娜,自己置身在悬崖上,要封锁她是十分容易的,她自己已经把自己孤立起来。至于大卫爵士,他被派到佛兰德斯的海面上。他马上就要丧失爵位,他自己还不知

① 原文是英文。

道。有一点细节必须附带说明:当时在离开大卫爵士指挥的军港四十公里的地方,有一个名叫哈里白顿的舰长突破了法国舰队。枢密院院长潘布洛克伯爵建议把哈里白顿舰长提升为海军中将。安娜划掉哈里白顿的名字,写上大卫·弟里一摩瓦爵士字样,使得大卫爵士知道自己不再是上议员的时候,当上海军中将也可以自慰。

安娜觉得很满意。把一个丑怪的丈夫给她的妹妹,让大卫爵士升了官,这是恶意和善良混合起来的做法。

女王陛下为自己准备了一出喜剧。她对自己说:这是公平的,她只不过补救她的庄严的父亲滥用权利所造成的恶果,她使贵族阶级的一个成员重新复位,她的作为像一个伟大的女王,她遵照上帝的意旨保护一个无罪的人,上帝按照他的神圣而不可知的方法,等等。最甜蜜的是做一件正当的事而这件事对自己所不喜欢的人是不愉快的。

不过女王只要知道她的妹妹的未来丈夫是丑怪的,这就够了。至于格温普兰怎样畸形,怎样丑怪法,柏基弗德罗认为不必详细告诉女王,安娜也不屑查问。这是君王对一切的高度轻蔑。何况,这样做法又有什么意义?贵族院只能够表示感恩而已。大法官是贵族院的议长,他已经发过言了。恢复一个贵族议员的地位,等于复兴整个贵族院。君王趁这个机会表示他是贵族特权的良好和可敬的保卫者。无论这位新爵士的脸怎么样,不能拿脸作为不得享受权利的理由。安娜把上面这些理由,或者和上面相类似的理由,对自己说了,然后一直朝自己的目标走去,她的目标是伟大的、女性的和帝王的目标,这个目标就使自己满意。

女王当时在温莎,这样就使宫廷里的密谋和社会人士隔开一段距离。

只有那些绝对需要的人,才能参与这个秘密。

至于柏基弗德罗,他很快乐,这样就使得他的脸上增加了一种阴惨的表情。

在这世界上可能变得最丑恶的东西,就是快乐。

他享受了第一个得到赫德瓜依那的水壶的快乐。他的外表并没有流露出怎样惊异,因为只有渺小的心灵才会震惊。何况,这是他应得的报酬，他不是好久以来一直守候在命运的大门外面吗？既然他等待，他就应该得到一些东西。

这种“不动声色”①是他的外表。我们必须指出，他的内心是惊喜万分的。假使有谁能够揭开他的甚至在上帝面前也要用来遮盖良心的假面具，就能发觉下面的真实情况：恰好在这时候，柏基弗德罗开始相信以他这样一个虽然和约瑟安娜接近，地位却很渺小的人，肯定不可能损害高贵的约瑟安娜女公爵。因此，他的内心产生了疯狂的愤恨。他已经到达了所谓沮丧的地步。愈是绝望，他愈发愤怒。人们形容一个人“咬牙切齿、忍气吞声”，说是“他像一匹马在咬啮自己嘴内的马嚼子”，这样的形容是十分悲惨而确切的！一个坏人在咬啮着自己的无能。也许柏基弗德罗已经气馁，正在想改变主意，可是他想放弃的不是损害约瑟安娜的念头，而是损害她的希望，他想放弃的不是仇恨，而是实际行动。可是，放弃行动计划是多么难堪的挫败啊！从今以后只能把仇恨装进鞘子里，像把匕首放在博物院里一样！多么难忍的耻辱！

突然间，在这决定性的时刻——宇宙间的无限偶然是喜欢制造这一类巧合事件的——赫德瓜依那的水壶越过汪洋大海，到达了他的手中。在冥冥中好像有一种驯顺的东西专门听从“恶”的命令似的。柏基弗德罗会同海军部里两个随意选择的、对这件事不感兴趣的宣誓证人，打开了水壶，找到了那块羊皮纸，把它摊开来，读了上面的文字……我们试想象一下这个恶魔多么狂喜吧！

想起来也很奇怪，海、风、空间、涨潮和落潮、风暴、平静、和风，居然那么费尽心机配合起来造就一个坏蛋的幸福。它们的同谋延续了十五年。这是一件神秘的工作。在这十五年中，海洋没有一分钟不在工作。波浪把浮在海面的水壶互相传送，暗礁躲避这个易碎的玻璃瓶，没有任何裂痕使水壶破裂，各种摩擦也没有使瓶塞损坏，海藻没有腐蚀藤壳，贝壳没有啮掉“赫德瓜依那”字样，水没有流进壶内，霉菌没有使羊皮纸腐烂，潮湿没有使字迹消失，地狱为这件事费尽了多少心机啊！就这样，日尔纳杜斯把水壶扔给黑暗，黑暗把它交给柏基弗德罗，原来送给

① “不动声色”，原文是拉丁文，直译是：“对什么都不赞美。”

上帝的东西,到了魔鬼手上。宇宙辜负了人们对它的信任,神秘的嘲弄和事物混合起来,作出了安排,使得被抛弃的孩子格温普兰重新变成克朗查理爵士这一正义的胜利,变成了有毒的胜利,这件好事带有恶果,正义帮了不义的忙。从詹姆士二世的罪恶行为中救出一个牺牲品,就是送给柏基弗德罗一个猎获物。恢复格温普兰的地位,就是出卖约瑟安娜。柏基弗德罗成功了;为着这样,许多年来,波涛,巨浪和风暴,一起冲击、摇动、推送、抛掷、虐待和尊敬这只玻璃瓶,在这只水壶里面,容纳着多少不同的命运!为着这样,风,潮汐和暴风雨才互相协作和配合!奇迹在这么宽广的范围出现,是为了使一个卑鄙的人欢喜!宇宙竟和一条蚯蚓合作!命运经常有这种阴暗的意愿。

柏基弗德罗产生了一种巨人似的骄傲。他对自己说,这一切都按照他的意愿实现。他觉得他自己就是中心和目的。

他弄错了。我们可以把这件奇事的性质再弄清楚一点。这件奇事的真正意义不是在使柏基弗德罗的仇恨能够利用这件事。海洋对一个孤儿承担了父母的责任,把风暴送给孤儿的刽子手,粉碎了拒绝接受孩子的那只船,吞没了那些合拢着双手求救的船上人,拒绝他们的一切哀告,只接受他们的忏悔;暴风雨从死神的手里接过来一件寄托物;那艘负担着罪恶的坚固的船只,被装载着悔罪的脆弱的水壶代替了;大海改变了性质,如同一只豹变成了保姆,它虽然没有摇晃着孩子的摇篮,却摇晃着孩子的命运;同时孩子也在成长,但他并不知道海洋为他做着什么事;接受了水壶的波涛,守卫着这个包含着将来的过去;暴风雨和善地在上面吹着,水流引导这个脆弱的漂流物越过深不可测的水道,海藻、巨浪、礁石、海洋的广阔的海面,都保护一个无罪的孩子;波浪像良心那样冷静,混乱重新建立秩序,黑暗世界引导出一线光明,全部黑暗都用来使"真理"这个星光出现;已故的爵士在坟墓中得到了安慰,遗产归还了继承人,国王的罪行得到了纠正,上天的意旨得到了贯彻;渺小的,微弱的,被抛弃的孩子得到宇宙当他的监护人;以上就是柏基弗德罗在他认为是他的胜利的这件事情中所应该看到的,而他并没有看到。他并没有对自己说,这一切都是为格温普兰而实现的;他对自己说,这一切都是为了柏基弗德罗而作的,他可以受之而无愧。这就是魔鬼的想法。

此外,一件这么脆弱的漂流物能够在水里经过十五年而毫无损伤,有谁如果认为值得惊奇的话,那是他还没有认识到海洋无限温和。十五年并不算什么。一八六七年九月四日,在摩比翰海岸,十字岛和嘉佛尔半岛尖端与流浪者礁石之间,路易港的渔夫发现了一只四世纪时代的罗马酒壶,壶身上布满由水垢结成的花纹。这只酒壶漂浮了一千五百年。

不管柏基弗德罗表面上装出多么冷淡,他的惊奇程度正和他的快乐程度相等。

他所想要的东西都到了他的面前;一切好像都准备好似的。能够满足他的仇恨心的事件,已经分成一段段到达了他的手边,他只要把它们聚拢来,衔接在一起就得了。这样做法是十分有趣的。他要作雕刻金饰的工作。

格温普兰!他知道这个名字。就是"笑面人"!他和别的人一样,也去看过"笑面人"的演出。他看过挂在塔德卡斯特客店门口的那块广告牌,正如一个人看一张吸引观众注意的海报一样;他曾经注意到牌子上所写的文字。现在,他马上把最微小的地方都回忆起来,必要时他还可以去核对一下。他在内心所作的闪电式的召唤,使这块招牌在他的深沉的眼睛里重新出现,而且和那班淹死者的羊皮纸并排摆在一起,好像答案在问题旁边,谜底在谜语旁边;还有,"本台演员格温普兰,在十岁时于一六九〇年正月二十九日晚间,被罪大恶极的儿童贩子遗弃在海岸上"这几行字,突然在他的眼睛里像启示录一样大放光芒。他有了一个幻象:市集里的卖艺摊子上出现了"计算、衡量、分割"①几个放光的字。约瑟安娜的整个生活的基础都倒下来了。这是突然的倒坍。失踪的孩子找了回来。出现了一个克朗查理爵士。大卫·弟里一摩瓦成了一个毫无身份的人物。爵位,财富,权力,身份,这一切都脱离

① 原文引用《旧约·但以理书》第五章中的一段故事:伯沙撒王发觉宫内粉墙上出现了 Mane Theel Phares(计算、衡量、分割)几个字,要求但以理解释,但以理说:"计算是神已经数算你国的年日到此完毕;衡量就是你被称在天秤里显出你的亏欠;分割就是你的国分裂。"

大卫爵士，落到格温普兰身上。所有城堡，森林，大厦，狩猎区，宫殿，领地，包括约瑟安娜在内，都属格温普兰所有。对约瑟安娜说来，这是一种什么样的崩溃啊！现在她的面前有谁呢？在这位显赫而高傲的女公爵面前，是一个滑稽戏子；在这位漂亮而装腔作势的女人面前，是一个丑八怪。有谁想得到这样呢？真实情况是柏基弗德罗高兴得发了狂。即使是最狠毒的阴谋诡计，也比不上意料不到的事那样令人轻快。如果客观现实愿意，它能制造出无比的杰作。柏基弗德罗觉得他以前的一切梦想都很愚蠢。他眼前所得到的，比他的梦想更好。

他在着手使其实现的变动即使对他不利，他也不会因而中止。有些凶猛的昆虫，虽然自己得不到好处，反而会因刺人而亡，它们也会毫不犹豫地刺人。柏基弗德罗就是这一类昆虫。

可是这一次，他不能说这件事对他自己没有好处了。大卫·弟里一摩瓦爵士没有什么要感谢他，而费尔门·克朗查理爵士却是从他的手上才获得一切。柏基弗德罗可以从被保护者的地位升为保护人了。保护谁呢？保护一个英国的贵族议员。他也有一个爵士在自己的掌握中了！这个爵士是他一手创造出来的！柏基弗德罗盘算好首先该诱导他作些什么。这位爵士又是女王的身份较低的妹夫！他的面貌这么丑怪，他愈是不能得约瑟安娜的欢心，就愈能使女王欢喜。柏基弗德罗得到了恩宠，只要穿上庄严和朴素的服装，他就成为一个有地位的人物了。他一直向往着教会。他有一种想当主教的模糊的愿望。

目前，他感到幸福。

多么漂亮的成功！命运为他安排的许多事情，安排得多好！波浪明明白白为他带来了复仇——他总把自己的害人阴谋叫做复仇——的机会。他窥伺了许多日子不是白费心思的。

他是暗礁，约瑟安娜是漂流的破船。约瑟安娜马上就要在柏基弗德罗的身上触礁，对一个恶汉说来是多么值得高兴的事啊！

他很精于使用一种称为暗示的艺术；这种艺术的内容是：在别人的身上切开一个小切口，把自己的一个想法放进去，然后让别人按照这个想法去做事。他躲在一旁，装出事不关己的样子，实则是他安排约瑟安娜到“绿房子”去看“笑面人”的。这样做法并没有什么害处。让这个江湖卖艺人在下贱的状况下被她看见，这在他的计划中是一个很好的要素，将来可以用来调味。

他默不作声地事先把这一切都准备好。他的希望是出现一种难以形容的突然巨变。他所进行的工作只能够用这样一句古怪的话来形容：他在制造一下闪电。

一切准备妥当以后，他监督着使一切应办的手续都按照法定手续办妥。秘密丝毫没有泄露，因为法律本来就规定保守沉默。

赫德瓜依那和格温普兰对了质，柏基弗德罗也在场参加，我们在上面已经看到了这场对质的结果。

同一天，女王的一辆驿递马车，奉了女王陛下的命令，突然间到伦敦来把约瑟安娜女公爵接到温莎去，当时安娜正在那里居住。约瑟安娜心中似乎有事，很想抗令不去，或者把日期推迟一日，第二天再启程。可是宫廷生活并不容忍这一类的抗命。她不得不马上就道，离开她的伦敦住宅亨克威勒大厦，到她的温莎住宅柯利奥纳别墅里去。

约瑟安娜女公爵离开伦敦的时刻，正是执达吏到塔德卡斯特客店带走格温普兰，并且把他带到扫斯华克的地下刑室的时刻。

她到了温莎以后，守在觐见室门口的那个持黑杖的前导员告诉她说，女王陛下和大法官在内谈话，只能够在第二天早上接见她；因此，她必须守候在柯利奥纳别墅，等待女王的命令，女王陛下第二天早上醒来以后，就直接把命令送给她。约瑟安娜很不高兴地回到家里，在发脾气中吃了一顿晚饭，头痛起来，赶走了一切下人，只留下她的侍童，然后连侍童也赶走，天还亮着就上床睡觉了。

在到达温莎的时候，她获悉大卫·弟里一摩瓦爵士也要在明天到达温莎，因为他在海上接到了命令，要他马上回来接受女王的指令。

第三章 “任何人突然从西伯利亚到达塞内加尔,都不可能不昏倒。”

——韩堡特①

一个人,即使是最坚强和精力最旺盛的男子汉,如果受到运气的突然袭击,因而昏迷过去,这不是什么奇怪的事。人被意料不到的事件击倒,正如牛被杀牛棒击倒一样。法朗梭瓦·代贝斯可拉曾经在土耳其人的城门口把城门的铁链抢过来,可是宣布他做教皇那天,他整整一天失掉知觉。从红衣主教到教皇只不过跨过很小的距离,从江湖卖艺人到英国的贵族议员,这当中的距离就大了。

最猛烈的打击莫过于失掉平衡。

格温普兰恢复知觉和张开眼睛以后,天已黑了。格温普兰发觉自己坐在一把交椅上,处在一间高大的房间中央,房间全部铺满紫红色天鹅绒,墙上,天花板上,地板上,全都铺着天鹅绒。人就在天鹅绒上行走。在他的旁边,站着一个不戴帽子的人,他就是在扫斯华克的地牢里从柱子后面走出来的那个大肚子的人,当时他披着一件旅行斗篷。格温普兰是单独一个人和这个人在这间房间里。从他坐着的交椅上伸出两只手,他可以碰到两张桌子,每一张桌子上各有一只六根蜡烛的烛台,蜡烛都燃点着。其中一张桌子上放着一些纸张和一只首饰箱子;另一张桌子上放着消夜点心:冻鸡,酒,白兰地,放在一只银盘上。

从一扇上达天花板下触地板的长玻璃窗望出去,四月夜间明朗的天空使人看得见屋外有半圈柱子,围绕着一个庭院,院子的出入口是一座有三扇门的环形圆拱,一个门高大,其余两扇门低矮;中间的门供马车出入,十分宽阔;右边的门供骑马的人出入,较小一点;左边的门供步

① 韩堡特(A. de Humboldt,1769—1859),德国博物学家。

行人出入，更小一点。这些门都有铁栏关闭，铁条的尖端闪闪发光；中央的门顶上有一座高大的雕像。那一排半圆形的柱子和院子里的铺石大概都是白色的大理石，使得周围像下雪似的一片白色。平坦的铺石包围着一件镶嵌细工饰物，在黑暗中模糊地可以分辨出来；这件饰物的许多花纹和各种颜色，在白天，一定可以看出它是一个巨大的纹章，是按照佛罗伦萨流行的办法建造的。弯弯曲曲的栏杆高起又落下，表示出那下面有阳台的扶梯。院子的上空，矗立着一座巨大的建筑物，由于黑夜的缘故，这座建筑物显得朦胧而模糊。一座宫殿的剪影插进布满繁星的天空。

另外可以看清楚的是一个庞大的屋顶，有涡形装饰的三角墙，像头兜似的有披檐的顶楼窗，像高塔似的烟囱，柱顶线盘上安置着许多不动的男女神像。柱廊的后面，一座童话里才有的喷泉越过柱廊喷着水，发出温和的闹声，水从一个水盆流到另一个水盆，既有下雨的美，也有瀑布的美，仿佛在散放着宝石，让风把钻石和珍珠随意乱撒，似乎用这样的方法为周围的雕像解闷。很长的一排排窗户伸延开去，各排之间被圆形隆起的武器架子和放在小台座上的半身雕像分隔着。在露台上，交替陈列着战利品、石刻的有翎毛的高顶盔和神像。

格温普兰所在的房间里，面对着窗户的房间深处，一边有一座和墙壁同样高的壁炉，另一边，在一顶华盖下面，有一张封建时代的宽阔的大床，要踏着小扶梯才能上去，在床上人可以横卧。床边放着一张床上用的折叠椅。墙脚下有一排扶手椅子，扶手椅子前面有一排普通靠背椅，这就是房间里的其余家具。天花板作圆拱形；壁炉里按照法国的办法生着熊熊的木柴火；从火焰的旺盛和火焰颜色红中带绿来看，一个行家马上就能说出火炉里烧的是桦木——一种十分名贵的木柴。房间那么大，两只蜡烛台根本没有把房间照亮。这里那里都有下垂的门帘在飘动，表明这间房里有许多门和别的房间相通。整个房间呈现出詹姆士一世时代的方方正正，结结实实的建筑式样，既古老又宏伟。像房间里的地毯和壁幔一样，华盖，天帷，床，折叠椅，门幔，壁炉的面饰，台布，扶手椅子，靠背椅子，这一切，都是紫红色的天鹅绒。除了天花板以外，没有装金。在天花板上，离开四个角同样距离的正中地方，闪耀着一个巨大的圆盾，平嵌在天花板里，是金属浮雕，里面有一个灿烂夺目的家徽在闪闪发光；在这个家徽里，两个并排的纹章上面，可以看得出那里有一顶男爵的冠冕和一顶侯爵的冠冕；这是烫金的铜制品吗？还是银制品？很难说。看来很像金的。这个富有贵族气派的天花板，很像是昏暗的庄严的天空，那个光辉灿烂的盾在天空中央，好像太阳在黑夜里发出昏暗的光芒。

一个野蛮而又获得自由的人，放他在宫殿里，他就会像在监狱里一样不安。这间富丽堂皇的房间叫人心烦意乱。庄严伟大使人恐惧。谁能够在这所华贵的房子里居住呢？这么宏伟的房子是属于哪个巨人的呢？这所宫殿是哪一只狮子的巢穴呢？还没有十分清醒的格温普兰，觉得心里十分沉重。

"我在什么地方？"他问。

站在他面前的那个人回答：

"你是在你自己的房子里，爵爷。"

第四章　迷　惑

格温普兰被投到惊异的深渊里去。

要经过一段时间,才能回到地面上来。

在陌生的地方是不可能马上站定脚跟的。

就跟军队的溃散一样,思想观念也有溃散;重新集合不是一下子就能够做到的。

在这种情况下,一个人会觉得自己正在全部分散,似乎自己亲眼看见自己在消失。

上帝是臂膀,命运是弹弓,人是石子。弹弓把石子投射出去以后,人们是无法抵抗的。

假如我们可以用这样的话来形容,格温普兰像石子掠水而飞一样,从一个惊异跳到另一个惊异。收到女公爵的情信以后,又发生了扫斯华克地牢里的秘密暴露。

在命运中,意料不到的事情开始以后,你就应该准备这种事情会接二连三地出现。这道凶险的门一旦打开以后,令人吃惊的事就会一齐冲进来。你的墙上有了裂缝,一连串的事件就会乱糟糟地挤进来。奇异的事是不会只发生一次的。

奇异的事就是暗昧。这种暗昧正笼罩在格温普兰身上。他所遇到的事对他说来是不可解的。他只能够通过一层薄雾来看见一切,这层薄雾是他的心里极度纷乱所造成的,正如废墟的倒坍激起灰尘一样。这一次他受到了从头到尾的震动。他眼前的东西没有一样是清晰的。不过,正常的透明总是逐渐恢复的。灰尘会停止飞扬。惊异的程度每一分钟都在减轻。格温普兰好像一个人在梦中睁开眼睛凝视着,想看清楚梦里有些什么。他驱散了眼前的云雾,接着又让云雾聚拢来。他有间歇的昏乱。他像遇到意外的人那样,精神动摇不定,一忽儿走到明白的一边,一忽儿又走到不明白的一边。谁的脑子里没有发生过这种摇摆不定的现象呢?

慢慢地,他的思想逐渐适应了这种突如其来的变化,正如他的眼珠适应了扫斯华克地牢里的黑暗一样。最困难的,是没法子在堆积起来的不同感受之间加上一段距离。要把几种混乱的观念燃烧起来,以达到获得理解的结果,必须在不同感受之间有空气存在,没有空气就不能燃烧。可是这儿就没有空气。可以说,整个事件的经过是叫人无法喘息的。在走进可怕的扫斯华克地牢时,格温普兰等待着囚徒的颈枷,可是人家把爵士的冠冕戴在他的头上。这怎么可能呢?在格温普兰所害怕的和他所得到的两者之间,并没有适当的距离,两者的连续发生太快了,他的恐惧变成别的感情,变得过于突然,没法子弄清楚到底是什么。这两种相反的东西互相压得太紧,格温普兰的心灵被夹在中间,他尽力想法自拔出来。

他没有做声。人在极大的惊异中,就会本能地这样做;在惊异中的人处处提防,往往超过我们所想象的程度。一个什么话都不说的人是准备应付一切的。你如果漏了嘴说出了一句话,陷进不可知错综复杂的事情中,就会把你整个人都卷进去。

穷人最怕被压迫。下层的人民总是怕别人拿脚踏在他们的头上。格温普兰恰好在长期以来曾经是下层人民的一分子。

不安的心灵有一种特殊的状态可以用这几个字来表达:等着瞧。格温普兰就是在这种状态中。他觉得自己还没有在新出现的情势中获得平衡。他在密切注意一件应该还有下文的事。他的注意是没有明确目标的。他在等着瞧。等什么?不知道。等着谁?瞧吧。

那个大肚子的人又说一遍:

"你是在你自己的房子里,爵爷。"

格温普兰摸了摸自己。在惊异中,我们先看一看,以证明周围事物的存在,然后我们自己摸自己,以证明自己确实存在。那个人的确是对他说话,可是他自己已经是另外一个人了。他已经没有了他的外套和皮背心。他的身上多了一件银绒背心和一件缎子外衣,摸上去,他觉得这件外衣是绣花的;他觉得背心的一个口袋里有一只涨得满满的钱袋。

腿上有一条宽阔的天鹅绒的套裤套在他的狭窄的小丑裤子上;脚上穿的是一双红高跟的鞋子。他们把他搬到这所宫殿的同时,也换掉了他的衣服。

那人继续说:

“请爵爷赏脸记住这一点:我叫做柏基弗德罗。我是海军部的书记。是我打开了赫德瓜依那的水壶,这只水壶决定了你的命运。就像阿拉伯童话里所说的一样,一个渔夫从一个瓶子里放了一个巨人出来。”

格温普兰凝视着对他说话的那张微笑的脸。

柏基弗德罗继续说:

“除了这座宫殿,爵爷,你还有亨克威勒大厦,它比这座宫殿更大。你还有克朗查理城堡,你的爵位封号就从这座城堡得来,它是老爱德华时代的一座古老堡垒。你有十九个执达吏管区,包括区内的乡村和农民。这样,在你的爵士和贵族的旗帜下,大约有八万陪臣和佃户。你在那里就是法官,可以审判一切,包括财产和人身,你还有一个爵士的宫廷。国王只比你多了铸造钱币的权利。诺曼底人的法律把国王称为诸侯的领袖,他有法庭,宫廷和硬币。硬币就是金钱。除了硬币以外,你在你的领地里就是国王,如同国王在他的王国里称王一样。作为男爵,你有权在英国使用四根柱子的绞刑架;作为侯爵,你有权在西西里岛使用七根台柱的绞首台;一个普通领主只能使用两根台柱的绞首台,城堡里的绞首台可以有三根台柱,公爵的可以有八根。在古代诺逊布尔的法典中,你被称为亲王。你和爱尔兰的瓦棱萨子爵家是亲戚,他们姓鲍卫尔,和苏格兰的乌姆弗拉威勒伯爵家也是亲戚,他们姓安吉士。你像坎倍尔,阿德曼纳克和麦克·阿龙摩尔一样,是一个氏族的族长。你有八个城堡:雷沟尔维,伯顿,嚣尔一开特士,霍姆布露,摩里冈布,甘姆德黎特,还有别的几座。你对菲灵摩尔的泥炭沼泽和特朗特的雪花石膏矿都享有权利;你还占有平耐斯狩猎区的一带地区,你还有一座山和山上的一座古城。那个古城叫做韦尼各通;那座山叫做摩亚尔—恩利。这一切,使你有四万镑的入息,就是说,比一个法国人感到满意的每年二万五千法郎入息超过四十倍。”

柏基弗德罗一边说,格温普兰一边逐渐麻木,他已陷入回忆中。回忆是一个深渊,有时一句话能把一切唤醒。柏基弗德罗所说的这一切名字,格温普兰都熟悉。这些名字都写在一块木板的最后几行字上,这块木板挂在木屋的板墙上,格温普兰在这间木屋里度过了他的童年。由于经常不自觉地对木板随意观望,他早记熟了这些名字。当他以被遗弃的孤儿的身份,到达韦茅斯那辆流动木屋里的时候,他应继承的遗产的清单,已经在木屋里等着他;每天早晨他醒过来,第一件引起他无心而且不在意地仰望的,就是他的爵位封号和领地。在十五年中,他在各处街头流浪,在一辆旅行演出的小车上当丑角,做一天挣一天的口粮,拾起观众施舍的铜板,吃些残羹剩饭,可是他的财富却挂在他的贫困的住所里跟着他到处旅行。这也是十分奇异的细节,可以和他所遇见的意外事件加在一起。

柏基弗德罗用食指触着桌子上的首饰箱子说:

"爵爷,这只箱子里装着两千金币,是仁慈的女王陛下送给你,以便你目前零用的。"

格温普兰动了一动。

"我要送给我的父亲'熊'。"他说。

"好,爵爷,"柏基弗德罗说,"给'熊',他在塔德卡斯特客店。高级律师一直伴送我们到这里,他马上就动身回去,可以叫他带给他。也许我自己也要到伦敦去。如果我去的话,我自己带给他。这件事让我来办。"

"我自己带给他。"格温普兰说。

柏基弗德罗马上收敛了笑容:

"不可能。"

有一种声调是能够加强语气的。柏基弗德罗就在使用这种声调。他顿了一顿,仿佛在他刚才所说的几个字后面加上一个句号似的。然后,他继续说下去,所使用的是一种仆从的尊敬口吻,可是这种口吻很特殊,说明这个仆从是自认为有权做主的。

"爵爷,你是在离开伦敦二十三英里的柯利奥纳别墅中,这个别墅是你的宫廷住所,和王上的温莎城堡贴邻。你在这儿是没有一个人知道的。你是用一辆密封的马车送到这儿来的，这辆马车在扫斯华克监狱的门外等你。那些带你进入这所宫殿的人不知道你是谁，可是他们认识我，这就够了。我有一把秘密钥匙，可以把你一直带到这个房间里来。这所房子里还有人在睡觉，现在还不是叫醒人们的时候。因此我们有一段时间来把事情说说清楚，这段时间也不会太长。我马上就把一切告诉你。我有女王陛下给我的使命。”

柏基弗德罗一边说，一边翻动桌子上的一叠文件，这叠文件就放在小箱子的旁边。

“爵爷，这是你的爵位证明书。这是你的西西里侯爵爵位特派状。这是你的八块男爵领地的头衔和证书，上面有十一个国王的御印，从坎特国王巴尔德勒特到英国和苏格兰国王詹姆士六世和一世的御印都有。这是你的上席权证书。这是你的地租契据，你的领地、采邑、乡村和辖地的地契和地图。你头上嵌在天花板里的那个纹章，就是你的两顶爵士冠，一顶是男爵的珍珠冠，另一顶是侯爵的莓叶冠。这儿，在你的更衣室里，有你的爵士袍，是红色天鹅绒镶貂皮的袍子。就在今天，几小时以前，大法官和英国纹章局副局长获悉你和儿童贩子赫德瓜依那对质的结果以后，他们都从女王陛下那里得到了指令。女王陛下也按照她的圣意签了字，她的圣意就是法律。一切手续都办妥了。明天，最迟不超过明天，你就能进入贵族院；这几天贵族院里正在讨论王室提出的一个法案，这个法案的内容是把女王的丈夫甘伯兰公爵的年俸增加到十万镑，相当于二百五十万法国金币。你也可以参加讨论这个法案。”

柏基弗德罗停下来，慢慢地呼吸，然后继续说：

“不过，这一切都没有成为事实。没有本人同意，一个人是不会成为英国的贵族议员的。除非你答应，否则一切都可以作废和消失。一件事在没有诞生以前就死在腹中，在政治上是常有的事。爵爷，到目前为止，关于你的一切仍然严守秘密。贵族院要到明天才能得到消息。关于你的整个事件，为着国家的利益，绝对不能泄露秘密，这一点有这么严重的关系，以致少数有权力的人，他们在目前是惟一知道你的存在和你的权利的人们，会马上把他们所知道的一切完全忘记掉，假如国家的利益要求他们这样做的话。在黑夜里的东西可以继续留在黑夜里。把你取消是很容易的事。尤其是因为你有一个哥哥,他是你父亲和一个女人的私生子,这个女人自从你父亲流亡出国以后就做了国王查理二世的情妇,这样就使得你的哥哥在宫廷里有很高的地位;虽然你的哥哥是私生子,假如把你取消的话,你的爵士封号就会落到他的身上。你愿意这样吗?我想你不愿意吧。好吧,一切都由你决定。女王的命令不能违背。你只能够在明天离开这里,坐着女王陛下的车子,到贵族院去。爵爷,你愿不愿意做英国的贵族议员,愿还是不愿?女王对你有一些打算。她想叫你缔结一门亲事,对方差不多是王族血统。费尔门·克朗查理爵士,现在是决定性的时刻。命运不会打开一扇门而不闭上另一扇门。前进了若干步以后,要想后退一步是不可能的。谁改变容貌必然把消失的原形留在身后。爵爷,格温普兰已经死了。你懂了吗?"

格温普兰从头到脚哆嗦起来,然后他恢复了常态。

"我懂了。"他说。

柏基弗德罗微笑起来,行了一个礼,拿起小箱子放在他的斗篷下面,走了出去。

第五章　自以为回忆起来，其实是遗忘了

一个人的灵魂里，怎么会有这些奇怪的、明显的变化呢？

格温普兰被带到山顶上，同时也被扔到深渊里。

他觉得晕眩。

双重晕眩。

升高的晕眩和坠落的晕眩。

这是不祥的结合。

他觉得自己升上去，却没有觉得自己跌下来。

看见一个新的地平线，这是可怕的。

远景给人提建议。可是并非经常是好的意见。

他的面前出现了仙境似的一个洞，也许是一个陷阱，这是云的空隙造成的洞，从空隙中露出深沉的蓝色天空。

深沉得那么厉害，使得天空十分幽暗。

他是在一座山上，从那里可以看见大地上的许多王国。

尤其可怕的是这座山根本不存在。认为自己是在山顶上的人，其实是在梦境中。

诱惑就是这座山的深渊，诱惑那么强烈，使得这个山顶上的地狱希望腐化乐园，魔鬼也把上帝带到那里去。

诱惑永恒，这是多么奇怪的希望！

撒旦能够试探耶稣的地方，一个凡人怎么能够抵抗得住？

宫殿，城堡，权力，财富，一切人间的幸福无边无际地围绕着自己，地平线上展开一幅荣华富贵的地图，以自己为中心出现了一幅光辉灿烂的地图，这一切都是十分危险的海市蜃楼。

这个景象的出现是突然的，不是逐渐深入的，事先既没有警告，中

间也没有过渡,试想象一下这样突如其来的景象多么使人震惊。

一个人在鼹鼠的洞穴里睡觉,醒过来时发觉自己在斯特拉斯堡钟楼的尖顶上,这就是格温普兰的情形。

晕眩是一种可怕的清醒,尤其是那种由两个相反方向旋转所造成的晕眩,这种晕眩把你同时带到白日和黑夜里去。

他看见太多的东西,同时看见的东西也不够多。

他看见一切,同时什么也看不见。

他是在本书的作者称为"耀眼的盲目"的状态中。

格温普兰剩下一个人,就大踏步地走来走去。这是在爆发以前的沸腾。

在这种激动的状态中,在这种不可能静止不动的状态中,他在默想。他的沸腾状态是一种清算。他运用了他的记忆力。最奇怪的是,我们往往听清楚我们自以为没有听见的东西。郡长在扫斯华克地牢里所念的那一篇自白书,现在清清楚楚地出现在他的脑海中;他记得其中的每一个字;他通过这篇自白书看见了他的整个童年。

突然间,他停了下来,两只手放在背后,望着天花板,望着天空,望着上面的一切东西。

"报复!"他说。

他好像一个把头露出水面的人。他似乎看见了一切,过去,将来,现在,都在刹那间出现的亮光中看见了。

"啊!"他喊了——因为在人的思想中也有喊声的——"啊!原来是这样!我是爵士。一切都清楚了。啊!他们盗卖我,陷害我,毁坏我,剥夺我的继承权,抛弃我,杀害我!我的命运的尸体在海上漂流了十五年,突然间碰到了陆地,就站起来活过来了!我复活,我诞生了。我早就清楚地觉得在我的破衣服里面活着的不是一个穷鬼,当我转过身来望着人们的时候,我总觉得他们是羊群,而我不是看羊的狗,却是牧羊人!人民的牧者,人民的领袖、向导和主人,就是我的祖辈父辈的身份;他们有这样的身份,我也有!我是贵族,我有权佩剑;我更是男爵,我有一顶头盔;我也是侯爵,我有翎饰;我又是贵族议员,我有一顶爵冠。啊!他们抢夺了我这一切!我原来是光明地区的居民,他们使我变成黑暗地区的居民。那些放逐了父亲的人,连他的儿子也卖掉了。我父亲死亡的时候,他们把他在流亡期间用来做枕头的石头也拿掉了,他们把这块石头挂在我的脖子上,把我扔到阴沟里!那些在我的童年时代虐待过我的强盗们,是的,他们在我的记忆深处站立和移动,是的,我又看见了他们。我就是挂在坟墓上的一块肉,被一群乌鸦啄食。我在这些丑恶的黑东西的凌辱下流过血,叫喊过。啊!他们把我掷下去的原来是这样的地方,我在那里被来来去去的人们践踏,被所有的人们作践,我处在人类的最底层,比农奴的地位更低,比仆役的身份更低,比贱民更贱,比奴隶更不如,我是在放渣滓的地方,在深沉的黑暗中!现在我从这些地方走出来了!我从那里爬上来了!我在那里复活了!现在我在这儿。报复!”

他坐下来,又站起来,双手抱着头,又开始踱来踱去,这一段暴风雨似的独白在他的心内继续下去:

“我在什么地方?在山顶上!我刚才在什么地方栖息下来?在高峰上!这个富贵构成的屋脊,权力构成的世界圆屋顶,这就是我的家。请看那座天上的宫殿,我是居住在其中的一位天神!不可进入的地方,我住了进去。我以前从低处向高处仰望,高处射下来的万顷光芒使我闭眼也来不及,现在我也到了高处!贵族领地是无法进入的,幸福的人们居住的堡垒是无法攻破的,我都进去了。我到了里面。我也成了其中的一分子。啊!命运的车轮转了决定性的一转!我本来在车轮的下面,我转在了上面。在上面,永远在上面!我已经成为爵士,我要穿上一件猩红色的斗篷,我的头上要戴上爵士冠,我要参加国王的加冕礼,国王要在我的手中宣誓,我能审判大臣们和亲王们,我要表明我的存在。我从人们把我陷进去的深渊里,一直跳到天顶上。我在城里和乡村里都有宫殿,有邸宅,有花园,有狩猎区,有森林,有马车,有数不尽的金钱,我要设宴招待宾客,我能制定法律,我可以选择幸福和快乐,本来是流浪汉的格温普兰,现在能够伸手摘取天上的星星了!”

这是黑暗不祥地进入一个灵魂。原来是一个英雄,或者到现在仍然是英雄的格温普兰,就这样子在他的身上完成了物质的伟大代替精神的伟大的过程。这是悲惨的转变。这是道德被一群路过的魔鬼败坏。这是用奇兵向人类的弱点突然进攻。人们称为上等的一切下等东西,像野心,本能的不正当欲望,情欲,贪婪,等等,这一切,以前由于在贫困中度过健康、纯洁的生活,并不存在于格温普兰的心中,现在,这一切又吵吵闹闹地跑进来占领这颗高尚的心灵。为什么能够发生这种现象呢?是因为找到了一件在海上漂流的残存物,里面藏着一张羊皮纸。良心被偶然的运气强奸,这是可能发生的事。

格温普兰大口大口地喝骄傲之酒,这酒使他的灵魂变成污黑。这种悲惨的酒所具有的就是这种作用。

昏迷侵入了他的心灵;他不仅同意当爵士,而且津津有味地要这样做。这是长期渴想的结果。我们喝了一杯使我们丧失理智的酒,我们是这杯酒的同谋者吗?他对这样的地位一直都有一种模糊的欲望。他不停地仰望那些上等人;仰望就是渴想。小鹰在巢里出生不是毫无后果的。

当爵士。现在,有一阵子他觉得这是很自然的事。

消逝掉的只有很少几个钟头,可是昨天的过去似乎多遥远啊!

格温普兰遇到的是"更好"的陷阱,"更好"是"好"的敌人。

被人称赞"这个人多幸运啊!"的人是不幸的。

一个人抵抗逆境比抵抗顺境更容易。战胜坏运气比战胜好运气更容易。夏里伯德是贫困,可是希拉却是富贵。① 那些能够屹立在雷击中的人,会在耀眼的光辉中昏倒。如果你不怕深渊,你必须害怕被无数迷雾和梦幻的翅膀把你带到天上去。越升得高,你越变得渺小。受人崇拜的本身有一种凶险的力量,可以使人跌下来。

认识什么是幸运,这不是一件容易的事。幸运本身只是一种伪装。最容易骗人的就是它。它是上帝的意旨吗?还是不幸的灾祸?

一道亮光可能不是光明。因为光明就是真实,而亮光可能是不诚实的东西。你以为它给你照明,其实它在放火。

黑夜时分,在黑暗深渊的边缘上放了一支蜡烛,即使这支蜡烛只不过是下贱的油脂,这时也变成了星星。飞蛾就飞扑上去。

---

① 见129页注①。

飞蛾应该负多少责任呢?

火光引诱飞蛾,正如蛇的眼光迷惑飞鸟一样。

飞蛾和飞鸟不自投死路,对它们是可能的事吗?树叶能够拒绝听从风的命令吗?石头能够违抗引力吗?

这是物质上的问题,也是精神上的问题。

收到女公爵的信以后,格温普兰已经重新挺起身来,因为他的内心有根深蒂固的爱情,帮助他作了抵抗。可是风暴在地平线的一边停息以后,又在另一边刮起来;命运也和大自然一样,会进行连续的袭击。第一下袭击使你动摇,第二下袭击把你连根拔起。

可叹啊!橡树是怎样倒下来的呢?

这样,一个十岁的孩子,孤零零地站在波特兰的悬岩上,准备投入战斗,凝视着即将和他开始搏斗的敌手们:第一个敌手是把船送走的狂风,送走了他想乘上去的那条船;第二个敌手是抢走了这条船的大海,第三个敌手是张大着嘴巴威胁他后退的深渊;此外还有拒绝给他一个避难所的大地,拒绝给他一颗星星的天空,毫无同情心的孤寂,看不见任何东西的黑暗,还有海洋和天空,充满着暴力的海洋,充满着神秘的大地;他在这个充满着无限敌意的陌生场所面前并没有战栗,也没有昏倒;他当时虽然幼小,却对黑夜进行了抵抗,如同古代的赫克勒斯大力士抵抗死神一样;他在这个强弱悬殊的搏斗中,满不在乎地为自己制造了一切不利条件:他自己是个孩子,他却收容了一个孩子;他自己又疲倦又脆弱,他却为自己加上了一个累赘,这样就使得敌人更容易向他的弱点进攻;他的周围有无数怪物埋伏在黑暗中,他却亲手为这些怪物除掉口罩,使它们更容易咬他;在幼年时代他就成了战士,走出摇篮以后,他马上就同命运进行肉搏;在这场斗争中他的力量和敌手的力量对比极不相称,可是这样并不能阻止他参加战斗;他突然间发觉周围的人都隐蔽起来,他就接受了人类的这种躲藏,高傲地继续前进;他懂得怎样勇敢地忍受寒冷和饥渴;他自己虽然具有矮子的身材,却有巨人的灵魂;就这样,这个战胜了两种地狱飓风——一种是暴风雪,另一种是贫困的格温普兰,却在"虚荣"这种微风下面动摇了。

就这样,命运对一个人使尽了各种法宝,使他陷于危难,穷困,用暴

他走来走去，仰望天花板，端详那几顶冠冕，一知半解地研究纹章上的象形文字……

风雨、吼声、灾难、死亡来威胁他，这个人仍然屹立不动，命运就转而微笑起来，这个人马上陷入陶醉，站也站不稳了。

命运的微笑。我们还能想象得出有什么比这种微笑更可怕的吗？这是人类灵魂的无情的试探者用来考验人类的最后一个法宝。潜伏在命运里的老虎往往用天鹅绒似的爪子来抚摸人。这是可怕的准备。这是鬼怪的丑恶的温柔。

任何一个人都可以从自己身上观察到：衰弱和强大往往巧合地同时出现。突然的强大破坏原有的平衡，使人产生寒热。

格温普兰的脑子里有一大群新奇的东西在疯狂地旋转，有变化中的光和暗，有奇异的对照，有过去和将来的冲突，有两个格温普兰；过去他是一个穿破衣服的孩子，在黑暗中行走，流浪，哆嗦着，又饥又渴，使人见了就发笑；将来他是一个地位显赫的爵士，服饰华丽，震动伦敦；这样，他自己也变成了两个人。他在抛弃一个，和另一个合并。他脱离了走江湖的卖艺人，变成了爵士。这是身体皮肤的更换，有时也是灵魂的更换。有些时候，这一切太像在梦中。这是复合的：又坏又好。他想起了他的父亲。这是令人痛心的事：父亲竟是陌生人。他试着想象父亲是怎样的人。他也想起了人家刚才告诉他的那个哥哥。这样，他就有了家庭了！怎么！他，格温普兰，也有了家庭！他沉溺在荒诞的幻想中。他的眼前出现了富贵荣华的景象；他所未见过的庄严盛仪在云雾中从他的面前经过；他还听见了号角声。

“还有，”他对自己说，“我要成为十分雄辩的人。”

他想象自己光荣地进入贵族院。他到达那里的时候脑子里满溢着新的东西。他什么不会说呢？他的脑子里堆积了多少材料啊！他比其他贵族议员多了一个有利条件，他是曾经亲眼见过，亲手摸过，亲身尝试过，吃过苦头的人，他能够大声对他们说：“我曾经接近过你们离得远远的一切！”对这些脑子里充满幻想的贵族，他要把事实真相扔到他们的眼前；他们一定会发抖，因为他说的是真话；他们一定会鼓掌，因为他很伟大。他要在这些掌握大权的人们中出现，可是他的权力比他们更大；他在他们的心目中是一个手持火炬的人，因为他向他们指示了真理；又是一个手持短剑的人，因为他向他们指出了正义。这将是多么伟大的胜利啊!

格温普兰的心灵一半清醒,一半模糊;他一边在心内胡思乱想,一边在疯狂地行动,他走到随便一张交椅就坐了下去,有时昏昏欲睡,有时突然惊跳。他走来走去,仰望天花板,端详那几顶冠冕,一知半解地研究纹章上的象形文字,抚摸墙壁上的天鹅绒,搬动椅子,翻阅那些羊皮纸,念上面的姓名,把封号的读音拼出来,伯顿,霍姆布尔,甘姆德黎特,亨克威勒,克朗查理,等等,又比较印信的蜡,摸了摸国玺上的丝带,走到窗口旁边,倾听喷泉的水声,细看那些雕像,以一个梦游病者的耐心数清楚大理石柱子的数目,然后说:"这是真的。"

他摸了摸身上的缎子衣服,自己问自己:

"这个人是我吗?是的。"

他的内心正在刮着风暴。

在这样的风暴中,他觉得衰竭和疲劳吗?他喝水吗?吃东西吗?睡过觉吗?假使他这样做,他自己是不知道的。在某些激烈的情况下,本能会按照自己的需要来满足自己,不必思想参加进来。何况他当时的思想也不像是思想而是烟雾。当火山的喷火口喷出夹杂着火热熔岩的黑色火焰时,它会感觉到有羊群在它的山脚下吃草吗?

时间过去了。

黎明到临,天亮了。一线白光射进房间里,同时也射进格温普兰的心里。

"还有'女神'呢!"亮光对他说。

第 六 卷

“熊”的各种不同面貌

第一章　那个愤世嫉俗的人说什么

"熊"看见格温普兰走进扫斯华克监狱的小门以后，十分懊丧地继续停留在他躲在那里窥探的墙角里。他的耳朵里好半天还响着门锁和门闩的轧轧声，好像是监狱在吞噬了一个可怜的人以后所发出的快乐的吼声。他等待着。他等待什么？他窥探着。他窥探什么？这种冷酷无情的门，一旦闭上以后，是不会马上再开的；这种门由于在阴暗的地方长久不动，害上了关节不遂症，行动很困难，尤其是在要释放犯人的时候；进来，可以的；出去，就完全不同了。"熊"是知道的。可是等待是一种不容易随便摆脱的行为，我们会不由自主地等待，我们所做的事情会产生一种习惯力量，这种习惯力量即使在事情过去以后仍然会继续存在，而且能够控制我们，把持我们，在相当时期内强迫我们继续做目前已经成为毫无意义的事。无用的窥探就是我们有时每个人都会作出的一种愚笨的动作，或者有时一件东西已经消失，我们还继续凝视着，完全在浪费时间。这种做法是任何人都脱逃不了的。我们会心不在焉地继续坚持下去，我们不知道我们为什么停留在一个地方，可是我们继续停留下去。我们主动地开始的事情，我们被动地继续做下去。这种固执是令人疲劳的，我们清醒过来以后会觉得十分衰竭。"熊"和一般人不同，可是他也和任何人一样，固定在原来的地方，沉溺在一种清醒的梦境里；一件对我们十分重要、可是我们又无法控制的事，就会使我们陷入这种梦境。他轮流端详前面那两垛黑色的墙，一会儿望着那垛矮的，一会儿望着那垛高的；一会儿望着那扇有一部绞首台梯子的门，一会儿又望着那扇有一个死人头颅的门；他好像被夹在监狱和坟场构成的铁钳里。这条路是没有人爱走的，过路人很少，因此没有人看见"熊"。

最后，他从遮蔽着他的屋角下走了出来，这个屋角就是他偶然选择的岗位,他在那里站了半天岗;他慢慢地走开去。太阳已经落山,因为他站岗的时间很长。他不时回过头来注视格温普兰走了进去的那扇可怕的矮门。他的眼睛呆滞而无神。他走到路的尽头,转入另一条路,又转进另一条路,不自觉地顺着几小时以前他经过的道路走回去。每隔一段路,他总回过头来望望,仿佛他还能看见监狱的门,虽然他早已离开了监狱的那条街。他渐渐走近了塔林索草地。市场附近的小路两边都是有篱笆的花园,中间的道路十分荒凉。他弯着腰沿着篱笆和沟渠走着。突然间他停了下来,挺直身子,大声嚷道:“太好了!”

同时他用拳头向脑袋上敲了两下,向大腿上敲了两下,这是表示他在按照正理来判断事情,他是一个理智健全的人。

接着他就小声小气地叽咕起来,有时他也突然提高了声音:

“做得好!啊!这个无赖!强盗!坏蛋!二流子!作乱犯上的人!一定是他发表过的诽谤政府的那一番话把他带到这儿来的。他是一个叛逆。我有一个叛逆住在我的家里,现在我摆脱了他,我真是运气好,他会牵累我们的。把他关进班房!啊!太好了!法律真是伟大。啊!忘恩负义的家伙!我还把他养大!花了这许多心血!他为什么一定要乱说话呢?他还要谈论国事!真是笨蛋!他的手里摸着便士,嘴里就唠唠叨叨地谈论纳税,谈论穷人,谈论人民,谈论和他毫不相干的事!他居然胆敢在便士上面做文章!他恶意地和恶毒地批评了王国的铜币!他侮辱了女王陛下的铜板!一个铜板就等于是女王陛下!因为上面有一个神圣的肖像,他妈的!一个神圣的肖像。我们有没有女王,有还是没有?既然有,就应该尊敬她的铜绿。一切都在政府手上。我们一定要认识这一点。我活过一大把年纪,我有经验。人家会对我说:难道你不问政治了吗?我的朋友,说到政治,我对政治的关心正如我关心驴子身上的毛皮一样。有一天,我吃了一个准男爵的一棍子。我对自己说:这样就够了,我懂得政治了。人民只有一个铜币,他们拿了出来,女王接了过去,人民表示感谢。这是最简单不过的事。其余的事情就让贵族们来管吧。他们这些爵爷既是宗教上的主宰,也是世俗的主宰。啊!格温普兰坐了班房!啊!他被关了起来!这是正确的。这是公平的,最好不过的,活该的,合法的。这是他自己的过错。乱说话是禁止的。笨蛋，难道你是贵族吗？执达吏传唤他，治安法官带走他，郡长关了他。这时候他大概是被什么高级律师在审问。这些聪明人真会给人找出罪名！关了起来，傻瓜！对他是糟糕，对我是再好也没有了！说真的，我十分高兴。我坦白地承认我的运气真好。我收容了这个小男孩和这个小女孩真是愚蠢的举动！过去，我同‘人’两个多么安静！这两个小流氓到我的小屋里来干什么？他们幼小的时候我还没有孵够他们吗？他们坐在车子上，我还没有拉够他们吗？真是救来了一对好东西！他是丑得可怕，她瞎掉了两只眼！我为着他们省吃俭用，忍饥受寒，吃够了苦头！他们长大了，他们谈起恋爱来！那是残废者在调情，我们当时就在这种情况下。癞虾蟆和鼹鼠的初恋，真是一首牧歌。他们就在我的眼前谈情说爱。这一切都应该由法律来结束。那只癞虾蟆谈论政治，最好不过了。我现在一身轻松了。执达吏来的时候，我起初还很愚蠢，以为我并没有看见我所看见的一切，以为这种事情是不可能的，以为我是在做噩梦，以为这是幻觉给我开玩笑，因为人对好运气总是怀疑的。可是完全不是这样一回事，事情再真实也没有了。这是客观事实。格温普兰的的确确在监狱里。这是从上帝那里来的一下打击。谢天谢地。一定是那个丑鬼乱说话，才引起人们注意我的剧场，还连累了我那可怜的狼！别了，格温普兰！我现在一下子就摆脱了两个人。这是一石二鸟。因为‘女神’一定会死的。如果她再也看不见格温普兰——她是真的看见他的，这个愚蠢的姑娘！——她就失掉了生存下去的理由，她会对自己说：我活在世界上干什么呢？于是她也走了。祝你们一路顺风。两个都到魔鬼那里去吧。这两个家伙，我从来就讨厌他们！死吧，‘女神’。啊！我多么高兴啊！”

第二章　他做什么

他回到塔德卡斯特客店。

时钟敲响了六点半。那是接近黄昏的时刻。

尼克莱斯老板站在门口的石阶上。他的脸上的惊愕表情从早上到现在还没法子消失,惊骇仍然牢牢地停留在他的脸上。

远远地他看见了"熊":

"怎么样?"他立即嚷起来。

"什么怎么样?"

"格温普兰马上回来吗?现在是时候了。观众都快来了。我们今天晚上有'笑面人'的演出吗?"

"'笑面人',就是我。""熊"说。

他望着客店主人大声笑起来。

然后他一直跑上二层楼,打开客店招牌旁边的窗户,弯下身来,打量一下"格温普兰——笑面人"那块招牌和《战胜了混沌》那块木板海报,从钉子上拔下来一块,扯下来一块,把两块木板夹在臂膀下面,再走下来。

尼克莱斯老板一直用眼睛跟着他。

"你为什么把这两块东西摘下来?"

"熊"再一次哈哈大笑起来。

"你为什么要笑?"客店主人问。

"我退休了。"

尼克莱斯老板懂了,他马上命令他的副官——侍者葛维堪姆——向来看戏的人宣布:今晚停止演出。他自己亲自把放在门口用来收入场费的酒桶拿走,重新把酒桶放在那间低矮大厅的一个角落里。

一分钟以后,"熊"已经走进了"绿房子"。

他把两块招牌放在一个角落里，然后走进他称为“妇女间”的屋子里。

“女神”在睡觉。

她躺在床上，没有脱衣服，只把裙子松开，像她午睡的时候一样。

在她旁边坐着维诺丝和菲比，一个坐在一张凳子上，另一个坐在地板上，两个都在沉思。

虽然时间已经很迟，她们还没有穿上女神的纱衣，这表示她们十分沮丧。她们继续裹着她们的粗布头巾和粗布衣裳。

“熊”端详着“女神”。

“她在练习时间较长的睡眠。”他喃喃地说。

他转过来对菲比和维诺丝说话。

“你们俩该知道。音乐是完蛋了。你们可以把喇叭藏在抽屉里。你们没有扮成女神，你们做得很对。你们这样打扮很丑，可是你们做得很对。继续穿着你们的抹布似的围裙。今天晚上没有演出。明天也没有，后天也没有，大后天也没有。再也没有格温普兰了，格温普兰不存在了。”

他再望着“女神”。

“对她是多么大的打击啊！她要像一根蜡烛被吹熄一样。”

他鼓起脸颊吹气。

“呼！——就完了。”

他干笑了几声。

“她少了格温普兰就是失掉一切。如同我失掉‘人’一般。不过比我失掉‘人’更糟一点。她会比任何人更加孤寂。盲人比我们更容易陷在悲哀的泥坑里。”

他走到房间后面从窗口上望出去。

“白日延长了！七点钟天还这么亮。不管怎样把油灯点起来吧。”

他敲起发火器，点着了“绿房子”天花板上的油灯。

他向“女神”俯下身子。

“她会受寒的。姑娘们，你们俩把她的紧身衣解开得太多了。法国人有一句谚语说得好：

四月春时节，
寒衣不可脱。”

他看见地板上有一只别针在闪耀，他把别针拾起来，别在自己的衣袖上。然后他大踏步地在“绿房子”里走来走去，不停地作着手势。

“我的身心十分健全。我的头脑清醒，十分清醒。我认为这件事完全正确，我拥护所发生的一切。等她醒过来，我要干脆把这件事对她说个一清二楚。祸事是不会来得迟的。再也没有格温普兰了。安眠吧，‘女神’。这一切安排得多么好啊！格温普兰在监狱里。‘女神’在坟墓里。他们面面相对。死神在跳舞。两个命运同时离开了舞台。收拾起衣服，锁起箱子吧。箱子，管它叫棺材吧。这两个生命都是有缺陷的。‘女神’没有眼睛，格温普兰没有面孔。到了天上，仁慈的上帝会把光明还给‘女神’，会把美丽还给格温普兰。死亡会把一切都调整好。事情都很顺利。菲比，维诺丝，把你们的小手鼓挂在钉子上吧。你们制造闹声的天才不能再有机会发挥了，我的美人们。再也没有演出，没有喇叭声，《战胜了混沌》被战胜了。‘笑面人’完了。塔拉唐塔拉死了。这个‘女神’还在睡觉。她做得很对。如果我是她，我就不再醒过来了。呸！她很快就会再度入睡的。像她那样身体衰弱，马上就会死掉。这就是过问政治的结果。多么好的教训！政府真做得对！把格温普兰交给郡长，把‘女神’交给掘坟人，两者是并行的。这是很有教育意义的对称。我十分希望客店主人把门关上。让我们今天晚上在自己人中间、在家庭里死掉。死的不是我，也不是‘人’，是‘女神’。我吗，我还要继续驾着马车到处流浪。我是属于奔波流浪的一类人的。我要辞退这两个姑娘，我连一个也不留。我有可能变成一个生活放荡的老头子。一个光棍的家里雇用了一个女佣人，就等于自己找自己的麻烦，而我是不愿意有任何诱惑的。这些事情已经不是我这把年纪的分内事了。‘临老入花丛是大丑事’①。我要单独一人和‘人’一起赶路。感到惊异的倒是‘人’！它会奇怪地问：格温普兰哪里去了？‘女神’哪里去了？我的老同伴，我们俩又搭档起来了。天晓得，我真高兴。他们的

① 这句话的原文是拉丁文。

恋歌叫我讨厌。啊！格温普兰这个无赖连回也不回来！他叫我们待在这里。很好。现在轮到‘女神’了。时间不会太长的。我喜欢把事情早点结束。我绝对不会动一动指头来阻止她去死的。死吧,你听见吗?啊！她醒过来了！”

“女神”张开了眼睛,因为有很多盲人是闭上眼睛睡觉的。她的天真和甜蜜的脸上充满光辉。

“她微笑,”“熊”喃喃地说,“我在大笑。真不错。”

“女神”叫人了。

“菲比！维诺丝！现在是上演的时候了。我大概睡了很久。来替我换衣服。”

菲比和维诺丝都没有动。

“女神”的那种难以形容的盲人眼光碰到了“熊”的眼光。“熊”战栗起来。

“怎么样?”他嚷起来,“你们在干什么？维诺丝,菲比,你们没有听见女主人叫喊吗？你们是聋子吗？快点！马上就要演出了。”

两个女的惊愕地望着“熊”。

“熊”大声吆喝:

“你们没有看见观众都进场了吗？菲比,给‘女神’穿上衣服。维诺丝,敲鼓。”

菲比是最服从的,维诺丝是最听命的。她们两人是驯顺的工具。她们的主人“熊”对她们永远是一个谜。叫人永远不了解自己就是使人永远服从自己的一个办法。她们只认为他丧失了理智,因此都执行他的命令。菲比把挂着的衣服拿下来,维诺丝也拿下了小手鼓。

菲比开始给“女神”换衣服。“熊”放下妇女间的门幔,站在帘子后面继续说:

“格温普兰,你瞧！院子里一大半地方已经挤满了人。走道里挤得人都走不动了。那么多的人！菲比和维诺丝好像没有看见似的,你对她们有什么意见？这些吉卜赛女人真笨！在埃及的人多么傻！不要掀起门帘,小心点,‘女神’在换衣服呢。”

他停顿了片刻,突然间响起了一声赞美声:

"'女神'真美啊!"

那是格温普兰的声音。菲比和维诺丝吓了一跳,都回过头来。的确是格温普兰的声音,不过是从"熊"的嘴里发出来的。

"熊"从半开着的门帘里做了一下手势,禁止她们声张。

他继续模仿格温普兰的声音:

"天使!"

然后他用"熊"的声音回答:

"什么!'女神'是天使!你疯了,格温普兰。哺乳动物中会飞的只有蝙蝠。"

他又加上一句:

"喂,格温普兰,去解开'人'。这样做法比较合理。"

他学着格温普兰手脚轻快的样子,飞快地走下"绿房子"后面的扶梯;学着作出响亮的脚步声,使"女神"能够听得见。

在院子里他看见了客店的侍者,这件意外的事发生以后,侍者变得十分空闲而且充满了好奇心。

"伸出你的两只手。""熊"低声对他说。

他把一大把铜币放在侍者的手里。

葛维堪姆被这个慷慨的施舍感动了。

"熊"在他耳边悄悄地说:

"堂官,请你站在院子里,跳跃,跳舞,敲凳子,发怪叫,大声叫喊,吹口哨,唧唧咕咕,嘶鸣,鼓掌,顿足,哈哈大笑,随便打碎什么东西。"

尼克莱斯老板看见来看"笑面人"的观众都退出去而且拥到市场上别的卖艺摊子里去,觉得又羞耻又失望,索性关上了客店的大门,今晚连酒吧间也不愿意做买卖,以避免回答那些讨厌的问题;在停止演出的空闲中,他手里拿了一根蜡烛,站在阳台上向院子里张望。"熊"小心翼翼地用两只手装成一个话筒,凑在嘴边对他叫喊:

"先生,请你学你的侍者一样做法,乱叫,乱喊,乱嚷。"

他再走上"绿房子",对狼说:

"你要尽量说话。"

然后他提高了嗓音:

“人太多了。我相信我们的演出一定很麻烦。”

这时候维诺丝敲起鼓来。

“熊”继续说：

“‘女神’已经穿好了衣服。我们可以开始了。我真后悔让这许多人进来。他们挤得真厉害呀！你瞧，格温普兰！这班观众简直是疯狂的下等人！我敢打赌今天的收入一定是我们最大的收入。来，吉卜赛姑娘，奏乐啊，你们俩！到这儿来，菲比，拿起你的喇叭。好，维诺丝，敲起你的铜鼓。好好地揍它一顿。菲比，装出女神的姿势吧。姑娘们，我觉得你们的打扮不够裸露身体。给我脱掉这两件短褂。脱下布衣服，换上轻纱。观众喜欢的是女人的身体。让道德家去大发雷霆吧。稍微不道德一点没有关系。肉感一点。奏起疯狂的旋律吧。吹吧，敲吧，乒乒乓乓地敲起来，呜呜地吹起来，大声地吹大声地敲吧！那么多的人，我的可怜的格温普兰！”

他停了一停，然后说：

“格温普兰，帮我的忙，把板壁放下去。”

可是他摊开了手帕。

“等我先在这块破布里吼一下再说。”

于是他用力地擤鼻涕，这是腹语家应该经常做的动作。

他把手帕再度放进衣袋以后，从滑车里拿出插钉，滑车马上像往常那样发出轧轧的响声。板壁放了下来。

“格温普兰，用不着把帷幕拉开。等上演的时候再拉帷幕。我们不会安静下来的。你们两个到前台来。奏乐呀，姑娘们！噠！噠！噠！我们的观众真不错，都是下层社会的人。多少人啊，我的上帝！”

两个吉卜赛女人愚笨地遵照命令行事，她们拿着乐器跑到放下来的板壁的两边角落，站在她们惯常的位置上。

这时候“熊”变得非常奇妙。他再也不是一个人，而是一大群人。为着要把空虚变成充实，他运用了不可思议的口技来帮忙。他的肚子里整整一队人声和兽声的交响乐队同时发出了闹声。他就是整整一团人。有人如果闭上了眼睛，就会相信自己是在一个节日或者在一个动乱的日子里处身在公共场所里。一阵旋风似的说话声和吵闹声从

"熊"的身上发出,歌声,吵闹声,谈话声,咳嗽声,吐痰声,喷嚏声,吸鼻烟声,对话声,问答声,同时发出,此起彼落。说了半句话又插进来半句话,互相穿插。院子里什么也没有,却听见了有男人、女人和小孩子。这是很清晰的嘈杂声。在这种混杂的闹声中,有些奇特的不调协的声音像青烟似的蜿蜒穿过,那是鸟雀的鸣声,猫的吵架声,吃奶小孩的哭声。同时分辨得出醉汉的沙哑嗓音;狗在人们的脚下发出不高兴的咆哮声;从远处和近处来的声音,从高处和低处来的声音,从前面和后面来的声音;总的听起来是喧哗声,细分起来却是叫喊声。"熊"敲拳头,顿足,把他的声音一直传到院子的深处,接着又使声音从地底下传过来。这是暴风骤雨似的声音,也是亲切的声音。这种声音从沙沙声变成响声,从响声变成喧闹声,从喧闹声变成暴风雨似的声音。他是他自己,也是其余一切的人。他在自问自答,也在说着各种不同的语言。如同有足以乱真的图画,也有使人误以为真的声音。普洛透斯①在视觉上所做的,正是"熊"在听觉上所做的一样。再也没有什么比这种模仿人群的声音更奇妙的了。"熊"还不时揭开妇女间的门帘看一看"女神"。"女神"在倾听。

另一方面,那个侍者在院子里也在使劲地制造出闹声。

维诺丝和菲比诚心诚意地竭尽气力吹喇叭,同时也疯狂地敲铜鼓。尼克莱斯老板是当时惟一的看客,他也像两个吉卜赛女人一样,冷静地对自己解释说:"熊"疯了;这一点,对他的忧郁的心,只不过增加一点不愉快而已。这个正直的客店老板嘀咕着说:"多混乱!"他是一本正经的,如同一个经常记住法律的人应做的那样。

葛维堪姆很高兴自己能够帮助制造混乱,他差不多和"熊"一样大卖气力。一方面,这样做使他觉得很好玩;另外,他还赚了一大把铜币。

"人"在那里若有所思地动也不动。

在闹声中,"熊"不时插进几句话。

"跟平常一样,格温普兰,也有反对我们的阴谋。我们的同行竞争

---

① 普洛透斯,希腊神话中能变化形状的海中小神。为着逃避人们向他追问将来,他经常变化形状以迷惑人们的眼睛。

者在破坏我们的成功。嘘声是胜利的必然的调味品。此外,观众过多也是一个原因,他们很不舒服,邻座的人的手肘也不能够自然地安放。但愿他们不要打坏长凳才好!我们将要成为一群失掉理性的观众的牺牲品。啊!假使我们的朋友汤姆一詹姆一杰克在这里就好了!可是他没有再来。你看这些人头,一层叠一层。那些站着的人神情不十分满意,虽然据加林说,站着是一种'令人强壮的动作'。我们要把演出的时间缩短一些。我们的海报上只有《战胜了混沌》,我们就不上演《熊出熊没》了。这样我们就占了便宜了。吵得多厉害!啊,盲目吵闹的群众!他们会给我们造成损失的!这样继续下去可不行。我们没法子演出。观众连一句台词也听不见。让我来对他们发表演说。格温普兰,把帷幕揭开一点。先生们……"

在这里"熊"用一种热狂和尖锐的声音对自己叫喊:

"打倒这老头!"

接着又用自己的声音继续说:

"我似乎听见了老百姓侮辱我。西塞罗说得对:'市民是城市的糟粕'①。不要紧,我们仍然要对暴民进行劝告。我说得很费劲也没法叫人听见我说什么,可是我仍然要说下去。汉子,请尽你的责任。格温普兰,你去看看那边那个泼妇为什么要磨牙齿。"

"熊"停了一停,在这当儿他磨了一下牙齿。"人"受到激动,也磨了一下牙齿,葛维堪姆跟着也磨了一下牙齿。

"熊"继续说:

"女人比男人更糟。现在不是有利的时机,可是不管怎样,我们要试试演说的魔力。雄辩在任何时候都是有用的。——格温普兰,你听着,这是引人入胜的一篇绪言。——女士们和先生们,我就是扮熊的人。我拿开我的头来对你们说话。我很谦恭地请求大家静一静。"

"熊"装作观众发出了这样的喊声:

"嘘——!"

接着他又继续说下去:

① 原文是拉丁文。

“我尊敬我的观众。‘嘘——’也是一个感叹词,和别的感叹词没有什么不同。敬礼,吵闹的人们。如果你们全都是下层社会的人,我丝毫也不怀疑。这样并不能够减少我对你们的尊敬。我这个尊敬是经过深思熟虑的。我对那些暴徒先生们有很深的敬意,这些暴徒先生们以他们惯用的手法来对付我,使我感到莫大的光荣。你们当中也有一些畸形的人,我并不因此而感到生气。跛足的先生们和驼背的先生们是自然产生的结果。骆驼是凸背的;野牛的背脊隆起;穴熊的左足比右足短;这件事实已经被亚里士多德在他的论动物的行走一篇文章中加以确定。你们当中有两件衬衫的人,一件穿在身上,另一件在当铺老板那里。我知道这是事实。阿尔布开克当掉了他的胡子,圣丹尼斯当掉了他的顶上圆光。犹太人连顶上圆光也肯收下来作抵押品。这是伟大的范例。有了债务,就是手上有些东西。我尊敬你们这些要饭的。”

“熊”用一句低沉的男低音喊声打断了自己的演讲:

“三倍的笨驴!”

接着他用最有礼貌的音调回答:

“我完全同意。我是一个学者。我尽我的能力表示歉意。我科学地蔑视科学。无知是能够养活人的现实,科学是令人饥饿的现实。通常情形下我们不得不选择一下:或者当学者而瘦下去,或者吃草而变成一头驴子。啊,先生们,请吃草吧!科学比不上一口好吃的东西。我宁愿吃嫩牛肉而不愿意知道这块牛肉叫做腿筋。我这个人只有一点长处;就是我有一双干枯的眼睛。像你们看见的一样,我从来不哭。应该说,我从来没有满意过。从来不满意。连对我自己也不满意。我轻视我自己。可是,我把下面一点向目前在场的反对分子提出:如果‘熊’仅是一个学者,格温普兰却是一个艺术家。”

他又发出了嗤声:

“嘘——!”

然后他又说下去:

“再来一次嘘声!这是一票反对票。可是,我只当没这回事。先生们,太太们,格温普兰的旁边有另一位艺术家,就是伴着我们的这位杰出的长满毛的人物,‘人’老爷,它过去是一头野狗,今天是一头开化的狼，女王陛下的忠实子民。‘人’是一个富有天才的优等喜剧演员。请大家注意，请大家集中一下。你们马上就可以看到‘人’和格温普兰的演出，我们必须尊敬艺术。伟大的民族是尊敬艺术的。难道你们是森林里的人吗？我承认是的。在这种情形下，‘树木是最值得尊敬的执政官’①。两个艺术家十足抵得上一个罗马执政官。有人向我扔过来一段甘蓝茎，可是没有打中我。这样并不能阻止我说话。恰恰相反。躲过危险的人是喜欢多说话的。玉外纳②说得好：‘危险使人多言。’③看官们，你们当中有喝醉酒的男人！也有喝醉酒的女人。这样很好。这些男人是发臭的，这些女人是丑恶的。你们到这儿来，挤在这些长凳上看戏，都是有各种各样的好理由的，像失业呀，懒惰呀，在两次偷窃中间休息一下呀，或者是受黑啤酒呀，黄啤酒呀，麦酒呀，白兰地呀，杜松子酒呀，还有异性的吸引呀，等等。好极了。有谁如果欢喜玩笑的话，在这儿就会找到很好的园地。可是我要抑制我自己了。这真是淫荡行为，一点不错。不过大吃大喝也应该有一定的限度。你们很快活，可是太吵闹了。你们出色地模仿野兽的声音；如果你们和一位小姐在馆子里谈情说爱，我却在后面不断地向你们发出吠声的话，你们要怎样说呢？你们会说这样妨碍你们。对的，你们这样做也妨碍我们。我命令你们不要做声。艺术和酒色淫乐是同样可敬的。我是十分有礼地对你们说话。”

他骂他自己：

“最好是寒热病把你勒死，连你的麦穗似的眉毛一起完蛋！”

他反驳：

“可敬的先生们，不要提起麦穗。把植物说成像人或者像动物，这是对植物粗暴地侮辱。此外，寒热病是不会勒死人的。这是错误的比喻。我求你们，静一静！请让我告诉你们，你们稍微缺少一个真正的英国绅士应有的庄严态度。我看见在你们中间，有些人的脚趾从鞋洞里穿出来，他们就趁这机会把自己的脚搁在前面看客的肩头上，使得女士

① 这句话原文是拉丁文。

② 玉外纳（Juvenal，42—125），罗马讽刺诗人。

③ 这句话原文是拉丁文。

们都注意到鞋底总是在跖骨头部的地方破裂的。少把你们的脚拿出来,多把你们的手拿出来。我从这儿也看见有些坏蛋正在把他们的巧妙的爪子伸进他们的愚笨的邻人的口袋里。亲爱的扒手先生们,请你们注意廉耻！如果你们愿意的话,用拳头打你们的邻人,可是不要扒他们的口袋。你们打肿他们的眼睛,并不像扒掉他们的一分钱那样容易得罪他们。打坏他们的鼻子吧。做买卖的人重视他们的金钱更甚于他们的美貌。此外,请你们接受我的同情。我不是一个老学究,我不会谴责小偷。罪恶是存在的。每个人都得忍受,每个人也在制造罪恶。没有一个人能够不受自己的罪恶的毒害。我所说的只是这一种。我们不是全都发过痒吗？上帝在魔鬼所在的地方抓痒。我自己也犯过错误。‘鼓掌吧,市民们’①。”

“熊”发出了很长的一下嘘声,接着用下面几句结束的话把嘘声压了下去：

“老爷们和先生们,我发觉我的演讲很幸运地使你们感觉讨厌。我暂时要和你们的嘘声告别一下。现在,我要把我的头重新放上去,表演马上开始了。”

他停止使用演说腔调,恢复平时说话的声音。

“把帷幕放下来。让我们喘喘气。我的说话十分甜蜜。我说得很动听。我称呼他们做老爷和先生,这是天鹅绒般的语言,可是也是废话。你对这班浪子怎样看法,格温普兰？我们从这些人的凶恶和脾气大两点看来,完全可以看出英国四十年来所受到的痛苦。古代的英国人是好战的,现在这些英国人是伤感的和有觉悟的,他们认为最光荣的是蔑视法律和否认王室的统治。我已经运用了人类最雄辩的口才。我对他们十分慷慨地使用了许多转喻,简直像青年人鲜花似的脸颊那么美丽。他们会因此而软下来吗？我相信不会。对一个在吃的方面那么惊人、爱吸烟,爱到文人写作时往往衔着烟斗的民族,有什么办法！算了吧,我们上演吧。”

帷幕的铁环在横杆上滑行发出了声音。两个吉卜赛女人的鼓声停

---

① 这句话原文是拉丁文。

止了。“熊”从钉子上拿下了他的乐器，奏起前奏曲，低声说一句：“喂！格温普兰，真神秘！”然后爬下来和那头狼挤在一起。

他在取下他的乐器的同时，也从钉子上取下一具蓬蓬松松的假发，是他自己所有的，他把假发扔在一个他伸手能够到达的角落里。

《战胜了混沌》差不多像平时一样演出，只缺少蓝色的灯光和变幻的照明。那狼认真地表演。到了适当的时刻，“女神”出场了，她的战栗着的神圣的歌声召唤着格温普兰。她伸长臂膀，找寻他的脑袋……

“熊”伸手过去抓住那具假发，把头发弄乱，戴在脑瓜子上，慢慢地，屏住呼吸，把蓬乱的假发挨到“女神”的手边。

然后，又运用他的技术，学着格温普兰的声音，带着难以形容的爱恋感情唱出了怪物对仙女的回答。

他模仿得那么像，使得这一次那两个吉卜赛女人又用眼睛到处找寻格温普兰，她们都惊骇于听见他的声音而看不见他的人。

葛维堪姆在叹服之余，用力顿足，鼓掌，喝彩，制造出庄严的闹声，单独一个人的笑声却像有一队天神在笑。我们必须承认，这个侍者具有罕见的表演看客的天才。

菲比和维诺丝像自动玩具一样，“熊”开动发条她们就动一动，她们像惯常一样，把铜和驴皮制成的乐器乱敲一通，表示戏已演完了，观众走散了。

“熊”一头大汗地爬了起来。

他低声地对“人”说：“你明白这是为了争取时间。我相信我们成功了。我本来有权利心烦意乱的，我把自己控制得还不错。格温普兰明天还可能回来，不必马上把‘女神’杀死。我把这一切解释给你听。”

他脱掉假发，揩去头上的汗。

“我是一个天才的腹语家，”他喃喃地说，“我有多么卓越的天才！我比得上法国国王法朗梭瓦一世的腹语家布拉邦。‘女神’真的相信格温普兰在这里。”

“‘熊’，”“女神”说，“格温普兰在哪儿？”

“熊”吓了一跳，转过身来。

“女神”继续留在舞台深处，站在天花板的那盏油灯下面。她的脸色苍白,像幽灵那么苍白。

她带着难以形容的绝望的微笑继续说:

“我知道了。他离开了我们,他走了,我早已知道他是有翅膀的。”

她抬起了两只无光的眼睛望着天空,加上一句:

“什么时候轮到我呢?”

第三章 情况复杂起来

“熊”惊愕得说不出话来。

他并没有弄错。

这是他的腹语的失败吗？肯定不是。他能够成功地骗倒了有眼睛的菲比和维诺丝，却没有骗倒盲目的“女神”。这是因为菲比和维诺丝只有眼睛是清明的，而“女神”却是用心灵来看的。

他一个字也回答不出。他私下里想：“舌上有牛”①。一个受窘的人舌头上有一头牛，所以说不出话来。

在复杂的感情中，羞辱是第一个清楚地出现的感情。“熊”想：

“我浪费了我的口技。”

接着，又像所有计穷力尽的梦幻者一样，他痛骂自己：

“一败涂地。我白白地竭尽能力来运用和谐的口技了。现在我们会有怎么样的后果呢？”

他望着“女神”。“女神”沉默不语，脸色愈来愈苍白，一动也不动。她的无神的眼睛凝视着黑暗的空间。

幸喜这时候恰好发生了一件事。

“熊”瞥见了院子里的尼克莱斯老板，他的手里拿着一根蜡烛，向“熊”招着手。

尼克莱斯老板并没有参加“熊”所表演的幽灵般的喜剧的最后一幕。这是因为有人敲客店的门。尼克莱斯老板跑去开门。有人一连敲了两次门，尼克莱斯老板也消失了两次。“熊”一心在表演他的百声独白，没有注意到这件事。

看见尼克莱斯老板在招手，“熊”走了下去。

① 原文是拉丁文。

他走到客店主人身边。

“熊”把一只手指按在嘴唇上。

尼克莱斯老板也把一只手指按在嘴唇上。

两个人互相注视着。

每个人都好像向对方说:咱们谈吧,可是不要声张。

客店主人静悄悄地打开了低矮大厅的门。尼克莱斯老板走了进去,“熊”也走了进去。除了他们两人以外没有别人。临街那一面的门和窗都关闭着。

客店主人把院子的门朝后一推,关上了,正好把好奇地跟着过来的葛维堪姆关在外面。

尼克莱斯老板把蜡烛放在桌子上。

他们开始一问一答,声音很低,像窃窃私语似的。

“‘熊’老板……”

“尼克莱斯老板?”

“我终于弄明白了。”

“呸!”

“你想使那个可怜的瞎子相信这儿一切照常。”

“没有任何法律是禁止当腹语家的。”

“你真是天才。”

“不。”

“你已经高明到学什么像什么的程度。”

“我跟你说不。”

“现在我有一件事要跟你谈谈。”

“是谈政治吗?”

“我不懂政治。”

“我不要听政治。”

“是这样一回事。刚才你单独一个人既表演又当观众的时候,有人敲客店的门。”

“有人敲门吗?”

“是的。”

“我不喜欢这种事。”

“我也一样。”

“后来怎样?”

“后来我开了门。”

“敲门的是谁?”

“是一个和我说话的人。”

“他说些什么?”

“我只听他说。”

“你怎样回答?”

“我没有回答。我回来看你表演。”

“后来呢? ……”

“有人第二次敲门。”

“谁? 又是那个人吗?”

“不。是另一个。”

“又是一个和你说话的人吗?”

“是一个什么话也没有对我说的人。”

“我倒宁愿这样。”

“我不愿意。”

“请你解释解释,尼克莱斯老板。”

“你猜第一次跟我说话的人是谁?”

“我没有时间来扮演俄狄浦斯①。”

“他是马戏班的班主。”

“就是隔邻的马戏班吗?”

“就是这一班。”

“就是音乐像疯狂似的那一班吗?”

“是疯狂似的。”

“什么事?”

“这样一回事。‘熊’老板,他想跟你做件买卖。”

① 俄狄浦斯,是希腊神话中解了女妖斯芬克斯的谜的人。

“做买卖?”

“做买卖。”

“为什么?”

“因为这样。”

“你比我占优势,尼克莱斯老板,因为你刚才已经猜出了我的谜,而我呢,到现在我还不懂你的谜。”

“马戏班的主人托我对你说:他今天早上看见了那队警察,因此,他,马戏班的主人,为着证明他是你的朋友,他向你提出建议,用五十镑现金把你买下来,包括你的马车‘绿房子’,你的两匹马,你的喇叭和两个吹喇叭的女人,你的剧本和在戏里唱歌的盲女,你的狼,和你本人。”

“熊”露出了高傲的微笑。

“塔德卡斯特客店的老板,请你告诉马戏班的主人,格温普兰会回来的。”

客店主人从一张椅子上拿起放在黑暗中的一堆东西,转过来对着“熊”高举双臂,一只手臂上挂着一件斗篷,另一只手臂上拿着一件皮颈套,一顶毡帽和一件外套。

尼克莱斯老板说:

“第二次敲门的那个人,是一个警察,他走进来又走出去,一句话也没有说,只带来了这一堆东西。”

“熊”认出了格温普兰的颈套、外套、帽子和斗篷。

第四章 “无声墙，哑巴钟”[①]

“熊”摸了摸那顶帽子的毡，斗篷的料子，外套的哔叽，颈套的皮，丝毫不能怀疑这是格温普兰的遗物，他一句话也不说，向尼克莱斯老板作了一个简短的命令式的手势，指着客店的大门。

尼克莱斯老板开了门。

“熊”冲出了客店。

尼克莱斯老板用眼睛跟着他，看见“熊”竭尽年老的双腿的能力，向今天早上执达吏带走格温普兰的方向奔去。一刻钟以后，“熊”气喘吁吁地到达了扫斯华克监狱后门的那条小街，今天早上他曾经在这里窥探了几个钟头。

这条小街用不着等到午夜也是荒凉的。可是它在白天只显得凄凄凉凉，到了晚上却能够使人心惊肉跳。过了一定时刻，就没有人敢从那里经过了。看来似乎行人害怕这两垛面对面的墙会接合起来，他们害怕监狱和坟场忽然拥抱起来，会被这个拥抱夹死。这是黑夜所产生的效果。巴黎窝维尔街的截掉树头的柳树也有同类的恶名。人们传说，这些树干到了晚上会变成巨手伸出来抓行人。

我们说过，扫斯华克的居民本能地避开这条介在监狱和坟场之间的小街。以前，到了晚上，这条小街就用铁链阻止通行。这是十分不必要的，因为最能够阻止人们通过这条街的，是它使人们产生的害怕心理。

“熊”坚决地走进了这条小街。

他有什么打算吗？没有。

他到这条街来探听消息。他会去拍监狱的门吗？当然不会。这种

---

① 原文是拉丁文。

可怕而又无效的方法是不会在他的脑子里出现的。想走进监狱里去问一下消息吗？多么疯狂的想法！监狱既不会为那些想进来的人开放，也不会为那些想出去的人开放。监狱的门枢只为法律而旋转。“熊”是知道的。那么他到这条街来干什么呢？来看看。看什么？没有什么。他自己也不知道。能看见什么就看什么吧。能够站在格温普兰走进去的那扇门的对面，这已经不错了。有时，最黑和最粗糙的那垛墙会开口说话，一线亮光会从石头的罅隙中透露出来。朦胧的亮光有时也会从一堆堆坚固和阴暗的建筑物中渗出来。即使研究一件事实的外表，对打听消息的人也是有用的。我们每一个人都有这样的本能：在我们和我们关心的事情之间，尽可能地缩短当中剩下的距离。这就是“熊”再回到监狱后门那条街的原因。

当他走进街头的时候，他听见了一下钟声，接着又听见一下。

“咦，”他想，“已经是午夜了吗？”

他开始机械地数起钟声来：

“三，四，五。”

他想：

“每一下钟声相隔的时间多长呀！敲得这么慢！——六，七。”

他又想：

“多么悲惨的钟声！——八，九。——啊！最简单不过了。一定是这只钟被锁在监狱里，钟声也变得郁郁不乐了。——十。——而且坟墓就在对面。这只钟为活人报时刻，为死者报告无穷无尽的时间。——十一。——唉！给不自由的人们报告时刻，也等于是给他们报告无穷无尽的时间啊！——十二。”

他停了下来。

“是的，是午夜了。”

钟声继续响了第十三下。

“熊”打了一个寒战。

“十三！”

钟声响了第十四下。接着又响了第十五下。

“这是什么意思？”

钟声继续响着，每一下的间歇时间很长。“熊”注意听着。

“这不是时钟。这是哑巴钟。怪不得我刚才说：午夜的钟声怎么那么长呀！这只钟不是自鸣的，而是敲响的。发生了什么不祥的事情呀？”

从前的监狱和修道院一样，都有一只哑巴钟，专门保留给悲哀的时节使用。所谓哑巴钟就是一只钟声十分低沉的钟，声音低得似乎尽可能不让人家听见。

“熊”又找到了那个适宜于窥探的角落，他曾经在这个角落里度过了大半天时间来窥探监狱。

钟声继续响着，响了一下，过了一段悲惨的间歇时间，又响一下。

丧钟给空间加上了丑恶的标点符号。它在每个人的思想里注明了哀丧的段落。丧钟的钟声和一个人临终的喘息相像。它宣告的也是临终的痛苦。假使在丧钟钟声所到达的附近一带的房子里，有散乱的、还没有确定的幻想，丧钟就会把这些幻想切成坚硬的断片。未确定的幻想是一种避难所；在忧郁中有散乱的地方就能够让希望穿插进来，绝望的丧钟却是确定的，它消除了散乱，澄清了忧虑所希望保持的混乱局面。丧钟对不同的人说不同的话，对有些人是悲哀，对另一些人是恐怖。悲惨的钟声和你是有关系的。这是对你的警告。再也没有什么比按照这种节奏进行的独白更阴惨的了。均衡地响着的钟声似乎有一定的目的。它像铁锤一样，一下又一下地在思想的铁砧上敲打，它在打制什么呀？

“熊”模糊地数着丧钟的钟声，虽然他这样做并没有任何目的。他发觉自己的思想正在要滑开去，他竭力抑制自己不作任何猜测。猜测是一面斜坡，我们会在这块斜坡上毫无用处的走得太远。可是，这个钟声表示什么呢？

他望着黑暗中，盯着他知道是监狱的门的地方。

突然间，就在这个像黑洞似的地方，出现了一个红点。这个红点逐渐扩大，变成了一道亮光。

这道亮光并没什么模糊不清的地方。它马上就有了形状和角度。这是监狱的门刚刚打开。这道亮光照出了门的圆拱和门框。

说是监狱的门打开，不如说这道门在打呵欠。监狱是永远不开门的，它只打呵欠，也许是因为过分厌倦的缘故。

一个手里拿着火炬的人从矮门里走出来。

钟声没有停止。“熊”觉得自己被两件东西吸引着；他开始注意：耳朵听着钟声，眼睛望着火炬。

这个人出来以后，原来半开着的门大大地打开，另外两个人走了出来，接着第四个人也走了出来。这个第四人就是那个执达吏，在火炬的亮光下看得很清楚。他的手里拿着他的铁棒。

执达吏的后面跟着出来一队人，把矮门也堵塞了；这队人两个两个一排，很有秩序，默不作声，僵直得像一队木桩在行走。

这队夜游的行列双人一排越过低矮的边门，像一队悔罪的人，毫不中断，很阴森地小心不弄出任何响声，十分严肃地，差不多蹑手蹑脚地走着。一条出洞的蛇就是这么小心的。

火炬照亮了他们的颜面和表情，他们的样子是凶暴的，神情是阴郁的。

“熊”认出了他们就是今天早上带走格温普兰的那一队警察，他认出了他们中每一个人的面孔。

毫无疑问，就是他们。他们又出现了。

很明显，格温普兰也会跟着他们一起出现的。

他们把他带到这儿来；他们也会把他带出来。

这是清楚明白的事。

“熊”的眼珠加倍注意着这队行列。他们要释放格温普兰吗？

这队双行的警察从低矮的拱门里十分缓慢地流出来，像水一样一滴一滴地滴下来。始终没有停止的钟声像是为他们的步伐打拍子。这队行列在走出监狱的时候，背对着“熊”，向“熊”站着的地方相反的一端前进。

第二枝火炬又在门口出现。

这是表明整个行列已经走完了。

“熊”马上就可以看见他们带出来的囚犯，他的人。

“熊”马上就可以看见格温普兰。

他们带出来的东西出现了。

那是一个尸架。

四个人抬着一副棺材,上面盖着一块黑布。

他们后面跟着一个肩膀上搁着铁铲的人。

第三枝火炬又出现了,是由一个念着一本书的人拿着的,这个人大概是监狱牧师,他结束了整个行列。

棺材紧跟着向右转的那队警察。

同时,行列的头停下来了。

“熊”听见了锁钥开门的轧轧声。

监狱对面那垛沿街的矮墙上有一扇门又打开了,走进门去的那枝火炬把门照亮。

这扇门就是坟场的门,门上面有一个死人脑袋。

执达吏走进了这扇门,接着是那些警察,然后是第二枝火炬;整个行列像蛇入洞一样逐渐缩小。整队警察都越过这扇门进入了黑暗中,接着是那副棺材,然后是那个掮着铁铲的人,最后是那个拿着火炬和念着书的监狱牧师,那扇门又关上了。

只剩下墙头上露出来的一片朦胧的火光。

可以听见墙里面响起一阵嘟哝声,然后是沉重的泥土声。

毫无疑问,那是监狱牧师和掘坟人在工作,一个把祈祷词扔进棺材里去,另一个把一铲铲的泥土扔到棺材上去。

嘟哝声停止了,沉重的泥土声也停止了。

动作又开始了,火炬的亮光又出现了,执达吏高举着那根铁棒,重新走出坟场的门口,牧师拿着《圣经》也出来了,那个掮着铲子的掘墓人和那队警察,都出现了;尸架已经不见,那队双排人的行列按照原来的路线,像来时那样沉默,从坟场的门回到监狱的门。坟场的门重新关上,监狱的门重新打开,火光照亮了坟墓似的圆拱,黑暗的走廊也模糊地看得清楚了,监狱的深沉、浓厚的黑夜呈现在人们的眼前,整个行列进入了这个黑暗中。

丧钟停止了。静寂封闭了一切,它是黑暗的不祥的锁。

幻象消失,只剩下静寂。

一队过路的幽灵幻灭了。

把一些巧合的事情很合逻辑地凑拢来,就会构成一件似乎十分明显的事。格温普兰被捕,逮捕的方式是严格沉默,警察把他的衣着用品送回来,他进去的那所监狱敲起丧钟,这一切,再加上一副棺材入了土,就造成了一个错觉。

"他死了!""熊"喊起来。

他颓然倒坐在一块界石上。

"死了!他们杀死了他!格温普兰!我的孩子!我的儿子!"

他猛烈地抽咽起来。

第五章　国家的利益决定大事情，也决定小事情

“熊”是自夸从来不哭的。他的眼泪储藏量十分充足。这是一滴一滴，一件一件痛苦，在很长的一生中积累起来的，一下子当然不可能倾泻净尽，因此“熊”呜咽了很久。

第一滴眼泪是破脓水的第一针。他为格温普兰，为“女神”，为他自己，为“人”，而哭。他像孩子那样哭。他像老人那样哭。他哭他曾经嘲笑过的一切。他把积欠下来的泪债都还清。人是永远不会丧失流眼泪的权利的。

其实，刚才下葬的是赫德瓜依那，可是“熊”却不知道。

几小时过去了。

天色微微发亮；苍白色的清晨台布，开始铺在滚球场上，这里那里还有一些暗影构成的折纹。朝阳照亮了塔德卡斯特客店的正门。尼克莱斯老板没有睡过觉，因为有时同一件事可以使好几个人不能入睡。

祸事的光线是向四面八方放射的。扔一块石头到水里去，就会溅起无数水花。

尼克莱斯老板觉得自己受到了牵累。在自己的家里发生了这种事，是令人十分不愉快的。尼克莱斯老板很不放心，觉得事情很复杂，他细细思索。他后悔在自己的店里收容了“这一类人”。——假使他早知道的话！——他们最后一定会连累他的。现在怎样把他们赶出门去呢？——他同“熊”是订有租约的。——假使能够把他们摆脱，这是多么幸运啊！——怎样才能摆脱他们呢？

突然间，有人敲客店的门，敲得很响，在英国，这样的敲门就表示来者是“重要的人”。敲门的音阶高低是和敲门者的身份高低相适应的。

这样的敲门声不像是一位贵族，可是肯定是一个官员。

心惊肉跳的客店主人把窗户开了一半。

的确有官员在外面。在清晨的微光中,尼克莱斯老板看见有一队警察站在客店门口,领头的是两个长官,其中一个就是那个治安法官。

今天早上尼克莱斯老板看见过那个治安法官,所以他认识他。

他不认识另外一个长官。

另外的一个长官是一个肥胖的先生,脸色像蜡,戴着一顶时髦的假发,披着一件旅行斗篷。

尼克莱斯老板十分害怕第一位长官,那个治安法官。假使尼克莱斯老板熟悉宫廷的生活,他就会更加害怕第二位长官,因为这个长官就是柏基弗德罗。

其中一个警察第二次敲门,敲得十分猛烈。

治安法官用一种担任治安工作而且熟悉流浪汉的各种情况的口吻,提高了嗓音严厉地叫喊:

"'熊'老板?"

客店主人脱下了帽子回答:

"老爷,是在这儿。"

"我知道。"治安法官说。

"老爷当然知道。"

"叫他来。"

"老爷,他不在。"

"他在哪儿?"

"我不知道。"

"怎么?"

"他没有回来。"

"他很早就出去了吗?"

"不。他是很晚才出去的。"

"这些流浪汉!"治安法官说。

"老爷,"尼克莱斯老板轻声说,"他来了。"

事实上,"熊"的确在一个墙角里出现。他回到了客店。他在监狱和坟场之间度过了差不多整整一夜;这所监狱,他在中午时看见格温普兰走了进去;这个坟场,他在午夜时听见埋下去一副棺材。他的脸色具有双重的苍白:悲哀的苍白和黎明的苍白。

黎明时分,光线仿佛处在幼虫时期,往往使各种形体,即使在移动中的形体,和周围朦胧的黑暗混合起来。"熊"当时脸色苍白,面貌模糊,慢慢地走着,真像梦幻中的人物。

忧愁和痛苦使他心神恍惚,他竟光着头走回客店,甚至没有发觉自己没有戴帽子。他的几条灰白头发迎风飘拂。他的睁大的眼睛似乎没有看见周围的一切。往往有些醒着的人其实睡着了,有些睡着的人其实很清醒。"熊"的神气像个疯子。

"'熊'老板,"客店主人叫喊,"来啊。他们几位老爷想跟你说话。"

尼克莱斯老板一心想在这件事情里讨好官方,竟脱口说出"他们几位老爷",一边说,他一边想改口,可惜已经来不及;这样说法对这班人的全体很尊敬,可是也许会得罪了长官,因为这样就把长官和他的下属混淆起来。

"熊"吓了一跳,像一个在床上熟睡的人忽然跌下床来。

"什么事?"他说。

这时候他看见了那队警察和率领着警察的长官。

这是一次新的猛烈的震惊。

刚才看见了执达吏,现在又看见了治安法官,像是那一个把他掷给这一个似的。有些古老的传说叙述船只就是这样被几处暗礁抛来掷去的。

治安法官作了一个手势叫他走进客店。

"熊"服从了。

刚起床正在扫地的葛维堪姆,停了下来,走到桌子后面缩在角落里,放下扫帚,连呼吸也不敢大声。他把手指插进头发里,心不在焉地搔着头皮,这表明他在注意事情的发展。

治安法官在一张长凳上坐了下来,他的前面有一张桌子;柏基弗德罗坐在一张椅子上。"熊"和尼克莱斯继续站着。警察们留在门外,聚拢在重新关上的大门前面。

治安法官把他的充满法律威严的眼睛盯着“熊”，对他说：

“你有一头狼。”

“熊”回答：

“不完全对。”

“你有一头狼，”治安法官再说一遍，用决定的口吻特别强调“狼”字。

“熊”回答：

“这是……”

他没有说下去。

“犯法，”治安法官说。

“熊”大着胆为自己辩护一句：

“他是我的仆人。”

治安法官把手掌平按在桌子上，五只手指完全分开，这是十分优美的表示权威的手势。

“卖艺的，明天在这时候，你和你的狼，你们两个都得离开英国。如敢违反，你的狼要被逮捕，送到登记处，杀掉。”

“熊”在想：“继续谋害人命。”可是他没有做声，他只满足于浑身上下不停地哆嗦。

“你听见吗？”治安法官问。

“熊”点了点头。

治安法官再说一次：

“杀掉。”

沉默了一阵。

“勒死，或者淹死。”

治安法官望着“熊”。

“把你关进监狱。”

“熊”喃喃地说：

“法官大人……”

“明天早上以前离开这儿，否则就照命令执行。”

“法官大人……”

“什么?”

“我们俩要离英国吗？我和他?”

“是的。”

“今天吗?”

“今天。”

“用什么方法?”

尼克莱斯老板很高兴。他所害怕的这个长官原来是来帮他的忙的。警察当局做了他的助手。他们帮助他摆脱了“这一类人”。他刚才寻觅的办法,他们给他送来了。他想辞退这个“熊”,治安当局帮助他把“熊”赶走。这是一种不可抗力,毫无反驳的余地,契约一定可以取消。他很高兴。他插进来说:

“老爷,这个人……”

他用手指指着“熊”。

“……这个人问用什么方法能够在今天就离开英国吗？最简单不过了。在伦敦桥的两边,泰晤士河的码头上,日日夜夜都有船只开行到世界各国去。这些船从英国开到丹麦,开到荷兰,开到西班牙,不开到法国,因为战争的关系,可是开到各个国家去。今天晚上就有好几条船开行,启碇的时间是在清晨一点钟,那是潮水的时刻。其中一条船就是鹿特丹的伏加拉特号。”

治安法官对着“熊”摆动了一下肩膀:

“好吧。乘第一条船离开这儿。就乘伏加拉特号吧。”

“法官大人……”“熊”说。

“什么?”

“法官大人,如果我像过去一样,只有一辆手拉车子,这件事是很容易办到的。我的小车子可以乘船。可是……”

“可是什么?”

“可是我有了‘绿房子’,这是一辆有两匹马的大车子,不管船有多大,这辆车子是弄不上去的。”

“这跟我什么相干?”治安法官说,“我们把狼杀掉。”

“熊”战栗着，仿佛被一只冰冷冷的手攫住似的。——“这些恶魔！”他想，“杀人！这就是他们解决问题的惟一的办法。”

客店主人微笑了，他对“熊”说：

“‘熊’老板，你可以卖掉‘绿房子’。”

“熊”望着尼克莱斯。

“‘熊’老板，有人向你提过。”

“谁？”

“要买你的车子。买你的两匹马。买你的两个吉卜赛女人。买……”

“谁？”“熊”再问一遍。

“隔邻的马戏班老板。”

“对的。”

“熊”想起来了。

尼克莱斯老板转过来对着治安法官。

“老爷，这桩买卖今天就可以做成功了。隔邻的马戏班老板想买这辆大车子和那两匹马。”

“这个马戏班老板做得对，”治安法官说，“因为他的确需要一辆大车子和两匹马。这两样东西对他十分有用。他也要在今天离开这儿。扫斯华克教区的可敬的牧师们已经对塔林索草场上不道德的狂闹提出了控诉。郡长采取了行动。今天晚上，这个广场上不许有任何一个卖艺摊子。所有这些丑事都要完结。这位可敬的长官光临到这儿来……”

治安法官停了下来，向柏基弗德罗鞠躬，柏基弗德罗还了礼。

“……这位可敬的长官光临到这儿来，是奉有命令的。他在昨天晚上从温莎到这儿来。女王陛下命令：‘清洗这一切东西’。”

“熊”在整整一夜的长时间默想中，并不是没有对自己提出过问题的。不管怎样，他所看见的只不过是一副棺材。他能够肯定格温普兰一定在里面吗？在这世界上除了格温普兰也会有别的人死亡。一副棺材经过并不等于看见了一个有名有姓的死人。格温普兰被捕以后，监狱举行了一次葬礼。这并不能够说明任何问题。所谓“有过的事，不一定彼此有关"[1]等等,"熊"开始怀疑了。希望在痛苦上面燃烧和闪耀,正如石油在水面上燃烧和闪耀一样。这种浮在面上的火焰永远在人类的痛苦上漂流。"熊"终于对自己说:"他们埋葬的有可能是格温普兰,可是还不能完全肯定。谁知道呢?格温普兰也许还活着。"

"熊"向治安法官鞠躬。

"可敬的法官,我一定走。我们一定走。全体一起走。乘伏加拉特号。到鹿特丹去。我绝对服从。我要卖掉'绿房子',两匹马儿,喇叭和两个埃及女人。可是有一个人和我在一起,他是我的伙伴,我不能扔掉他,格温普兰……"

"格温普兰已经死了。"一个声音说。

"熊"觉得好像一条冰冷冷的蛇在他的皮肤上爬行。刚才说话的是柏基弗德罗。

最后的一线光明绝灭了。毫无疑问,格温普兰是死了。

这位大人物应该知道这件事。他的那副凶恶的样子足够说明他是主持这一类事的。

"熊"鞠躬。

尼克莱斯老板除了懦怯以外,本来是一个好人。可是他受到了惊吓就转而变成残暴。世界上最厉害的残暴就是恐惧。

他喃喃地说:

"这样事情更好办了。"

他背着"熊"搓了搓手,这是自私者的特有手势,意思是说:"我脱身了!"正如朋斯·彼拉多[2]在面盆里洗手一样。

满怀悲痛的"熊"低垂着头。格温普兰的判决已经执行了:死刑;他自己的判决也告诉他了:驱逐出境。除了服从,没有其他任何办法。他像在梦中似的。

他觉得有人碰了碰他的手肘。那是第二位长官,治安法官的同伴。"熊"战栗了。

---

① 这句话原文是拉丁文。

② 彼拉多,是审判耶稣的罗马总督,他一边判决把耶稣钉上十字架,一边在面盆里洗手,表示自己对杀死耶稣不负责任。

那个说过“格温普兰已经死了”的声音，凑在他的耳边悄悄地说：

“这儿有十镑钱，是一个希望你幸福的人送给你的。”

柏基弗德罗把一个小钱袋放在“熊”面前的桌子上。

我们记得柏基弗德罗带走了一只小箱子。

从两千金币中只拿出十个金币，这就是柏基弗德罗所能做到的最大限度。在良心上，他认为这已经足够了。如果他多拿出一点，他就是吃了大亏。他花费了心血来找到一位爵士，他开始从中榨取利润，这个金矿的第一批产品归他所有，这是完全应该的。那些认为这样做法未免太卑鄙的人，看法是对的；那些对这件事感觉惊讶的人就错了。柏基弗德罗喜欢金钱，尤其喜欢不义之财。一个妒忌的人就是一个贪婪的人。柏基弗德罗不是没有缺点的。犯罪的人并非不能有恶德。老虎也有虱子的。

何况，这样做法是符合培根学派的主张的。

柏基弗德罗转过来对治安法官说：

“先生，请你快一点把事情结束。我很忙。女王陛下的一辆驾着驿马的马车在等着我。我必须用全速度赶回温莎去，在两个钟头以内我必须回到那里。我要汇报情况和接受命令。”

治安法官站起来。

他走到大门那边，大门只不过闩上，他开了门，一言不发地望着那些警察，他的食指似乎射出一下权威的闪光。全部警察都走了进来，大家沉默不言，表示将要发生的事情是严重的。

尼克莱斯老板对事情的迅速结束很感满意，这样的结局省掉了许多麻烦。他一方面为自己摆脱了这种复杂的纠纷而高兴，另一方面看见这许多警察走了进来，又担心他们在他的店里逮捕“熊”。两次逮捕接连在他的店里发生，一次是格温普兰，接着是“熊”，这样对客店的名誉是有损害的，酒客不喜欢警察的侵扰。现在正是合适的机会，他应该作一次慷慨的帮忙，为“熊”求一求情。尼克莱斯老板转过来，把他的微微笑着的脸对着治安法官，脸上充满了信心，也混合着恭敬：

“老爷，我请老爷注意，这些可敬的警察先生们在这儿并没有必要，因为那头犯罪的狼即将带出英国，而这个名字叫‘熊’的人并没有反抗,老爷的命令将准时遵照执行。请老爷考虑一下,治安当局的可敬的行动对我们王国的利益是十分需要的,但是却损害一间客店的名誉,我的客店是无辜的。像女王陛下所说的,'绿房子'的卖艺人已经清洗了,我看不出这儿还有犯罪的人,因为我认为那个盲女和两个吉卜赛女人不是罪犯,我请求老爷高抬贵手,缩短老爷光临到这儿来的时间,并且带走刚走进来的这班可敬的先生们,因为他们在我的客店里没有什么事情可做,如果老爷准许我用一个恭敬的问题来证明我的说话正确的话,我就能够用这个问题来使老爷看出这些可敬的先生们在这儿是没有用的。老爷,我的问题是:既然那个名字叫'熊'的人执行判决离开这里,这些先生们在这里还要逮捕谁呢?"

"你。"治安法官说。

一柄利剑从你的前心穿透后心,你是无法和它争辩的。尼克莱斯老板颓然倒下去,不管倒在什么东西上,桌子也好,长凳也好,只要是在身边的东西,他只觉得浑身瘫软无力。

治安法官提高了嗓音,抬得那么高,假使广场上有人的话,他们也会听到他的说话。

"尼克莱斯·布兰普特里,这间客店的老板,现在要解决最后一件事。这个卖艺的和这头狼是流浪汉,他们被驱逐出境。可是最有罪的人是你。法律是在你的店里,得到你的同意才被破坏的;你是一个领有执照的人,担负着治安责任,你却把坏人隐藏在你的店里。尼克莱斯老板,你的执照被吊销了,你要付出罚金,还要坐牢。"

警察把客店老板包围起来。

治安法官指着葛维堪姆继续说下去:

"这个侍者,你的同党,也被逮捕了。"

一个警察一手抓住了葛维堪姆的衣领,侍者好奇地望着警察。葛维堪姆并不十分害怕,他不懂得是怎么一回事,他看见过不少新奇的东西,他想,这也许是喜剧的收场吧。

治安法官把帽子向头上深深一按,把两只手交叉起来放在腹部,这是威严到极点的姿势,他继续说:

"就这样办,尼克莱斯老板,你要被带到监狱,关在班房里。你和这个侍者都要关起来。这所房子,塔德卡斯特客店,要停业、没收和封闭起来,以示惩戒。现在,请你跟着我们走。”

第 七 卷

提坦族的女巨人

第一章 觉 醒

“还有‘女神’呢?”

塔德卡斯特客店里发生这些事情的时候,格温普兰在柯利奥纳别墅里望着天色破晓,似乎听见这下喊声是从外面传进来的,实际上是他自己心内的呼声。

谁没有听见过灵魂的深沉喊声呢?

而且太阳也出来了。

黎明就是声音。

如果太阳不是用来唤醒这个幽暗的睡眠者——良心,太阳又有什么用呢?

光明和道德是同类的东西。

不管上帝的名字是“基督”或者“恋爱”,总有一个时刻上帝是被遗忘的,甚至被最好的人遗忘。我们每一个人,包括圣人在内,都需要一个声音来提醒我们,黎明使我们内心最崇高的忠告者开口说话。良心在责任面前叫喊,正如雄鸡迎着朝阳而啼一样。

人心是混沌,这个混沌听见了“要有光”①的声音。

格温普兰——我们继续称他做格温普兰,因为克朗查理是一个爵士,格温普兰是一个人;格温普兰好像复活了。

这正是需要把动脉扎牢的时候。

他的道德正想飞走。

“还有‘女神’呢!”他说。

他觉得血管里出现了大量地换血的现象,一种健康的、吵吵闹闹的

---

① 《圣经·创世记》记载:“神创造天地。地是空虚混沌,渊面黑暗……神说:要有光,就有了光。”原文是拉丁文。

东西正在冲进他的身内。好的思想猛烈地侵袭进来,正如一个人回到自己的家里没有带钥匙,只好老老实实地用强力冲进去。这里有越墙行为,可是这是好人在越墙。这里有侵入住宅行为,可是侵入的是坏人窃据的住宅。

"'女神'!'女神'!'女神'!"他不停地叫喊。

他尽力使自己相信自己恢复了心志。

他高声提出了这个疑问:

"你在哪儿?"

没有人回答他,他几乎感到惊异。

他望着天花板和墙壁,心神还很混乱,可是理智逐渐恢复,他继续问:

"你在哪儿?我在哪儿?"

他又在这间房间里,这只笼子里,像被关起来的野兽一样开始走来走去。

"我在哪儿?在温莎。你呢?在扫斯华克。啊!我的上帝!这是第一次我们之间隔开了一段距离。谁造成的呢?我在这儿,你在那边!啊!这是不可能的。这是不应有的事。他们对我干了些什么呢?"

他停了下来。

"谁对我说起了女王?我知道这些事吗?变了!我变了!为什么?因为我是爵士。你知道吗,'女神'?你是贵妇了。所发生的事情真叫人惊异。我现在最要紧的是找回正路。他们把我引上歧路了吗?有一个神气阴郁的人和我说过话。我还记得他对我说:'爵爷,一扇门打开以后必须闭上另一扇门。留在你身后的原形已经消失了。'换句话说:你是一个懦夫!这个人,这个卑鄙的家伙,是在我还没有十分清醒的时候对我说这些话的。他利用了我最初感到惊愕的时刻。我好像是他的一个牺牲品。他在哪儿?让我来辱骂他一顿!他带着梦幻中的阴郁笑容对我说话。啊!现在我恢复成为我自己了!很好。有人如果认为他们可以对克朗查理爵士为所欲为的话,他们弄错了!做英国的贵族议员,可以,但是必须有一个贵族议员夫人,她就是'女神'。有许多条件!我能够接受这些条件吗?女王?女王跟我有什么关系!我从来没有看见过她。我不能为了当爵士而做奴隶。我要自由地登上高位。他们以为解除我的锁链不要付出任何代价吗?他们拿掉我的嘴套,如此而已。‘女神’!‘熊’!我们是在一起的。你们过去是什么人,我也是什么人。我现在是什么人,你们也是什么人。来吧!不。我要到他们那里去!马上去。马上去!我逗留的时间已经太长了。他们看见我没有回去,会怎么想呢?那笔钱!我想起了我曾经给他们送去一笔钱!他们要的是我,而不是钱。我记起了,那个人曾经对我说我不能离开这里。我们等着瞧吧。来呀,来一辆马车!一辆马车!马上驾上马。我要亲自去找他们。下人们在哪里?这儿应该有下人,因为这儿有一位爵爷。我是这里的主人,这里是我的家。我要扭断门闩,我要打烂门锁,我要用脚踢破所有的门。有谁如果挡住我的去路,我就要用剑刺穿他的身体,因为我现在有一柄剑了。我倒要看看谁敢违抗我。我有一个妻子,她就是‘女神’。我有一个父亲,他就是‘熊’。我的房子是一所宫殿,我要把它送给‘熊’。我的姓是有王冠装饰的,我要把它送给‘女神’。快点!马上!‘女神’,我在这儿!啊!我很快就能跨越我们之间的距离,我来了!”

他揭开他所遇到的第一块门帘,很急躁地冲出了大厅。

他到了一条走廊上。

他向前一直走。

第二条走廊又接上来。

所有的门都是开着的。

他开始胡乱走着,从房间到房间,从走廊到走廊,到处找寻出路。

第二章　宫殿和森林很相像

在意大利式的宫殿里,门是很少的,有的只是帷幕,门帘和挂毡。柯利奥纳别墅就是这一类型的宫殿。

在那时代,任何宫殿的内部都有迷宫似的一大堆豪华的房间和走廊;里面金碧辉煌,有装金的用具,大理石,雕花的板壁,东方的丝绸,有些屋角幽暗和神秘,有些屋角照耀得如同白昼。有华丽和悦目的顶楼,有漆得闪闪发亮的小屋,镶着荷兰彩砖或者葡萄牙蓝石,高大窗户的上层隔成小房间,有四面是玻璃的房间,像可以居住的美丽的灯笼。墙壁很厚,如果当中挖空了,就可以当做屋子居住。这里那里都有一些私室,就是更衣室,称为"小房间",人们就在里面干一些不可告人的事。

假使要杀害德·几兹公爵,或者要拐走漂亮的希尔维干那的主席夫人,或者,更往后说下去,要扼住勒贝带进来的小女孩们的咽喉,不让她们叫喊,在这儿都很方便。这里有十分错综复杂的房间,一个新来的人是无法辨认的。这里是诱拐人的地方,是深不可测的处所,是使人失踪的场所。在这些豪华的洞穴里,亲王们和贵族们存放他们的捕获物;德·查洛来伯爵把古尔桑夫人藏在这种宫殿里,古尔桑夫人是枢密院书记官长的老婆;德·蒙都列先生在那里藏着奥德里的女儿,奥德里是十字·圣一郎弗洛地方的农夫;德·公蒂亲王在那里藏着亚当岛的两个标致的面包女工;白金汉公爵在那里藏着可怜的潘妮威尔,等等。在这种地方所做的事情,正像罗马法上所描写的,是一些"用暴力,秘密地,而且在短时间内"①的事情。谁到了这种地方,就要随着主人的高兴留在那里。这是金装的秘密地牢,既是修道院,也是土耳其王的宫殿。楼梯旋转,忽上忽落。七旋八转的房间,一间套一间,叫你走了半

① 原文是拉丁文。

天仍然回到原来的地方。一条回廊可以通到一间小礼拜堂。一个忏悔所却和凹进去的寝所接连。王室和贵族们的“小房间”大概是按照珊瑚枝和海绵的洞建造的，它们的分支复杂到了无法解释的地步。有些画像能够自动旋转，转动以后就露出入口或者出口来。这是有机关的建筑。的确需要一些机关，因为有不少悲喜剧在这儿演出。这个蜂巢从地下室到顶楼，有许许多多层楼。所有的宫殿都镶嵌着这种离奇古怪的石蚕，从凡尔赛宫开始，所有宫殿都不例外，它们像矮人居住在巨人的家里。走廊，壁龛，小室，蜂窝，密室，各种各样的洞穴，里面贮藏着大人先生们的卑劣行为。

这些弯弯曲曲而且幽闭的地方，令人想起游戏，想起一个人蒙住眼睛，用手在黑暗中摸人，其余的人忍住笑声逃避；令人想起捉迷藏；同时，也令人回忆起阿特柔斯儿子，普朗塔热内，梅弟思等宫闱自相残杀的丑事，回忆起埃尔兹的野蛮的骑士，列兹奥，蒙纳代斯基，想起持着剑追赶一个逃走的人，从一间房间追到另一间房间。

古代也有这一类神秘的邸宅，这种邸宅的豪华建筑是适于在里面干无法无天的勾当的。埋藏在地下的某些埃及坟墓，可以为我们提供这一类建筑物的样本，例如巴沙拉卡发现的普沙密堤古斯国王的陵墓就是。古代的诗人们也害怕这种神秘的建筑物。所谓“坏事总是兜圈子的，住的地方是回旋的。”①

格温普兰就是在柯利奥纳别墅的小房间里。

他热狂地想离开这儿，想到外边去，想再看见“女神”。这一大堆迷宫似的走廊，小房间，暗门，意外的门，阻挡他，妨碍他的速度。他想奔跑，他却不得不逡巡着。他以为只要推开一扇门就够了，他却要走过一大堆乱七八糟的门。

走出一间房间，又遇到另一间房间，然后是一个十字路口，四面都有大厅。

他没有遇见任何人。他倾听，毫无动静。

有时他觉得他走了回头路。

---

① 这句话原文是拉丁文。

有时他以为看见一个人向他走过来。其实没有人,是他自己的影子在镜子里反映出来,穿着爵士服装。

这是他自己吗?很不像。他终于认出了自己,可是并不是一下子就认出来的。

他走着,只要看见有路就走。

他走进了迂回曲折的秘密建筑;这儿是一间温柔的私室,里面的绘画和雕刻有点淫猥,可是表现手法十分含蓄;这里是一间用意不明的圣堂,全部镶嵌着珐琅和真珠母,还夹杂着象牙,这些象牙要用放大镜才看得见,像鼻烟盒子的表面装饰一样;这里是一间精致的佛罗伦萨式密室,专门为害上忧郁病的女性而设,后来通称为"香闺"。到处,在天花板上,墙上,甚至地板上,都有天鹅绒或者金属的形象,鸟儿,树木,裹着珍珠的特殊植物,凸出壁面的丝线装饰,黑玉的桌布,战士,女王,腹部以下是水蛇的美人鱼。水晶的斜断面既起反射作用,也起三棱镜的作用。玻璃制品反射出宝石般的光芒。连黑暗的角落也闪耀发光。很难说出这一切耀眼的结晶体到底是些微小的镜子,还是些极大的绿玉,因为它们身上混合着碧玉的青色和朝阳的金黄色,而且漂浮着各种颜色的云彩,像鸽子的脖子上的羽毛一样。处处都显出豪华壮丽,既精致又伟大。如果这儿不是一只世界上最大的宝石箱子,它就是世界上最可爱的宫殿。这是给马普女王①居住的一所房子,或者是送给热奥的一粒宝石。格温普兰在找寻出路。

他找不到出路。根本不可能分辨方向。第一次看见富贵荣华是最容易使人冲昏头脑的了。此外,这儿还是一座迷宫。每走一步,都有一些壮丽的东西阻住去路,仿佛反对他走出去,仿佛不愿意放松他。他好像陷在奇珍异宝的罗网里。他觉得自己被抓住和被拉住。

"多么可怕的宫殿!"他想。

他在这座迷宫里徘徊,焦躁不安,他自己问自己:这是什么意思?他是在监狱里吗?他发脾气,他渴望呼吸自由的空气。他不停地说:"'女神'!'女神'!"仿佛他在拉着那条引导他出外的线,断掉这根线

① 马普女王,是英国童话中的女王。

就走不出迷宫了。

有时他也叫喊。

“喂！有人吗？”

没有人回答他。

这些房间仿佛走不尽似的。每一间都是荒凉，静寂，华丽和凶险的。

童话里描写的鬼怪出没的城堡，大概就是这种样子。

许多暗藏的暖气管把热气喷射到走廊和房间里来，使各处温暖如春。仿佛有一个魔术家把六月捉了来禁闭在这座迷宫里。有时一阵阵香气扑鼻，仿佛到处都有一些看不见的花朵。人在里面浑身发热，最好能够在那里裸体行走。

格温普兰从窗口上望出去。景色经常变换。有时他看见的是花园，里面充满着春天和清晨的清新；有时他看见的是没有见过的房屋正面，上面有另外一些人像；有时看见的是西班牙式的院子，那是一个方形的天井，四周是高大的建筑物，天井里铺着石板，冰冷而长满苔藓；有时看见的是一条河，那就是泰晤士河；有时看见的是一座高塔，那就是温莎。

时间那么早，外面一个行人也没有。

他停了下来。他倾听着。

“啊！我要离开这儿！”他说。“我要去会见‘女神’。没有人能够用强力留住我。有谁如果胆敢阻挡我离开这儿，他就要遭殃！这座高塔是什么？假使有一个巨人，一只地狱的恶犬或者一只人身牛头怪兽守住这座有妖法的宫殿的大门，我也要消灭它们。哪怕有一支军队，我也要吞掉它。‘女神’！‘女神’！”

突然间，他听见了一阵细小的声音，十分微弱，仿佛流水的声音。

他当时在一条狭窄的走廊里，地方十分幽暗，他的前面几步远有一块可以从中分开的帷幕，挡住他的去路。

他走到帷幕前面，分开帷幕，走了进去。

他走进了意料不到的地方。

第三章　夏　娃

一间八角形的房间，半圆形的天花板，没有窗户，只靠上面射进来的日光照亮，墙壁、天花板和地面都是桃色大理石；房间的正中有一个黑色大理石华盖，像棺衣一样，由螺旋形的柱子支持着，那是伊丽莎白时代的结实而可爱的建筑式样，华盖下面是一只水盘浴缸，同样是由黑色大理石造成的；水盆的正中喷出一股细长的泉水，那水又温暖又芳香，缓缓地和柔和地浸满了水盘。呈现在格温普兰的眼前的，就是以上这些东西。

黑色的沐浴是为了把白色的皮肤变成光滑。

他所听见的就是这个水声。浴缸的边沿有漏水口，水满到一定高度就从漏水口流出，不会溢出浴缸。水盘里冒着热气，可是热气不多，大理石上没有凝结多少水点。那股微弱的泉水像一根柔软的钢鞭，只要有微风吹过就会屈折。

里面没有任何家具，只除了在浴缸旁边有一张长睡椅，睡椅上面有垫枕，睡椅的长度可以足够让一个女人除了躺在上面以外，脚上还可以有空位留给她的爱犬或者她的情夫。由此而有西班牙文："can-al-pie"（脚下放小狗），也就是"安乐椅"这个名称的来由①。

这张睡椅是一张西班牙式的长椅子，因为椅脚是银制的。垫枕和椅套是雪白的丝织品。

浴缸的另一边，靠墙屹立着一只很高的梳妆架子，是粗厚的银制品，上面摆设着一切应有的用具，正中有八面威尼斯小镜子，镶在一个银镜架里，像窗户一样。

在最靠近睡椅的墙上，有一个像天窗似的方形的洞口，现在由一块

---

① 法文"安乐椅"是 canapé。

红色的银板关闭着。这块银板像窗户一样也有枢铰。银板上闪耀着一顶用黑金和黄金镶嵌的王冠。在银板的上头,有一只小铃吊嵌在墙上待着,这只小铃如果不是金制的,就是银制的。

格温普兰走进房间就停了下来,在房间入口的对面,格温普兰面向着的地方,大理石的墙上有一个开口,从屋顶开到地下,和墙同样高矮,被一块又阔又高的银色纱网罩住。

这块纱网极细极薄,是透明的,可以看透里面的东西。

在纱网的正中,相当于通常蜘蛛在蜘蛛网内盘踞的地方,格温普兰看见那里面有一件惊人的东西——一个裸体的女人。

严格地说并不能称为裸体。这个女人是有衣服的,而且从头到脚穿着衣服。这件衣服是极长的一件胸衣,长得像圣人画像上天使的长袍,可是质地那么纤细,简直像湿透了水一般。因此这个女人就和裸体相仿,而且比全裸更有害,更危险。历史上记载着有些公主和贵妇曾经夹在两排僧侣中间游行,像蒙旁西尔公爵夫人①就曾经借口说要赤着脚表示谦卑,穿着薄纱的胸衣在整个巴黎的注视下游行。惟一的悔罪表示是她手里持着一根蜡烛。

这块银色的纱网,像玻璃那样透明,其实是一块帷幕。这块帷幕在上端是钉牢的,下端可以揭开来。它把大理石房间和里面的房间隔开来;大理石房间是一间浴室,里面的房间是一间卧室。这间卧室很狭小,可以称为镜子洞。因为房间里到处都是接连着的威尼斯镜子,镶成多面形,镜子与镜子之间嵌着装金的细边,镜子从四面八方把中央的床反映出来。这张床和梳妆架子以及睡椅一样,也是银制的。床上躺着一个女人,她睡着了。

她的头向后仰着,一只脚踢开了被单,像一个迷人的妖女一样,梦幻在她的头上拍着双翼飞翔。

她的薄纱枕头跌落在床下的地毯上。

在她的裸体和格温普兰的视线之间,有两重障碍,一层是她的胸

---

① 蒙旁西尔公爵夫人(duchesse de Cathérine-Marie de Lorraine,1552—1596),是亨利三世朝代政治上极为活跃人物,但她的私生活甚为风流浪漫。

衣,另一层是银色的薄纱网,可是这两样东西都是透明的。这间卧室其实只是一个凹进去的床位,亮光只有浴室里射进来的有限的亮光。这个女人也许不害羞,可是亮光却是害羞的。

这张床没有柱子,没有天盖,没有帐子,因此,这个女人如果张开眼睛,就能从头上的镜子里看见自己的千百个裸体。

床毯相当凌乱,说明睡觉的人睡得很不安宁。床毯折痕的美丽说明料子的质地十分精美。那个时代是这样的时代:一个皇后认为自己要下地狱,她想象地狱的样子是:一张铺着粗布被单的床。

这样裸体睡觉的风气来自意大利,可以追溯到罗马时代。贺拉斯说过:"在明亮的灯光下赤裸着身体。"①

一件由特殊绸缎制成的睡衣扔在床脚下。睡衣的绸缎料子一定是从中国来的,因为在睡衣的折纹里可以看出有一只很大的金蜥蜴。

越过了床,在寝室的深处,大概有一扇门。这扇门被一块相当大的玻璃镜架遮盖住,镜子上绘着孔雀和天鹅。在这间没有亮光的卧房里,一切都闪耀发亮。在水晶和镀金器皿之间的空隙中,涂着一种威尼斯人称之为"玻璃渣滓"的发光物质。

床头上固定放着一张银制的小书桌,桌柱可以旋转,桌上有固定的蜡烛。一本揭开的书摊在桌子上,书页的上端用红色的大字印着书名:穆罕默德可兰经。

格温普兰一点也没有注意到这些细节。他所看见的只是那个女人。

他仿佛僵呆了,同时情感又在沸腾;这两种互相排斥的状态竟同时出现。

这个女人,他认识她。

她的眼睛闭着,脸却朝着他。

她就是那个女公爵。

她就是那个神秘的女人,宇宙的一切光辉都集中在她的身上;她就是使他作过多少难以说出口的梦想的人,她就是写给他一封多么古怪

---

① 原文是拉丁文。

她的头向后仰着，一只脚踢开了被单，像一个迷人的妖女一样……

的信的人！她是世界上惟一的可以使他这样说的人："这个女人看见过我，她要我！"他驱除了一切梦想，他烧掉了她的情信。他把她放逐到尽可能远的地方去，使她远离他的梦想和记忆；他再也不想她；他忘却了她……

他又看见了她！

他看见她充满着可怕的威力。

一个裸体的女人，就是一个武装起来的女人。

他觉得呼吸困难。他感到自己仿佛被顶上圆光载起来飘飘荡荡。他再看看。这个女人在他的面前！这是可能的吗？

在剧场里，她是女公爵。在这里，她是海之女神，水泽之女神，仙女。总之始终给人一种神下降人间的幻象。

他尝试逃走，可是觉得这是不可能做到的。他的视线变成了两条铁链，把他系在这个幻象上。

她是一个荡妇吗？她是一个处女吗？两者都是。也许美莎莲娜①在场，不过隐而不见，她大概在微笑，而狄安娜大概在警惕着。她的整个美丽的肉体发射着不可接近的光芒。再也没有什么比这个贞节而且高傲的形体更纯洁的了。从来没有被人接触过的白雪是看得出来的。永弗罗山顶的神圣的洁白色，这个女人的身上也有。从她的失去知觉的前额，散乱的银色头发，低垂的睫毛，微微显现的蓝色脉络，像雕刻出来般浑圆的胸脯、臀部和膝盖，紧贴着胸衣显出粉红的颜色，从这一切放射出来的是庄严酣睡的神圣光辉。她的不知羞耻已经溶化在耀眼的光辉中。这个裸体的女人十分冷静，仿佛她享有天神的玩世不恭的权利，她具有女神般的信心，知道自己是海的女儿，有权利对海洋叫喊："我的父亲！"她把自己的高贵和不能接近的肉体显露给路过的一切人，随他们注视也好，欲望也好，疯狂也好，梦想也好，她高傲地睡在香闺的这张床上，正如维纳斯高傲地睡在万顷波涛的泡沫上一样。

她是夜间入睡的，一直睡到大白天；她的自信心是从黑暗中开始的，一直继续保留到亮光中。

---

① 美莎莲娜（Messaline），罗马皇后，以生活放荡和淫逸出名。

格温普兰战颤着。他在欣赏。

这是不健康的欣赏,他过分感兴趣了。

他害怕起来。

命运作弄人是永远无穷尽的。格温普兰以为已经被命运作弄够了,可是现在又开始了。一次又一次的闪电毫不间断地袭击他,最后还来一下雷击,把一个睡着的女神扔到他的战栗着的身体前面,这是为什么?天堂连续对他开放,最后还出现了他所渴望和可怕的梦想,这是为什么?在冥冥中的诱惑者,殷勤地把他的朦胧的欲望和模糊的意愿一一实现,甚至连他的坏思想也化成为活的肉体,用一连串迷人的、表面上不可能的现实来吓倒他,这又是为什么?是不是一切黑暗势力都在联合起来谋害他这个可怜的人?命运的各种不祥的微笑包围着他,他会变成怎样?为什么有这许多故意安排好的令人眩晕的现象?这个女人躺在这里,为什么?她怎样来的?一点没有解释。为什么是他?为什么是她?他是专门为着这个女公爵才被封为英国贵族议员的吗?谁把他们俩放在一起的呢?谁是受骗人?谁是牺牲者?谁的好心好意被人利用?受骗的是上帝吗?所有这一切,格温普兰都不能够确定,他只在脑子里透过一大堆乌云朦胧地看见这一切。这所充满恶意的、有魔法的住宅,这座像监狱似的、奇异的宫殿,难道也是阴谋的一部分吗?格温普兰觉得逐渐昏迷。一种神秘的力量在暗中扼紧他的咽喉。一种引力在吸引着他。他的意志力逐渐离开他。他还能够依靠什么?他觉得神志恍惚,像着了魔一般。这一次,他认为自己是毫无救药地疯狂了。他又觉得自己正在黑暗的深渊中倒栽葱地跌下去。

那个女人在继续睡觉。

他的内心的混乱越来越严重,在他的心目中,躺在他面前的已经不是那个贵妇,女公爵,夫人,而是那个女人。

走入歧途的可能性潜伏在每一个人的身上。恶德在我们的机体内有一条画好的、隐而不见的线路。即使天真无邪的人,表面上很纯洁,也免不了是如此。没有污点不等于没有缺点。爱是客观规律。肉体的快乐是一个陷阱。有醉酒,也有嗜酒。醉酒就是渴想任何一个女人;嗜酒就是渴想那个女人。

格温普兰完全不能控制自己,他哆嗦起来。

怎样反抗这个相遇呢?她的身上没有厚厚的衣服,没有足够的丝绸服饰,没有复杂和妖媚的化装,没有忽隐忽现的虚饰,没有云彩遮蔽,有的只是简单得可怕的赤裸。这是一种神秘的召唤,伊甸乐园式的无耻的召唤。人的整个黑暗的一面都受到召唤而行动起来。夏娃比撒旦更厉害,因为她的一身混合着人和超人。这是一种令人忧虑的快感,最后会使本能残暴地战胜本分。美的至高无上的外形是不可抗拒的。当它脱离理想而化为现实时,对人说来,离得太近是有害的。

女公爵不时在床上柔和地移动,像碧空中的浮云模糊地移动一般,她改变了姿势,也像云彩改变了形状一般。她的身体一起一伏,造成可爱的曲线,接着又把曲线打乱。水波所具有的一切柔和,这个女人身上都有。像水一样,这个女公爵也有叫人难以捉摸的特性。说也奇怪,她躺在床上,是看得见的肉体,可是他觉得她仍然是虚幻的。虽然触摸得着,她似乎仍然是遥远的。惊惶和脸色苍白的格温普兰继续凝视。他细听这个胸脯悸动,他相信他听见的是幽灵的呼吸声。他被吸引过去,他竭力挣扎。怎样才能抗拒她?怎样才能抗拒他自己的意志呢?

他本来准备遇到一切危险,只没有想到会遇到眼前的这一种危险。他预期要应付的是一个凶暴的在门口拦住去路的看守,一个恶魔般的愤怒地向他攻打的监狱官。他预期遇见的是看守地狱门口的三个头的怪犬,他遇见的是青春的女神。

一个裸体的女人。一个睡着的女人。

这是多么可悲的搏斗!

他闭上了眼皮。眼睛里有过多的阳光是令人难过的。可是他马上又透过紧闭的眼皮看见了她。在黑暗中她的形体虽然比较朦胧,可是同样美丽。

逃走,这不是容易的事。他已经试过了,并没有成功。他像人在梦中那样脚下生了根。我们想后退的时候,诱惑就把我们的脚钉在石板上。前进是可能的,后退却不可能。罪恶从地底下伸出不可见的臂膀把我们拉下斜坡。

有一个观念是一般人公认的,就是认为感觉能够变迟钝。这是最最错误的观念。这种观念好比说:硝酸一滴一滴地滴到创口上,创口却能安静地好起来;又好比说:裂肢刑使达美昂①的感觉变得迟钝了。

事实是:每增加一次经历,感觉就变得更加尖锐。

格温普兰遭遇到一次次的意外事件,使他的惊异到达了顶点。他的理性如果是一只杯子的话,在这种新增的意外惊异下,也会满溢出来。他觉得在自己身内有一种可怕的觉醒。

他再也没有指南针了。他的面前只有一个实在的东西,就是这个女人。一种无可治疗的幸福呈现在他的眼前,有点像船只遭到海难。他再也无法控制方向。一道无法抵抗的水流把他冲向暗礁。这个暗礁不是一块岩石,而是海妖。深渊底下有一块磁石,逃避这块磁石的吸引力,格温普兰是抱有这个愿望的,可是怎么办呢?他觉得自己再也没有攀缘的地方。人心的波动是无限的。一个人也可以像一只船一样触礁沉没。良心就是锚。最可怕的是,良心也像锚一样,可以断掉锚链沉入海底。

他连这样的防御手段——“我的脸被毁损过,十分丑,她是不会要我的”——也没有,因为这个女人曾经写信告诉过他,她爱他。

在危机中,往往有一阵犹豫的时刻。我们在这个时刻中逐步接近了恶,却没有加强对善的依靠,结果是我们向恶的方面倾斜,终于跌了下去。对格温普兰而言,这个悲惨的时刻已经到来了吗?

怎样脱逃呢?

原来是她!是女公爵!是这个女人!她就在他的面前,在这间房间里,在这个孤寂的地方,睡着,单独一人,任他摆布。她任他摆布,他却受她的魔力控制着!

女公爵!

我们望见遥远的天空中有一颗星星。我们赞美它。它离得多远!我们怎么会害怕一颗恒星呢?可是有一天,不,有一夜,我们看见这颗星星移动了。我们看见有一道颤动的光芒环绕着它。我们认为不会移

① 达美昂(Robert-François Damiens,1714—1757),由于用小刀刺了法王路易十五一下,被处受裂肢刑而死。

动的星星动起来了。它再也不是平常的星星,而是一颗彗星——天空中的巨大燃烧弹。这颗星移动着,逐渐变大,抖去一簇火花,变得非常巨大。它向着你的方向走来。啊,可怕呀！它向着你来了！这颗彗星认识你,这颗彗星想你,这颗彗星要你。这是天空和你的可怕的接近。向着你来的,是太多的亮光,多到使人盲目;天空和你接近,你拒绝了;对你求爱,你不接受。你把手掩住眼睛,你藏起来,你逃避开去,你以为你得救了……你再睁开眼睛。那颗可怕的星星就在眼前。它再也不是星星,而是整个世界。这是一个前所未见的世界,是熔岩和炭火构成的世界。它是吞没一切的怪物。它充满着天空。除了它以外没有别的东西。在遥远的天空中它是一粒红玉,远远看来是一颗钻石,近处看清楚却是一只火炉。你是在它的火焰中。

于是你觉得天堂的火焰开始把你燃烧起来。

第四章　撒旦

突然间,睡觉的女人醒过来了。她猛然坐起来,动作十分优美;她的金丝头发温柔地散落在她的腰间;她的胸衣跌下来,跌得很低,露出一大片胸脯;她用纤细的手抚摸着她的粉红色的脚趾,对着她的赤裸的脚凝视了几分钟,她的脚的确是值得被伯理克里斯[①]崇拜而且被菲狄阿斯[②]仿制的。然后她伸了伸懒腰,而且打了一个呵欠,像一只雌老虎对着朝阳所做的那样。

格温普兰大概发出很沉重的呼吸声,一个人在屏住呼吸的时候就会这样。

"有谁在这儿吗?"她说。

她是一边打呵欠一边说的,姿态非常优美。

格温普兰听见了一个他所不熟识的嗓音。这是迷人的姑娘的嗓音,声调甜蜜而高傲,带有爱抚的口吻,减轻了养成习惯的命令的语调。

同时,她用膝盖跪起来——有一个古代的雕像就是这样跪在无数透明的折襞中——伸手把睡衣拉到身上,跳下床来,赤裸着站在那里一瞬眼工夫,马上就把睡衣裹到身上。在片刻间那件绸睡衣已经把她遮没。睡衣的袖子很长,盖没了她的两只手。现在只看见她的雪白的脚趾和纤细的指甲,像小孩的指甲一样。

她从背上把一簇头发拉上来,扔到睡衣后面,然后她奔到床后,走到房间的深处,把耳朵凑在那面有孔雀和天鹅的镜子上,这面镜子显然是一扇门。

她屈着食指在镜子上敲着。

---

① 伯理克里斯(Périclès,纪元前499—前429),古希腊政治家,在雅典大力提倡文学艺术,造成文学艺术的繁荣。

② 菲狄阿斯(Phidias,纪元前496—前431),古希腊的雕刻家。

“有人吗？大卫爵士！你已经来了吗？现在几点钟了？是你吗，柏基弗德罗？”

她回过身来。

“不。不是在这一边。有人在浴室里吗？回答我呀！其实是不会的，没有人能从这一边走进来。”

她走到银色帷幕前面，用脚尖把它揭起，肩膀一动就把它分开，她走进了大理石浴室。

格温普兰急出了一身冷汗。浴室里没有隐藏的地方。逃走也太迟了，而且他也没有气力逃走。他恨不得石板裂开一个洞，让他钻进地底下去。没有办法不让她看见自己。

她看见了他。

她望着他，十分惊异，可是丝毫不害怕，只流露出一种混合着高兴和轻蔑的神气：

“哦，”她说，“格温普兰！”

然后，骤然间她猛力一跳，搂住了他的脖子，因为她这只母猫其实是一头豹子。

她用两条赤裸的臂膀紧紧搂住他的脑袋，由于她扑了过来，两只袖子都推了上去，露出了两条臂膀。

突然间她又把他推开，两只小手像爪子一样搭在格温普兰的两个肩膀上，她站在他的面前，他也站在她的面前，她开始古怪地打量他。

她用她的两只阿尔代巴郎式①眼睛望着他，她的注视是不祥的，她的眼光是一种混合的眼光，既混浊不清，又像星光那样明亮。格温普兰凝视着她的一只蓝眼珠和另一只黑眼珠，他自己在这种既代表天空又代表地狱的双重眼光的凝视下感到迷乱。这个女人和这个男人互相投射凶险的光芒。他们互相迷惑对方，一个用丑来迷惑，另一个用美来迷惑，两个都用令人害怕的东西来迷惑。

他没有做声，仿佛在无法承担的重压下说不出话来。她却嚷起来：

“你真聪明。你来了。你知道了我被迫离开伦敦。你跟着我到这

---

① 阿尔代巴郎(A. ldébaran)，是金牛宫星座中的牛眼星，这颗星又大又明亮。

儿来。你做得真对。你能够到这儿来,真是了不起。”

两个人互相拥抱会产生电光。格温普兰模糊地感到一种粗野和真诚的畏惧,开始向后退缩,可是搭在他的肩膀上的粉红色指甲抓住了他。一种改变不了的现象开始出现了。他自己变成野兽,他陷落在一个也变成了野兽的女人的洞穴中。

她又说:

“安娜这个傻瓜——你知道,她就是女王,——她不知为了什么叫我到温莎来。当我到了这儿的时候,她却和她的笨蛋大法官关着门在商谈。你怎么能够一直进到我这儿来的?你真是我所称赞的男子汉。困难吗?男子汉的面前是没有困难的。你知道我叫你,你就奔过来了。你打听过了吗?我的名字是约瑟安娜女公爵,我想你已经知道了。谁把你带进来的?一定是侍童。他真聪明,我要赏给他一百个金币。你从哪儿来的?告诉我。不,不要告诉我,我不要知道。说穿了真相就不稀奇了。我宁愿让你保持着神秘。你相当丑,丑到叫人赞叹的地步。你是从七重天上跌下来的,或者是从十八层地狱下面通过魔鬼的活板门走上来的。最简单不过了,天花板分开,或者地板裂开,你驾着云下来,或者和硫磺火一起蹿上来,你就是这样到这儿来的。你有权利像天神一样进来。现在说定了,你是我的情夫了。”

格温普兰心不在焉地听着,愈来愈觉得自己的思想在动摇。完了,不可能再有任何怀疑了。这个女人已经证实了那天晚上的那封信。他,格温普兰,变成了一个女公爵的情夫!一个被她真正爱上了的情夫!那只被称为“骄傲”的千头怪兽开始在他的可怜的心里张牙舞爪了。

虚荣心是在我们身内反对我们的一种巨大力量。

女公爵继续说:

“既然你到了这里,这就是天意。我最满意不过了。在天上,或者在地底下,一定有什么人把我们撮合在一起。我们好比是冥河和黎明订婚。打破一切礼教法律的订婚!我第一天看见你,我就说:‘就是他。我认识他。他就是我梦中的怪物。他要属于我所有。’我们也要帮助命运一臂之力。这就是我写信给你的原因。格温普兰,我要问你一个问题:你相信命中注定吗?我相信的,自从我读过西塞罗的《西比昂之梦》以后,我就相信了。咦,我刚才没有注意到,你穿上了贵族服装。你扮成一个爵爷了。为什么不能?你是一个卖艺人,就更有理由这样做。一个滑稽戏子抵得上一个爵士。而且,爵士是什么?不过是小丑而已。你有高贵的身材,你的体格十分美。你在这儿出现真是一件新鲜事儿。你是什么时候到的?你在这儿多久了?你看见我的裸体吗?我很漂亮,对吗?我本来准备洗一个澡。啊!我爱你。你看过我的信了。是你亲自念的吗?还是别人念给你听的?你识字吗?你一定是个文盲。我问你许多问题,可是你不要回答。我不喜欢你的嗓音。你的嗓音太温和了。像你这样一个举世无双的人不应该说话,应该咆哮。你唱歌唱得很动听,我最恨这样。这是在你身上惟一使我不欢喜的东西,其余的一切都十分惊人,十分伟大。假使在印度,你就要被奉为神了。你是生下来脸上就有这个可怕的笑容的吗?不是的,对吗?一定是受了刑罚的结果。我很希望你犯过什么大罪。到我的臂膀里来。”

她倒在那张安乐椅上,同时把格温普兰拉下来坐在她旁边。他们不知不觉地偎依在一起。她所说的话像狂风似的从格温普兰的头上吹过。他没有听懂她的旋风似的一番话。她的眼里充满赞美的眼光。她的说话是混乱的,热狂的,声音激动而温柔。她的说话就是音乐,可是在格温普兰听来,这个音乐却是暴风雨。

她又凝神盯着他。

“在你的面前,我觉得自己的身价很低,我现在多么幸福啊!被人称为殿下是最乏味的了!我是高贵的,这个身份多么讨厌。只有堕落,才能得到安息。我受人尊敬受得太多了,我现在需要人们的鄙视。我们都是反常的人,从维纳斯起首,到克莱奥佩特拉①,德·舍弗洛兹夫人和德·龙格威勒夫人②到我为止。我要带你出去给人们看,我要宣布我和你的关系。这个恋爱事件对斯图亚特王室是一个打击,我是属

① 克莱奥佩特拉(Cléopâtre),是历史上著名的埃及女皇。

② 这两个贵妇,都是法国十七世纪时在政治上出名的人物。

于这个王族的。啊！我自由地呼吸了！我找到出路了！我再也不是王室的人了。被开除出族就是获得解放。打破一切，蔑视一切，敢作敢为敢破坏，这就是真正的生活。听我说，我爱你。”

她顿了一顿，可怕地微笑起来。

“我爱你不仅仅是因为你很丑，而且因为你出身下贱。我喜欢怪物，我爱江湖卖艺人。有了一个被人贱视的、被人嘲笑的、古怪的、丑陋的、在戏台上出乖露丑和惹人笑的情夫，我认为是别有风味的。这是咬地狱里的禁果。有了一个名誉极坏的情夫，这是十分甜蜜的。最能吸引我的，是咬地狱的禁果，而不是咬天堂的禁果，这个诱惑对我是十分强烈的，我渴望能达到目的，我就是这样一个夏娃——地狱里的夏娃。你大概是一个魔鬼，虽然你自己不知道。我是在和一个噩梦里的怪脸谈恋爱。你是一个傀儡，有一个幽灵在给你牵线。你是地狱的伟大笑声的幻象。你是我等待着的主人。我需要的是像美狄亚①和康尼弟亚②曾经有过的那种恋爱。我很有把握终有一天我会遇到这样的一种邪恶的伟大恋爱。你就是我想要的。我说了一大堆你大概不懂的话。格温普兰，没有人占有过我，我像炽热的炭火那样纯洁地献身给你。你当然不会相信我，可是我希望你知道我多么不在乎！”

她的说话像火山爆发那样乱糟糟地喷射。如果要想体会一下这种雄辩的火焰怎样喷射出来，只要在埃特那火山③的山腰上凿一个洞就得了。

格温普兰结结巴巴地说：

“夫人……”

她用手掩住他的嘴。

“不要说话！我在欣赏你。格温普兰，我是洁白无瑕的荡妇。我是圣洁的童贞女。没有一个男人接触过我，我有资格充当传达神意的童贞女巫，在我的赤裸的脚跟下放上一只铜的三脚架，让那些僧侣们把

① 美狄亚，是神话里金羊毛国国王的女儿，爱上了来取金羊毛的青年伊阿宋，用魔法帮助伊阿宋取得了金羊毛。

② 康尼弟亚，是那波里的一个妓女，和罗马诗人贺拉斯恋爱。

③ 埃特那火山，在西西里岛东北部。

手肘伏在蛇皮上，低声对那位看不见的天神提出他们的问题。我的心是石头造的，可是它和海水冲到亨特利·纳普岩石脚下的神秘石头相像，这块岩石在底斯河的入海口，这些石头打破以后，里面有一条蛇。这条蛇就是我的爱情。万能的爱情！因为它使你来了。我们之间有不能逾越的距离，我在斯留士一边，你在阿里奥特一边①，你越过了当中无限广阔的距离，到了这里。这样很好，不要说话，你要了我吧。”

她停了下来，他战栗着，她微笑了。

“你瞧，格温普兰，梦想就是创造。希望就是召唤，制造幻想就是促成现实。全能和可怕的神秘力量是不能轻视的，它满足了我们的要求，你到这儿来了。我敢堕落吗？我敢。我敢做你的情人，你的姘头，你的奴隶，你的玩物吗？我很愿意。格温普兰，我是女人。女人就是想变成污泥的黏土。我需要蔑视我自己。能够在卜贱的人下面做下贱的人，这是多大的快乐！这是一朵双重耻辱的花，我就要采摘这朵花。用脚践踏我吧，这样才能使你更爱我，这一点我是知道的。你知道我为什么要爱你吗？因为我看不起你。你太下贱，我太高贵，因此我要把你捧上圣坛。把高级和低级混合起来，这就是混乱，我就欢喜混乱。一切都从混沌开始和终结。混沌是什么？就是巨大的污点。上帝就拿这个污点来制造出光明，就拿这个阴沟来创造出全世界。你真想象不出我的颠倒错乱到了什么程度。把一颗星星和污泥混合起来揉捏，就是我最爱做的事。”

这个可怕的女人就这样说着话，她的寝袍分开，露出她的赤裸的处女上身。

她继续说：

“我对一切人是只母狼，对你却是驯服的母狗，人们会感到多么惊异呀！愚人的惊异是最好玩的。我吗，我了解我自己。虽然我是一个女神，可是女神安菲特里特也献身给西克罗普②。‘安菲特里特让他占

① 斯留士和阿里奥特，是星座的名称，斯留士又名天狼星。

② 西克罗普，是希腊神话中的独眼巨人。

有她’①。我是仙女吗？于热勒②也献身给有八只有蹼的手和有翅膀的布格勒克斯。我是公主吗？玛莉·斯图亚特也有列兹奥做她的情夫。她们三个美人，爱上了三个怪物。我比她们更伟大，因为你比这些怪物更糟。格温普兰，我们是天造地设的一对。你的外表很丑恶，我的内心很丑恶。这就是我爱上你的原因。这是任性的举动，对的。暴风雨是什么？不也是任性的举动吗？我和你之间在命星上有点亲戚关系：我们两个都是黑夜的人物，你的黑暗表现在你的脸上，我的黑暗表现在我的智慧上。在你这方面，你也创造了我。你到来以后，我的灵魂就显露出来了。我过去根本不认识我的灵魂。它是惊人的。你的到来使原来是女神的我，显出了蛇的原形。你使我流露出我的真正天性，你使我发现了真正的我，你看我和你多么相像。望着我，把我当做一面镜子。你的脸就是我的灵魂。我以前根本不知道我自己丑恶到这样的程度。原来我自己也是一个丑鬼！啊，格温普兰，你解除了我的烦闷。”

她像个孩子似的古怪地笑起来，凑近他的耳朵低声地说：

“你想看看一个疯狂的女人吗？我就是。”

她的眼光一直射进格温普兰的心中。眼光就是媚药。她的寝袍凌乱得很厉害。一种盲目的、兽性的心醉神迷状态逐渐侵占了格温普兰。这种心醉神迷中含有极度的苦闷。

这个女人说话的时候，他觉得她的话像火炭一样炽烈，他自己的血液在血管里凝固，他连说话的气力也没有。她停顿下来，端详着他：“啊！怪物！”她喃喃地说。她的态度很粗野。

突然间，她抓住他的两只手。

“格温普兰，我是帝王的宝座，你是下贱的脚架，现在让我们站在平等的立足点上吧。啊，我真快乐，我跌下来了。我希望每一个人都知道我多么卑贱。这样他们会越发恭敬我，因为他们对愈是憎恨的东西，就愈发奉承。人类的天性就是这样；一方面仇恨，一方面崇拜；既是一条龙，也是一条虫。啊！我像天神一样堕落了。人们永远不能说我不

---

① 原文是拉丁文。

② 于热勒，是善良的仙女。

是国王的私生女了。我的行动像个女王。罗多普是谁？是一个爱上了夫塔的女王，夫塔是一个有鳄鱼脑袋的男人。她为了他而建造了第三座金字塔。潘忒勒亚爱上了半人半马的沙吉太尔，现在沙吉太尔变成了人马座星。还有，你认为奥地利的安娜怎么样？她爱上的马扎林多么丑啊！你不是丑，你是毁了容。丑是渺小的，毁容是伟大的。丑是魔鬼在美的下面做鬼脸。毁容是崇高的另一面，它是背后的一面。奥林波斯山有两个坡面，一边对着阳光，产生了阿波罗；另一边在黑暗中，产生了波吕斐摩斯①。至于你，你是提坦巨人。你是森林里的神怪巨兽，海洋里的庞大海兽，阴沟里的堤丰②。你是至高无上的。你的毁损的脸上有电击的痕迹。你的脸是被一下迅雷造成的。留在你的脸上的，是雷神的大手愤怒地揉捏一下的痕迹。它打击了你以后就过去了。黑暗的愤怒一时激动，把你的灵魂嵌进这个可怕的非人面孔里面。地狱是一个行刑火炉，里面烧着一条名为命运的热铁，你就是被这条铁烙过的。爱你，就是了解伟大。我得到了这个胜利。爱上阿波罗有什么稀奇！光荣应该根据事物令人惊异的程度来衡量。我爱你。我曾经多少夜梦想着你，梦想着你，梦想着你！这儿是我的一座宫殿。你可以看看我的花园。树叶下面有喷泉，也有可以在里面拥抱接吻的假山洞，还有由贝尔宁骑士创作的许多艺术化的大理石雕像。还有花儿！太多了。到了春天，玫瑰花开得像发生了火灾一样。我告诉过你女王是我的姐姐吗？你爱怎样待我就怎样待我吧。我生下来是为了叫朱庇特吻我的脚，而叫撒旦唾我的脸的。你相信宗教吗？我是一个天主教徒。我的父亲詹姆士二世在法国临死的时候有一大群耶稣会神甫环绕着他。我以前从来没有像现在我在你身边的这种感觉。啊！我希望在黄昏时分，和你在一起，叫人奏着音乐，我和你两个人在一只金色的游艇上，靠着同一只垫枕，头上罩着紫红色的船篷，漂荡在无限温柔的海洋上。你侮辱我吧，打我吧，踢我吧，把我当做奴隶那样待我吧。我爱你。”

爱抚也能够发出吼声。你不信吗？请到狮子的家里去看看。这个

---

① 波吕斐摩斯，是神话中最著名的一个独眼巨人。

② 堤丰，是埃及的大地和沙漠之神，代表黑暗和荒芜。

女人很可怕,可是也很可爱。这是最可悲不过的了。她首先让你碰到她的利爪,然后又让你触着像天鹅绒般的掌肉。这是猫式的进攻,同时也混合着后退。在这样的一来一去中,既有游戏,也有致命的攻击。她爱他,可是她对他非常傲慢无礼。结果是她的疯狂感染了给他。她所用的不祥的语言,是难以形容地激烈和温柔的。其中侮辱人的话并没有侮辱人,抚爱的话却在侮辱爱的对象。挨嘴巴的人,被动手打的人捧为天神。她的音调使她的愤怒而热情的说话有点像普罗米修斯的咒骂那么伟大。据埃斯库罗斯描写,在高级天神的节日里,那些在星星底下追逐半羊半人神的女人们,就是这样诗意地疯狂的。这种最高度的激情状态还要再加上在多多那①树下的暗中跳舞的情绪。这个女人仿佛变了容——如果变容这个词儿也可以用在与天堂相反的地方的话。她的头发像鬃毛那样抖动;她的寝袍一忽儿合拢,一忽儿又张开来;最可爱的莫过于她的充满着野性呼声的胸脯了,她的蓝眼珠的亮光,和她的黑眼珠的火焰混合在一起,她是超人世的。格温普兰逐渐软弱,觉得自己被这样逐步深入的进攻战胜了。

"我爱你!"她叫道。

同时她像咬他一样猛地吻了他。

荷马创造一些云彩来遮盖朱庇特和朱诺,也许现在也需要这些云彩来遮盖格温普兰和约瑟安娜了。对格温普兰而言,被人爱上,被一个视觉健全而且亲眼看见他的女人爱上,又在他的畸形的嘴上按上两片天仙的红唇,这是甜蜜的和令人疯狂的。他在这个充满着谜的女人面前,觉得其余的一切在他身内都消失了。对"女神"的记忆只发出微弱的喊声在黑暗中挣扎。有一幅古代的浮雕,描绘着斯芬克斯吃着一个小爱神,爱神的翅膀在斯芬克斯的野蛮而微笑着的嘴巴下流着血。

格温普兰爱这个女人吗?人也像地球一样有两极吗?我们也是沿着不变的轴心旋转,像地球一样,远看是星球,近看是泥土,而且有白日和黑夜交替着出现吗?人心是不是有两面,一面爱光明,另一面爱黑暗的呢?这一个是光明世界里的女人;那一个是在阴沟里的女人。天使

① 多多那,希腊地名,附近有橡树林,有宙斯的庙,巫师传达神意是在树下举行。

的存在是必要的。难道魔鬼的存在也是必要的吗？灵魂是否像蝙蝠那样有翅膀呢？黄昏的钟声是不是无可避免地对每个人都要敲响的呢？犯错误在我们的命运中是不是一个不可少的构成部分呢？我们天性中的恶根性，是不是必须和其他部分同时由我们全部承受呢？罪恶是不是我们必须偿付的债务呢？这些都是令人深深战栗的问题。

有一个声音告诉我们：软弱就是罪恶。现在格温普兰的感觉是难以形容的，肉体，生命，恐怖，情欲，沉重的陶醉，再加上自尊心所感到的全部羞耻。他会倒下去吗？

她再说一遍："我爱你！"

在热狂中，她把他搂到自己的怀里。

格温普兰喘起气来。

突然间，就在他们的身边，有一只小铃响了起来，铃声响亮而且清晰。那是嵌在墙上的那只小铃在响。女公爵回过头来说：

"她找我干什么？"

骤然间，刻着王冠的那块银色的壁板发出弹簧活板门拉动的响声，打了开来。

里面是一座塔楼的内部，铺着王家的蓝色天鹅绒，同时出现了一只金托盘，上面放着一封信。

这封信又厚又大，放在盘上特别把一颗盖在红印蜡上的大印显露出来。小铃继续响着。

壁板打开来以后，几乎碰到了坐在睡椅上的格温普兰和约瑟安娜。女公爵俯下身来，一只臂膀仍然搂着格温普兰的脖子，伸出另一只臂膀在托盘上拿了那封信，把壁板一推，重新关上，小铃也就不响了。

女公爵用手指弄破了封蜡，拆开了信封，从信封里拿出两件文件，然后把信封扔到地上格温普兰的脚边。

弄破了的蜡印仍然可以看得清楚，格温普兰看出印上是一顶王冠，王冠下面有一个"安"字。

拆开了的信封前后两面平摊在地上，因此同时可以念到另一面上的几个字："约瑟安娜女公爵阁下亲启"。

信封里面拿出来的两件文件，一件是一张羊皮纸，另一件是一张牛皮纸;羊皮纸很大,牛皮纸比较小。羊皮纸上盖着大法官厅的大印,盖在青印蜡上,这种青印蜡称为贵族印蜡。气喘吁吁而且眼睛里充满着情欲的女公爵,微微地噘了噘嘴表示不满。

“啊!”她说,“她给我送来了什么东西? 一堆废纸! 这个女人真会扫人兴致!”

她把羊皮纸放过一边,打开了那张牛皮纸。

“是她的笔迹。是我的姐姐的亲笔信。我看见了就觉得讨厌。格温普兰,我问过你识字不识字,你识字吗?”

格温普兰点了点头。

她在睡椅上伸长了身子,差不多像躺着一样,很小心地把寝袍遮没自己的两只脚,把衣袖遮没自己的两只手,害羞得很古怪,却让自己的胸脯继续裸露出来,而且用热情的眼睛凝视着格温普兰,她把牛皮纸递给他。

“好吧,格温普兰,你是我的,开始为我服务吧。我的亲爱的,念给我听女王写些什么给我。”

格温普兰拿了牛皮纸,打开来,用一种由于各种原因而战栗着的声音念道:

“夫人,

“朕很高兴地附发给你一份笔录副本,这份笔录上面有英国大法官、忠心的威廉·考伯的盖章和签字。这份笔录证实了一件十分重要的事实:林耐士·克朗查理爵士的合法儿子已经找到和验明无误,他化名为格温普兰,和卖艺人及杂耍戏子在一起,在江湖上度着下贱的流浪生涯。他的沦落到这种地步,是从幼年时期已经开始的。根据王国的法律,由于林耐士爵士的儿子费尔门·克朗查理爵士享有继承权,他将于今日恢复他在贵族院的地位,进入贵族院。因此,考虑到你的利益,并希望保存你对于克朗查理·亨克威勒爵士的财产和领地的一切权利,朕已将他代替了大卫·弟里一摩瓦爵士。朕已命人将费尔门爵士送到你的柯利奥纳别墅;朕以女王及你的姐姐的双重身份,命令及希望到目前为止被称为格温普兰的费尔门·克朗查理爵士,成为你的丈夫,你将嫁给他,朕甚嘉慰。”

格温普兰用不停地变化的音调和战栗着的声音念着的时候，女公爵从睡椅的垫枕上直起身来，凝着神注意倾听。格温普兰念完以后，她从他的手里把信抢过来。

“安娜，女王。”她念着信下面的签名，声音像在梦中似的。

然后她拾起刚才她扔在地上的羊皮纸，用眼睛在上面巡视。纸上记载着“晓星”号遇难者的自白书，是从原本上抄下来的，附在由扫斯华克郡长及大法官共同签名的报告中。

读完了报告书，她又把女王的亲笔信再读一遍。然后她说：

“好。”

她冷静地，用手指对格温普兰指着刚才格温普兰走进来的那个走廊进口：

“出去。”她说。

格温普兰惊愕得像个木头人，留在那里动也不动。

她冷冰冰地再说一遍：

“既然你是我的丈夫，出去。”

格温普兰一句话也不说，像个罪犯似的低垂着眼睛，仍然没有动。

她又加上一句：

“你没有权利在这儿，这是我情夫的地方。”

格温普兰像钉牢在地上一般。

“好吧。”她说。“你不走，我走。啊！你是我的丈夫！最好不过了。我恨你。”

她站起来，傲慢地对着空中不知什么人作了一下告别的手势，就走了出去。

走廊出口的门帘在她走过以后，又落下来。

第五章　双方是熟人，可是大家不相识

格温普兰剩下一个人。

一个人面对着温暖的浴缸和凌乱的床。

他的思想混乱到了极点。他的思想仿佛不是思想，而是一堆杂乱、分散的东西，是一个人由于陷在迷惑不解中而感到痛苦。他像是在噩梦中要逃走一般。

走进陌生的世界并不是一件简单的事。

自从侍童把女公爵的信送给他以后，就开始出现了一连串惊人的事件，这些事件愈来愈难解释。到目前为止，他还是在梦中，可是他看得很清楚。现在开始他要在梦中摸索了。

他再也不思想，再也不做梦，他忍受一切。

他继续坐在睡椅上，在刚才和女公爵同坐的地方。

突然间，这个阴暗的地方响起了一阵脚步声。那是一个男人的脚步声，从另一个方向传过来，这个方向正是在女公爵走出去的那条走廊的对面。脚步声愈来愈近，声音很低沉，可是很清晰。格温普兰虽然在沉思中，也不得不注意倾听。

女公爵曾经让银色的网状帷幕半开着。在帷幕的那边，床的后面，那块可以怀疑是一扇门的带画镜架，忽然大大地打开，传进来一个男子的快活的嗓音，这个男子大声地唱着一支古老的法国歌曲，整个镜室充满了他的歌声。歌词是：

三只小猪在粪堆上，
像轿夫一样乱骂乱嚷。

一个汉子走了进来。

这个汉子身边佩剑,手里拿着一顶有翎毛的帽子,帽上有线饰和帽章,穿着一身华丽的海军制服,饰着袖章。

格温普兰站了起来,像是弹簧把他弹了起来一般。

他认出了这个汉子,这个汉子也认出了他。

他们两人同时发出了惊愕的喊声:

“格温普兰!”

“汤姆—詹姆—杰克!”

拿着翎毛帽子的汉子向格温普兰走过来,格温普兰抱着双臂。

“你怎么到这儿来的,格温普兰?”

“你呢,汤姆—詹姆—杰克,你怎么来的?”

“啊!我懂了。约瑟安娜!任性的行为。一个像怪物般的江湖卖艺人,对她是难以抵抗的诱惑。你是化装到这儿来的,格温普兰。”

“你也是的,汤姆—詹姆—杰克。”

“格温普兰,你穿着贵族制服是什么意思?”

“汤姆—詹姆—杰克,你穿着军官制服是什么意思?”

“格温普兰,我不回答任何问题。”

“我也不回答,汤姆—詹姆—杰克。”

“格温普兰,我的名字不叫做汤姆—詹姆—杰克。”

“汤姆—詹姆—杰克,我的名字不叫做格温普兰。”

“格温普兰,这儿是我的家。”

“这儿是我的家,汤姆—詹姆—杰克。”

“我禁止你学着我说话。你有你的嘲弄,我有我的手杖。不要再学人说话来嘲弄人,你这可怜的傻瓜。”

格温普兰的脸色变得苍白起来。

“你才是傻瓜!你对我这样侮辱你要负责。”

“在你的小屋子里,你爱怎样对付我都可以,我们可以用拳头打架。”

“在这儿,只能用剑来决斗。”

“我的朋友格温普兰,用剑来决斗是贵族的办法。我只和同样身份的人使用这种办法。我和你使用拳头是平等的,用剑就不相称了。

在塔德卡斯特客店里,汤姆—詹姆—杰克可以同格温普兰用拳斗。在温莎则完全不同。你要知道:我是海军少将。”

“至于我,我是英国贵族院议员。”

格温普兰认为是汤姆—詹姆—杰克的那个人哈哈大笑起来。

“为什么不说你是国王,事实上你说得对,一个滑稽戏子是什么角色都扮演的,你可以告诉我说你是雅典的大公台昔斯。”

“我是英国的贵族院议员,我们一定要打个明白。”

“格温普兰,这样就不好玩了。我是一个可以叫人鞭打你的人,你不要和我开玩笑。我的名字是大卫·弟里—摩瓦爵士。”

“我吗,我的名字是克朗查理爵士。”

大卫爵士再度哈哈大笑起来。

“说得好。格温普兰是克朗查理爵士。的确,必须用这个名字才能占有约瑟安娜。你听着,我原谅你。你知道什么原因吗?因为我们是同一个女人的两个情夫。”

走廊的门帘分了开来,一个声音说:

“你们是同一个女人的两个丈夫,两位爵爷。”

他们两个都回过头来。

“柏基弗德罗!”大卫爵士惊叫起来。

的确是柏基弗德罗。

他微笑着对两个爵士深深地鞠躬。

在他的后面几步远,站着一个样子恭顺和严肃的人,手里拿着一根黑色的官棒。

这个官员走上前,向格温普兰鞠躬三次,对他说:

“爵爷,我是持黑棒的前导员。我奉女王陛下的命令来找爵爷。”

第八卷

天神殿[1]及其附近

① 天神殿，是古罗马卡必托连山上的一间朱庇特的庙，胜利者受勋的地方，享受光荣的处所。这间庙附近有一个塔比义昂岩石，凡是叛徒都被扔下岩石而死。因此光荣和耻辱、胜利和失败是非常接近的。

第一章　剖视庄严的东西

许多小时以来，可怕的命运带着格温普兰上升，不停地使他遇到惊异的事件，把他带到温莎，现在又把他带回伦敦。

幻象般的现实陆续在他的面前出现，丝毫没有间断过。

没有办法逃避。一件结束以后，又出现另一件。

他连喘息的时间也没有。

有谁看见过杂技演员抛圆球的，就是看见了命运。三只圆球一只落下来，一只升上去，又一只落下来，这就好比是人类有着此起彼伏的命运。

人类就是这些圆球，也是玩具。

同一天的晚上，格温普兰到了一个奇异的地方。

他坐在一张饰满百合花的长凳上。他在绸缎衣服的上面再穿上一件红色天鹅绒袍子，袍子镶着白丝边，连着貂皮披肩，肩膀上也有两块镶金边的貂皮。

他的周围有许多各种年龄的人，年轻的也有，年老的也有，也跟他一样坐在有百合花饰的长凳上，跟他一样穿着镶貂皮的红袍。

他的前面，他看见有一些跪着的人。这些人穿着黑绸袍子，其中有几个一边跪着一边写字。

在他的对面，隔着相当距离的地方，他看见有几级扶梯，一个座台，一个天盖，一个闪闪发光的、夹在一只狮子和一只独角兽之间的盾牌；在天盖的下面，座台的上面，梯级的最高层，盾牌的前面，有一张金色的、饰着王冠的交椅。这就是国王的宝座。

大不列颠帝国的宝座。

格温普兰已经成为贵族院议员，他正坐在英国的贵族院中。

格温普兰是怎样进入贵族院的呢？我们在下面详细叙述出来。

这一整天，从早到晚，从温莎到伦敦，从柯利奥纳别墅到威斯敏斯特议会大厅，他是一级一级地升上去的。每升一级，总有新的使他晕眩的东西。

他坐在女王的御马车上从温莎回来，有一队适合他的贵族议员身份的卫兵伴送他。维护的卫兵和监视人犯的卫兵十分相像。

这一天，从温莎到伦敦一路上的河岸居民都可以看见一队骑马的王家卫队，伴送着二辆王家驿马车急驰而过；那些卫士都是女王陛下赐给年金养活的小贵族。第一辆马车里坐着黑棒前导员，手里拿着他的黑棒。第二辆马车里坐着一个戴着一顶白翎毛大帽子的人，帽子遮没了他的脸，使人看不清楚。谁从这里经过呢？是一个亲王吗？还是一个囚犯？

他是格温普兰。

这一大队人马看起来好像是把一个犯人押送到伦敦塔里去，否则就是把一位贵族送到上议院里去。

女王把一切都安排得很好。因为他是她的未来妹夫，她就让她自己的侍卫来护送他。

黑棒前导员的执行官骑着马，在整个行列的最前头。

黑棒前导员的马车上有一个空座位，上面放着一只银色呢垫枕；垫枕上放着一个饰着王冠的黑色公文夹。

他们到达离伦敦最近一个驿站布伦特福德的时候，二辆马车和全队侍卫都停了下来。

一辆玳瑁马车，驾着四匹高头大马，已经在那里等待；马车的后面站着四个马夫，前面是两个骑手，还有一个戴着假发的御者。车轮，踏脚板，皮带，车辕，整辆车子的一切，都是金色的。马具是银色的。

这辆节日的驿马车的外表是傲慢和惊人的，可以出色地列入著名的五十一辆马车中，卢波曾经绘画过这五十一辆著名马车，而且把图画遗留给我们。

黑棒前导员走下马车，他的执行官也下了马。

前导员的执行官从马车的座位上拿了那只银呢垫枕，上面放着那个有王冠的公文夹；他用两手捧着垫枕，笔直地站在前导员的后面。

黑棒前导员打开了那辆金装马车的门，里面空无一人，然后打开格温普兰坐着的那辆马车的门，低垂着眼睛，恭恭敬敬地邀请格温普兰坐上那辆马车。

格温普兰走下马车，走上金装的马车。

持着黑棒的前导员和捧着垫枕的执行官跟着也上了马车，坐在矮长凳上；在从前的节日马车上，矮长凳是预备给侍童坐的。

马车内部铺着白缎，镶着本池①的花边，还有鸡冠饰物和银流苏。内顶上绘着纹章。

他们留下的二辆马车原来有几个骑手穿着王家制服，现在这一辆马车的御者，骑手和马夫穿着另外的制服，十分华美。

格温普兰虽然昏昏迷迷地像在梦游状态中，倒也注意到这些服饰华美的仆从，他问黑棒的前导员：

“这些穿制服的仆从是谁家的？”

黑棒前导员回答：

“是你的，爵爷。”

这一天，贵族院在晚间开会。古老的纪录记载：“议院在夜间开会”②。在英国，议会往往度夜生活。大家知道有一次谢立丹在午夜开始演说，到天亮才结束。

二辆空的驿马车驶回温莎；格温普兰坐着的那辆马车向伦敦驶来。

这辆四匹马拉的玳瑁马车从布伦特福德一步一步地向伦敦走来。御者庄严的戴着假发。

格温普兰开始受到礼仪的拘束，御者的庄严的外形就是一个标志。

再说，马车走得这样慢，看来是故意这样的。下面我们就可以看到真正的原因。

玳瑁马车在国王门前面停下来的时候，天还没有黑，可是已经快黑了。国王门是一个笨重的半圆形城门，在两座塔楼之间，把白厅和威斯敏斯特接连起来。

---

① 本池，是比利时著名出产花边的地方。

② 原文是拉丁文。

那队王家卫队环绕着马车站着。

站在马车后面的一个马夫跳下来，打开了马车的门。

黑棒前导员走下了马车，他的执行官捧着垫枕也跟着走下去，黑棒前导员对格温普兰说：

“爵爷，请下马车。请爵爷不必脱帽子。”

格温普兰披着旅行斗篷，身上穿的是那件从昨天晚上就穿上身的绸衣服。他没有佩剑。

他把旅行斗篷脱下留在马车上。

在国王门的圆拱下面，有一个比马路高过几级的小侧门。

在盛大的礼节中，最重要的人物总是有人带路的。

黑棒前导员和他的执行官一先一后在前面走着。

格温普兰跟在后面。

他们走上石级，走进了那个侧门。

几分钟以后，他们到了一座圆形的大厅里面，大厅的中央有一根柱子。这是塔楼的底层，地面的大厅，四面只有一些竹叶形的狭小长窗透进来一些光线，即使在正午时分，这座大厅大概也是昏暗的。有时，光线暗一点对增加庄严的程度是必要的。昏暗才能显出庄严气氛。

厅里有十三个人排成行列站着。三个人在头一排，六个人在第二排，四个人在后面。

头排的三个人中，一个人穿着一件淡红色的天鹅绒官服，另外两个也穿着红色的官服，不过是缎子的。三个人的肩头上都有英国纹章。

第二排的六个人穿着白绸祭衣，每件衣服的胸膛上都绣着不同的纹章。

最后一排的四个人，全都穿着黑绸衣服，每个人都和其余的人有明显的分别：第一个人有一个蓝色的披肩；第二个人的胸膛上有一个红色的圣乔治像；第三个人的前胸和后背上各绣有一个红十字；第四个人的脖子上有一个黑貂皮衣领。他们全都套着假发，不戴帽，身边佩着剑。

在黑暗中看不清楚他们的脸。他们也看不出格温普兰的样子。

黑棒前导员举起他的黑棒说：

“费尔门·克朗查理爵士，克朗查理和亨克威勒男爵，我是黑棒前导员,接待室的首席官员,我把爵爷交给英国的嘉德爵位院长。”

第一排中穿天鹅绒官服的人走上前一步,向格温普兰鞠躬到地,说:

“费尔门·克朗查理爵士,我是嘉德爵位院长,英国的第一纹章院长。我的职位是由世袭的纹章局局长诺佛尔克公爵大人创设和任命的。我曾宣誓服从国王,服从贵族议员和嘉德勋位爵士。我就职的那一天,英国的纹章局局长把一杯酒倒在我的头上,我庄严地答应效忠于贵族,避免和名誉不佳的人来往,应该谅解而不是谴责有身份的人,帮助寡妇和处女。我负责主持贵族议员的丧礼,我保护和监管他们的纹章。我听从爵爷的吩咐。”

其余两个穿缎子官服的人中的第一个,鞠了一个躬以后,说:

“爵爷,我是克拉郎士,英国的第二纹章院长。我负责主持贵族议员以下贵族的丧礼,我听从爵爷的吩咐。”

第二个穿缎子的人也行了敬礼,说:

“爵爷,我是挪洛瓦,英国的第三纹章院长。我听从爵爷的吩咐。”

第二排的六个人动也不动,也不行礼,只向前走了一步。

在格温普兰右边的第一个人说:

“爵爷,我们是英国的六个纹章司长。我是约克。”

接着每一个纹章司长轮流发言,报告自己的称号。

“我是兰开斯特。”

“我是李察蒙。”

“我是吉士特。”

“我是渗摩山脱。”

“我是温莎。”

他们胸口上的纹章,就是他们报告称号的那些郡或城市的纹章。

最后排四个穿黑服的人,在纹章司长后面,保持着沉默。

嘉德勋章院长用手指指着他们对格温普兰说:

“爵爷,他们是四个纹章官员。——这是蓝斗篷。”

有蓝色披肩的人鞠躬。

“这是红龙。”

身上有圣乔治像的人行礼。

“这是红十字。”

身上有红十字的人敬礼。

“这是格子吊闸。”

有黑貂衣领的人敬礼。

纹章院长挥了一下手，第一个纹章官员“蓝斗篷”上前几步，从前导员的执行官那里接过了那个银色呢绒垫枕和垫枕上面的有王冠的公文夹。

纹章院长对黑棒前导员说：

“就这样吧。我请阁下继续接纳爵爷。”

这些礼节和下面继续进行的礼节，都是亨利八世以前的古老礼节，安娜在一个时期中曾经尝试恢复使用。到了今天，这些礼节已经全部不用了。可是贵族院还认为自己是永恒不变的；假使记不清来源的东西真的存在的话，就在贵族院可以看到。

不过，贵族院也在变化。“可是它仍然在动”①。

例如，从前伦敦城在五月一日贵族议员到议会去的时候，在他们走过的道路上植起一根长竿，称为“五月之竿”，现在怎样了呢？最后一根长竿是在一七一三年树立的。以后所谓“五月之竿”就消失了，这种仪式已经废弃不用了。

表面上是永恒不变的，实际上不断在变化。拿几个称号来做例子。阿尔拔马勒这个称号似乎是不变的，可是在这个称号下面已经有过六个家族：奥多，芒德威勒，贝都那，普朗塔热内，波桑，蒙克。在兰西斯特这个称号下，已经连续有了五个家族：波蒙，布勒伏斯，杜德来，悉尼，柯克。在林肯的称号下也有六个家族；潘布洛克的称号下有七个，等等。家族更换了，称号却没有变。浅薄的历史家就认为永恒不变的事物是存在的。实际上，根本没有永恒不变的事物。人只能够像浪花一现。人类才是海洋。

---

① 这句话据说是伽利略回答宗教裁判所的话。伽利略主张地球在动。宗教裁判所要判他死罪，他说：“可是地仍然在动”。原文是意大利文。

贵族阶级认为年老值得骄傲,女人却认为年老是不幸;但是女人和贵族阶级都有同样的幻想,就是认为自己可以永远保持青春。

十分可能今天的贵族院认为以上所描写的和下面继续叙述的情况和它并不相干,有点像一个过去漂亮的女人不愿意脸上有皱纹。镜子是老受人家骂的,它只好由它去。

历史家的责任就是把历史描写得像真实情况一样。

纹章院长对格温普兰说:

"请跟我来,爵爷。"

他加上一句:

"人家会向你敬礼,爵爷只要掀起帽边就行了。"

于是他们排成行列,向圆形大厅深处的一个门走去。

黑棒前导员在最前面领头。

接着是"蓝斗篷",手里捧着垫枕;然后是那个纹章院长;纹章院长的后面是格温普兰,头上戴着帽子。

其余的纹章院长,纹章司长和纹章官员,都继续留在圆厅里。

格温普兰跟着黑棒前导员和那个纹章院长,从一间房间到另一间房间,所走的路线如今已经不可能再找到了,因为英国议会的旧房子已经毁坏了。

在走过的房间中,有一间哥特式的富有政治意义的房间,在这里曾经发生过詹姆士二世和蒙茅斯的最后会见,那个怯懦的侄儿曾经白费心思地跪在凶暴的伯父面前。这间房间周围的墙上挂着九个过去贵族议员的全身画像,按照日期先后排列,上面有他们的名字和纹章:南斯拉德隆爵士,一三〇五年。巴里奥爵士,一三〇六年。宾纳斯特德爵士,一三一四年。康蒂立普爵士,一三五六年。蒙贝干爵士,一三五七年。蒂波托爵士,一三七二年。可德诺的祖克爵士,一六一五年。贝拉一阿瓜爵士,没有日期。哈伦与苏里爵士,布洛瓦伯爵,没有日期。

天已全黑,走廊上每隔若干距离就点着一盏灯。房间里有铜烛台,上面的蜡烛也点亮了,把房间照耀得如同教堂里的两侧一样。

在房间所遇见的都是必须会见的人。

在一间房间里站着枢密院的四个书记和国家文件书记,他们都恭恭敬敬地把头低下来。

在另一间房间里有可敬的菲力浦・薛顿汉姆,他是一个军旗骑士爵,渗摩山脱郡的布林普顿地方的领主。军旗骑士爵位是在战争中由国王在展开的王旗下册封的。

在另一间房间里有英国最老的准男爵埃德蒙・培根・德・苏福克爵士,他是尼古拉爵士的继承人,他被称为"英国第一个准男爵"①。埃德蒙爵士的背后放着他的火绳钩枪,还有一个随从持着阿尔斯特的纹章,因为准男爵是爱尔兰的阿尔斯特地方的天生的保卫者。

在另一间房间里有财政大臣和他的四个会计师,以及宫内大臣派来负责保护皇家特税的两个代表。此外,还有铸币司司长,他的摊开的手掌里放着一个金镑,这个金镑按照习惯是用模子制造的。这八个人全都对新爵士敬礼。

连接下议院和上议院的那条走廊,地上铺着地席;在走廊的入口处,格温普兰接受了汤玛士・芒舍尔・德・马甘姆爵士的敬礼,这位爵士是女王的管家和代表格拉摩根的议员;在走廊的出口处,他受"五港"男爵每两人中一个代表的敬礼,"五港"其实有八个,因此男爵们分成左右两排站立,每四人一排。威廉・阿斯贝汉姆代表哈斯亭斯向格温普兰敬礼,马修・爱尔摩代表杜佛,约瑟亚斯・贝切特代表三文治,菲力浦・波特勒爵士代表海特,约翰・布罗惠代表纽・林姆尼,爱德华・苏士威尔代表黑麦城,詹姆士・海约斯代表温却尔斯城,乔治・乃罗代表斯福德。

格温普兰想还礼,纹章院长低声把礼节提醒他。

"只掀一掀帽边,爵爷。"

格温普兰按照纹章院长的指示去做。

他走到了图画会议室,其实里面并没有图画,只在窗户的圆顶上有些圣像,其中一幅是圣爱德华像。窗户是尖弓形的长窗,中间被地板分隔成两部分:上面一层是图画会议室,下面一层是威斯敏斯特大厅。

木栏杆把图画会议室分成两部分,在木栏杆的这一边站着三个国

---

① 原文是拉丁文。

务大臣,他们都是很重要的人物。第一个管理英国南部,爱尔兰和殖民地事务,再加上法国,瑞士,意大利,西班牙,葡萄牙和土耳其。第二个管理英国北部事务,再加上荷兰,德意志,丹麦,瑞典,波兰和莫斯科。第三个是苏格兰人,管理苏格兰事务。头两个是英国人。其中一个是可敬的罗拔·哈利,他是代表纽一赖德诺城的下议院议员。另一个苏格兰议员孟告·葛拉汉姆当时也在场,他是蒙特罗斯公爵的亲戚,他们全都对格温普兰敬礼。

格温普兰碰了碰他的帽子边沿。

看守栏杆的官员抬起了那条木栏杆让格温普兰进内。木栏杆的里面是图画会议室的内部,里面放着一张长桌子,上面铺着绿台布,是专门保留给贵族议员的。

桌子上放着一只点着了的多枝烛台。

格温普兰跟着黑棒前导员、"蓝斗篷"和嘉德勋章院长,走进了这个特权的地方。

格温普兰走过以后,看守栏杆的官员把栏杆放下来关上。

纹章院长走过了栏杆就停下来。

图画会议室十分宽广。

房间的深处,两扇长窗的中间挂着一个王室的盾牌。这时候盾牌下面站着两个穿红色天鹅绒袍子的老头子,他们的袍子的肩部镶着两块貂皮,上面缝着金线;他们的头上戴着假发,假发上面是一顶白翎毛的帽子。从袍子的开衩处,可以看见他们里面的绸衣服和佩剑的剑柄。

他们的后面,站着一个动也不动的穿黑绸服的人,手里高举着一根粗大的金质权棒,权棒上面站着一只戴着王冠的狮子。

这个人就是英国贵族议员中的执权棒官。

那只狮子是他们的饰章;贝尔特朗·杜格克林①的年史手稿上记载着:"狮子就是男爵和贵族议员。"

纹章院长指着那两个穿天鹅绒袍子的老头子给格温普兰看,在格温普兰的耳边说:

---

① 杜格克林(Bertrand Du Guesclin,1320—1380),法国著名的军事家。

“爵爷,他们和你是有同等身份的。你要照着他们给你行礼的样子给他们还礼。这两位爵爷是两个男爵,也是议长指定给你的两个证人。他们十分年老,眼睛差不多都瞎了。他们要介绍你进贵族院。他们中第一个是查尔斯·曼德梅,费兹窝特爵士,男爵名次中的第六位;第二个是奥古斯大·阿仑代尔,阿仑代尔·德·特里赖司,男爵名次中的三十八位。”

纹章院长向着两个老头子走上前一步,提高了嗓音说:

“费尔门·克朗查理,克朗查理男爵,亨克威勒男爵,西西里的柯里奥纳侯爵,王国的贵族议员,向两位爵爷致敬。”

两个爵士把帽子向头上举起,一直到手臂全部伸直的程度,然后重新戴上帽子。

格温普兰用同样方法对他们还了一个礼。

黑棒前导员走上前,然后是“蓝斗篷”,然后是嘉德勋章院长。

执权棒官走过来站在格温普兰前面,两个爵士分站在格温普兰两旁,费兹窝特爵士站在右边,阿仑代尔·德·特里赖司站在左边。阿仑代尔爵士是两人中比较年老的一个,身体十分衰弱。他在事后一年就死了,他的爵位遗留给他的未成年的孙子,到一七六八年他的封号也就消灭了。

他们一行人走出了图画会议室,走进了一条有许多半露柱子的走廊;柱子与柱子之间站着哨兵,由英格兰的持戟兵和苏格兰的持枪兵交叉间隔着站在那里。

苏格兰的持枪兵是裸着腿的优良部队,后来在封特奈能够毫无愧色地应付法国的骑兵和国王的胸甲骑兵,那时这些胸甲骑兵的上校曾对骑兵说:“各位能干的先生,请戴紧你们的帽子,我们荣幸地开始冲锋了。”

持戟兵的队长和持枪兵的队长向格温普兰和两个证人爵士举剑致敬。那些哨兵有些用戟,有些用枪致敬。

在走廊的深处闪耀着一个金光灿烂的大门,两扇门简直像两块金板。

门的两边站着两个动也不动的人;从他们的制服可以认出他们是

“守门官”。

在将近到达这个门的地方，走廊突然扩大，出现了一个镶满镜子的圆形走道。

在这个圆形走道里，有一张靠背十分高大的椅子，椅子上坐着一个身份显赫的人，从他的袍子和假发都很庞大看来，他是一个重要的大人物。他就是威廉·考伯，英国的大法官兼上议院的议长。

一个人和君主有同样毛病，而且比国王的病更深一点，这也是一种优点。威廉·考伯是近视眼，安娜也是近视眼，不过程度较浅一点。威廉·考伯的视力不灵被近视的女王陛下看中了，因此女王选他做大法官兼国王的良心的监护人。

威廉·考伯的上唇很薄，下唇很厚，这是心地一半善良的特征。

那个圆形走廊的天花板上有一盏灯在照明。

坐在高背交椅上的大法官态度很严肃，他的右边有一张桌子，旁边坐着一个王室的书记官，他的左边也有一张桌子，旁边坐着一个议会的书记官。

两个书记官的面前都放着一本摊开的登记簿和一只墨水瓶。

大法官的大交椅后面站着他的执权棒官，手里拿着顶上有王冠的权棒。另外还有他的拉衣裾官和管钱银官，都戴着很大的假发。这些官职到现在还存在。

交椅附近有一张小桌子，上面放着一柄有金把手的剑，剑鞘和皮带都包着火红色的天鹅绒。

在王室书记官的后面，站着一个官员，他的两只手张开着撑住一件袍子，这件袍子就是加冕袍。

在议会书记官的后面，站着另一个官员，他的手上也拿着一件展开的袍子，这件袍子就是议会的法袍。

这两件袍子都是有白丝边的红色天鹅绒袍子，两肩镶着两块缝着金线的貂皮；样子完全一样，只不过那件加冕袍子的貂皮比较大一些。

还有第三个官员，称为“图书管理员”，他捧着一块方形的佛兰德斯皮，上面放着一本红皮书，这本小书是用红色摩洛哥皮装订的，里面记载着上下两院的议员姓名，还有一些空白页，另外有一支铅笔，按照习惯这支铅笔是送给新进入议会的议员的。

由格温普兰和他的两个证人殿后的行列，走到大法官的交椅前面就停了下来。

两个证人爵士脱下了帽子。格温普兰也学他们那样做。

纹章院长从“蓝斗篷”的手里接过那只银绒垫枕，跪了下来，把垫枕和上面的黑色公文夹一起呈递给大法官。

大法官拿了公文夹，伸手交给议会书记官。书记官很郑重地接了过来，然后再坐下。

议会书记官打开了公文夹，站了起来。

公文夹里有两件例行公文，一件是女王发给贵族院的特许状，另一件是给新贵族议员的通知①，传唤新议员出席上议院。

书记官站着把两件公文高声念出来，态度很恭敬，念得很慢。

传唤费尔门·克朗查理爵士出席上议院的通知是用惯常的套语结束的：“……朕严格地命令你②，按照你对王室的忠诚义务，你应该立即到威斯敏斯特议会里去，坐上你的议席，和主教及其他贵族议员一起，根据你的荣誉和良心，对王国和教会的事务提出你的意见。”

念完以后，大法官抬高了嗓音。

“女王的命令已经宣读。费尔门·克朗查理爵士，你否认面包和葡萄酒化成耶稣的血和肉，否认崇拜圣人和参加弥撒吗？”

格温普兰鞠躬。

“宣誓业已完成。”大法官说。

议会书记官跟着说：

“爵士大人已经宣誓。”

大法官加上一句：

“费尔门·克朗查理爵士，你可以出席议会了。”

“就是这样吧。”两位证人说。

纹章院长站起来，从小桌子上取了那柄剑，把皮带环绕着格温普兰的腰身系了上去。

---

①② 原文是英文。

他就是威廉·考伯，英国的大法官兼上议院的议长。

古老的诺曼底法律书上记载着:“这样做了以后,贵族议员系上佩剑,登上高座,参加会议。”

格温普兰听见有人在背后对他说:

“我给爵爷穿上议会的法袍。”

那个拿着这件袍子的官员,一边说一边把袍子披在格温普兰身上,在颈上挂上貂皮短袖褂子。

现在,格温普兰身上披着红袍,身旁佩着金柄剑,打扮得和他左右两边的两个爵士完全相同了。

图书管理员把红皮书献给他,把书放在他的上衣的口袋里。

纹章院长在他的耳边低声说:

“爵爷,在走进去的时候,请你向宝座敬礼。”

宝座就是国王的王位。

这时候,左右两边桌子上的两个书记官都在记录,一个写在王室的登记簿上,另一个写在议会的登记簿上。

写完以后,王室书记官领头,议会书记官在后,两人先后把两本登记簿呈递给大法官,由大法官在上面签名。

在两本登记簿上都签了名以后,大法官站起来:

“费尔门·克朗查理爵士,克朗查理男爵,亨克威勒男爵,意大利的柯利奥纳侯爵,欢迎你进入大不列颠王国的贵族议员的行列,和世俗的以及宗教的爵士们在一起。”

格温普兰的两个证人拍了拍他的肩膀。他回过头来。

走廊深处的那个金色大门分成两扇大大地打开。

这就是英国上议院的大门。

仅仅在三十六小时以前,格温普兰被另一队人围着,亲眼见到扫斯华克监狱的大门为他而打开。

变化迅速得可怕;他的脑子里充满了云雾,这些云雾就是陆续发生的事件,迅速得像冲锋一样。

第二章　公正的评价

创造一种和国王地位平等的贵族爵位，称为贵族议员，在野蛮时代是一种有用的假设。在法国和英国，这种原始的政治手段产生不同的效果。在法国，贵族议员是徒有其名的亲王；在英国，贵族议员却是名副其实的亲王。英国的贵族比法国的贵族地位低一点，却更有实权。可以说：地位愈低微，危害更大。

贵族爵位是在法国产生的。产生的时期很难确定；根据传说，是在查理曼时期；根据历史，是在“贤者罗拔”时期。历史的记载并不比传说更可靠。发温写道：“法国国王想把国内的大人物拉拢到自己身边，就创设了贵族这种壮丽的称号，这个称号的意思是‘与王匹敌’，用意是说贵族与国王地位平等。”

贵族制度很快就分成两枝，而且从法国传到了英国。

英国的贵族制度是一件大事，也差不多是一个伟大的创设。它的前身是萨克逊人的“议会”。丹麦的大乡绅和诺曼底的诸侯都溶化成为男爵。男爵这个词儿和“vir”同义，“vir”即西班牙语的“varon”，意义是“男人”。从一〇七五年起，国王就感觉到男爵们的势力。而这个国王是谁？是“征服者”威廉！在一〇八六年，男爵们给封建制度奠定了一个基础；这个基础就是“最后审判书”。在“无地约翰”治下就发生了冲突；法国的贵族对大不列颠采取了傲慢的态度，他们的法庭传唤英国国王出庭。这就引起了英国男爵们的义愤。在菲力浦—奥古斯大的加冕礼上，英国国王作为诺曼底公爵，手持第一面方形旗；德·居冉那公爵手持第二面。英国的男爵们为着反对这个屈身为外国封臣的国王，就发动了“贵族战争”。男爵们强迫可怜的约翰国王接受了大宪章，结果就产生了上议院。教皇完全支持国王，把贵族驱逐出教。事件发生的时期是一二一五年，教皇是英诺森三世。这个教皇曾经写过《圣神降临歌》①,他送了四只金戒指给“无地约翰”,代表四种基本道德。贵族们不肯罢休,斗争继续了好几个世代,潘布洛克不断反抗,一二四八年是“牛津条款”②签订的一年。二十四个男爵限制国王的权力,评论国王,从每一个郡中号召一个骑士参加日益扩大的争论。这就是下议院的萌芽。到了后来,贵族从每一座城市选择两个市民,从每一个自治市选择两个公民,作为助手。这就是为什么直到伊丽莎白时代,贵族议员仍然有权审查下议院的选举是否有效的原因。从他们的这种审判权,就产生了这样的一句拉丁文谚语:“下议院议员的任命有三不能:不能说情,不能贿赂,不能请客(sine prece,sine pretio,sine poculo.)。”这样并不能妨碍那些虽然衰落,但是仍然享有议员选举权的城市。直到一二九三年,法国的贵族院法庭仍然对英国国王享有审判权,“美男菲力浦”传唤英王爱德华一世出庭受审。爱德华一世是这样一个国王:他命令他的儿子在他死后用沸水煮他,然后携带他的骨头去参加战争。鉴于他们的国王愚笨而且荒唐,贵族们认为必须加强议会;他们把议会分成两个院:上议院和下议院。贵族们傲慢地保持他们的最上权。“如果下议院有人大胆到说出有损贵族院利益的话,就要传他出庭惩罚他,有时甚至把他送进伦敦塔”③。在投票表决中也有同样的分别。在贵族院里每一个贵族轮流表决,从最末一个男爵开始,这个男爵称为“最下位男爵”。每一个贵族议员在表决时回答:“满意”或“不满意”。在下议院里投票表决是全体同时进行,成群结队地回答“是”或“否”。下议院弹劾,上议院审判。贵族议员为了表示对数字的轻蔑,把监督国库的权力交给了下议院,却让下议院从中得到了好处。英文“国库”一词的来源,据有些人说是从台布而来,这张台布的样子像棋盘;据另一些人说,这是从一个古老保险柜的抽屉而来,英国国王的财产就放在这只柜中,外面用铁栅拦住。到了十三世纪末,又出现了《年鉴》。在玫

① 原文是拉丁文。

② 牛津条款(Provisions d'Oxford),是英国男爵们强迫英王亨利三世接受的条件,内容是确认了大宪章和建立了议会。

③ 张伯连:《英国之现状》,第二卷,第二部,第四章,第六十四页,一六八八年版。——原注。

瑰战争期间，贵族议员有时站在兰开斯特公爵约翰·德·干特的一边，有时站在约克公爵埃德蒙的一边。华特·泰勒，罗赖德，“国王制造者”华尔威克，等等，所有这些制造叛乱的混乱状态，产生了奴隶的解放，而这些混乱状态的助力，或明或暗都是英国的封建制度。贵族们妒忌国王，妒忌得很有用，因为妒忌就是监视；他们限制国王的动议权，缩小叛国罪的范围，唆使假的理查王来反对亨利四世，自居为仲裁人，审判约克公爵和玛嘉丽特·德·安如之间的三顶王冠事件，在必要时也招募军队和进行战争，像斯露士布里，条克士布里，圣阿尔邦等战争，有时打败，有时打胜。在十三世纪中，他们早已打胜过刘易士之战，他们把国王的四个兄弟驱逐出王国以外，这几个兄弟是伊莎倍拉和德·拉·马虚伯爵的私生子，四个都是放高利贷者，他们利用犹太人来剥削基督徒；既是亲王，又是骗子，这种情况后来是屡见不鲜的，在当时却是为人所不齿的。直到十五世纪，在英国国王的身上还明显地存在着诺曼底公爵的影子，议会的法案还是用法文写的。从亨利七世时代开始，由于贵族议员们的意愿，议会的法案才改用英文。英国在依特·潘德拉贡统治下是布列塔尼化的，在凯撒的统治下是罗马化的，在七王国的统治下是萨克逊化的，在哈洛德的统治下是丹麦化的，在威廉统治以后，是诺曼底化的，现在由于贵族议员们的力量，才变成真正的英国。后来又变成英国国教。自己有自己的宗教，这是一种很大的力量。一个外国的教皇能够削弱本国人民的爱国心。一个朝圣圣地就是一条章鱼，能够把信徒攫去。到了一五三四年，伦敦辞谢了罗马，贵族阶级改奉新教，贵族议员们相信路德，这是对一二一五年教皇驱逐他们出教的一个反击。这种做法很符合亨利八世的心意，但是贵族议员们在另一些方面妨碍着他。上议院和亨利八世的关系，正如一条恶犬在一只熊的面前。当胡尔帅从国家的手里偷去白厅，亨利八世又从他的手里把白厅偷回去的时候，谁咒骂呢？四个贵族议员：达西·德·芝吉斯特，圣约翰·德·布列索（这两个名字都是诺曼底名字），蒙特约瓦和蒙特依果。国王篡夺，贵族侵占。可是遗传的力量是不朽的，因此贵族们始终不驯服。即使在伊丽莎白时代，男爵们也有蠢动。其结果是都尔汗的酷刑。伊丽莎白的裙子上是沾满血迹的。她的宽大的裙子下面藏着断头台。伊丽莎白尽可能不召开议会，而且把上议院的议员减到六十五个，其中只有一个侯爵，即威斯敏斯特侯爵，连一个公爵也没有。同样地，法国国王也妒忌贵族，也采取同样的排除手段。在亨利三世统治下，贵族院里只剩下八个公爵，国王还十分不高兴地眼看着还有芒特男爵，古西男爵，古乐米野男爵，蒂摩莱的新堡男爵，塔德诺瓦的拉·费尔男爵，莫田纳男爵，以及其他几个男爵仍然是法国的贵族院议员。在英国，国王很乐意看到贵族议员愈来愈少；以安娜女王治下为例，从十二世纪以来，由于被废黜而消灭掉的贵族议员爵位共有五百六十五个。玫瑰战争开始消灭公爵，玛莉·都德用斧子把消灭工作进一步完成。这种方法其实就是斩去贵族的首级。消灭公爵，就是砍去公爵的头。这是一种很好的政策，可是腐蚀也许比斩首更好。詹姆士一世就抱有这种见解。他恢复公爵爵位。他封他的宠臣维利尔为公爵，维利尔却封他为猪①。这样，公爵原来是封建割据的诸侯之一，现在变成了廷臣。这个变革很快就得到大量推广。查理二世封他的两个情妇为女公爵，一个是巴布·德·苏桑普敦，另一个是路易丝·德·奎路埃尔。在安娜女王统治下，一共有二十五个公爵，其中有三个是外国人：一个是甘伯兰，一个是剑桥，一个是宋堡。詹姆士一世所创造的这种宫廷手法是否成功呢？没有。上议院很不满意国王用这种阴谋手段来束缚它。贵族议员们愤怒地起来反对詹姆士一世，起来反对查理一世。在这里顺便说一句，查理一世也许对他的父亲之死要负一点责任，正如玛丽·德·米地西也许对她的丈夫之死要负一点责任一样。查理一世和贵族院决裂。贵族议员们在詹姆士一世治下，曾经在议院法庭上，通过培根这个人来审判横征暴敛；在查理一世统治下，又通过斯塔福特这个人来审判叛国罪。他们判决培根有罪，现在又判决斯塔福特有罪。前者丧失荣誉，后者丧失生命。斯塔福特被斩首，对查理一世是一次狠狠的打击，真可谓芝焚蕙叹。贵族议员们大力帮助下议院。国王在牛津召开议会，革命政府在伦敦召开议会；四十三个贵族议员追随国王，二十二个贵族议员附和革命。从这一次人民和贵族的结合，产生了“权利法

① 维利尔称詹姆士一世为“猪陛下”。——原注。

案”，这个法案仿佛是法国革命的《人权宣言》的初稿，也是法国革命从将来的深处投射到英国革命身上的朦胧的暗影。

这就是贵族议员们的功劳。当然，这个功劳并非来自他们的自觉行动，而且代价也很昂贵，因为这些贵族们是一群庞大的寄生虫，可是这个功劳是巨大的。路易十一、黎世留和路易十四的残暴统治，土耳其苏丹在法国出现，把拉平视为平等，王权行使笞跖刑，用压迫的方法压低群众，这种种土耳其式的统治方法都在法国出现，却被贵族议员们防止了在英国出现。他们把贵族政治化成一垛墙，一边防范着国王，另一边庇荫着人民。他们用对国王无礼来抵偿他们对人民的高傲。兰西斯特伯爵西蒙曾经对亨利三世说：“国王，你撒谎。”贵族议员们对王室加上许多束缚；他们专门触动王室的痛处，特别是损害国王的狩猎权。凡是贵族议员，只要经过国王的花园，都有权在花园里杀死一只鹿。贵族议员在国王宫里可以像在自己家里一样。在伦敦塔里如果关了一个国王，国王所享受的待遇并不比一个贵族议员的待遇高一点，都是每星期十二镑。这一切，都是上议院的杰作。不止这一些。国王被废位，也是它的功劳。贵族议员们曾经废黜过“无地约翰”，推翻爱德华二世，迫使理查二世退位，打败过亨利六世，而且为克伦威尔创造了条件。查理一世本来是一个酷似厉害的路易十四！由于克伦威尔的存在，查理一世才有所收敛暴戾没有得以暴露。顺便说一句，克伦威尔本身也渴想当贵族议员，这件事还没有一个历史家注意到。为着要当贵族议员，克伦威尔才娶了伊丽莎白·布基爱；这个伊丽莎白是两个贵族议员家族的女儿和继承人，一个是册封为布基爱爵士的克伦威尔家族，他们的爵位在一四七一年消灭；另一个是册封为罗拔沙爵士的布基爱家族，他们的爵位在一四二九年消灭。随着形势的可怕发展，他觉得达到权力的办法，消灭一个国王比要求恢复一个爵位更为便捷。贵族议员们的礼节，有时阴森可怕，甚至于规范到国王。伦敦塔的两个兵士，肩上搁着斧头，站在议院法庭前面的被告议员左右两边，这种礼节不仅对任何一个贵族议员适用，对国王也同样适用。在五个世纪中，过去的上议院制定了一套制度，而且坚定不移地贯彻执行。有时贵族院也有迷惑和软弱的时候，例如他们被尤勒二世送来的装满乳酪、火腿和希腊名酒的果盘迷惑了,这种时刻是特殊的。英国的贵族议员是不安的,傲慢的,不能减少的,注意一切的,而且由于爱国而往往对人不信任。在十七世纪末,他们用一六九四年的第十号法令剥夺苏桑普敦的斯托克桥城的选举议员权,他们强迫下议院宣布这个城的选举无效,因为这次选举有天主教徒在操纵舞弊。他们强迫约克公爵詹姆士宣誓反对天主教,由于他的拒绝而宣布剥夺他的王位。詹姆士仍然登了位,可是贵族们终于重新逮住他,把他驱逐出外。这个贵族政治在它所存在的长时期中,也曾经有过一些进步的表现。经常有相当值得重视的开明事物在这个贵族政治中出现,只除了在眼前贵族政治的黄昏时期。在詹姆士二世的统治下,上议院始终使下议院维持三百四十六个平民议员对九十二个骑士的比例;五港的十六个礼仪上的男爵,被二十五个城市的五十个平民议员抵消到倒欠的程度。贵族政治是十分腐败和十分自私的,可是有时在某些情况下,它也表现出很奇异的公正无私。人们过分严厉地判断它,历史只赞美下议院,这是应该扭转的看法,我们相信贵族院的作用是很大的。寡头政治是在野蛮状态下的独立,到底不失为独立。请看波兰,它就是一个名义上的王国,实质上的共和国。英国的贵族院经常怀疑和监护着国王。在许多情况下,上议院比下议院更懂得怎样运用自己的权力。上议院妨碍着国王。例如在一六九四这个值得注意的年头里,三年议会法案被下议院否决,因为威廉三世不喜欢这个法案,可是却被上议院通过了。威廉三世激怒起来,立即夺去德·巴斯伯爵的潘德尼斯城堡和莫端特子爵的一切公职。贵族院其实是英吉利王国心脏内的威尼斯共和国。把国王降为共和国的总督,就是它的目的,它减弱了国王的权力,同时相应地增加了国民的权力。

国王懂得这一点,因而憎恨上议院。他们双方都设法削弱对方,结果是人民得利,人民因而壮大起来。君主政治和寡头政治是两种盲目的力量,它们不知道它们正在为第三者出力,这个第三者就是民主政治。在上世纪中,王室为了能够吊死一个贵族议员——费来斯爵士——而多么高兴啊!

不过,王室是用一条绸带来吊死他的。这是一种礼貌。

黎世留公爵傲慢地说:“吊死一个法国的贵族议员是不可能的。”

我们同意这种说法,因为法国贵族议员是被斩首的,这种方法是更大的礼貌。蒙莫郎西—唐卡威勒的签名下面写着:“法国和英国的贵族议员。”这样,就把英国的贵族议员排到第二位里去。法国的贵族议员地位较高,可是较少实权,他们更着重的是等级,而不是权力,更注意的是上席权,而不是统治权。他们和英国贵族议员之间的区别,正如虚荣心和自尊心的区别一样。对于法国的贵族议员,最重大的事件是:能够走在外国亲王的前面;能够叫西班牙的大公爵和威尼斯的贵族让自己先走;能够叫法国的大元帅、总司令和海军大将,哪怕他们是德·吐鲁斯伯爵或者路易十四的儿子,叫他们坐在议会的低级座位里;把公爵爵位分为男系和女系;使一个普通的伯爵领地,如阿尔马纳克或者阿尔布列,和一个议员伯爵领地,像埃佛来,保持着一定的距离;在二十五岁就当然享受佩带蓝绶带或者金羊毛勋章的权利;拿议会最早的贵族议员杜热斯公爵,来抵消宫廷最早的贵族议员德·拉·特来摩瓦耶公爵;要求和选帝侯有同样数目的侍臣和同样数目的马匹的马车;使议会的议长叫自己做“爵爷”;争论杜·曼纳公爵的贵族议员爵位是不是像德·埃伯爵一样从一四五八年开始;应该沿着对角线越过议会大厅还是要从旁边走过去。对英国的贵族议员,最重大的事件是:航海条例,宣誓条例,把欧洲国家征集起来为英国服务,海上霸权,驱逐斯图亚特王朝,对法兰西宣战。前者认为最要紧的是礼仪;后者认为最要紧的是帝国。英国的贵族议员得到的是实物,法国的贵族议员得到的是影子。

总而言之,英国的上议院是一个起点;在文明史上说来是伟大的。它的光荣是创造了一个国家,它是民族统一的第一个化身。英国的抵抗力是一种无限强大然而不显著的力量,这种力量就是在上议院产生的。男爵们用一系列的激烈行动来反对国王,造成的结果是为国王的永久退位铺平了道路。今天上议院对它自己无意识地和不自觉地所做的一切,有点感到惊奇和悲哀,尤其是因为所做过的一切是无可挽回的。让步是什么?就是对方的复权。许多国家都知道这一点。国王说:“我让与。”人民说:“我恢复我自己的权利。”上议院以为它所创造的是贵族议员的特权,其实它创造的是市民的权利。贵族政治这个秃鹰孵了这样的一只鹰蛋——自由。

如今这只蛋破了,雄鹰在空中飞翔,秃鹰在死去。

贵族政治正濒于死亡,英国壮大起来了。

可是我们必须公平地评价贵族政治。它是王权的平衡力量;有了它才能抵消王权的重量。它是专制政体的障碍;它是一道栅栏。

让我们感谢它,同时把它埋葬了吧。

第三章　从前的上议院大厅

在威斯敏斯特教堂附近，有过一座诺曼底的故宫，在亨利八世时被焚于火。整座宫殿只烧剩了两边的耳房。爱德华六世在一边耳房里安置了上议院，另一边耳房里安置了下议院。

如今这两边耳房和两间大厅都不存在了；新的建筑物已代替了它们。

我们在上面已经说过，我们在这儿再重复一遍：今天的上议院和过去的上议院之间，丝毫没有相同之处。从前的宫殿被毁了，过去的习惯也有点被毁掉。用鹤嘴锄来破坏纪念碑，反映到习惯和法令上也会受到破坏。一块古旧的石碑倒下来，不可能不把一项旧法令拉着一起倒下来。把原来在一间方形大厅里的贵族院搬到一间圆形大厅里来，这个贵族院就会变得和原来不同。换了一只贝壳，就能改变里面的软体动物的样子。

如果你想保持一件古老的东西，无论是世俗的东西或者宗教上的东西，法典或者教义，贵族社会或者祭司职位，千万不要把它全部翻新，连外表也不要换新的。充其量只能修补修补。例如耶稣会教义就是新加进天主教里的东西。对待建筑物必须要像对待制度一样。

阴影应该居住废墟。衰老的权力安置在新修饰好的住宅里就会感觉坐立不安。像破烂衣服般的制度，要住在破旧房子般的宫殿里才相称。

把从前的上议院描写出来，等于把陌生的东西描写出来。历史就是黑夜。在历史的舞台上是没有近景和远景之分的。不在近景上出现，马上就会被黑暗吞噬，就是离开了舞台。布景撤去，一切都消失和被人遗忘。“过去”有一个同义词，就是“不知”。

英国的贵族议员行使司法权的时候，是在威斯敏斯特的大厅里开庭;他们行使立法权的时候,是在一间特定的大厅里开会,这间大厅称为"贵族之家"或"上议院"。

除了上议院法庭以外,英国还有两个高级法庭设在威斯敏斯特的大厅里,这两个高级法庭只比上议院法庭低一级,却高过国内其他任何法庭;上议院法庭只有国王才能召开。这两个高级法庭占据大厅末端两间邻接的房间里。第一个法庭是王座高等法庭,设有国王席位,视同国王亲自主持审判;第二个法庭是大法官高等法庭,由大法官担任审判长。一个是司法法院,另一个是宽恕法庭。大法官提请国王宽恕罪犯,不过这种情形很少发生。这两个法庭到今天还存在,它们解释法律,也有点重新创造法律;法官的艺术就在于把法典改制成判例。公道只能尽可能地在这个艺术中表现出来。威斯敏斯特的严峻的大厅,就是英国制造法律和执行法律的地方。这所大厅有一个栗木制的拱顶,蜘蛛是不能在那上头结网的,可是它们在法律里却结了很多网。

执行法院的职权和执行立法院的职权,这是两件迥然不同的事情。掌握了这两种职权就是掌握了最高的大权。从一六四〇年十一月三日开始的长期议会,觉得掌握这柄双锋的利剑是革命的需要,因此它就宣布它自己以上议院的资格,既享有司法权,也享有立法权。

享有这种双重权力对上议院说来已经是历史久远的事。我们说过,贵族议员们作为法官,是在威斯敏斯特大厅里行使职权;作为立法者,他们在另一间大厅里。

这另一间大厅才是真正的上议院所在的地方。这间房间又长又狭,只有四个窗口照明,这四个窗口深深地嵌在漏斗状的洞孔里,光线从屋顶上射进来;此外,在王座的华盖上还有一个镶着六块玻璃的牛眼窗,有窗帘遮着;晚上,除了镶在墙上的十二盏矮烛台以外,没有别的亮光。威尼斯的贵族院里比这儿更昏暗一点。相当程度的黑暗是这些拥有大权的猫头鹰们所欢喜的。

在上议院的大厅里,天花板由多面的浮雕和金色的飞檐构成一个很高的圆拱。在下议院的大厅里却只有一个平坦的天花板;在君主政体下的一切建筑都是有特殊意义的。上议院长形大厅的一端是门,对面的另一端是国王的宝座。离开门几步远,有一条横切大厅的栅栏,像是边界似的，分清这一边是人民世界的尽头，另一边是贵族世界的开始。宝座的右边有一只壁炉，炉顶上饰有纹章，炉子两旁是两块刻有浮雕的大理石，一块刻着五七二年时克斯伏夫战胜布列塔尼人的情景，另一块刻着顿斯塔布市的实测图，这个市只有四条街，和世界的四大部分平行。国王的宝座安置在三级石级上面，称为"王椅"。面对面的两垛墙上挂着伊丽莎白送给上议院的一幅大花毡，上面绣着连环画，画着西班牙无敌舰队的全部历史，从这支舰队由西班牙出发，一直到在英国沉没为止。军舰的高大船身是用金线和银线绣的，由于年深日久，金线和银线都已发黑。这幅花毡每隔若干距离就被装在墙上的多枝烛台切断。在国王的宝座的右边，靠着花毡放着三排长椅子，是给主教们坐的；在宝座的左边，靠着花毡放着三排长椅子，是给公爵、侯爵和伯爵坐的；这三排椅子一排比一排高，各排之间有过道隔开。第一排的三张长椅子是给公爵们坐的；第二排的三张长椅子是给侯爵们坐的；第三排的三张长椅子是给伯爵们坐的。子爵们的长椅子在宝座的对面；他们的后面，介于他们和栅栏之间，有两排长椅子是给男爵们坐的。宝座右边的三排长椅子中，最高的一张长椅子是给坎特伯雷和约克两地的两个大主教坐的；中间的那张长椅子是给伦敦、都尔汗和温却士特三地的三个主教坐的；其余的主教都坐在最低的一张长椅子上。在坎特伯雷大主教和其余主教之间有一个重大差别：坎特伯雷大主教能成为主教是由于"神的意旨"，其余主教能成为主教只不过由于"神的俯允"。宝座的右边有一张交椅是留给威尔士亲王的；左边有些折凳是给王族公爵坐的，这些折凳的后面有一级高起来的座位是给未成年的贵族议员坐的，他们还不能参加讨论。到处都饰满百合花；四面墙上都有巨大的英国国徽，既在国王的上面，也在议员们的上面。贵族议员的儿子和继承人也参加会议，他们站在宝座后面华盖和墙之间的空地上。大厅的最深处是宝座，其余三面是三排长椅子，当中就出现了一个正方形的空地。这块空地上铺着绣上英国纹章的国家地毯，上面放着四个垫褥，第一个在宝座前面，上面坐着议长即大法官，两旁一边放着权棒，另一边放着官印；第二个垫褥在主教们前面，上面坐着法官们，他们是国家的顾问，有权参加会议，但是没有发言权；第三个垫褥在公爵、侯爵和伯爵前面，上面坐着国务大臣；第四个垫褥在子爵和男爵前面，上面坐着王室书记官和议会书记官，另外有两个秘书跪在地上伏在垫褥上面记录。在方形空地的中央，有一张铺着台布的桌子，上面堆满文件、簿册、账簿和粗大的雕花银墨水瓶，四只角上放着高大的烛台。议员们按照年代次序入座，每人以爵位创设的日期来排列先后。他们用爵位来判断级别，在同一级别中以年代久远者为尊。在栅栏旁边站着黑棒前导员，手里持着他的短棒。在门里边站着前导员的执行员，在门外边站着黑杖呼唤员，他的职责是在议院审判开庭时用法文叫喊："肃一静！"连喊三声，喊第一个字时声音尤其庄严。呼唤员的旁边站着议长的执权棒官。

在王室的仪式中，世俗的议员戴着爵士冠，教会的议员戴着主教冠。

大主教戴的主教冠顶上有公爵王冕，主教的级别在子爵之下，他们的冠上有男爵的玉饰。

值得我们注意的是历史上有一个奇异和发人深思的巧合：这个由国王的宝座、主教们和男爵们构成的方形空地，里面有官吏跪着写字，这正是法国最早两个朝代的旧议会的形状。权力的形式在法国和在英国是同样的。亨克玛在他的《关于王家会议》①一书中，在八五三年就描写了十八世纪时上议院在威斯敏斯特开会的情形。这是十分古怪的，早在九百年前就把今天发生的事情描写出来了。

历史是什么？是过去传到将来的回声，是将来对过去的反映。

议会每隔七年，必须开会一次。

上议院开会是关起门来禁止旁听的；下议院开会是公开的。让人民旁听似乎降低了尊严。

贵族议员的数目是没有限制的。国王就常常用增加新议员来威胁上议院，这是一种统治的手段。

在十八世纪初期，上议院的人数已经很可观；后来又有了更大的增加。冲淡贵族政治是一种策略。伊丽莎白把贵族议员的数目压缩到六十五人，这也许是一种错误。人数愈少，势力愈盛。人数愈多，开会时

① 书名，原文是拉丁文。

出席人数愈少。詹姆士二世发觉了这一点，他把上议院的议员数目增加到一百八十八人；如果把国王宠爱的两个女公爵——朴茨茅斯和克丽夫兰——扣除，则人数是一百八十六个。在安娜时代，议员的总数包括主教们在内，是二百零七人。

这二百零七人中，除了女王的丈夫甘伯兰公爵以外，一共有二十五个公爵。其中居首位的是诺佛尔克公爵，他是天主教徒，从来不出席议会；居末位的是剑桥公爵，他是汉诺威的选帝侯，虽然是外国人，却出席议会。温却士特被称为英国惟一的和首位的侯爵，正如阿斯托加被称为西班牙的惟一侯爵一样，他是詹姆士二世党人，逃亡在外，因此当时仅有五个侯爵，其中居首位的是林赛，居末位的是洛田。一共有七十九个伯爵，其中居首位的是德比，居末位的是伊士黎。一共有九个子爵，其中居首位的是喜勒福特，居末位的是伦斯大勒。一共有六十二个男爵，其中居首位的是阿卑加夫尼，居末位的是哈韦。哈韦爵士既是最末位的男爵，也就是人们所称的上议院中的"晚辈"。在德比伯爵的前面还有牛津、斯露士布里和坎特三个伯爵，德比在詹姆士二世时代只居第三位，在安娜女王时代却是首位伯爵。两个大法官的名字从男爵名单中消失，一个是韦普蓝姆，历史在他的名下换上培根；另一个是万姆，历史在他的名下换上乔弗来斯。培根和乔弗来斯，这两个名字都是程度不同的坏名字。在一七〇五年，二十六个主教席中只有二十五个主教，其中吉士特主教的位子还空着。在主教中有几个也是大贵族，像牛津主教威廉·塔尔博就是他的家族中新教一派的领袖。另一些主教却是有学问的博士，像约克大主教约翰·萨普，原来担任过诺维克大教堂的副主教；罗却士特主教汤玛士·斯泼拉特，是一个诗人，后来中了风；林肯主教威克，是波苏埃的敌手，后来当上坎特伯雷大主教，死于任内。

遇有重要时机或者国王有圣旨到来，这一群威风凛凛、穿着袍子、套着假发、戴着僧帽或者翎毛冠的人物，都排成行列，在上议院的大厅里沿着墙一级一级站立，墙上模糊地可以看出暴风雨在吞没西班牙的无敌舰队，这似乎暗示着：暴风雨也听从英国的命令。

第四章　从前的上议院

格温普兰的整个受爵仪式是在相当昏暗的环境中举行的，从进入国王门，一直到在圆形走廊里宣誓，始终是如此。

威廉·考伯爵士绝不容许有人把年轻的费尔门·克朗查理爵士容貌被毁的情形过分详细地告诉他，因为他是英国的大法官兼上议院议长；他认为他的尊严不允许他知道一个贵族议员的相貌不好，如果一个下属胆敢把这种情况告诉他，那就是损害了他的尊严。毫无疑问，人民会很高兴地指着一个爵士说："这个亲王是个驼背。"因此如果说一个爵士容貌丑陋，这就是无礼的举动。女王对他说了几句关于这个问题的话，他只作这样的回答："贵族的容貌就是他的领地。"总之，他从自己签署的笔录中已经明白了一切。因此，他采取了预防措施。

新爵士进入上议院的时候，他的容貌可能引起轰动。因此必须避免发生这种情形。大法官采取了措施。尽可能不要有骚动，这就是严肃的人物的行为规范和固定的目标。他们的严肃包括对意外事件的憎恨在内。因此最重要的是使格温普兰顺利地进入上议院，如同别的一切议员继承人一样。

为着这样，大法官才决定把费尔门·克朗查理爵士的入院式放在晚间的会期上举行。大法官兼议长是守门人，像诺曼底的宪章上说："同时也是看门的①。"铁吐里昂说："他有权把门关上②。"因此大法官兼议长可以在上议院门外的门槛上主持仪式。威廉·考伯爵士运用了他的职权，在圆形的过道里举行了费尔门·克朗查理爵士的授爵式，而且他把时间提早了一点，使得新爵士在开会以前就进入了上议院。

在上议院门外的门槛上举行授爵式是有先例的。一三八七年理查

①② 原文是拉丁文。

二世用特许状创造了第一个世袭的男爵，把荷尔特堡的约翰·德·波桑封为基德敏斯特男爵，就是这样举行授爵式的。

不过大法官恢复使用这种前例，却为他自己在两年后创造了困难，纽海文子爵进入上议院的时候，他就感到了这种办法的缺点。

威廉·考伯爵士是近视眼，他看不清楚格温普兰的古怪容貌；两个证人爵士根本就看不见，因为他们都是近乎瞎子的老人。

大法官挑选他们是有意的。

不仅如此，大法官只看见了格温普兰的身材威武，他认为格温普兰"相貌堂堂"。

再加上柏基弗德罗是一个精明的间谍，他把一切都了解清楚，决心要使自己的阴谋实现，他在向上正式汇报时，当着大法官的面把费尔门·克朗查理的容貌描写得比较好一点，他坚持说格温普兰能够随心所欲地抑制自己的笑容，恢复严肃的表情。大概柏基弗德罗有点夸大了格温普兰的这种能力。何况，从贵族政治的眼光看来，这又有什么关系？威廉·考伯爵士不是创造了这句格言："在英国，一个贵族议员的复位比国王的复位更重要"吗？当然，相貌和尊严是不可分的，一个爵士生得畸形怪状是十分不愉快的事，这是命运的嘲弄；可是，我们必须强调，这样对他的权利又有什么影响呢？大法官采取了预防措施，他这样做是有理由的，可是，无论采取或者不采取预防措施，谁又能阻止一个贵族议员进入上议院呢？贵族权和王权难道不高于畸形和残废吗？一个在一三四七年消灭的古老家族、被封为贝坎伯爵的克明氏，不是把一种野兽的吼声和爵位同样遗传下去，使人听见老虎的吼声就认出这位苏格兰的贵族议员吗？凯撒·波基亚的脸上有丑恶的血斑，能够阻止他被封为瓦伦蒂奴瓦公爵吗？让·德·卢森堡是盲人，能够阻止他成为波希米亚国王吗？佝偻病能够阻止理查三世成为英国国王吗？把事情深究一下，就能发现用高傲的无所谓态度接受残废和丑恶，非但不能影响自己的伟大，反而能够肯定和证实这种伟大。贵族权力有那么大的威严，即使容貌毁损也动摇不了它。这是问题的另一面，也是不可轻视的一面。我们已经看到，没有什么能够阻止格温普兰进入上议院，大法官所采取的预防措施，从战略的观点来看，是有用的，从贵族政治的原则来看,是多余的。

守门官把上议院的两扇大门打开让格温普兰进入的时候,大厅里只有很少几个爵士。他们差不多全是老头。年老的人在开会时是遵守时刻的,如同在女人面前他们最为殷勤一样。在公爵的席位上只看见两个公爵,一个头发全白,另一个头发灰白。一个是汤玛士·奥斯博纳,封号是李兹公爵;另一个是宋堡,他的父亲从血统上说来是德国人,从他的元帅官杖说来是法国人,从他的爵位领地看来又是英国人,他以法国人的身份和英国人作战以后,被南特敕令所驱逐;又以英国人的身份和法国人作战。在教会爵士席上,只有英国的首席主教坎特伯雷大主教高踞在最高一排座位上,最低一排上有埃利主教西蒙·派特里克,他在和道却斯特侯爵伊夫陵·彼埃尔朋谈话;侯爵向他解释堡篮和中堤的区别,栅栏和寨栅的区别;栅栏是军营前面的一排木桩,用来保护营房;寨栅是安置在胸墙下面的一圈尖利木桩,用来防止围城的敌人攀登城墙和被围的人逃亡;侯爵告诉主教给方形堡建筑寨栅的方法,木桩是一半埋在地下,一半留在外面的。韦茅斯伯爵汤玛士·泰纳走到一个烛台下面,仔细研究他的建筑师的一份计划,这份计划要在威尔特郡他的龙—利特城堡花园里建造一块称为"分区的草地",办法是把不同颜色的方形草块交替排列,一块是黄沙的草地,一块是红沙的草地,一块是贝壳,另一块是纤细的炭灰。在子爵的席位上混乱地聚集着一群年老的爵士,艾赛克斯,奥苏斯通,比里格连,奥斯博和洛克福特伯爵威廉·苏勒斯坦;其中也有几个年轻的,他们是属于头上不套假发的一派,他们围绕着喜尔福特子爵派拉斯·德维洛,讨论着把亚利吉安山的金雀花拿来炮制是否就能得到茶的问题。奥斯博说:"差不多。"艾赛克斯说:"完全一样。"保列兹·德·圣约翰在旁边十分注意地听着,他是波林布洛克的侄子,而波林布洛克后来差不多算是伏尔泰的老师,因为伏尔泰的教育是由波来神父开始,却是由波林布洛克完成的。在侯爵的席位上,坎特侯爵汤玛士·德·格雷,女王的宫内大臣,告诉林赛侯爵罗拔·拔蒂,英国的掌礼大臣,下面一件事:一六九四年英国大彩票的头奖是被两个法国难民获得的,这两个难民一个是勒郭克先生,过去巴黎议会的顾问;另一个是拉凡尼尔先生,布列塔尼的一个绅士。万姆士伯爵在读一本题名为《女巫宣神旨的怪仪式》的书。格林威治伯爵约翰·坎倍尔在写信给他的情妇，这位伯爵是以他的长下巴，他的欢乐性格和他的八十七岁高龄而出名的。先道斯爵士在修剪指甲。即将开始的会议是一次女王召开的会议，有几个特派官员将代表女王出席，因此两个助理守门官已经在国王的宝座前面安放了一张铺着红色天鹅绒的长椅子。在第二只垫褥上坐着一个礼仪司长①，他是负责管理礼节的，当时居住在改信基督教的犹太人以前的房子里。在第四个垫褥上，两个跪着的秘书正在翻阅登记簿。

议员即大法官已经坐在第一个垫褥上，议院的职员也已各就各位，有些坐着，有些站着，坎特伯雷大主教站了起来，作过祈祷，会议开始了。格温普兰已经走进来好一会儿，没有人注意到他；他的座位在男爵席位的第二排，和栅栏很接近，只要走几步就到了。两个当证人的爵士各自坐在他的右边和左边，这样就差不多遮掩了这个新来的爵士。事先没有任何人得到通知，议会秘书低声地或者可以说喃喃地读了关于新爵士的几个文件，大法官在一般报告所说的"普遍不予注意"的情形下宣告了同意新爵士进入上议院。每个人都在谈话。议院里充满了一片嘁嘁喳喳声，在这当中会议进行了各种各样见不得阳光的事情，以致事后他们自己有时也感到惊讶。

格温普兰静静地坐着，头上没有戴帽子，夹在两个老爵士中间，一个是费兹·窝特爵士，另一个是阿伦代尔爵士。

在走进来的时候，他遵照纹章院长和两个教父议员一再重复的忠告，向国王的宝座致了敬礼。

因此，一切都完成了，他是一个贵族议员了。

他已经站在高峰上，以前的半生日子里，他一直看着他的师傅"熊"在这个高峰的光芒下惶恐地弯着腰，现在这个神奇的顶端已经被他踏在脚下。

他是在英国的既显赫又幽暗的地方。

这个古老的封建主义山峰，六世纪以来被欧洲和历史注视着。它

① 原文是拉丁文。

是一个黑暗世界中的可怕的光轮。

他已经走进了这个光轮,要取消这个事实是不可能的了。

他是在自己的家里。

他在自己的家里,坐在自己的位子上,如同国王坐在他的宝座上一样。

他已经到了这里,从此以后没有什么能够使他不在这里。

他所望见的在华盖下面的那顶王冠,和他自己的冠冕是同胞。他和国王可以匹敌。

面对着国王陛下,他就是诸侯。比国王差一点,可是身份相同。

昨天,他是什么？一个戏子,今天,他是什么？一个亲王。

昨天什么也没有,今天有了一切。

这是贫苦和权势突然相遇,在心灵的深处面对面相见,突然间变成一颗良心的两个半部。

这是逆运和幸运两个幽灵同时夺取一个灵魂,各自把这个灵魂拉到自己的一边。这是穷鬼和富鬼两个敌对的兄弟悲壮地瓜分一个智慧,一个意志,一个头脑。这是亚伯和该隐①在同一个人的身上出现。

---

① 《圣经》上记载,亚伯和该隐是亚当和夏娃的两个儿子,该隐是哥哥,因为妒忌,杀死了他的弟弟亚伯。

第五章　傲慢的闲谈

慢慢地议院的长椅子上空位子减少了。贵族议员们开始到达。今天的议事日程是表决一件法案，内容是把女王的丈夫丹麦的乔治即甘伯兰公爵的每年收入，增加到十万镑。此外，还有女王陛下已经同意的几件议案，将由王家特使带回上议院，这些特使有批准这些议案的职权，这样就使得今晚的会议带有国王亲临的性质。全体议员都在他们的朝服或者平常服装上加上议会袍子。这种袍子和格温普兰所穿的那件相同，除了公爵的袍子有五条貂皮和镶着金边，侯爵有四条貂皮，伯爵子爵三条，男爵两条以外，其余每件袍子都相同。议员们成群结队地进来。他们在走廊里遇见，开始谈话以后就一直继续谈着。有几个议员独自到来。他们的服装是庄严的，他们的态度却不庄严，谈话的内容也是如此。每一个人走进来都向国王的宝座致敬。

议员如潮水般涌进来。这许多著名人物走进来时是不拘礼节的，因为当时没有旁观的公众在场。兰西斯特走进来以后和李次菲德握手；接着是查尔斯·莫端特，他是彼得布露和蒙茅斯伯爵，洛克的朋友，受了洛克的劝告，他曾经提出改铸货币的建议；接着进来的是查尔斯·坎倍尔，他是路端伯爵，正在听着布洛克爵士富克·格雷威尔说话；然后进来的是卡爱那文伯爵多默；后来是力克星顿男爵罗拔·塞顿，他的父亲曾经劝告查理二世驱逐格黎戈里奥·列蒂，一个想充当历史家的史料编纂官；然后是那个漂亮的老头福尔孔堡子爵汤玛士·贝拉舍斯；接着进来的是霍华德三个堂兄弟，一个是冰敦伯爵霍华德，一个是伯克郡伯爵鲍沃斯—霍华德，一个是斯塔福特伯爵斯塔福特—霍华德；跟着进来的是赖夫里斯男爵约翰·赖夫里斯，他的爵位在一七三六年消灭，使得李察逊①把赖夫里斯写进他的书

① 李察逊(Samuel Richardson,1689—1761)，英国作家。

中,而且用赖夫里斯这个名字创造了一个登徒子的典型。所有这些人物在政治上或者战争中都享有各种各样的名声,有几个甚至是英国的光荣,他们都在谈着,笑着。这仿佛是历史穿着晨服时的景象。

不到半小时,议院差不多坐满了。理由很简单,因为今晚的会议是女王派有代表参加的会议。比较不简单的现象是人们的谈话十分兴奋。刚才还死气沉沉的上议院,现在闹哄哄地像一只被惊扰的蜂窝一样。惊醒了上议院的,是那些迟到的议员们。他们带来了新闻。奇怪的是,那些在会议开始时已经在场的议员们,并不知道会场里发生了什么事,而那些不在场的议员们却知道。

好几个贵族议员是从温莎来的。

几小时以来,格温普兰的遭遇已经传播开来。秘密是网,只要一个网眼破了,整个网就保存不住。从清晨起,由于我们前面所说的一连串意外事件接连发生,关于在戏台上找到了一个贵族,一个跑江湖的卖艺人变成了议员的故事,已经在温莎王室内部谈论起来。起初是亲王们谈论,后来就轮到下人们。这件新闻又从宫里传到了城里。这种事情是沉重的物体,重力愈大下降愈速的法则,对它们是适用的。这个消息跌落在公众中间,以闻所未闻的速度插了进去。在七点钟,伦敦对这件事还没有一点风声。到了八点钟,格温普兰已经成为全城的谈论中心。只有那些遵守时刻的议员,他们在开会以前已经到了议院,由于不在城里而没有听见一切,在议院里他们又没有看见发生什么,因此他们很安静地坐在他们的位子上,那些新来的议员却十分激动地质问他们。

“喂,怎么样?”孟塔居特子爵法朗西斯·白朗对道却斯特侯爵说。

“什么事?”

“这是可能的吗?”

“什么事?”

“‘笑面人’!”

“什么‘笑面人’?”

“你不认识‘笑面人’吗?”

“不。”

“他是一个小丑。市场里的一个卖艺人。生成一副怪脸,花两分

不到半小时,议院差不多坐满了。

钱可以看一看。一个跑江湖的戏子。”

“还有呢?”

“你刚才接受他做英国的贵族议员。”

“孟塔居特爵士,你才是‘笑面人’。”

“我不开玩笑,道却斯特爵士。”

孟塔居特子爵向议会秘书长作了一个手势,议会秘书长从他的羊毛垫褥上站起来,对两位爵爷证实了新爵士已经进了院,而且说明详细的经过。

“啊,啊,啊,”道却斯特爵士说,“我刚才一直在跟埃利主教谈话。”

年轻的安纳斯里伯爵走到年老的欧尔爵士身边,这位爵士只剩下两年的生命,因为他在一七〇七年就死了。

“欧尔爵士!”

“安纳斯里爵士。”

“你认识林耐士·克朗查理爵士吗?”

“他是一个过去时代的人,认识的。”

“他死在瑞士吗?”

“是的,我和他是亲戚。”

“他在克伦威尔时代是共和党人,在查理二世时代仍然是共和党人吗?”

“共和党人?一点也不是。他赌气,他和国王之间有私人争执。我从可靠方面得到消息:如果克朗查理爵士能够获得海德爵士的大法官位置,他就会重新归顺王室了。”

“你的说话使我很惊异,欧尔爵士。人家说克朗查理爵士是一个正直的人。”

“一个正直的人!世界上有这种人吗?年轻人,世界上是没有正直的人的。”

“加东呢?”

“你信仰加东吗,你?”

“阿里斯蒂德呢?”

“把他流放做得真对。”

“汤玛士·摩尔呢?”

“砍掉他的头做得一点也不错。”

“照你的看法,克朗查理爵士是……?”

“是这一类人。何况一个人继续流亡在外不肯回来是可笑的。”

“他是在流亡中死去的。”

“他是一个失望的野心家。啊! 你问我认不认识他! 我当然认识。我是他的最好的朋友。”

“欧尔爵士,你知道他在瑞士又结了婚吗?”

“我听说过。”

“你知道他结婚以后生了一个合法的儿子吗?”

“知道的,这个儿子死了。”

“他还活着。”

“活着!”

“活着。”

“不可能。”

“真的。已经查明,证实,确认和登记了。”

“那么这个儿子将要继承克朗查理的爵位了?”

“他不是将要继承克朗查理的爵位。”

“为什么?”

“因为他已经继承了这个爵位,已经是既成事实了。”

“既成事实?”

“请转过头去看一看,欧尔爵士。他就坐在你后面的男爵位子上。”

欧尔爵士转过身去;可是格温普兰的脸被他的一头蓬松的乱发遮没了。

“咦!”老爵士只看见格温普兰的头发,说,“他已经学上了那种时髦的玩意儿不套假发了。”

格兰参姆走近柯勒匹坡。

“有一个人倒了霉!”

“谁呀?”

“大卫·弟里—摩瓦。”

“为什么?”

“他再也不是贵族议员了。”

“怎么会的?”

于是格兰参姆伯爵亨利·奥伟盖克就把整个“奇闻”告诉了柯勒匹坡男爵约翰:那只在海上漂流的水壶怎样送到海军部来,里面有儿童贩子们的羊皮纸,上面有“国王的圣旨”和“乔弗来斯”的签名,怎样在扫斯华克的地牢里对质,大法官和女王怎样承认了这些事实,怎样在圆形过道里宣誓,最后费尔门·克朗查理爵士怎样在会议开始时进入了议院。两个爵士就尽力辨认新爵士的面貌;这位人人谈论的新爵士夹在费兹窝特爵士和阿伦代尔爵士中间,两个爵士像欧尔爵士和安纳斯里爵士一样看不清楚。

或者由于偶然,或者由于大法官关照过两个爵士证人,格温普兰坐的位置恰好被相当的暗影遮住,使好奇的视线达不到他。

“在哪儿? 他在哪儿?”

这是每一个新来的人的问题,可是没有一个人能够看清楚他。有些在“绿房子”看过格温普兰的人好奇心更加炽热,可是他们白费了气力。就像有时人们小心地叫一群年老的贵妇把一个年轻姑娘包围起来一样,格温普兰也被几个年老病弱而且对一切漠不关心的爵士重重叠叠地遮隔起来。吃得肠肥脑满而害上痛风的人,对别人的闲事是不愿意过问的。

人们正在轮流传递一封信的抄本,这封信只有三行字,据说是约瑟安娜女公爵亲手写给她的姐姐安娜女王、回答女王陛下命令她嫁给克朗查理的合法继承人新爵士费尔门的圣旨的。信里这样写着:

夫人:

我对这样的安排同样感到满意。

大卫爵士可以做我的情夫。

签字是“约瑟安娜”。这封短信不管是真是假,引起了看过信的人的极大兴奋和激动。

一个属于不戴假发派的年轻爵士，摩痕男爵查尔斯·铎克含普顿，十分高兴地把信看了一遍又一遍。费勿山姆伯爵刘易士·德·杜拉斯是一个有法国人气质的英国人，他望着摩痕微微笑着。

“好，”摩痕爵士嚷道，“她就是我所要娶的女人！”

接下去旁边的人就听见杜拉斯和摩痕之间进行了下面的对话：

“你要娶约瑟安娜女公爵，摩痕爵士！”

“为什么不？”

“该死的东西！”

“她能够使你幸福！”

“她能够使好几个人幸福。”

“难道我们不总是好几个人一起幸福吗？”

“摩痕爵士，你说得对。在女人方面，我们大家所得到的都是剩余。谁开头的呢？”

“也许是亚当。”

“连亚当也不是。”

“的确，是撒旦！”

“我的亲爱的，”刘易士·德·杜拉斯作出结论说，“亚当只是名义上的丈夫，可怜的受骗人。他把责任承担下来。人类其实是女人和魔鬼生的。”

昌姆里伯爵嚣格·昌姆里是个精通法律的人，主教席上的拿但业·克鲁正在问他；克鲁是个双重贵族议员，在世俗方面他是克鲁男爵，在教会方面他是都尔汗主教。

“这是可能的吗？”克鲁说。

“这是合法的吗？”昌姆里说。

“这个新爵士的授爵式是在议院门外举行的，”主教说，“可是有人说这种事情是有先例的。”

“不错。理查二世时的波桑爵士，伊丽莎白时的车尼爵士，都是先例。”

“还有克伦威尔时的布洛格希尔爵士。”

“克伦威尔根本不算。”

“你对这一切有什么感想?”

“有各种各样的感想。”

“昌姆里伯爵,这个年轻的费尔门·克朗查理爵士在议院里应该是哪一级?”

“主教爵士,共和政府打乱了以前的级别,现在克朗查理的级别处在伯纳和渗摩士之间,假使轮流发表意见的话,费尔门·克朗查理爵士应该第八个发言。”

“真想不到! 一个市集里的戏子!”

“这种事情本身并不使我惊异,主教大人。这是常有的事。有些事比这一件更稀奇。玫瑰战争的爆发,不是由一三九九年正月一日贝德福德的奥斯河突然干涸预告出来吗? 一条河既然能够干涸,一个贵族就能够堕落到卑贱的地位。奥德修斯①是伊塔克国王,他也干过各种行业。费尔门·克朗查理虽然外表上是一个滑稽戏子,实质上仍然是一个贵族。服饰的卑贱并不能影响贵族的血统。不过在议会以外进行授爵仪式,虽然严格地说于法并无不合,可是也能引起反对。我的意见是,以后我们是否需要在枢密院质问大法官,这个问题我们应该取得一致意见。在以后几个星期内我们就知道应该怎样办。”

主教接下去说:

“不管怎样,这是一件自从吉斯波杜斯伯爵以后从未见过的奇事。”

格温普兰,“笑面人”,塔德卡斯特客店,“绿房子”,《战胜了混沌》,瑞士,西荣,儿童贩子,流亡国外,毁改容貌,共和政府,乔弗来斯,詹姆士二世,国王圣旨,海军部开启的水壶,父亲林耐士爵士,合法儿子费尔门爵士,私生子大卫爵士,可能发生的冲突,约瑟安娜女公爵,大法官,女王,等等,正在议院的席位里传播过去。窃窃私语好像一条火药导火线。每个人都详细追究每一项细节。这个事件造成整个议院都在嘁嘁喳喳。深陷入沉思中的格温普兰,模糊地听见了一片嗡嗡声,却不知道大家谈论的就是他。

① 奥德修斯(Ulysse),是荷马所写史诗《奥德赛》的主角。

其实他的注意力也在集中着,不过集中在深奥的底层,而不是在表面。过分的激动会使人陷入孤独。

议院里有一片嗡嗡声并不能阻止会议照常进行,正如一片灰尘落在军队身上并不能阻止军队照常前进一样。法官们已经坐在第二个羊毛垫褥上,他们在上议院只是列席者,非经询问没有发言权;三个国务大臣也在第三个羊毛垫褥上就了坐。许多爵位继承人如潮水般涌进他们的座位,这些部位在宝座后面,议院内外都有。未成年的贵族议员坐在他们的专用长凳上。在一七〇五年,这些小爵士的总数不少于十二人:亨亭顿,林肯,道塞特,华维克,巴斯,波灵顿,后来遭到惨死的德温华特,龙格威勒,伦斯大勒,杜德来,华德,卡特列。这一群娃娃中就有八个伯爵,两个子爵和两个男爵。

议院中央的三层长椅子上,每一个爵士都坐到自己的位子上。差不多所有主教都出席了。公爵的人数很多,从渗摩山脱公爵查尔斯·西摩开始,到乔治·奥古斯脱斯为止,后者是剑桥公爵,汉诺威的选帝侯,爵位创建最迟 ,因此列入最后。每一个公爵都按照上席权排列先后:卡文弟斯,代文郡公爵,他的祖父曾经在哈维克庇护过九十二岁的霍布士;列诺克司,李察蒙公爵;三个费兹—洛瓦,一个是苏桑普顿公爵,一个是格拉夫顿公爵,一个是诺逊白兰德公爵;白特来,奥尔蒙公爵;渗摩山脱,波福特公爵;波克力克,圣阿尔邦斯公爵;波立特,博尔顿公爵;奥斯博那,李兹公爵;洛斯里·罗素,白福德公爵,他的纹章喊声和格言是:“舍—沙拉—沙拉”①,换句话说就是:“接受既成事实”;什斐德,白金汉公爵;曼纳斯,列特兰公爵;还有别的许多公爵。诺佛尔克公爵霍华德,斯露士布里公爵塔尔博,都没有出席,因为他们是天主教徒;马尔布露(就是法国的马尔布洛克)公爵邱吉尔,这时候正在和法国打仗,也没有出席。当时还没有苏格兰籍的公爵,昆士彼利,蒙特罗斯和洛克司堡都是在一七〇七年才批准封爵的。

---

① 原文是意大利文。

第六章　上议院与下议院

突然间，议院里出现了强烈的亮光。四个守门官拿进来四只烛火通明的高大烛台，放在宝座两边。宝座在强烈的亮光下，仿佛在放射着一片红光。宝座上是空的，可是仍然显得庄严宏伟。即使女王坐在上面也不见得能够增加多少庄严。

黑棒前导员走进来，举起小棒，说：

"女王陛下的钦使大人驾到。"

一切谈话声立刻静了下来。

大门上出现了一个戴假发和穿长袍的秘书，手里捧着一只绣着百合花的垫枕，上面放着一些羊皮纸。这些羊皮纸就是议案。每一份议案上用丝带悬着一只小球，有时是小金球，因此英国人称议案为 bills，罗马人称为 bulles。

三个穿贵族议员袍子的人，头上戴着翎毛帽子，跟在秘书后面走了进来。

这三个人就是女王的钦使。第一个是英国的财政大臣哥道尔芬，第二个是枢密院议长潘布洛克，第三个是掌玺大臣纽卡苏。

他们一个跟着一个走着，按照他们的职务排列先后，而不是按照他们的名位高低，因此哥道尔芬带头，纽卡苏虽然是公爵，却走在最后。

他们走到宝座前面的长椅子旁边，向王座鞠躬，把帽子脱下又戴上，然后在长椅子上坐了下来。

大法官兼议长望着黑棒前导员说：

"通知下议院到栅栏外面来。"

黑棒前导员走了出去。

捧着垫枕的那个秘书是上议院的秘书，他把垫枕放在四个羊毛垫褥中央的桌子上。

这时静寂了几分钟。两个守门官在栅栏前面安放了一只有三级踏板的矮凳。这只矮凳用淡红色的天鹅绒裹着,上面金色的钉子描画出百合花的图样。

已经再度关上的大门重新打开,一个声音叫喊:

"英国的忠诚的下议院议员到。"

那是黑棒前导员宣布议会的另一半到达。

贵族议员们戴上了帽子。

下议院的议员们由议长率领走了进来,头上都不戴帽子。

他们在栅栏前面停下来。他们都穿着常服,大部分是黑衣服,佩着剑。

议长是十分可敬的约翰·史密斯,安杜佛自治市的议员,他走上了那只放在栅栏中间的矮凳。他穿着一件很长的黑缎袍子,衣袖宽阔,前后绣着双重的横金线,头上的假发比大法官的假发少一点。他的样子十分威严,可是比起上议院的议员们又低了一级。

下议院的全体议员,包括议长在内,都站在那里,不戴帽子,在坐着而且戴着帽子的上议院议员前面等着。

在下议院的议员中,吸引人注意的是却士特法院院长约瑟·吉告尔,女王陛下的三个律师霍泼,鲍维士和派克,还有副检察长詹姆士·蒙太格和首席检察官西蒙·哈各特。除了几个准男爵和骑士,以及九个礼貌上的爵士哈各特,温莎,胡士托克,莫端特,格林比,斯寇达摩尔,费兹—哈定,海德和柏克莱——他们都是贵族议员的儿子和爵位的继承人——以外,其余的都是平民。他们是一群阴郁和静默的人。

走进来的脚步声停止以后,黑棒呼唤员在门口叫喊:

"肃静!"

王室秘书长站了起来。他从垫枕上拿了第一张羊皮纸,展开来,宣读了内容。那是女王的一道御旨,任命三个钦使代表她到议会里来,他们有批准议案的全权,秘书长提高了嗓音把这三个钦使的名字念了出来:

"悉尼,哥多尔芬伯爵。"

秘书长向哥多尔芬爵士鞠躬。哥多尔芬爵士抬了抬帽子。秘书长继续念：

“……汤玛士·赫拔特，潘布洛克和蒙甘茂利伯爵。”

秘书长向潘布洛克爵士鞠躬。潘布洛克爵士碰了碰帽子。秘书长继续念：

“……约翰·荷利士，纽卡苏公爵。”

纽卡苏公爵点了点头。

王室秘书长坐了下去。议会秘书长站了起来。他的秘书原来跪着，也跟在他的后面站了起来。他们两人都面朝着宝座，背对着下议院的议员们。

在垫枕上一共有五件议案。这些议案已经由下议院表决，经过上议院同意，只等待女王的批准。

议会秘书长宣读第一件议案。

这是下议院提出的议案，内容是关于女王美化她的汉普顿宫所需费用一百万镑，改由国家负担。

读毕，秘书长向宝座深深地鞠躬。他的秘书跟着更深地鞠躬，然后半转过头来对下议院的议员们说：

“女王接受你们的好意，准奏。”

秘书长宣读第二件议案。

这是一条法令，规定对逃避参加民兵队服役的人处以监禁或罚金。所谓民兵队是一支可以随意带到任何地方的军队，由中下阶级人士义务服役，在伊丽莎白时代，西班牙无敌舰队接近英国的时候，这种民兵队给英国提供了十八万五千步兵和四万骑兵。

秘书长和秘书再度向国王的宝座深深鞠躬，然后秘书侧过脸来对下议院的议员们说：

“女王准奏。”

第三件议案的内容是增加李次菲德与考文特里主教区的什一税及牧师的俸禄，这个主教区是英国最富庶的一个；这样就可以付给大教堂以年金，增加牧师的数目和扩大主教的职位及收益，“以满足我国神圣的宗教的需要，”议案的序文上这样说。第四件议案是在预算上增加新税收：第一种是对大理石花纹纸征税；第二种是对伦敦的出租马车征税，这些马车的数目限制在八百辆，每年每辆税款五十二镑；第三种是对律师征税，无论大小律师，每人每年征税四十八镑；第四种是对硝皮征税，“不必考虑皮业手工匠的诉苦”，议案的序文上这样说；第五种是对肥皂征税，“不必考虑埃克司特市和代文郡的反对，这两处是生产大量哔叽和呢绒的地方”，议案的序文上这样说；第七种是酒税，每桶四先令；第八种是面粉税；第九种是大麦和酒花税；第十种是吨税延期四年，税率从六镑到十八镑，凡是西方来的船只每吨六镑，从东方来的船只每吨十八镑，“国家的需要应该摆在商人的抗议之上”，议案的序文上这样说。最后，议案宣称今年已征收的人头税为数不足，应在全国范围普遍加征每人四先令，凡拒绝向政府重新宣誓的人应付双倍的税款。第五件议案规定病人住入医院时必须预付一镑保证金，以便死亡时作为埋葬费用，拒付保证金者不得收容入院。后面这三件议案像前面两件一样，一件件都由秘书长和秘书向宝座鞠躬，再由秘书侧过头来对下议院的议员们说了一句“女王准奏”，就批准而且成为法律了。

然后秘书再跪在第四个羊毛垫褥前面，大法官兼议长说：

“遵照办理。”

这样就结束了女王视为亲临的会议。

下议院议长对着大法官兼上议院议长弯下腰，后退着走下小矮凳，不住用手撩起身后的袍子；其余的下议院议员们都深深地鞠躬，上议院的议员们根本不理会这些敬礼，只顾继续他们被打乱了的议事日程，下议院的议员们就在这种情况下退走了。

第七章　人造的风暴比海洋上的风暴更厉害

大门重新关上；黑棒前导员又走了进来；三个钦使离开了国家席，走到公爵席上按照各自的职务先后坐在最首位。议长开始发言：

“各位爵士，本院这几天来讨论的议案是建议把女王陛下的丈夫甘伯兰亲王殿下的年俸增加到十万镑，本案的辩论已经宣告结束，今天举行表决。按照习惯，投票从男爵席位的晚辈开始。每一位爵士，听到自己的名字以后，请站起来回答‘满意’或者‘不满意’，并且有权发表自己的意见。秘书，喊票。”

议会秘书长站起来，打开一本对开的书，这本书就是上议院议员录，放在一只金色的斜面书架子上。

那时候上议院的晚辈是约翰·哈韦爵士，他在一七〇三年才被封为男爵及议员，他的后代被封为布列斯托侯爵。

秘书长喊票：

“约翰爵爷，哈韦男爵。”

一个戴着金色假发的老头站起来说：

“满意。”

然后再坐下去。

秘书记录了票数。

秘书长继续喊：

“法朗西斯·西摩爵爷，基路塔夫的康韦男爵。”

“满意。”一个样子像侍童的标致后生欠起半身喃喃地回答；他想不到日后他会成为赫特福德侯爵的祖父。

“约翰·列弗逊爵爷，哥维尔男爵。”秘书长继续喊。

这个男爵的后代就是塞特兰德公爵，当时他站了起来，在坐下去的时候说：

“满意。”

秘书长继续喊：

“亨尼兹·芬其爵爷，盖纳西男爵。”

这个男爵后来是爱勒斯福德伯爵的祖父，可是当时他的年轻和标致并不亚于赫特福德侯爵的祖父，他的家铭是“明显地表明自己的选择”①，他用高声回答来表示他正在贯彻实行他的家铭。

“满意。”他大声喊。

他再坐下去的时候，秘书长已经在喊第五位男爵：

“约翰爵爷，格兰威勒男爵。”

“满意。”泼特里兹的格兰威勒男爵马上回答，迅速地站起又坐下，他的爵位没有前途，在一七〇九年就消灭了。

秘书长喊第六位男爵。

“查尔斯·孟塔格爵爷，哈里法克斯男爵。”

“满意。”哈里法克斯爵士回答，他的爵位原来由萨维勒家族享有，这个家族已经消灭；目前的孟塔格家族将来也消灭掉。孟塔格和蒙塔古以及孟塔居特是三个不同的家族。

哈里法克斯爵士接着说：

“乔治亲王作为女王陛下的配偶，是有一份年俸的；作为丹麦的亲王，他有另一份年俸；作为甘伯兰公爵，他又有另一份年俸；作为英国和爱尔兰的海军大臣，他也有一份年俸；可是作为总司令，他并没有年俸，这是不公平的。为着英国人民的利益，必须纠正这种混乱状态。”

然后哈里法克斯爵士赞扬了基督教，谴责了天主教，最后才投票拥护增加年俸。

哈里法克斯爵士坐下，秘书长喊：

“克利斯托夫爵爷，伯纳男爵。”

伯纳爵士是未来的克丽夫兰公爵的祖辈，他听到自己的名字就站了起来。

① 原文是拉丁文。

“满意。”

他再坐下去的动作相当缓慢,因为他的身上有一条值得别人注意的花边带子。即使如此,他仍然是一个可敬的贵族和勇敢的将官。

伯纳爵士坐下去的时候,按照常规喊着议员名字的秘书长突然显得有点犹豫起来。他把眼镜调整了一下,俯下身子加倍仔细地看着那本议员录,然后重新抬起头,他喊:

“费尔门·克朗查理爵爷,克朗查理及亨克威勒男爵。”

格温普兰站起来。

“不满意。”他说。

所有的人都转过头来。格温普兰站着。宝座两边的烛光猛烈地照射着他的脸,使这张脸在昏暗的大厅中显得特别突出,像一具面具在烟雾中出现,轮廓特别鲜明。

我们说过,格温普兰只要努力,他的笑容不是不可能改变的,现在他就作着这番努力。他像一个驯虎的人那样,把全部意志力都集中起来,终于能够暂时把他的致命笑容从脸上消失,换上严肃的表情。在这片刻间他并没有笑。可是这种情况并不能持久;不服从我们的规律或者不服从我们的命运是时间不长的;有时海水违反引力规律,积聚起来,像一座山似的隆起,这是可能的,但是马上就会再落下来。格温普兰所作的就是这种努力。他紧张地运用了惊人的意志力,在他认为是庄严的片刻间,把他的灵魂的幽暗面幕扔到脸上来,不过时间只像闪电似的延续一分钟;他把致命的笑容暂时控制,人家雕刻了他的脸,从他脸上拿走了快乐,所剩下的只是可怕。

“这个人是谁?”全场都发出了这样的喊声。

一阵难以形容的战栗传遍了所有的席位。他的密林似的乱发,眉毛下面幽暗的两个窟窿,看不见的眼睛射出来的深沉光芒,头部的粗野轮廓,上面丑恶地混合着光和暗,是十分惊人的。没有什么东西能够比拟得上。只听见谈起格温普兰,不算什么,看见了他,才真正地感到惊骇。那些思想上有准备的人甚至也感觉到出乎意料。只要想象一下,在天神们专用的山顶上,正在举行幽静的夜会,全体有权有势的天神都聚集在那里,突然出现了普罗米修斯的被秃鹰啄得鲜血淋漓的脸,

所有的人都转过头来。格温普兰站着。

仿佛地平线上出现了血污的月亮一样，这就是当时上议院的情景。奥林波斯山望见了高加索山①，多么奇异的幻景！当时无论年老的或者年轻的，都惊愕得张大着嘴巴，望着格温普兰。

一个全院敬仰的老头儿，华尔顿伯爵汤玛士，是曾经看见过许多人和许多事的人，而且是内定将要册封为公爵的爵士，当时他惊骇地站了起来。

“这是怎么一回事？”他大声说，“谁把这个人带到议院里来？把这个人赶出去。”

他又转过来高傲地对着格温普兰。

“你是谁？你从哪里来？”

格温普兰回答：

“我从深渊里来。”

然后交叉着胳膊，他望着那些议员们。

“我是谁？我就是贫苦。各位爵士，我有话要对你们说。”

全体议员打了一个寒战，都沉默着。格温普兰继续说下去。

“各位爵士，你们都身居高位。很好。我们必须相信上帝这样安排是有他的理由的。你们享有权威，财富，不落的太阳，无限的权力，无比的享受，你们完全遗忘了其余的一切人。很好。可是在你们的下面还有东西存在——也许应该说是在你们的上面。各位爵士，我要告诉你们一件新闻，就是：人类是存在的。”

议会就像孩子，意外事件就像弹簧盒子玩具；盒盖揭开，盒子里跳出一个怪人来，使议员们又惊又爱。议会里仿佛也有弹簧，有时忽然从地洞里跳出一个魔鬼来。法国的米拉波就是这样，他也是丑怪的。

这时候格温普兰觉得自己心内出现了一种特殊的升华变化。对一群人说话，仿佛这群人就是自己的垫脚。演说的人似乎站在一堆灵魂构成的山顶上。无数的人心仿佛在自己的脚下跳动。格温普兰再也不是昨天夜里那种渺小的人了。突然把他抬升起来的云雾曾经使他迷

---

① 据希腊神话，普罗米修斯盗火给人类，宙斯为了处罚他，把他系在高加索山上，有一只鹰不断地啄他的肝脏，随啄随生长。

惑,现在这层云雾逐渐消散,可以让他看得清楚,他发觉了原来使他陷入虚荣的地位,现在这种地位给他带来了一种使命。起初使他堕落的东西,现在抬高了他。责任心所放射出来的伟大光芒,照亮了他的眼睛。

格温普兰的周围都发出这种喊声:

“听呀!听呀!”

他运用了超人的紧张精力,继续收敛脸上的肌肉,凑成严肃和阴森可怕的样子,可是笑脸像被勒紧的野马一样拼命挣扎,随时有可能脱逃。他继续说:

“我是从深渊里来的。各位爵士,你们有钱有势,这是危险的。你们利用的是黑夜。可是请你们注意,有一种伟大的力量存在,这种力量就是黎明。黎明是不可能被战胜的,黎明将要到来,黎明已经到来了,黎明能够投射出无可抵抗的光明。谁能够阻止黎明把太阳投射到天空上呢?太阳就是正义。你们是什么?你们是特权。你们害怕吧。房屋的真正主人马上就来叩门了。谁是特权的父亲?偶然的幸运就是。谁是特权的儿子?权利的滥用就是。偶然的幸运和权利的滥用都是不牢靠的东西,它们是没有前途的,我来警告你们,我来控诉你们的幸福,你们的幸福是建筑在别人的不幸之上的。你们享有一切,这一切是别人一无所有构成的。各位爵士,我是一个注定要失败的律师,我为一件败诉的案件辩护。这件案件要由上帝获得胜诉。我吗,我不算什么,我只是一个声音。人类是一张嘴,我只是这张嘴发出的喊声。你们会听见我的声音。英国的贵族议员们,我在你们的面前开始了人民对你们的审判,人民是主人,却变成了奴仆,人民是法官,却变成了罪犯。我所要说的东西把我压得连身子也直不起来。从何处说起呢?我自己也不知道。我从广大群众的痛苦中搜集到无数分散的控诉材料。现在该怎么办呢?这些材料压在我的身上,我只能把它们乱七八糟地扔下来。我曾经预见过这种情形吗?没有。你们感觉惊讶,我也一样。昨天我还是一个戏子,今天我成了一个爵士。这是十分深刻的变化。谁干的呢?不可知的主宰干的。让我们大家都发抖吧。各位爵士,整个蔚蓝的天空都是你们的。在无限的宇宙中,你们所看见的只是欢乐,你们要知道宇宙间也有黑暗的一面。我在你们中间名字叫做费尔门·克朗查理爵士,可是我的真名字是一个穷苦的名字——格温普兰。我是用高贵的材料制成的一件卑贱的东西,制造的人是一个国王,因为他的圣意如此。这就是我的全部历史。你们中间有些人曾经认识我的父亲,我自己却不认识他。他和你们联结在一起的是他的封建特权,我和他的联系却是他的流放生活。上帝所做的事情是好的。我被投入深渊。为了什么?为了使我能够看见底层。我是一个潜水员,我从水底下带来了一颗珍珠,这颗珍珠就是真理。我要说话,因为我知道许多事。你们要听我说,各位爵士。我身受过一切,我看见过一切。痛苦不是空口说说的,幸福的先生们。贫困,我是在贫困中长大的;冬天,我在冬天中战栗过;饥饿,我尝过饥饿的味道;轻蔑,我曾经受人轻蔑过;黑死病,我曾经生过;耻辱,我曾经忍受过。现在我把这一切重新呕吐在你们面前,我呕吐出来的一切贫困和痛苦,会玷污和燃烧你们的脚。我在被带到这儿来以前,我曾经犹豫过要不要来,因为我在别的地方还有别的责任。我的心并不在这儿。我的心里所想的,和你们没有关系。你们称为黑棒前导员的那个人,根据你们称为女王的那个女人的命令,前来找我,我当时曾经一度想拒绝。可是我觉得上帝的手仿佛在黑暗中把我推向这边来,我就服从了。我觉得我必须到你们当中来。为什么?为了我昨天所穿的破衣服。上帝派我到饥饿的人们中间,为的是叫我在吃饱的人们中间说话。啊!请你们可怜可怜吧!你们相信你们属于这个不祥的世界,你们其实不认识它;你们的地位太高了,竟致超出了这个世界;我要告诉你们这个世界的真相。因为我有经验,我是从被压迫者中间来的,我能够告诉你们在你们的重压下人民是什么样子。啊,你们这些主人,你们知道你们是些什么人吗?你们看见你们的所作所为吗?不。啊!这一切都是可怕的。一个晚上,一个冬天刮着风雪的晚上,我还十分幼小,被人遗弃,孤苦伶仃,独自一人站在茫茫的世界边沿,我走进了黑暗中,这个黑暗就是你们所说的人类社会。我所看见的第一件东西是法律,这个法律以绞刑架的形式出现;我所看见的第二件东西是财富,这个财富以一个饥寒而死的女人的形式出现;我所看见的第三件东西是将来,这个将来以一个垂死的婴孩的形式出现;我所看见的第四件东西是善良、真理和正义，这个善良、真理和正义体现在一个贫苦的流浪汉身上，这个人只有一只狼做他的同伴和朋友。”

这时候，格温普兰情绪激动，热泪上涌，喉头哽咽，可是他的怪脸却造成了可怕的结果，他想哭，反而无法控制地哈哈大笑起来。

笑声立刻迅速传染。议院里本来有一片云，这片云可能破裂成为恐怖，结果却破裂成为快乐。疯狂的笑声攫住了整个议院，在议院里的统治者最感到乐意的莫过于打诨取笑了，他们用这种方法来抵消他们不得不采取的严肃态度。

帝王们的笑和天神的笑相似：笑声里总有尖酸刻薄的东西。爵士们开始游戏了。嘲笑才能加强笑的刺激。他们围绕在格温普兰身边拍掌，侮辱他，用连珠似的快乐的咒骂攻击他，这些快乐的冰雹是能伤害人的。

“好啊，格温普兰！”——“好啊，‘笑面人’！”——“好啊，‘绿房子’的丑脸！”——“好啊，塔林索草场的狗脸！”——“你给我们表演了一次。表演得真好！说下去吧！”——“这家伙使我觉得真有趣！”——“这个畜生笑得真好！”——“你好，笑娃娃！”——“向小丑爵士致敬！”——“你演说，呸！”——“请看，这就是英国的一个贵族议员！”——“说下去！”——“不！不！”——“继续！继续！”

议长有点坐立不安。

一个耳聋的爵士，奥尔蒙公爵詹姆士·白特来，用手凑在耳边装成一只听筒，向圣阿尔邦斯公爵查尔斯·波克力克问：

“他投了什么票？”

圣阿尔邦斯回答：

“不满意。”

“我的天，”奥尔蒙说，“像他那样的脸，我想也不会不是这样！”

议会里的议员是一群乌合之众，一群乌合之众四散以后是很难再使他们集合起来的。雄辩的演说是一只马嚼子，一旦马嚼子断了，听众就乱跳乱踢，一直到他们把演讲者摔下来为止。听众是恨演讲者的，人们对这一点知道得不够清楚。演讲者把缰绳勒紧似乎是一种办法，但不是有效的办法。一切演讲者都会这样做，这是一种本能。格温普兰也试着这样做。

他对着这班狂笑的人们端详了一会儿。

“原来这样，”他喊着说，“你们侮辱贫困。静下来，英国的贵族议员！你们判断吧，你们听一听我的辩护理由。啊！我求你们，可怜可怜吧！可怜谁？可怜你们自己。谁在危险中？是你们。你们没有看见你们是在天平中，一边放着你们的权势，另一边放着你们的责任吗？上帝在衡量你们。啊！不要笑，仔细想一想。上帝手中的天平随着良心的战栗而摇动。你们不是坏人。你们和别的普通人一样，既不更好，也不更坏。你们自认为是天神，请你们明天生一次病，看看你们这天神的躯体怎样在高热中发抖吧。我们大家都是同样的人。我对正直的人说话，你们当中有的是；我对有高度智慧的人说话，你们当中有的是；我对慷慨大度的人说话，你们当中有的是。你们是父亲，儿子和兄弟，因此你们的心常常是软的。有谁在今天早上看见他的小孩醒过来的，就是一个善良的人。人心是相同的。人类就是一颗心，而不是别的。压迫者和被压迫者之间的分别，只不过是所处地位不同而已。你们的脚踏在别人的头上，这不是你们的错。这是社会制度的错。这个社会的巴别塔建筑得完全不合理，因为这个建筑是垂直的，一层压着另一层。听我说，我要告诉你们。啊！既然你们有权有势，请你们用兄弟般的友爱待人；既然你们身居高位，请你们用温和的态度待人。啊，要是你们知道我见过的一切的话！可怜啊，人间多么悲惨！人类被关在牢狱里。多少无罪的人被判罪！他们没有阳光，没有空气，没有道德；他们没有希望，可是最可怕的是，他们还在等待。请你们体会一下这些困苦吧。有许多人生活在死亡中。有许多年轻的姑娘从八岁开始卖淫，在二十岁就变成老妇人。至于严酷的肉刑，那就更加可怕。我是想到什么就说什么，我并没有选择过。只不过在昨天，我，站在这里的我，我还亲眼看见一个裸体的汉子被铁链锁着，肚子上放着石头，在酷刑中死去。你们知道这些吗？不知道。假使你们知道所发生的一切，你们当中就没有一个人敢享受幸福了。你们当中有谁到过泰恩河畔纽卡斯尔吗？在煤矿里有些人啃炭来欺骗饥肠，胃里是填满了，可是饥饿并不能消除。请看，在兰开斯特郡，立布却士特原来是一座城市，由于居民贫困，却变成了一个乡村。我并不认为丹麦的乔治亲王需要增加十万镑津贴。我宁愿医院收容一个贫苦的病人！而不要求病人先付将来的安葬费。在卡纳翁，在特雷斯摩尔和在特雷斯—比冈，人民的赤贫已经到了极端可怕的地步。在斯特拉福德，人们因为没有钱，没法子排干沼泽的水。整个兰开郡的纺织工场都倒闭了。到处都有失业的人。你们知道哈列其的捕青鱼的渔夫，在捕不到鱼的时候吃草来充饥吗？你们知道在白顿—拉萨斯到现在还把麻风病人关起来，他们走出被关闭的破房子就要被守卫的人开枪打死吗？你们当中有人是爱勒斯布里市的领主，这个市的食物缺乏是经常性的。你们刚才给考文特里的大教堂和主教增加了收入，可是这个郡的潘克—里兹城，人们的小屋子里并没有床，不得不在地上挖些洞来给他们的小孩睡觉，因此这些小孩的一生不是在摇篮里开始，而是在坟墓里开始的。我看见过这些事情。各位爵士，你们投票通过的税收，你们知道是谁负担吗？是那些濒死的人在负担。唉！你们弄错了。你们走错了路，你们加重穷人的贫困来增加富人的财富，你们应该做的事恰恰相反。怎么！你们从劳动者手中拿走了一切去送给游手好闲的人，你们从衣不蔽体的人手中拿走了一切去送给吃饱穿暖的人，你们从穷人的手中拿走了一切去送给亲王！啊，对的，我的血管里流着老共和党人的血液。我看不惯这一切。我厌恶这些国王。这些女人们又多么无耻！我听见了一段悲惨的历史。啊，我恨查理二世！我父亲曾经爱过的一个女人，正当我父亲在流放中死亡的时候，去献身给这个国王，真是无耻的婊子！查理二世，詹姆士二世；一个是大混蛋，另一个是恶棍！国王身上有什么？国王也是一个人，是受需要和弱点支配的渺小和软弱的人。国王有什么用？国王不过是寄生虫，你们却饲养着寄生的君主。本来是蚯蚓，你们把它饲养成蟒蛇。本来是条虫，你们把它饲养成长龙。请你们可怜可怜穷人吧！你们为着王室的利益增加赋税。请你们注意你们制定的法律。请你们关心被你们压迫的痛苦的群众。请向下面看看。请看看你们的脚底下。身居高位的人们啊，你们的下面还有小民！可怜可怜吧。对的，可怜你们自己！因为群众正在死亡，而下面的死亡是能够使上面一起死亡的。死亡是全面的休止，身上的任何部分都不能例外。黑夜到临的时候，没有人能够把一角阳光继续保留。你们是自私自利的人吗？如果是的，请你们拯救其他的人吧。船的沉没，任何一个乘客都不能不关心。船沉以后，绝不可能一部分人遇难，另一部分人幸免。请你们相信吧，深渊是等待着我们全体的。"

笑声更加厉害，简直变成无法抑制的了。在这种场合下，只要说话过激一点，就能使整个议院快活起来。

外表上滑稽，内心很悲痛，这是最羞耻的痛苦，最深沉的愤怒。格温普兰当时就有这种心情。他的说话想制造一种效果，他的脸却造成另一种效果；他所处的地位是可怕的。突然间他尖叫起来：

"他们很快活，这些人！很好。他们用讽刺来对付人民的死亡，用嘲笑来侮辱临终的残喘。他们是有权力的，这很可能，就算是这样，我们等着瞧吧。啊！我是他们当中的一个；穷苦的人们，我也是你们当中的一个！一个国王把我卖掉，一个穷人把我收容。谁毁损我的容貌？一个国王。谁治好我和养活我？一个穷得吃不饱的人。我是克朗查理爵士，可是仍然是格温普兰。我在大人先生中间，可是我是属于小人物的。我在享乐者中间，我却和受苦者站在同一立场。啊！这个社会制度是错误的，终有一天真正的社会要到来，那时候，再也没有贵族，只有自由人。再也没有主人，只有家庭的慈父，这就是将来。再也没有跪拜，没有卑贱，没有愚昧，没有牛马似的劳动者，没有娼妓，没有奴仆，没有国王，只有光明！现在我在这儿，我有一项权利，我在使用这个权利。这是不是权利呢？不是，如果我为自己而使用的话；是的，如果我为大众而使用。我既是一个爵士，我就要对爵士们说话。我的在底层的兄弟们，我要将你们的赤贫告诉他们。我要拿着人民的破烂衣服站起来，我要把奴隶的困苦抖落在主人的身上，使得他们这些幸运和傲慢无礼的人，再也不能摆脱对不幸者的回忆，使得这些亲王们，再也脱离不了贫苦者的疥癣，如果我抖落的是虱子，好极了；如果这些虱子落在狮子身上，那就更好了。"

说到这里，格温普兰转过来对那两个跪在第四只羊毛褥垫旁边写字的秘书说：

"这两个跪着的人是什么人？你们在干什么？站起来，你们是人啊。”

一个爵士对下属是应该装出连看也看不见的样子的，格温普兰这样突然地对下属说话，使整个议院笑得更加厉害了。他们大声喊好，大声喝彩！从鼓掌进而变为顿足。这种情形好像“绿房子”演出时一样，不过在“绿房子”演出时，笑声使格温普兰高兴，在这儿笑声却在扼杀他，嘲笑的力量就是把嘲笑的对象杀死，人们的笑声有时是能够竭尽力量来杀人的。

笑声已经变成激烈的行动，嘲骂和挖苦的话像雨点似的掷过来，议院采取幽默态度是最愚蠢的行为。他们巧妙的、同时也是愚笨的嘲笑避开了事实而不去研究事实，谴责了问题而不去解决问题。一件这样的意外事件就是一个问号，嘲笑这个问号就等于嘲笑一个谜，谜的后面躲藏着一个从来不笑的斯芬克斯。

互相矛盾的喊声同时兴起：

“够了！够了！”——“再说下去！再说下去！”

兰普斯特男爵威廉·方姆用李各—奎尼侮辱莎士比亚的话来骂格温普兰：

“滑稽戏子！小丑！①”

第二十九位男爵万安爵士是一个善于创造警句的人，他嚷起来：

“我们又回到了畜生会说话的时代。在人的嘴巴中间，一个畜生的嘴巴正在发言。”

“请听巴兰的驴子②说话。”雅茅斯爵士加上一句。

雅茅斯爵士有一个圆鼻子和一个歪斜的嘴，这样就使得他显出聪明伶俐的样子。

“叛徒林耐士在坟墓里受到了处罚。父亲的罪过在儿子身上得到了报应，”约翰·霍克主教说；他就是李次菲德和考文特里的主教，刚才格温普兰曾经碰到过他的俸禄问题。

“他撒谎，”昌姆里爵士很有把握地说，这位爵士是一个精通法律

---

① 原文是拉丁文。

② 按《圣经·民数记》记载，摩押王使先知巴兰咒骂以色列人，上帝设法阻止这件事，使巴兰所骑的驴子不肯前进。巴兰用力鞭打驴子时，它就说起话来。

的立法议员,“他叫做肉刑的,只不过是猛烈和严酷的刑罚而已,这是一种很好的刑罚。肉刑在今天的英国已经不存在了。”

拉比男爵汤玛士·温特窝斯对大法官说:

“大法官阁下,请宣布散会。”

“不!不!不!继续开下去!他使我们很开心!乌拉!嗨!嗨!嗨!”

年轻的爵士们都这样叫喊;他们的快活是愤怒的。其中四个尤其高兴和愤恨到了极度。这四人是:洛却士特伯爵罗伦斯·海德,泰纳伯爵汤玛士·塔夫顿,赫顿子爵和蒙塔古公爵。

“耍把戏呀,格温普兰!”洛却士特说。

“打倒他!打倒他!打倒他!”泰纳叫嚷。

赫顿子爵从口袋里摸出一个分币,向格温普兰扔去。

于是格林威治伯爵约翰·坎倍尔,列凡斯伯爵沙维兹,哈弗山姆男爵汤姆逊,华列顿,埃斯克里克,罗列斯顿,洛金汉,卡特列,伦斯大勒,奔纳斯特·梅纳德,赫德逊,卡纳翕,卡文弟斯,波灵顿,荷尔达奈斯伯爵罗拔·大西,普里茅斯伯爵奥特·温莎,都拍起掌来。

这里响起了群魔殿或者万神殿的吵闹声,格温普兰的说话声都被淹没了,只听得清楚的是这样一句话:“你们要当心!”

蒙塔古公爵赖夫是刚从牛津毕业出来的,嘴唇上刚长起小胡子,他坐在公爵席的第十九席位,他从位子上走下来,一直走到格温普兰面前,抱着胳膊对着他。刀锋上有最锋利的地方,说话的声调也有一种最侮辱人的声调。蒙塔古就用这种声调冷笑着凑近格温普兰的脸嚷道:

“你说些什么?”

“我在预言。”格温普兰回答。

笑声又重新爆发。在这些笑声下面继续响着低沉的愤怒咒骂声。一个未成年的贵族议员,李安尼尔·克朗赛德·萨克威勒,道塞特和米杜赛克斯伯爵,从他的座位上站起来,一点不笑,严肃得仿佛他已经是一个立法议员似的,一语不发,把他的十二岁鲜艳的脸朝着格温普兰,望着他耸了耸肩膀。这样就使得圣阿萨夫主教凑近坐在他身边的圣大卫主教的耳朵边,指着格温普兰对大卫主教说:“他是疯子!”又指着小爵士说:“他是贤人!”

透过一片混乱的笑声,可以听见各种不同的叫喊:“丑怪的鬼脸!”——“这件事情是什么意思?”——“这是对上议院的侮辱!”——“这样一个不正常的人!”——“可耻!可耻!闭会吧!”——“不!让他讲完了!”——“说罢,滑稽戏子!”

刘易士·德·杜拉斯爵士两手叉着腰,大声叫喊:

“啊!笑是对人有益的!我的脾脏觉得十分舒服。我建议通过一封感谢信,里面写着:‘上议院感谢“绿房子”。’”

我们记得,在格温普兰的想象中,他在上议院可能得到的接待不是这样的。

一个人在令人晕眩的深渊边沿爬上松散和垂直的沙坡,觉得自己的双手,指甲,手肘,膝盖和双脚下面逐渐失掉支持点;他在这个靠不住的斜坡上不是前进而是后退,愈是害怕跌下去,愈是滑下去而不是爬上来;愈是努力爬上峰顶,就愈更增加落下去的可能,每一个救命的动作都使他更接近危险;他觉得可怕的深渊临近了,他的骨髓里已经有冰冷的跌下去的感觉,深渊张大着嘴巴等待吞没他;这个人的感觉就是格温普兰目前的感觉。

他觉得他所到达的顶端坍倒下去了,他的听众就是一个深渊。

在纷扰的场合下,总有人说一句能够概括一切的话的。

斯卡斯达勒爵士用一声叫喊把议会的感觉概括地表达了出来:

“这个怪物到这儿来干什么?”

格温普兰站起来,狂乱而气愤,显然激动到了极点。他用眼睛牢牢地盯着全体议员。

“我到这儿来干什么吗?我来给你们制造恐怖。你们说我是一个怪物。不,我是人民。我是一个不正常的人吗?不,我是普通人。不正常的人是你们。你们是幻想,我是现实。我是‘人’。我是‘笑面人’。我笑谁?笑你们,笑我自己,笑一切。‘笑面人’的笑是什么?是你们的罪恶和他所受的刑罚。他把这个罪恶扔到你们的头上,他把这个刑罚吐到你们的脸上。我笑,这意思是:我在哭。”

他停顿下来。大家都沉默着。笑声虽然继续,可是声音低了。他

可能认为大家又注意听他了,他舒了一口气,又继续说下去:

“我脸上的笑容是一个国王装上去的。这个笑容表达了人类的悲痛。这个笑容意味着憎恨,被压抑的沉默,愤怒和绝望。这个笑容是肉刑的结果。这个笑容是强迫的笑容。如果魔鬼有了这个笑容,这个笑容就能压倒上帝。可是永恒的神和可能灭亡的人是不同的;神既是绝对体,就是正义的;上帝憎恨国王的一切作为。啊!你们把我当做不正常的人!我其实是一个象征。你们这些愚蠢的有权者啊,睁开你们的眼睛吧。我就是一切的化身。我代表人类,我就是造物者造成的人类的原形。人类的肢体是残缺不全的。我所受到的刑罚,人类也受到过。人类的权利,正义,真理,理性,智慧,都受到了摧残,如同我的眼睛,鼻子和耳朵一样;人们在我的心里安放了愤怒和痛苦的阴沟,在表面上却给了我一个欢愉的面具,人类也和我一样。上帝放过手指的地方,国王的利爪也插进去。这是恶毒的加工。主教们,爵士们和亲王们,人民就是内心痛苦而表面上欢笑。爵士们,我告诉你们,人民就是我。今天你们压迫人民,今天你们嘲笑我。可是明天就会出现解冻。今天看来像石头的东西,明天就会变成波浪。表面坚固的东西会变成水流。冰上裂开一条缝,一切就完了。这样的时刻终会到来:一个大变动推翻了你们的压迫,吼声回答你们的嘲笑声。这个时刻已经来过了,——我的父亲,你就曾经处在这样的时刻中!——这个上帝的时刻来了,它被称为共和国,你们把它赶走,它还会回来的。目前,请你们回忆一下许多掌握着剑的国王都被手中持着斧头的克伦威尔打破了。你们发抖吧。无可避免的解决办法临近了,砍掉的指甲会长起来,拔掉的舌头会在空中飞翔,变成被黑暗的风吹播到各处地方的火舌,而且在宇宙中发出吼声;饥饿的人们露出他们久已不使用的牙齿,建筑在地狱之上的乐园摇动着要倒下来,人们在受苦,在受苦,在受苦,原来在上面的要倒下来,原来在下面的张开了嘴巴,黑暗要求变成光明,受苦的人要和幸福的人争论,我告诉你们,这是人民来了,这是人类站起来了,这是末日开始了,这是大变化的鲜红的黎明,这一切都包含在你们所嘲笑的这个笑容中!伦敦是永远歌舞升平的。很好。英国从这一端到那一端都是一片万岁之声。是的。可是你们听着:你们所看见的都是我。你们的节日就是我的笑脸。你们的公开庆祝就是我的笑脸。你们的结婚礼,祝圣礼,加冕礼,就是我的笑脸。你们生育了小亲王,这也是我的笑脸。你们的头上有雷声,这也是我的笑脸。”

用什么方法来对抗这样的演说呢?只有笑;笑声又爆发了,而且这一次的笑声震天动地。人类的嘴是一个火山喷火口,所喷出来的熔岩中,最有腐蚀性的就是快活。快活地做坏事,这是任何群众都抵抗不了的传染病。死刑并非都在绞刑架上举行,人们只要聚集在一起,不管他们是乌合之众或者是议院的议员,他们当中总有一个刽子手存在,这个刽子手就是嘲讽。最可怕的刑罚莫过于受人嘲讽,现在格温普兰就在忍受这种刑罚,快乐的笑声对他说来就是鞭打和弹击。他是玩具,人体模型,枪靶和目标。他们跳起来,他们大喊“再来一次”,他们笑得直打滚,他们大顿其足,他们互相揪住胸饰。这儿是庄严的地方,他们穿在身上的是王袍,貂皮的纯洁,假发的严肃,全都不在话下了。爵士们笑,主教们笑,法官们也笑。年老的笑逐颜开,年幼的弯腰捧腹。坎特伯雷大主教用臂肘碰了碰约克大主教。伦敦主教开普顿是诺坦普吞伯爵的兄弟,他撑住了肋骨。大法官兼议长低垂着眼睛以便隐藏他的笑容。站在栅栏边象征“尊敬”的人像——黑棒前导员,也笑了。

格温普兰脸色苍白,抱着胳膊,被无数年轻和年老的人脸包围着;这些脸上闪耀着荷马式欢乐的光辉,配合着旋风似的掌声、顿足声和欢呼声;他处在疯狂大笑的中心,无限欢乐的中间,他觉得心里有的只是坟墓。一切都完了。他再也无法控制背叛他的脸和侮辱他的听众。

可笑和崇高接连在一起,笑声反响着吼声,讽刺尾随着绝望,外表和实际互相矛盾——这样的一种永远的、不祥的法则,从来没有像现在这么可怕地实现。不祥的光线从来没有像现在这样照耀着人类深沉的黑夜。

格温普兰的命运正在哈哈的笑声中彻底毁灭,这是无法补救的事。跌倒了可以再爬起来,被粉碎了就无法复原。那些不适当、然而有权力的嘲笑把他压成粉末。从今以后都不可能了,一切都随着环境的不同而变化。他在“绿房子”里是一大胜利,在上议院里却是耻辱和失败。在那边是喝彩,在这里却是咒骂。他觉得这里有点像是他的面具的背面。他的面具有两面,一面是人民欢迎格温普兰,人民同情他;另一面是贵族反对费尔门·克朗查理爵士,贵族们憎恨他。一面是引力,另一面是斥力,两面都把他带到黑暗里去。他觉得仿佛是从背后受到打击。命运有时是会给人以背信弃义的打击的。一切在将来都能得到解释,可是在目前,命运就是陷阱,人跌落在罗网中。他以为自己上升了,他受到的欢迎却是这种笑声;崇敬总有不祥的结果。"酒醒"是悲惨的字眼;从陶醉中产生的智慧是可悲的。格温普兰在风暴似的笑声的包围中,陷入了沉思。

目前的情况如果继续发展下去,就是疯狂的笑。在欢乐中的议院就是失掉了指南针的议院;他们再也不知道自己到哪儿去,也不知道自己在干些什么。议会不得不闭会了。

大法官根据"遇有意外事件"的规定,改期在第二天继续投票。上议院就闭会了。议员们向王座致敬以后,都走了出去。可以听见笑声继续在走廊里响着,然后逐渐消失。议院除了正式的门以外,挂毡里、浮雕里、弓架结构里,都藏有各种暗门,议员们从这些暗门走出去,如同水从瓶子的裂缝流出去一样。不到片刻,大厅里已经阒无一人。这种变化实现得很快,差不多没有经过什么过渡阶段,原来十分吵闹的地方突然恢复了静寂。

沉思会把人带到很远的地方;陷入沉思的人仿佛处在另一个星球上。格温普兰突然清醒过来。他只剩下单独一个人。大厅里的人已经全部出清。他连宣布闭会也没有听到。所有的贵族议员都走掉了,包括他的两个证明人在内。这里那里只剩下议院的几个低级职员,他们在等待最后一位"爵爷"离去以后,才把灯套套在灯上,把灯熄灭。格温普兰机械地戴上帽子,离开了自己的座位,向着已经打开了的通向走廊的大门走去。他越过栅栏的界线时,一个守门官为他脱下了议员的官服,他简直没有加以注意。再过一分钟,他已经到了走廊里。

当时在场的几个下级职员很惊讶地注意到这个爵士走出去的时候没有向国王的宝座致敬。

第八章　尽管他不是一个好儿子，他可能成为一个好哥哥

走廊里一个人也没有。格温普兰越过了圆形过道，原来放在这里的交椅和桌子都拿走了，他的受爵式再也不留下任何痕迹了。走廊里每隔若干距离都有点亮的烛台指示着出路。亏得这些连续不断的灯光，他才能轻易地越过一连串的房间和过道，找回原来纹章院长和黑棒前导员带他进来时的道路。他没有遇见什么人，只除了这里那里有几个走得很慢的老爵士，背对着他沉重地走着。

突然间，在这些静寂荒凉的大厅中，远远地传过来清晰的高声说话声，在这种地方有这样的夜间吵闹声是很不平常的。他向着声音传来的方向走去，忽然发觉自己到达了一个宽阔的前厅，里面灯光很暗，其实也是上议院大厅的出口之一。他看见前厅里有一扇很大的玻璃门开着，还看见了石级，穿号衣的听差和火把，外边还有一个广场，有几辆马车在石级下面等着。

他听见的声音就是从那里传过来的。

大门里边，在前厅的照路灯下，有一群人在吵吵闹闹而且挥动着手臂。格温普兰在黑暗中走近去。

那群人在口角。一边是十个或者十二个想走出去的年轻爵士；另一边是一个站得笔直而且昂着头的汉子，像他们一样也戴着帽子，挡住他们的去路。

这个汉子是谁？是汤姆—詹姆—杰克。

几个爵士中有些还穿着贵族议员的官服；有些已经脱掉议员官服，穿着常服。

汤姆—詹姆—杰克的帽子上也有翎毛，但不是议员们那样的白翎毛，而是绿色夹有橙黄色的翎毛。他从头到脚绣满了金线，领口和袖口

有一条条波浪似的带子和花边，身上斜挂着一柄剑，他用左手狂热地抓弄着剑柄，剑鞘和挂带上都饰着海军大将的锚。

那是他在说话，他对着全体年轻的爵士们说话，格温普兰听见他说：

“我再说一遍你们都是懦夫。你们想我收回这句话，好，你们不是懦夫，你们都是蠢货。你们全体联合起来反对一个人，这样不算怯懦，好，这样就是无能。人家对你们说话，你们没有听懂。在这儿的老头都是聋子，这儿的年轻人都是呆子。我在你们当中时间够长了，因此我可以说出你们的真相。这个新来者是古怪的，他说了一大堆废话，我同意，可是在这一大堆废话中也有真理。他的说话是混乱的，生硬的，欠缺技巧的，我同意；他说了太多的‘你们知道吗’‘你们知道吗’；可是一个昨天还在市集上充当滑稽戏子的人，不能要求他的演说像亚里士多德或者沙林姆主教吉尔拔·贝纳[①]博士一样。什么寄生虫，狮子等等，以及对秘书说话，这些都是恶俗不堪的。的确，谁不同意这种看法呢？他的演说是愚蠢的，不连贯的，乱七八糟的，可是其中不断出现真理。对一个不从事这种职业的人说来，能够这样说话已经很了不起，我倒希望你们也来试试看！他所说的关于白顿—拉萨斯的麻风病人的情形，是无法推翻的事实；而且他也不是第一个说这种蠢话的人。总之，我，各位爵士，我不喜欢你们联合起来攻击一个人，这是我的脾气，我请求你们准许我冒犯你们。你们的作为使我不欢喜，我十分生气。我不十分相信上帝，有时使我相信的是上帝做好事的时候，不过这种时候不是每天都有。上帝如果真的存在，这一次我倒十分感谢这位善良的上帝，因为他从下层生活的深渊中把这个英国贵族议员拉了上来，把遗产还给了合法的继承人；我丝毫没有考虑到这样对我自己有没有影响，我很高兴看到一只小甲虫突然变成巨鹰，格温普兰突然变成克朗查理。各位爵士，我不许你们和我有相反的意见。我很可惜刘易士·德·杜拉斯不在这儿，否则我就能十分满意地侮辱他。各位爵士，刚才费尔门·克朗查理才是真正的贵族议员，你们却是滑稽戏子。至于他的笑，那不

① 吉尔拔（Gilbert Burnet，1643—1715），苏格兰的历史家。

是他的错。你们嘲笑了他的笑。人是不应该嘲笑别人的不幸的。你们都是蠢材,而且是残忍的蠢材。如果你们认为别人不能嘲笑你们,你们错了,你们很丑,你们穿得很难看。哈弗山姆爵士,我前几天看见过你的情妇,她真丑,表面上是女公爵,实际上是只母猴。嘲笑人的先生们,我再说一遍,我希望看见你们试试一连说出四个字。有很多人都会叽叽喳喳,可是很少人会说话。你们自以为懂得一点东西,因为你们曾经在牛津或者剑桥浪费过几年光阴,又因为你们没有坐在威斯敏斯特议会的长椅子上当英国贵族议员以前,你们曾经在贡威尔及凯兹中学的长椅子上当'驴子'①!现在我站在这儿,我要睁着眼睛望着你们的脸。你们刚才对那位新爵士十分无礼。他是一个怪物,毫无疑问。可是他这个怪物落到了一群野兽中间。我宁愿做他而不愿做你们。我刚才以贵族议员可能继承人的资格也参加了议会,我坐在我的席位上,我一切都听见了。我没有发言权,可是我有当一个上等人的权利。你们的快活神气使我觉得可厌。我不高兴的时候,就要到潘道尔山上去采摘野生的黄莓,这种黄莓被称为'云草',谁采摘了天上就有雷电打到他的头上。为着这样我才到门口等待你们。谈判一下是有用的,我们有些账要算算清楚。你们觉得你们对我也有点失敬吗?各位爵士,我立下决心要杀死你们当中几个。你们大家都在这儿,泰纳伯爵汤玛士·塔夫顿,列凡斯伯爵沙维兹,森德兰伯爵查尔斯·斯宾塞,罗却士特伯爵罗伦斯·海德;还有你们这些男爵,格雷·德·劳列斯顿,卡利·匈士顿,埃斯克里克,洛金汉;还有你,小卡特列,你,荷尔达奈斯伯爵罗拔特·大西,你,荷尔顿子爵威廉,你,蒙塔古公爵赖夫;其余的人谁愿意来都可以。我,大卫·弟里—摩瓦,舰队的一个兵士,我召唤你们,点你们的名,命令你们迅速准备助手和公证人,我等待你们,我要和你们面对面,胸膛对胸膛地决斗,今晚也可以,马上也可以,明天,白天,晚上,太阳底下,火把底下,或者你们认为适当的时间,随便什么地方,只要能够容纳两柄剑那么长的地方就够了,你们赶快检查一下你们的火枪和你们的剑,因为我有意使你们的爵位都成为空缺。奥格勒·卡文弟斯,你

① 指坏学生。

这家伙要当心点，想一想你的家铭：‘应该小心谨慎’①！马墨杜克·兰达尔，你要像你的祖先根道尔德一样叫人抬着一具棺材跟着你。华灵顿伯爵乔治·布斯，你再也看不见却士特特殊伯爵领地，你的克列特式迷宫和顿汉姆·默西的高塔了。至于万安爵士，他说无礼的话时显得太年轻，要他负责时他又年龄太老；我要求他的侄儿李察·万安，代表米里安纳斯自治市的下议院议员，为他的说话负责。你，格林威治伯爵约翰·坎倍尔，我要杀死你像阿孔杀死马塔斯一样，不过我要正大光明地从正面杀你，而不是从背后，我习惯于用胸膛对着剑尖而不是用背脊对着剑尖。我们说定了，各位爵士。现在，如果你们认为必要，请你们去使用符咒吧，去算命问卦吧，去用一种可以防御刀枪的香油或者药物涂抹皮肤吧，去拿魔鬼或者圣母的护符挂在脖子上吧。不管你们有上帝的保护或者魔鬼的保护，我都要打败你们，我绝对不会叫人搜查你们身上是否带着护符。在平地上决斗也可以，在马上决斗也可以。如果你们愿意，也可以在十字街头，在毕加弟里或者查灵一克罗斯，为着我们的决斗，人们会把街道上的石板拿走，正如人们拿走卢佛尔宫的铺石以供德·几兹和巴森彼埃尔决斗一样。我向你们全体挑战，你们听见了吗？我要和你们全体决斗。卡爱那文伯爵多默，我要一剑插进你的咽喉，一直插到剑柄，像马罗勒对付李勒一马里伏一样，那时候，爵士阁下，我们再看看你还笑不笑。你，波灵顿，你的样子像个十七岁的大姑娘，你可以选择一个埋葬地点，或者在你的米杜赛克斯住宅的草地里，或者在约克郡你的精美的伦德斯堡花园里。我要告诉你们各位，任何人在我面前无礼是不行的。我要惩罚你们，各位爵士！我认为你们嘲笑费尔门·克朗查理爵士是不好的。他比你们更高一级。作为克朗查理，他有贵族的血统，像你们一样；作为格温普兰，他有聪明才智，这是你们所没有的。我和他站在同一个立场上，侮辱他就等于侮辱我，嘲笑他就引起我的愤怒。我们等着瞧谁能够经过这件事以后还能活着，因为我要和你们作殊死的决斗，你们听清楚了吗？任何武器都可以，任何方式都可以，你们可以选择你们喜爱的死法，由于你们既是小丑，同时

① 原文是拉丁文。

又是贵族,因此我的挑战也配合着你们的身份,我让你们选择人类所有的各种死法,从亲王们用剑到下等人用拳头都可以!”

对这一大串愤怒的说话,那班高傲的年轻爵士们只报以微笑。“同意。”他们说。

“我选择手枪。”波灵顿说。

“我吗,”埃斯克里克说,“我选择从前校场比武的办法,用铁槌和匕首。”

“我吗,”荷尔达奈斯说,“我要双刀决斗,一柄长刀和一柄短刀,双方裸体肉搏。”

“大卫爵士,”泰纳伯爵说,“你是苏格兰人。我选择苏格兰高地人用的双刃大砍刀。”

“我要用剑。”洛金汉说。

“我吗,”赖夫公爵说,“我宁愿用拳击,这样更加高贵。”

格温普兰从黑暗中走出来。

他向着到目前为止他称为汤姆—詹姆—杰克的人走去,现在他开始看出这个人的身上有些别的东西。

“我谢谢你,”他说,“可是这是我自己的事。”

所有的人都回过头来。

格温普兰走上前。他觉得有一种力量推动他向那个被称为大卫爵士的人走去,这个人是他的辩护人,也许还不仅仅是他的辩护人。大卫爵士向后退了一步。

“哦!”大卫爵士说,“是你! 你在这儿! 好极了。我也有话要跟你说。你刚才说起过一个女人,她起先爱上林耐士·克朗查理爵士,后来又爱上国王查理二世。”

“不错。”

“先生,你侮辱了我的母亲。”

“你的母亲?”格温普兰惊叫。“既然这样,我猜对了,我们是……”

“异母兄弟。”大卫爵士回答。

接着他打了格温普兰一个耳光。

“我们是兄弟。”他继续说,“这样一来我们就可以决斗了。决斗只能够在身份平等的人之间进行。谁还比兄弟更平等呢？我马上就派我的公证人来找你。明天,我们要互相割断对方的脖子。”

第九卷

废墟

第一章　经过极度的富贵，才能到达极度的贫苦

圣保罗的钟声敲响了午夜十二时，有一个人越过了伦敦桥，走进了扫斯华克的小路。街上的路灯已熄灭，当时伦敦和巴黎一样，都有在夜间十一时熄灭路灯的习惯，其实这种时刻正是十分需要路灯的时候。黑暗的街道上十分荒凉，没有路灯也就不会有行人，那个人大踏步走着。这种时候穿着他的那种衣服在街道上行走，是很特别的。他穿着一件绣花的绸衣服，身旁佩着剑，戴着一顶白翎毛的帽子，没有披斗篷。值夜的看守看见他走过时说："这是一个跟人打赌的爵爷。"于是他们就以对爵士和对打赌应有的尊敬让开了。

这个人就是格温普兰。

他逃走了。

他现在怎样了？他不知道。我们说过，灵魂也有它的大旋风，这种旋风十分可怕，把天空、海洋、白日、黑夜、生命、死亡，都卷在一起，构成一种难以理解的恐怖。真理再也不能让人呼吸，人被自己所不相信的东西压成粉碎，空虚变成了风暴，天空变成了苍白色，宇宙是一片空虚。人的心徘徊迷路，觉得自己正在死亡，渴望获得星星。格温普兰的感觉怎样？他渴望看见"女神"。

他所感到的只是这样的需要：回到"绿房子"和塔德卡斯特客店里去，那里是热闹、明亮、充满了人民的热情欢笑的地方；找回"熊"和"人"，再看见"女神"，回到生活里去！

幻想的破灭像弓弦松弛一样，产生一种可怕的力量，把箭——人——射到现实里去。格温普兰急匆匆地走着。他走近了塔林索草场，他再也不行走，他奔跑了。他的眼睛深入到前面的黑暗中，他使他的视线走在前面，热切地从港口到地平线上到处搜索。他马上就能看

见塔德卡斯特客店的灯光明亮的窗口了,这是多么令人兴奋的时刻啊!

他到达了滚球场。他在墙角上转了一个弯,马上就看见自己对面不远的地方,在草场的另一端,矗立着客店,我们记得,客店是市集广场上惟一的房屋。

他望了望。没有灯光。只是黑魆魆的一大块。

他打了一个寒战。然后他安慰自己说:时间已经晚了,客店已经关了门,这是很简单的一回事,他们已经入了睡乡,只要叫醒尼克莱斯或者葛维堪姆就行了,快点走到客店门口敲门吧。于是他向客店走去。他不再奔跑了,他是冲了过去。

他走到了客店,气也透不过来了。一个人在痛苦中,在灵魂的不可见的痉挛中挣扎,不知道自己是死亡或者活着的时候,他的全部关怀和体贴都灌注在他所爱的人身上,这样就能证明他有一颗真诚的心。当一切都沉没的时候,只有爱情还浮在水面上。格温普兰当时马上想到的第一件重要事,就是不要突然惊醒"女神"。

他尽可能轻手蹑脚地走近客店。他认得旁边的那间小屋,这间小屋本来是狗舍,后来葛维堪姆就睡在那里;它和酒吧间接连,有一个小窗面朝广场,格温普兰轻轻地搔着窗上的玻璃,叫醒葛维堪姆就够了。

葛维堪姆的卧房里毫无动静。格温普兰想:在他那种年纪,睡觉是睡得很熟的,他用手背在玻璃窗上轻轻地敲了一下,仍然毫无动静。

他很快地接连敲了两下,房间里依然声息全无。于是他忐忑不安地走到客店的大门,用手敲门。

没有人回答。

他一边开始担心一边想:尼克莱斯老板年纪老了,孩子的睡眠很熟,老人的睡眠很迟钝,别胡思乱想,敲得更响一点吧!

他轻轻敲门,他用力敲门,他用脚踢门,他用身体撞门。这样引起了他的一个遥远的回忆,他在十分幼小的时候,在韦茅斯,怀里抱着小小的"女神",也敲过一次门。

他猛烈地敲门,像一个爵士那样敲门,他的确是一个爵士,多么可叹!

房子里依然静悄悄的。

他觉得自己激动起来了。

他再也不顾什么小心谨慎了。他大声喊:“尼克莱斯! 葛维堪姆!”

同时他注视着各个窗口,看看有没有烛光亮起来。

客店里毫无动静,没有人声,没有响声,没有亮光。

他走到供马车出入的那道大门前面,用身体撞门,推门,热狂地摇门,一边叫喊:“‘熊’! ‘人’!”

那条狼并没有吠。

他的额角上渗出了冰冷的汗珠。

他望了望自己的周围。黑夜十分昏暗,可是还有足够的星光可以看清楚整个市集广场的情形。他看见了一个悲惨的景象——周围的一切都消失了。整个滚球场上没有一辆卖艺马车,那个马戏班也不在那里了,没有一个篷帐,没有一个摊子,没有一辆二轮马车。原来聚集在这里的无数江湖艺人和万分嘈杂的声音都消失了,只剩下空洞洞的一片凄凉的黑暗。一切都消失了。

忧虑的疯狂攫住了他。这一切是什么意思? 发生过什么事情? 难道生活在他的后面崩溃了吗? 他们所有的人得到了什么遭遇? 啊! 我的上帝! 他像风暴一般向房子冲过去。他用手和用脚敲侧门,敲正门,敲窗户,敲百叶窗,敲墙头,他由于恐怖和忧虑而愤怒异常。他叫喊尼克莱斯,葛维堪姆,菲比,维诺丝,“熊”,“人”。他对着墙发出各种喊声和响声。他不时停下来倾听,屋子里依然静寂得像死掉一般。于是他又激怒起来,重新开始撞啊,敲啊,喊啊,用拳头擂啊,弄得声震四方,简直可以说是雷电正在尽力唤醒坟墓。

一个人恐怖到达一定程度,就会变得非常可怕。害怕一切就等于什么也不害怕。在这种时候他敢用脚踢斯芬克斯,他敢藐视不可知的一切。格温普兰用各种可能的形式重新开始吵闹,他停下来,又再开始,毫不休息地叫喊,向着这个悲惨的静寂进攻。

他喊了无数次可能在屋子里的人;他喊遍了所有的名字,只除了“女神”这个名字。这种小心谨慎连他自己也很难解释,其实这是在精神错乱中的一种本能行为。

叫喊穷尽以后，剩下的就是跳墙而入了。他对自己说:“一定要走进屋子里。”可是怎样走进去呢？他打破了葛维堪姆的卧室的一扇玻璃窗，伸手进去，皮肤被划破了，他拔掉窗户的插销，打开了窗户。他发觉他的剑可能妨碍他，就愤怒地把剑扯下来，连剑、剑鞘和皮带一起扔到地上。然后他踏着墙上凹凸的地方爬上去，虽然窗户很狭，他也钻了进去，他走进了客店。

在葛维堪姆的卧室里，朦胧中可以看清楚他的床，可是床上没有葛维堪姆。如果葛维堪姆不在他自己的床上，显然尼克莱斯也不会在他自己的床上。整个屋子里漆黑一团，令人觉得黑暗中有一种神秘的、静止的空虚，更感到一种模糊的恐怖，这种恐怖表示:“这里没有任何人。”格温普兰痉挛着走过酒吧间，撞在桌子上，踏在杯盘上，推翻了凳子，踢倒了水壶，跨过家具，走到通向院子的门，用膝盖一撞，把门闩撞开，门向外边弹了出去。他望着院子。“绿房子”再也不在那里了。

第二章　残　余

格温普兰走出了客店,开始在塔林索草场上搜索;他走遍了昨天曾经有过摊子、篷帐或者车子的地方。现在什么也没有了。他敲一些买卖摊子的门,虽然他知道这些摊子里面是不可能住人的。他敲遍了凡是和窗户或者和门相像的一切东西,没有任何声音从这个黑暗中回答他。死亡仿佛到达了这里,蚁窝遭到了毁灭。显然警察当局曾经采取过行动,这儿发生过我们今天称为洗劫的事情。塔林索草场不仅静寂,而且荒凉,每一个角落里仿佛都被利爪搔括过。可以说,这个可怜的市集广场被人把口袋翻过来,拿掉了一切。

格温普兰到处都搜索过以后,就离开了滚球场,走进了称为东角一带的弯曲小路,向泰晤士河走去。

他走过了几条曲曲折折的小路,在这些小路里只看见墙壁和篱笆,然后他闻到了水面上吹来的新鲜空气,他听见了泰晤士河的低沉的水流声,突然间他走到了一条栏杆前面。这就是埃佛洛克石墙的矮墙。

这垛矮墙围着一段十分短和十分狭窄的码头,矮墙下面埃佛洛克石墙笔直地插进黑暗的水中。

格温普兰在矮墙前面停下来,肘靠在矮墙上,双手抱着头,开始沉思起来,他的脚下是流水。

他凝视着流水吗?没有。他凝视着什么?暗影。不是他身外的暗影,而是他内心的暗影。

他没有注意凄凉的夜景,他没有看外边的黑暗,在这黑暗的夜景中,可以看出一根根的船桅和圆船材。在埃佛洛克石墙下面,河面上没有什么,可是下游的码头逐渐倾斜,一直到离开不远的地方才接连到一条堤上,沿着堤停泊着好几艘船,有些刚到达,有些正在准备开行,它们或者利用跳板,或者利用特意建筑的石头或木头小码头来通到岸上。

这些船只，有些系在码头上，有些下了锚，都静悄悄地停在那里不动。听不见船上有人行走或者说话声，水手们有一种好习惯：尽可能睡觉，不是工作需要时不爬起来。如果这些船只中有一艘要在当夜涨潮时启碇的话，这时候船上的人还没有醒过来。

船壳像巨大的黑色水泡，船具像绳子和梯子纠缠在一起，都不容易看清楚。一切都陷在苍茫的迷雾中。这里那里有些红色的船尾灯刺穿了迷雾。

格温普兰没有看见这一切。他在考虑自己的命运。

他在做梦。

他仿佛听见背后有地震似的声音。那是贵族议员们的笑声。

他刚从这个笑声里走出来。他走出来的时候被打了一个耳光。被谁打的？被他的哥哥。

他从笑声中走出来，被打了一个耳光，像受伤的小鸟似的飞回自己的巢中，逃避仇恨而找寻爱情，他找到了什么？

黑暗。阒无一人。一切都消失。

他把这种黑暗比喻为他做过的梦。

多么可怕的破灭！

格温普兰到达的是可怕的空虚境界。“绿房子”离开以后，等于整个宇宙都消失了。

他的灵魂封闭起来了。

他在沉思。发生了什么事情？他们在哪儿？他们显然是被劫走了。命运给格温普兰的打击是把他抬到高位上，反过来给他们的打击是把他们全部消灭。很明显，他再也不能见到他们了。为了阻止他和他们相会，人们已经采取了措施。从尼克莱斯和葛维堪姆开始，整个市集广场都被清洗，使得没有人能够提供任何消息给他。这是冷酷无情的冲散。这种可怕的社会力量一方面在上议院里把他压成碎片，同时在他们的可怜的破房子里把他们碾成粉末。他们消失了。“女神”消失了。他永远再也见不到“女神”了。天哪！她在哪儿？他当时竟不能在场保护她！

对自己所爱的人的失踪作出种种猜测，等于使自己受到刑罚。他把这种刑罚加到自己身上。他每从一点上深入思索,每作一种猜测,内心总发出悲愤的咆哮。

透过一连串刺心的回忆,他想起了那个自称为柏基弗德罗的人,这个人显然是给他带来不幸的。这个人曾经在他的脑子里写下一行模糊的句子,现在这行字又出现了;这个人写这行字的时候用的是可怕的墨水,因此现在这行字变成了火字,格温普兰觉得这个句子在他的思想深处燃烧,它原来是一个谜,现在谜底已经揭晓了:"命运不会打开一扇门而不关上另一扇门。"

一切都完了,最后的阴影笼罩在他身上,任何人在一生中都有他独自的"世界末日",这就称为绝望,这时候灵魂里充满了陨落的星辰。

这就是他的处境。

一阵烟雾消散了。他曾经和这阵烟雾混合在一起。烟雾曾经迷没他的眼睛,曾经钻进他的脑子里。他在外表上曾经变成瞎子,在内心里曾经陶醉。这一切只有一阵轻烟飘过那么短暂。然后一切都消失了,烟雾和他的生命都消失了。从这个梦中醒过来,他发觉只剩下自己孤单一个人。

一切都消失,一切都离去,一切都不存在。只剩下黑夜,虚无。这就是他所看到的全景。

他剩下孤单一人。孤独有一个同义词:死亡。

绝望是一个会计师,它坚持要把总数算清楚,它不放过任何一个数目。它把一切都加起来,连一分一厘也不放弃。它谴责上帝的重大打击,也谴责上帝的轻微打击。它想知道它还要从命运那里得到些什么。它又推理,又衡量,又计算。

绝望的人外表上是冰冷冷的,可是火热的熔岩仍旧继续在内心流动。

格温普兰研究他自己,也研究他的命运。

回顾一下过去的一切;把过去可怕地概括起来。

一个人在山顶的时候,会下望深渊;等到跌落到深渊以后,人就会仰望天空。

那时候人会这样说:"我曾经在那上边。"

格温普兰完全跌落到不幸的底层。而且这一切发生得多么迅速!不幸之神具有一种丑恶的敏捷。它是沉重的,使人以为它来得很慢。其实不然。像雪一样,冰雪很冷,仿佛应该像冬天那么呆滞;冰雪很白,仿佛应该像尸衣那么静止。可是雪崩否定了这一切!雪崩就是冰雪变成熔炉,虽然仍是冰冷冷的,但是能吞没一切。雪崩卷走了格温普兰。他像破衣服被撕下来,像大树被连根拔起,像石头被扔出去。

他回顾一下他的不幸遭遇。他自己提问,自己回答。悲痛就是一次审问。任何法官都不像良心审问自己的案件时查问得那么仔细。

在他的绝望中,他有多少应该后悔的事情呢?

他想找出来,因此他拿他的良心来解剖,这是十分痛楚的活体解剖。

他的离开造成了极大的灾祸。可是他是主动离开的吗?在最近所发生的一连串事件中,他是一个自由人吗?不。他觉得他是一个囚犯。逮捕他和禁闭他的是什么呢?是监狱吗?不。是铁链吗?不。到底是什么呢?是陷阱。他陷落到富贵的泥坑中。

谁没有遇到过这种情况呢——表面上自由,实际上觉得自己的翅膀受到束缚而不能飞翔?

他仿佛遇上布置好的圈套,起初是受到诱惑,最后就被囚禁。

可是,他是被动地容纳提供给他的东西吗?不,他是主动地接受的。他的良心在这一点上正在紧紧地压迫他。

在一定程度上,人们曾经对他使用过暴力和意外的袭击,这是事实;可是他自己在一定程度上也是任由人们摆布的。被人劫走,这不是他的错;任人摆布而使自己陷入陶醉,这就是他的一时意志薄弱。曾经有过决定性的时刻,那就是向他提出问题的时刻;那个柏基弗德罗曾经把问题摆在他的面前,而且明明白白地给格温普兰用一句话来决定自己命运的机会。格温普兰可以作出否定的回答,可是他的回答是肯定的。

这个肯定的回答是他在昏头昏脑的时候作出的,可是一切就从这个回答产生。格温普兰对这一点很明白,他正在尝着这个回答的痛苦的回味。

不过他又为自己辩护：难道恢复自己的权利，收回自己的财产，接受应得的遗产，回到自己的房子里，以贵族身份重新占据祖先原有的席位，以孤儿身份恢复使用父亲的姓，这是很大的错误吗？他到底接受了什么？他接受的是恢复原状。被谁恢复的？被上帝。

想到这里他又怨恨自己：接受得真笨！他做的是怎么样的一件交易！多么愚蠢的交换！他和上帝做的是一件亏本生意。怎么！为着得到二百万年金，为着得到七块或八块贵族领地，为着得到十座或者十二座宫殿，为着在城里有邸宅、在乡间有城堡，为着有一百个穿制服的听差、大群的猎狗、马车和纹章，为着当法官和立法者，为着能够像国王一样戴一顶爵士冠和穿着红袍，为着要当男爵和侯爵，为着要做英国的上议院议员，他竟然舍弃了“熊”的小屋子和“女神”的微笑！为着能够淹没人和吞噬人的大海，他交出了幸福！为着海洋，他拿出了珍珠！真是疯子！笨蛋！蠢材！

可是到了这里，反对的理由又在更坚实的基础上出现了：落到他头上的那种幸运中，一切并非都是不健康的。也许不接受就是自私，也许接受就是负责。突然间变成了爵士，他应该做什么？复杂的事情会造成思想上的混乱。他所遇到的就是这种情形。责任心向他发出互相矛盾的命令，对各方面的责任同时出现，责任变成多重的，而且差不多是互相矛盾的，他就迷惑了。就是这种迷惑使他变成麻木不仁，尤其是从柯利奥纳别墅到上议院的那一段旅程，他一路上并没有反抗。我们在人生中称为“高升”的那种事情，其实就是从单纯的道路转到令人发愁的道路。从今以后直路在哪里呢？首先应该对谁负责呢？对自己亲近的人吗？对整个人类吗？我们不是从小家庭转到大家庭里来吗？我们的地位向上升，我们的责任心就逐步加重。升得愈高，责任愈重。权利的扩大使责任加重。我们的苦恼——也许是我们的幻觉——是仿佛同时遇见了好几条道路，而且在每条道路的入口处都好像看见良心的手指指示我们向这条路走。到哪儿去？走出去吗？留下来吗？前进吗？后退吗？怎么办呢？本分也有十字路口，这是很奇异的。但责任却可能是一个迷宫。

等到一个人有了一种念头，等到他成为事实的化身，他是象征的人同时也是有血有肉的人的时候，责任不是更加使他不安吗？因此，格温普兰才那么抑郁地驯顺和那么不安地沉默；他才服从召唤出席上议院。一个有心事的人往往是一个被动的人。他仿佛听见了责任的命令。走进一个能够讨论压迫和反对压迫的地方，这不是实现他的最渴望的抱负之一吗？轮到他发言的时候，他，一个可怕的社会标本，六千年来压迫着人类的专制君主的牺牲品，被国王圣意毒害的活着的例证，他有权利拒绝吗？天上有一条火舌落到他的头上来，他有权利把自己的脑袋挪开吗？

在这场纷乱的良心争辩中，他对自己怎么说呢？他说："人民是沉默的。我要做这个沉默者的代言人。我要为哑者发言。我要向大人物谈小人物，向强者谈弱者。这就是我的命运的目的。上帝想怎样做就怎样做。的确，赫德瓜侬那的水壶把格温普兰变成了克朗查理爵士，最令人惊奇的是这只水壶在海上漂流了十五年，经过巨浪、碎浪、风暴的打击，都没有使它受到任何损害。我知道为什么原因了。因为有些人的命运是永远秘密的，我却掌握了我的命运的钥匙，我打开了我的谜。我是预先被选定的人！我有一个使命。我要做穷人的上议院议员，我要为所有沉默的绝望者发言，我要传达他们的口齿不清的语言。我要传达他们的嘟哝声，呻吟声，嘀咕声，人群的嘈杂声，含糊的抱怨声，无法理解的说话声，以及由于无知和受苦以致他们被迫而发出的各种野兽的喊声。人类的声音像风声一样是含糊不清的；他们叫喊，可是没有人懂得他们喊些什么，这样的叫喊就等于沉默，而沉默就是解除了他们的武装。这些被迫解除武装的人们正在呼喊求助，我要去帮助他们。我要做告发人，我要做人民的喉舌。有了我，人民的痛苦才能被人理解。我要做刚扯下钳口具的鲜血淋漓的嘴。我要把一切都说出来，这将是一件十分伟大的事。"

对的，为哑者发言，这是美丽的；可惜听的人是聋子。这是悲剧。这是他的奇遇的后半部。

唉！他失败了，他无可挽回地失败了。

他所相信的那种崇高地位，那种幸运，那种外表，都在他的脚下崩溃了。

多么可怕的下跌！他跌落在笑声的波涛中。

多少年来，他抱着观察的心情在广大的痛苦之海中漂浮，他从这个阴暗的世界带来了凄厉的喊声，他自以为是坚强的。他却撞在这个巨大的暗礁——幸运者的轻佻态度——上。他自居为复仇者，却变成一个小丑。他自以为在使用雷电，其实他却在逗人发笑。他的收获不是上议院的感动，而是上议院的嘲笑。他呜咽，别人更加快活。他就在这个快活声中沉没了，悲惨地被淹没了。

他们嘲笑什么？嘲笑他的笑。

这样说来，那个可耻的暴行在他脸上留下的痕迹，那种肢解手术在他脸上制成的永恒笑容，那种笑的烙印，被压迫的国民强作欢笑的形象，由肉刑造成的笑的面具，他永远挂在脸上的笑的深渊，代表"国王的圣旨"的疤痕，国王在他的身上犯下罪行的证据，专制政府在全体人民身上犯罪的象征，这一切东西战胜了他，压倒他，对刽子手的控告反过来攻击被害人！这真是不可思议的对正义的否定。专制君主战胜了他的父亲之后，又战胜了他。已经做过的坏事成为要做另一件坏事的借口和动机。那些上议院议员们的义愤针对谁呢？针对行刑者吗？不，针对受刑人。在上议院里一边是国王，另一边是人民；一边是詹姆士二世，另一边是格温普兰。双方的对质揭露了一个阴谋和一件罪行。什么阴谋？被压迫者的控诉就是阴谋。什么罪行？人民的受苦就是罪行。贫苦者快点躲藏起来和保持沉默吧，否则就是犯了大逆不道的罪行。那些嘲笑格温普兰的人们是坏人吗？不，他们也有他们的不幸：他们是快乐的人。他们做了刽子手还不自知。他们心情愉快，他们觉得格温普兰是没有什么用处的。格温普兰剖开自己的肚子，把肝脏和心都扯出来，把肚子里的一切都让他们观看，他们还叫喊："演你的滑稽戏吧！"最惨痛的是他自己也在笑。一条可怕的锁链系住他的灵魂，阻止他的思想上升到他的脸上来。他的怪相甚至影响到他的精神，正当他的良心感到愤慨的时候，他的脸却出来否认而笑起来。完了。他永远是"笑面人"，是在哭泣世界中的人像柱。他是石化成欢笑的愁苦，背负着一个多灾多难世界的重担，永远被围困在快活中，在嘲笑中，在别人的寻欢作乐中；他是一切被压迫者的化身，他和他们分享一个可恨的命运:别人并不重视他们的灾难;别人拿他的痛苦来开玩笑。他好像是一个非凡的丑角,从可怕的不幸中走出来,逃出了囚笼,化身为神,从人民的下层上升到王座脚下,和星辰们混合在一起,他在逗了受苦的人们发笑以后,又来逗天之骄子们发笑!他所具有的侠义、热情、雄辩、同情、正直、激动、愤怒、爱情,以及无可形容的痛苦,所得到的结果只是哄堂大笑!他证实了这种情形不是例外,如同他对议员们所说的,这种情形是常见的,经常的,普遍的,主要的,广泛的,而且和日常生活混合到那种程度,使得人们并不觉得这种情形的存在。饿死的人是笑的,要饭的人也笑,囚徒也笑,妓女也笑,孤儿为了谋生也笑,奴隶也笑,兵士也笑,人民也笑;人类社会是这样构成的,使得一切沉沦、贫困、灾祸、热病、溃疡、痛苦,都在深渊的上头化成一个可怕的笑脸。这种笑脸的集中表现就是他,他就是人民的笑脸的象征。在天上统治我们的不可知的力量想用一个看得见和捉摸得着的幽灵,一个有血有肉的幽灵,概括地代表我们称为世界的这种可怕的滑稽模拟;他就是这个幽灵。

无可挽回的命运。

他大声叫喊:"可怜那些受苦的人!"可是丝毫没有用。

他想唤醒同情,他唤醒的是憎恶。这是幽灵出现的一般法则。

他既是幽灵,同时又是一个人。这是令人伤心的复杂情况。外表上是幽灵,内心是人。他是人,也许比其他任何人更是一个人,因为他的双重命运把整个人类的遭遇都概括起来了。他具有人性,同时也觉得人性不存在他的身上。

他的生命中有些不可能连贯起来的东西。他是谁?是一个被剥夺继承权的人吗?不,因为他是一个爵士。他是谁?是一个爵士吗?不,因为他是一个叛徒。他是拿着真理火炬的人,他是可怕的扫人兴致的人。他肯定不是撒旦,可是他是魔王。他手持火炬到来,令人十分害怕。

对谁不祥?对不祥的人们。对谁可怕?对可怕的人们。因此他们拒绝他。走进他们中间吗?被他们接受吗?永远不可能。他的脸上的障碍是可怕的,可是他的思想上的障碍尤其难以克服。他的说话比他的脸更丑恶。他和这些有权有势的大人物不可能有共同的思想,因为虽然一种命运使他出生在他们的世界里，而另一种命运却使他脱离了他们的世界。在他的脸和人们之间有一个面具，在他的心和社会之间有一道墙垣。他从小就在江湖上卖艺，和我们称为群众的强健的、快活的人们混在一起，在群众的熏染下，进入到人类的伟大的灵魂里，他就和普通人具有共同的思想意识，失掉了统治阶级的思想意识。到了上层社会他是无法立足的。他从真理之井里爬上来，身上还湿淋淋地沾染着真理之水。他带着深渊的臭气。他惹亲王们厌恶，这些亲王们是洒满谎话的香水的。生活在虚伪中的人是憎恶真理的。爱受人奉承的人偶然喝下一点真理就会呕吐出来。格温普兰带来的东西不适合他们的胃口。他带来了什么？带来了理性、明智、正义。他们恶心地拒绝了。

上议院里还有主教们，他给他们带来了上帝，这个闯进来的人是谁啊？

两个极端是互相排斥的，不可能混合在一起，其中缺少过渡的桥梁。把两个可怕的对立面——一边是全部苦难集中在一个人身上，另一边是整个傲慢集中在一个阶级身上——放在一起，只能获得一个结果：愤怒的喊声。

控诉是没有用的，证实就够了。格温普兰在默想着自己的命运中，证实了他的全部努力都是白费的。他证实了身居高位的人们是耳聋的，享有特权者是不会听被剥夺权利者说话的。这是享有特权者的错吗？不，这是他们的规律，请原谅他们。受到感动就等于放弃自己的权利。对贵族和亲王丝毫不能期待什么。心满意足的人是铁石心肠的。吃饱的人认为饥饿并不存在。享福的人是无知的，而且自己把自己孤立起来。在他们的乐园的门口，如同在地狱的门口一样，要写上这样一句话："抛弃一切希望。"

格温普兰受到了幽灵走进天神中间所获得的接待。

这种接待引起了他的内心的反抗。不，他不是一个幽灵，他是一个人。他已经告诉过他们，他已经向他们大声叫喊：他是人。

他不是幽灵，他是有血有肉的人。他有一个脑袋，他在思想；他有一颗心，他会爱；他有一个灵魂，他抱着希望。甚至他的全部错误就是因为他抱着过分大的希望。

唉！他夸大了希望，甚至到了相信被称为社会的这种既光明又黑暗的东西的程度。他本来在社会以外，他走进了社会。

社会立刻同时献给他三个建议和送给他三个礼物：婚姻、家庭和阶级。婚姻吗？他看见过妓女站在门槛上。家庭吗？他的哥哥打了他一个耳光，而且明天还要拿着剑等待他。阶级吗？他们刚才已经当面嘲笑过他，嘲笑他这个贵族，嘲笑他这个可怜的人。他差不多在没有被接纳以前就受到社会的排斥了。他进入这个深沉黑暗的社会时，头三步就使他的脚下裂开了三个深渊。

他的不幸是由背叛他的怪脸引起的。这个灾祸走近他的身边时正是因为他被崇奉为爵士！“升上去”的意义就是“落下来”！

他的命运和约伯的命运相反：他的倒霉是由发达带来的。

啊，悲惨的人生之谜啊！原来人生就是一连串的陷阱！还是孩子的时候，他曾经和黑夜斗争过，他比黑夜更坚强。成年以后，他和命运进行斗争，他也战胜了命运。他把自己从一个丑怪的人变成一个出色的演员，从一个不幸的人变成一个幸运的人。他使自己的流放成为避难所。作为流浪汉，他曾经和空间进行过斗争，他也像天上的鸟一样，找到了小片的面包。作为一个粗野和孤独的人，他也和群众进行过斗争，结果和群众交上了朋友。作为角力家，他和人民这种狮子搏斗过，终于驯服了狮子。他很穷，他和苦难进行了斗争，不仅满足了生活的阴暗需要，而且由于他把内心的一切愉快和贫困混合起来，也使贫穷变成了富有。这样他就认为自己是人生的胜利者了。突然间从不可知的世界中来了新的力量向他进攻；进攻的方法不是用威吓而是用爱抚和微笑。本来只懂得天使般爱情的他，现在看见了毒蛇般的肉体的爱；本来生活在理想中的他，现在被肉欲攫住了；他听见了像怒吼般的淫荡语言；他受到了一个女人像蛇般缠绕的拥抱；富有诱惑力的虚伪事物代替了光明的真实事物，因为真实的不是肉体，而是灵魂。肉体是灰，灵魂是火焰。他本来和群众从共同贫困和共同劳动中结成了亲戚，他在群众中就像在他的真正的天然家庭里一样，可是另外一个家庭来代替这个天然家庭了，这另一个家庭是社会的家庭，血统的家庭，虽然是同父异母的家庭；他还没有进入这个家庭，已经遇到了第一步的兄弟自相残杀。唉！他被重新纳入到布朗同[①]称为“儿子可以十分正当地号召父亲同自己决斗”的社会里去，虽然他没有读过布朗同的著作，不知道布朗同这样形容贵族阶级。厄运向他叫喊：“你不是群众的一分子，你是属于天之骄子一类人的。”同时还在他的头上打开了社会的天花板，像天空中的一个陷阱一样，把他从这个洞口抛上去，使他粗野地和意外地在亲王们和主人们中间出现。

倏忽间，在他的周围，贵族对他的咒骂代替了人民对他的喝彩。这是一种悲惨的变化，可耻的发迹，对他原有的幸福的粗暴掠劫！嘲笑夺走了他的生命！群鹰的利嘴把格温普兰、克朗查理、上议院议员、卖艺人，从他以前的命运，从他新的命运中撕成碎片！

一开始生活就战胜了困难有什么用？开头就取得胜利有什么用？唉！到头来终要被抛掷出去，这是命中注定。

因此，他一半被迫、一半自愿地接受了他的厄运，因为他的被劫走，起初固然是因为不能违抗执达吏的缘故，后来他和柏基弗德罗的谈话中却曾经表示过同意，所以他是一半被迫一半自愿地离开真实的东西去要虚幻的东西，放弃真实去要虚伪，放弃“女神”去要约瑟安娜，放弃爱情去要骄傲，放弃自由去要权力，放弃贫穷和可敬的劳动去要担负着不明责任的富贵，放弃上帝所在的黑暗去要魔鬼居住的火焰，放弃乐园去要奥林匹斯山！

他咬了金果。他现在吐出来的是金果变成的灰烬。

可悲的结局。失败，破产，覆没，衰落，他的一切希望受到了无礼的驱逐，被一片嘲笑的声音狠狠地鞭挞，真是无限的幻灭。今后怎么办呢？如果他展望明天，他看见的是什么呢？他看见的是一柄脱鞘的剑，剑尖对着他的胸口，剑柄握在他的哥哥手中。他所看见的只是这柄剑所射出的丑恶光芒。其余的像约瑟安娜，上议院，都离得较远，在可怕的半明半暗中，而且充满着一幢幢悲惨的人影。

---

① 布朗同（Brantôme，1535—1614），法国的一个贵族兼主教，写过关于贵族阶级的荒淫生活的书。

这个哥哥,他还认为他是侠义的和勇敢的!唉!他根本没有看清楚这个保护过格温普兰的汤姆—詹姆—杰克,这个保护过克朗查理爵士的大卫爵士,他只来得及给这个哥哥打一下耳光和爱上这个哥哥。

多么沉重的痛苦!

现在,再向前走远一点是不可能的了。他在各方面都遭到了失败。何况这样做又有什么用呢?绝望的深处隐藏着无限的疲乏。

考验已经结束,再也不会重新开始了。

格温普兰好像是一个打牌的人,把他手上所有的王牌一张张先后打了出去。他让人把自己带到赌桌上,幻觉巧妙地使他中了毒,他在不知不觉中拿"女神"来赌约瑟安娜,他赢得的是怪物。他拿"熊"来赌一个家庭,他赢得的是侮辱。他拿卖艺的舞台来赌上议院议员的席位,他得到的不再是喝彩声而是诅咒声。他的最后一张牌也在这张不祥的绿色台布——荒凉的滚球场——上面摊下来了,格温普兰赌输了。他所能做的只是付清赌账。付钱吧,可怜的家伙!

受过迅雷击顶的人是不动的,格温普兰就动也不动。如果有人远远地看见矮墙边上黑暗中这个直立不动的影子,可能以为看见的是一块直立的石头。

地狱,蛇和梦幻是缠绕在一起的。格温普兰走下阴森森的螺旋形楼梯落到思想的最深处。

他现在用冷酷的也是最后的眼光仔细端详他刚发现的世界。在这个世界中,有婚姻,而没有爱情;有家庭而没有兄弟友爱;有财富而没有良心;有美貌而没有廉耻;有法律而没有公道;有秩序而没有均衡;有权势而没有智慧;有权力而没有权利;有光彩而没有光明。这是一张冷酷无情的清单。他的思想深入到最高的幻想境界中,他在这个境界中巡历一番。他先后仔细研究命运,形势,社会和他自己。命运是什么?是陷阱。形势是什么?是绝望。社会是什么?是仇恨。他自己呢?是一个失败的人。他在心底叫喊:"社会是后母,大自然是生母。"社会是肉体的世界,大自然是灵魂的世界。前者的结局是棺材,是坟墓,是蚯蚓,而且永远在地下终结。后者的结局是展开翅膀,在晨曦中变容,升上天空,而且在那里重新开始。

慢慢地激动的感情攫住了他,这种感情是横扫一切的旋涡。终结的事物总有回光返照,使人可以重新看见一切。

进行判断的人必然要进行对比,格温普兰一一检阅社会对他所做的一切和大自然对他所做的一切。他发觉大自然对他多么好!大自然是灵魂,它给了他多少帮助!他被夺走了一切,包括他的脸在内;灵魂却把一切都还给他,包括他的脸在内;因为在人世间还有一个天仙似的盲女看不见他的丑陋的脸,只看见他的美丽,这个盲女是专门为他而诞生的。

可是他自愿离开的就是这一切!他离开的是这个可爱的少女,这颗心,这种收养关系,这种爱情,这副在世间上惟一看得见他的神性的盲眼睛!"女神"是他的妹妹,因为他觉得他和她之间有苍穹那样伟大的兄弟友爱,而苍穹是包括整个天空的神秘东西。他幼小的时候,"女神"是他的处女,因为每一个孩子都有一个处女,人生的开始往往是两个无知的孩子在天真纯洁中完成了灵魂上的结婚。"女神"也是他的配偶,因为他们在婚姻之树的最高桠枝上有一只共同的窠。不止这样,"女神"还是他的光明,没有她,一切都变成空虚,他看见她满头都是光芒。没有"女神"怎样活下去呢?只有他自己的一切他能够怎样呢?没有她,他就不可能活下去。他怎么能够一分钟不看见她呢?不幸的人啊!他居然让人们在他和他的星星之间隔开一段距离,而由于可怕的引力作用,这段距离马上变成了深渊!这颗星,现在她在哪儿?"女神"!"女神"!"女神"!唉!他失掉了他的亮光。拿掉星星,天空会变成什么模样?一团黑暗。可是为什么这一切会离开呢?啊!他本来多么幸福!上帝为他重造了伊甸乐园,而且造得过分相像,连那条蛇也放了进去!不过这一次被诱惑的是男子。他被带到外面来,外面是一个可怕的陷阱,他跌落在可怖的笑声的深渊中,这个深渊就是地狱!不幸啊!不幸啊!诱惑过他的一切多么可怕!那个约瑟安娜是什么?啊!这个女人真可怕,一半是野兽,一半是女神!格温普兰现在好像上山已经走到下坡路,他看见了这座高山的另一面,这一面是悲惨的。他的爵位是不祥的,他的王冠是丑恶的,他的红袍是不祥的,那些宫殿是有毒的,那些战利品、人像、纹章是邪恶的,一个人呼吸到那里面的不健康和不忠不义的空气,就会变成疯子。啊!现在他觉得卖艺人格温普兰的破烂衣服多么光辉华丽!“绿房子”,贫困,快乐,甜蜜的流浪生涯,现在都到哪里去了?他们本来像燕子一样成双流浪,从来不分离,每分钟,每晚,每早都能相见,在餐桌上他们臂肘相接,互碰膝盖,在同一只杯子里喝水,阳光从小窗里射进来,可是阳光只不过是阳光,“女神”才是爱情。在晚上,他们都知道大家睡的地方相隔不远,“女神”的梦飞过来栖在格温普兰的梦上面,格温普兰的梦走到“女神”的上头神秘地消失!在醒过来的时候,他们说不定已经在睡梦的蓝色云雾上交换过吻。“女神”就是天真纯洁的化身,“熊”是智慧的代表。他们从一座城市流浪到另一座城市;他们的粮食和兴奋剂就是人民坦率的和友爱的欢乐。他们是流浪的天使,具有相当的人性可以在人世间行走,还没有足够的翅膀来飞翔。可是现在,一切都消失了!这一切都到哪儿去了?这一切都消灭是可能的吗?是因为坟墓的风曾经吹过吗?他们真的消逝了!一切都完了!压迫小人物的强权是听不见任何哀告的,它把阴影投射到一切上面,而且它什么事都干得出!“女神”他们受到了什么样的遭遇呢?他当时又不在那里,不能够保护他们,不能够挺身而出,挡在他们前面,以爵士身份,用他的封号、爵位和剑去保护他们,或者以戏子身份,用他的拳头和指甲去保护他们!想到这里,另一个痛苦的思想涌现出来,也许这个思想是最痛苦的一个。不,他不可能保护他们!害了他们的恰好是他自己。为着使他,克朗查理爵士,不和他们接触,为着使他的尊荣不因和他们接触而受到影响,这个可耻的社会强权才压到他们身上。要保护他们,最好的办法就是他自己消失,那时他们就没有受迫害的理由了。只要少了他,人们就会让他们安静地过日子。他的思想走进了一扇冰冷的门。啊!他为什么要让别人把他和“女神”隔开呢?难道他的第一个责任不是要对“女神”负责吗?要说为人民服务和保护人民吗?可是“女神”就是人民!“女神”就是孤女,就是盲人,就是人类!啊!他们得到怎么样的遭遇呢?他受到后悔的煎熬!他的不在使得祸事可以毫无阻碍地发生。如果他在,他就可能和他们分享同样的命运。人们会把他和他们一起带走,或者把他和他们一起消灭。现在没有他们,他怎么办?格温普兰没有“女神”,这是可能的吗？少掉“女神”，就是少掉一切！啊！完了。这一班亲爱的人永远被无可补救的消失埋葬了。现在已经到了山穷水尽的地步。像格温普兰这样被定了罪和命定受苦的人，继续奋斗下去又有什么用呢？他再也没有什么期待了，对人类或者对上天都再也不能有什么期待了。“女神”！“女神”！“女神”在哪儿？失掉了！什么？失掉了！一个失掉灵魂的人，要找回自己的灵魂只有到一个地方去找，这个地方就是阴间。

格温普兰精神恍惚，满怀悲痛，坚决地把一只手放在矮围墙上，仿佛拿定了主意，低下头凝视着泰晤士河。

这是他第三夜没有睡觉了，他在发烧。他认为他自己的思想是清晰的，其实他的思想很混乱。他觉得产生了一种不可抵抗的睡眠的需要。他俯身凝视着河水，动也不动地继续在那里好几分钟；黑暗的河水像一张平静的大床呈现在他眼前，这是十分危险的诱惑。

他脱下上衣，折起来，放在矮围墙上，然后他解开背心的钮子。他正要脱下背心的时候，他的手碰到衣袋里的什么硬东西。那是上议院的那个图书保管员给他放在衣袋里的那本红皮书。他从衣袋里把那本书拿出来，在昏暗的夜色中仔细看了一阵，发觉书本上夹着一支铅笔，他拿了这支铅笔，翻到第一页空白页上，在上面写下了这两行字：

“我走了。让我的哥哥大卫接替我并祝他幸福。”

他在下面签字：“英国上议院议员费尔门·克朗查理。”

然后他脱下背心放在他的上衣上面。他脱下帽子，放在背心上面。他把那本红皮书放在帽子上面，把写过字的那页打开。他看见地上有一块石头，他捡起石头压在帽子上面。

这样做完以后，他仰头凝视无边黑暗的天空。

然后，他的头慢慢地低下来，仿佛被海底的一条看不见的线拉下去。

矮围墙的石块之间有一个空隙，他把脚踏进空隙中，他的膝盖马上就高过矮围墙，除了举步跨过矮围墙，他差不多没有什么别的事情要做了。

他把双手交叉叠起，放在背后，把身体俯下来。

“好,就这样吧。”他说。

他的眼睛盯着深沉的海水。

在这时候,他觉得有一条舌在舐他的手。

他浑身一颤,转过身来。

在他背后的是“人”。

尾　声

海洋和黑夜

第一章　守卫的狗也可能是守卫天使

格温普兰喊了一声：

“是你，狼！”

“人”摇着尾巴，它的眼睛在黑暗中闪闪发光，它望着格温普兰。

然后它又开始舐格温普兰的手，格温普兰像喝醉了似的呆了片刻。希望又回来了，他受到了极大的震动。“人”，多么伟大的出现！四十八小时以来，他尝遍了所谓迅雷击顶的各种滋味，只剩下快乐的雷击他还没有尝过，现在落到他身上的就是这样的雷击。“人”的出现，就是确信的恢复，或者最低限度是有了导向确信的光明；也是一种神秘的仁慈力量突然出来援救他，这种仁慈力量也许是隐藏在命运中的；也是在最黑暗的坟墓中，生命猛然出来说：“我在这儿！”也是在绝望的时刻突然出现了痊愈和解放的希望；也是在最危急的一瞬间找到了支持的力量。格温普兰只觉得那狼是在灿烂的光轮中。

这时候“人”向后转。它走了几步，又回过头来看看格温普兰是不是跟随它。

格温普兰马上跟随着它，“人”摇着尾巴继续向前走。

狼所走的那条路就是埃佛洛克石墙码头的斜坡，这道斜坡一直通到泰晤士河岸上。格温普兰在“人”的引导下，走下这斜坡。

“人”不时回过头来看看格温普兰是不是跟着它。

在某些极端重要的时刻，什么也比不上自己钟爱的兽类所流露出来的智慧，兽类只凭简单的本能，仿佛懂得一切。兽类是清醒的梦游病者。

有时狗觉得需要跟在它的主人后面，另一些时候它觉得需要走在主人的前面。在这种时候狗就根据感觉来判断方向。它的冷静的嗅觉在朦胧的黑暗中也能够看得清清楚楚。它模糊地觉得自己要当人的向导。难道它知道这里有一个危险的关头,它必须帮助人走过去吗? 大概不知道。也许它知道。不管怎样,有人代它知道;我们早已说过,在人生中有许多伟大的助力我们以为是从人间来的,其实是从天上来的。上帝化为各种形象,我们是不能尽知的。这条狗是谁? 是上帝。

走到河岸边,狼走上了那块沿着泰晤士河的狭窄的长条土地。

它没有发出叫声,也没有发出吠声,它只是默不作声地走着。"人"经常按照它的本能尽它的职责,可是它总像一个违法的人那样保持着缄默。

走了五十步左右,它停了下来。右边出现了一条栈桥。这条栈桥其实是一排木桩制成的码头,在栈桥末端有一个黑色的庞然大物,那是一艘相当大的船。靠近船头的甲板上,有一点半明半灭的灯光,像是一盏马上就要熄灭的夜明灯。

狼最后一次回过头来看一看格温普兰,然后跳到栈桥上;那条栈桥是长形的木板走道,木板上涂过柏油,架在间隔的厚木板上,下面流着河水。不到几分钟,"人"和格温普兰都走到了栈桥的末端。

系在栈桥末端的那艘船是一艘双甲板的荷兰船,船头有甲板,船尾也有甲板,并且模仿日本船的样式,在两个甲板之间有一个露天的船舱,很深,有一条笔直的扶梯通下去,舱里堆放着各种货物。整艘船的样子像我们的内河船一样,有前甲板,后甲板,当中凹进去。货物填满了这个凹洞。儿童用纸折成的小船就和这种船的样子差不多。在前后甲板的下面都有和船舱相通的船室,船室的门面对着船舱,船室里面有开在船板上的舷窗照明。在装货的时候,在货物之间都留下了走道。船上有两根船桅,分植在前后甲板上。船头的那根桅名叫保罗,船尾的那根名叫彼得,船被这两根桅引导着前进,正如教会被这两个使徒引导着前进一样。一条形状像中国桥似的旱桥,从船头甲板通到船尾甲板,跨过中间的船舱了。在天气不好的时候,旱桥的两个安全栅就从左右两边用机械放了下来,像屋顶似的盖没了中间的船舱,因此在海面有暴风巨浪的时候,整个船是密封起来的。这种船十分笨重,因此船舵是一根大梁,因为船舵的力量是应该和船身的重量相称的。一个船主和两个水手,加上一个孩子——学习水手,就足够能操纵这种笨重的船只了。我们说过,船头和船尾的两块甲板都是没有栏杆的。这种船的船身很大,船腹尤其突出,整个船壳都漆成黑色,上面写着白色的船名,虽然在黑夜中也看得很清楚:“伏加拉特。鹿特丹。”

在那时代,经过几次海战,尤其是最近波恩蒂男爵的八艘船在卡耐罗海岬的惨败,①使得整个法国舰队不得不避进直布罗陀海峡,因此整个英吉利海峡和伦敦与鹿特丹之间的海面上,都没有军舰的影子,商船没有护航也可以自由航行在这两地之间。

格温普兰走到“伏加特拉”号旁边;这艘船的后甲板的左舷和栈桥相接,两者差不多同样高低。上船不过像走下一级扶梯而已。“人”一跳,格温普兰跨过一步,都到了船上。他们到达了后甲板。甲板上阒无一人,看不见有任何动静;如果有乘客的话——这是肯定有的——乘客一定都已上了船,因为船已准备好开行,货物也装完了,中间船舱里已经堆满一捆捆和一箱箱的货物。不过乘客大概都已在甲板下的船室里睡觉,而且很可能都已入睡,因为船要在夜间渡海,他们要在明天早上醒过来时才在甲板上出现。至于水手们,他们大概在称为“水手室”的房间里吃晚饭,等待着即将到来的开船时间。因此,前后甲板上都很荒凉。

狼在栈桥上差不多是奔跑的,到了船上它就慢慢地走着,仿佛小心翼翼似的。它摇着尾巴,可是并不表示快乐,而是微微地摆动,表示不安和悲哀。它始终在格温普兰前面,越过后甲板,走上了那条连结着前后甲板的旱桥。

格温普兰走上旱桥以后,看见前面有一线灯光。那是他在岸上望见的灯光。前桅的脚下有一盏灯搁在甲板上,灯光照射出深沉的黑夜中一个有四只车轮的黑色物体。格温普兰马上认出那是“熊”从前的小屋。

这间可怜的小木屋,既是车子,又是房子,以前他曾经在里面度过他的童年,现在这辆破车被粗大的绳子系在船桅脚下,绳结就在车轮中间。经过这么长的一段时间没有使用,这辆车子已经完全变成废物。

① 一七〇五年四月二十一日。——原注。

最能损害人和物的莫过于空闲了,空闲使这辆车子可怜地倾斜着。长期不使用使它完全瘫痪,而且它还害上了一个不治之症——年老。它的外形已经变了样子,又陈旧得发霉,看来就像快要倒下来的废墟。它身上的一切材料都已损坏:铁长了锈,皮已龟裂,木料已被蛀坏。前面玻璃窗上有了裂缝,外面的灯光从裂缝里透射进来。车轮已经歪斜。板壁、地板和车轴仿佛已经精疲力竭。整个车子呈现出一种不胜重负的哀告神气。两根车辕向上抬起,仿佛向天上高举起两只手臂似的。整个小屋已经分崩离析。车子下面垂着"人"的铁链。

重新找到了生命、幸福和爱情,按照常理和天性,任何人都会飞奔着扑上前去。对的,不过仍然在深深地战栗着的人不在此例。一个刚从一连串类似陷害的祸事中走出来的人,精神震动,心神恍惚,即使遇到了快乐,他也会十分小心,他害怕会把自己的厄运带给他所爱的人,他觉得自己可能把不幸传染给别人,因此他采取小心谨慎的态度向快乐走去。乐园的门重新开了;在走进去以前,还要观察一下。

格温普兰在感情激动中几乎站也站不稳,他张望着。

狼静悄悄地走到它的铁链旁边躺下来。

第二章　柏基弗德罗瞄准鹰隼，打中了鸽子

小屋的扶梯已放了下来；门半开着；里面没有一个人；从前面窗口射进来的微弱灯光已把小屋内部模糊地照亮，在半明半暗中显得十分静寂凄凉。“熊”的赞扬贵族豪华的铭句在破旧的壁板上还很清楚，这块壁板在外部算是墙壁，在内部还是壁板。格温普兰看见近门的一个钉上挂着他的皮背心和他的外套，像殓尸所里挂着死者的衣服一样。

这时候格温普兰身上没有背心，也没有上衣。

小屋挡着横放在甲板上的什么东西，这件东西在船桅脚下，被灯光照射着。那是一张席。格温普兰可以看见席子的一角。席子上大概有人躺在那里，可以看得见这个人的影子在移动。

有人在说话。格温普兰躲在小屋后面偷听。

那是“熊”的嗓音。

这个嗓音原来是表面上粗暴，实质上很温和的，从格温普兰的童年时起，就曾经责骂过他，教育过他，现在这个嗓音已经失掉活力和清晰，变成含糊和低沉了，每一句话的结尾都变成叹息而消失；它和从前“熊”的温柔而坚定的口音只有模糊的相像了。这种情形仿佛一个人丧失幸福以后，嗓音也就死亡，现在剩下的只是嗓音的鬼魂了。

“熊”似乎在独语，而不是和人谈话。我们知道，他有独语的习惯，而且为着这个习惯而被人称为疯子。

格温普兰屏住呼吸，把“熊”所说的每一句话都听进去，他听见的是：

“这种船是十分危险的。船上没有栏杆。一个人如果要跌下海，没有什么东西阻止他。有了风浪的时候，必须把她送下甲板，这是很可怕的。只要动作笨拙一点，使她吃一下惊，动脉瘤就会破裂。我曾经看

见过这种例子。啊！我的上帝！我们的将来怎样呢？她睡着了吗？是的，她睡着了。我相信她一定睡着了。她昏迷不醒吗？不，她的脉搏还相当有力。毫无疑问她在睡觉，睡眠就是缓刑，这是最愉快的盲目。怎样办才能使人们不踏到这儿来呢？先生们，如果甲板上有人的话，我请求你们不要作出声音。如果你们不介意的话，请你们不要走近来。你们知道，对一个身体十分衰弱的人应该特别照顾。她正在发烧，你们瞧，她的年纪很轻。她是一个小女孩，她的温度很高。我把席子搬到外边来，使她能够呼吸一点新鲜空气。我向你们解释，因为我希望你们照应照应。她是疲劳过度才倒在席子上的，样子很像昏迷过去。其实她在睡觉，我希望大家不要惊醒她。我向女人说话，假使船上有女太太们的话。一个年轻的姑娘是很可怜的。我们只不过是贫苦的江湖卖艺人，我请求大家做做好事，如果要付钱才能安静的话，我也愿意付钱。我谢谢你们，太太们和先生们。这儿有人吗？没有。我相信这儿没有人，我的话是白说了，那就更好。先生们，如果你们在这儿，我感谢你们；如果你们不在这儿，我更感谢你们。她的额头上都是汗。好吧，我们再回到监狱里去吧，再套上头枷吧。贫苦又回来了。我们又沉下去了。一只我们看不见可是始终压在我们身上的可怕的手，突然间把我们赶回到命运的黑暗角落里去。好吧，我们有勇气接受。不过，她不能够生病。我这样高声说话真好笑，可是她一定要在醒过来时发觉有人在她身边。但愿不要有人突然把她惊醒！看老天爷的分上，不要响！一个突然的震动使她惊跳起来是很不好的。如果有人走到这边来就麻烦了。我相信船上的人已经睡觉。我感谢上天这样帮忙。哦，'人'呢？它在哪儿？在心神混乱中，我忘记了系住它，我真不知道自己在干些什么，我没有看见它已经一个多钟头了，它大概是跑到外面找野食去了。但愿在它身上不要发生祸事才好！'人'！'人'！"

"人"用尾巴轻轻地打击着甲板。

"你在这儿！啊！你在这儿。感谢上帝！失掉'人'那真是过分的打击。她动了动臂膀，她也许要醒过来了。不要响，'人'。潮水退了，马上要开船了。我想今晚天气很好，没有风。船桅上的小旗垂下来，我们这次渡海一定很顺利。我不知道今晚的月亮是什么形状，可是天上的云差不多动也不动，风浪是不会有的，我们遇到的是好天气。她的脸色苍白，那是因为虚弱的缘故。不，她的脸色很红。那是因为在发烧的缘故。不，她的脸色是淡红色，她很健康，我再也看不清楚了。我的可怜的'人'，我再也看不清楚了。我们又要重新开始生活，我们再来开始干活。现在只剩下我们两个了，你知道吗？我和你两个为她干活。她是我们的孩子。啊！船动了，船开行了。永别了，伦敦！晚安！呸，去你的吧！啊！可怕的伦敦！"

船上确是响起了低沉的起锚声，船尾和栈桥已经分开了。船尾上站着一个人，一定是船主，他从船室里走出来，解了船缆，正在操纵船舵。他所注意的只是航行的水道，因为他既是荷兰人又是水手，是具有双重冷静的人，这样做法和他是相称的。他所听见和所看见的只是水和风，他在舵柄下弯着腰，和黑暗混合起来，慢慢地在后甲板上从左舷走到右舷，像一个背上扛着一条横梁的幽灵。甲板上只有他一个人。只要船还在河里，并不需要有别的水手。不到几分钟，船已经在河的中心，平稳地向前行驶，一点颠簸也没有。泰晤士河没有受到退潮的影响，河面很平静。船顺着潮水走，很快就离开了伦敦。船背后，伦敦的黑色形象在迷雾中逐渐缩小下去。

"熊"继续说：

"不要紧，我可以给她服食毛地黄。我害怕她会陷入谵妄状态，她的手心里有汗。可是我们在善良的上帝面前做过什么错事啊？祸事竟然来得这么快！坏事降临的速度快得可怕。一块石头落下来，这块石头有利爪，其实是鹰隼扑向云雀。这就是命运。结果是现在你躺在这里，我的亲爱的孩子！我们到伦敦来的时候说：这是一座有很多宏伟建筑物的大城市。扫斯华克是一个美丽的郊区，我们在这儿安顿下来。现在，这些地方都是十分可恨的地方。你要我怎么办？我很高兴我能够离开这儿。今天是四月三十日。我经常提防四月这个月份；四月只有两天是幸福的日子，五日和二十七日，却有四天不幸的日子，十日，二十日，二十九日和三十日。根据卡尔当的计算，这是毫无疑问的。我只希望今天快点过去。能够离开这儿，也使人松一口气。明天清晨我们到达格拉夫先德，明晚就能到达鹿特丹。真的，我们又要在小屋里开始过去的那种生活了，我们两个一起拉车子，对吗，‘人’？”

一阵轻叩地板声表示狼已经同意。

“熊”继续说：

“要是我们能够离开痛苦像离开一座城市那样就好了！‘人’，我们还能够幸福的。唉！总有一个亲人不在。他在活着的人们中间留下暗影。你知道我说的是谁，‘人’。我们本来是四个，现在只剩下三个了。人生就是不断失掉你所爱的人，他们遗留下来一大串痛苦。命运用冗长的、难以忍受的痛苦使我们惊吓，然后人们又惊异为什么年纪大的人总是那么啰嗦。那是因为绝望造成年老的人昏瞆呀！我的忠实的‘人’，我们一直得到顺风，现在圣保罗教堂的圆屋顶已经完全看不见了，我们马上就要驶过格林尼治了。这样就足足行驶了六英里。啊！我要永远不再看这些首都了，这些城市充满教士、官吏和贫民，我宁愿到树林里去看树叶摇动。——她的额头上始终淌着汗！她的前臂上暴露着粗大的青筋，我很不欢喜，寒热就酝藏在里面。啊！这一切都在杀害我。睡吧，我的孩子。对的，她在睡觉。”

这时候一个嗓音说起话来，这是一个难以形容的嗓音，似乎很遥远，又似乎是同时从高处和深处传过来的，既圣洁，又阴惨，那是“女神”说话的声音。

格温普兰到目前为止所感到的一切完全不算什么了，他的天使已经开口说话，他仿佛听见了。

那个嗓音说：

“他走得真好，这个世界是不配他的，不过我也要跟他走了。父亲，我不是生病，我刚才听见了你的说话，我身体很好，我很健康，我睡着觉。父亲，我很快就幸福了。”

“我的孩子，”“熊”用痛苦的声音问道，“你的话是什么意思？”

回答是：

“父亲，你不要难过。”

她停顿了一下，仿佛喘一口气，然后慢慢地继续说出下面一番话来：

“格温普兰不在这儿了。现在我才真正是个瞎子。我本来不知道什么是黑夜，现在我知道了，黑夜，就是人不在。”

说话声又停顿下来，然后继续说：

“我一直担心他会飞走，我觉得他是属于天上的。他突然飞走了，这是必然的结果，灵魂是要像鸟儿那样飞走的。灵魂的归宿是在很远的远处，那里有吸引着一切的大磁石，我知道在哪儿可以找到格温普兰。我是不难找到我的道路的。父亲，归宿就在那边。再过些时候，你也要和我们重聚在一起。‘人’也一样。”

“人”听见提起它的名字，马上在甲板上轻轻地敲了一下。

“父亲，”说话声又继续说，“你很懂得格温普兰一旦不在，一切就完了。我即使很想留下来，我也办不到，因为人是不得不呼吸的。人不应该要求不可能办到的事。我本来和格温普兰在一起，这是很自然的，我活着。现在格温普兰不在这儿，我就死了。这是同一回事。或者他回来，或者我走。既然他不能回来，我就走。死是一件很好的事，死是完全不困难的。父亲，在这个世界上熄灭的，到了另一个世界上就重新燃点起来。活在我们这个世界上是叫人心痛的。永远继续受苦是不可能的。因此我们就到你说的充满星星的地方去，我们在那边结婚，我们永远不再分离，我们永远相爱，永远相爱，永远相爱，那就是善良的上帝的地方。”

“哎，你不要激动。”“熊”说。

声音继续说：

“拿去年来说吧，去年春天，我们在一起，我们很幸福，现在就大不相同了。我已经记不得在哪一个城市，那里是有树的，我听见了白颊鸟歌唱。我们到伦敦来以后，一切就变了。我不是责备你。到了一个新地方，有很多事情是没法知道的。父亲，你记得吗？有一个晚上包厢里来了一位女客，你曾经说：她是一个女公爵！我当时就很悲哀。我认为最好还是留在小城市里。后来格温普兰就走了，他做得很对。现在轮到我了。既然你自己告诉我，我还十分幼小的时候，我的母亲死了，我在黑夜笼罩的荒野，雪落在我的身上，而他，他也十分幼小，而且是孤单一个人，他把我捡起来，这样我才能活到现在，你就不应该惊讶我今天绝对需要离开这儿，而且我想到坟墓里去看看格温普兰在不在那里。

因为人生中惟一的东西是心,死亡以后惟一的东西是灵魂。你明白我说的话,对吗,父亲?什么东西在动?我觉得我们是在一间会动的屋子里,可是我听不见车轮的响声。”

停顿了一下,说话声又继续下去:

“我分不清昨天和今天,我并不抱怨。我不知道发生过什么事,可是一定有过事情发生。”

这些说话说得十分温柔,温柔得难以安慰,接着格温普兰又听见一声叹息,后面跟着这样一句话:

“除非他回来,我一定要走了。”

忧郁的“熊”低声咕噜着说:

“我不相信鬼魂会回来。”

他又说:

“我们是在船上。你问房子为什么会动,这是因为我们是在船上。你安静点。不要说话说得太多。我的女儿,如果你对我有点情谊的话,你就不要激动,不要使热度升高。像我这把年纪,你如果生病的话我就受不了。饶了我吧,不要生病。”

头一个嗓音又说了:

“在地上找寻有什么用呢,既然只有在天上才能找到?”

“熊”差不多带点命令的口气回答:

“你安静点,有些时候你简直一点也不理智,我命令你好好地休息。只要你安静了,我就能安静。我的孩子,你也要为我做点事。他捡了你,我收养了你。你弄得自己生病,这是很不好的。你一定要安静下来,好好地睡觉。一切都会好起来的,我向你保证一切都会好起来的。而且今天晚上天气很好,仿佛专门准备给我们出门似的。我们明天就能到达鹿特丹,这个鹿特丹是荷兰的一座城市,在谟斯河口。”

“父亲,”那声音说,“你明白吗,我们是从小就在一起的,那就不应该拆散,拆散就不得不死,不能有别的做法。我当然很爱你,可是我觉得我已经不是完全和你在一起了,虽然我还没有和他在一起。”

“好了,”“熊”坚持说,“你想办法再睡吧。”

那声音回答:

“女神”刚在席子上颤巍巍地站了起来。

“睡眠我是不会缺少的。”

“熊”用颤抖着的声音说：

“我告诉你我们要到荷兰去，到鹿特丹去，这个鹿特丹是一座城市。”

“父亲，”那声音继续说，“我没有病，如果你为这件事担心，那你可以放心，我没有发烧，我只不过觉得有点热罢了。”

“熊”结结巴巴地说：

“在谟斯河口。”

“我很健康，父亲，可是，你瞧，我觉得我要死了。”

“不要想着这样的事情。”“熊”说。

他又加上一句：

“我的天！但愿她不要受到打击才好！”

沉默了一阵。

“熊”猛然叫喊：

“你干什么？你为什么站起来？我求你，躺下去！”

格温普兰战栗起来，把头探了出去。

第三章　在地上找回了乐园

他看见了“女神”。“女神”刚在席子上颤巍巍地站了起来。她穿着一件密密地遮住整个身体的白色袍子，只露出一点肩膀和脖子下面的细嫩的皮肤。衣袖遮没她的臂膀，衣折盖没她的双脚。只见她的两只手上蓝色的脉管怒张，交织着像桠枝一样，充满着寒热。她在颤抖着，不是在摇摇晃晃，而是像芦苇那样动荡。灯光从下面照耀着她，她的美丽的脸庞是难以形容的，她的披散的头发飘拂着。她的脸颊上没有一滴泪珠，她的眼球里充满着火和黑夜。她的脸色苍白，这种苍白颜色仿佛是透明的，使天上的生活可以通过一个地上的人体显露出来。她的纤弱的身躯仿佛和她的袍子的折纹混合为一。她的全身颤动，像火焰的摇曳一样。同时，看见她的人总觉得她已经开始只剩下影子了。她的眼睛直瞪瞪的睁得很大，发射着光芒。可以说，她是一个鬼魂或者灵魂站立在晨曦中。

“熊”惊骇地举起臂膀，格温普兰只看见他的背影。

“我的女儿！啊，我的天，她陷入谵妄状态了！她昏狂了！我早就害怕这样。不能有什么打击，一有打击就能害死她，但是又需要一种意外的震惊来防止她变成疯子。或者死，或者发疯！多么困难的选择！我的上帝，怎么办？我的女儿，你躺下去！”

“女神”说话了。她的声音差不多听不清楚，仿佛已经有天上的云把她和人世间隔开。

“父亲，你弄错了，我并没有昏狂，我听得很清楚你对我说的一切。你告诉我说观众很多，大家在等着，今晚我一定得演出，我很愿意，你看我不是十分清醒吗？可是我不知道怎样办才好，因为我死了，格温普兰也死了。我吗，我仍旧肯来，我同意演出，我来了；可是格温普兰不在这儿。”

“我的孩子,”“熊”不断地说,“乖乖地听我的话。再躺到床上去。”

“他不在这儿了!他不在这儿了!啊!多么黑暗呀!”

“黑暗!”“熊”结结巴巴地说,“这是她头一次说这个词儿!”

格温普兰毫无声息地偷偷踏上小车子的扶梯,走进去,从壁板上取下他的外套和背心,穿上外套,戴上背心,再走下车子,始终被车子、绳索和船桅所构成的阴影遮住。

“女神”继续喃喃自语,她动着嘴唇,慢慢地她的喃喃声变成了歌声。她唱起了她曾经多次在《战胜了混沌》中向格温普兰发出的神秘召唤,但是不时因为昏狂而停顿一下。她唱起歌来,歌声微弱而含糊,像蜜蜂的嗡嗡声:

黑夜,滚开,
黎明歌唱……

她停顿下来:

“不,这不是真的,我没有死。我刚才说些什么?唉!我还活着。我活着,他死了。我在地上,他在天上。他走了,我留下来。我再也听不见他说话和走路了。上帝曾经一度给了我们一个地上乐园,现在他又收回去了。格温普兰!完了。我永远不能感觉他在我的身边了。永远!还有他的声音!我再也听不见他的声音了。”

她又唱起来:

你应该到天堂上去……
……我要你,扔掉
你的黑色的
包尸布!

她伸出两只手,仿佛想在空中找寻可以支持的东西。

格温普兰突然在“熊”的身边出现,使“熊”猛然吓了一惊,像木头人似的动也不动,格温普兰跪在“女神”前面。

“永远!”“女神”说。“永远!我永远听不见他的声音了!”

于是她昏昏迷迷地唱起歌来:

我要你，扔掉
你的黑色的
包尸布！

这时候她听见了一个声音，她的最亲爱的声音，在回答她：

啊！来吧！爱我吧！
你是灵魂，
我是心脏。①

同时“女神”的手触到了格温普兰的脑袋。她发出了一下难以形容的喊声：

“格温普兰！”

一道星光出现在她的苍白的脸上，她摇晃起来。

格温普兰用臂膀接住她。

“活着！”“熊”叫起来。

“女神”再说一遍：“格温普兰！”

她把头靠到格温普兰的脸颊上，低声地说：

“你又下来了！谢谢。”

她昂起头，坐在格温普兰的膝盖上，被格温普兰紧紧抱着；她把她的温柔的脸庞转过来对着他，两只充满黑暗和光辉的眼睛盯着格温普兰的眼睛，仿佛在凝视着他。

“是你！”她说。

格温普兰吻遍了她的袍子。有些说话同时是说话，是叫喊，也是呜咽。一切快乐和一切痛苦都溶化在这些说话里，而且混在一起爆发。这些说话没有什么意义，可是也说明了一切。

“是的，是我！是我！我，格温普兰！你就是我的灵魂，你听见吗？是我，你是我的孩子，妻子，星星，呼吸！是我，你是我的生命，我的永生！是我！我在这儿，我抱着你，我活着，我是你的。啊！我只要想起我刚才差点儿就结束掉一切！只差一分钟！假如没有‘人’的话！我

① 以上的歌词都是西班牙文，原书加注译成法文。

以后再详细告诉你。快乐和绝望多么接近啊！‘女神’，我们活下去！‘女神’，原谅我！是的，永远属于你了！你做得对，摸一摸我的额头，肯定一下的确是我。假如你知道一切的话！可是现在再也没有什么能够分开我们了。我从地狱里走出来，再回到天堂里来。你说我又下来，不，我是再上来。我又和你在一起了。永远在一起，我告诉你！在一起！我们在一起！谁会相信呢？我们又见面了。一切厄运都过去了。我们的前面只剩下迷人的东西。我们重新开始我们的幸福生活，我们把生活的门紧紧关闭，使得厄运再也不能跑进来。我要把一切经过都告诉你。你会惊奇的。船开了。再也没有人能够使这条船不开了。我们已经在路上，在自由的天地中了。我们到荷兰去，我们要结婚，我不怕干活谋生，谁能够阻止我这样干？再也没有什么要害怕了。我爱你。”

“没有那么快！”“熊”嘀咕着说。

“女神”颤抖着，像接触到天使那么快乐地用手抚摸格温普兰的脸庞。格温普兰听见她自言自语地说：

“上帝的样子就是这样的。”

然后她又抚摸他的衣服。

“背心，”她说，“外套，一点都没有变，一切都跟以前一样。”

“熊”又惊愕，又欢喜，又笑，流了一脸的泪，望着他们，自己对自己说：

“我一点也弄不明白，我是一个可笑的傻瓜。格温普兰还活着！我却亲眼看见人家把他抬去埋葬！我又哭又笑。这就是我知道的一切。我愚笨得好像我也在恋爱似的。不过我的确是在恋爱。我爱他们两个。呸！老畜生！太激动了。太激动了，这就是我原来最怕的。不，这是我原来希望的。格温普兰，当心照顾她。好的，让他们接吻吧。这跟我没有关系。我只不过是偶然的观众。我的感觉真可笑。我是他们的幸福的寄生虫，我分享他们的幸福。我和他们的幸福是没有关系的，不过我觉得似乎我在这当中也有点关系。孩子们，我给你们祝福。”

“熊”在进行这番独白的时候，格温普兰大声说：

“‘女神’，你太美丽了。我不知道这几天我的智慧到哪里去了。

世界上只有你一个人。我又看见你了,我还不敢相信呢。你们在这条船上!告诉我,发生了什么事?他们把你们弄到这样的地步!‘绿房子’到哪里去了?他们抢走了你们的东西,赶走了你们。真是无耻。啊!我要为你们报仇!我要为你报仇,‘女神’!他们要受到我的惩罚。我是英国的上议院议员。”

“熊”仿佛被一颗行星当胸一撞似的,仔细地打量格温普兰。

“他没有死,这是明显的,可是他是不是神经错乱了呢?”

于是他怀疑地注意听格温普兰说话。

格温普兰继续说:

“你放心吧,‘女神’。我要到上议院去提出控告。”

“熊”又仔细端详他一番,然后用手指尖弹了一弹自己的前额。

最后,他下了决心:

“跟我是没有关系的,”他喃喃地说,“这样也可以。你如果愿意,你就神经错乱吧,格温普兰。这是人的权利。我吗,我是幸福的。可是这到底是怎么一回事?”

船继续平稳地迅速向前驶,夜越来越黑,从海洋上来的雾侵占了天空,没有风把雾吹散,很少的几颗较大的星星还在天空上,然后一颗颗先后消失,不到片刻,天空上什么也不剩,只是一片广大和柔和的黑色。河身逐渐放宽,左右两岸已经变成褐色的两条线,差不多和黑夜混成一片。这一大块黑暗产生了一种深沉的宁静。格温普兰半坐着,怀里抱着“女神”。他们互相谈话,叫喊,呢喃,窃窃私语。他们的谈话是欢喜得发狂的。快乐哟,我们怎样描写你呢?

“我的生命!”

“我的天堂!”

“‘女神’!我醉了。让我吻你的脚。”

“真是你呀!”

“在眼前的这一刹那间,我要说的东西太多了。我不知道从哪儿说起才好。”

“一个吻!”

“我的妻子!”

“格温普兰,不要对我说我美丽,你才是真正的美。”

“我又找到了你,你紧贴在我的心胸上。这是真的。你是我的。我没有做梦。的确是你。这是可能的吗?是的。我又恢复了生命。你不知道,发生过各种各样的事情。‘女神’!”

“格温普兰!”

“我爱你!”

“熊”喃喃地说:

“我有的是做祖父的愉快。”

“人”从车子底下走出来,挨次走到各人面前,不打扰任何人,也不要人注意它,伸出舌头到处乱舐,一会儿舐“熊”的粗大皮鞋,一会儿舐格温普兰的外套,一会儿舐“女神”的袍子,一会儿舐席子。这是它的祝福方式。

他们已经驶过夏塔姆和梅德威河口,已经望见了大海。周围那么宁静和黑暗,使得他们平稳地驶出泰晤士河,并不需要怎样进行操作,没有一个水手到甲板上来。在船的另一端,船主始终一个人在那里掌舵。船尾只有船主,船头的灯光却照耀着他们三个幸福的人;他们在不幸的深渊中,出乎意外地得到了团圆,使不幸骤然变成了幸福。

第四章　不,乐园在天上

突然间,“女神”从格温普兰的搂抱中解脱出来,立起身子。她的两只手按在心口上,仿佛想阻止心脏扰乱。

“我怎么了?”她说,“我有点难过。快乐是令人窒息的。这没有什么,很好。啊,格温普兰,你的出现使我受到一下打击,一下快乐的打击。整个天堂的快乐进入我的心中,使我陶醉了。你不在,我觉得我在死亡。我的真正的生命已经离开,你把生命又还给我。我觉得内心在撕裂什么东西,撕裂的是黑暗,我觉得生命升上来,这是热烈的生命,狂热和甜蜜的生命。这个生命是你给了我的,这个生命真奇异,它太好了,使人觉得有点难受。好像心脏愈胀愈大,简直没法子把它控制在身体内。这种天使的生命,丰富的生命,一直涌到我的脑袋里,渗入我的全身。我觉得胸口里仿佛有翅膀在扇动。我觉得有点异样,可是我很幸福。格温普兰,你使我复活了。”

她的脸红了,又变白了,又红了,她倒下来。

“哎哟!”“熊”说,“你把她弄死了。”

格温普兰把手伸向“女神”。在极度的狂喜中突然袭来极度的痛苦,这是多么厉害的打击!如果他不是要扶持“女神”的话,他自己也会倒了下来。

“‘女神’!”他颤抖着叫喊,“你怎样了?”

“没有什么,”她说,“我爱你。”

她在格温普兰的臂膀里好像刚捡起来的一块布一样,她的双手垂下来。

格温普兰和“熊”扶着“女神”,让她躺在席子上。她微弱地说:

“我躺着不能呼吸。”

他们扶着她坐起来。

“熊”说：

“拿一个垫枕来。”

她回答：

“干吗？我有格温普兰就够了。”

她把脑袋靠在格温普兰的肩膀上，格温普兰坐在她的后面支持着她，眼睛里充满了不幸的惊惶。

“啊！”她说，“我觉得多么舒服！”

“熊”抓住她的手腕，数着她的脉搏。他不摇头，也不说什么，只能从他的眼皮的迅速开合来猜测他的思想，他的眼皮痉挛似的开合着，仿佛要阻止泉水似的眼泪流出来。

“她怎样了？”格温普兰问。

“熊”把耳朵靠在“女神”的左胸上。

格温普兰迫切地重复他的问题，同时却害怕“熊”回答他。

“熊”望了望格温普兰，然后又望了望“女神”。他的脸色苍白。他说：

“我们大概到了和坎特伯雷相同的纬度，从这儿到格拉夫先德距离并不十分远，今晚的天气一直良好。我们也不必害怕受到海上袭击，因为舰队都在西班牙海岸。我们的旅程一定十分顺利。”

“女神”屈着身子，脸色愈来愈苍白，手指痉挛地紧抓住她的袍子。她难以形容地发出一声沉思的叹息，接着喃喃地说：

“我懂得了。我在死亡。”

格温普兰猛然站起来，样子非常可怖。“熊”扶持住“女神”。

“死！你死！不，不会的。你不能够死。在目前死！马上死！这是不可能的。上帝不是凶暴的。在同一个时刻内把你交还又把你拿走，这是不可能的！这种情形不会发生。否则就是上帝要人怀疑他；人生就到处都是陷阱，地上，天上，孩子的摇篮，母亲的哺乳，人心，爱情，星星，都是陷阱！否则上帝就是背信弃义的，人类就是受骗的！一切都不能相信了！应该辱骂宇宙万物的创造了！一切都是深渊了！‘女神’，你不知道你说的是什么！你会活下去的。我要你活着。你应该服从我。我是你的丈夫和主人。我不许你离开我。天啊！可怜的人类

格温普兰和“熊”扶起女神，让她躺在席子上。

啊！不,这是不可能的。我要继续留在世界上陪伴着你！这种情形真像是没有太阳那么可怕。‘女神’,‘女神’,你清醒点吧。这不过是片刻的痛苦,马上就会过去的。有时我们打一个寒战,接着我们就再也想不起这回事了。我绝对需要你身体健康和不再受苦。你死！我难道对你做过什么事吗？一想到你说这句话我就神志昏乱了。我们俩是结为一体的,我们相亲相爱。你没有什么理由离开我。这样做是不公道的。我犯过罪吗？就算我犯过,你也会原谅我的。啊！你不愿意我成为一个绝望的人,一个懦夫,一个狂人,一个受罪的人吧？‘女神’！我求你,我请你,我合着双手哀求你,你不要死。”

他抓住自己的头发,惊骇欲绝,哽咽难言,扑倒在她的脚下。

“我的格温普兰,”“女神”说,“这不是我的错。”

她的嘴唇上流出了一点红色的泡沫,“熊”赶快用一角袍子抹掉,伏在地上的格温普兰并没有发觉。格温普兰用手搂住“女神”的脚,用各种混乱的话恳求她。

“我对你说我不愿意你死！我受不了。死也可以,只要我们俩一起死。除了这样没有别的办法。你死,‘女神’！我没有办法同意。我的神,我的爱,你要懂得我在这儿。我发誓你一定要活下去。死！难道你不想象一下你死了我会变成什么吗？只要你明白我需要你,我不能失掉你,你就知道这是绝对不可能的一件事。‘女神’！我所有的只是你,你看见吗？我的遭遇是十分奇异的。你想象不出我只在几小时内就经历了整个人生。我认识到一件事,那就是人生是空虚的。你,只要你存在。倘若你不存在,宇宙就没有丝毫意义了。留下来吧,可怜我吧。既然你爱我,活下去吧。我刚把你找回来,我要保留着你。你要等一等。我们相见还没有几分钟,不能这么快就走了。你不要太焦急。啊！我的上帝,我多么痛苦！你不恨我,对吧？你得明白,我当时不能不这样做,因为来找我的是执达吏。你马上就会发觉你的呼吸顺一点了。‘女神’,一切都安排好了。我们的将来是幸福的。不要使我陷入绝望。‘女神’！我没有做过对不住你的事！”

这一番话不是说出来的,而是从呜咽中发出来的。其中交织着痛苦和愤怒。从格温普兰的胸中发出的呻吟声,可以吸引白鸽;从他的胸中同时发出的吼声,可以吓退狮子。

“女神”用愈来愈不清晰的声音回答他,差不多每说一个字都顿一顿:

“唉! 没有用。我的亲爱的,我知道你尽你自己的能力去做。在一个钟头以前,我曾经想死过,现在我不想了。格温普兰,我的亲爱的格温普兰,我们从前多幸福呀! 上帝把你放进我的生命中,他又从你的生命中把我拿走。现在我走了。你将来会记得‘绿房子’吧? 会记得你的可怜的瞎眼的小‘女神’吧? 你会记得我的歌。不要忘记我说话的声调和我对你说‘我爱你’时的态度! 我会在夜间,你睡着的时候,回来对你再说一遍。我们重新团聚,这种快乐太过分了,一定要马上就结束。毫无疑问,第一个离开的是我。我十分爱我的父亲‘熊’,和我们的哥哥‘人’。你们都很好。这儿空气不好,打开窗户吧。我的格温普兰,有一件事我没有告诉过你,有一次有一位夫人来看戏,我曾经妒忌过她。你一定连我说的是谁也记不清楚了,对吗? 给我盖住臂膀,我觉得有点冷。菲比呢? 维诺丝呢? 她们在哪儿? 我终于爱上了所有的人。我对那些曾经看见过我们幸福的人产生了友情,我感谢她们在我们幸福的时候在场。为什么这一切都过去了呢? 我不十分明白这两天所发生的一切。现在我死了,你们让我穿着这件袍子。我刚才穿袍子的时候,就想到了这件袍子将是我的尸衣。我要继续穿着这件袍子,它的上面有过格温普兰的吻。啊! 我也真想再活下去。我们在那辆破车子上过的生活多么有趣呀! 我们唱歌。我听见观众的鼓掌声! 那时候我们从来不分离,多么好呀! 我觉得那时候我和你是在云端上,我什么都知道,我虽然瞎眼睛,却能分清楚每一天,我知道什么时候是早上,因为我听见了格温普兰的声音;我也知道什么时候是夜里,因为我梦见了格温普兰。我觉得他的灵魂在包围着我。我们甜蜜地相爱着。这一切都完了,再也没有歌声了。唉! 不可能再活下去了! 你会想念我吧,我的亲爱的。”

她的声音愈来愈微弱,临终的衰竭夺取了她的呼吸。她把大拇指卷进手指底下,这是最后的时刻将临的征兆。在这个处女的温柔的说话声中,仿佛已经混杂着初生天使的含糊的语声。

她喃喃地说：

“你们会想念我的，对吗？因为我死以后，如果没有人想念我，那就十分可悲了。有时我的态度很不好，我现在向大家请求宽恕。我相信如果善良的上帝愿意，我们一定还可以过幸福的生活，因为我们并不占据很多地方，我的格温普兰，因为我们可以到另一个国家里去谋生，可是善良的上帝并不愿意。我一点不知道我为什么要死。我没有抱怨我的瞎眼睛，我也没有得罪过任何人。我没有别的要求，我只希望能够永远作为一个盲女留在你的身边。啊！离开你们真凄凉啊！”

她的说话时断时续，一个字一个字消失，仿佛有人把这些字吹散，使人差不多完全听不清楚。

“格温普兰！”她又说，“对不对？你会想念我的。我死以后，我需要你想念我。”

她又加上一句：

“啊！留住我！”

沉默了一阵，她又说：

“快点来和我相会，愈早愈好。没有你，即使我和上帝在一起，我也是十分不幸的。不要让我孤单一个人的时间太长，我的亲爱的格温普兰！这儿才是乐园。天上也不过是天堂罢了。啊！我气也透不过来了！我的亲爱的！我的亲爱的！我的亲爱的！”

“老天爷可怜吧！”格温普兰叫喊。

“永别了！”她说。

“老天爷可怜吧！”格温普兰再喊一遍。

他把嘴唇贴在“女神”的冰冷冷的美丽的手上。

她在一刹那间仿佛停止了呼吸。

然后她用肘撑起身子，一道深沉的闪光划过她的眼睛，她的脸上出现了一种难以形容的微笑。她的声音突然富有活力地响亮起来。

“亮光！”她叫喊，“我看见了。”

她咽了气。

她再跌落在席子上，挺直身体，动也不动。

“死了。”“熊”说。

可怜的老人似乎在绝望的打击下无法支持,把他的秃头倒了下来,把他的呜咽着的脸埋藏在“女神”脚下袍子的折纹中。他留在那里,昏迷过去。

这时候格温普兰变得非常可怕。

他站了起来,抬起头,仔细望着头上广漠的黑夜。

然后,在周围没有人看见他,也许只有黑暗中一个看不见的人在望着他的情况下,他向黑暗的天空伸出两条臂膀,说:

“我走了。”

他开始在甲板上向船舷的方向走去,仿佛有一个幻象在吸引着他。

再走几步就是深渊。

他慢慢地走着,他并不看自己的脚步。

他的脸上出现“女神”刚才有过的微笑。

他一直向前走,他仿佛看见了什么东西。他的眼珠里有一道亮光,仿佛是他看见远处的一个灵魂的反光。

他叫喊:“好的!”

他每走一步,愈近船边。

他的步伐僵直,高举着双臂,头向后仰,眼睛凝视前面,像幽灵那样走着。

他不快不慢地走着,仿佛他不知道前面就是张大着嘴巴的深渊和打开着的坟墓。

他喃喃地说:“你放心吧,我跟着你来了,我看得很清楚你给我的信号。”

他的眼睛紧紧盯牢天空上的一点,这一点在最黑暗的高空中。他微笑着。

天空完全漆黑,没有星星,可是很明显他看见了一颗星。

他走过了甲板。

再走几步僵直和不祥的步子,他就到了船的真正边沿。

“我到了,”他说,“‘女神’,我来了。”

他继续走着。船舷没有栏杆,前面就是空虚,他向前踏了一步。

他跳了下去。

黑夜深沉而静寂,水很深,他沉了下去。这是安静和阴沉的消失。没有人看见什么,也没有人听见什么。船继续行驶,河水继续流着。

不到片刻,船进入了大海。

等到"熊"清醒过来以后,他已经看不见格温普兰,他只看见船边上"人"在对着黑暗的上空狂吠,还不时望着海水。

“名著名译丛书”书目

（按著者生年排序）

第一辑

书名	著者	译者
荷马史诗·伊利亚特	[古希腊]荷马	罗念生 王焕生
荷马史诗·奥德赛	[古希腊]荷马	王焕生
伊索寓言	[古希腊]伊索	王焕生
一千零一夜		纳 训
源氏物语	[日]紫式部	丰子恺
十日谈	[意大利]薄伽丘	王永年
堂吉诃德	[西班牙]塞万提斯	杨 绛
培根随笔集	[英]培根	曹明伦
罗密欧与朱丽叶	[英]莎士比亚	朱生豪
鲁滨孙飘流记	[英]笛福	徐霞村
格列佛游记	[英]斯威夫特	张 健
浮士德	[德]歌德	绿 原
少年维特的烦恼	[德]歌德	杨武能
傲慢与偏见	[英]简·奥斯丁	张 玲 张 扬
红与黑	[法]司汤达	张冠尧
格林童话全集	[德]格林兄弟	魏以新
希腊神话和传说	[德]施瓦布	楚图南

高老头 欧也妮·葛朗台	[法]巴尔扎克	张冠尧
普希金诗选	[俄]普希金	高 莽 等
巴黎圣母院	[法]雨果	陈敬容
悲惨世界	[法]雨果	李 丹 方 于
基度山伯爵	[法]大仲马	蒋学模
三个火枪手	[法]大仲马	李玉民
安徒生童话故事集	[丹麦]安徒生	叶君健
爱伦·坡短篇小说集	[美]爱伦·坡	陈良廷 等
汤姆叔叔的小屋	[美]斯陀夫人	王家湘
大卫·科波菲尔	[英]查尔斯·狄更斯	庄绎传
双城记	[英]查尔斯·狄更斯	石永礼 赵文娟
雾都孤儿	[英]查尔斯·狄更斯	黄雨石
简·爱	[英]夏洛蒂·勃朗特	吴钧燮
瓦尔登湖	[美]亨利·戴维·梭罗	苏福忠
呼啸山庄	[英]爱米丽·勃朗特	张 玲 张 扬
猎人笔记	[俄]屠格涅夫	丰子恺
包法利夫人	[法]福楼拜	李健吾
昆虫记	[法]亨利·法布尔	陈筱卿
茶花女	[法]小仲马	王振孙
安娜·卡列宁娜	[俄]列夫·托尔斯泰	周 扬 谢素台
复活	[俄]列夫·托尔斯泰	汝 龙
战争与和平	[俄]列夫·托尔斯泰	刘辽逸
海底两万里	[法]儒勒·凡尔纳	赵克非
八十天环游地球	[法]儒勒·凡尔纳	赵克非
马克·吐温中短篇小说选	[美]马克·吐温	叶冬心
汤姆·索亚历险记	[美]马克·吐温	张友松
爱的教育	[意大利]埃·德·阿米琪斯	王干卿
莫泊桑短篇小说选	[法]莫泊桑	张英伦
契诃夫短篇小说选	[俄]契诃夫	汝 龙
泰戈尔诗选	[印度]泰戈尔	冰 心 等
欧·亨利短篇小说选	[美]欧·亨利	王永年

名人传	[法]罗曼·罗兰	张冠尧 艾 珉
童年 在人间 我的大学	[苏联]高尔基	刘辽逸 等
绿山墙的安妮	[加拿大]露西·蒙哥马利	马爱农
杰克·伦敦小说选	[美]杰克·伦敦	万 紫 等
卡夫卡中短篇小说全集	[奥地利]卡夫卡	叶廷芳 等
罗生门	[日]芥川龙之介	文洁若 等
了不起的盖茨比	[美]菲茨杰拉德	姚乃强
老人与海	[美]海明威	陈良廷 等
飘	[美]米切尔	戴 侃 等
小王子	[法]圣埃克苏佩里	马振骋
钢铁是怎样炼成的	[苏联]尼·奥斯特洛夫斯基	梅 益
静静的顿河	[苏联]肖洛霍夫	金 人

第 二 辑

威尼斯商人	[英]莎士比亚	朱生豪
忏悔录	[法]卢梭	范希衡 等
罪与罚	[俄]陀思妥耶夫斯基	朱海观 王 汶
哈克贝利·费恩历险记	[美]马克·吐温	张友松
漂亮朋友	[法]莫泊桑	张冠尧
斯·茨威格中短篇小说选	[奥地利]斯·茨威格	张玉书
海浪 达洛维太太	[英]弗吉尼亚·吴尔夫	吴钧燮 谷启楠
日瓦戈医生	[苏联]帕斯捷尔纳克	张秉衡
大师和玛格丽特	[苏联]布尔加科夫	钱 诚
太阳照常升起	[美]海明威	周 莉

第 三 辑

神曲	[意大利]但丁	田德望
吉尔·布拉斯	[法]勒萨日	杨 绛
都兰趣话	[法]巴尔扎克	施康强

叶甫盖尼·奥涅金	[俄]普希金	智 量
笑面人	[法]雨果	郑永慧
红字 七个尖角顶的宅第	[美]纳撒尼尔·霍桑	胡允桓
死魂灵	[俄]果戈理	满 涛 许庆道
南方与北方	[英]盖斯凯尔夫人	主 万
莱蒙托夫诗选 当代英雄	[俄]莱蒙托夫	余 振 等
前夜 父与子	[俄]屠格涅夫	丽 尼 巴 金
白鲸	[美]赫尔曼·梅尔维尔	成 时
米德尔马契	[英]乔治·爱略特	项星耀
小妇人	[美]路易莎·梅·奥尔科特	贾辉丰
娜娜	[法]左拉	郑永慧
一位女士的画像	[美]亨利·詹姆斯	项星耀
十字军骑士	[波兰]亨利克·显克维奇	林洪亮
樱桃园	[俄]契诃夫	汝 龙
约翰-克利斯朵夫	[法]罗曼·罗兰	傅 雷
我是猫	[日]夏目漱石	阎小妹
嘉莉妹妹	[美]德莱塞	潘庆舲
月亮与六便士	[英]威廉·萨默塞特·毛姆	谷启楠
人性的枷锁	[英]威廉·萨默塞特·毛姆	叶 尊
人类群星闪耀时	[奥地利]斯·茨威格	张玉书
尤利西斯	[爱尔兰]詹姆斯·乔伊斯	金 隄
好兵帅克历险记	[捷克]雅·哈谢克	星 灿
城堡	[奥地利]卡夫卡	高年生
喧哗与骚动	[美]威廉·福克纳	李文俊
老妇还乡	[瑞士]迪伦马特	叶廷芳 韩瑞祥
金阁寺	[日]三岛由纪夫	陈德文
万延元年的 Football	[日]大江健三郎	邱雅芬